Où naissent les héroïnes

Claire Vigarello

Où naissent les héroïnes

roman

Albin Michel

À ma grand-mère, Lydie

1

Ce n'était pas arrivé en un jour, ni en un mois ni même en une année. Il avait fallu du temps, sans doute un peu de temps, mais le résultat était là : Sylvie était devenue invisible. Le monde l'avait étiquetée grosse, timide, maladroite. Bref, sans intérêt. Le monde l'avait éjectée.

Ce n'était pas complètement désagréable. C'était comme être assise dans un train et regarder défiler les paysages bien au chaud. Les autres prenaient la parole, les décisions, les engagements, criaient, se disputaient, voire s'étripaient joyeusement, et pendant ce temps Sylvie prenait des notes, que personne ne lisait, pas même elle. Elle n'avait pas plus d'importance qu'un petit coléoptère qui serait passé vers 7 heures du matin sous les fenêtres de MaBelleNuit, entreprise spécialisée dans le matelas haut de gamme made in France pour laquelle elle travaillait depuis six ans. Le petit animal buvait, marchait, pleurait, mangeait, mais qu'il soit là ou pas ne changeait rien.

Elle avait un peu lutté, surtout au début. On ne s'habitue pas comme ça à passer dans l'invisibilité. Il faut du temps. Alors, au tout début, elle y avait cru. Tout restait possible, ce n'était qu'un triste malentendu, les choses allaient s'arranger. Sylvie avait voulu lier des amitiés, tenté quelques échanges à la machine à café sur l'orientation scolaire, les week-ends barbecue, l'action des syndicats, le nouveau boss qui avait pris ses fonctions en avril, ou encore les gâteaux hypercaloriques de la cantine, bref sur la marche du monde. Elle avait tourné dans sa tête les plus belles répliques et même inventé des blagues très, très drôles. Hélas, les reparties les plus percutantes lui venaient une fois seule à son bureau, devant le fond d'écran plage et cocotiers de son ordinateur. Quand elle était au milieu des autres, elle se contentait de hocher la tête, de murmurer quelques oui, au mieux de répéter leurs mots d'un air complice. Mais bon, elle était avec tous ses collègues, c'était déjà ça. Seule Nadine, la boss du syndicat, lui faisait toujours des petits clins d'œil pour l'encourager. C'était son ange gardien, elle semblait lui dire : « Je vois que tu fais de ton mieux, Sylvie, ne lâche rien. » Et Sylvie s'accrochait, oui, elle faisait tout pour ne pas s'effacer. Malheureusement, à part Nadine, personne ne voyait rien.

Sa dernière tentative lui avait demandé des efforts considérables, des efforts surhumains. Elle avait d'abord vu l'affiche dans le couloir de la cantine qui disait : « Formation : prendre la parole en public et retrouver confiance en son aura. » S'inscrire lui avait pris des semaines de réflexion, de mal au ventre. L'idée de ne pas s'inscrire la mettait aussi dans tous ses états. Elle avait bien tenté d'en parler à Nino, son mari depuis quinze ans, mais Nino était à prendre avec des pincettes, de grosses pincettes. Il avait été licencié pour faute grave deux ans plus tôt et traversait une période sombre, voire dépressive. Le psychiatre le lui avait bien dit : toutes ses initiatives étaient à encourager, même les plus dérisoires, comme laver un bol ou dessiner un pigeon, et surtout il ne fallait pas lui occasionner le moindre stress. Sylvie avait donc annoncé un matin, maquillée et joviale : « Tu sais, Nino, je me suis inscrite à la formation "Prendre la parole en public". Je pense que ça va me faire du bien ! Mon boss m'encourage, il est très ouvert en ce moment. Ça pourra m'aider pour l'avancement. » Sylvie disait à peu près n'importe quoi, vu que son boss se fichait pas mal qu'elle soit là ou pas, et même qu'elle fasse une formation pour aller marcher sur Mars, mais Sylvie devait se montrer toujours positive devant Nino. Il avait répondu : « Parfait ! » C'était son mot depuis son licenciement. « Parfait », ça voulait tout et rien dire. Ça pouvait dire : « Merde », comme : « Super », comme : « J'ai pas tout compris, mais je ne suis pas apte à capter quoi que ce soit. » Et comme tous les matins, il l'avait embrassée sur la bouche en serrant le bourrelet de graisse qui entourait sa taille et qu'elle haïssait. Sylvie avait pleuré dans la voiture, vomi dans les toilettes du McDo, puis était entrée dans le bâtiment où devait se dérouler la formation. Que faisait-elle là ? Pourquoi s'infliger un tel supplice ? Était-elle masochiste ? Elle voulait juste bavarder devant la machine à café, récolter quelques sourires, une main sur son épaule et entendre : « Bonne journée, Sylvie, à tout à l'heure ! » C'était tout. Pourquoi en faire tout un flan et s'inscrire à une formation ? Il fallait être timbrée, il fallait être Sylvie ! Elle était prête à se lever, sortir de là et déguerpir à toutes jambes quand le formateur apparut, tenant une petite mallette en cuir noir qui la terrifia. Voilà, c'était foutu.

Le calvaire dura trois jours, à se tordre les mains, à se cacher pour pleurer, à compter les heures, à déjeuner avec des gens qui racontaient des histoires drôles et faisaient rire des filles belles comme des cœurs, qui adoraient parler en public et recevoir des compliments. Pourquoi les formations attirent-elles des gens qui n'en ont absolument pas besoin et viennent uniquement pour le montrer ? Sylvie s'en rendait bien compte, le formateur était très embêté par son cas, et plus elle le voyait préoccupé, plus elle plongeait tête en bas pour regarder ses pieds, ou balbutiait des inepties, les joues en feu. Le dernier matin, il la prit à part devant un café crème : « Madame Verbaldi, vous ne vous en êtes peut-être pas rendu compte, mais vous avez beaucoup progressé. L'échange que vous avez eu avec Vincent tout à l'heure était très intéressant ! – Ah bon ? » Elle avait juste pu placer quelques oui et non au milieu du discours-fleuve de cette grande gueule. Mais le formateur avait décidé de la valoriser coûte que coûte. Il insista : « Vous avez été très courageuse, vraiment. Vous vous êtes jetée dans le bain et tout le monde ne le fait pas. » Sylvie sentait bien qu'il tenait à finir sur une note positive. Ce n'était pas la peine d'en faire autant. Elle le rassura : « Vous savez, c'est la première fois que je fais ça, parce que j'ai du mal à parler devant les autres, mais j'en ai pas trop besoin dans mon métier. Je suis venue juste pour voir… En tout cas, ça m'a plu, merci. »

À la fin, chacun devait donner son ressenti sur la formation, juger de ses points forts et de ce qui restait à améliorer, tout ça sur l'estrade, en s'exprimant intelligiblement, le dos droit, pieds bien ancrés dans le sol, regard fier et assuré. C'était bientôt le tour de Sylvie. Des plaques rouges allaient consteller son cou, sa bouche devenir pâteuse, sa langue lourde, l'air allait lui manquer, sa tête chavirer devant tous ces yeux posés sur elle. C'était la fois de trop. Elle prit son portable, le colla à son oreille, attendit dix secondes qu'elle compta lentement dans sa tête, puis s'exclama : « J'ai un message du collège, mon fils a fait une chute. Il faut que j'y aille, désolée ! » Le formateur lui cria : « Sylvie, appelez-moi ce soir ! Je dois vous parler ! » Elle ne prit pas le temps de répondre, courut comme elle n'avait plus couru depuis le CP, ces temps lointains où l'on passe sa vie à gambader comme si le monde était une grande salle de jeu.

« Mon fils a fait une chute. » Ça lui était venu comme ça. Pendant quelques minutes, elle eut peur que l'univers ne se venge et que le collège appelle, mais non. Son cadet n'était pas tombé, ni l'aîné d'ailleurs qui venait d'entrer au lycée. La formation était finie. Elle ne parlerait jamais en public. Pourquoi vouloir à tout prix sortir de sa coquille ? À quoi bon ? Certains sont sur terre pour causer, d'autres sont là pour écouter, prendre des notes et hocher la tête. Il faut des spectateurs, forcément, sinon les stars, les boss, les directeurs, les politiques, tout ça n'existerait pas. Sylvie devait accepter sa condition, rester à sa place. Elle se sentit divinement bien et décida de rouler jusqu'à Bordeaux. Elle n'y allait jamais : trop loin, trop de monde, trop de stress, jamais le temps, mais là, elle l'avait, le temps. Elle se balada dans les rues de la vieille ville, s'arrêta devant une grande vitrine et se contempla. Elle devait accepter ce corps-là. Il le fallait absolument, s'y mettre dès aujourd'hui. Oui, elle était grosse, encore plus que l'année précédente, mais un visage rond efface les rides et fait plus juvénile. Oui, elle avait des cheveux fins et tout plats qui commençaient à blanchir, mais enfin, elle avait des cheveux ! Oui, elle avait un grain de beauté très mal placé sur le nez, mais ça aurait pu être pire, pile sur la pointe du nez. Pareil pour la lèvre du haut, qui était trop fine, mais certaines actrices l'avaient aussi fine et ça leur allait très bien. D'accord, elle n'avait pas assez d'argent pour mettre exactement la robe qui l'aurait enrobée comme il faut, aurait caché ses bourrelets tout en moulant ses seins, mais enfin elle avait accès aux ventes privées grandes tailles et peut-être qu'elle dégoterait la perle rare aux soldes d'été. Merde, l'essentiel était là ! Elle n'était pas malade, tous ses résultats sanguins étaient excellents : pas de diabète, malgré son poids, pas de cancer en vue, elle était vivante, libre et vivante, quand d'autres tremblaient sous les bombes, étaient bouclés dans un camp ou en prison. Sylvie était libre et pouvait manger une glace. Elle prit trois boules supplément chantilly, s'assit sur un banc et pleura.

Elle ne parla de sa journée à personne. À quoi bon ? Ses fils venaient de rentrer, le cadet de onze ans était particulièrement surexcité. Depuis quelques semaines, il s'était mis en tête d'écrire un opéra et avait trouvé un prof d'italien, ou plutôt un collégien italien (car un opéra ne peut s'écrire qu'en italien), sur Internet qu'il payait en cours de maths. Comment avait-elle pu enfanter un fils doté d'autant d'imagination alors qu'elle-même en était dépourvue ? Elle avait bien essayé d'en parler à Nino, mais il avait coupé court : « Chaque enfant est différent. » Il avait raison. Mais Alexis n'était-il pas trop différent ? Il avait déjà sauté une classe, construit un avion miniature, un petit robot qui disait oui, une clé USB fluorescente, prévu la date exacte de l'implosion de la Terre. Non, ça allait trop loin, et même si elle le cachait bien, Alexis lui faisait peur. Quant à l'aîné, Maxence, quinze ans, il lui procurait une autre forme d'angoisse : il lui ressemblait trop. Depuis trois ans, il était en surpoids, presque autant que sa mère, et on avait de plus en plus de mal à lui arracher une phrase entière. Sylvie était tombée sur son journal intime, bourré de citations larmoyantes et de dessins érotiques. Filait-il tout droit vers la dépression ? Devait-elle l'inscrire à des stages pour ados en surpoids, le mettre aux sports de combat, ou bien chercher à tout prix une vraie discussion mère-fils les yeux dans les yeux ? Nino disait : « J'étais pareil à son âge. » Oui, mais alors, si c'était l'hérédité, c'était encore pire : suivrait-il le chemin de son père ?

*

Depuis qu'elle acceptait sa place, depuis cette fameuse formation, Sylvie allait beaucoup mieux. Quand on vous oublie, vous n'avez plus aucune pression, alors autant profiter ! Qui n'aurait pas rêvé de n'avoir rien à faire, si ce n'est répondre à quelques coups de fil, manger à 11h30 et partir à 16h30 sans être emmerdé ? Sylvie avait cette chance dingue et n'en avait jamais profité. Jusqu'à présent, elle s'était rongé les sangs quand son boss prenait des rendez-vous sans passer par elle, ou n'ouvrait pas la bouche de la journée, ou bien laissait un Post-it illisible. Pourquoi s'en faire ? Depuis un an qu'elle était la secrétaire de Jean-Denis Ledu, le directeur marketing, ses tâches avaient fondu comme neige au soleil. Tout compte fait, n'était-ce pas une bonne nouvelle ? Ledu avait délégué son secrétariat à son portable dernier cri (qui coûtait un mois du salaire de Sylvie). Celui-ci lui signalait ses rendez-vous, lui transmettait les derniers chiffres de vente, envoyait des réponses automatiques, et lui fournissait une multitude d'applications dix fois plus dégourdies que Sylvie. Elle n'aurait jamais le dessus ! Il fallait accepter. S'en faire ne changerait rien.

Le nœud dans son ventre se desserra. Elle arrêta de chercher la bonne phrase à la machine à café, la personne sympa pour déjeuner, à capter le regard de son boss et même de dire bonjour en arrivant le matin à un vigile qui ne la remarquait pas. C'était un grand pas, dont personne ne se rendit compte. Mais là n'était pas la question. Sylvie faisait le boulot comme avant. Peut-être plus vite, peut-être mieux. Cela lui prenait en tout et pour tout deux heures, une heure cinquante certains jours. Elle passait au service financier demander les derniers chiffres du dernier-né, le matelas Lys Angel, celui qui intéressait le plus Ledu (surtout sur le marché asiatique, les Chinois en raffolaient). Parfois, elle lui réservait une table dans son restaurant préféré, Accord des mets, pour 12h30 (Ledu adorait les déjeuners qui s'éternisent). Elle répondait succinctement à tous les emmerdeurs que Ledu n'était pas dispo, surtout au directeur financier Conflans qui voulait tout le temps faire des « mises au point » et que Ledu exécrait. Elle lui envoyait les derniers essais techniques sur le matelas Sweet Air qu'elle parcourait rapidement sans rien y comprendre, et pour finir elle cherchait des infos sur Jessica Faure, la star de la saison 4 de *Believe*, le clou du dernier festival de Cannes, du dernier Francis Blake, qui cartonnait dans tous ses films et que Ledu tenait absolument à avoir pour représenter le matelas Sweet Air, un matelas ultra-technique et performant qui devait sortir dans deux ans, au printemps. Ledu la voulait, personne n'y croyait, mais Ledu la voulait. C'était ça que Sylvie aimait chez lui, il rêvait en grand. Elle s'était mise à y croire, elle aussi. Jessica Faure serait parfaite pour ce matelas. Elle se roulerait dessus avec son air d'ange et tout le monde se l'arracherait.

Jessica et Sylvie, c'était une super-rencontre. Jessica l'avait littéralement sauvée de l'ennui, du désert, voire du vide intersidéral dans lequel Ledu l'avait laissée depuis un an. Grâce à Jessica, elle pouvait jouer la fille ultra-occupée, cliquant férocement sur sa souris, les yeux rivés sur l'ordinateur. Jessica, c'était sa bouée de sauvetage, surtout depuis que Ledu avait demandé une revue de presse complète sur sa personne. Sylvie s'était alors inscrite à tous les sites de fans, son fil Twitter, Facebook, Instagram, et même à la newsletter de la galerie d'art du mari de Jessica, à New York. Au fil des mois, Jessica était devenue sa principale activité. Tous les matins vers 11 heures, elle déposait son butin sur le bureau de Ledu. Il y avait des infos sur ses nouveaux films, des interviews découpées, ses photos Instagram, ses posts Facebook et Twitter, même des petites rumeurs débiles qui circulaient sur le Net. Ledu levait rarement la tête et ne disait jamais merci. C'était une de ses caractéristiques : faire comme si vous n'étiez pas là, ou qu'il n'avait pas accès à la communication avec vous. Sylvie s'y était habituée. Avec lui, elle parlait tout bas, c'était moins gênant, elle pouvait toujours se dire qu'il n'avait pas entendu. Parfois, mais rarement, il lui arrivait de lever la tête, et c'était toujours très inattendu : « Vous avez déjà goûté du thé aux fleurs de pluie ? Ça vous emmène directement en Asie ! », « Les Japonais aiment vivre à l'occidentale, mais ne veulent pas le savoir », « Deux hommes nus qui se roulent sur un matelas, ça vous parle ? » Ça n'attendait pas de réponse, il disait ça pour lui. Parce que le thé aux fleurs bidules, quand Sylvie en avait apporté pour montrer son écoute et son implication, Ledu ne l'avait pas bu. Cet homme était d'une espèce à part, indéchiffrable pour qui venait, comme elle, d'un milieu modeste où chacun reste à sa place et ne fait pas de mystère entre les mots.

Bien sûr, il y avait des jours plus pénibles que d'autres, où Sylvie avait beau se démener dans tous les sens, elle ne trouvait pas d'occupations. Les pires étant ceux sans Jessica. L'actrice ne postait plus rien, disparaissait. L'année précédente, Jessica s'était évanouie pendant vingt-huit jours. Presque un mois, c'est long, très long, surtout quand on doit tenir huit heures au boulot avec la pause déj. Sylvie avait fini par se rabattre sur sa série *Believe*, qu'elle avait même revue en anglais sans sous-titres pour travailler son accent. Ça pourrait toujours servir un jour ou l'autre. Mais bon, il fallait être réaliste, Jessica Faure n'était pas près de rencontrer Sylvie Verbaldi, secrétaire de Jean-Denis Ledu, directeur marketing chez MaBelleNuit, spécialisée dans l'endormissement express des grandes fortunes, enfin de tous ceux qui pouvaient mettre plus de trois smics dans l'achat d'un matelas. Il était évidemment très peu probable que Mme Faure vienne un jour ici, dans la zone industrielle de Joué-la-Tour, à soixante kilomètres de Bordeaux, signer un contrat publicitaire. Mais sait-on jamais, un redressement fiscal pouvait tout changer. Pour être honnête, le travail de Sylvie ne servait à rien, puisque les chiffres de la compta pouvaient être consultés sur l'Intranet, que Ledu pouvait réserver tout seul son resto, et que Jessica Faure ne mettrait jamais les pieds ici. Et alors ? C'était un travail comme un autre, qui ne la fatiguait pas, et surtout c'était un salaire, car Nino n'en avait plus, enfin, il gagnait si peu que ça ne comptait pas.

Finalement, ce qui l'occupait le plus au boulot, c'était son mari, Nino. Il appelait pour un oui pour un non. Il ne trouvait plus le pack de bières, avait perdu un numéro hyperimportant (un voisin qui devait passer prendre la tondeuse), avait oublié la liste des courses, ou alors bloquait sur ses mots croisés, ou encore il avait pris une grande décision, il allait postuler pour un nouveau job, puis non, en fait c'était trop tôt, il ferait une formation, dommage que la fille de Pôle emploi soit une connasse qui ne le laissait pas parler et le jugeait irrécupérable, et puis merde, il allait être auto-entrepreneur, comme le voisin qui ne glandait rien, et puis non, il travaillerait au noir avec son pote Nounours sur son nouveau chantier, il allait refaire toute la maison, après ils pourraient la revendre au prix fort avec une super-plus-value, et comme ça ils feraient des investissements boursiers, ou non, encore mieux, il allait jouer au tiercé, des tonnes de gens gagnaient des tonnes de fric sans se fatiguer, mais en fait non, les chevaux c'était trop compliqué, il allait tout simplement prendre des cours de méditation, se recentrer, et pourquoi pas se remettre au sport, le jogging d'abord, une demi-heure, puis la natation, oui, tous les jours, retrouver une forme olympique et tirer une croix sur ces deux années noires post-licenciement, oui, il fallait tout enterrer et repartir, décoller ! En réalité, Nino avait juste terriblement besoin de parler. Au boulot, Sylvie hochait la tête gravement pour faire croire à une conversation professionnelle intense. Nino se fichait qu'elle ne prononce aucune phrase, il déversait le trop-plein, et quand tous ses atermoiements avaient été ressassés dans tous les sens et que Sylvie avait murmuré : « Oui, bien sûr, je comprends » des dizaines de fois, il allait mieux et raccrochait. Ça pouvait se reproduire deux ou trois fois par jour. Sylvie était toujours là pour l'encourager, le psychiatre l'avait bien dit, ce qui comptait n'était pas le résultat mais le désir : Nino devait avoir envie.

Le Nino d'aujourd'hui n'avait plus rien à voir avec celui d'avant. Sylvie avait épousé un homme qui jouait au foot avec ses gosses, les emmenait à la piscine, buvait des coups avec les copains, lui sautait dessus pendant la sieste, un homme qui la trouvait belle malgré son surpoids, lui répétait de ne jamais s'en faire, que tout irait bien, qu'il fallait se foutre de l'avis des autres et cultiver son jardin, et cet homme confiant et solide s'était écroulé le 5 mai 2012, voilà deux ans.

Sylvie se souvenait de tout. Nino l'avait appelée au boulot. Il était 11 heures, elle revenait de la compta. D'abord, elle n'avait rien compris. Derrière la voix de son mari qui bafouillait, elle entendait des aboiements de chiens et une voix de femme qui hurlait. Nino travaillait depuis dix ans chez Simex, une grande société pharmaceutique. Il était représentant pour toute la gamme vétérinaire (coupe-faim pour chiens, compléments vitaminés, phéromones pour chats, colliers anti-tiques, fortifiants pour les os, traitements anti-arthrose…), toute une panoplie qu'il connaissait sur le bout des doigts, distribuant des échantillons à tous ceux qui avaient un compagnon à quatre pattes, vantant les mérites de la dernière molécule censée soulager les douleurs rhumatismales qui empoisonnaient la vie des vieux toutous. Nino faisait beaucoup de route mais les chiffres étaient bons, les compléments alimentaires en particulier cartonnaient. Puis la boîte avait été rachetée par des Américains qui voulaient en faire la première entreprise pharmaceutique en produits vétérinaires dans le monde, bref, faire bouffer leurs médocs à tous les chiens de la planète. Car, selon Nino, depuis la crise boursière de 2008, les chiens avaient la cote. Qui ne juge pas son maître quand il a tout perdu ? Un chien, évidemment. Il vous aime malgré vos dettes et votre licenciement. Les humains en avaient drôlement besoin.

Bref, Simex, la multinationale américaine, voulait grossir. Et pour ce faire, elle voulait dégraisser. Ce n'était pas logique mais c'était comme ça. Nino avait dû faire face au départ de ses plus proches collègues, effectuer plus de route, visiter plus de vétos, caresser plus de chiens, chats, hamsters, et même un perroquet (qui avait une bronchite persistante et dont le maître se saignait aux quatre veines pour le faire soigner). Nino rentrait fatalement de plus en plus tard, de plus en plus crevé. Mais il ne se plaignait pas. Il avait un job, se montrerait irréprochable et tout irait bien. Et puis un jour tout avait dérapé. Nino visitait un nouveau véto dans un quartier chic de Bordeaux pour proposer les derniers-nés de la gamme Ortex (un complément alimentaire pour chiens très apprécié). Il attendait tranquillement dans la salle d'attente que le jeune vétérinaire le reçoive, quand une femme d'un certain âge, pour ne pas dire assez âgée, était rentrée avec un King Charles. Nino avait pensé : « Beau chien. Il doit faire des concours. » L'instant d'après, l'animal avait sorti les crocs. Nino avait souri pour montrer qu'il n'avait pas peur. La dame avait crié : « Arrête, Ulysse ! », en accompagnant ces mots d'une petite tape sur son arrière-train, et le chien était parti comme une fusée. Après, les versions divergeaient. Selon Nino, le chien lui avait sauté dessus, il l'avait donc repoussé violemment avec sa mallette pour se protéger d'une grave morsure. Selon la dame, le chien voulait juste jouer et Nino, pris d'un coup de folie, avait tué son toutou. Parce que, oui, le chien était mort (il avait eu la bonne idée de se cogner la tête contre le comptoir de présentation des sacs de croquettes light). Pas de témoin, deux versions. Simex avait choisi la version de la dame et s'était mis à trouver plein de défauts à Nino : un manque de résultats et une mauvaise volonté rédhibitoire. Bref, Nino s'était fait virer sans ménagement et, peu à peu, l'autre Nino apparut, un être fragile, apeuré, terrorisé que Sylvie ne connaissait pas.

Nino ne s'écroula pas tout de suite. D'abord, il raconta la scène avec le King Charles un bon millier de fois à qui voulait l'entendre : le regard de la dame, la bave du chien, le carrelage glissant, les crocs de la bête, sa mallette, le comptoir sale, le véto hirsute, les pompiers (la dame avait fait un malaise). Il cherchait la preuve, la preuve éclatante qu'il n'était pas responsable et n'était pas un criminel. Ça dura plusieurs mois comme ça, il voulait traîner Simex devant toutes les cours de justice du monde, demandait réparation. L'avocat le prévint : ça prendrait beaucoup de temps. Nino ne se découragea pas, il se mit à récolter des éléments à charge et la thèse du complot lui parut alors indiscutable. La vraie raison de son éjection n'était pas la mort du chien mais ses critiques envers le nouveau complément alimentaire Ortex, un médoc inutile selon lui, de la poudre aux yeux ; et même pire que ça, ce truc était sans doute dangereux, il avait osé le dire, relayer les doutes des vétos (qui avaient remarqué un léger stress chez les chiens qui en prenaient), bref, il avait eu le courage de parler. Simex, qui n'avait pas du tout apprécié, s'en était pris à lui, prétextant son implication dans la mort de ce pauvre chien. Parce qu'une question restait en suspens : qu'est-ce qui avait provoqué l'agressivité du King Charles ce fameux 5 mai 2012 ? Très vite, Nino eut sa petite idée sur le sujet : et si l'odeur des comprimés Ortex cachés dans sa mallette avait rendu l'animal fou furieux ? Nino se mit à chercher compulsivement des témoignages de maîtres qui auraient vu leur chien devenir accro suite à l'ingestion du fameux complément alimentaire Ortex, et selon lui il y en avait, pas beaucoup, mais il y en avait. Sylvie le retrouva un soir habillé de noir des pieds à la tête. Nino partait pour Simex, il allait monter à la capitale, s'attacher aux grilles du siège social, faire une grève de la faim, alerter les médias, appeler tous les chiens de France à venir cracher leur haine. Sylvie le fit asseoir dans la voiture. Il alluma une cigarette, geste qu'il n'avait plus fait depuis dix ans, et quand il eut fini sa clope, elle le déposa aux urgences psychiatriques.

Son mari était parti en fumée.

*

Où Charlotte se cachait-elle deux ans après le licenciement de Nino ? Était-elle déjà là, minuscule, tapie dans un coin de sa tête ? Peut-être bien que oui, peut-être bien qu'elle attendait.

Le 9 mai 2014, tout le monde s'agitait à MaBelleNuit. Le vigile, d'habitude impassible, s'adressa à Sylvie : « La porte est bloquée. J'attends le technicien, passez par l'autre côté. » En temps normal, il l'aurait laissée s'acharner sans rien dire. Mais là, non, il fit preuve d'humanité. Et pour une fois, Sylvie eut pitié. C'était peut-être le plus gentil de tous, coincé là contre cette porte à longueur de journée. Elle le remercia d'un grand sourire et entra. Dans le hall, les gens déambulaient, se croisaient, revenaient sur leurs pas, s'esclaffaient. Quand Sylvie leva la tête, elle aperçut un grand échafaudage juste au-dessus du bureau d'accueil. Ils étaient quatre dessus, des ouvriers perchés à trois mètres de haut, tenant une immense toile entre leurs bras. Sylvie la reconnut tout de suite, c'était *Coucher de soleil sur Mars* d'Édouard Lessing, le grand peintre que Ledu adorait. Il le voulait dans le hall depuis exactement deux ans, il avait bataillé pour cela : « MaBelleNuit ne vend pas des matelas, mais des étoiles filantes, des fées Clochette, des tapis magiques, MaBelleNuit, c'est l'entrée sur la Voie lactée. » Ledu n'avait pas peur de la poésie. Et il avait gagné, après des mois de combat et malgré le coût exorbitant du tableau que ses détracteurs réduisaient à quelques aplats de couleur qu'un élève de cinquième aurait pu faire en cours d'arts plastiques. *Coucher de soleil sur Mars* trônerait dans le grand hall et accueillerait les visiteurs. Voilà, on ne pouvait que s'incliner devant le génie de Ledu. Sylvie sentit poindre une petite fierté. Ledu était son patron à elle, son boss, et Ledu avait la baraka. Personne ne lui résistait. Maintenant tout devenait possible, même la venue de Jessica Faure.

Sylvie attendit à la machine à café. Elle voulait clamer son admiration, mais personne ne s'arrêta. Elle reprit un deuxième café allongé, sans sucre, pour se donner bonne conscience. La machine siffla. C'était prêt. Toujours personne. Fallait-il féliciter Ledu ? Aller frapper à sa porte ? Ou laisser un mot ? Pourquoi ne l'avait-il pas prévenue ? *Coucher de soleil sur Mars* était encore plus beau en vrai. C'était sûrement une œuvre majeure, qui vaudrait des millions d'euros dans quelques années, et Ledu l'avait eue. Alors que Sylvie faisait quelques pas autour de la table haute installée devant la machine, Nadine, la boss du syndicat, se pointa. Enfin un être humain avec qui échanger et peut-être même rire, oui, se détendre ! Mais Nadine ne lui en laissa pas le temps : « Bonjour, ma belle, tu devrais t'activer un peu. HLP est en route. Son cancer est en rémission et il revient nous faire une visite. Tu sais comment il est, il aime voir tout le monde à son poste, hyperoccupé quoi. Comme ça il a l'impression que l'usine tourne à fond et qu'on lui fait gagner plein de fric. Ledu a la cote à ce qu'il paraît, HLP passera sûrement dans son bureau, je te conseille de préparer les cafés. » Sylvie partit comme une fusée.

Elle sortit la machine Nespresso du placard et les dosettes de toutes les couleurs (Ledu n'en prenait jamais, mais aimait les proposer aux visiteurs). HLP pourrait choisir. Il faudrait lui énoncer tout l'assortiment d'arômes, mais alors sans rougir, sans bafouiller. En aurait-elle la force ? Ledu ouvrit la porte et la toisa des pieds à la tête comme s'il ne l'avait jamais vue. « Ah c'est vous. Vous tombez bien. J'attends une visite importante. Quand mon rendez-vous sera là, vous l'annoncerez, ouvrirez la porte et proposerez un café. Et puis vous rejoindrez votre poste. Les grands hommes aiment les choses simples, vous comprenez ? – Oui. Monsieur, je vous félicite pour *Coucher de soleil sur Mars*, c'est très beau. – Non, ce n'est pas beau, c'est autre chose. Mais les gens ne comprennent pas. » Sylvie n'avait rien à ajouter. Ça devenait beaucoup trop compliqué. Elle se répéta tous les noms de dosettes : « Volupto corsé », « Caramel », « Fleur de lait », « Macchiato », « Saveur Brésil », « Amertume d'amande douce ». Ses mains tremblaient. HLP, Henri Lecœur-Paturel, était le grand boss, leur supérieur à tous, le fils du fondateur de MaBelleNuit. Il avait transformé la petite activité de son père en géant mondial du matelas de luxe. Et voilà qu'il allait débarquer là, dans le bureau de Sylvie, après des années d'absence et de mystère.

Elle prit les tasses, les fit tomber, les remit en place, quand un vieux monsieur apparut. Il était à peine plus grand qu'elle, des rides parcouraient son front et ses yeux étaient très enfoncés dans leurs orbites. Il avait une petite canne et semblait tout droit sorti de ces vieux films qui passaient tard le soir et qu'elle n'avait jamais le courage de regarder jusqu'au bout. Il était accompagné d'une grande et belle rousse qui venait d'être embauchée et que Sylvie voyait souvent très entourée à la cantine. « Bonjour, Sylvie, M. Lecœur-Paturel aimerait dire un mot à M. Ledu. » Sylvie oublia de la saluer à son tour et alla directement ouvrir la porte de son patron. « Il est là. » C'était tout à fait impoli. Elle n'aurait pas dû se précipiter. Elle récita ensuite quelques noms de cafés gardés en mémoire, se mélangea les pinceaux, mais heureusement, HLP ne voulait rien. Alors, elle le fit entrer dans le bureau de Ledu et rejoignit son poste. Elle décida de rédiger un document très important. HLP ne devait pas douter de son extrême implication. Elle écrivit pendant une heure tout ce qui lui passait par la tête. Quand il partit enfin, elle courut vomir aux toilettes.

Charlotte était née.

*

Quand tout s'accélérait, Sylvie se réfugiait chez Mireille. Elle tapait trois petits coups à la porte et entendait : « Ouais » ou rien du tout et elle entrait quand même. Elle avait les clés. Mireille lui avait dit : « Si tu n'entends rien, c'est que je dors ou que je suis morte, alors tu ouvres. Et si je suis morte, il faudra pas crier, les voisins seraient trop contents. » Mireille allait tranquillement sur ses soixante-dix-neuf ans. Elle n'aimait pas grand monde, mais elle aimait Sylvie. Pourquoi elle ? Pourquoi l'avait-elle acceptée elle plutôt qu'une autre ? Peut-être simplement parce que Sylvie habitait à quelques mètres, qu'elle ne posait pas trop de questions et acceptait des tâches ingrates, comme faire les piqûres d'insuline à ses chats diabétiques et leur acheter des escalopes chez le boucher. « Je suis là, Mireille. – T'as la bouffe des chats ? Ils ont faim. » Sylvie avait complètement oublié. « Non, je vais y aller tout à l'heure. Vous avez d'autres courses ? – Oui, j'ai plus de PQ. » Mireille aimait être vulgaire, aimait répéter qu'elle était vieille, sourde, au bord de la crise cardiaque. En revanche, elle ne supportait pas qu'on la plaigne. Pour elle, rien n'était grave puisque tout avait une fin. « Mireille, je peux m'asseoir cinq minutes ? J'ai la tête qui tourne, j'ai pas arrêté de toute la journée. – Ben oui, viens à la cuisine. » Mireille sortait un sirop, n'importe lequel, en versait dans un verre qu'elle remplissait d'eau à ras bord. Sylvie buvait sans broncher, même quand c'était mauvais. Les yeux de Mireille étaient d'un bleu très pâle, qui tirait sur le gris, selon le temps. Les rides s'étaient accumulées autour de sa bouche, mais avaient laissé ses joues lisses et douces. Ses cheveux avaient encore quelques reflets bruns. Elle portait des robes aux motifs géométriques. C'étaient de vieux souvenirs qu'elle ne voulait pas jeter. Autant Sylvie était grosse, autant Mireille était toute fine. Sylvie ne l'avait jamais vue finir un plat, d'ailleurs elle se demandait ce qu'elle pouvait manger : il n'y avait jamais rien dans son frigo, à part quelques yaourts, des citrons coupés en deux et des bouts de poire qui s'abîmaient tranquillement dans une assiette. Jeune, Mireille était vraiment jolie (Sylvie avait vu des photos), mais elle refusait obstinément de le reconnaître. Elle disait : « Ben oui évidemment, j'étais jeune, c'est le principe. Jeune, tu es moins moche, après tu es ce que tu es. » Elle n'aimait pas être contredite, parlait peu du passé, encore moins de son mari, mort vingt ans plus tôt. Seul son fils s'invitait de temps en temps chez elle. Mireille le trouvait emmerdant. Il appelait tous les dimanches pour la bombarder de questions : avait-elle bien mangé ? Comment allait son sommeil ? Avait-elle pris sa tension ? Avait-elle bien fait son bilan sanguin ? Et surtout, quand allait-elle venir s'installer à Bordeaux ? Il connaissait la réponse d'avance, mais ça ne l'empêchait pas d'insister. Un jour Mireille avait carrément passé le téléphone à Sylvie : « Dis-lui que je viendrai jamais, et qu'il rappelle plus, j'en ai marre de ce petit con. » Sylvie avait dû improviser : « Euh… voilà, votre maman a eu un petit coup de fatigue, mais tout est rentré dans l'ordre. Elle vous recontactera dans la soirée. Je reste un peu avec elle, ne vous inquiétez pas. » Comme il fallait s'y attendre, le fils avait débarqué et du coup Mireille avait copieusement engueulé Sylvie. C'était injuste. Sylvie n'était pas revenue pendant plusieurs jours, et puis un soir, Mireille avait sonné, son chat dans les bras. L'animal avait fait un malaise, il fallait l'emmener. C'était faux, le chat était en pleine forme. Mais elle était comme ça, Mireille, trop fière pour s'excuser.

Nino ne comprenait pas ce que Sylvie lui trouvait : « Tu crois pas qu'elle abuse un peu ? Elle pourrait y aller à la boucherie, elle marche pas si mal que ça ! » Sylvie lui assurait que ça ne la dérangeait pas. Elle pouvait bien secourir une voisine, après tout, et puis Mireille avait bien aidé Max quand il s'embrouillait dans ses conjugaisons et aussi Alexis quand il avait sauté le CE1 (elle lui avait fait réviser tout le CE2). Car Mireille avait été institutrice, et même professeure au lycée de Joué-la-Tour pendant des décennies. Quand elle sortait au marché, des grands types de quarante ans lui serraient la main et l'appelaient Mme Chantrel. Ils paraissaient encore intimidés, certains voulaient pousser son caddie, d'autres lui présenter leurs gosses, d'autres encore lui déverser tout leur parcours professionnel (surtout les anciens cancres). Mireille prétextait souvent son grand âge ou un rendez-vous chez le cardiologue pour couper court.

Depuis le licenciement de Nino, sa crise, les urgences, Sylvie débarquait chez Mireille quand tout le monde dormait (surtout Nino, assommé de neuroleptiques). Ensemble, elles regardaient des feuilletons, zappant de chaîne en chaîne. Mireille ne demandait rien, ni pourquoi Sylvie était là, ni où était son mari. Elle disait simplement : « Ah t'es revenue ! T'as vu comme il joue mal celui-là ! Et cette grande gigue, elle pourrait pas arrêter de sourire ? Elle comprend même pas ce qu'elle dit ! » Une seule fois, Sylvie avait évoqué ses problèmes. Mireille avait écouté sans un mot, puis conclu : « Il faut pas compter sur les hommes, jamais. Ils se dégonflent tous. Alors, vis ta vie. » Après quoi elle avait changé de chaîne et s'était assoupie. Elle s'endormait de plus en plus souvent sans crier gare. C'était l'âge. Quand ça lui arrivait, Sylvie éteignait la télé et, seule dans le noir, elle entendait Mireille ronfler. Quelquefois elle pleurait en silence. Ce n'était pas de la tristesse.

C'était une soupape, le trop-plein qui sortait. Après, elle se sentait toujours mieux. D'ailleurs, que pouvait-il lui arriver dans un pavillon hors d'âge, avec des chats qui ronronnaient sur des coussins brodés et un frigo qui vrombissait toutes les vingt minutes ?

Ces derniers temps, Nino avait retrouvé un regain d'énergie. À l'heure du coucher, il arrivait qu'il clique encore fiévreusement sur la souris d'ordinateur, ce qui n'était jamais bon signe, car dans ces cas-là il repartait en boucle contre Simex. Remarquait-il qu'elle avait pleuré, qu'elle était fatiguée, qu'elle avait tous ces kilos qui lui brisaient le cœur ? Une fois, elle avait craqué : « J'en ai marre de Simex, Nino. Je veux plus entendre parler d'eux. » Il était tard, ce soir-là, elle s'était endormie chez Mireille et n'avait pas l'esprit clair. « Nino, moi aussi je suis usée… Ce qu'il reste de ta femme va finir par voler en éclats, tu comprends ? » Nino ne s'était pas énervé, n'avait pas crié à l'injustice, il s'était avancé vers elle, lui avait serré la main de toutes ses forces. Elle avait senti des larmes sur le bout de ses doigts. Il l'avait embrassée, longtemps, en caressant sa poitrine. Là, en quelques minutes, il l'avait ramenée des années en arrière, au tout début : quand il avait encore quelques cheveux sur la tête et un sourire à toute épreuve. Le vrai Nino n'était pas loin, il se relèverait.

Joué-la-Tour, ce n'était pas la campagne, pas un village, pas une grande ville non plus, et pas franchement touristique. Quoique. Il y avait bien cette tour sur la grande place, un immense édifice qui avait défié les siècles, les guerres, la peste, les famines, et survécu au vieux château médiéval brûlé sous la Révolution. Certains curieux venaient la visiter. Elle était mentionnée dans les guides, auréolée d'une étoile, jamais deux. Ça voulait dire : « Passez-y si vous avez le temps, mais ne faites pas un détour pour ça. » Sylvie habitait dans un lotissement tout en bas de la ville. De sa fenêtre, elle voyait le haut de la tour et pouvait par beau temps distinguer quelques silhouettes qui s'accoudaient pour admirer le point de vue. La tour se foutait des licenciements, des changements de direction, des absences de Ledu, des mauvaises notes de Max ou de son silence buté. La tour regardait tout ça d'un air indifférent en proclamant : « Je serai là après vous, alors vous pouvez bien vous entretuer ! »

Pourquoi Sylvie s'était-elle installée là ? Pourquoi cette ville ? Tout ça était dû à un simple concours de circonstances. Sylvie était alors enceinte de Max, de sept mois. Nino et elle étaient partis chercher une poussette dégriffée dans un grand centre commercial et au retour, c'était en plein cagnard de juillet, Sylvie avait supplié son mari : « Gare-toi n'importe où, je m'en fous. Je dois pisser de toute urgence. » Ils avaient atterri dans le grand café face à la tour. Et ils étaient tombés sur ce grand panneau posé juste devant leurs yeux : « Pavillon à vendre, à deux pas des commerces. » Sur l'affiche, une famille souriait, la femme était enceinte, comme elle. Elle n'avait pas pris un gramme, contrairement à Sylvie, et elle tenait une fillette par la main. C'était comme dans les feuilletons américains : la petite famille unie dans la résidence fleurie. Sylvie avait longuement regardé l'affiche. Elle s'était vue mince elle aussi, affairée dans sa maison, son bébé dans les bras, lisant ses magazines les soirs d'hiver derrière la grande baie vitrée et recevant les copains pour l'apéro les soirs d'été. Malheureusement, leur maison n'était pas aussi belle que sur l'affiche. Elle avait été construite à la va-vite et les réparations ne tardèrent pas à se multiplier. D'abord il fallut consolider le toit, fixer les tuiles qui sautaient par grand vent, changer les fenêtres à cause des courants d'air, puis il y eut des fuites partout. Le plombier s'arrachait les cheveux et tout ça leur coûtait une fortune, si bien qu'une des salles de bain avait dû être condamnée. Après son licenciement, Nino déclara : « Bon, maintenant, j'ai le temps, je vais tout refaire. Il suffit de regarder sur le Net. Tous ces cons de plombiers, c'est stop ! » Il s'y mit à fond pendant une semaine, commença le démontage (avec Nounours, son copain d'enfance) de la baignoire, des WC et de la vasque, le tout stocké dans le garage, mais les choses en restèrent là. Quand Sylvie s'inquiétait de la suite, il assurait qu'il allait s'y remettre, c'était une question de jours, de promotions sur Internet (pour la nouvelle baignoire).

Et lorsqu'elle avait évoqué la possible intervention d'un nouveau plombier, il s'était mis dans tous ses états, comme quoi elle ne croyait pas en lui, que plus personne ne croyait en lui, qu'il lui fallait juste un peu de temps pour étudier le problème, qu'il n'avait pas de CAP plomberie mais que quand il aurait bien tous les paramètres en tête, il ferait économiser des milliers d'euros à toute la famille et tout le monde serait gagnant. Sylvie n'insista pas, de peur d'une rechute.

La tour n'avait pas dit son dernier mot. Juste après son emménagement, sa mère lui rappela l'histoire. La tour, Sylvie la connaissait, elle s'y était rendue en famille un dimanche rien que pour la visiter. Elle venait d'avoir six ans. Elle chercha des bribes d'images de ce jour-là, mais ne trouva rien. Pourtant, ce n'était pas le genre de sa mère de raconter des salades. Pourquoi inventer un truc pareil : l'assiette de frites avalée au café en face, la glace vanille-fraise dégoulinant sur son tee-shirt, sa course pour doubler les moineaux et puis ses mains qu'elle avait plongées dans l'eau froide de la fontaine ? Après le déjeuner, son père avait voulu monter les quatre-vingt-dix-neuf marches de la tour. Sa mère avait dit : « Je t'attends avec Sylvie. Il fait trop chaud. » Mais Sylvie avait tenu à le suivre, s'agrippant à lui de toutes ses forces. Sa mère adorait la coïncidence : « C'est quand même extraordinaire que tu sois venue t'installer au pied de la tour. Ce n'est pas un hasard, Sylvie, c'est un hommage inconscient à ton père. » Ce dernier était mort quand Sylvie avait vingt ans. Sylvie ne croyait pas aux fantômes. Pourtant, elle avait pris un ticket à 2,50 euros un an jour pour jour après son installation. Et elle avait monté les quatre-vingt-dix-neuf marches. Avec ses kilos, c'était très dur. Elle devait s'arrêter tout le temps. Elle avait pleuré à cause de toute cette graisse. Une fois, en haut, elle avait cru reconnaître sa maison et avait pris une photo. C'était un minuscule point à côté d'autres points tout aussi minuscules. La tour avait bien raison : ils n'étaient que grains de poussière, bientôt engloutis pour l'éternité. Le vent soufflait dans ses cheveux. Et soudain, les souvenirs avaient surgi : il y avait du vent tout là-haut ce jour-là, des rafales de vent, ses cheveux giflaient son visage et la barbe de son père l'avait piquée quand il l'avait embrassée une fois en haut pour la féliciter. Son père l'avait aimée, il avait aimé cette petite fille de six ans. Qu'aurait-il pensé de la femme qu'elle était devenue ?

*

Charlotte était là mais Sylvie ne le savait pas encore. Elle continuait comme avant, elle rentrait tôt, passait chez le boucher, déposait les escalopes chez Mireille, bavardait avec elle, surveillait les devoirs de Max auxquels elle ne pigeait rien, lisait le livret d'opéra en italien d'Alexis qu'elle ne comprenait pas davantage, cherchait des formations pour Nino dont il ne voulait pas, regardait les pages Instagram de Jessica Faure pour se vider la tête, guettait l'arrivée de sa mère, toujours en retard, repartait au travail, attendait son café, croisait des ombres qui fuyaient dans les couloirs. Pourtant Charlotte était là, Charlotte somnolait et rien ne s'annonçait encore, tout était en gestation.

Et pendant ce temps, Ledu triomphait. Son tableau trônant dans le grand hall, il organisa pour le célébrer un grand banquet. Le peintre Édouard Lessing en personne se fendit d'un petit discours sur les sortilèges de la nuit, citant quelques mots d'un grand poète qui parlait de « déesses nues se lovant dans les nuages de l'âme ». Ledu applaudit à tout rompre et rejoignit le grand peintre sur la petite estrade. Il avait une annonce à faire. MaBelleNuit allait bientôt passer dans une nouvelle ère, celle du matelas intelligent qui donnerait la température du corps, le rythme cardiaque, respiratoire et modifierait sa souplesse selon l'état du dormeur. Nous étions à l'orée d'un monde nouveau dont MaBelleNuit avait la clé. Puis le grand patron, HLP, s'avança péniblement vers le micro, déplia un petit papier et le lut. MaBelleNuit était une grande réussite cent pour cent française, qui n'avait jamais perdu son âme, jamais cédé aux sirènes des investisseurs étrangers, ni à l'entrée en Bourse, MaBelleNuit était restée familiale, indépendante et fière de l'être. Tout le monde applaudit et HLP faillit trébucher avant que Ledu ne le rattrape. HLP dans les bras de Ledu, c'était hautement symbolique.

Quand le buffet fut ouvert, Sylvie se précipita. C'était la meilleure solution pour ne pas paraître seule et aux abois. Elle mangea toute une rangée de petits-fours. C'était délicieux, le genre de chose qu'elle n'aurait jamais dû avaler avant le déjeuner. Elle chercha une connaissance des yeux, un regard qui l'aurait rassurée, encouragée, mais tout le monde était affairé à discuter, rire ou entamer un tour de drague. Dans ces cas-là, Sylvie se collait à Nadine, la boss du syndicat, qui finissait toujours par la remarquer et lui dire un mot gentil. Cette fois, Nadine était en pleine discussion avec les filles de la compta. Sylvie se colla un peu plus à elle, Nadine la repéra enfin et l'entraîna à l'autre bout de la salle. Qu'est-ce qui lui prenait ?

« Sylvie, je voudrais pas te faire peur, mais ils sont tous en train de nous enfumer, là. Un plan social se prépare, sûrement pour l'année prochaine. Les chiffres des ventes Asie sont pourris, ça chute. C'est pas la réussite espérée, ils mentent tous. En plus, ce truc de matelas intelligent leur coûte les yeux de la tête. MaBelleNuit pourrait aller dans le mur. Je voulais te le dire, parce que je sais que tu as des gosses et que ton mari galère ! » Sylvie sentit ses joues s'enflammer. « Mais ils vont me foutre à la porte ? » C'était un cri du cœur, il lui fallait une réponse tout de suite. Nadine resta évasive. Il y aurait des licenciés, c'était certain. Combien ? Aucune idée. Le seul point positif pour Sylvie, c'était son ancienneté et sa situation : deux enfants et un mari au chômage. Mais était-ce suffisant ? Nadine ne pouvait le lui assurer. Sylvie dévora une autre rangée de petits-fours, puis encore une et but un verre, puis un autre. C'était la peur, il fallait remplir, remplir à tout prix, remplir à ras bord pour ne pas couler. Elle, au chômage, impossible ! Nino allait rechuter, et ensemble ils tomberaient encore plus bas. Elle fixa Ledu, toujours en grande conversation avec le peintre. Elle en était sûre, il allait la balancer, la mettre sur la liste. Il dirait : « Oh, celle-là, aucune utilité. Je peux complètement m'en passer, merci bien. » Elle espérait capter son attention, le supplier du regard, au beau milieu de la foule, mais Ledu était bien trop absorbé, il ne voyait que ce fichu peintre et son tableau de merde, tous ces milliers d'euros dépensés qui lui auraient permis à elle, Sylvie Verbaldi, de refaire sa maison une bonne fois pour toutes. Pourquoi l'argent allait-il toujours aux choses dérisoires ?

Sylvie retourna à son poste. Elle n'avait rien à faire. Sa journée était finie. C'était terrible ce manque de travail. Tout ça n'était-il pas prémédité pour la mettre au pied du mur, devant le fait accompli, qu'elle finisse par bouffer des petits cachets et passe ses journées à fixer cette putain de tour ? L'affaire serait réglée : Sylvie Verbaldi, balayée !

Elle décida d'écrire une longue lettre à Ledu. Il fallait lui expliquer son cas, lui dire tout ce qu'elle avait sur le cœur et mettre fin à cette situation intenable de disette, de famine, de privation. Même les chiens ont des tâches à accomplir, même les chiens. Alors merde, elle était capable de prendre des rendez-vous, d'organiser, synthétiser, imprimer, parler, merde ! Elle ouvrit un document au hasard, qui traînait là sur le bureau de son ordinateur et n'avait pas de nom. C'était un texte de deux ou trois pages, qu'elle parcourut avant de l'effacer. C'était assez confus, ça parlait de Jessica Faure, des derniers épisodes de *Believe*. Sylvie regarda la date, lundi dernier, le jour de la visite de HLP, elle avait dû écrire n'importe quoi pour faire illusion. Elle n'en avait aucun souvenir. C'en était presque comique. Sylvie avait tenté d'écrire un nouvel épisode de la série, le début de la saison 5. Ça disait : « Jessica ne partagera plus son bureau avec Angel, elle sera désormais seule aux commandes et sa fille sera kidnappée. » Puis les propositions fusaient à foison, plus improbables les unes que les autres. Au dernier paragraphe, Sylvie avait écrit : « Charlotte. Âge : 25 ans. Taille : 1,83 m. Yeux : couleur noisette, cercle bleu pâle et fin autour de l'iris. Tour de taille : 62 cm. Début de l'intrigue : Charlotte est nue. Elle est dans un lit qu'elle ne connaît pas. L'homme près d'elle a des bleus sur le visage. Charlotte enfile culotte, pantalon, chemisier, veste et claque la porte. Elle se fout du type. Elle a un entretien d'embauche, hors de question qu'elle le rate. Elle entre dans le hall de l'entreprise. C'est froid, c'est moche. On lui donne un badge. Elle remercie et prend l'ascenseur. Deux hommes lui tiennent la porte. Charlotte ne les voit pas. » Qu'est-ce qu'elle avait fichu ? Pourquoi écrire un truc pareil ? Charlotte était une héroïne secondaire de *Believe*, apparue dans quelques épisodes. C'est vrai que Sylvie adorait ce personnage qui n'avait ni maison ni contraintes, un passé d'écorchée vive et avait séduit un temps le mari de Jessica.

Bon, elle s'égarait complètement. Il s'agissait d'écrire à Ledu, de défendre sa cause, de sauver son poste. Sylvie effaça toutes ces conneries sur *Believe* et se retrouva devant une page blanche. Elle pensa : « Bon, allez, il faut trouver quelque chose de fort, mais surtout pas de jérémiades, rester positive, vanter ses qualités. » Elle chercha tout ce qu'elle savait faire, avait déjà fait, saurait faire, mais plus elle cherchait, plus son esprit s'échappait. Elle tenta d'allonger son bras et fut prise d'un immense vertige. Était-ce l'alcool ? Elle s'efforça de respirer calmement, de ne pas s'affoler, mais son cœur au contraire s'emballa et le bout de ses doigts se mit à brûler. « Je vais mourir là, maintenant, pendant que tout le monde se goinfre au buffet. » Elle regarda ce long couloir avec toutes ses portes, son bureau minuscule qu'un gamin de quinze ans aurait trouvé trop petit, puis la porte de Ledu, cette grande porte blanche à la vitre fumée éternellement close. Elle tenta de réagir une nouvelle fois, mais resta vissée sur sa chaise. « Si je meurs, autant être à mon aise. » Alors elle posa sa tête sur le bureau, respira profondément et accepta. Elle navigua au-dessus de la tour, se perdit dans le soleil de Mars, vogua sur de gros matelas pneumatiques, revit le visage de son père, émacié et tendu le jour de sa mort. Il lui sembla entendre des notes, oui, elle reconnaissait cette chanson : « Qu'est-ce qui fait pleurer les blondes ? », c'était Sylvie, la vraie, l'unique, Sylvie Vartan, celle que sa mère adorait et qui était cause de son prénom. Qui avait mis ce disque ? Était-ce intentionnel ? Voulait-on se moquer ? Elle ferma les yeux, un léger brouhaha résonna à nouveau, les notes étaient parties, la rengaine s'était tue. C'est alors qu'une voix hurla en elle : « Je ne veux pas mourir ! Tu n'as pas le droit ! » Qui parlait ? Qui disait ça ?

Sylvie se redressa péniblement. Son ordinateur affichait toujours la page blanche. Elle appuya sur les touches, sa main lui répondait à présent. Elle écrivit : « Cher Monsieur Ledu, je tiens à vous informer de ma situation… » Elle chercha de toutes ses forces une suite, des poèmes ou des citations japonaises qui plaideraient sa cause et éblouiraient l'esprit si cultivé de cet homme, mais rien ne vint. C'est alors que ses doigts partirent sur autre chose, ils caressèrent les touches puis s'abattirent sur le clavier. Elle écrivit « Charlotte », puis des dizaines de mots à la suite formant des dizaines de phrases. Sylvie ne pouvait pas retenir sa main, elle filait droit d'une touche à l'autre, reprenant l'histoire là où elle l'avait laissée l'autre jour, en bas de l'ascenseur. Charlotte passait un entretien d'embauche. Charlotte était recrutée. Charlotte affolait les compteurs. Chaque œil qui se posait sur elle, homme, femme, enfant ou chien, était hypnotisé.

Le téléphone de Sylvie sonna. C'était Nino. « Ben, tu devais pas récupérer Max ? » Elle regarda la pendule. Il était 16h30, Max attendait. C'était mercredi. Elle prit ses affaires et fila.

*

« Ça va, chéri ? » Sa grande mèche brune tombait sur ses yeux. Elle répéta : « Ça va, Max ? – Oui. – C'était bien le cours de dessin ? – Ben oui ! – Merde, mais dis autre chose ! C'est plus possible, que des oui ! » Sylvie avait hurlé. « Ça va, toi, maman ? – Ça va très bien. Je vais très, très bien. » Quand ils arrivèrent à Joué-la-Tour, elle prit la direction du centre-ville, monta la rue principale, se gara sur le parking derrière le monument. « Viens, chéri, on va marcher un peu. – Mais pourquoi, maman ? C'est l'heure de rentrer, j'ai des trucs à faire. – Tu as quoi à faire ? – Ben des devoirs, j'en ai plein. – Ah bon ? À la maison, t'en as jamais et là tu en as plein ? – Mais, maman ! – Max, est-ce que je te demande beaucoup de choses ? – Ben oui, y a tout le temps des trucs à faire : ranger, aider papa, surveiller papa, jardiner avec papa, faire les courses avec papa, et même une fois je suis allé chez le boucher pour Mireille. – Eh ben là, je vais te demander encore une chose, de visiter enfin ta ville, celle où tu vis depuis si longtemps. » Sylvie n'avait pas la même voix que d'habitude. Elle aussi s'en rendait compte mais ne pouvait rien y faire. Son corps s'était déréglé.

Elle entraîna son fils au pied de la tour. La caisse fermait dans une demi-heure, ils avaient juste le temps de monter. Max lut la pancarte : « Quatre-vingt-dix-neuf marches » et cria : « Mais, maman, ça va pas ! T'es malade ! Tu veux ma peau ou quoi ! » Elle non plus n'avait pas envie de monter, mais il le fallait, vraiment. Elle répliqua : « Max, tu montes ou je te mets une gifle » et le poussa devant elle. Ils traversèrent la grande salle qui organisait des expositions sur les artistes du coin et se dirigèrent droit vers la porte qui cachait le long escalier en colimaçon. « Entre, je te suis. – Mais, maman, t'es pas bien ? Pourquoi tu fais ça ? – Max, tu ne vas pas mourir à cause d'un escalier ! » Il n'avait plus d'arguments et commença l'ascension, Sylvie derrière lui. C'était long, pénible, Sylvie s'agrippait à la rampe, à bout de souffle. Max était plié en deux. « Maman, je veux descendre. – Non, Max, on va y arriver. » Dans le dernier tournant, elle s'arrêta à chaque marche pour reprendre haleine. Quand ils arrivèrent en haut, Sylvie embrassa son fils et le serra fort, comme avant, comme s'il était resté ce bébé qu'elle adorait cajoler et qui ne disait jamais non. « Mon Max, il faut qu'on perde du poids tous les deux. Je ne suis vraiment pas un exemple. Max, promets-moi ! » Il s'écarta d'elle, son tee-shirt était trempé. « Ben ouais, c'est le chocolat, ces trucs de merde que je m'achète. » C'était une bonne réaction, il n'avait pas râlé. « Oui, mon chou, on va arrêter le chocolat tous les deux, parce que j'en achète aussi et je le mange toute seule dans la voiture pour pas en ramener à la maison. – Moi, j'en ai planqué dans ma chambre, tu sais. – Mais moi aussi, mon grand, j'en ai dans ma chambre, caché entre les grands atlas qu'on ouvre jamais. » Ils s'accoudèrent à la balustrade. Il y avait du vent, beaucoup de vent, comme ce vent du large qui vous soulève au bord de l'océan.

Max se tourna vers sa mère. « Maman, tu me trouves moche ? – Bien sûr que non, mon grand ! Tu es magnifique ! Mais tu sais, le surpoids, c'est pas bon. Ça n'empêche pas d'être beau, c'est une question de santé, c'est tout. » Elle n'en pensait pas un mot, mais c'était bien de mentir, pour l'encourager. Son fils se pencha pour chercher leur maison. « Tiens, dit Sylvie, on habite là, tu vois, le toit rouge. À côté, c'est Mireille, avec les tuiles orange, et après c'est les Lémonin que t'aimes pas. Moi non plus, d'ailleurs. » Max s'exclama : « On dirait papa, là, dans le jardin ! – Mais non, tu te trompes, on pourrait pas le voir d'ici. Regarde par là, juste devant, la zone industrielle avec les grands toits gris, eh bien je travaille là, c'est là MaBelleNuit. Tu y étais allé petit, tu t'en souviens ? C'était la fête de Noël. » Max se tourna vers l'autre point de vue qui filait vers Bordeaux entre les vignes et les collines boisées. « Tu sais, Max, j'étais venue avec mon père ici et on avait monté les marches. J'ai pas oublié, tu vois. – Il était gros aussi ? – Oui, un peu, pas obèse, mais fort. – Maman, pourquoi tu m'as emmené ici, papa est malade ? – Mais non, chéri, je voulais te parler, puis ça change de voir la maison d'ici. Qui pourrait dire que les salles de bain tombent en ruine ? Que la baie vitrée menace de péter et que toute la cuisine attend d'être refaite ? » On siffla, c'était le gardien. Il fallait descendre.

En rentrant, Sylvie et Max trouvèrent Nino allongé sur le grand canapé du salon. Mireille était derrière le bar et versait des cuillères de farine dans un grand saladier, tandis qu'Alexis avait mis un opéra en fond sonore. Sylvie arrêta la musique, Nino se leva péniblement, de grosses gouttes dégoulinaient de sa barbe : « Tu es là, chérie ! Mais pourquoi tu répondais pas ? Une heure trente de retard, une heure trente ! J'ai pensé, je sais pas moi, au pire… un accident, un enlèvement, une prise d'otage, ou un malaise en voiture, tu as bien des vertiges parfois… » Mireille intervint : « Je lui ai dit de pas s'inquiéter, mais rien à faire, alors j'ai préparé de la pâte à crêpes, ça peut toujours servir. Et puis il aime ça, les crêpes. Hein, Alexis ? » Mireille posa la cuillère, se lava les mains au robinet qui fuyait. « Bon, ben je vous laisse en famille. Je te l'avais dit, Nino, Sylvie est une fille sérieuse, aucune raison de s'alarmer, et puis qu'est-ce que des terroristes viendraient faire à Joué-la-Tour ? » Elle se retourna avant d'ouvrir la porte. « Ah, j'ai fait les devoirs avec Alexis. Je pense qu'il s'ennuie en classe, ou alors sa cinquième est vraiment pas adaptée, enfin faudrait voir… »

Quand les gamins furent couchés, Sylvie eut une furieuse envie de prendre l'air, mais Nino ne la lâchait pas d'une semelle. Il l'attendait même derrière la porte des toilettes. À 21 heures, ils montèrent dans leur chambre. Nino se mit à poil. Elle pensa qu'il allait tenter quelque chose, l'enlacer, remonter sa main entre ses cuisses, ou bien embrasser ses pieds, comme il aimait faire quelquefois. Mais rien. « Chérie, je vais tourner la page Simex, j'arrête tout. T'es d'accord ? – Oui. » Il caressa son genou. « Ce qui compte c'est nous. Chérie, je veux qu'on se dise tout, comme avant. Tu me dis tout, hein ? T'as pas de soucis ? » Fallait-il dire la vérité : qu'elle était au bord du licenciement, complètement placardisée, sans aucun recours ni aucune idée pour rebondir ? Fallait-il l'alarmer alors qu'il n'avait pas pu supporter une heure de retard ? « Oui, tout va bien. Mon travail est pas trop difficile. Ils m'aiment bien là-bas et puis j'ai eu une super-discussion avec Max aujourd'hui. On va faire un régime ensemble, tous les deux. On va se motiver. » Nino laissa tomber sa tête contre ses seins. « Putain, t'es là, putain ! T'es là avec moi, j'y croyais plus, j'y croyais plus ! » Il pleura comme si un accident avait vraiment eu lieu et qu'elle en était sortie indemne.

À 2 heures du matin, Sylvie ne dormait toujours pas. Elle ouvrit la fenêtre. Une légère brise caressa sa joue, charriant une odeur de foin avec une pointe de chèvrefeuille qui venait de la haie voisine. Dans son jardin, le rosier piquait du nez, la haie n'était plus droite, les mauvaises herbes cachaient les dalles en pierre et le portique des balançoires sur lesquelles plus personne ne montait rouillait gentiment. Tiens, c'était allumé chez Mireille. Sylvie regarda l'horloge : 2h30, pourquoi Mireille n'avait-elle pas éteint ? Elle qui détestait gaspiller. Sylvie enfila son manteau noir, franchit les quelques mètres qui séparaient leurs pavillons, tapa doucement à la porte de sa voisine. Personne ne répondit. Elle enfonça dans la serrure la clé que lui avait confiée Mireille. Et si des sales types étaient venus l'assassiner ? Si Mireille baignait dans son sang ? Si elle avait fait une crise cardiaque ? Voilà, Nino lui avait transmis sa trouille. Elle fit quelques pas dans le couloir, entra dans la cuisine, jeta un œil au salon. Mireille était là, ronflant dans le gros fauteuil en cuir que son fils lui avait offert pour Noël, devant un programme sur des îles volcaniques. Sylvie éteignit le poste, s'assit sur le canapé en velours rose. Pourquoi préférait-elle la maison de Mireille à la sienne ? Elle n'était pas normale. Une fille normale n'aurait jamais eu envie de changer de maison à 2h30 du matin. Dans le grand silence de la nuit, elle chuchota : « Je vais sûrement me faire virer, mais ce n'est pas un drame parce que tout le monde peut rebondir, même moi. Il suffit de perdre du poids et tout ira bien. Je me sens plus légère déjà. Aujourd'hui, j'ai écrit des pages entières, des idioties, je sais pas… C'est pour remplir, je mange pour remplir aussi. Max est comme moi, mais ça va changer… » Sabbat, un des chats de Mireille, sauta sur ses genoux. Sylvie poussa un cri. Mireille hurla à son tour. « Mireille, ne vous inquiétez pas, votre chat était sorti, alors avec la rue, les voitures, tout ça… – Il est quelle heure ? – Il est tard, je vous laisse dormir. » Mireille ralluma la télé. « Ben oui, rentre chez toi. À demain, et me fais plus des peurs pareilles ! »

Sylvie se recoucha contre Nino. Si elle était virée, il n'en saurait jamais rien.

*

Il fallait se rendre à l'évidence : Sylvie était incapable d'écrire une belle lettre à M. Jean-Denis Ledu, son patron. Elle n'aurait pas les mots, à moins de suivre une formation express du genre « Convaincre son supérieur hiérarchique dans un contexte relationnel particulièrement tendu ». Mais pour autant, elle n'avait pas lâché Charlotte. Cette petite histoire idiote qu'elle avait commencée sans réfléchir trois jours plus tôt, elle l'avait relue plusieurs fois, l'avait mise à la poubelle, puis l'en avait sortie, relue encore, et des idées étaient arrivées, comme ça, une à une. Elle les avait d'abord chassées, s'était concentrée sur Jessica Faure, les mails du syndicat, les commandes papeterie et puis, sans crier gare, sa main était partie toute seule : juste une ou deux lignes, puis trois ou quatre, et, une idée en entraînant une autre, c'était devenu quelques paragraphes et puis quelques pages, il suffisait de suivre la musique. Évidemment, ça n'avait pas grand sens, c'était même complètement vain, mais cette petite gymnastique lui calmait les nerfs et l'empêchait de penser au licenciement. C'était une sorte de dérivatif, voilà, c'était ça : un barrage.

C'est pour ça que la Charlotte de son histoire n'eut très vite plus rien à voir avec celle de la série *Believe*. Sa Charlotte à elle était dans sa situation (assistante d'un autre Ledu dans une boîte similaire) mais avec des armes : un corps de rêve, une repartie cinglante et une intelligence de haute volée. Et dans cette histoire, Ledu faisait une petite fixation sur son assistante. Il commençait même à en perdre les pédales et Charlotte en abusait. C'était bon de voir Ledu patiner, souffrir, transpirer, balbutier, implorer… devant Charlotte, inflexible, qui le faisait mariner. Avait-elle un but précis ? Jusqu'où irait-elle ? Sylvie ne savait pas encore, mais ça l'intriguait : elle voulait connaître Charlotte. Ce n'était pas sa faute si cette soudaine envie d'écrire l'avait prise, là, au bureau, devant cette page blanche. C'était ce foutu vide qui la rendait folle. Pourtant, elle n'avait jamais brillé en rédaction, avait toujours eu des notes médiocres et des annotations décevantes. Elle n'y connaissait rien en littérature. Depuis qu'elle était gamine, elle avait lu, d'accord, énormément même, mais tout et n'importe quoi. Tout y passait : les policiers de son père (Simenon et *San Antonio*), les Harlequin de sa mère, les bandes dessinées (un peu cochonnes) planquées derrière les *Astérix*, du fantastique à gogo, avec des monstres qui aimaient le sang frais, les Histoires extraordinaires de Pierre Bellemare… c'était vraiment pas de la grande littérature qui s'étudie de long en large ! Mais au fond, quelle importance, écrire était devenu son tricot à elle, son petit loisir. Certaines femmes brodent, font des sudokus ou des mots croisés, Sylvie faisait sa petite histoire de Charlotte.

Quel risque y avait-il ? Aucun. Premièrement, personne ne la lirait jamais. Deuxièmement, cette occupation lui donnait l'air d'une fille captivée par son boulot, concentrée, impliquée. Et troisièmement, ça la distrayait, et même la sauvait de l'ennui encore plus sûrement que toutes les photos Instagram de Jessica Faure. Sylvie aimait entrer dans le corps svelte et musclé qu'elle avait donné à Charlotte. C'était bon de porter des talons hauts, des strings en dentelle, des minijupes, du rouge foncé sur les lèvres, des chemisiers flottants sur un décolleté, des cheveux longs, lourds, denses, bouclés, des bas, des escarpins ou de longues bottes montantes. Son héroïne n'avait pas mal aux articulations, pas de bourrelets à cacher, pas de ventre à rentrer, pas de cernes à masquer, pas de cheveux blancs. Charlotte était une reine, et Sylvie prenait une part de son éclat.

« Vous avez vu le mail ? Vous avez envoyé la réponse à Conflans ? » Le vrai Ledu, en chair et en os, lui parlait. Ce n'était jamais arrivé qu'il se déplace en personne jusqu'à son petit bureau, c'était toujours soit un Post-it, soit un texto, soit… rien du tout. Sylvie eut du mal à réaliser : « Conflans ? – Vous travaillez bien chez MaBelleNuit ? – Euh… oui. – Alors vous connaissez Conflans, du service financier, il en est le directeur. – Oui, monsieur Ledu. – Donc vous l'appelez et vous lui dites que la réunion n'aura pas lieu ce vendredi mais lundi prochain à 19 heures, c'est à prendre ou à laisser, vous lui dites ? – Oui. – Madame Verbaldi, ce serait bien d'être… je sais pas moi… à votre poste, vraiment, présente, investie quoi ! » Et il referma la porte. C'était foutu. Elle était virée, sinon pourquoi lui aurait-il parlé sur ce ton ? Elle appela la secrétaire de Conflans, balança le message, appela Ledu, proposa mardi 19 heures, il râla, plutôt jeudi 19h30, et finalement ils tombèrent d'accord sur le lundi 19h30. Quand elle eut fini, il lui restait encore une heure avant de partir. Elle n'allait pas se ronger les sangs en se repassant la scène cent fois dans la tête, non, Sylvie allait continuer ce qu'elle faisait juste avant d'être interrompue : écrire.

« Ledu est tout proche. Charlotte aime sentir sa sueur et sa peur. Elle aime qu'il transpire, qu'il ait les mains moites. Elle continue son mail à B. Ledu lit derrière son épaule, elle le sait. Alors elle y va franchement. Elle demande à B. des choses extrêmement vulgaires à faire entre deux adultes consentants. Quand Ledu se décide à parler, sa voix est enrouée : "Euh... vous avez la réponse de Conflans pour lundi ?" Charlotte se retourne lentement, redresse sa poitrine et le fixe quelques secondes, impassible. "Oui, je l'ai. C'est bon pour 19h30." Ledu veut relancer la conversation, n'importe quoi pour rester encore. Alors elle l'aide un peu : "Je pense qu'il faudrait viser les pays de l'Est pour les nouveaux modèles, c'est une région sous-exploitée. – C'est une excellente idée. Nous pourrions organiser un voyage, visiter des usines, voir un peu comment fonctionne la concurrence dans ces pays." Le portable de Charlotte vibre sur son bureau, le prénom de B. s'affiche. Elle laisse sonner. Ledu perd l'équilibre, lui marche sur le pied. "Euh... pardon, bon... – Mais ce n'est rien, monsieur Ledu. Bonne soirée, à demain." »

Les choses marchaient comme ça dans le monde de Charlotte et le licenciement ne la concernait pas.

*

Pour la première fois, Sylvie se surprit à penser à Charlotte un soir, chez elle, alors qu'elle surveillait la cuisson des steaks. Comment avait-elle pu imaginer une fille aussi étrange ? De quoi Charlotte était-elle capable au juste ? Désirait-elle Ledu ? Ou voulait-elle autre chose ? Au repas, elle parla à peine et Alexis l'engueula : « Maman, je te dis que le prof principal veut te voir. Tu m'entends ? – Ah oui, oui, chéri, c'est bien. – Ben non, c'est pas bien, parce qu'il va encore dire des conneries et tu vas le croire. – Mais non, chéri. » Nino avait à peine touché à son assiette. Il s'étala sur le canapé et ouvrit pour la millième fois le catalogue sur les salles de bain, son nouveau livre de chevet. Elle fit la vaisselle (le lave-vaisselle était en panne depuis un bail), mais ce n'était pas une corvée, c'était même reposant, parce que de nouvelles idées lui venaient pour Charlotte. Et si elle avait un but précis ? Et si Ledu avait gravement fauté et que Charlotte le tenait à sa merci ? Et si Charlotte était une ancienne obèse et avait modelé son corps pour se venger ? Comment autant d'idées pouvaient-elles lui venir en même temps ? Fallait-il s'inquiéter ? Était-ce hormonal : le tout début de la ménopause, la crise de la quarantaine ? Devait-elle en parler à Mireille, ou peut-être au psychiatre de Nino ? Mais que dire, alors ? Qu'elle avait imaginé une héroïne et qu'elle y pensait tout le temps ? Ce n'était pas sérieux !

Cette nuit-là, Sylvie voulut aller aux toilettes, mais par un curieux concours de circonstances, elle se retrouva sur son canapé, avec le petit ordinateur portable de Max sur les genoux. Il était 4 heures du matin. Qui pouvait comprendre une chose pareille ? Sylvie écrivait. Charlotte continuait à torturer ce pauvre Ledu et ce pauvre Ledu à lui courir après. Les choses s'emballaient, devenaient complètement dingues. Charlotte lui envoyait des textos enflammés, lui caressait la jambe en réunion, lui soufflait des mots crus, se rendait dans son restaurant favori, puis soudain l'ignorait, et Ledu se consumait. Il avait déjà perdu quinze kilos et engueulé plusieurs personnes dans le service pour se calmer les nerfs. Cet homme devait tomber, payer pour toutes celles qu'il avait rabaissées et torturées. Non, Charlotte ne briguait pas son poste. Ça, Sylvie commençait tout juste à le comprendre. Ce que voulait Charlotte, c'était lui faire honte, une honte aussi blessante que celle qu'elle avait connue quand elle n'était qu'une pauvre obèse il y avait fort, fort longtemps. Sylvie suivait Charlotte dans une maison abandonnée (héritée de sa mère), dans l'antre de sa grand-mère qui perdait la tête, dans les bars où traînait son demi-frère, un garçon violent et sauvage qu'elle adorait, et aussi dans les lits d'inconnu(e)s. Sylvie sentait leurs souffles, leurs mains caressant ses seins, leurs langues qui fouillaient et le plaisir, oui, la jouissance de savoir que c'était la première et la dernière fois avec cette personne-là.

À 7 heures, Sylvie en était convaincue : elle devenait tarée, son cerveau se délitait. Soit un esprit malin s'y était logé, soit, plus grave, une maladie neurologique couvait. « Ça va, chérie ? T'as une petite mine. – Non, non, mais j'ai mal dormi… des cauchemars sans arrêt. » Elle regarda le réveil. Elle avait seulement trente minutes pour se préparer, et pourtant elle eut subitement envie de Nino, là, tout de suite. Elle enleva sa chemise de nuit. « Viens. – Mais les enfants, poussin ? – Ben quoi, ils sont grands. » Nino resta quelques secondes indécis, comme s'il pesait le pour et le contre (il faut dire que les relations intimes se faisaient rares depuis son licenciement). « Bon, ben ok, chérie, mais tu vas te mettre en retard. » Nino enleva son caleçon et le plia en deux sur le bord du lit (ses affaires devaient être bien pliées avant tout préliminaire). Sylvie s'impatienta : « Allez, dépêche-toi, j'ai envie là, je compte jusqu'à dix… » Nino lâcha les chaussettes qu'il venait d'enlever, à contrecœur. Il embrassa ses seins, ses cuisses, son sexe, la pénétra, et au bout de quelques secondes s'écroula sur le côté. Il respirait péniblement, se tenant la poitrine. « C'est mon cœur, tu vois, il accélère. Déjà hier, quand j'ai gratté le carrelage, j'ai eu hyper-mal là ! – Mais là, c'est pas le cœur, Nino ! C'est une côte. – Oui, mais les symptômes de crise cardiaque commencent toujours comme ça, je l'ai entendu à la radio. – Alors, attends mon retour pour faire ton infarctus. Allez, je file m'habiller. »

Elle partit confiante. Elle n'avait plus peur d'être seule au milieu des autres. Désormais, Charlotte l'accompagnait.

*

Comment Sylvie en était-elle arrivée là ? Elle ne savait même plus. Ces derniers temps, elle avait bien essayé d'enrayer la machine, d'éviter d'y penser, de mettre le document à la poubelle, de se concentrer sur son poste, sur le nouveau matelas Sweet Air, les nouveaux régimes protéinés, le dernier discours de HLP, mais Charlotte revenait toujours plus fort. Sylvie tentait alors de résister, concentrait toute son attention sur les faïences pour salles de bain dont lui parlait Nino, c'était hyper-important… mais rien à faire, elle finissait toujours par écrire, au milieu de la nuit, de la journée, ou même dans les toilettes après le dîner.

Max réclamait son ordinateur, et Sylvie devait chaque fois inventer une réunion de travail, un dossier urgent à revoir, une synthèse à relire. Nino s'inquiétait : qu'est-ce qui se passait au bureau ? Mais rien, expliquait Sylvie, c'était ce nouveau matelas Sweet Air dont on préparait la sortie. Ledu était dans tous ses états et avait vraiment besoin de s'appuyer sur son assistante. Comment leur dire que son esprit avait fabriqué une héroïne et que cette fille la bouffait ? Y auraient-ils compris quelque chose ? Pas plus qu'elle sûrement. En plus, Nino y aurait trouvé une nouvelle source d'angoisse, ce qui n'aurait rien arrangé.

Tout se dégrada encore quand elle se retrouva dans la grande zone commerciale au rayon ordinateurs, et qu'elle craqua pour un petit portable hyperpratique qui pouvait se glisser dans un sac et avait une grande autonomie de batterie. Elle décida de le payer en trois fois sans frais, avec l'argent du compte commun. Nino ne regardait plus les relevés bancaires, il ne s'en apercevrait pas. Au début, elle ne s'en servit qu'un peu le soir, prétextant que c'était un portable de la boîte. Et puis elle finit par débiter un gros mensonge pour être tranquille. Elle avait été promue, oh, pas grand-chose, mais Ledu lui permettait de superviser en direct la campagne de pub à Taïwan. Évidemment, son boss la surveillait de près mais il lui faisait néanmoins confiance pour régler les petits problèmes et ajustements de dernière minute. Y avait-il une augmentation dans l'air ? demanda Nino. Sylvie répondit que oui, sûrement l'année prochaine. Il fallait se rendre à l'évidence : elle sombrait inexorablement dans la folie.

Le pire, c'était la nuit, quand elle se rendait chez Mireille, son ordinateur sous le bras, vers 5 heures du matin, l'heure habituelle de ses insomnies (qu'elle gérait avec des granules homéopathiques toujours inefficaces). Elle aimait s'asseoir sur le petit canapé rose, entendre Mireille ronfler dans son gros fauteuil et écrire là. Sylvie avait trouvé le meilleur passage pour rejoindre son héroïne et ce passage se situait 12, rue des Tilleuls, chez sa voisine. Là, Sylvie écrivit les scènes les plus drôles : Ledu dans le noir à moitié nu, au milieu d'un hangar rempli de matelas Sweet Air et, alors qu'il croyait atteindre enfin son but avec Charlotte, un appel anonyme le dénonçait. Il était accusé d'exhibitionnisme et embarqué illico. Ledu n'était que le premier d'une longue série. Charlotte avait d'autres cibles. Et elles devaient tomber une à une car Charlotte ne lâcherait pas, jamais. Elle avait trop souffert : ses tortionnaires devaient payer. Dans sa jeunesse, elle avait été harcelée, humiliée, rackettée, agressée par une bande d'adolescents pleins de fric du lycée voisin. Ils avaient eu la peau de sa meilleure amie (elle s'était suicidée) mais ne l'avaient pas eue elle, parce qu'elle était sortie de cet enfer, s'était métamorphosée, et avait décidé de devenir leur plus grand fantasme avant de les dévorer. Ledu était fini. Il en restait six à éliminer. Charlotte avait tout son temps et Sylvie aussi.

Un matin, Sylvie se retrouva nez à nez avec Stan, son portable sur les genoux. Mireille avait embauché le jeune homme l'année précédente pour s'occuper du jardin, rendre quelques petits services de bricolage et faire les courses de temps à autre. C'était un tout jeune garçon, qui ne faisait pas d'histoires et buvait toujours de la grenadine. Il était 7 heures, Stan venait tôt avant de se rendre au boulot (il s'occupait du parc de la grande tour). « Euh… bonjour, Stan, Mireille était pas bien alors je suis venue… Enfin… disons plutôt que j'avais un dossier à finir et il y avait trop de bruit chez moi, alors… » Stan s'essuyait tranquillement les mains sur son tee-shirt. « Elles sont où, les clés du cabanon ? Je les trouve plus. Comment je coupe la haie si j'ai pas les clés ? – Je sais pas, Stan. Ne faites pas trop de bruit, Mireille n'est pas levée. » Il baissa d'un ton : « Oui, mais moi j'aimerais pas être venu pour rien, c'est tout ! » Sylvie se surprit à détailler le gamin. Il était vraiment maigrichon, se dandinait d'un pied sur l'autre, mais son petit regard qui louchait avait un certain charme. Et si Sylvie enlevait son tee-shirt, comment réagirait-il ? Elle regarda son ventre, ses larges cuisses et revint à la raison. « Écoutez, Stan, repassez plus tard, Mireille vous les donnera. » Il retourna dans la cuisine en grognant, descendit à nouveau dans le jardin, où Sylvie le vit s'affairer dans les bégonias. Elle en profita pour filer.

Le parking d'Auchan était aussi très agréable. Une fois les courses dans le coffre, l'ordinateur bien calé sur les genoux, Charlotte était à elle. C'était bon d'écrire au milieu de ce ballet de voitures et de ménagères qui déchargeaient leurs caddies en n'ayant qu'une hâte : dégager le plus vite possible pour préparer le repas du soir. Sylvie était bien, là. Elle n'avait plus envie de rentrer chez elle, sortir les courses, les ranger dans le frigo et entendre : « Qu'est-ce qu'on mange ? », de préparer des plats compliqués, jamais à la hauteur de ses attentes, puis de voir tout le monde se jeter sur les pâtes qu'elle avait fait cuire au cas où. Alors, Sylvie s'inventa un cours de yoga, désormais tous les jeudis elle serait au yoga et Nino se chargerait du repas. Il râla, mais elle tint bon. Elle étoffa son mensonge : sa prof s'appelait Anémone et elle avait un pouvoir de magnétiseuse. Nino goba tout et décida même d'ouvrir le grand livre de cuisine pour voir ce qu'il pourrait tenter le jeudi suivant.

Charlotte lui faisait du bien. On ne pouvait pas le nier. C'était même incroyable qu'un personnage inventé ait ce pouvoir-là. Sylvie s'en rendit vraiment compte un matin alors qu'elle était tranquillement enfermée dans les toilettes du deuxième étage. Un petit groupe entra. Elle reconnut la voix de Malika, la comptable qui lui donnait les chiffres chaque matin, parlant avec une autre femme, une jeune dont Sylvie n'était plus sûre du prénom. Elles se croyaient seules. Malika balança : « Moi, je vais te dire qui va partir : ça va être ce con de Pucherau, qui râle tout le temps. Et puis les derniers embauchés comme Sacha, et aussi quelques assistantes qui se tournent les pouces comme la fille du troisième, tu sais, la fille qui ose jamais l'ouvrir, là, elle te regarde pas dans les yeux, c'est exaspérant ! – Patricia ? – Mais non, celle qui est beaucoup plus enveloppée, tu vois, avec les chaussures à bouts carrés, là, celle-là ! – Ah, Rose-Marie. – Ah non, pas Rose-Marie ! Elle est super-sympa Rose-Marie, et marrante comme tout, on fait de l'aquagym ensemble. Non, moi je te parle d'une autre, beaucoup plus lourde, elle est au troisième, elle vient des fois le matin, j'ai son nom sur le bout de la langue… – Ben non, je vois pas… – Enfin, cette fille, tu la connais, on en a parlé une fois, en plus ils l'ont collée à Ledu, tu vois le rapport, elle a pas les épaules ! Il paraît qu'il aimerait mieux que ce soit la petite Thaïs son assistante, parce que l'autre… » Les deux filles pissèrent en chœur puis claquèrent joyeusement la porte.

Quand Sylvie revint à son poste, elle était incroyablement calme. Ses mains ne tremblaient pas, pas de plaques rouges en vue sur la peau, ni d'envie de pleurer. Elle était soulagée d'avoir entendu ça, au moins maintenant elle savait. Se montrer utile, serviable, polie : fini, poubelle ! Elle allait partir, et c'était peut-être une chance, parce qu'elle n'avait plus rien à faire ici. Elle décida de ne pas aller à la cantine, se gara sur le parking d'Auchan, avala un sandwich et sortit l'ordinateur. Elle s'était prise d'affection pour ce petit objet si docile, qui jouait une petite note rigolote quand elle le mettait en marche. La machine avait proposé en fond d'écran une magnifique silhouette féminine adossée à un mur en contre-jour, et Sylvie y avait vu un signe : l'ordinateur aimait Charlotte. « Madame, vous êtes sur un place handicap ! Place handicap, pas possible ! Vous avez carte ? » Le vigile parlait mal français. « Euh… désolée, j'ai pas fait attention. » Elle recula sa voiture et se gara juste derrière. Le type lui fit un sourire. Elle le lui rendit, puis replaça son ordinateur sur ses genoux. Quand elle regarda sa montre, une heure s'était déjà écoulée. Elle releva la tête, le vigile était toujours là, en face. Il se demandait sûrement ce qu'elle foutait garée sur ce parking, mais ce n'étaient pas ses oignons.

À son retour au boulot, elle trouva un Post-it de Ledu. Une histoire de billets d'avion à échanger. Elle n'arrivait pas à lire les dates et fit alors une chose incroyable : au lieu de s'échiner à décrypter son écriture une loupe à la main, elle appela Ledu en direct et laissa un message sans bafouiller. Il envoya un SMS une heure après : « Faites ce qui est sur le Post-it, merci. » Elle répliqua : « Les billets du 15 juin sont-ils bien à échanger à la date du 16 même heure pour Paris ? » Il réagit une heure après : « 16 juillet à la place du 15. » Elle le fit immédiatement et écrivit : « C'est fait. » Il ne répondit pas. Elle chercha ensuite les dernières infos sur Jessica Faure. Des rumeurs couraient sur le Net à propos d'une séparation d'avec son dernier mari et d'une participation à l'émission *Nature sauvage*, mais Jessica n'aurait jamais signé pour ça, Sylvie en était sûre. Elle s'apprêtait à en débattre sur le site de fans dédié à Jessica quand son portable sonna. « Maman, t'es où ? Papa t'attend pour le rendez-vous avec mon prof ! »

*

Le professeur de français sortit cinq copies doubles de son cartable. « Neuf pages. On peut dire que votre fils aime écrire, d'ailleurs on ne peut plus l'arrêter quand il tient un stylo. J'ai dû lui arracher sa feuille. » Le professeur leur mit la rédaction sous le nez pour appuyer son propos. Nino toussa, signe qu'il ne savait absolument pas quoi dire. Sylvie se risqua : « Euh… c'est un problème ? Alexis ne s'applique pas assez ? – Pas du tout, madame Verbaldi, il ne s'applique que trop. Voyez, je demande à la classe d'imaginer la suite d'une histoire que je viens de leur lire, extraite d'un livre de Roland Capuchon, une petite histoire assez drôle sur un chat sauvage qui rencontre un éléphant, tout à fait à la portée des cinquièmes. Eh bien, votre fils ne suit pas la consigne : il change l'histoire parce que soi-disant elle n'est pas crédible. Donc il me réécrit le début du livre pour me prouver que Roland

Capuchon aurait pu faire mieux, il me change les personnages, les fait atterrir en soucoupe volante en pleine savane sur une nouvelle planète remplie de chats, après quoi monsieur change d'avis et embraye sur une nouvelle histoire sur le règne des fourmis rouges qui ont eu raison de l'humanité, puis il abandonne les fourmis à leur sort et là une chanteuse d'opéra arrive, adopte un éléphant, tue les chats sauvages… ah, et elle chante en italien… Enfin, on ne peut pas dire qu'il ne se donne pas du mal. Mais je vous le demande, où va-t-on ? » Sylvie regarda Nino. Il avait mis une chemise pour l'occasion et rasé sa barbe. Il se tenait les bras croisés devant le tableau noir comme un gamin pris en faute. « Euh… monsieur Mongin, excusez-moi, Monfin, j'ai traversé une période difficile récemment, des problèmes d'emploi, et je pense que ça a pu perturber un peu la scolarité d'Alexis. C'est pas évident pour les gosses… » Il n'allait quand même pas déballer toute leur vie privée devant cet inconnu. Sylvie intervint : « Je comprends, monsieur Monfin, il faut qu'Alexis suive l'énoncé et ne parte pas dans tous les sens. On a du mal à le suivre nous aussi à la maison. Mais on va lui parler, hein, Nino ? » Nino acquiesça, sans conviction : « Euh… oui, on va voir ça ensemble. » M. Monfin rangea le paquet de feuilles dans son sac. « Et puis comment voulez-vous noter une copie pareille ? Qu'est-ce que je fais, moi, avec ça ? S'il ne fait pas ce qu'on lui demande, comment aura-t-il son brevet ? L'école n'est pas le lieu pour ça ! Inscrivez-le… je sais pas moi… en cours de théâtre, oui, pourquoi pas ? » Nino proposa : « Est-ce qu'il peut refaire l'exercice ? Parce que si sa note fait baisser sa moyenne…
– Non, on ne refait pas les contrôles, monsieur Verbaldi. Mais il le saura pour la prochaine fois. »

En se levant, Nino fit tomber sa chaise dans un bruit effroyable, s'excusa en bafouillant. Sylvie salua M. Monfin et ils déguerpirent au pas de course.

À peine rentrés, ils appelèrent Alexis, le firent asseoir à la grande table du salon. « Chéri, ton prof est pas content du tout. Il te demande un truc simple : la suite d'une histoire, et tu compliques tout. » Alexis gigota sur sa chaise et faillit tomber à la renverse. « Monfin, c'est n'importe quoi ! Ses cours y sont nuls. Il lit des histoires pourries et puis il nous fait des dictées à trous, c'est débile ! Alors, je ferai des efforts quand il en fera ! » Il croisa les bras et fixa le mur décrépit. Sylvie tenta : « Chéri, c'est comme ça, on a pas toujours des super-profs. Tu fais ce qu'il demande et tout ira bien. » Alexis balança ses pieds sous la table de plus en plus fort. Son attitude mit Nino sur les nerfs. Il exigea qu'il réécrive cette histoire d'éléphant et de chats sauvages en quelques lignes, comme tout enfant de cinquième, et surtout qu'il évite la science-fiction, pas du goût de Monfin. Alexis refusa, Nino s'entêta. Les choses commençant à s'envenimer, Sylvie se jeta sur le paquet de pâtes cuisson ultra-rapide et appela tout le monde à table. Elle servit les assiettes à ras bord, remplit les verres, parla dans le vide de sa soi-disant nouvelle mission pour Taïwan, posa trois yaourts sur la table, et quand la vaisselle fut faite, elle partit chez Mireille prendre quelques minutes de vacances.

Mireille coupait une poire dans la cuisine. Ses chats ronronnaient, allongés sur la toile cirée. « Faut leur faire la piqûre, Sylvie. Sabbat m'a fait un malaise tout à l'heure. Il s'est cassé la gueule. Je crois qu'il a bouffé une saloperie dans le jardin. – Pas de problème, Mireille, je suis en retard mais je suis là ! » Sylvie attrapa Sabbat. Il la connaissait bien et se laissa faire. Il continuait même à ronronner quand elle enfonçait l'aiguille dans son pelage. Puis elle alla chercher Suki, caché dans la grande armoire de la chambre comme d'habitude. Impossible de l'en déloger. Mireille l'aida en l'attirant avec des croquettes. Sylvie le tint fermement, sortit la deuxième seringue et l'enfonça dans le gras des côtes. Suki cracha puis courut se recacher dans l'armoire. « C'est pas de chance quand même, Mireille, deux chats diabétiques ! – Ils sont frère et sœur. C'est ça la famille ! On partage tout ! »

Sylvie aida à ranger la cuisine, qui était déjà extrêmement propre, passa un coup d'éponge derrière l'évier, remit les bocaux en place, jeta l'éponge usée et la remplaça. « Voilà, Mireille, c'est impeccable. J'aimerais que ce soit aussi propre chez moi ! – Oh, tu parles, j'ai que ça à faire, alors j'essuie, mais toi, t'as pas le temps, t'es jeune ! » Sylvie s'assit à côté d'elle. Le frigidaire se mit à ronfler. « Mireille, je sais pas si c'est normal mais Alexis a encore compliqué un exercice hyper-simple. S'il fait pareil à ses examens plus tard, il va tout rater. » Mireille se mit à rire. « Ma fille, tu veux que je te dise, les consignes, c'est de la merde, c'est ceux qui les suivent pas qui feront quelque chose. Tous ceux que j'ai eus en classe qui écrivaient tout bien, qui notaient tout dans le cahier de textes, rendaient toujours les devoirs à l'heure, eh ben ils sont devenus directeurs de banque ou, pires, directeurs de supermarché. Si tu appelles ça une réussite ! » Ce n'étaient peut-être pas des boulots de rêve, mais c'était quand même un salaire, pensa Sylvie. Elle aida Mireille à avancer jusqu'au salon. Ses poignets lui semblaient de plus en plus maigres. « Mais alors, c'est quoi une vie réussie ? Mireille, vous croyez quand même dans l'éducation, non ? Plein d'élèves vous sont redevables, j'ai bien vu... – Ben oui, ils ont pitié d'une vieille. Tiens, avance-moi le fauteuil, c'est mon fils qui a voulu le bouger. Ah celui-là, il me facilite pas la vie. Tiens, mets-moi la 1 ou, non, la 26, y a une série sur les flics avec des cadavres partout. *Believe* ça s'appelle. – Je connais très bien, je les ai tous vus ! – Ah bon, tu regardes des trucs comme ça ? J'aurais pas cru ! »

Elle s'endormit au bout de quelques minutes. Sylvie rentra chez elle. Nino aussi s'était assoupi sur le canapé, Max pianotait sur son téléphone et Alexis s'entraînait sur son piano électrique avec un casque. Elle les mit au lit tous les deux, revint gueuler deux ou trois fois pour qu'ils éteignent la lumière. Charlotte l'attendait, elle le savait. Elle avait hâte.

*

Trois cent cinquante-six pages, voilà ce que disait le document Word. Sylvie n'en revenait pas. Comment avait-elle fait ? Comment avait-elle pu aligner autant de mots toute seule en quelques semaines ? Était-elle envoûtée ?

Elle leva la tête. Des gens couraient sur le parking d'Auchan. Le vigile lui fit un petit signe. Maintenant, elle se garait toujours devant lui. Ça la rassurait. Elle décida de relire certains passages, pour voir. C'était salé ! La vie de Charlotte était truffée de scènes affriolantes. Au début, c'était pour rendre Ledu jaloux, puis obsédé, puis complètement timbré, et une fois Ledu éliminé, elle s'était attaquée à sa deuxième cible, un fils à papa héritier d'un grand vignoble de la région. Elle était allée séduire la femme de ce type, carrément. Une fois l'épouse séduite, elle avait ensorcelé l'amant de celle-ci, et du coup dynamité le trio. Pour fêter ça, elle avait voulu s'amuser avec un petit jeune qui lui tournait autour… bref, elle n'arrêtait jamais. Comment une telle héroïne avait-elle pu germer dans sa tête ? Sylvie n'avait jamais eu d'obsession pour le sexe, bien au contraire. Elle le pratiquait de façon tout à fait raisonnable avec Nino et ça lui suffisait amplement. C'était sûrement l'approche de la quarantaine, les changements hormonaux ou alors la peur du licenciement qui lui donnaient des idées lubriques. Elle se regarda dans le rétroviseur. Ses joues étaient en feu. Elle transpirait, ouvrit grand la vitre et se parla à voix haute : « Je crois que je ne suis plus tout à fait dans mon assiette. » Un jeune homme se gara juste à côté. Il embrassa sa copine sur la bouche. Sylvie était en nage. Elle but une grande bouteille d'eau, ouvrit le paquet de céréales qu'elle avait acheté pour les garçons et le dévora méthodiquement. Mâcher fort et vite la détendait.

La situation était celle-ci : Sylvie écrivait une histoire extrêmement salace sur une héroïne complètement désaxée qui criait vengeance pour des humiliations sordides datant de son adolescence, et cette histoire lui bouffait la tête jusqu'à la réveiller en pleine nuit pour aller écrire en douce chez sa voisine et lui faire prendre son probable licenciement par-dessus la jambe. Il fallait réagir. Elle n'était plus maîtresse de rien. Un avis médical s'imposait. Sylvie pensa au psychiatre de Nino, qui l'avait aidée et s'était montré très courtois avec elle. Au téléphone, il ne lui posa aucune question.

Peut-être, au ton de sa voix, sentit-il que c'était urgent car il accepta de la recevoir le jour même entre deux patients.

À peine assise sur le divan, elle se lança. Voilà, son esprit était comment dire... enfin, il divaguait, il inventait des choses, des histoires qu'elle avait d'abord écrites pour se vider la tête et s'occuper, mais maintenant ça prenait tout l'espace. Elle ne pensait qu'à ça... Elle ne se battait même plus pour conserver son travail, elle s'enfermait dans cette manie, ça devenait une drogue... En plus, c'étaient des histoires un peu corsées qu'elle écrivait, pour tout dire c'était un peu olé-olé, parce que le personnage était une fille qui était comme elle, pourtant non, tout le contraire d'elle, mais avec le même patron, cela dit ça n'avait rien à voir avec elle, enfin si, un peu...

« Madame Verbaldi, vous écrivez une sorte de journal intime, c'est ça ? Vous mettez en scène vos fantasmes, si je comprends bien ? – Euh... on peut dire ça... C'est pas des choses que je ferais moi, bien entendu, mais ça me fait du bien, quand j'écris je pense plus à rien, c'est justement ça qui me fait peur... Je me laisse complètement aller. – Madame Verbaldi, les fantasmes ne sont pas faits pour être réalisés, c'est le propre du fantasme. » Il ne semblait pas alarmé. Avait-il bien saisi ce qui lui arrivait ? « Docteur, est-ce que je débloque ? » Il sourit, fit tourner son stylo entre ses doigts. « Je ne pense pas. Vous avez trouvé une occupation qui accapare des millions de gens sur terre : l'écriture, et c'est très bien. – L'écriture ok, docteur, seulement j'écris aussi la nuit, tout le temps, vous voyez... » Bizarrement, le psychiatre ne s'affola pas : « Écoutez, madame Verbaldi, vous êtes peut-être un écrivain qui s'ignore. Que je sache, ce n'est pas une maladie. Certains écrivains se lèvent très tôt pour écrire et ne font que ça. Prenez Balzac, il a passé le plus clair de son temps à écrire et sa vraie vie est passée au second plan. » Elle n'avait pas lu un seul livre de ce type, et ne savait même plus dans quel siècle il était né. « Vous rigolez, docteur ! Ça n'a rien à voir, c'est complètement différent, peut-être le contrecoup de toute cette histoire avec Nino, un trop-plein que je dois vider. C'est comme une baignoire, et quand elle sera vide, ça ira mieux.

– Exactement, madame Verbaldi, vous videz et ça vous fait du bien, alors ne cherchez pas plus loin. Vous vous occupez de vos enfants comme avant ? – Euh… oui, je crois. – Vous allez tous les jours au travail ? – Euh… oui. – Vous prenez soin de Nino ? – Ben oui, bien sûr, il veut même faire une formation… » Il se leva pour marquer la fin de l'entretien. « Alors, il n'y a aucun problème, votre vie s'est enrichie, c'est tout. » Son téléphone sonna. « Oui, j'arrive dans trois minutes. » Il lui serra chaleureusement la main et Sylvie sortit sans ordonnance.

Impossible de rentrer tout de suite, elle prit un billet pour monter dans la tour. Le vent sifflait. Elle crut apercevoir la silhouette de Stan dans le jardin de Mireille, mais ce n'était peut-être qu'un arbre pliant sous le vent. Pour la première fois depuis longtemps, elle se sentit aussi légère qu'une plume. Et si ses kilos étaient beaux, extraordinairement sexy ? Pourquoi vouloir toujours maigrir ? Pourquoi ne pas rester comme ça ? Pourquoi se torturer ? Et si son corps était un corps massif, un corps charnu, dodu, qui la rendait belle ?

*

Maintenant tout le monde avait sa place : les garçons, Nino, Mireille, Charlotte, et même sa mère qui débarquait sans jamais prévenir. Le planning de Sylvie était millimétré. Elle s'occupait de Nino au boulot, de Charlotte pendant la pause déjeuner, des enfants entre 17 et 20 heures, de Mireille vers 21 heures, puis Charlotte revenait vers 4 ou 5 heures du matin, et les journées défilaient comme ça, identiques. Après sa visite chez le psychiatre, elle avait décidé de se laisser vraiment aller. Écrire ne portait pas à conséquence, il avait raison, c'était une chose en plus dans sa vie, ça lui faisait du bien. D'ailleurs Sylvie commençait à s'attacher. C'était étrange, mais elle éprouvait des sentiments maternels pour son héroïne. Elle devait prendre soin d'elle. Qui d'autre le ferait sinon ? Charlotte avait besoin d'elle. Elle devait l'accompagner au bout de sa vengeance, consoler cette ado obèse qu'elle avait été, parce que cette femme était venue la chercher, elle et personne d'autre. Qui aurait compris ça ? Sylvie ne croyait pas aux esprits, aux médiums, à toutes ces superstitions, mais elle croyait en une force… comment dire… créatrice. Et cette force nourrissait son héroïne. Bien sûr, ce n'était pas du tout une vocation. Sylvie se contentait d'écouter, de suivre une petite musique, de se vider la tête, jusqu'au délire. C'était sa sortie en boîte de nuit.

« Charlotte est au commissariat. Elle attend son tour. Elle a tout son temps. Elle a gardé sa jupe fendue, ses longues bottes et son pull échancré jusqu'aux épaules. Un type s'assoit à côté d'elle et lui sourit. Elle n'est pas venue pour ça. Mais bon, il n'est pas tout à fait désagréable à regarder. Alors elle décroise juste les jambes, le laisse se rapprocher. "Vous attendez depuis longtemps ?" Voilà maintenant qu'il lui cause. Belle voix. Elle répond : "Depuis deux heures." Il aimerait en savoir plus. Elle tourne la tête vers lui, le regarde dans les yeux. Elle aime cet instant où les hommes ont peur parce que c'est elle qui les regarde. Elle le passe aux rayons X : belle barbe, mains nettes, chemise propre, biceps enflés, bouche ourlée, il pourrait être sa cible. Elle pèse le pour et le contre. Est-il seulement marrant ? Elle demande : "Laissez-moi deviner… Vous portez plainte contre votre femme, tentative de meurtre, crime passionnel, vous l'avez trompée, elle a pas supporté, c'est ça ?" Le type éclate de rire. C'est très bon signe. Le flic l'appelle de derrière son comptoir. Elle se lève. Il lui indique qu'un autre flic l'attend, bureau 6, pour la déposition. Le bel inconnu ne perd pas une miette de la scène. Elle revient vers lui et se penche à son oreille : "Attendez-moi au bar en face." Il sourit. Le pauvre, il s'imagine qu'il a gagné. Ils croient tous qu'ils ont gagné. »

Charlotte n'était pas une fille malheureuse, c'était une fille qui avait décidé de ne pas avoir d'états d'âme. Sylvie se rapprochait d'elle un peu plus chaque jour. Les informations, les confidences de Charlotte pouvaient arriver à tout moment : à la cantine (elle y allait une fois par semaine désormais), ou pendant les courses devant les rayons fruits et légumes, et même le soir près de Nino. C'était drôle, Sylvie avait fait tellement d'efforts pour tout dans sa vie : pour séduire Nino, se faire embaucher, perdre du poids, comprendre ses mômes, comprendre le relationnel. Et là, tout d'un coup, ce passe-temps l'absorbait entièrement, et il n'y avait plus aucun effort à faire. Sylvie se glissait chez Mireille (après dîner ou dans la nuit) et les idées venaient, les scènes, les personnages, Charlotte vivait, baisait, dansait, mordait, il n'y avait pas à se torturer la tête, à se poser dix mille questions, Charlotte lui prenait la main et ensemble elles décollaient. Son héroïne ne la jugeait pas, elle se foutait que Sylvie se fasse licencier, qu'elle habite une maison vétuste, ait une famille compliquée, un mari en grande déprime. Charlotte voulait vivre, elle voulait jouir, elle disait : « Viens avec moi, on s'en fout, le monde est à nous ! »

Parfois, Sylvie riait toute seule et Nino s'étonnait : « Qu'est-ce qui te prend ? – Ah, chéri, je repense à un truc marrant au boulot, Ledu a fait un lapsus en réunion – Ah bon, alors Ledu est drôle maintenant ? Je croyais qu'il était chiant ? – Non, il n'est pas drôle, enfin, il l'est malgré lui, c'est ça qui est bien. » Nino n'insistait pas. Il n'aimait plus trop parler travail depuis qu'il avait perdu le sien.

Avec Charlotte, la vie était plus amusante, mais Sylvie moins concentrée. Les revues de presse sur Jessica Faure fondaient, les chiffres de la compta étaient transmis en retard, le restaurant de Ledu réservé au dernier moment. Elle ne répondait plus à la seconde aux mails emmerdants, mais personne ne s'en plaignait… Enfin si, une personne avait bien senti quelque chose, c'était Nadine, du syndicat. Elle lui tint un petit discours très tôt un matin, devant la machine à café : « Écoute, Sylvie, je sais pas si j'ai bien fait de te dire pour les licenciements. J'ai peut-être été un peu alarmiste, enfin on sait pas, ça peut très bien changer… Alors, ne te démotive pas, vraiment, parce que depuis quelque temps je te vois plus… tu viens même plus discuter un peu le matin… On parlait de ça avec Véro tout à l'heure, on se disait : "Mais que devient Sylvie ?" » La secrétaire de M. Jean-Denis Ledu mit 2 euros dans la machine à café, pour se laisser le temps de réfléchir, trouver la bonne réponse. Que dire ? Qu'inventer ? Charlotte était encore dans sa tête. Pourquoi ne venait-elle pas répondre à sa place ? « Ah tu crois ? Tu sais… je suis un peu préoccupée par Nino…Tu vois…, il a rechuté… alors je viens, je bosse et je repars… » Mettre tout sur le dos de Nino, c'était le plus simple. Nadine compatit, oui, elle comprenait, mais Sylvie devait aussi penser à elle, c'était important de discuter avec tout le monde, de montrer qu'on était là, impliquée, en ces temps agités. En tout cas, Sylvie pouvait toujours compter sur elle qui ferait le maximum pour limiter la casse. « Merci, Nadine. Tu sais, j'aime ce boulot, tu peux le dire au syndicat, je veux rester, je suis bien ici. Ledu est content de moi, enfin je crois, il parle très peu, mais j'essaie vraiment de faire au mieux. »

Nadine avait raison, il fallait montrer qu'on était là. Sylvie se promit de fréquenter assidûment la cantine, de discuter avec le maximum de monde, et pourquoi pas d'aller voir Ledu, l'air de rien, pour parler du Sweet Air, de faire la fille intéressée qui voulait des infos, prendre les devants, organiser, planifier, exister. Seulement, sur le coup de midi, elle ne fit rien de tout ça, elle fila sur le parking d'Auchan et alluma son ordinateur. Et si Charlotte était la vraie vie ?

2

C'était le jour de ses trente-huit ans. Elle ne voulait pas y penser, parce que trente-huit c'était juste avant quarante, et quarante, c'était le début de la fin. Elle avait passé une bonne partie de la nuit avec Charlotte sur son canapé. Elle était crevée, mais elle n'avait pas pensé une seconde à cette date et au licenciement. Elle avait déposé les enfants au collège, puis au lycée. Personne ne lui avait souhaité son anniversaire et c'était mieux comme ça. Max était stressé à cause d'une fille. Sylvie n'avait pas tout compris, à part qu'il ne savait pas encore si la fille allait l'inviter à sa « party » le samedi suivant (le terme « boum » était devenu ultra-ringard). Alexis, lui, voulait présenter un extrait d'opéra pour la fête de l'école. Il avait trouvé une fille de troisième qui pourrait tenir le rôle-titre. Il en parlait tout le temps, ce qui agaçait son frère. Sylvie leur avait promis que ce week-end, ils iraient tous au cinéma. Elle n'avait vu aucun sourire s'afficher sur leurs visages. Elle avait proposé une crêperie, ça n'avait rien changé, alors elle leur avait souhaité une bonne journée et ils avaient claqué la portière de la voiture : « Tchao, 'man ! »

Et puis, il y eut un trou dans l'espace-temps. Elle était sur le parking d'Auchan dans sa voiture, pendant sa pause déjeuner, Charlotte commençait à attaquer sa quatrième cible, et Sylvie eut soudain soif. Elle referma le portable, claqua la portière, appuya sur le bip pour verrouiller, passa devant le vigile et courut chercher un pack d'eau dans la grande surface. Les rayonnages n'en finissaient pas, elle dut passer devant les gâteaux, des milliers de gâteaux. Elle s'autorisa une marque diététique aux céréales, assez austère, puis finit par craquer pour une petite tablette de chocolat, beaucoup plus alléchante, qu'elle se jura de manger en plusieurs fois, sur plusieurs jours. Elle l'ouvrit juste après les caisses en se disant : « Juste un carré maintenant et un autre ce soir. » Arrivée devant la voiture, le pack d'eau lui tomba des mains. Sa vitre avant était cassée. Sur le siège, l'ordinateur avait disparu. Non, c'était une blague ! Elle ouvrit la portière, des éclats de vitre tombèrent à ses pieds. Elle chercha partout l'ordinateur : dans le coffre, sous sa voiture, sous les autres voitures, fit le tour du parking, si jamais le voleur l'avait jeté dans une poubelle, ou abandonné quelque part… Elle ne pouvait pas le croire, pourquoi lui faire ça ? Elle n'avait pas d'autre Charlotte dans un autre ordinateur, elle n'avait jamais pensé à la sauvegarder…Charlotte devait rester là, toujours, à côté d'elle.

Elle courut, le souffle lui manquait et les kilos sur ses hanches pesaient des tonnes, elle finit par s'effondrer devant le vigile. « Vous avez vu quelque chose ? On m'a volé, là, dans ma voiture. » Elle s'assit carrément par terre devant lui et désigna la zone derrière les chariots. « Là-bas… Pourquoi moi, dans ma voiture, merde ! » Il l'aida à se relever, parla dans son talkie, la suivit mais ne put que constater les dégâts. « Police, porter plainte à police. Pas de vol ici d'habitude. Pas de chance. Vous voulez pompiers, ça va ? » Il resta auprès d'elle. « Vous travaillez dans voiture, je vous ai vue des fois. – Ils m'ont pris mon ordinateur. Dedans, j'avais un travail très important. » Le vigile lui tendit un mouchoir. Elle se moucha, les sanglots l'empêchaient de parler et le type n'osait pas l'abandonner. Elle était grosse, moche, elle avait perdu Charlotte, elle avait trente-huit ans et un vigile avait pitié. Elle s'assit sur le siège avant, sur les bouts de verre. Qu'ils se plantent dans ses fesses, qu'ils essaient seulement ! Le vigile était encore là. Elle bredouilla : « J'avais tout écrit toute seule. Y avait trois cent soixante-quatorze pages, c'était tout écrit par moi, tous les mots étaient de moi, de Sylvie Verbaldi, c'est des mots qui ne peuvent pas revenir... » Le vigile faisait semblant de comprendre. Il proposa de l'emmener au poste après son service. Elle refusa. Sa voiture roulait encore, elle irait seule.

Un épais brouillard l'enveloppait. Les policiers prirent sa déposition et constatèrent. L'assurance expliqua la procédure à suivre. Elle fit acte de présence au bureau puis rentra chez elle. Mais ce n'était pas fini. Quand elle ouvrit la porte, il y avait Delphine, sa copine d'enfance, Mireille, sa mère, Nanette, Mme Ombris, une copine de sa mère, ses deux fils et Nino. Ils crièrent : « Joyeux anniversaire ! » Elle rit, puis pleura, puis expliqua la vitre cassée et l'ordinateur volé. On lui versa du mousseux, même pas du champagne ! C'était pas grave, s'écrièrent-ils en chœur, l'entreprise lui en passerait un autre, et il n'y avait pas mort d'homme. Mais si, il y avait mort d'homme, de femme même : de Charlotte.

Plus tard, Nino la prit dans ses bras. Fallait pas s'en faire pour l'ordinateur. Ça s'arrangerait. La preuve, il avait une excellente nouvelle. Un vétérinaire l'avait contacté. Lui aussi soupçonnait Simex de vendre des produits nocifs et lui aussi avait eu des problèmes avec Ortex, certains clients pouvaient en témoigner. Ce truc avait transformé leur chien en bête féroce. Et ce n'était pas tout. Deux d'entre eux avaient des King Charles, la même race que celui qui l'avait attaqué. Ces chiens-là devaient être particulièrement sensibles au produit. Tout se recoupait ! Cette saloperie de clébard avait dû sentir l'Ortex dans sa mallette. Ce putain de médoc agissait comme une drogue et Nino le prouverait ! Il la serra plus fort, l'embrassa sur la bouche. « Excuse-moi pour ces deux années pourries, mais ça va changer. J'ai déconné, ils ont failli m'avoir, j'étais à deux doigts de laisser tomber, mais ce serait trop facile, tu comprends ! » Sylvie lui cacha soigneusement le fond de sa pensée, à savoir qu'il n'avait aucune chance contre une boîte comptant seize mille employés dans le monde, bardée d'avocats, et qu'il n'aurait jamais les moyens de payer des essais cliniques pour avoir les preuves. Mais il fallait mentir, comme toujours. Maintenant, Sylvie en était sûre, c'était une des pires journées de sa vie.

Pourquoi avait-elle laissé Charlotte sans surveillance pendant vingt minutes ? Pourquoi avait-elle acheté ce paquet de biscuits dégueulasses ? Tout était sa faute. Elle mangeait trop. Elle n'avait pas besoin de ces cochonneries ! Sans Charlotte, le monde était une énorme piscine qui débordait. Sylvie retourna sur le parking au cas où. Ça n'avait aucun sens, mais l'habitude était prise, elle ne pouvait plus s'en défaire. Elle espérait quelque chose, et cet espoir, si mince, si ridicule, qui fait qu'on ne peut pas tourner la page, ne la quittait pas. Sur le parking, elle mangeait du chocolat, et après le chocolat elle reprenait du chocolat, parce que dès qu'elle s'arrêtait d'en manger, elle culpabilisait. Mais le chocolat ne remplaçait pas Charlotte, il n'épongeait rien. Un midi, le vigile vint la voir. Il devait avoir pitié, ou peut-être était-il curieux de voir une obèse se goinfrer. Il frappa à la vitre. « Alors, ordinateur, rien ? J'ai regardé dans poubelle pour vous… – Ah, c'est gentil mais non, c'est fini ordinateur. Tout est fini. Tant pis… – Ça va ? Vous voulez de l'eau ? – Non, merci, c'est gentil. – C'est parce que je suis pause, alors j'ai bouteille pour pause. – Merci mais je dois retourner au travail. » Elle mit le moteur en marche. Elle ne voulait pas partir, mais elle ne voulait pas non plus montrer son chagrin.

Les larmes se tarirent tout doucement, jour après jour. Sylvie comprit que c'était juste un passage. Elle s'était inventé une amie qui avait des mœurs étranges, puis cette amie s'était sauvée, enfuie, Sylvie l'avait pleurée comme on pleure une sœur. Sauf que tout ça n'aurait jamais dû exister. Perdre Charlotte était sa dernière chance pour se remotiver, se battre contre ce fichu licenciement ! Charlotte était peut-être même partie pour ça : la sauver de Pôle emploi ! Après plusieurs semaines, Sylvie retrouva Jessica Faure sur Instagram avec plaisir, se lança dans une revue de presse exemplaire, envoya plusieurs mails à Ledu pour indiquer la participation de l'actrice à une publicité pour des compagnies longscourriers et descendit plusieurs fois chercher Nadine pour déjeuner. Il fallait affronter, revenir sur terre, revenir auprès des humains en chair et en os.

Pareil pour les garçons : à cause de Charlotte, elle n'avait assuré que le minimum. Si Alexis aimait l'opéra, pourquoi ne pas en écouter avec lui ? Pour la première fois, elle rentra plus de dix minutes dans sa chambre, ne critiqua pas les chemises en boule, le linge caché sous l'oreiller, les montagnes de partitions, les livres qui dégringolaient. Elle s'assit sur le petit lit. « Qu'est-ce qui t'arrive, maman ? Ça t'intéresse maintenant ? – Mais oui, mon chou, je veux comprendre tes goûts. Je veux être là pour toi. » Alexis monta le son sur sa petite chaîne, s'assit à son bureau et battit la mesure. Qui était ce fils ? Les larmes revinrent, elle les chassa, ferma les yeux, se concentra. On chantait, on s'époumonait en italien. Elle ne pigeait rien, mais ce n'était pas désagréable. Une fille avait mal et mettait sa souffrance en musique. C'était une amie de son fils. Alexis lui fit écouter d'autres voix, et même une voix d'homme tout à fait semblable à une voix féminine. Il donnait des noms, et même des appréciations. « Mon chéri ! Tu sais plein de choses. » Les larmes étaient encore là, en sourdine. Il ne fallait plus essayer de comprendre, il fallait juste être là, et ça elle pouvait le faire. Elle devait le faire.

Avec Nino, en revanche, elle n'avait plus aucune idée de la conduite à tenir. Fallait-il le laisser espérer, l'encourager dans sa lubie ? Il était entré dans une grande période d'euphorie et discutait tous les soirs sur FaceTime avec deux ou trois vétérinaires remontés comme des coucous contre Simex. La petite bande préparait une réunion au sommet et tentait d'ameuter les foules. Sylvie pouvait dire adieu à la rénovation de sa salle de bain. Elle tenta de lui en toucher un mot : « Nino, si tu n'as plus le temps pour la salle de bain, je peux appeler un plombier, on peut faire des devis… Après, on choisit le moins cher et on paie la moitié au noir… » Nino leva les yeux de son ordinateur et prit son air ahuri qu'elle détestait par-dessus tout. « Mais, trésor, est-ce que tu crois en moi ? Est-ce que je suis un mec de parole ou pas ? » Il ouvrit un fichier sur l'ordinateur. « Alors viens voir. » C'était la photo d'une salle de bain dans les tons ivoire. Nino avait composé un plan en trois D à l'aide d'un logiciel, Sylvie n'en demandait pas tant. Quand elle comprit qu'il plaçait les carreaux un à un sur l'image à l'aide d'une palette graphique, qu'il devait encore booster le processeur et proposerait plein d'autres versions de salle de bain, de la moins chère à la plus onéreuse, avant de finaliser le tout, elle eut un petit moment de flottement, voire d'abattement. « Ok, Nino, mais ce serait bien de le faire avant Noël, si la famille vient pour les fêtes. » Elle n'aurait jamais dû aborder le sujet famille, Nino se mit dans tous ses états : il était hors de question de voir débarquer la sienne ici, trop d'emmerdes, ce n'était pas le moment. Sylvie n'insista pas.

Charlotte était loin à présent.

*

« Bonjour, je suis bien sur le portable de Sylvie Verbaldi ? C'est très bien ce que vous avez fait. Bravo ! » Sylvie ne reconnut pas la voix. Elle mangeait du chocolat sur le parking d'Auchan. Toutes les courses étaient dans le coffre. « Euh... vous devez faire erreur. C'est à quel propos ? – À propos d'un texte, voyons, celui que vous m'avez envoyé. Celui sur Charlotte, cette femme renversante... » Sylvie raccrocha. Sa main tremblait. Ça devait être un taré. Elle regarda autour d'elle. Les caddies se baladaient dans les allées, le vigile faisait les cent pas, rien de suspect. Avait-elle halluciné ? Son portable sonna de nouveau. Même numéro. Elle rejeta l'appel mais ça sonna encore. Elle finit par décrocher : « Monsieur, qui êtes-vous ? Je vous dis que vous faites erreur. » Il redemanda : « Vous êtes bien Sylvie Verbaldi ? – Oui, et alors ? – Alors, j'ai reçu un texte de votre part, qui commence par : "Quand Charlotte se réveille, l'homme à côté d'elle dort encore. Il a des bleus sur le visage. Elle ne se souvient de rien...", etc. C'est bien vous qui avez écrit cela ? » Elle tremblait tellement que son portable faillit lui glisser des mains. « C'est vous qui avez volé mon ordinateur ? – Mais, chère madame, vous me prenez pour qui ? Je m'appelle

Armand Delpareil, je suis éditeur depuis 1955, et j'ai autre chose à faire que voler des ordinateurs. M'avez-vous envoyé ce texte, oui ou non ? – Euh… non. – Mais vous l'avez bien écrit ? – Je ne sais pas. – Alors qui a écrit ce texte ?… Écoutez, chère madame, je suis quelqu'un de sérieux. Je n'ai pas de temps à perdre. J'ai aimé cette histoire, j'ai bien ri et ça ne m'arrive pas souvent, croyez-moi. Et j'ai bandé, voilà, chère madame, je vous le dis tout net. C'est ça que demande un éditeur, rire et bander, pas autre chose, alors mettez-moi en contact avec la personne qui a écrit ça. Je dois absolument lui parler. C'est urgent. Êtes-vous, oui ou non, l'auteure de ce manuscrit ? – Je sais plus, monsieur, je sais plus. – Eh bien, retrouvez vos esprits et venez me voir au 6, rue des Dames, à Bordeaux. Je suis au bureau tous les matins à partir de 9 heures. » Sylvie se ressaisit à temps : « Qui vous a envoyé le texte ? – Chère madame, je l'ai reçu par mail. Sur la première page du texte, il y avait ce nom, Sylvie Verbaldi, et un numéro. Écoutez, je ne vous demande qu'une chose : amenez-moi celui qui a écrit ça : vous, votre mère, frère, sœur, cousine, nièce, voisine de palier, amant caché, je m'en contrefiche, je veux le voir, j'ai eu soixante-dix-neuf ans hier, vous comprenez ? »

C'était à n'y rien comprendre. Sylvie erra entre les rayonnages. Les gâteaux, les huiles, les savons, ces milliards de produits tanguaient gentiment devant ses yeux. Elle aperçut une brune au rayon lingerie, silhouette longiligne avec une jupe à franges, c'était Charlotte qui avait repris vie. Sylvie s'approcha et découvrit une femme quelconque, en quête de promotions, tout comme elle. Son portable vibra dans sa poche tandis qu'elle sortait du centre commercial. Elle n'osa pas regarder le numéro. Elle avait peur, une peur terrible de se faire enlever, là, en plein parking. Dans sa voiture, elle mangea tout ce qui lui tomba sous la main : les céréales, le chocolat, le yaourt vanille, les liégeois. Elle but aussi une bière, puis deux, puis trois. Elle n'y voyait plus clair. Mais elle savait une chose : quelqu'un se jouait d'elle, l'avait percée à jour et connaissait Charlotte…

Quand elle se réveilla, il faisait nuit. Elle avait sept messages sur son portable. Le premier était du vieux type, le deuxième de Nino, le troisième de Nino, le quatrième de Nino, et les trois derniers de sa mère. Elle appela Nino et fut incapable de prononcer un mot. « Ben alors chérie, il est 19 heures, qu'est-ce que tu fous ! J'ai prévenu tout le monde ! » Elle avait la bouche pâteuse : « Euh... j'ai eu une grosse réunion sur le lancement du Sweet Air, je t'avais dit... – Non, t'avais rien dit. – Mais si ! Écoute, je suis fatiguée, je vais pas manger ce soir, je crois que j'ai attrapé froid, je vais me coucher direct en rentrant. »

Sylvie redescendit aux premiers ronflements de Nino. Elle arpenta le salon, le carrelage froid, longea la table à manger dans la pénombre, se cacha derrière les rideaux, scruta la nuit épaisse. Si le type venait, elle le verrait en face, les yeux dans les yeux. Rien ne bougeait, mais il ne fallait surtout pas relâcher sa vigilance. Quelqu'un avait volé son ordinateur et avait envoyé Charlotte à un certain Delpareil ou qui se faisait passer pour tel... Et si tout cela était un guet-apens pour la faire chanter, ou pire, l'enlever ? Mais l'enlever pour quoi ? Pour demander une rançon à son mari qui était en fin de droits aux Assedic ? Il fallait vraiment être malade ! C'était ça : elle avait affaire à un malade mental, un pervers qui s'en prenait aux obèses, un tueur d'obèses !

Elle commanda une bombe lacrymogène sur Internet puis tapa « Delpareil, Bordeaux ». Ça existait. Armand Delpareil avait fondé sa maison d'édition en 1955. Il avait publié beaucoup de livres : des albums pour enfants, des essais historiques, des livres de cuisine, des livres de voyages, des centaines de romans. Delpareil existait, mais l'énigme restait entière. Le voleur d'ordinateur n'était peut-être pas celui qui avait envoyé le texte ? Ou alors le voleur voulait le texte pour l'envoyer ? Mais qui aurait pu savoir qu'il y avait un texte dans son ordinateur ? Il ne la quittait jamais, quoique, elle l'avait parfois laissé au boulot, quand elle allait vadrouiller dans les étages. Quelqu'un au boulot voulait la rendre folle, pas d'autre explication. Et si c'était Ledu ? Oui, c'était ça, il avait lu le texte, reconnu son alter ego humilié par Charlotte et avait pris sa revanche en lui volant son histoire. Depuis le coup de fil, les questions se bousculaient. Devait-elle enquêter, appeler à l'aide ? Mais appeler qui ? Qui pourrait comprendre ? Était-ce réellement Ledu ? Le comptable ? Nadine ? Le syndicat ? Ses fils ? Sylvie observait, épiait jusqu'à s'en crever les yeux, mais ne voyait rien. Ses fils n'avaient pas changé, ou si peu, Nino parlait uniquement de Simex, Mireille de ses chats et des conneries de son fils, Ledu était obnubilé par son nouveau portable, Nadine par les licenciements. Sylvie n'avait pas ce sixième sens inné des enquêteurs. Elle n'arrivait à rien.

*

Le vendredi 15 avril, après une nouvelle nuit blanche, elle prit une grande décision : affronter la peur. En RTT ce jour-là, elle avait donc tout son temps. Elle emmena ses fils au collège et au lycée, puis fonça direction Bordeaux. Une heure après, elle se garait rue des Dames et sonnait au numéro 6, aux Éditions Delpareil. Une jeune femme vint lui ouvrir. Elle portait une tenue stricte, pull, jupe, chemisier, broche, le tout assorti dans les tons beiges. « Euh… c'est ici, M. Delpareil ? – Oui, le père ou le fils ? – Euh… le père, je pense. – Vous êtes ? – Je suis Mme Verbaldi. » La jeune femme la fit entrer dans une grande salle. Sylvie serra la bombe lacrymogène dans son sac. Les jambes tremblotantes et les mains dégoulinantes de sueur, elle fit quelques petits pas mal assurés. Dix chaises lui tendaient les bras, mais impossible de s'asseoir. Sur les murs, de grands portraits lui souriaient. La plupart étaient des hommes. Qui étaient ces gens ? Des auteurs ? Un leurre, une mise en scène ? Sur une grande table basse en verre, une dizaine de livres, tous des Éditions Delpareil, avec un catalogue. Mais Sylvie ne pouvait rien lire, elle ne pouvait que marcher de long en large en se tordant les mains. Une porte s'ouvrit au fond de la salle et un vieux monsieur vint se planter devant elle, lui tendit une main, qu'elle serra. Un tel bonhomme ne pouvait pas l'enlever, ni la tuer. Elle aurait le dessus malgré son poids, elle se défendrait. Elle tâta le relief de la bombe dans son sac à main et le suivit. « Voici mon bureau, entrez, chère madame, je suis ravi de vous rencontrer, même si je n'ai pas trop compris ce coup de fil, mais vous allez m'expliquer. »

Le bureau était deux fois plus petit que la salle d'attente. Sur tous les murs, de grandes étagères remplies de livres de différents formats et, au pied des étagères, encore des piles de livres, certaines si hautes qu'elles lui arrivaient à la hanche. Sur le bureau, pareil, encore des piles avec des feuilles qui dépassaient et des pochettes cartonnées de différentes couleurs. Et au milieu de ce fourbi, un renard empaillé montrait ses dents. « C'est mon fils qui me l'a offert pour mon anniversaire. Vous aimez ? – Euh... je ne sais pas... » Si cet homme avait bien soixante-dix-neuf ans, il ne les faisait pas. Ses cheveux étaient blancs, plaqués en arrière, ses yeux très bleus et ses sourcils assez fournis. Ses mains n'avaient rien à voir avec son corps, petit et sec, elles étaient immenses, comme celles des pianistes. Il tapota du bout des doigts sur le bureau et lui sourit. « Vous restez debout, chère madame ? Vous n'aimez pas être assise ? – Écoutez, je voudrais juste comprendre qui vous a envoyé ce texte et à quoi rime tout ça. » Le vieux garda son sourire. Visiblement la situation l'amusait. C'était donc ça : se jouer d'une pauvre fille, la faire tourner en bourrique ? « Mais, chère madame, regardez vous-même. » Il fit pivoter l'écran de son ordinateur. Sylvie lut quelques phrases, c'était bien Charlotte. Les larmes lui montèrent aux yeux. C'était la dernière chose à faire, mais l'émotion était trop forte, son héroïne était là, devant elle. Il suffisait d'une clé USB et tout repartirait comme avant, sur le parking et chez Mireille.

« Madame Verbaldi, que se passe-t-il ? » Elle s'était assise sans s'en rendre compte. Le siège trop petit la comprimait. « Bon, monsieur, j'ai écrit ce texte, c'est vrai, mais je ne l'ai montré à personne. C'était une distraction parce que je n'ai rien à faire au travail, alors... j'ai inventé ça pour passer le temps... Vous voyez, Charlotte c'est ma pause, ça me fait du bien, c'est tout, ma tête se remplit, je la vide, c'est ce que j'ai dit au psychiatre, il y a trop de choses, alors j'évacue, ce n'est pas méchant, mais ça ne mène à rien. Donc, je veux bien le récupérer, si ça vous dérange pas, parce qu'on m'a volé mon ordinateur, et du coup… » Le bonhomme croisa ses mains, les décroisa, fit tourner ses pouces. « Oui, c'est étrange. Toujours est-il que je l'ai reçu via un mail de… » Il enfila des petites lunettes cerclées d'or très fines et cliqua plusieurs fois. « Voilà, un mail de Gédéon12@gmail.com, avec votre texte en pièce jointe. D'habitude, je ne lis jamais. Mais je ne sais pas pourquoi, c'était le jour de mon anniversaire, alors j'ai ouvert le fichier. C'est drôle, non ? Bref, qui me l'a envoyé, je n'en sais rien. Mais il est là. Et je suis intéressé, madame Verbaldi. Vous avez un sacré culot, vous savez ça ? – Ah bon, moi ? – Oui, vous. » Se foutait-il d'elle ? Voulait-il l'humilier ? « Écoutez, monsieur, j'ai deux enfants, je suis mère de famille, mon mari a perdu son emploi, alors j'ai assez de soucis comme ça ! – Madame, vous avez enfanté Charlotte et cette fille me passionne, vous n'y pouvez rien et moi non plus. Elle me passionne et elle me fait bander. Je me répète et je suis vulgaire, mais il faut dire les choses comme elles sont ! Madame Verbaldi, les lecteurs sont des hommes et des femmes et les lecteurs ont des désirs, de sacrés désirs ! Donc moi, je la veux. Et je veux savoir comment tout ça va finir, alors vous allez m'écrire la suite et en attendant on va sortir le premier tome. »

On frappa à la porte. Un jeune homme très élégant, chemise bleu nuit et costume assorti, apparut. « Madame Verbaldi, voici mon fils, Simon Delpareil. » Sylvie se leva péniblement. L'homme ne lui serra pas la main, il murmura en direction de son père : « Jean-François est là. Je voudrais ton avis pour la couverture. Je pense pas qu'il faille le suivre, alors tu me soutiens, ok ? – Simon, je suis en rendez-vous, tu vois ? D'ailleurs, je te présente Mme Verbaldi qui a écrit un texte très novateur de littérature érotique. » Le jeune homme esquissa un vague sourire. « Sachez, chère madame, que la littérature érotique c'est le dada de mon père. Mais sachez aussi que la maison Delpareil, après trente années de bons et loyaux services donnés à l'érotisme, et qui ont bien failli couler la boîte, soit dit en passant, est passée à autre chose. Hein, papa ? Alors, tu viens dans cinq minutes. » Il referma la porte. « Ne l'écoutez pas. Il ne connaît rien à l'érotisme, vous auriez dû voir sa dernière conquête… Enfin, passons… » Dans quel film avait-elle atterri ? « Écoutez, monsieur, je ne pense pas que ce soit possible. Tout ça ne peut pas devenir un vrai livre. C'est rempli de fautes, c'est mal écrit, c'est un passe-temps ridicule, et puis Charlotte, j'y peux rien si elle est érotique, comme vous dites, je ne suis pas érotique moi-même, je n'arrive même pas à perdre un kilo… C'est peut-être une frustration en moi, mais ça ne regarde personne. » Le vieux bondit sur sa chaise. « Vous plaisantez ! Ça regarde tout le monde et mon fils le comprendra. » Il fit venir la jeune fille de l'accueil, qui lui montra un contrat type et lui parla de 5 000 euros. Sylvie fit répéter la somme plusieurs fois. Elle n'avait qu'à signer. Ils corrigeraient et peaufineraient le roman ensemble. Sylvie le remercia de son intérêt, mais c'était malheureusement impossible. Toutefois, elle ne dirait pas non pour récupérer le texte. Delpareil ne fit pas d'histoires. Il copia le document (sur une clé que Sylvie venait de retrouver au fond de son sac et qui contenait ses photos de vacances), puis la raccompagna jusqu'à la porte, lui conseillant de bien réfléchir. Elle promit. Mais tout ça n'avait plus aucune importance. Charlotte était là, bien au chaud, dans sa poche. Elle l'avait retrouvée. C'était inespéré.

Au rayon informatique du centre commercial de Joué-la-Tour, Sylvie héla un vendeur et lui demanda un ordinateur portable. Il lui en proposa un, plus cher que le modèle volé, mais de bien meilleure qualité : plus de mémoire, plus de batterie, plus de tout. Banco. Le prix importait peu, tout le reste (le vol dans sa voiture, sa peur d'un complot, cette histoire de contrat) était loin maintenant. Peut-être que Charlotte avait fugué ? Pourquoi les héroïnes n'auraient-elles pas de vie cachée ? Sylvie en avait bien une, elle. C'était peut-être ça la vie, ne pas tout savoir, mais avancer.

Elle se mit aussitôt à écrire, dans la grande allée du centre commercial, sur un banc entre la boutique de montres et la pâtisserie Graine de mie, la bouche encore pleine de sucre glace. Elle se fichait qu'il y ait du monde, qu'on puisse la voir, elle voulait retrouver la sensation de ses mains sur le clavier, le souffle de son héroïne, elle voulait la lancer à l'aventure et Charlotte ne demandait que ça, repartir avec elle. Pour la première fois, elle entendit son rire, Charlotte éclatant de rire, là sur le banc, elle l'entendit malgré les voitures, les gamins qui beuglaient, les mères qui s'énervaient, elle reconnut le rire de Charlotte, clair et franc, parmi toutes ces voix.

Sylvie écrivit toute la nuit puis se rendit au boulot les yeux rouges, le visage bouffi. Ça n'avait pas d'importance. Le licenciement n'était pas loin. Elle resta un long moment devant la machine à café et prit trois courts sucrés. Elle pensait à Charlotte, à tout ce qu'elle avait fait cette nuit, toutes ces choses excitantes et dangereuses que Sylvie ne ferait jamais. Son portable sonna. C'était Nino : « Chérie, je suis devant la formation, y a personne. J'ai dû me tromper de jour. – Nino, ça commence à 10 heures, il est 9h30. – Oui, mais en fait je suis pas sûr d'aimer faire ce truc de naturopathe, c'est cette connasse de Pôle emploi qui me l'a trouvé et je le sens pas. En plus j'ai rendez-vous avec un véto… Je peux pas partir tard, tu comprends… Tiens, y a une bagnole qui se gare… Ah non, elle repart… – Écoute, Nino, va falloir trouver une solution, parce que les sous, y en a plus, alors que je fais le maximum. Va falloir payer les vacances et Alexis veut faire un stage de musique. Faut que tu bosses, Nino, je suis désolée, mais faut que tu reprennes les démarches, tout ça. Ma mère m'a déjà avancé 1 000 balles et tu sais comment elle est… – Oui, mais t'as pas eu des primes, toi ? – Euh… si, une petite, mais bon, j'ai payé les habits des garçons, le gaz, la taxe foncière… Voilà, y a plus rien… Et puis cette salle de bain, faut bien la finir, non ? » Nino n'avait plus l'habitude d'être secoué, mais elle n'avait plus le choix. « Chérie, il y a trois personnes qui viennent d'arriver. Qu'est-ce que je fais ? Je me présente ? Est-ce que je parle de Simex… ? Je sais pas moi… là, vraiment… – Nino, tu attends avec les autres, tu dis bonjour et tout ira bien. »

Ledu arriva très en retard. Il jeta sa veste sur le porte-manteau et s'enferma dans son bureau. Trois minutes après elle reçut un SMS : « Venez SVP. » Elle entra sans frapper. Le bureau était immense, avec un canapé en cuir couleur crème et, accroché au-dessus, le dessin d'une femme allongée sur un lit esquissé au crayon noir. Ledu avait enlevé ses chaussures. Il adorait promener ses pieds sur la moquette épaisse. « Vous qui êtes… je ne sais pas… une mère de famille, une ménagère moyenne dira-t-on, qu'est-ce que vous évoque cette fille ? » Ledu lui tendait la photo d'une très jeune fille avec une superbe chevelure blonde, quelques taches de rousseur, des yeux verts, une longue robe à fleurs et un large sourire. « Ben, elle est jolie, bien jolie, on peut le dire… » Sylvie chercha d'autres mots, plus appropriés, plus originaux, mais son esprit était bloqué et ses yeux rivés sur les deux pieds de Ledu qui gesticulaient. Elle allait se faire virer. « Alors, c'est tout ? – Non, c'est pas tout, monsieur Ledu. Elle fait très jeune, on dirait une lycéenne… – Ah. » Ledu poussa un gros soupir et lui sourit. « Oui c'est ça ! Une lycéenne. » Ouf, elle avait dit ce qu'il fallait. Ledu expliqua : « C'est la petite-fille de HLP et il la veut pour l'image du Sweet Air. Il veut me mettre une lycéenne sur un lit et Conflans est d'accord, bien sûr… Bon, merci, madame Verbaldi, et tout ce que vous trouvez sur Jessica Faure, vous me le donnez, parce qu'on ne va pas se laisser faire, hein ? Vous l'aimez, Jessica ? – Oh oui, monsieur Ledu, c'est une femme de grand talent… Elle est parfaite. – Évidemment. » C'était dingue : Ledu lui avait demandé son avis ! Ce n'était jamais arrivé en presque deux ans et d'un seul coup, son avis l'intéressait. Peut-être que tout n'était pas perdu.

Nino avait renoncé à la formation en naturopathie : il s'était blessé en préparant une décoction à base de sauge et avait déclaré qu'il ne pouvait pas y retourner. En plus la prof était nulle. Ensuite

Alexis avait été viré deux jours pour avoir répondu à son prof de français, Max s'était enfermé tout un week-end à cause d'une fille qui ne répondait pas à ses SMS, et par-dessus le marché Mireille avait fait un malaise juste devant la charcuterie, on avait dû appeler les pompiers. Pour finir, la baie vitrée du jardin s'était fendue en deux dans le sens de la largeur, 3 000 euros pour la changer, Sylvie était ruinée. Malgré tout ça, Charlotte se portait comme un charme, consommant sa quatrième vengeance, mais elle avait décidé de ne pas aller jusqu'au bout. Le type était trop abîmé, alors il n'y avait qu'à le regarder couler tout doucement. C'était reposant.

Un lundi matin, alors que la voiture venait de la lâcher (pour la troisième fois dans le mois), le portable de Sylvie sonna. C'était le vieux type des Éditions Delpareil. Sylvie s'apprêtait à lui balancer ses quatre vérités et même à le menacer d'appeler les flics, mais le type, au lieu de lui reparler de contrat, lui demanda des nouvelles de Charlotte. Sylvie n'avait pas prévu. Elle bafouilla qu'elle se portait beaucoup mieux qu'elle, puis raccrocha. Le type rappela la semaine suivante. Elle était encore au garage, le montant de la réparation était astronomique, elle négociait. Le type attendit à l'autre bout du fil, et quand elle eut fini, il dit : « Promettez-moi de ne pas laisser tomber Charlotte et je ne vous embêterai plus. » Sylvie promit pour se débarrasser de lui. Mais il appela encore, alors qu'il avait juré. Sylvie se laissa aller à raconter un peu la suite, du bout des lèvres, juste comme ça, en le regrettant aussitôt. Il l'écouta sans un mot, puis lui souffla : « Oui, cette fille est ainsi, vous avez raison. Elle aime prendre son temps. Les vraies vengeances se construisent dans la durée. Mais Charlotte est-elle seulement heureuse ? » C'était une bonne question, *la* bonne question. Peut-être que Charlotte se trompait complètement et passait à côté de tout, qu'elle croyait vaincre alors qu'elle se perdait ?

De toute évidence, Delpareil aimait Charlotte. Et s'il s'était reconnu dans cette histoire ? Était-il un ancien obèse ou un homme qu'on avait humilié ? De ce jour Sylvie eut de longues conversations avec Delpareil. Bien sûr, elle ne livrait jamais rien sur sa vie privée. Leurs discussions tournaient uniquement autour de Charlotte. Et ces échanges étaient loin d'être désagréables. Sylvie lisait quelques phrases à Delpareil, écrites la veille ou le matin même. Elle devinait son sourire et s'imaginait ses grandes mains s'agitant sans cesse. Il appréciait. Il en voulait plus. Maintenant, ils étaient deux fous à suivre Charlotte. Delpareil jouait-il double jeu ? Connaissait-il la personne qui lui avait transmis le texte ? Devait-elle en parler à la police ? Mais porter plainte contre un vieux de soixante-dix-neuf ans qui aimait le personnage de Charlotte, ce n'était pas sérieux ! Qui donc avait pu lui envoyer le texte ? Là était la question. Sylvie avait cherché sur l'ordinateur de Max une trace, un indice, épié ses deux fils, puis Ledu, et même fouillé dans ses mails du boulot, elle avait interrogé Nadine sur l'espionnage des salariés, la disposition des caméras de surveillance, elle avait demandé au vigile d'Auchan s'il y avait eu d'autres vols… Personne n'avait de réponse. C'était tout simplement un phénomène paranormal. Charlotte avait voyagé d'un ordinateur à un autre. Voilà, c'était ça, elle avait ce pouvoir-là. Cette fille était d'une force inouïe, elle était même parvenue à retrouver sa génitrice originelle : Sylvie Verbaldi.

*

Ça devenait inquiétant. Le vieux savait y faire. Il avait dû être psy ou espion dans une autre vie et elle était tombée dans le panneau. Être éditeur n'empêchait pas d'être un escroc, ou même un serial killer. Tout ça allait beaucoup trop loin. Sylvie décida de ne plus répondre. Cela dura quelques jours comme ça. Elle rejeta les appels les uns après les autres, sur le parking d'Auchan, devant le collège, à son bureau. Puis un soir, alors qu'elle était chez Mireille, elle décrocha. Mireille venait de s'assoupir. Il était 21 heures. « Comment va Charlotte ? » Sylvie voulut l'insulter : de quel droit la poursuivait-il comme ça ? Mais elle n'en fit rien. Impossible de résister, elle raconta la dernière scène de Charlotte. « Vous aimez ? » Elle entendit : « Oui, beaucoup. C'est très excitant. Je crois qu'elle ne va pas s'arrêter là, n'est-ce pas ? – Vous verrez bien, monsieur Delpareil, ne soyez pas si impatient. » Sylvie le taquinait et le vieux se laissait faire, ça lui plaisait. « Écoutez, chère Sylvie, sachez que je ne pourrai pas attendre la suite trop longtemps, alors ne m'en veuillez pas si je vous rappelle ce week-end. Dites-moi quel moment vous convient. – Disons dimanche 7 heures. » Le vieux ne broncha pas. Elle aurait pu tout aussi bien dire : « Samedi, 4h30 », il aurait dit ok. Cet homme ne comptait pas le temps comme les autres. Tous les éditeurs étaient-ils comme ça ?

Le dimanche à 7 heures, elle était installée dans le salon, le petit ordinateur sur les genoux, quand son portable se mit à vibrer. « Vous allez bien, Sylvie ? » Il bavarda sur le temps, un fait divers dans le journal, la nouvelle conquête de son fils. Pour la première fois, il ne mentionnait pas Charlotte. Allait-il enfin lever son foutu masque ? Sylvie ouvrit la baie vitrée toute neuve qui avait vidé son compte en banque et s'assit sur une chaise en plastique ramassée au fond du jardin. « Sylvie, vous n'êtes pas obligée de dire que c'est vous, si ça gêne votre entourage. Tout ça peut se faire sous total anonymat. » Voilà, il en venait au fait. « Monsieur Delpareil, je ne comprends pas ou j'ai peur de comprendre… – Nous publierons sous pseudonyme, personne ne saura que c'est vous. C'est ce que j'ai fait avec *Poings liés*. Je vous passerai le roman. Je n'ai jamais rencontré celle qui l'a écrit. Elle ne voulait pas. C'est absolument vrai ce que je vous dis. » Anonymat. Sylvie n'aimait pas cette idée, ça sonnait sale, malsain, bombe à retardement. « Monsieur Delpareil, les aventures de Charlotte, ça ne fait pas un livre. Vous aimez mon personnage, ça occupe vos insomnies, je ne comprends toujours pas pourquoi, mais bon… » Delpareil insista : « On ne touchera ni au contrat ni aux droits d'auteur. Tout travail mérite salaire. Pensez à un pseudonyme. J'en ai de fameux à vous proposer. Qu'est-ce que vous pensez de Constance d'Autremont ? C'est un très beau nom d'auteure, que personne n'a encore jamais utilisé. Ou alors Alice Laigle ? C'est beau aussi, ça vole, ça plane... Le choix est vaste... »

« Chérie, chérie... » Nino venait de franchir la baie vitrée. Sylvie raccrocha. « À qui tu parlais ? – Je réfléchissais à voix haute, c'est tout, Ledu m'a donné un dossier à rendre pour lundi... » Nino s'assit en face d'elle. C'était peut-être un signe. La sauvait-il in extremis d'une catastrophe ? Elle s'efforça de paraître détendue. « Tiens, prends plutôt la chaise, là, le jour se lève, c'est tellement agréable... Tu veux du café ? » Sa barbe avait blanchi et depuis le licenciement de petites poches étaient apparues sous ses yeux tandis que son ventre ne cessait de gonfler. Il avait changé, énormément. Sylvie eut envie de fondre en larmes, mais c'était bien la dernière chose à faire. Nino prit ses deux mains dans les siennes. Ça voulait dire : « J'ai une annonce à faire » et elle n'aimait pas trop ça. « Chérie, j'ai envie d'un chien. Tu te rends compte que je suis seul toute la journée à la maison ! » Il avait un étrange sourire. Lui qui avait toujours trouvé qu'un chien était un nid d'emmerdes à cause des sorties quotidiennes, de l'éducation à faire, des voyages trop compliqués à organiser. « Un chien, c'est sympa chez les autres », voilà ce qu'il disait. « Mais, Nino, t'en as jamais voulu. C'est pas une histoire avec Simex, encore ? Ne me dis pas que tu veux le prendre comme cobaye et lui faire bouffer des pilules Ortex ! Nino, ne me dis pas ça ! » Il se leva, se frotta frénétiquement les yeux. Et là, elle sut qu'elle l'avait démasqué. Bien sûr, il nia avec véhémence. C'était elle maintenant qui ramenait tout à Simex, alors qu'il essayait de s'en sortir, qu'il avait fait énormément d'efforts, et même tenté une formation pourrie, d'ailleurs il ne parlait plus de Simex depuis bientôt trois semaines et n'était même pas retourné sur le blog de son copain véto. Sylvie le planta en plein laïus. Charlotte avait assez attendu. « Bon, Nino, ok, ça n'a rien à voir avec Simex, mais pas de chien à la maison J'ai du boulot, je dois finir la synthèse sur la réunion de vendredi, alors... » Elle fila dans la chambre des garçons et donna 10 euros à chacun pour qu'ils refusent ce chien. C'était minable, mais c'était l'assurance d'avoir la paix.

La fiche d'inscription pour le stage de musique traînait depuis des semaines sur l'étagère. Il coûtait 800 euros et Sylvie ne les avait pas (elle n'avait que des dettes et un nouveau crédit pour les frais du garagiste). Quand les choses en arrivaient là, elle n'avait qu'une solution : sa mère. Elle passa chez elle un samedi matin pour tâter le terrain. « Ah, c'est toi, ma cocotte. Ça me fait plaisir. Tu vois, je rentre tout juste du marché. On va se faire un petit café. » Ça commençait très bien, sa mère était rayonnante dans sa petite robe à pois (elle en avait tout un stock qu'elle portait l'une après l'autre les jours d'été). Elle était d'une coquetterie maniaque, ne sortait jamais sans rouge à lèvres ni fard à joues, se teignait les cheveux toutes les trois semaines, se peignait les ongles toutes les semaines et avait une batterie de crèmes contre les rides, la peau d'orange, les cernes, la cellulite. Elle lisait scrupuleusement les magazines féminins pour être au fait des derniers cosmétiques et changeait sans arrêt de marques. Bref, c'était très chronophage et très onéreux. Sylvie aurait préféré que tout cet argent aille à ses petits-enfants. Mais sa mère aurait été bien incapable de se passer de ces dizaines de tubes qui encombraient sa salle de bain. Sylvie la complimenta sur son appartement si bien tenu, ses nouvelles bottes en cuir, son nouveau miroir design. « Merci, mon cœur. Tu prendras du lait dans le café ? » Les conditions étaient bonnes, la route dégagée. Sa mère complimenta Sylvie à son tour et lui assura qu'elle avait perdu du poids. C'était faux, bien entendu, mais elle faisait toujours allusion à ses kilos d'une façon ou d'une autre. Sylvie la laissait dire – surtout ne pas relancer. Toute la vie de sa mère avait été une lutte constante pour conserver sa taille de guêpe. Elle ne pouvait manger quelques frites ou du chocolat sans s'affoler : « Ce soir, c'est diète, une soupe tout au plus, et encore, vu ce que j'ai mangé à midi. » Du coup, elle était toujours au régime pour un petit excès de rien du tout. Qu'est-ce que Sylvie avait pu l'entendre ce mot, « régime », toute son enfance ! C'était sûrement ça qui l'avait rendue obèse. Sylvie, ce qu'elle aimait, elle, c'étaient les écarts, elle n'aimait même que ça.

« Maman, tu sais, j'ai des problèmes pour le stage d'Alexis, c'est pas donné. » Sa mère fit une petite moue sévère. « Justement, ça tombe très bien que tu sois venue. Parce que je voulais te dire, je pense que Nino se laisse aller. Sylvie, tu es trop compréhensive avec lui. Bon, Simex lui a fait un sale coup, on est d'accord. Il a mal digéré, mais ça fait deux ans, chérie, deux ans. Il faut qu'il se reprenne ! Quel exemple il donne aux enfants ? Ton père, lui, s'est toujours remis sur pied, même après la faillite de Drumont, tu te souviens ? » Elle lui balança alors tout le parcours professionnel de son père, ses déboires et son énorme courage. Sylvie connaissait le couplet et n'avait aucune envie de l'entendre une nouvelle fois, mais il lui fallait cette somme. Elle défendit Nino du mieux qu'elle put. Il revenait de loin, il avait fait beaucoup d'efforts, freiné sur les antidépresseurs, tenté une formation, et même parlé de se reconvertir, récemment, si, si, avec beaucoup d'entrain, ça n'allait pas tarder. Mais sa mère n'était pas réceptive. Les aider financièrement n'était pas la solution. C'était tout simplement encourager Nino à ne rien faire, se complaire dans ses problèmes, comptant encore et toujours sur la famille. D'ailleurs, de l'argent, elle n'en avait plus beaucoup après cette saleté de réforme des retraites et la CSG qui avait bondi, bref, elle ne leur donnerait rien, mais c'était pour le bien de Nino. Il devait nourrir ses gosses, comme tous les pères de famille. Il n'était pas malade, il était jeune, il devait se relever, absolument. Pour la peine, Sylvie ouvrit le frigo et mangea un gros bout de gruyère devant sa mère, sous son nez, debout dans la cuisine rutilante avec toutes les casseroles disposées sur le mur par ordre décroissant. C'était sa réponse, sa seule réponse. « Bon, ok, maman, c'est ta vision des choses. Je dois y aller. Les garçons m'attendent. Alexis a un anniversaire et Max veut aller en ville avec des copains. J'ai pas fait le déjeuner encore… » Sa mère prit un petit air désolé. « Cocotte, tu comprends, hein ? C'est pour vous que je fais ça, je peux pas tout prendre en charge, tu vois ? – Oui, oui, je vois. »

Sylvie attendait devant l'ascenseur quand sa mère rouvrit la porte et lui glissa un billet dans la poche : « Ça, ma fille, c'est uniquement pour toi. » Elle le déplia dans la voiture : 50 euros. Il lui en manquait 750.

*

Dix jours maintenant sans un appel du vieux. Il avait compris qu'elle ne mordrait pas. Sylvie était tout de même un peu surprise. Son portable vibrait, mais ce n'était jamais lui, c'était toujours Nino, inlassablement Nino.

Elle le travaillait au corps pour qu'il réponde à une annonce de commercial dans une petite structure de nourriture bio haut de gamme pour animaux domestiques. Deux jeunes avaient monté la boîte récemment et ouvert un nouveau poste. Il était peu rémunéré, mais offrait l'occasion à Nino de reprendre confiance. Il n'y avait pas à hésiter, il fallait foncer. Cependant, Nino n'était pas convaincu, il doutait, tergiversait. C'était trop peu payé, trop loin de la maison, trop récent comme affaire, en plus les boss étaient trop jeunes, des débutants qui tentaient leur chance dans ce secteur hautement concurrentiel, et puis le procès aux prud'hommes contre Simex approchait, il ne pouvait pas se disperser, et surtout, voulait-il vraiment continuer dans ce secteur, n'était-ce pas l'occasion de changer ? Mais changer pour quoi ? insistait Sylvie. Alors là, Nino restait largement évasif. À la fin, Sylvie menaça de téléphoner à sa place. Nino n'apprécia pas. Ils s'engueulèrent. Max prit le parti de sa mère, Alexis comptait les points. Sylvie leur ordonna de filer, mais personne ne bougea. Alors elle éclata, et tous les problèmes, petits et grands, y passèrent : les chaussures jamais rangées, les devoirs faits au dernier moment, les vacances jamais calées, les bols sales partout jusque dans la salle de bain, et Max et son téléphone, qui ne pouvaient vivre l'un sans l'autre, et Alexis qui ne pensait qu'à son spectacle et ne foutait plus rien, et au fait le miroir dans l'entrée, qui l'avait cassé ? Et la salle de bain, quand serait-elle enfin prête ? Elle mélangeait tout mais c'était bon de gueuler, de tout lâcher. Elle entendit à peine Nino claquer la porte d'entrée. Qu'il aille au diable, qu'ils aillent tous au diable !

Quand Nino revint, il était d'accord pour tout, même pour la salle de bain. Il fallait tourner la page, il fallait avancer. Qu'est-ce qu'il avait à perdre en postulant à un job ? Rien. Au pire, il ne serait pas pris.

À 10 heures le lendemain, le téléphone de Sylvie vibra, le numéro était masqué. Cette fois-ci, elle en était sûre, c'était le vieux. Elle tenait sa revanche, il allait l'entendre ! « Allô ? Allô ?... » Personne ne répondit. Elle insista : « Allô ? Qui est à l'appareil ? – Chérie, c'est moi, je suis coincé à la caisse de Superbrico, la carte bleue du compte commun, ben elle passe pas du tout. Y a rien à faire... J'ai dû emprunter le téléphone au mec derrière, j'ai oublié le mien... Chérie, c'est le stress là, je rends tout ? Tu crois ? J'avais pris de l'enduit pour la salle de bain, des dalles en PVC et de la peinture pour pièces humides couleur crème, enfin café crème... Tu peux venir ? » Sylvie regarda autour d'elle. Sur son écran défilaient des photos des îles Vierges, Ledu était en ligne... « Écoute, Nino, tu rends tout et tu rentres. J'appelle la banque. – Mais, chérie, je peux dire que tu passeras après le boulot... J'avais tout choisi et si y en a plus après ? » Elle haussa le ton, excédée : « Nino, je bosse moi, je suis pas à la plage... » Évidemment, Ledu passa juste à ce moment-là. Voilà, c'était cuit : coups de fil personnels répétés au boulot, une raison de plus pour la licencier. « Bon, Nino, je raccroche, tu rends tout et on verra. » La banque confirma ses soupçons : ils avaient largement dépassé le découvert autorisé sur leur compte commun. Un chèque avait été déposé à un cabinet d'avocats la semaine passée : 600 euros. Nino avait osé, il l'avait fait. Il avait changé d'avocat juste avant les prud'hommes. Comme si c'était le moment de jeter l'argent par les fenêtres. Cet homme était incontrôlable. Elle consulta son compte courant : 155 euros. On était le 10 mai et elle n'avait pas encore fait les courses. Ce n'était plus possible.

Sylvie ne ficha rien de la journée. Ça ne gêna pas Ledu. Ça ne gêna personne. À 16 heures, elle décida qu'il était temps de décamper. Elle fonça direction Bordeaux et juste avant 17 heures se présenta aux Éditions Delpareil et demanda à voir Armand. La secrétaire lui indiqua la salle d'attente et l'avertit que ça pouvait être long. Qu'importe, Sylvie avait tout son temps. Au bout d'une demi-heure, elle entendit des éclats de voix, paniqua. Où était sa bombe lacrymogène ? Qu'est-ce qui lui avait pris de venir ici sans prévenir personne ? Elle appela Nino, ça sonna dans le vide. Puis la porte du fond s'ouvrit. « Entrez, Sylvie. » La voix était extrêmement faible. Une autre voix intervint : « Non, madame, n'entrez pas. Papa, je n'en ai pas fini. » Sylvie se pencha discrètement pour voir. Le vieux était assis à son bureau, il avait le teint jaune, portait encore son manteau et une chemise qui aurait très bien pu être un haut de pyjama. Perdait-il complètement la boule ? Il se moucha bruyamment. « Papa, c'est n'importe quoi. Tu n'es pas en état. » Simon tenta de soulever son père, qui se tenait fermement aux accoudoirs du fauteuil... « Tu n'as rien à faire au bureau avec ta fièvre. Tu rentres. » Le vieux poussa le peu de voix qui lui restait : « Sylvie, entrez, je vous prie, entrez, enfin ! » Sylvie fit quelques pas. Le fils se tourna vers elle. Il ne lui serra pas la main, ni ne lui dit bonjour. « Sachez que mon père s'est levé pour vous, sachez que je suis absolument contre ce livre et que votre histoire de Charlotte, je n'y crois pas un seul instant, mon père est prévenu, et maintenant vous l'êtes aussi ! » Et il claqua la porte. Le vieux l'ignora. Il ouvrit maladroitement les bras à Sylvie en signe d'affection. « Comme je suis heureux, je n'ai pas pu appeler à cause de cette foutue bronchite, mais j'ai pensé à Charlotte et à vous. Est-ce que son petit frère est sorti du coma ? » Où était-elle tombée ? Dans une famille de cinglés ? Après tout, tant mieux. Si le vieux voulait absolument Charlotte, autant en profiter. Elle alla droit au but : « Monsieur Delpareil, vous m'aviez parlé d'un contrat et d'une certaine somme d'argent, et finalement, je pourrais être intéressée. Mais cet argent, c'est un prêt ou c'est donné ? – Madame Verbaldi, c'est en échange de Charlotte. Du reste, je vous propose d'appeler votre livre *La Rose bleue*, parce que c'est le premier cadeau qu'obtient Charlotte, et cela plaira aux dames. » Sylvie avait du mal à suivre. Elle questionna : « Mais la rose bleue de quoi ? – *La Rose bleue*, le titre de votre roman, nous allons l'imprimer. »

Delpareil lui proposa de corriger le texte. Elle dit ok. Il lui proposa un pseudo. Elle dit ok. Il sortit d'un tiroir une longue liste où étaient alignés une dizaine de noms. Elle hésita et s'arrêta sur Alicia Clarks. Ça sonnait bien et surtout, cette consonance anglaise brouillait les pistes. Armand la félicita. Ça lui allait parfaitement. Elle répéta qu'il ne faudrait jamais qu'on puisse l'associer à ce livre, qu'on devrait absolument changer les noms de famille des personnages, surtout Ledu, la première cible de Charlotte, sinon elle courait à sa perte. Elle préféra dramatiser. Il ne s'agaça pas, bien sûr il comprenait. Il se chargerait de tout, et même d'inventer une biographie à cette Alicia Clarks. Pourquoi ne pas lui donner un passé de grande universitaire ou de scénariste à succès, ou encore d'épouse d'homme politique, ça ferait fantasmer le lecteur. Sylvie était d'accord, il pouvait bien faire ce qu'il voulait. Elle attendit le chèque et il arriva avec la secrétaire : 5 000 euros tout rond. Sylvie fit comme si tout cela était normal. Armand lui serra la main et lui promit de l'appeler dans la semaine. Il fallait décider de la couverture et de plein d'autres choses, il était très excité, autant que pour la sortie de *Poings liés*, il y avait cinquante ans. D'ailleurs, il demanda à la secrétaire de trouver un exemplaire du livre pour Sylvie, ce qu'elle fit dans la minute. Sylvie repartit avec le roman sous le bras et le chèque dans son sac.

Son portable sonna juste au moment où elle retrouvait sa voiture, une contravention sur le pare-brise. C'était Nadine qui s'inquiétait : où était-elle passée ? La grande réunion pour la réorganisation des services venait de finir, HLP s'était déplacé en personne, pourquoi n'était-elle pas venue ? Sylvie toussa pour se laisser le temps de réfléchir. Voilà, elle avait une bronchite et avait dû rentrer. Elle raccrocha, le front brûlant.

*

Le même cauchemar revenait chaque nuit. Sylvie était allongée sur un transat au soleil. Un homme l'accostait. Il ressemblait en tout point à Simon, le fils de Delpareil. Il lui offrait un cocktail et très vite posait la main sur sa cuisse. Son poids la gênait terriblement, mais soudain, miracle : ses cuisses fondaient d'un seul coup. Simon ne s'apercevait de rien, continuait à la caresser et sa main se rapprochait dangereusement de son sexe. Sylvie n'était pas contre, même si ce n'était pas raisonnable. Simon l'appelait désormais Charlotte, et au moment où sa bouche s'approchait pour l'embrasser, ses joues dégonflaient ainsi que ses seins. C'était fantastique, inespéré ! Oui, elle devait coucher avec ce type. Main dans la main, ils rejoignaient la chambre d'un motel miteux, de ceux qu'on voit dans les séries policières. Ils longeaient un couloir interminable pendant que Simon lui touchait les fesses, elle en était ravie. Ils s'arrêtaient devant la porte 366, fermaient le verrou. Et là, Simon perdait son sourire, agrippait Sylvie et la jetait par terre. Elle lui devait 5 000 euros. Si elle voulait revoir Charlotte, il fallait payer ! Sylvie s'indignait : « Mais Charlotte est à moi ! » Simon répondait : « Bien sûr que non ! » Il sortait un pistolet, visait son cœur.

Ce cauchemar la hanta toutes les vacances. Il l'accompagna dans la petite maison louée pour le grand week-end du 14-Juillet au bord de l'estuaire, durant les quelques jours passés avec Mireille à La Rochelle (un petit hôtel réservé pour deux nuits pour son soixante-dix-neuvième anniversaire) et aussi durant tout son séjour en Grèce. Sylvie avait réservé dans un club pour tous les quatre. Nino avait dit que c'était une folie. Elle avait rétorqué : « Oui, mais on en a tous besoin. » Quand il avait demandé avec quel argent, elle avait répondu du tac au tac que c'était avec la prime reçue pour tout son boulot sur le matelas Sweet Air. Il avait demandé combien, elle avait répondu : « Trois mille. » Il avait dit : « C'est énorme ! » Elle avait répondu : « Je sais. »

Elle n'avait pas cédé. Elle voulait ses vacances, elle les voulait depuis des décennies. C'était pas une vie, de traquer Jessica Faure au bord des piscines et des mers bleu turquoise, toujours au soleil, avec la peau hâlée. Elle aussi voulait la mer, le sel et les étoiles. Qu'importe si l'argent venait d'un fou, si elle ne le méritait pas, si

Simon Delpareil la considérait comme une arnaqueuse, elle voulait voir ses fils et son mari heureux. Et ils avaient apprécié, chacun à sa façon. Alexis avait approuvé : « La Grèce, très bon choix. J'irai à l'Acropole faire une vidéo pour le spectacle de l'année prochaine. » Max aussi était pour : « Super, je ferai du crossfit au club et de la planche à voile ! » Il ne fit ni l'un ni l'autre, mais abusa du buffet à volonté et noua des relations étroites avec une petite Belge, super-gentille, qui l'embrassa le troisième soir. Quant à Nino, l'avion à peine décollé, il avait exprimé sa bonne humeur : « Tu vois, chérie, partir ça fait du bien. Je me prends vraiment trop la tête des fois ! La planète est pas loin d'exploser et bientôt tout le monde sera cramé avec ce réchauffement ! Alors, pourquoi s'en faire, hein ? » Apparemment, la vue des nuages provoquait chez son mari des réflexions écologiques. Du moment qu'il ne parlait plus de Simex, c'était l'essentiel.

Sylvie voulait profiter à fond de la plage, des piscines, des grandes chambres, du restaurant en plein air, mais une petite voix dans sa tête la sermonnait sans cesse : « Sylvie, tout ça, c'est du vol ! » Bien sûr, elle ne l'écoutait pas, renouait son paréo et trempait ses pieds dans les vagues, mais la voix revenait devant la langouste grillée. Merde, elle n'avait tout de même pas obligé le vieux à faire un chèque, il était libre après tout ! La voix disait : « Sylvie, tu devras tout rendre, tu le sais, et tu ne pourras pas ! » Quand la voix était trop forte, Sylvie fonçait dans sa chambre et rejoignait Charlotte. Elle aussi était en vacances. Elle avait suivi sa cinquième cible sous les cocotiers et ne l'avait pas encore accostée. Elle étudiait sa proie et, une fois qu'elle aurait mordu, ne la lâcherait plus.

Le vieux appela plusieurs fois. Sylvie ne décrocha pas. Elle avait une peur terrible qu'il veuille récupérer l'argent. Dans les messages qu'il lui laissait, il n'avait pas l'air de s'en préoccuper. C'était peut-être une stratégie, un test. Était-elle en train de blanchir de l'argent sale ? Le vieux lui demandait de rappeler, parlait de corrections, lettrage, chapitres, couleurs pour la couverture, quatrième de couverture… Sylvie n'avait pas d'idées. Ce n'était pas son problème si le vieux s'était mis en tête de faire un livre sur Charlotte et s'était fendu de 5 000 euros ! Elle finit par lui dire un soir, alors qu'une démonstration de danse folklorique s'organisait sur la plage : « Écoutez, monsieur Delpareil, je n'y connais rien et je suis en vacances, là. Alors, vous faites comme vous voulez. » Elle perçut une voix à côté de l'éditeur, qui pouvait être celle de Simon. Le vieux reprit : « Très bien, Sylvie, on fait comme ça et on se retrouve à la rentrée. » On fait comme quoi ? Il avait déjà raccroché. Un fou.

C'était peut-être le bruit de la mer, ces gens qui riaient, les bougies et le verre de vin qu'elle avait bu. Le dernier soir, Sylvie eut une envie folle de parler, de tout dire. « Nino, tu serais content si j'avais un autre revenu, un truc… euh… ? » Nino s'assombrit : « Mais non, non, chérie, tu as déjà eu la prime, tu vas pas encore t'user en heures sup chez MaBelleNuit, ça suffit, déjà que tu travailles le week-end, ça va bien ! » Sylvie posa sa main sur la sienne. « Non, mais je veux dire de l'argent qui viendrait d'un autre travail… de petits extras… » Elle s'embrouillait. Comment lui dire : « J'ai écrit un texte érotique en cachette, sous couvert de dossiers à rendre, et un vieux fou m'a donné 5 000 euros » ? Nino s'inquiéta : « Tu veux prendre un autre boulot parce que je bosse pas ? – Mais non, Nino… Je sais pas, moi, des heures supplémentaires pour une autre activité, enfin, tu vois… » Nino s'adressa aux garçons : « Bon, vous avez fini de manger, alors quartier libre jusqu'à 22 heures. » Il les regarda s'éloigner, puis se tourna vers elle : « Chérie, je m'excuse, je vais remonter, j'aurais dû réagir plus tôt, me remettre en selle, ça c'est sûr. Mais j'ai des idées, t'en fais pas. Je vais trouver des petits jobs jusqu'au procès et une fois que j'aurai obtenu réparation, là je passerai des entretiens la tête haute. Tu sais, le petit Stan, j'ai discuté avec lui, y a plein de petites mamies dans les pavillons qui ont besoin d'aide, j'entretiendrai leur jardin, ce sera toujours ça, c'est juste une histoire de mois… » Comment en étaient-ils arrivés là ? Parler de jardinage chez des mémés, alors qu'elle voulait tout balancer sur Charlotte ?

Sylvie était tout simplement une menteuse invétérée, indécrottable, irrécupérable, une serial menteuse. C'était ça. Il fallait regarder les choses en face : la vérité lui avait toujours arraché la gorge, elle n'y arrivait pas, elle n'y était jamais parvenue. Composer, falsifier, omettre, arranger, ça oui, c'était son truc ! Toute sa vie elle avait agi ainsi. Au début, c'était les ongles rongés, puis les accès de boulimie, puis la mort de son père, qu'elle avait cachée à toutes ses copines de l'époque, puis sa rencontre avec Nino, qu'elle avait dissimulée un bon bout de temps, puis sa grossesse camouflée pendant plus de quatre mois, afin d'être certaine que le fœtus était en bonne santé, puis ses achats frénétiques de vêtements et jouets pour les garçons, et le crédit qu'elle avait dû prendre, et puis cet hypnotiseur, contacté en douce, qui devait la soulager de ses angoisses mais qui lui avait pris beaucoup d'argent et n'avait servi à rien, et cette manie qu'elle avait de se goinfrer dans le noir complet, sans même voir ce qu'elle avalait. Sylvie en était sûre : tous ces mensonges étaient liés, ils se tenaient les uns les autres et formaient sa double vie, ou peut-être pire encore, ils composaient la vraie Sylvie.

*

À la rentrée, elle décida de couper les ponts avec Delpareil. Il ne restait rien des 5 000 euros, elle ne pourrait jamais les rendre et avait même dû emprunter à sa mère. Elle avait payé le stage d'Alexis, inscrit Max au club de volley, changé la garde-robe de Nino, acheté deux belles robes à Mireille et même une télé flambant neuve. Elle aurait bien voulu lancer les travaux pour cette satanée salle de bain, mais Nino refusa en bloc. Pas de plombier chez lui. Il allait s'y mettre tout seul, ça prendrait le temps qu'il faudrait mais il accomplirait cette besogne sans l'aide de personne. Il lui montra des tonnes de tutos sur Internet où des jeunes hommes souriants montaient une vasque ou une baignoire en quelques minutes et posaient du carrelage en chantonnant. Elle laissa tomber, tant pis. Elle se tapa la corvée des courses de la rentrée, les rayons bondés et les engueulades sur les marques ou la couleur des classeurs. Alexis voulait un assortiment de cahiers noirs et blancs, quand Max voulait les mêmes qu'une fille de sa classe, une sublime rouquine qui le faisait fantasmer depuis trois ans.

À MaBelleNuit, Ledu avait encore minci, le service compta était toujours froid et indifférent et les rumeurs de licenciements sur toutes les lèvres. Rien n'avait changé, ou si peu. Sylvie raconta brièvement ses vacances à Nadine sans trop s'étaler sur le luxe du club grec. Nadine la trouva tout de même très en beauté, avec son bronzage et sa robe beige. Sylvie s'apprêtait à donner des nouvelles de Nino quand un tout jeune homme s'interposa pour demander des précisions sur les heures supplémentaires. Le type avait accaparé la boss du syndicat comme si Sylvie n'existait pas. La cape d'invisibilité était toujours sur elle. Mais qu'importe, elle en voyait les avantages à présent. Elle pouvait enfin se régaler de ce placard, de ce pouvoir inouï qu'il lui offrait : fendre la foule sans un regard, sans une main qui vous arrête, sans un bonjour, sans un sourire, personne pour se soucier de votre emploi du temps, de vos allées et venues, de votre boulot. Sylvie avait la paix et elle n'avait qu'une seule envie, être seule, bouffer du chocolat au caramel beurre salé et écrire, encore et encore, tout ce qui lui passait par la tête. Pourtant, elle le savait, les rendez-vous à Pôle emploi lui pendaient au nez avec leurs files d'attente, le ticket à prendre à l'entrée et le regard sévère d'une dame qui ne pourrait rien pour elle et lui proposerait un stage bidon sur des logiciels éculés, elle le savait mais elle n'avait plus prise. Charlotte avait pris le contrôle, toutes les manettes, elle voulait vivre, et Sylvie devait se plier coûte que coûte à ses désirs, si bien que mentir à tout le monde ne la dérangeait même plus.

Elle mentait donc à tour de bras, encore plus, encore mieux qu'avant, sans plus aucun scrupule. Elle inventa une reprise intense du yoga, tous les jeudis, et une amitié toute neuve avec sa prof Anémone (toutes les deux s'étaient aperçues qu'elles étaient ensemble au CM1). Sylvie prétendait sortir régulièrement avec elle, passer des heures dans les salons de thé à papoter de tout et de rien et avait même tenté des cours de Pilates avec un ami d'Anémone (Sylvie avait atrocement souffert, mais ça valait le coup). Les soirées, elle avait toujours des mails à envoyer tard à l'autre bout du monde, des essais techniques à décortiquer, des réunions de dernière minute à synthétiser pour le lendemain, bref, elle grappillait du temps et personne ne disait rien. Quant à Nino, il s'était habitué à l'idée qu'elle fasse des heures sup, d'autant qu'il ne semblait pas prêt à trouver un vrai boulot, se contentant de tondre la pelouse deux ou trois fois par semaine pour les mamies du quartier. La fièvre vengeresse contre Simex l'avait repris. Il avait déniché un nouveau complice, un véto du Massachusetts très remonté aussi contre le géant pharmaceutique, qui voulait lancer des essais cliniques, amasser des preuves et alerter les médias. Nino était aux anges, un type à des milliers de kilomètres pensait comme lui, ce qui l'avait incité à se mettre intensivement à l'anglais pour échanger les infos. Sylvie laissait faire. Ça l'occupait, et pendant ce temps, elle était tranquille. Même les garçons lui laissaient un peu de répit. Max était devenu le confident numéro un de la rouquine et espérait un petit glissement naturel vers l'amour alors qu'Alexis s'était fait un nouvel ami dans sa classe de solfège, qui parlait couramment italien et avait une cousine qui ne chantait pas trop mal. Et, fait extraordinaire pour un début d'année scolaire, Sylvie n'avait pas encore été convoquée au collège : personne ne s'était encore plaint de l'attitude non coopérative et rebelle de son fils cadet. Et si les choses s'amélioraient pour la première fois depuis la chute de Nino ?

Certains jours, c'est vrai, elle n'aurait pas dit non à une petite conversation avec Delpareil. Ça l'aurait même plutôt amusée de lui raconter la suite de Charlotte. Mais il était hors de question de le rappeler. Elle avait quand même vendu une Charlotte bourrée de fautes d'orthographe pour 5 000 euros, trois mois de salaire, et si le vieux ne s'en était pas rendu compte, son fils finirait par lui ouvrir les yeux, et là ce serait terrible. Peut-être viendrait-il sonner chez elle ? Que se passerait-il s'il se retrouvait nez à nez avec

Nino ? Cette image la réveilla plusieurs fois en pleine nuit, haletante et en sueur.

Un soir, Alexis retrouva le livre que lui avait donné Armand, *Poings liés*, oublié sous une pile de magazines. « C'est quoi ça, maman ? Je peux le lire ? – Ben non, tu peux pas. C'est un cadeau, et justement je vais m'y plonger ce soir, d'ailleurs c'est pas de ton âge. Allez, monte te coucher et mets pas la musique trop fort. » Elle commença par le feuilleter au lit pendant que Nino révisait ses arguments pour le procès. Elle ne comptait pas dépasser le premier chapitre, mais à 3 heures du matin, elle y était encore. Elle n'en revenait pas. Ce bouquin était très salace. L'héroïne, une prof, mère de famille, s'amourachait d'un gamin de seize ans. Elle sautait littéralement sur le môme, expérimentant toutes les positions dans les salles de classe du lycée. Dans la seconde moitié, le roman basculait dans le polar. Le gosse prenait l'avantage sur la prof, qui perdait toute dignité. Elle tentait de fuir en se faisant muter dans un autre établissement, mais le gamin revenait à la charge et la prof cédait à nouveau. Ils se cachaient pour vivre encore leur foutu amour. Puis le gamin prenait peur, s'éloignait à son tour, et la prof voulait mourir. Alors ils décidaient de faire l'amour une fois par an, toute leur vie, le 30 novembre, et signaient même un contrat. Pourquoi Armand lui avait-il donné cette chose à lire ? Ça n'avait rien à voir avec Charlotte, c'était bourré de scènes de sexe à toutes les pages, à toutes les sauces, c'était d'une tristesse, et pas du tout crédible en plus : une femme éduquée qui se laisse séduire et manipuler par un gamin de l'âge de son fils ? Sylvie n'y croyait pas une seconde, mais dut reconnaître que c'était pas trop mal fichu. La preuve, elle l'avait lu jusqu'au bout.

Elle chercha des renseignements sur l'auteure, une certaine Claudine Alleray. Le Net disait qu'elle avait écrit un seul livre, que ce nom était un pseudo et que personne ne connaissait sa véritable identité. Le livre avait été un phénomène, un gros scandale à l'époque, dans les années 60, il avait même été interdit quelque temps, ce qui avait fait son succès. Elle cliqua sur le nom d'Armand Delpareil et tomba sur des photos de l'éditeur jeune, très beau garçon. La plupart des articles regrettaient qu'il n'ait jamais pu réitérer l'exploit de *Poings liés* et qu'il se soit égaré dans le polar puis complètement perdu dans la science-fiction. Certains prétendaient que les Éditions Delpareil allaient fermer, quand d'autres louaient l'arrivée de son fils aux commandes et le lancement de nouvelles collections. Le blog d'un certain Marius affirmait même que l'auteur de *Poings liés* n'était autre qu'Armand Delpareil lui-même et que c'était un roman autobiographique. Que croire ?

3

Quand, le lundi matin, la voiture refusa de démarrer, Sylvie regretta amèrement ses dernières dépenses. Elle ne savait pas gérer. Quelle idiote, elle avait bouffé 5 000 euros en moins de trois mois, en plus de son salaire, et se retrouvait avec une bagnole en rade. Elle hurla : « Nino, ça démarre pas ! » Nino descendit les marches en caleçon. Il ouvrit le capot et se gratta les fesses. Elle connaissait la manœuvre : il allait parler dans sa barbe pendant quelques minutes, toucher deux, trois tuyaux et dire des choses incompréhensibles. Max s'impatientait, il avait cours de géo (c'était le cours où il était assis à côté de la rouquine), tandis qu'Alexis, les écouteurs vissés sur les oreilles, semblait ravi du contretemps. « Quand ça démarre pas comme ça, c'est la batterie ! – Et qu'est-ce que je fais ? – Ben, faut appeler les assurances. Et ils t'emmèneront. – Mais où ? – Ben, au garage, et ils installeront une nouvelle batterie. – Mais ça coûte combien ? – On verra, ça dépend du garage. – Oui, mais les garçons, j'en fais quoi ? – Ben… » Il se grattait encore les fesses. Qui lui avait donné un mari pareil ? Un mari qui ne démarrait plus ? Son ventre dépassait largement de son tee-shirt et sa barbe aurait mérité une bonne tondeuse. « Alors, Nino, je fais quoi, moi ? » Nino commença plusieurs phrases sans en finir aucune : « Ah ben, tu fais avec. Enfin je veux dire… c'est comme ça… C'est pas la cata… Ça, les employeurs, ils peuvent comprendre… Les assurances, tu sais…

c'est plus comme avant... Quand il faut prendre l'argent, alors là, là ils viennent te chercher, mais quand t'es dans la merde, y a personne ! » Ça prenait une mauvaise tournure. Sa voix descendait dans les graves puis montait dans les aigus, ses mains s'agitaient et sa lèvre supérieure tremblait. Non, ce n'était pas le moment, pas une crise maintenant ! « Bon, Nino, tu rentres ! J'appelle ma mère, avec un peu de chance elle déposera les garçons. »

Sa mère était sur répondeur. Sylvie laissa deux messages, envoya deux textos. Deux minutes après, son portable vibra. C'était inespéré, tout allait rentrer dans l'ordre. Elle décrocha et le regretta aussitôt, parce que ce n'était pas sa mère, mais son amie Delphine, et quand elle appelait il y en avait en général pour des heures. « Delphine, je suis en panne... J'attends ma mère... – Ah ma chérie, ah, c'est pas de chance ça ! Il faut que je te dise un truc, j'en ai pour deux minutes. – Ok, deux minutes... » Le truc en question, c'était sa nouvelle aventure avec le prof de français d'Alexis, soi-disant un immense poète, un être exquis, à part, merveilleux, la chance de sa vie. Sylvie avait déjà entendu ça pour le précédent, et celui d'avant, et même celui d'encore avant. Plus dure serait la chute ! Sylvie balbutia : « Ben, tant mieux alors. » Delphine voulait lui présenter son cher et tendre et cherchait une date. C'était exaspérant qu'elle ne voie pas à quel point Sylvie était à bout de nerfs. Elle dit oui à tout, elle les invitait tous les deux chez elle un samedi, tiens, le 1er du mois prochain, c'était parfait. Elle raccrocha et, comme par magie, sa mère se pointa. « Bon, Sylvie, je suis pressée, j'ai rendez-vous chez le coiffeur. Je l'ai appelé pour décaler d'une demi-heure. J'ai emmerdé tout le salon. Regarde ma tête ! C'était vraiment pas le jour. » Elle se tourna vers ses petits-fils, les yeux rivés sur leurs portables. « Mes chéris, je n'ai même pas eu le temps de me maquiller ! Alors je ne veux aucun commentaire. » Sylvie embrassa sa mère, lui répéta mille fois qu'elle lui sauvait la vie et fit monter ses fils dans la voiture. Ouf, c'était réglé.

Elle marcha jusqu'au bus, en rata un, attendit le suivant qui arriverait dans dix-huit minutes. Il la déposerait à l'entrée de la zone industrielle, elle ferait le reste à pied. Les sanglots étaient là, dans le fond de sa gorge, mais elle ne craquerait pas, elle refusait de céder au découragement. C'était trop facile de s'écrouler et de pleurer comme une Madeleine. Et puis, l'obèse qui chiale en sortant sa tablette de chocolat, c'était vu et revu. Sylvie s'assit dans un carré où quatre sièges se faisaient face et embraya direct une petite gymnastique mentale : « C'est quoi une batterie ? C'est rien, 200 euros maximum, le mois n'est pas fini, tu rogneras sur le reste… Relativise, Sylvie, ce qui compte c'est la santé, et tes gosses sont en super-forme, même Nino va beaucoup mieux, alors où est le problème ? » Une jeune fille s'installa en face d'elle, lui sourit, signe que Sylvie ne présentait pas un visage trop défait, et que son petit exercice mental avait marché. La fille sortit un livre et ne s'occupa plus d'elle.

Sylvie regarda sa montre, elle avait cinquante-deux minutes de retard. Le bus était maintenant plein, des passagers se tenaient aux barres métalliques. Sylvie reconnut un jeune type de MaBelleNuit, le nouveau stagiaire. Bien sûr, il fit semblant de ne pas la voir, et elle de ne pas le reconnaître. C'était le jeu, faire comme si de rien n'était, elle maîtrisait l'exercice. Elle tourna la tête pour s'intéresser à sa voisine d'en face, qui lisait, toujours très absorbée. Le regard de Sylvie glissa sur la couverture du livre : *La Rose bleue* d'Alicia Clarks. Tiens, ça lui rappelait quelque chose dont elle avait parlé récemment avec Nino ou sa mère, ou peut-être même Alexis, et puis tout à coup… elle sut et poussa un cri. « Ça va, madame ? » C'était la jeune fille qui l'interpellait. Sylvie respirait difficilement. « C'est possible d'ouvrir un peu ? » Un homme se dévoua. Sylvie prit de longues inspirations, de celles qui préparent aux accouchements et qu'on ne fait jamais le jour J. Sa tête tournait à plein régime sans pouvoir attraper tous les mots. *La Rose bleue*, c'est Charlotte… Charlotte est dans un livre de moi… Charlotte est dans les mains d'une étrangère, dans un bus, et je suis devant elle… Je suis dans un bus avec Charlotte, il roule, Charlotte roule… Non, je rêve, j'hallucine, c'est le manque de sucre… j'ai faim, très faim, du chocolat blanc… » Sylvie voulut s'emparer du livre, mais elle retint son geste, la fille n'aurait pas compris. Elle devait avoir tout juste vingt ans, pas de maquillage, un simple gilet noir et une queue-de-cheval. Elle gardait sur les genoux un anorak rose clair, beaucoup trop chaud pour la saison. Sylvie se pencha le plus possible, elle en était à la page 36, au tout début. Qui avait donné le bouquin à cette fille ? Connaissait-elle Armand ? La lectrice se redressa légèrement et Sylvie put voir la couverture en entier. Qui avait dessiné ça ? Qui avait osé ? Charlotte apparaissait en ombre chinoise, enfourchant une énorme moto. Une rose bleue au sol tranchait sur le noir et blanc de l'illustration. Sous le titre était inscrit : *Tome I. Jouir et punir.* Sylvie se retourna. Elle n'aurait pas été étonnée de voir Armand se marrer au fond du bus et une caméra venir scruter sa réaction.

La jeune fille se leva. Sylvie avait encore un arrêt mais elle voulait savoir où allait ce livre et lui emboîta le pas. Une petite troupe de passagers les suivit. Certains s'arrêtèrent chez le fabricant de chauffages d'appoint, d'autres à l'entreprise d'alarmes, d'autres encore chez le grand chocolatier de la région qui faisait tourner son usine jour et nuit. La fille marchait encore, où allait-elle ? Elle pressa le pas et fonça vers une grande cafétéria installée au milieu de la zone industrielle. Quand Sylvie entra à son tour, la jeune fille avait disparu. Elle revint quelques minutes plus tard dans un uniforme blanc et rose derrière le comptoir. Sylvie lui commanda un croissant aux amandes et un café et s'assit à l'une des nombreuses tables encore inoccupées. Comment une fille qui travaillait dans cette zone perdue, pour un salaire de misère, avait-elle pu entrer en contact avec Armand ?

Sylvie arriva à MaBelleNuit avec deux heures de retard. Son excuse, qu'elle avait répétée tout au long trajet (la voiture en panne, le dépanneur en retard, elle seule à attendre au bord d'un chemin désert, la galère, l'auto-stop), personne ne la lui réclama. Personne ne sembla s'être aperçu de son absence. Ledu avait laissé trois Post-it : « Je suis en réunion au sixième, pas joignable jusqu'à midi », « Annuler le vol Lisbonne », « Acheter le livre de Jessica

Faure : *Ma méthode Pilates* ». Elle se débarrassa de ces tâches au plus vite et appela Armand : « J'ai vu *La Rose bleue* dans les mains d'une fille devant moi dans le bus. Vous pouvez m'expliquer ? – Ah, enfin, Sylvie Verbaldi, eh bien, je ne vous attendais plus, ma chère. » Sa politesse l'irrita au plus haut point. Il n'allait jamais droit au but, c'était insupportable. « Armand, comment a-t-elle eu le livre ? – Mais, Sylvie, je vous rappelle que vous avez signé chez un éditeur et que le métier d'un éditeur, c'est d'imprimer des livres et de les faire distribuer. Vous comprenez, un éditeur gagne sa vie de cette façon et un éditeur espère toujours vendre le plus possible, cela va de soi. – Mais cette fille travaille dans la zone industrielle… C'est une fille comme moi, je veux dire, comment a-t-elle pu entendre parler du livre en si peu de temps ? – Chère Sylvie, avec Delpareil tout est possible, parce que Delpareil sait parler aux libraires et les convaincre de mettre ses livres en valeur, bien en évidence dans la vitrine, voilà pourquoi ! – Vous voulez dire que *La Rose bleue* est en vitrine ? – Mais bien sûr, Sylvie, j'ai essayé de vous joindre mais vous ne répondiez plus, et je peux vous dire que je commençais sérieusement à m'inquiéter. – Désolée, c'était la rentrée et j'étais très occupée… Cette couverture avec la moto, je ne comprends pas. Cette silhouette en ombre chinoise avec une grosse poitrine… enfin… quand même… – Mais, ma chère, il faut frapper les esprits ! Simon n'était pas d'accord. C'est normal, on n'est jamais d'accord sur rien. Si je l'avais écouté, il y aurait eu uniquement une rose bleue sur fond blanc. C'est vendeur, ça ? Ça attire l'œil, ça ? Eh bien non ! Mais Simon ne sait pas vendre ce genre de littérature… » Elle dut écourter : Ledu, qui revenait très énervé de sa réunion, lui demanda d'avancer le vol pour Lisbonne.

Le lendemain, Sylvie récupéra sa voiture, fonça au centre commercial, salua le vigile (qui lui rendit son sourire), se précipita vers l'espace librairie, interpella un vendeur. Voilà, elle cherchait un livre dont une collègue lui avait parlé et qui s'intitulait *La Rose bleue*. « Ah oui. Suivez-moi. » Le cœur de Sylvie se mit à battre. Ses jambes tremblaient et sous sa veste elle crevait de chaud.

Enfin, le vendeur s'arrêta devant une pile de livres disposée sur une grande table. Elle attrapa un exemplaire, jeta un regard circulaire, les gens déambulaient, bavardaient, rien de suspect. Elle alla à la caisse et paya. Elle avait acheté son livre et le monde n'en savait rien. Elle lut la quatrième de couverture : « Que se passerait-il si vous aviez été humiliée, bafouée, agressée sans avoir réagi pendant des années, alors que vos bourreaux jouissaient d'argent et de pouvoir en toute impunité ? Qui leur ferait payer ? Charlotte n'est plus cette adolescente obèse, cette fille meurtrie, traquée, soumise, effrayée. Non, Charlotte a changé de corps, de nom, de visage, mais elle n'a rien oublié. Une grande épopée signée Alicia Clarks, la nouvelle maîtresse du roman érotique. Alicia Clarks a vécu de longues années aux États-Unis et participé à l'écriture de différentes séries policières. *La Rose bleue* est son premier roman. »

Sylvie alla directement à la boulangerie et commanda trois pains au chocolat. D'abord manger, et voir après. Elle les dévora l'un après l'autre. Ses mains tremblaient énormément. Elle était incapable de dire si c'était de peur ou de joie. Elle attaqua les premières pages. Armand avait coupé tout le début et commencé directement par la première scène de Charlotte chez son amant : c'était clair, il avait tout misé sur l'érotisme. Mais ce n'était pas l'intention de Sylvie, elle avait suivi Charlotte, et Charlotte aimait le sexe, elle n'y était pour rien. En plus, tout ça coûtait 22,50 euros. Il fallait être dingue pour mettre ce prix-là dans ce roman !

Personne chez Mireille. Sylvie entra quand même, fit la vaisselle qui restait dans l'évier, fit la piqûre aux chats, leur donna des morceaux de dinde et attendit. Elle aurait pu sortir l'ordinateur et continuer Charlotte, mais elle n'en avait pas l'énergie, elle se contenta de faire une infusion et de la boire à toutes petites gorgées en croquant quelques carrés de chocolat. Ses fils l'appelèrent l'un après l'autre. Max dormait chez un copain et Alexis avait son cours de chant (il avait décidé de s'y mettre pour pouvoir mieux diriger). Quant à Nino, il était parti chez son avocat et devait faire un détour par Superbrico. Elle appela Mireille plusieurs fois, mais son portable ne répondait pas. Qu'est-ce qu'elle pouvait bien fabriquer ? Sylvie aurait volontiers échangé sur les dernières nouvelles du voisinage : les Lemonin au bord du divorce, le père Basile qui étalait ses caleçons dans sa cour, le jeune qui venait de s'installer au bout de la rue et n'avait rien trouvé de mieux que de casser le réverbère avec son camion, et la petite d'en face qui se disait médium et parlait sous forme d'énigmes pour attiser la curiosité… Mais Mireille n'arrivait pas. Sylvie dépoussiéra les cadres des photos posées sur les buffets du salon et en profita pour les regarder de plus près. Elle n'avait pas connu le mari de Mireille. Un cliché les avait figés, souriants, au bord de la mer, leur enfant encore petit devant eux, une glace à la main. Mireille avait ses belles boucles brunes, son visage toujours fin et lisse et cet air toujours un peu hautain qui disait : « Ok, je prends la pose mais je ne suis pas dupe. » Comment s'étaient-ils rencontrés ? Elle n'en parlait jamais.

La porte s'ouvrit enfin. Mireille apparut avec un petit parapluie qu'elle n'arrivait pas à fermer. « Tiens, aide-moi, il est bloqué. » Sylvie le replia et le posa dans l'évier. « Regarde ça ! » Mireille montrait ses chaussures trempées. « Un con m'a éclaboussée. » Elle sortit plusieurs paquets de son caddie. « Tout ça vient de chez le charcutier, c'est une choucroute. J'ai tout commandé y a deux semaines déjà. – Vous attendez du monde, Mireille ? – Mon fils Bruno, qui vient ce soir avec sa nouvelle. » Son fils avait la rupture facile (il avait déjà trois divorces au compteur). « Tiens, mettons la bière au frais. Tu viendras aussi avec Nino et les gosses. – Mais, Mireille, je ne veux pas déranger… – Tu déranges pas ! Tu arranges, au contraire… Qu'est-ce que je vais lui dire, moi, à cette fille ? Je vais sûrement jamais la revoir. Mon fils en change tous les ans, et en plus elle va encore m'appeler "madame" et s'amener avec une boîte de chocolats à la con… Ben non, cette fois, tu viens manger une bonne choucroute et tes fils aussi. » Sylvie finit par accepter. Après tout, ça leur changerait les idées, et puis elle n'aurait pas à cuisiner.

Le soir autour de la table, peut-être à cause de la bière ou de cette situation inédite (ils ne voyaient plus grand monde), Nino fut très volubile. La nouvelle copine de Bruno, Célia, avait fait un stage il y avait bien longtemps chez Simex. Cette petite information déclencha chez Nino une envie irrépressible de raconter dans les moindres détails son licenciement, son combat contre l'industrie pharmaceutique et de conclure par un petit topo sur son dernier rendez-vous avec son avocat. Nino entamait une nouvelle phase dans son processus de reconstruction : l'exposition de sa situation au grand jour. Après la honte, le mutisme, l'abattement, il sortait du silence. Était-ce une bonne nouvelle ? Pour Alexis apparemment, non, qui fila dès qu'il le put.

Sylvie se réfugia dans la cuisine, où Mireille la suivit avec les assiettes sales. « C'est bien, Nino va beaucoup mieux, il déballe tout, c'est très sain ! » Sylvie n'était pas si optimiste : « Je ne sais pas si c'est une bonne chose, Mireille. Il faudra voir sur la durée… Alors, elle vous plaît la nouvelle fiancée de Bruno ? » Mireille sortit une tarte au citron, sa grande spécialité, qu'elle confectionnait une ou deux fois par an. « Non. Elle touche presque pas aux plats. Elle ment, ça se voit, cette fille n'est pas honnête. » Comment pouvait-elle dire ça ? Sylvie voyait une jeune fille qui voulait bien faire et s'était même légèrement trop maquillée.

À la fin de la soirée, Bruno prit Sylvie à part et lui posa toutes sortes de questions. Ça allait des sorties de sa mère aux visites qu'elle recevait, à la venue du docteur, du petit Stan, à ses dépenses courantes, ses repas, ses nuits. Sylvie répondit comme elle put, et quand elle ne savait pas elle inventait, mais jamais rien ne semblait le réconforter. À l'écouter, sa mère courait tous les risques : dépression, AVC, hypertension, cambriolage, Alzheimer et chute mortelle. Il parlait d'une personne fragile qu'elle ne connaissait pas, poussait de grands soupirs entre chaque phrase et parfois inspirait de longues minutes comme si l'air venait à lui manquer. Sylvie ne savait que penser. Était-ce lui ou sa mère qui ne tournait pas rond ? Qui était le plus en danger ?

*

Sylvie s'apprêtait à franchir les portes de MaBelleNuit quand son portable vibra dans sa poche. « Allô ? – Ah, Sylvie, enfin ! Qu'est-ce que vous fichez, bon sang ! » Elle passa devant le vigile en baissant d'un ton : « Mais je travaille, Armand. Vous ne vous rendez pas compte, j'ai deux enfants à élever, je ne suis pas toujours disponible vous savez… – Ainsi donc, vous n'avez pas de temps pour les bonnes nouvelles ? – Quelles bonnes nouvelles ? – Les ventes de *La Rose bleue* sont excellentes. On va réimprimer. » Ce mot ne lui disait rien qui vaille. « Comment ça ? – On va faire d'autres livres de *La Rose bleue* parce que le stock est écoulé, enfin tout s'est vendu. – Ah… – Eh bien, Sylvie, c'est tout ce que ça vous fait ? Voyez-vous, les gens achètent ! – Ah… – Sylvie, sachez que généralement les auteurs apprécient ce genre de coup de fil. – Oui, mais je ne suis pas un auteur, et puis je comprends pas : réimprimer, ça va coûter cher ? – Mais non, ça va rapporter. Vous ne voulez pas d'argent ? Vous n'en avez peut-être pas besoin ? – Euh… si, un peu… disons que ça nous ferait pas de mal… » Elle n'arrivait pas à trouver les mots et Armand parlait toujours trop vite : « Bon, Sylvie, je vous attends dans mon bureau vendredi à 9 heures. Il faut parler de la suite. Le tome II, je veux lire la fin, je n'ai pas assez de chapitres, vous allez me montrer tout ça. – Je peux pas vendredi. – Mais si, vous pouvez… Bon, Sylvie, maintenant vous arrêtez vos histoires de petite fille gâtée ! » Et il raccrocha. Pensait-il que Sylvie pouvait partir du boulot quand bon lui semblait ? Elle n'était pas un haut cadre dirigeant qui pouvait prétexter n'importe quoi pour se barrer. Elle n'était que Sylvie, petite secrétaire au bord du licenciement qui devait redoubler d'efforts pour ne pas sombrer.

Elle bossa comme une folle sur Jessica Faure qui entamait une tournée de promotion pour sa *Méthode Pilates*. Et, pour une fois, se rendit à la cantine. Elle se posta devant le groupe de filles de la compta et prit sur elle pour lancer la conversation de façon tout à fait naturelle sur les vacances de Noël qui n'étaient pas loin et les cadeaux à faire. Ouf, elle était allée au bout sans bafouiller – même si elle sentait ses joues devenir rouges et enfler. Une fille finit par répondre : « Moi, j'ai tout choisi sur Internet. » Personne ne rebondit, alors Sylvie attaqua son entrée : œufs mimosa. La conversation repartit, sans elle, sur un nouveau stagiaire très ambitieux qui avait un certain lien de parenté avec HLP mais que personne ne put déterminer. Sylvie entamait son dessert quand une fille s'installa à côté d'elle. Sur son plateau un bouquin, sur la couverture une silhouette juchée sur une moto et ce titre : *La Rose bleue* ! La fille était sublime. Sylvie l'avait croisée quelquefois, elle était au service communication. Ce jour-là, elle portait un chemisier crème, avait rassemblé ses cheveux en chignon et pour tout maquillage s'était contentée d'un trait de crayon noir sur les yeux et d'un léger coup de blush sur les pommettes. Elle était incroyablement élégante et elle lisait *La Rose bleue*. C'est-à-dire que cette fille avait dépensé 22,50 euros pour faire connaissance avec Charlotte sans pour autant prêter la moindre attention à sa personne. La fille picora une salade de crudités avant d'accueillir une fille tout aussi sublime, que Sylvie avait aperçue au service achats. Et si le livre se vendait vraiment ? Si Armand disait vrai ? Mais comment une personne comme Sylvie, qui n'avait pas fait d'études, avait inventé une héroïne juste pour se détendre, comme d'autres font des mots croisés, pouvait-elle vendre des livres ? C'était absurde, cela n'avait pas de sens !

Quand Nino lui présenta la note de l'avocat, Sylvie rappela Armand. Vendredi, trop compliqué, mais samedi c'était parfait, son heure serait la sienne. Armand proposa d'attaquer à 10 heures, marché conclu. Sylvie se permit une petite question avant de raccrocher : « Si je donne encore du texte, il y aura un chèque ? – Bien sûr. Vous me prenez pour qui ? »

Le jour dit, Sylvie prétexta une course hyperurgente et fila à Bordeaux, pas mécontente de foutre le camp. Armand Delpareil lui ouvrit la porte en personne. Il avait meilleure mine que la dernière fois. Elle le suivit dans son bureau, où le désordre était encore plus effroyable. Le renard empaillé avait gagné de la hauteur, car la pile de livres sous ses pattes avait largement augmenté. Que faisait Armand de tous ces bouquins ? Avait-il tout lu ? Il chuchota : « Mon fils est en rendez-vous à côté avec Kermanec, ce petit con sort un roman historique, un bateau perdu au XIXe siècle, bref, assommant ! Simon croit tenir le best-seller, mais moi je vous dis que c'est vous, Sylvie, le coup du siècle, c'est Alicia Clarks qui va tout rafler ! » Il avait une trace de salive au coin de la lèvre et ses yeux étaient beaucoup trop écarquillés. Il délira encore un bon quart d'heure sur son grand succès passé, *Poings liés*, une œuvre tellement novatrice pour l'époque que des politiques avaient même voulu la censurer. Il tint à lui en lire le début. Sylvie eut beau lui expliquer qu'elle l'avait déjà entièrement lu, il commença la lecture du premier chapitre. Puis, à 10h30, il lui proposa un petit whisky pour fêter les nouvelles aventures de Charlotte. Elle refusa. Il caressa le renard empaillé et prit un bouquin au hasard. « Tenez, celui-là, c'est un auteur qui s'est foutu en l'air il y a dix ans. Pourquoi ? À cause d'un mauvais article dans la presse, vous vous rendez compte ? Ce type était fou, mais il avait beaucoup de talent. Il ne s'est pas donné le temps, mais vous, Sylvie, vous l'avez, le temps. » Sylvie ne posa aucune question, attendant la fin du laïus. Il revint à la charge au sujet de ce Kermanec qui avait eu un prix il y avait longtemps, et qui était un homme chiant à mourir, bon qu'à écrire des pensums sur le XIXe siècle qui donnaient le mal de mer. On se demandait bien pourquoi Simon l'adorait. Pour lui prouver qu'il disait vrai, il saisit son dernier roman en haut d'une pile et attaqua la première page.

Sylvie se résolut à l'interrompre en lui tendant une clé USB. « Armand, je ne peux pas rester longtemps. Tenez, j'ai la suite de Charlotte si vous voulez. » Il termina son verre d'une traite. « Mais évidemment, évidemment ! Je suis heureux, alors je m'égare. Je lis ça au plus vite et je vous appelle ce soir. » Il ouvrit le document, fit défiler les pages à toute allure. Et hurla : « Simon, viens voir ! » La porte s'ouvrit aussitôt. « Papa, je suis avec Kermanec. Qu'est-ce que tu veux ? – Regarde-moi ça... C'est énorme, regarde tout ce travail de Mme Verbaldi. Le tome II est là, et le III n'est pas loin. » Simon ne jeta pas un seul coup d'œil sur l'ordinateur tout en évitant le regard de Sylvie. « Écoute, on en parle plus tard. Le livre de Jean-François sort bientôt, j'ai du boulot là, tu vois ! » Simon allait refermer la porte quand son père lui lança : « Félicite au moins Mme Verbaldi ! » Simon daigna à peine lever les yeux sur elle. « Très bien. Beau travail, à bientôt. » Et il claqua la porte. Armand se leva péniblement de sa chaise et prit Sylvie dans ses bras. Il puait l'alcool et la cigarette. « Simon ne comprend rien à rien. Il n'aime pas *La Rose bleue*. Mais on s'en fout, Sylvie, vous êtes un grand auteur ! – Merci, mais j'aurai un chèque alors ? – Oui, je vous le fais. » Il sortit un carnet, fit un chèque de 7 000 euros et le lui tendit. « Y a pas de papier à signer, rien ? – La secrétaire vous enverra la paperasse chez vous. » Elle s'affola : « Euh… surtout pas chez moi ! Je viendrai signer la semaine prochaine ici même. » Armand n'était pas d'humeur à la laisser partir. Il voulut lire les nouvelles pages de Charlotte à haute voix, devant elle. Sylvie était vraiment gênée. Entendre dans la bouche de ce vieux bonhomme la scène torride entre Charlotte et son amant dans la maison abandonnée était un supplice. À chaque fin de phrase, il la regardait, un petit sourire aux lèvres, comme si un gros gâteau posé sous son nez le faisait saliver. « Bon, Armand, je vais y aller. » Elle dut le répéter plusieurs fois. « Bien, bien, Sylvie, je vous raccompagne. Je lis la suite et vous appelle. »

Ouf. Enfin seule avec le chèque. C'était inouï. L'argent coulait à flots. Elle n'avait jamais connu ça, l'abondance. Elle avait toujours regardé à deux fois avant toute dépense, s'était toujours baladée avec un compteur dans la tête : « N'est-ce pas trop cher ? N'est-ce pas au-dessus de tes moyens ? Ne vas-tu pas le regretter ? Que va dire Nino si tu rentres avec ça ? Et si tu attendais les soldes ? Allez, plus que deux mois, deux petits mois, et ce manteau sera à toi, ou plutôt cette écharpe rouge carmin, ce serait plus raisonnable, et parfait pour se donner bonne mine, mais quand même, 30 euros, c'est beaucoup pour une écharpe ! » Et là, tout d'un coup, elle pouvait se faire plaisir sans calculer. Même acheter ce pull en cachemire et ce fond de teint spécial imperfections, et même de superbes carreaux en céramique pour la salle de bain… Elle s'apprêtait à ouvrir la portière de sa voiture quand elle sentit une pression sur son épaule. Elle se retourna, apeurée. C'était une main, et cette main était celle de Simon Delpareil. Le beau Simon était là, devant elle, magnifique avec sa barbe toute fine qui parsemait ses joues, ses yeux qui hésitaient entre le bleu et le gris et sa bouche incroyablement sexy. Charlotte l'aurait dévoré sur le capot de la voiture, sans ménagement, mais elle n'était pas Charlotte et elle avait la trouille.

« Excusez-moi, madame Verbaldi, je vais devoir reprendre le chèque. » Elle eut envie de hurler : « N'appelez pas la police ! » Mais sa gorge était sèche. Elle fouilla dans son sac, sortit le chèque, qu'il prit d'un geste sec. « Madame Verbaldi, sachez qu'il y a des règles, on ne prend pas un chèque sans signer un contrat. Mon père n'aime pas la paperasse et si je n'étais pas là, la boîte aurait coulé depuis longtemps. Donc on verra pour le règlement, on vous appellera. Mon père n'est pas seul à décider. On est bien d'accord ? – Euh… mais vous voyez, je n'ai rien demandé, c'est lui qui… – Oui, mais n'en profitez pas. Parce que je ne sais pas ce qu'il vous trouve, mais je peux vous dire que si c'était moi… Enfin… bon, passons. Alors, bonne journée, madame Verbaldi. » Il tourna les talons en déchirant le chèque. Comment avait-elle pu croire à tout ce cirque ?

*

Le samedi suivant, n'ayant toujours aucune nouvelle d'Armand, elle avait fait une croix sur toute rentrée d'argent. À 14h30, Mireille débarqua : « Ben, Sylvie, je t'attends, moi ! Y a le coiffeur ! – Ah, c'est vrai. J'arrive tout de suite. » Mireille allait chez le même coiffeur depuis cinquante ans. D'abord le père et maintenant le fils. Il était à Juchet, petit village à quinze minutes en voiture de Joué-la-Tour. Elle refusait d'en changer. C'était, selon elle, le seul capable de faire quelque chose avec ses cheveux. Il faut dire que ses cheveux bouclaient beaucoup, ils étaient

« indomptables », comme elle disait. Mireille avait toujours de grandes ambitions en arrivant : « Écoute, Fredo, tu me coupes tout, j'ai plus l'âge d'avoir des boucles. On fait place nette. » Et quand Fredo prenait les ciseaux, elle se ravisait : « Non, en fait, ça prendrait trop de temps, tu fais la nuque, un peu les côtés, et ça ira. »

Généralement, Sylvie en profitait pour faire des courses à côté. Mais cette fois, elle n'en eut pas envie. Elle prit un fauteuil près de la grande vitre qui donnait sur la petite place de Juchet avec son bar-PMU et sa librairie-papeterie, dont la pancarte « À vendre » barrait la devanture, et commença par feuilleter les magazines people qu'elle adorait mais qu'elle n'osait acheter trop souvent (Nino aurait râlé pour cette dépense stupide : « Tu paies pour voir des gens pris en photo à leur insu qui font des procès aux journaux parce qu'ils n'ont pas envie d'être pris en photo, tu encourages toute cette connerie de cercle vicieux ! »). Elle apprit que Jessica Faure était à Malibu avec son mari et que leur petit savait déjà nager. Elle put encore une fois admirer la poitrine et les courbes parfaites de Jessica, dorées par le soleil californien, et eut confirmation des ventes records de sa *Méthode Pilates* ainsi que de ses débuts dans une nouvelle série hyperoriginale (une communauté reculée qui se réveille un matin avec des pouvoirs de superhéros). L'article insistait sur l'immense renommée de Jessica, une actrice française reconnue par ses pairs à Hollywood, un exemple pour les jeunes comédiennes de l'Hexagone. Jessica était géniale. Jessica ne ferait jamais de pub pour MaBelleNuit, mais il fallait bien rêver un peu au boulot.

Sylvie s'arrêta un instant sur les pages culture et télé, jeta un œil sur les nouveaux films (pourquoi ne pas faire une sortie avec Nino ? Ça faisait longtemps), arriva aux conseils lecture et parcourut le petit encart tout en bas à droite. Elle le relut, une fois, deux fois, regarda la petite place de Juchet, le salon, la caisse enregistreuse, la jeune fille méchée, Mireille, Fredo, le téléphone, et tout se mit à tanguer. *La Rose bleue* était dans le journal, en toutes lettres, et un certain Jean-Claude Frelin l'avait mis dans ses coups de cœur de lecture.

« Ça va, Sylvie ? » Fredo lui apporta un verre d'eau. « T'as pas l'air dans ton assiette. – Mais si, c'est la fatigue, j'ai pas eu le temps de manger. » Elle se leva, puis se rassit, puis se releva. « Euh… je reviens. » Elle marcha droit devant elle, traversa la petite place, revint sur ses pas. Où aller ? Avait-elle rêvé ? Un article était paru dans un vrai journal avec du vrai papier, présentant Charlotte, son héroïne, née dans sa tête à elle, Sylvie Verbaldi, secrétaire de Jean-Denis Ledu, menacée par un licenciement imminent, et cet article disait : « Dépoussiérer le genre érotique, c'est possible, Alicia Clarks l'a fait… *La Rose bleue*, ce roman drôle et émouvant, ne vous lâchera plus… Charlotte, son héroïne, une trentenaire armée d'un solide sens de l'humour et d'une repartie à toute épreuve, transforme sa douleur en orgie et nos chers cadres supérieurs arrogants et cyniques en petits enfants sages et inoffensifs. Courez découvrir la vengeance de Charlotte, cette bombe sexuelle explosera bientôt dans toutes les bonnes librairies. » C'était trop, au-delà de tout ce qu'elle pensait vivre un jour sur terre. Ce genre d'événement n'était pas pour elle, Sylvie Verbaldi. Cela ne concernait que ceux qui savent s'exprimer, distribuer les bons points, serrer les mains sans que les leurs soient moites, plaisanter sans rougir, draguer sans avoir peur et écrire pour de vrai. Ce journaliste s'était fait piéger par un leurre, Alicia Clarks. Ce pseudo aux accents anglo-saxons était un miroir aux alouettes qui visiblement lui portait chance.

Son portable vibra. « Ben, Sylvie, tu es où ? Fredo a fini, là. – J'arrive. » Dans la voiture, Sylvie eut soudain envie de raconter toute cette folie à Mireille. Mais par où commencer ? Comment dire qu'elle avait écrit un livre en cachette, un livre qui avait déjà rapporté 5 000 euros parce qu'un vieux fou s'était entiché de son héroïne, Charlotte ? Mireille ne le croirait pas. « Mireille… je vais… » La vieille femme l'interrompit : « Oui, je sais. Tu vas te faire virer, tu me l'as déjà dit. Alors, ça en est où cette histoire ? – Ben, j'ai rien dit à Nino parce que c'est pas le moment. » Une fois au centre-ville de Joué-la-Tour, Mireille cria : « Ralentis ! – Quoi ? – On va au café. » Elles atterrirent dans la grande brasserie du village. Il n'y avait pas grand monde à cause du mauvais temps. Mireille commanda une bière, Sylvie la suivit. Mireille se regarda dans le grand miroir. « Ouais, bof, j'aurais dû tout couper ! Des grandes boucles à mon âge… – Mais arrêtez avec votre âge, Mireille, vous le faites pas, et puis on s'en fout ! » Sylvie fit signe au serveur, elle avait faim : « Deux crêpes au chocolat, s'il vous plaît. » Comme d'habitude, Mireille picora et Sylvie finit les deux assiettes. « Mireille, vous voulez que je vous dise un truc, je m'en fiche du licenciement. » La vieille dame sourit, cette rébellion soudaine l'amusait. Sylvie enfonça le clou : « De toute façon, personne ne me parle plus dans cette boîte. Je suis une vraie plante verte, non, pire, parce qu'une plante verte au moins, on l'arrose, mais moi, ils me laissent crever… Eh ben, je les emmerde ! » Elle leva son verre et Mireille fit de même, elle trouvait ça très distrayant. « Allez, Sylvie, à la révolution ! »

*

En quelques semaines, il s'était passé une chose incroyable : Alicia Clarks avait pris vie. Sur Internet, elle avait un blog, et même des followers sur son compte Facebook. Alicia Clarks était devenue un petit phénomène. Armand avait rappelé Sylvie et elle avait signé un vrai contrat pour le tome II, qui lui avait valu un chèque de 6 500 euros. Simon avait refusé de donner plus, il trouvait déjà la somme disproportionnée. Il avait lui-même relu le contrat et assisté à la signature. Après quoi il lui avait longuement serré la main. Il semblait reconnaître qu'au fond, tout ça occupait les vieux jours de son père et pouvait bien mériter un peu de son attention.

Sylvie le trouvait de plus en plus attirant. C'était peut-être cette façon qu'il avait de ne pas la voir, ce petit sourire énigmatique ou cette voix qui lui rappelait les pièces radiophoniques qu'elle écoutait la nuit, il y a bien longtemps, dans ses premières années d'insomnie. Jamais elle n'aurait pu imaginer côtoyer un tel homme sans Charlotte. Simon n'était pas de son monde. Il portait des pulls en cachemire et de belles chemises assorties, parlait des livres avec des mots choisis : allitération, idoine, paroxystique, périphrase (Sylvie en avait fait une liste pour chercher leur signification dans le dictionnaire). C'était un homme dont elle aurait adoré être l'assistante, histoire de le voir changer chaque jour de tenue, d'observer ses belles mains feuilleter un manuscrit ou signer des documents. Pourrait-elle se recaser aux Éditions Delpareil après son licenciement ? Peut-être qu'après tout ce foin autour d'Alicia, Armand pourrait la recommander pour un poste, n'importe lequel ? Il faudrait qu'elle ose demander avant que tout ça lui file entre les doigts, quand les gens auraient découvert qu'Alicia n'était pas un écrivain, qu'on les avait tous envoûtés grâce à tout ce bel emballage, cette couverture aguicheuse, cette silhouette aux longues cuisses fines enfourchant une grosse cylindrée. Combien de temps pouvait encore durer cette farce ?

Les semaines passaient et rien n'entamait le succès. Les chiffres étaient excellents, selon Armand. Au boulot, Sylvie ne fichait plus rien. Elle ne pouvait plus se concentrer, se contentant de trois ou quatre tâches inévitables et des demandes traitées par Post-it interposés de Ledu. Celui-ci s'était franchement rapproché de Thaïs (une beauté métisse, moitié thaïlandaise, moitié anglaise), la secrétaire de Conflans. Sylvie la croisait fréquemment à leur étage et l'avait même vue entrer plusieurs fois sans frapper dans le bureau de Ledu. Thaïs prenait toujours la peine de s'arrêter devant le minuscule bureau de Sylvie. « Bonjour, Sylvie, ça va ? » Elle tenait à lui siffler ses tâches avec tact, à rester en bons termes, avant de l'enterrer définitivement dans les oubliettes de MaBelleNuit. Sylvie répondait à ses sourires, sans jamais lui demander ce qu'elle foutait là. Elle pouvait bien être la maîtresse de Ledu, sa future nouvelle secrétaire, son ange gardien, Sylvie avait désormais fort à faire avec les aventures d'Alicia Clarks, qu'elle suivait sur tous les réseaux sociaux du moment.

Elle ne voulait rien rater. Au début, elle consultait discrètement l'ordinateur du bureau, puis, ayant appris que les DRH pouvaient espionner les salariés grâce au service informatique, elle avait changé de tactique. Elle avait pris un nouveau smartphone dernier cri, écran XXL, s'était inscrite sur les sites qui s'intéressaient à Alicia Clarks, sur les blogs de fans, la page Facebook de son héroïne (un profil de Charlotte avait été créé) et sur tous les sites des libraires qui avaient mis en avant *La Rose bleue*. Comme elle avait quelques scrupules à se montrer tapotant pendant des heures sur son smartphone, la seule solution était de faire de longues pauses aux toilettes du quatrième étage (peu utilisées mais spacieuses et colorées, contrairement à celles de son étage). Quant aux pauses déjeuner, comme toujours au parking d'Auchan, elle les réservait à l'écriture du tome III, parce qu'il était hors de question qu'elle abandonne Charlotte.

Bosser, faire les courses, la cuisine, le ménage, écouter Nino, surveiller ses fils, aider Mireille, soigner ses chats, écrire, Sylvie menait tout ça de front, jour après jour, inlassablement. Et puis il y avait Armand qui en rajoutait, la bombardant de SMS et d'appels au moindre petit article sur *La Rose bleue*. Chacun de ses coups de fil commençait par : « Alicia a encore frappé ! » Sylvie pouvait sentir ses yeux rire, ses mains s'agiter, et percevait même les glaçons qui tintaient dans son verre de whisky. Elle murmurait : « D'accord, Armand, je vais regarder. » Mais Armand voulait qu'elle lise tout de suite. Il voulait sa réaction. Alors elle cliquait sur le lien qu'il venait de lui envoyer. « Merci, Armand, c'est super… Mais là, je fais les courses, je vous rappelle. » Armand ne raccrochait pas pour autant. Il se foutait que Sylvie ait une vie, un travail, des enfants, des obligations. « Vous avez vu ça, Sylvie ! Ils parlent de "nouvelle forme érotique". Sylvie, vous entendez ! Vous avez renouvelé le genre, et c'est Bernard Attias qui le dit. Ce type n'est pas n'importe qui, c'est un grand critique de la littérature érotique et il vous a adoubée ! Vous m'entendez, Sylvie ! – Oui,

Armand, bien sûr, mais là je suis à la caisse d'Auchan, alors je vous laisse. » Combien étaient-ils, tous ces gens qui écrivaient sur Charlotte, décortiquaient ses aventures, cherchaient des indices sur Alicia Clarks, cette auteure inconnue ? Et ces fans qui lui adressaient des lettres écrites sur du papier parfumé à la violette, racontaient leur vie, leur passé d'obèse ou de femme battue, harcelée, méprisée ? Il fallait bien se rendre à l'évidence : Charlotte avait touché au cœur de vraies personnes.

Un soir tard, Armand appela Sylvie, lui donna la date de sortie du tome II : le 4 mars, soit dans quatre mois. Il en était certain, ce tome II serait le best-seller de l'été, et Alicia dans tous les magazines. « Armand, vous vous emballez, là. Vous savez, les suites… les gens vont se lasser d'Alicia… » Armand gueula dans son portable : « Mais Alicia c'est vous ! C'est vous, Sylvie, ne l'oubliez jamais ! » Sylvie prit peur : « Armand, calmez-vous… » Il avait raison pourtant, Alicia c'était elle. Mais plus Alicia existait, moins Sylvie arrivait à faire le lien entre cette Anglo-Saxonne qui se taillait un petit succès dans la littérature érotique et Sylvie Verbaldi, la secrétaire de Jean-Denis Ledu, mère de famille débordée.

*

Le stade ultime de l'invisibilité, Sylvie l'avait atteint. Ce fut une évidence quand elle trouva Thaïs en train de préparer du café devant son petit bureau avec sa machine Nespresso. Thaïs ne souriait plus, et sans même un bonjour, elle déclara : « Excuse-moi, mais Jean-Denis m'a demandé de l'assister aujourd'hui. » Elle était d'une beauté vraiment énervante, une beauté qui disait : « Je ne me maquille pas, pas la peine ! Me voilà avec mes yeux de biche, mon tailleur XXS, mes petites bottines de deux centimètres de talons et ma crinière coiffée-décoiffée ! » Ledu apparut, il portait un costume très près du corps, dans une matière souple, peut-être de la flanelle, il regarda à peine Sylvie, qui ne savait où poser son sac. « Ah oui, madame Verbaldi… Alors, Conflans vous attend pour l'archivage aujourd'hui. C'est exceptionnel, car Thaïs et moi nous avons un rendez-vous urgent et confidentiel. » Et il referma la porte.

Sylvie ramassa son sac et alla récupérer son manteau. Thaïs eut sûrement pitié de cette pauvre obèse qui allait errer dans MaBelleNuit à la recherche d'une place et d'un peu de boulot. Elle s'approcha d'elle et lui glissa à l'oreille : « J'ai réussi à joindre l'agent de Jessica Faure. On va peut-être conclure un deal, elle doit passer aujourd'hui. » Quoi ? *Sa* Jessica ? Celle qu'elle avait traquée jusqu'au bout du monde, sur tous les sites possibles, depuis des mois ? Sa Jessica allait venir et on l'envoyait dans les étages ? Elle tenta une petite rébellion : « Mais... euh... j'ai beaucoup travaillé sur Jessica aussi, tu sais... Et j'aurais bien aimé aider...Tu vois, je connais le dossier... » Thaïs se mordit la lèvre. « Écoute, désolée, mais je suis bilingue, j'ai vécu à New York, je connais un peu le milieu, tu vois, et Jean-Denis veut une pro, enfin une pro... je veux dire... une personne qui connaît un peu le showbiz, c'est très spécial ce milieu, il faut les codes et tout... » Sylvie ne voyait qu'une chose : cette fille superbe présentait mieux qu'elle pour ouvrir les portes et distribuer les cafés, voilà tout. « Si tu le dis, alors je vous laisse dans le showbiz ! » Elle ne regretta pas sa petite pique. C'était une minuscule victoire avant le grand naufrage.

Elle se présenta chez Conflans. Il avait complètement oublié sa venue et une assistante était déjà sur place. Il donna à Sylvie toute une rangée de classeurs à archiver dans de grandes boîtes en carton encore sous plastique. Elle devait d'abord les assembler, marquer ensuite les années au feutre dessus et classer les contrats à l'intérieur. Comme elle n'avait pas de bureau, elle se mit par terre, fit une première boîte et aussitôt après partit aux toilettes. Elle y resta une heure et n'essuya aucune remarque désobligeante à son retour. Elle archiva en tout et pour tout dix boîtes dans la journée et fit une longue pause déjeuner de deux heures – le temps de lire les nouvelles sur Alicia, de rassurer Nino qui paniquait devant l'imminence des prud'hommes (c'était dingue ça, il attendait toujours qu'elle soit sur son lieu de travail pour lui livrer ses états d'âme !

Pourquoi n'attendait-il pas le soir, comme tout le monde ?), d'obtenir des nouvelles de Max, qui ne répondait plus aux textos, et d'écrire quelques paragraphes sur Charlotte qui terrassait sa nouvelle proie.

Jessica ne vint pas et ce fut bien fait pour eux. Sylvie eut les infos grâce à Nadine. Ledu avait attendu la star toute la journée, s'était même déplacé à la dernière minute à Bordeaux, mais Jessica était finalement indisponible. Il réussit tout de même à obtenir trois minutes de FaceTime avec son agent, qui était en France lui aussi. C'était une petite avancée, dont Ledu n'osa pas se vanter, vu que Jessica n'avait pas encore accepté de représenter MaBelleNuit. Mais Thaïs, ayant appris que BraveHeart, l'association humanitaire fondée par Jessica Faure, était à bout de souffle et manquait de fonds, eut cette idée géniale : et si MaBelleNuit devenait le mécène de BraveHeart et qu'en échange Jessica Faure donnait son image à l'entreprise ? Acheter un matelas Sweet Air serait dorénavant un acte humanitaire et écologique. Pour chaque matelas acheté, quelques centimes seraient reversés à l'association, qui pourrait continuer son action dans les écoles et ses nettoyages de plages souillées par le plastique. Sylvie détesta encore plus sa concurrente. Un cerveau dans un corps de rêve ! C'était pas du jeu !

*

Cette histoire de salle de bain était devenue le sujet de discorde numéro un. Nino refusait d'y toucher mais ne voulait pas non plus de plombier, ni de carreleur, alors que Sylvie avait encore 3 500 euros en poche (l'argent de Delpareil avait déjà servi à l'achat du smartphone, à la note du garagiste et au nouveau lit de Max). Bref, Nino s'obstinait : « Pas maintenant ! » Un samedi matin, le sujet revint sur la table. Cette fois, Sylvie ne put se contenir. Nino trouvait toujours de bonnes excuses, mais à force de remettre à plus tard, ils finiraient leurs jours dans une maison en ruine. Nino marmonna : « Ben non, tu compliques tout, là. » Sylvie, très remontée, cria : « Moi, je complique tout ! Non mais tu rigoles ! Qui se pourrit la vie depuis des mois avec une minuscule salle de bain pour quatre alors qu'on pourrait en avoir deux et éviter d'être en retard le matin ? » Nino haussa les épaules, l'air de dire : « Pas la peine de s'énerver pour ça ! » Puis trancha : « On en reparlera après les prud'hommes. » Comme à chaque fois, il remettait à plus tard. Mais Sylvie ne comptait pas en rester là. Sa mère n'avait pas tort, Nino s'enlisait. Ce n'était pas une raison pour entraîner les autres.

Sylvie monta, ouvrit la porte de cette foutue salle de bain. Elle n'avait aucun projet précis, si ce n'est mesurer l'ampleur de la tâche pour faire avancer les choses. Ces tuyaux qui sortaient, là, ça ne devait pas être si compliqué, il suffisait de souder. Elle avait appris ça en cours de 4e B. Et pourquoi pas faire appel à Delphine, elle était douée en déco, elle aurait des idées. Il suffisait de débarrasser la pièce. Ses mains tirèrent sur l'armoire à pharmacie qui ne tenait plus, tapèrent sur les carreaux fêlés puis tentèrent de soulever le vieux lino vert pâle collé au sol, mais son entreprise s'arrêta là. Son dos se bloqua et Sylvie se retrouva pliée en deux au beau milieu des gravats. La douleur la fit hurler. Elle se traîna comme elle put jusqu'à l'escalier, rampa sur le palier et parvint à la première marche. De là, elle avait une vue plongeante sur le salon. Le bureau de Nino, qu'il avait coincé derrière la grande table à manger, était vide, il était parti. Le portable de Sylvie sonna. Impossible de répondre. Elle pensa à Charlotte, au dos de Charlotte, à ses jambes si fines, à ses cuisses toniques, musclées, qui ne l'auraient jamais lâchée. Une nouvelle idée lui vint pour le tome III, elle ne pouvait pas la noter, elle devrait s'en souvenir, il le fallait. Elle maudit Nino à chaque seconde et pensa au divorce. Il partirait et la salle de bain serait à elle. Elle pourrait enfin changer la fenêtre et opter pour un grand velux ouvert sur le ciel pour rêver un peu. Elle mettrait ensuite du carrelage en faïence, le plus cher, avec des motifs exotiques, et elle écrirait dans cette salle de bain, oui, dans un grand fauteuil en rotin, de ceux qu'on voit dans les magazines. Elle achèterait aussi une baignoire-spa avec des bulles et des énormes jets qui vous massent le dos et vous font oublier votre poids.

Puis elle ne sentit plus rien du tout. Son esprit s'éleva lentement au-dessus du palier, et elle put observer ce corps énorme plié en deux. Une petite voix lui murmura : « Tu n'as plus rien à voir avec ce corps-là. Il n'est plus à toi, Sylvie, laisse tomber. Charlotte te donne le sien. » Elle était d'accord, le mieux était d'en prendre un autre et de laisser sa chair se dissoudre. Tout ça allait fondre tranquillement, et la douleur partirait…

« Maman ? Ça va ? – Chérie, ça va ? » Elle avait dû dormir ou s'évanouir. Elle perçut la voix de Nino qui hurlait, pleurait, geignait. Les pompiers lui emboîtèrent le pas, ainsi que sa mère qui ne se gêna pas pour accuser son gendre. Mireille arriva peu après, avec une tarte pour le goûter. Il n'y eut pas de goûter. Sylvie fut transportée à l'hôpital, auscultée, pesée, tâtée par deux internes de moins de vingt-cinq ans qui conclurent à un méchant lumbago. Elle eut une ordonnance avec pommade et médicaments et trois jours d'arrêt de travail. Les docteurs lui firent une piqûre pour la soulager. Nino tournait en rond. « Ça va ? Tu as soif ? Tu as faim ? Tu veux un coussin, tu veux pas que je monte la tête de lit ? Tiens, et un chocolat chaud à la machine ? » Mais elle n'avait envie de rien, si ce n'est d'être seule avec Charlotte, qu'on lui foute la paix pour remplir des milliers de pages. « Je m'excuse pour tout à l'heure, on va la refaire, cette salle de bain. Tu as raison, je peux pas tout régler tout seul ! » Mais Sylvie n'en avait plus rien à cirer de la salle de bain. Toute cette comédie était ridicule, à la fin. Elle avait mis au monde Charlotte, l'avait cachée à tous, avait de l'argent qu'elle ne pouvait dépenser, un succès dont elle ne pouvait jouir, un métier qui n'en était pas un. Elle était là et ailleurs, ailleurs et là, jamais rassemblée. Comment une femme normale pouvait-elle en arriver là ? Son portable sonna, c'était Armand. Elle rejeta l'appel, il rappela, alors elle éteignit.

Le dimanche, tout le monde fut aux petits soins. Tout venait à elle : la télécommande, les bouquins, les magazines, la couverture.

Elle était reine en son royaume. Ce n'était pas désagréable, loin de là, ça la changeait de MaBelleNuit. Elle en profita pour écrire à volonté, plongée dans la pénombre de la chambre (avec l'excuse de dossiers urgents à rattraper). Nino marchait sur des œufs, il revint plusieurs fois avec des propositions de carrelages originaux et même une double vasque pas mal du tout. Il acceptait le plombier, il acceptait de l'aide, et même de ralentir un peu sur les prud'hommes. Sylvie l'envoya prendre l'air chez Nounours, il ne sortait plus, voir du monde lui ferait du bien. Elle visionna un DVD avec les garçons, un truc qu'Alexis tenait à leur montrer : la dernière création d'Osmigher à l'opéra, *Nosferatu*. Max s'endormit aussitôt et Sylvie fit d'intenses efforts pour ne pas s'assoupir aussi. Alexis se vexa, pesta contre cette famille qui ne pigeait rien à la beauté, ne faisait aucun effort pour comprendre le monde et n'était bonne qu'à une seule chose : ingurgiter des Disney comme tous les débiles de la planète Terre. Sylvie simula alors une douleur fulgurante dans le dos qui stoppa net l'énervement du cadet. Comme quoi ce lumbago avait son utilité. Mireille revint avec sa tarte aux pommes de la veille et en monta une part à Sylvie qu'elle mangea dans son lit, bien au chaud. Alexis remit son DVD et montra certains passages à Mireille, qui trouva ça très intéressant. Était-ce pour lui faire plaisir ? Max voulut prendre une autre part de tarte, mais Sylvie le stoppa net. Il avait assez mangé comme ça et elle aussi. Chacun devait aider l'autre dans son combat contre les kilos. Max accepta. Sylvie lui cacha que, le soir même, elle alla discrètement reprendre une part du gâteau de Mireille dans le frigo, malgré la douleur de la marche. Pour une fois, elle ne ressentit aucune culpabilité. Ce n'était pas elle qui dévorait, c'était Charlotte.

Le lundi matin, au premier jour de son congé maladie, on sonna à la porte. Il était 9h30. Elle ouvrit. Son cœur s'arrêta net, sa respiration aussi et la douleur au dos disparut. Elle se changea en statue de cire, incapable d'articuler un son. Devant elle se tenait Simon Delpareil, superbe comme toujours, avec son manteau beige, son pull bleu marine, ses yeux qui tiraient sur le gris, ses cheveux impeccables brossés en arrière, ses chaussures noires cirées et ses gants en cuir. Elle referma la porte d'un coup. Nino, attablé à son petit bureau, en pleine discussion FaceTime, cria : « C'est qui, chérie ? » Rien ne lui vint en tête, aucune explication plausible. La seule solution était de sortir un flingue, de tirer sur Simon et de l'enterrer dans le jardin. Mais c'était un peu compliqué à exécuter, surtout en quelques minutes. On sonna de nouveau. Nino gueula : « Ouvre ! » Sylvie ouvrit. Simon n'était pas fâché, ni énervé, il souriait d'un air vaguement amusé. « Je ne vous dérange pas ? » Elle réussit à bafouiller : « Faut pas rester… S'il vous plaît… Mon mari est pas… » Mais Nino était déjà là, derrière elle, qui s'exclamait : « Ah, c'est le plombier ! Ben, ma femme ne m'avait pas prévenu, mais je suis d'accord à cent pour cent, faut commencer les travaux. Vous montez voir ? »

Comment une telle idée avait-elle pu traverser la tête de Nino – voir un plombier en la personne de Simon Delpareil ? Sylvie regarda l'éditeur dans les yeux pour le supplier de ne rien dire, de suivre son mari en faisant comme si de rien n'était, elle mit tout ce qu'elle pouvait de tragédie et de supplication dans son regard. Simon resta muet et suivit Nino dans les escaliers. Devait-elle monter avec eux pour assister au désastre ? Ses pieds s'y refusaient. Ils restaient collés aux marches. Elle entendit Nino parler canalisations, sèche-serviette, robinetterie haut de gamme et vanter tout le travail (largement imaginaire) qu'il avait déjà effectué. La voix de Simon ne parvenait pas jusqu'à elle. Soit il se taisait, soit il lui révélait à voix basse que sa femme avait écrit un roman érotique qui se taillait un petit succès, et tout ça dans le dos de l'être dont elle était le plus proche : son mari. La curiosité fut plus forte que tout. Sylvie monta l'escalier, entrouvrit la porte de la salle de bain. Simon observait les murs fissurés, les mains enfoncées dans les poches. Quelques gouttes avaient déjà dégouliné sur ses belles chaussures. Nino conclut : « Bon, on attend votre devis et puis on avisera, mais faudrait pas que ça traîne. » Aucune réponse, Nino prit ça pour un consentement. Son portable sonna. « Ah, c'est Jim, chérie. Je le prends, il devait déjà appeler hier. Il est sur WhatsApp. Donne ton mail à monsieur. » Voilà comment elle se retrouva face à Simon Delpareil, cet homme si désirable, encore en pyjama, dans sa salle de bain délabrée, dans la poussière et les tuyaux suintants de sa propre maison. Son esprit pouvait à peine suivre. Pourquoi n'était-elle pas Charlotte ? Charlotte n'aurait pas eu peur. Elle n'aurait pas tremblé, pas vacillé, elle l'aurait embrassé sur la bouche, rien que pour le faire taire.

« Madame Verbaldi, c'est quoi cette comédie ? – Euh… c'est que… Vous voulez un café ? » Ils descendirent dans la cuisine. Nino, qui parlait fort dans un anglais approximatif, ne pouvait pas les entendre mais Sylvie préféra chuchoter : « Qu'est-ce que vous faites ici ? – Madame Verbaldi, vous ne répondez pas à mon père, il est dans tous ses états. Vous avez gagné le Grand Prix des lectrices de *Grazié Magazine*. Les journalistes veulent votre photo, des interviews, des infos vous concernant. Mon père reçoit des dizaines de demandes, il ne peut pas gérer tout ça à son âge, ce n'est pas raisonnable. Alors, je vous conseille vivement de sortir de l'anonymat. – Mais… c'est quoi ce prix ? – Ce prix, c'est un bon coup de pub. » Sylvie s'affala sur une chaise. « Ah bon… mais alors je dois faire quoi ? – Révéler votre identité et mettre votre mari au courant, voilà ce qu'il faut faire. » Elle but une gorgée de café froid dans une tasse qui traînait là. « Franchement, ce n'est pas le moment… mon mari passe aux prud'hommes dans huit semaines… non, non, pas maintenant. » Elle se vit assise devant Simon, avec ses chaussons pailletés roses à pompons (offerts par Max au dernier Noël) et son tee-shirt sur lequel était écrit : « Suis pas du matin !! », tandis que Nino criait dans son portable : « You are right ! Seriously right, a good reaction you have… » Ça ne pouvait pas être pire.

« Madame Verbaldi, je vais vous laisser. – Euh… bien sûr, je vous raccompagne. » Simon se dirigea droit sur la porte. Nino hurla : « On attend le devis ! » Mais Simon était déjà parti. Sylvie jeta ses chaussons à la poubelle. Non, ce n'était plus possible des tenues pareilles. Qui pouvait la prendre au sérieux après ça ?

Simon n'avait pas menti. C'était là, écrit en toutes lettres sur Internet. Elle avait gagné – enfin, Alicia Clarks avait gagné. Il y avait les photos de tous les membres du jury et un type en costume qui tenait *La Rose bleue* entre ses mains. Qui était ce jury ? Peut-être des connaissances d'Armand ?

« Chérie, je le sens pas ce plombier. Franchement, je te promets, on va faire les travaux mais pas avec lui. Pas une seule fois il a fait une proposition, donné son avis… Ça, je te le dis tout de suite, c'est un mec qui va nous prendre 5 000 balles et on y sera encore l'année prochaine, ou alors il nous mettra des robinets en argent massif, parce que ce genre de types qui présentent bien, c'est que des escrocs… Alors oui pour les travaux, mais pas avec n'importe qui. Qui te l'a conseillé, celui-là ? » Sylvie releva ses cheveux, les yeux mi-clos, mimant un intense effort de mémoire. « Alors là, je sais plus, je crois que j'ai vu une pub sur Internet. – Sylvie, les pubs sur Internet, tu oublies, c'est les pires. Non, je vais demander à Nounours et il me donnera un nom, un mec qui va pas nous arnaquer. – Ok, Nino, tu as raison. » Elle retourna dans la salle de bain. Il y avait encore la trace des chaussures de Simon, oui, deux belles traces sur le sol. Elle mit ses pieds nus dessus. Elle pouvait encore le sentir respirer dans cette pièce. Il n'avait jamais perdu son sang-froid, jamais éclaté de rire, ni eu un mot déplacé. Il était resté Simon, digne et inflexible dans son rôle de plombier. Ce type ne pouvait pas porter des caleçons à message idiot, ni des pyjamas ridicules, il était d'une autre trempe, de la race des seigneurs. Sylvie fut prise d'une immense bouffée d'amour pour son héroïne. Grâce à elle, Simon s'était rendu chez elle, dans sa maison, même si la rencontre n'avait duré que quelques minutes.

*

Le dernier jour de son congé maladie, Sylvie se rendit chez Delpareil (elle s'était inventé un rendez-vous chez un grand ostéopathe à Bordeaux). Quand elle se présenta à l'accueil, elle n'eut même pas le temps de dire son nom qu'Armand était déjà là et la serrait dans ses bras. Ses yeux étaient pleins de larmes. Il bafouilla : « On a gagné, Sylvie, et maintenant le monde est à nous. » Sylvie, qui ne savait que répondre, se contenta d'une petite phrase anodine : « Oui, c'est bien ce prix. » Armand ne supporta pas sa modération. Il éclata : « Comment ça, bien ? C'est extraordinaire, vous voulez dire ! Les ventes vont bondir, tout le monde va s'intéresser à Alicia. Allons dans mon bureau. »

Il avait découpé tous les articles sur le prix de *Grazié* et les avait étalés sur sa table. Son téléphone sonna, puis son portable se mit à vibrer sans discontinuer. Il eut un petit sourire qui semblait dire : « On va bien s'amuser. » Sylvie s'étonna qu'il ne réponde pas. « Vous êtes folle ou quoi ? – C'est peut-être important… – Mais, Sylvie, ce sont les journalistes, ils viennent fouiner, ils veulent des photos, des anecdotes, ils veulent savoir qui est cette Alicia qui a gagné ce prix jamais donné à une œuvre érotique depuis sa création en 1958, et moi je leur dis : "Allez vous faire voir !" Voilà ce que je leur dis ! » Sylvie ressentit alors une vive douleur dans le bas du dos et s'écroula dans le fauteuil en cuir. Armand fit quelques moulinets avec les bras, puis les écarta, redressa la tête, saisit un exemplaire de *La Rose bleue* et tapa avec sur la table. Avait-il un accès de folie ? « Chère Sylvie, je veux que tous ces journalistes rampent aux pieds d'Alicia Clarks, qu'ils supplient pour une petite info, je veux faire monter les enchères. Je veux… » Il s'arrêta net. Pour son âge, il avait conservé une ouïe parfaite. La porte d'entrée venait de claquer et on pouvait entendre la voix de Simon s'adressant à la secrétaire. La douleur de Sylvie s'intensifia, comme si l'arrivée de Simon l'avait décuplée. Armand chuchota : « Sylvie, ne dites à personne que vous êtes Alicia Clarks, jamais. Restez un mystère, les gens vont s'engouffrer dedans ! Les mystères n'ont pas de fond, pas de frontières. Ils attirent les astres… – Ben, oui, ça m'arrange aussi, parce que je sais pas si mon mari comprendrait, et ma mère, n'en parlons pas… » Il continua, se foutant de sa réponse : « Simon va entrer d'une minute à l'autre dans cette pièce. Il vous dira l'inverse de ce que je viens de vous expliquer, mais ne l'écoutez pas, surtout pas, je me charge du reste. » Il lui adressa plusieurs clins d'œil avant de remplir son verre de whisky. « Vous en voulez un ? – Non, non. » Elle avait passé des heures le matin même à se maquiller dans l'espoir d'effacer cette obèse en chaussons roses et pyjama affreux de l'avant-veille, pour que Simon voie une autre facette d'elle, la toute petite part de Charlotte en elle.

Simon ne frappa pas à la porte, il l'ouvrit en grand. « Ah, madame Verbaldi, vous vous êtes décidée ? Ce serait bien qu'on arrête ce petit jeu sur votre identité. Nous sommes une maison pas du tout taillée pour jouer à cache-cache avec les journalistes. La meilleure chose à faire serait une annonce dans la semaine. » Le téléphone sonna de nouveau. Cette fois, Armand prit l'appel : « Ah non, dites que je ne suis pas là de la journée. » Il raccrocha, feuilleta *La Rose bleue*, lut un passage au hasard. Simon s'impatienta : « Écoute, papa, j'ai du boulot. J'aimerais bien qu'on règle cette affaire. » Armand ferma le livre d'un geste sec. « Madame Verbaldi, voulez-vous abandonner votre pseudonyme ? » Sylvie sentit sa gorge se nouer, elle murmura : « Ben non. – Pourriez-vous nous dire pourquoi ? » Simon intervint : « Papa, il n'y a pas à discuter… » Armand le coupa : « Simon, c'est à la principale intéressée de trancher. » Les deux hommes tournèrent les yeux dans sa direction. Deux hommes suspendus à ses lèvres, cela lui était-il jamais arrivé ? Elle se jura de se souvenir de leurs regards à tous les deux : Armand, assis face à elle, ses doigts qui gigotaient, les yeux à demi fermés, sirotant son whisky, et Simon, les mains dans les poches de son pantalon de velours gris et sa bouche qui aurait tant plu à Charlotte. Sylvie inspira à pleins poumons avant de lâcher : « Je veux garder ce pseudo. Je ne peux pas faire autrement. D'abord, mon mari sort de dépression et s'il savait, il n'en dormirait plus, alors… Et puis tout ça je l'ai écrit en cachette, et surtout c'est un peu… comment dire… trop érotique. »

Il y eut un grand silence, soudain interrompu par la sonnette de la porte d'entrée. Simon murmura : « Ça, c'est Kermanec, toujours en avance. » Armand se frottait les mains. « Bon, Simon, le sujet est clos. Mme Verbaldi t'a énuméré ses raisons, c'est le droit le plus strict de tout écrivain de ne pas faire apparaître son nom en couverture. » Simon traversa le petit bureau, s'accouda au chambranle de la porte : « Ok, papa, alors tu gères tout : les interviews, les photos, toutes les demandes des journalistes, et s'il y a le moindre souci, tu te débrouilles. – Très bien, Simon, c'est entendu. Je m'occupe de tout. » Son portable sonna. Il disparut. Armand était ravi. Il hésita à se servir un autre whisky, Sylvie vit sa main agripper la bouteille, puis la lâcher. « Vous aimez jouer, Sylvie ? – C'est-à-dire… – Eh bien, nous allons jouer, nous allons tous les balader, souffler sur les braises et faire de grandes flammes. J'adore le feu, et vous ? »

4

Armand avait raison : Alicia Clarks avait mis le feu. Journaux, magazines, télévision, radio, Net, réseaux sociaux, elle était partout. Des journalistes avaient analysé les raisons de ce succès inattendu. Il y avait eu de véritables débats autour des thèmes traités dans son livre : obésité et humiliation, prescription des crimes d'abus sexuel, harcèlement au lycée, dysmorphophobie et grossophobie, relations perverses dans l'entreprise, etc. Bref, Alicia avait clairement envoûté les médias. C'était un phénomène d'entraînement, et au fond, c'était eux qui créaient de toutes pièces le phénomène, l'amplifiaient, le démultipliaient.

Sylvie ne savait que penser. Quand se rendraient-ils compte de la supercherie ? Et si ça tournait mal ? Elle n'avait plus aucune idée claire sur la situation. Elle flottait entre Sylvie et Charlotte. Tantôt dans la peau d'une héroïne sulfureuse, tantôt dans celle d'une mère de famille obèse et débordée. Une paroi toute fine, pas plus épaisse qu'une feuille de papier A4, la séparait des autres. Nino voulait son avis sur les prud'hommes, Max sur son orientation, Alexis sur une mélodie, et Sylvie s'efforçait d'être là avec eux, mais elle n'y arrivait plus. Son entourage se plaignait. Elle n'écoutait pas, elle faisait répéter, oubliait les messages à transmettre, les listes, la paperasse administrative, les activités des enfants. Alors, elle s'excusait du mieux qu'elle pouvait et sortait son argument ultime : « Si tu savais comment je trime au boulot, tu comprendrais. » Et là, elle cachait son visage dans ses mains, respirait fort, reniflait et son interlocuteur, soudain impressionné, préférait en rester là. Elle n'était pas fière, mais n'avait pas le choix. Son esprit avait besoin de temps pour accepter, assimiler toute cette agitation. Elle ne savait combien de jours ça durerait, mais pour l'instant, les médias tenaient leur proie, ne la lâchaient pas et publiaient des choses étonnantes, comme l'étude d'un sociologue qui s'était amusé à analyser le type de lecteur et/ou lectrice de Charlotte. Selon lui, le profil était celui d'une femme entre vingt-cinq et cinquante-cinq ans, qui bossait à mi-temps, avait deux enfants et vivait en périphérie urbaine, avec un bagage bac ou bac plus deux. Comment un homme sensé, cultivé, savant avait-il pu passer du temps à récupérer des données de ce genre ? Les intellectuels n'avaient-ils pas autre chose à faire ?

Armand, lui, n'était jamais étonné. Il trouvait même qu'on ne parlait pas assez de Charlotte, il en voulait toujours plus. « Sylvie, vous verrez, dans quelque temps, Alicia détrônera Harry Potter. Toutes les femmes auront le livre : diplômées, pas diplômées, pharmaciennes, balayeuses, acrobates, kinés, sages-femmes, députées-maires, tout le monde voudra savoir ce qu'il y a dans ce fichu bouquin, se faire une idée sur les scènes de sexe, histoire d'alimenter les discussions avec les copines, de s'émoustiller en chœur, de suivre le mouvement. C'est alors que nous sortirons le tome II, et ce sera Hollywood, Broadway ! » Il exultait, les glaçons valsaient dans son verre. Ce tourbillon n'allait-il pas le tuer à petit feu, vu son grand âge ? « Armand, je pense que… comment dire… enfin, c'est un truc de mode, il faut pas s'emballer… » Elle regrettait immédiatement ses mots parce qu'alors Armand, qui détestait sa prudence et son manque d'enthousiasme, en rajoutait : « Vous avez peur, Sylvie, parce que l'amour des fans fait peur, c'est un raz-de-marée, un ogre qui a toujours faim, mais vous savez quoi, nous avons le garde-manger. » Armand avait raison, elle avait peur. Parce qu'elle ne savait pas si elle devait avoir peur ou pas, alors son corps préférait encore avoir peur, pour être prêt, au cas où.

À MaBelleNuit, plus personne ne lui demandait rien. Thaïs avait définitivement récupéré son poste et Sylvie un demi-bureau avec une petite chaise sans accoudoirs et un ordinateur ancienne génération qui buggait tout le temps. Quand Sylvie l'allumait, il émettait de petits bruits bizarres et quand enfin, l'écran d'accueil apparaissait, l'image était trouble, sautait. La connexion Internet s'arrêtait systématiquement après la pause déjeuner avec un message d'erreur affichant une dizaine de chiffres et plein de mots en anglais. Sylvie n'avait pas prévenu le service informatique, parce que Sylvie n'en avait rien à faire. Elle profitait de tout ce temps libre pour rêver à tout et à rien. Quelquefois, Charlotte se présentait à elle dans de nouvelles scènes, d'autres fois c'étaient les mots de journalistes ou de lecteurs, d'autres fois encore elle pensait à Armand et tout son foin sur Harry Potter. Et puis il y avait Simon. Elle aimait penser à lui, à son nez si fin, ses lèvres pulpeuses, ses chemises légèrement ouvertes, ses mains qui ne la toucheraient jamais, mais qui auraient sûrement touché Charlotte, car Charlotte l'aurait eu, c'était une certitude. Charlotte aurait joué l'indifférente pendant un temps infiniment long, Simon aurait été légèrement vexé au début, puis agacé, puis carrément jaloux quand elle serait sortie avec son auteur favori, ce Kermanec dont il parlait tout le temps. Et alors là, il aurait plongé. Charlotte aurait encore attendu patiemment, des mois et des mois, et un jour elle l'aurait allongé sur les gravats dans la maison abandonnée dans le noir et la poussière, avec vue sur le toit défoncé. Elle aurait joui et se serait lassée juste après, parce que Charlotte était comme ça.

*

Au bureau, il y avait les jours de grande fatigue, les jours sans. Sylvie avait travaillé toute la nuit, ou s'était disputée avec Nino, ou avait tout simplement mal dormi, et ces jours-là, elle se contentait de regarder Thaïs. Elle ne se cachait pas, elle l'observait carrément, comme si la fille défilait sur écran géant. Thaïs passait des dizaines de coups de fil dans un anglais parfait. Elle souriait au téléphone et parfois faisait de grands signes avec les mains que son interlocuteur ne pouvait voir. Quand les coups de fil duraient trop, elle prenait son smartphone perso et pianotait dessus. Cette fille avait un cerveau ultra-développé, capable de gérer mails, SMS, tout en blaguant en anglais. Sylvie lui aurait bien ajouté des balles de jonglage ou une réunion en FaceTime avec les dirigeants thaïlandais, histoire d'évaluer ses limites. Quand Ledu passait par là, Thaïs avait toujours des tonnes de choses à lui dire et chuchotait comme s'ils préparaient ensemble la mise au point de la première bombe nucléaire. Sylvie finit par comprendre qu'ils cherchaient la meilleure agence de communication de la planète pour le lancement du matelas Sweet Air. Le processus de mise en concurrence était lancé. C'était beau toute cette agitation, un vrai ballet.

Depuis la mise à l'écart effective de Sylvie, Ledu hésitait encore entre lui dire bonjour et l'ignorer. Du coup il la saluait un jour sur deux. Plusieurs fois par semaine, il demandait un café serré. C'était nouveau dans ses habitudes, probablement dû au lancement du Sweet Air. Il fallait tenir le rythme ! Quand Sylvie le préparait, elle pouvait entrer dans son bureau et apprécier le tout dernier Édouard Lessing qu'il avait accroché au-dessus de son tout nouveau bureau hyper-tendance (avec son plateau en noyer et ses pieds en laiton). Elle avait osé demander le titre et il avait répondu : « Édouard l'a nommé : *Vie antérieure.* » Sylvie avait cherché une remarque intelligente, un truc qui aurait prouvé qu'elle avait compris le rapport entre le titre et l'œuvre, mais son esprit n'étant pas aussi rapide que celui de Thaïs, elle ne dégota une réponse possible que le lendemain après d'intenses recherches et la lecture de plusieurs interviews de Lessing sur le Net. Elle s'imagina dire à Ledu : « Bien sûr, Lessing parle de nos ancêtres, qui nous ont permis d'être ici, toutes ces vies passées qui résonnent encore dans le présent, Lessing en fait des fantômes, des contours flous, c'est beau. » Mais comme elle était incapable d'une telle analyse, surtout au pied levé, elle n'avait rien à regretter. Son attitude calme et pondérée, sa résignation devant son exclusion durent finir par inquiéter Ledu car un matin il la convoqua. Il fut d'une extrême politesse et lui proposa même de partager un café, ce qu'elle refusa. En quelques mots, il lui expliqua qu'elle n'était pas exclue, mais mise en veille provisoirement. Elle ne devait pas se vexer, juste comprendre que les choses étaient d'une extrême gravité car le succès du matelas Sweet Air était en jeu et reposait entre ses mains et dans ses choix stratégiques, il lui fallait du renfort, c'est pourquoi Thaïs était venue l'épauler. De plus, le service de Conflans allait bientôt être débordé, ils auraient donc besoin d'aide. Sylvie leur donnerait un coup de main et dans quelques mois tout rentrerait dans l'ordre. Sylvie l'écouta attentivement, tout en jetant des coups d'œil au tableau, découvrant de nouveaux fantômes cachés sous les aplats de couleur. Quand il eut fini, elle se tut un long moment, puis déclara : « Ok, c'est noté. – Conflans vous tiendra au courant », ajouta Ledu avant qu'elle ne retourne à son poste.

Comme tous les jours avant midi, Nino l'appela : son plus beau costume avait été bouffé par les mites, qu'est-ce qu'il allait mettre au procès ? Et comme tous les jours, elle parcourut le Net en quête d'une solution express. Après le déjeuner, elle croisa Nadine dans le grand hall, juste sous le tableau de Lessing. La boss du syndicat marcha droit sur elle. « Ma belle (c'était bien la seule personne au monde à l'appeler comme ça), rendez-vous dans ma voiture au sous-sol 3 à 16h30 emplacement 87. » Puis elle partit comme une fusée. Se croyait-elle dans un *James Bond* ? L'heure était sûrement grave et son licenciement acté. Devrait-elle plier bagage dans la journée ? Heureusement, le temps passa vite. Thaïs et Ledu avaient obtenu deux minutes de FaceTime avec Jessica Faure à 17 heures exactement. (Sylvie ne s'était pas gênée pour coller son oreille contre la porte de son patron, glanant ainsi toutes les informations.) C'était inespéré. Jessica se trouvait dans le sud de la France (dans la résidence secondaire de sa mère, sur les hauteurs de Nice). Ledu et Thaïs avaient exactement cent vingt secondes pour lui expliquer leur grand projet de vive voix. Le boss était sur le pied de guerre, affûtant son exposé, raturant un chiffre, ajoutant une blague ou une photo sur leur matelas dernière technologie. Il avait déjà changé deux fois de chemise et bu cinq cafés. Sylvie ne l'avait jamais vu dans un état pareil. Elle tenta une petite intervention, ouvrant timidement sa porte : « Si je peux faire quelque chose, vous me le dites. » Ledu ne daigna même pas répondre, les yeux rivés sur son écran. Alors qu'elle s'apprêtait à refermer la porte, Thaïs lui réclama un Doliprane. Elle avait un mal de crâne épouvantable. Sylvie le lui apporta avec un verre d'eau et leur souhaita bonne chance.

À 16h30, elle retrouva Nadine dans le parking. La boss du syndicat fumait tranquillement et balança sa cigarette dès que Sylvie s'installa sur le siège avant. « Ma belle, j'ai qu'une seule chose à te dire, écoute-moi bien. Maintenant, tu ne jettes plus rien, tu gardes mails, textos, papiers, tout, et tu prends des photos de ton environnement, ton ordinateur pourri, ton siège, tes classeurs, ta lampe, etc. – Mais, Nadine, je vais partir de toute façon… – Tu vas peut-être partir mais si tu veux aller aux prud'hommes, tu auras des billes, parce que ton poste de travail est vidé de son contenu, et ça, c'est pas légal. » Elle débita des tas de termes techniques, citant procès et articles de loi. Sylvie connaissait la chanson grâce à Nino. Elle lui cacha donc soigneusement le fond de sa pensée, à savoir qu'elle n'attaquerait jamais, n'irait pas voir un avocat, se fichait de toutes leurs petites magouilles et n'avait qu'une seule envie, qu'on la laisse tranquille, au calme, devant son écran avec Charlotte. Dans quelques mois, quand tout serait terminé à MaBelleNuit, elle chercherait un petit boulot à mi-temps chez un médecin ou un comptable (ou peut-être même chez Delpareil, quand toute cette effervescence autour de Charlotte aurait cessé), chez qui elle rangerait des dossiers, prendrait des rendez-vous, noterait les coups de fil, préparerait thé, café et rejoindrait tout doucement le monde invisible. Voilà ce qu'elle voulait, mais Nadine avait besoin de s'indigner, alors elle la laissa finir, et quand elle eut vraiment tout déversé, nommé des responsables (des « salauds d'en haut », comme elle disait) et raconté des histoires sordides de suicides post-licenciement, Sylvie sortit de la voiture, affamée.

*

Le roman fut cité pas moins d'une dizaine de fois à la télévision et apparut brièvement aux informations régionales, alors que ses fils et Nino étaient devant la télé. Sylvie fila dans la cuisine pour cacher ses joues rouges. Quand Armand la pria de venir, elle sauta sur l'occasion, et prit sa journée. Elle avait besoin de discuter de Charlotte. Avec qui d'autre aurait-elle pu en parler ? Armand lui ouvrit lui-même la porte. « Ah, vous êtes là, nous avons beaucoup à faire, vous savez. » Il avait très bonne mine. Sylvie le trouva presque rajeuni, peut-être à cause de ses cheveux qu'il avait soigneusement peignés en arrière, ou alors de sa chemise légèrement ouverte sur un pull gris qui lui donnait des airs d'adolescent. Dans le capharnaüm de son bureau, il se mit à chercher un classeur orange, soulevant une pile de livres sur le fauteuil, puis une autre sur sa table. Sylvie finit par lui venir en aide. Elle remua des tonnes de paperasse, un vieil autoradio, le fameux renard empaillé, des gravures bouffées par le temps, un vase qui n'avait jamais dû servir, des cendriers affreux, puis s'attaqua aux piles qui traînaient par terre. Exécuter une tâche, quelle qu'elle soit, lui faisait du bien, elle n'avait plus à penser, plus rien à redouter. Armand rouspétait. Impossible de mettre la main sur ce fichu classeur. Il téléphona à la secrétaire, partie en congé, qui jura l'avoir laissé sur son bureau, Armand assura qu'il n'y était pas, appela son fils, qui ne savait rien, et finalement le classeur réapparut, coincé derrière le radiateur.

Armand le tendit à Sylvie et lui demanda de l'ouvrir. À l'intérieur se trouvaient des dizaines de mails imprimés qui tous mentionnaient Alicia Clarks et *La Rose bleue*. Sylvie lut brièvement une page au hasard : « Cher Monsieur Delpareil, nous souhaiterions avoir une interview exclusive de Mme Alicia Clarks. Nos lecteurs sont des fans de *La Rose bleue*. L'annonce de l'interview sera bien entendu en une du magazine… » Sylvie referma aussitôt le dossier.

« Mais qu'est-ce qu'on doit faire avec ça ? » Armand reprit le classeur, tapa dessus (il adorait capter l'attention par des mouvements brusques et inattendus). « Chère Sylvie, nous allons passer à la phase deux : oui, notre chère Clarks, nous allons la mettre au monde aujourd'hui même. » Il se servit un whisky et s'écroula dans son fauteuil. Sylvie s'affala à son tour. « Armand, Alicia ne va pas répondre à des interviews enfin ! – Bien sûr que si ! Nous allons répondre tous les deux. Il faut donner des miettes aux journalistes, nourrir la bête, sinon ces imbéciles vont passer à autre chose. Mais attention, il ne faut pas trop en dire. Souvenez-vous, il suffit de souffler sur les braises très légèrement pour maintenir le feu. »

Sylvie comprit qu'Armand avait déjà un plan derrière la tête : il s'agissait d'élire le meilleur magazine pour l'interview, choisir entre *Fan-club*, *Marie Mélodie*, *Santé plus*, *Éros* ou le célèbre *Club des lecteurs*, sans compter tous ceux qu'elle ne connaissait pas et tous ceux, trop connus, qui l'effrayaient... Sylvie avait seulement la tête en vrac, le ventre creux et aucune idée sur la question. « Je ne sais pas vraiment, Armand, pas *Éros*, évidemment, pas *Fan-club*, mais *Grazié* peut-être, non ? » Armand se redressa, son verre était déjà vide. « Voyons, ma chère, *Grazié* vous a déjà fait pas mal de pub, ses lecteurs vous connaissent bien maintenant, non, il faut toucher un nouveau public. » Elle fit défiler les feuilles à nouveau et son ventre se mit à gargouiller. « Eh ben... Par exemple *Tempo*, ma mère l'achète de temps en temps, y a de bons articles... Et des recettes de cuisine... » Armand relut la demande d'interview. « Oui, peut-être *Tempo*, mais c'est pas pour les vieux, ça ? » Sylvie en avait marre, elle avait faim, elle mourait de faim. « Dites-moi ce que vous avez choisi, Armand, ça ira plus vite. Je suis perdue, moi... » Il n'attendait que ça : « *Trax Magazine*, un support de jeunes, spécialisé dans les artistes barrés et les œuvres insolites. » C'était un tout petit réseau, le magazine était peu distribué mais jouissait d'une très bonne réputation, en plus c'était régional et, cerise sur le gâteau, personne n'attendrait Alicia dans un tel journal. Sylvie refeuilleta le classeur orange. « Mais, Armand, vous vous trompez, y a pas de mail venant de *Trax*. – Parce qu'ils n'ont pas osé demander une interview, ils n'y croient pas. Mais nous allons les appeler. » Ce qu'il fit sur-le-champ. Il demanda le service communication, annonça qu'Alicia Clarks voulait bien leur accorder une interview exclusive par mail. Armand et Sylvie entendirent plusieurs cris, quelques jurons. Enfin, une voix féminine s'exclama : « C'est une blague ou quoi ? Alicia ne donne pas d'interviews, alors pourquoi à nous ? » Armand répéta qu'il n'était que le messager de l'auteure et n'en avait aucune idée. Aux anges, la jeune femme ne chercha pas à en savoir plus. Une heure plus tard, elle envoya par mail une liste de questions.

Sylvie lut : « Quelle est votre plus grande émotion littéraire ? Quelle œuvre représenterait le mieux votre travail ? Quels artistes vous inspirent ? Avez-vous souffert de discrimination ? En quoi Charlotte est-elle féministe ? Quelle est votre héroïne préférée en politique, en art, en littérature ? Peut-on vivre heureux dans la vengeance ? Une ancienne obèse peut-elle vraiment changer de corps ? » Elle s'arrêta là, c'était beaucoup trop pour sa petite personne. Elle n'était pas Alicia Clarks, elle n'avait pas de références, elle avait seulement un corps et des mains qui avaient tout produit sans qu'elle y comprenne rien. Ce n'était pas de l'art, de la création, c'était autre chose, mais comment expliquer ça ? « Armand, je ne saurai pas répondre, je n'ai jamais eu que des mauvaises notes en rédaction et je n'ai pas fait de grandes études. Enfin si, je peux citer un grand artiste, il s'appelle Édouard Lessing et il a peint *Coucher de soleil sur Mars*. C'est très beau, les couleurs changent avec la lumière, ça scintille de partout… mais ça n'a rien à voir avec Charlotte. » Armand ne s'affola nullement. Il n'était ni étonné ni déçu. « Écoutez, Sylvie, je vais répondre, moi. Voici ce que je propose : Alicia a quelques références, elle aime la grande musique, Dalida, les grandes tragédies, et puis elle a un amour inconsidéré pour les soap operas, elle a vu du pays, défend les droits de tous les opprimés, elle a été obèse et son père s'est suicidé. » D'où sortait-il tout ça ? « Armand, je préférerais que son père ne se soit pas suicidé, mais qu'il soit mort de maladie quand elle avait vingt ans et qu'elle ne l'ait dit à personne. – Un père suicidé, c'est toujours beau, c'est fort comme bagage, ça émeut... » Ce type était réellement cinglé. « Armand, faut-il vraiment faire parler Alicia ? C'est peut-être une très mauvaise idée qui ne va nous apporter que des ennuis ! » Armand lui jura qu'il n'y avait aucun risque, et puis il fallait qu'elle vive, cette Alicia, elle ne pouvait pas rester qu'un simple prénom, il fallait la lancer, lui ouvrir la cage, qu'elle s'envole. Il insista tellement qu'elle céda, pour avoir la paix et surtout aller manger.

*

« Quelle heure ce soir ? » Le SMS de Delphine tomba à 17h30. Sylvie avait complètement oublié le dîner, rien préparé, rien prévu, et Nino était injoignable. Elle n'était pas d'humeur à cuisiner, mais alors pas du tout. Elle venait d'être convoquée au collège parce que Alexis ne rendait plus ses devoirs et elle avait appris par la mère d'un de ses copains que Max n'allait plus à ses cours de volley. Donc, il lui mentait. Elle récupéra les garçons et les engueula tous les deux dans la voiture. Ça faisait gagner du temps. Il fallait bosser, obéir au prof, se rendre aux cours, surtout au sport, qu'elle avait payé très cher, sinon les portables et tout ce qui s'ensuit seraient confisqués et les vacances annulées. Max ne répliqua pas, mais Alexis, comme d'habitude, aligna les arguments : ses profs étaient pires que l'année dernière et puis ok, il avait du retard pour rendre ses devoirs, mais elle n'avait pas payé ses cours de solfège, avait oublié d'acheter les tissus des costumes, n'avait pas écouté son enregistrement au piano qu'il lui avait filé par mail (son tout premier). Alors si les parents ne faisaient plus leur boulot, pourquoi ferait-il le sien ? Sylvie coupa court, elle ne connaissait que trop la tactique, plus elle tenterait de se justifier, plus il en rajouterait. Elle cria : « Merde ! » et démarra.

Mireille lui sauva son dîner, grâce à sa fameuse tarte au citron et aux magrets de canard achetés pour Noël qu'elle gardait depuis trois mois dans son congélateur (comme elle avait décidé de ne rien fêter cette année, autant que Sylvie en profite). Il n'y avait plus que des petites pommes de terre à faire revenir et le tour était joué. Elle envoya Nino chercher une bonne bouteille et des petits-fours apéro.

La table était dressée, décorée de deux grandes bougies rouges qu'elle avait retrouvées au fond d'un placard. Elle avait aussi dégoté une vieille guirlande, qu'elle avait suspendue entre les deux fenêtres pour donner un air de fête au salon. Les lumières tamisées cachaient à merveille les fissures aux murs. Nino s'apprêtait à ouvrir un mousseux quand la mère de Sylvie débarqua. Elle n'avait aucun souvenir de l'avoir invitée. Elle l'embrassa, la fit entrer, mit un magret de plus dans la poêle et Delphine arriva avec son nouveau fiancé, l'ancien professeur de français d'Alexis, François Monfin. Sylvie craignait ce type depuis le rendez-vous où il s'était plaint des rédactions d'Alexis, mais il se montra charmant avec son cadet, le traita comme un élève très doué et ne mentionna pas leur première rencontre. Le dîner se passa très bien. Sylvie mentit avec brio sur son boulot, joua à la perfection la fille assommée par les responsabilités, qui avait la chance de participer à cet événement extraordinaire, la sortie prochaine du matelas Sweet Air, et qui verrait bientôt Jessica Faure en personne venir représenter sa marque. Tant qu'elle y était, elle se vanta aussi de sa toute dernière promotion qui leur permettrait de refaire enfin cette fichue salle de bain. Tandis qu'elle finissait son verre cul sec, Nino repartit de plus belle sur sa grande bataille aux prud'hommes et le carnage qu'il allait faire contre Simex. Monfin eut le malheur de vouloir en savoir plus, ce qui donna à Nino une occasion en or de raconter encore une fois la fameuse journée où le chien l'avait attaqué. La mère de Sylvie, qui en avait plus qu'assez d'entendre le couplet de son gendre sur l'Ortex, proposa de prendre le café au salon. Chaque fois que Sylvie recevait, il fallait qu'elle joue les maîtresses de maison.

Ouf, la soirée touchait à sa fin. Dans quelques minutes, tout le monde aurait décampé. Quand Sylvie revint avec les tasses et la cafetière, elle comprit tout de suite qu'il se passait une chose étrange. Nino avait prononcé *La Rose bleue*, Delphine avait renchéri d'un « Vaguement érotique », Monfin balancé : « Mal écrit » et sa mère : « Très vulgaire. » Sylvie s'assit, s'appliqua à servir le café en essayant de ne pas trembler. Pas de doute : on parlait bel et bien de Charlotte sous son propre toit. Elle sentit le sang cogner contre ses tempes. « Tu l'as lu toi, chérie, ce machin de *Rose bleue* ? » Nino lui parlait de son livre à elle. Elle ne devait pas craquer, pas se trahir, elle pensa à Charlotte, son aisance, son cran pour mentir et dissimuler. Elle sourit, prit une tasse de café sans se brûler et articula distinctement : « Non, je ne connais pas. C'est quoi ? » La question était naturelle : une personne prise en défaut sur un sujet veut en savoir plus. Charlotte aurait choisi la même tactique. Delphine, qui cherchait à briller devant son nouvel amour, expliqua que c'était un roman niais, avec une héroïne bébête, bon tout au plus pour émoustiller quelques vieilles filles. Ça ne valait pas un tel barouf médiatique. En plus, ses cons de collègues à la bibliothèque voulaient maintenant organiser une soirée « romans érotiques » et elle, Delphine, ça la gonflait vraiment ce genre de truc opportuniste pour faire venir du monde, parce que quand il s'agissait de défendre les écrivains de la région qui avaient pourtant un talent fou, ben là, y avait plus personne. La mère de Sylvie était d'accord à cent pour cent, c'était que de la pub, du marketing, tout ça, y avait qu'à voir la couverture aguicheuse, cette fille avec les jambes écartées sur une moto c'était grotesque. Monfin s'exprima en tant que professeur de littérature. Son avis fut bref et concis. Il avait feuilleté quelques pages, résultat : l'écriture était plate, le style simpliste. Les gens feraient mieux de relire les classiques, *Les Liaisons dangereuses*, par exemple, de Choderlos de Laclos, ce bouquin était mille fois plus excitant. Pour ne pas être en reste, Nino se rappela soudain qu'il avait vu un reportage sur le livre. Ça l'avait bien fait rire toutes ces nanas de quarante ans et plus qui jouaient les midinettes, le livre à la main, parlant d'un nouvel élan sexuel, de nouveaux désirs, de jeux érotiques : des conneries tout ça, encore un piège pour consommer plus. Acheter pour jouir, jouir pour acheter, la grande illusion quoi ! D'ailleurs, qui avait écrit ce livre ? On ne savait pas. Ils l'avaient dit dans le reportage. Si ça se trouve, c'était un robot, ils avaient sûrement bidouillé des algorithmes pour pondre un bouquin contenant la dose exacte de sexe et de suspense, et ainsi les enfumer tous. Les robots n'étaient pas l'avenir de l'homme, mais sa fin. Nino exposa alors une de ses grandes préoccupations du moment (même si en dehors de Simex il y en avait peu), à savoir les dangers de la robotique, sujet qu'il affectionnait depuis qu'il avait lu un article particulièrement alarmant sur la page Facebook d'un véto de la région qui prévoyait à terme la fin du travail humain. Une fois encore, la mère de Sylvie coupa court. Il était tard. Elle se levait tôt demain à cause de la nouvelle machine à laver qui arriverait à 8 heures.

Quand tout le monde fut parti, Sylvie attendit que Nino ronfle bruyamment pour rejoindre Charlotte. Elle avait besoin de la sentir tout près d'elle, bien au chaud dans l'ordinateur. Son entourage ne l'appréciait pas, mais ça n'avait aucune importance. Sylvie n'était pas vexée, elle était même rassurée. Elle avait eu bien raison de la cacher, de tout cacher.

*

Enfin, on y était : le grand jour des prud'hommes. Sylvie avait plus que hâte que toute cette histoire soit terminée, digérée, que Nino passe à autre chose. Il n'avait pas dormi de la nuit, du coup elle n'avait pas pu avancer sur son texte. Elle accompagna Nino au tribunal à 8h30. Ils étaient très en avance, le procès débutait à 9h30. « Mais tu vas où là ? – Nino, je viens de te le dire, je vais être en retard au boulot. Écoute, je n'assisterai pas à l'audience, je ne servirai à rien, et puis j'ai des horaires quand même… » Il s'énerva : « Mais si, tu sers, figure-toi, beaucoup plus que tu l'imagines ! Trouve-moi du feu ! » Il avait récupéré une cigarette on ne sait où, mais n'avait pas de briquet. « Tu vas pas reprendre la cigarette à cause de Simex, ce serait bête ! – Ne prononce pas ce nom, je t'en supplie, pas ici. – D'accord. Bon je file, Nino. Tout se passera bien. Tu es hyperpréparé, ne t'inquiète pas. » Il attrapa sa main, la serra de toutes ses forces. Il tremblait comme une feuille. Fallait-il le remettre au chaud dans la voiture, lui filer un calmant ? Son avocate vint les saluer, Nino s'apaisa. Ouf, Sylvie pouvait partir.

À MaBelleNuit, l'humeur était au plus bas. Après réflexion, Jessica Faure avait décliné leur proposition. La mission de Thaïs avait échoué. Pourtant, elle était toujours là. Sylvie n'en était pas mécontente. Regarder évoluer Thaïs était toujours divertissant. Elle avait cent mille idées à la minute et avait déjà jeté son dévolu sur une autre actrice franco-canadienne, Melissa Delbot. L'idée avait plu à Ledu, enfin, disons qu'il ne l'avait pas rejetée.

Thaïs avait aussi une vie privée bien remplie, pleine de rebondissements : des petits copains à foison, des parents qui se déchiraient, se réconciliaient, des cousins qui montaient des start-up (sans un sou) mais croyaient tenir le jackpot, et une demi-sœur qui avait atterri chez les flics pour usurpation d'identité. Thaïs passait ses coups de fil personnels devant Sylvie sans aucune gêne. Soit elle ne la voyait plus, soit elle lui faisait entièrement confiance. Sylvie optait pour la première option. Quelquefois, il arrivait à Thaïs de réaliser qu'elle n'était pas seule dans la pièce. C'était soudain, furtif, mais ça arrivait. Et dans ces moments-là, elle lui adressait un sourire poli et compatissant, lui demandant d'une voix de petite fille qui aurait voulu se faire pardonner : « Toi, ça va en ce moment ? » Sylvie répondait : « Oui, ça va bien, merci. » Thaïs se contentait généralement de cette réponse et reprenait ses coups de fil. Une seule et unique fois, elle avait ajouté : « T'aurais pas un petit creux ? » Son déjeuner venait d'être annulé, Sylvie lui éviterait de manger seule, ce n'était pas autre chose. Mais elle n'avait pu s'empêcher d'être touchée, c'était plus fort qu'elle.

Thaïs lui parla surtout de Ledu. Elle n'avait pas les mots pour dire à quel point ce type était malin, cultivé, futé, élégant, drôle, sympa, disponible, simple, bref, un modèle pour une fille comme elle qui commençait sa carrière. Sylvie fit croire qu'elle en pensait autant et avait eu naguère une très bonne relation avec lui. Alors, Thaïs lui sortit cette phrase géniale : « Quelle chance tu as de bosser avec lui depuis deux ans ! » Sylvie acquiesça, elle était d'accord à cent pour cent, oui, elle avait une chance de dingue. Thaïs lui apprit plein de choses sur son boss : il adorait la voile, avait deux filles, sa femme décorait des demeures d'exception, il avait le vertige, il avait tenté les Beaux-Arts deux fois, il détestait prendre l'avion. Thaïs avait atteint une proximité avec son patron que Sylvie n'aurait jamais pu envisager. Cette petite était sacrément douée, il fallait le reconnaître.

Nino appela. Tout s'était bien passé. Son avocate l'avait félicité. Il gagnerait le procès, il n'y avait aucune raison. Le jury serait de son côté, il ne pouvait en être autrement. Il aurait la réponse dans quatre mois. C'était long, mais il était confiant. L'argent allait revenir. Il finirait cette baraque, referait la toiture et le ravalement et puis changerait complètement la cuisine. Jamais Sylvie ne l'avait entendu tenir des propos aussi optimistes depuis trois ans. C'était une super-journée, la fin d'un long calvaire. Elle eut soudain envie de lui ; là, au boulot, devant Thaïs, elle pensait à son mari, au sexe de son mari et à tout ce qu'ils allaient faire ensemble. Nino eut peut-être la même idée car il vint carrément la chercher à son travail. Il avait pris le bus, traversé la zone industrielle et elle le découvrit là, sur le parking de MaBelleNuit. Il n'était pas si mal dans son costume bleu nuit, acheté exprès pour le procès (Sylvie avait choisi le même modèle que celui de Simon en moins chic). Il n'avait plus l'habitude des costumes et cela lui donnait un air un peu pataud qui avait son charme. Il s'était rasé, avait tondu ses cheveux et enlevé cette espèce de moustache qu'il portait ces derniers temps. C'était réussi, vraiment !

*

Elle aurait voulu profiter à fond du nouveau Nino, de la charmante auberge qu'il avait réservée, de sa main qui pressait sa cuisse, de son grand sourire (qu'elle voyait si rarement ces derniers temps), de ses excuses pour sa longue déprime et ses accès de colère, de la coupe de champagne, de la crêpe flambée au cognac, de cette enveloppe qui contenait deux places pour Indochine, mais ce fut impossible parce qu'au moment de commander les entrées, son portable avait vibré, lui donnant cette saleté d'information : le journal people *En vrai* avait trouvé qui se cachait derrière l'auteure de *La Rose bleue* et délivrerait le scoop dans son prochain numéro. Dès lors, comment se concentrer, écouter calmement Nino raconter le procès, ces connards de Simex, leurs arguments pourris et leur mauvaise foi, et le super-boulot de son avocate qui n'avait pas cédé d'un pouce ? Sylvie faisait de son mieux, mais elle ne pouvait s'empêcher d'imaginer le pire, son nom exposé aux yeux de tous, le regard de sa famille, l'incompréhension, la sidération, et ses gosses...

Elle demanda à Nino de l'excuser cinq minutes, se réfugia dans les toilettes du resto et appela Armand. « *En vrai*, le truc people, affirme connaître le véritable nom d'Alicia. Si ce n'est pas du flan... » Elle entendit le rire d'Armand résonner au bout du fil. Ce type se foutait de tout. « Chère Sylvie, vous avez peur d'un torchon pareil, mais vous plaisantez ! C'est une très bonne nouvelle, au contraire. Cela veut seulement dire que la phase deux a merveilleusement fonctionné. Ne craignez rien, ils font toujours comme ça, c'est pour appâter le lecteur. Vous avez lu la dernière interview d'Alicia dans *Le Kiosque* ? – Armand, on avait dit une seule interview ! – *Le Kiosque*, c'est un vrai bon journal. Alicia a fait une excellente interview, très enlevée, spontanée, rédigée par moi-même. Ils étaient ravis, vous verrez, achetez-le, ça vous plaira ! »

Sur le chemin du retour, Nino conduisit lui-même la voiture, et fit un détour par le bord du fleuve. Il décida qu'ils devaient s'arrêter là pour admirer le paysage. Sylvie n'en avait aucune envie, mais elle dut le suivre dans le froid, regarder les étoiles, s'extasier sur cette nuit si claire, cette vie extraterrestre qui était peut-être au-dessus d'eux, le chant des grenouilles au loin (ou celui d'un oiseau, il n'était pas sûr), et puis cette petite musique de l'eau, si apaisante. Quand elle eut vraiment les pieds gelés, elle demanda à partir, mais Nino l'embrassa longuement. Maintenant, elle était complètement frigorifiée et n'avait qu'une hâte : dormir, tout oublier, sombrer jusqu'au lendemain. Nino, lui, avait encore de l'énergie. Il la déshabilla dès qu'ils eurent franchi la porte de la maison, les garçons étaient chez leur grand-mère (pour une fois Nino s'était occupé de tout), et l'allongea sur le carrelage. Elle avait maintenant une chance sur deux de se réveiller avec une pneumonie. Il ne fallait pas traîner. Alors elle l'aida un peu, enleva sa jupe grande taille et sa culotte, baissa le pantalon de Nino. Elle mima la jouissance aussi bien que Charlotte, peut-être mieux, et quelques minutes plus tard, Nino s'affala sur sa poitrine. Il lui lécha l'oreille et s'excusa encore pour ces dernières années de galère. « Mon chéri, je me gèle, tu sais, on va se mettre au chaud. » Nino l'aida à se relever. Bien sûr, il ne pouvait pas la porter jusqu'à leur lit, pas comme aux premiers jours, quand son tour de taille était encore acceptable. Elle dut s'agripper à la rampe et se traîner jusqu'à la salle de bain. Et là, face au miroir, elle crut rêver. C'était bien elle, Sylvie, mais une main ennemie l'avait changée en vieille. Elle avait des poches sous les yeux, des petites rides aux coins de la bouche, des cheveux blancs dans la frange et des points noirs, trois exactement. Quant à son grain de beauté sur le nez, il ressortait encore plus qu'avant. Finirait-il par tout dévorer ? Elle n'avait qu'une envie, pleurer sur ce corps, ce visage, cette plastique immonde, mais elle retint ses larmes. À la place, elle mangea. C'était sûrement la dernière chose à faire, mais la seule qui lui faisait du bien, la réconfortait vraiment (avant de la faire plonger dans les affres de la culpabilité). Elle engloutit toutes les tablettes de chocolat qu'elle avait planquées, but un litre d'eau, puis s'endormit sur le canapé.

Au petit jour, elle se précipita pour acheter le fameux magazine people, le feuilleta à toute vitesse, parcourut la page sur Alicia

Clarks. La grande révélation était bidon. Selon eux, Alicia Clarks était une des cousines germaines de la princesse Marguerite, héritière du trône monégasque (le journal ne donnait pas le nom exact, la princesse en avait plusieurs), elle avait écrit dans quelques revues, beaucoup voyagé, participé à des guides touristiques, elle était bisexuelle (avec de multiples liaisons), elle se faisait elle-même appeler Charlotte par sa famille proche, et elle aurait donc choisi de prendre un pseudo (à consonance anglo-saxonne parce que sa mère était américaine) pour préserver le Rocher. L'imagination des journalistes était sans bornes. Mais jamais ils ne feraient le rapprochement avec une pauvre petite secrétaire de Joué-la-Tour.

*

On était jeudi matin. Elle ne s'était pas rendue au travail et n'avait même pas appelé pour prévenir de son absence. Quel motif aurait-elle bien pu donner ? Comment expliquer qu'un vieux fou lui avait fait un virement de 30 000 euros : « Vous le méritez amplement, chère Sylvie, faites-vous plaisir » ? Cet argent, c'étaient les sous qui lui revenaient sur chaque livre vendu, c'est ce qu'il lui avait dit. Simon n'avait pas appelé pour démentir. Et maintenant que l'argent était sur son compte, il ne pouvait plus le reprendre. Comment aller au travail alors que cette somme colossale pouvait se transformer dans la minute en massages, billets d'avion, double vitrage, chaîne stéréo, club vacances, bottines fourrées, langoustines, voiture électrique, robes en cachemire, table en marbre, cuisine tout équipée ? La liste était immense, elle lui donnait le tournis.

Sylvie prit un billet pour la grande tour. Une fois en haut, elle pourrait réfléchir au calme, respirer l'air frais. Il ne fallait surtout pas se précipiter et céder à la pulsion consommatrice qui montait en elle à vitesse grand V. D'ailleurs, elle ne pouvait pas débarquer à la maison le coffre rempli d'achats. Elle avait déjà prétexté une prime cet été et avait remis ça juste à la fin de l'automne. Elle ne pouvait quand même pas toucher des primes tous les mois. Le mieux était de la jouer ni vu ni connu et de faire un remboursement anticipé du prêt sur la maison. Mais comment faire tout ça dans le dos de Nino ? Le banquier voudrait le voir aussi puisque le prêt était à leurs deux noms. L'autre possibilité était de tout dire dès à présent, rentrer et tout déballer. Une personne normalement constituée l'aurait fait. Elle aurait dit : « J'ai écrit un truc dans ton dos, chéri, un petit roman de deux cent cinquante-quatre pages. Les tomes II et III vont suivre… Enfin bon, ce truc… disons… érotique, eh ben ça marche, oui, crois-moi ou pas, ça a déjà rapporté 30 000 euros. Alors, profitons-en ! » Mais Sylvie n'était pas normalement constituée. Elle avait choisi mensonge et double vie. C'était peut-être une maladie mentale, même si le psychiatre n'avait rien décelé. Peut-être aurait-elle la force de tout avouer après une bonne bouteille de vin ou alors au réveil, un matin, quand tout serait parfaitement clair et limpide dans sa tête, et pourrait être formulé en phrases simples, franches, inattaquables, ou bien quand elle en aurait fini avec Charlotte, qu'elle aurait mis un point final à cette histoire. Elle avouerait, évidemment, mais ce n'était vraiment pas le moment. Ça ne l'empêchait cependant pas de profiter, même si elle était seule, seule et riche, immensément riche, inespérément riche. Elle s'accorda deux dépenses possibles dans la journée qui ne se remarqueraient pas. La première fut très facile à trouver puisqu'il était 11 heures et qu'elle mourait de faim et la deuxième lui viendrait en cours de route.

Elle sonna chez Mireille, refit le coup de la prime. Elle voulait fêter ça et l'invitait au restaurant, un petit truc sympa dans la région (Sylvie visait en fait La Petite Belette, un restaurant gastronomique). Mireille déclina poliment. Elle attendait Stan pour le jardin, Sylvie devrait d'ailleurs plutôt y aller avec son mari, c'étaient des choses à faire en couple ça, pas avec une vieille de quatre-vingts ans qui mangeait trois bouts de fromage et roupillait devant la télé. Sylvie ne céda pas. Il était hors de question que sa journée soit gâchée par des arguments aussi déprimants. Elle embarqua Mireille de force dans la voiture avec l'aide de Stan.

Une invitation au restaurant ne pouvait se refuser sous prétexte qu'on avait soi-disant déjà un pied dans la tombe !

Sylvie choisit pour elles deux le menu le plus cher. Mireille râla tant qu'elle put, s'indignant devant les prix. Elle ne comprenait pas comment une telle folie avait pu traverser l'esprit de sa voisine. Mais Sylvie ne tentait même plus de se justifier. Elle avait trop faim, tous ces plats lui donnaient le tournis. Elle prit des escargots, du foie gras poêlé, une souris d'agneau et ses légumes confits, du fromage, puis un sablé noisette avec sa crème de marron. Mireille suivit le mouvement. Après tout, maintenant qu'elles étaient là, il fallait bien manger. Elle était du reste beaucoup plus détendue qu'à son arrivée et se laissa même aller à une confidence. Elle était déjà venue ici, il y a des années, au tout début de sa retraite, avec son mari. Le repas était très correct certes, mais chiant, d'un ennui terrible. C'était bien la première fois qu'elle parlait aussi franchement de sa vie de couple. « Ah bon, votre mari n'était pas commode ? – Si, au contraire, trop commode. Vivre avec lui c'était comme le tableau au-dessus du buffet, tu vois, le tableau avec la neige sur les toits et le chemin qui zigzague. Ben peu à peu, tu t'aperçois que ce tableau, tout le monde l'a chez soi. Bon, tu l'aimes encore un peu parce que t'es habituée, et puis au fil du temps tu le vois plus, et si par le plus grand des hasards tes yeux se posent encore dessus, eh ben il te fait vraiment chier. » Mireille chassa les miettes sur la table et finit son verre de vin. L'alcool la rendait bavarde. Sylvie en profita pour lui tirer les vers du nez : « Mais alors, vous vous disputiez ? – Ben non, même pas. Il voulait qu'on parte en croisière, comme tous ces cons de retraités, et moi je voulais pas. Il comprenait pas, il insistait pas. Il disait : “Alors, on ira dans le Gard”, et donc on partait dans le Gard. C'est sûrement à cause de moi qu'il est mort, ben oui, parce que j'étais pas affectueuse. Je repassais pas les pyjamas, je lui donnais pas la main, j'invitais pas les voisins. J'avais pas envie, j'étais chiante moi aussi, plus que lui encore. J'avais un sale caractère. Il s'est vu passer sa retraite avec une tête à claques et ça l'a tué. – Mais, Mireille, vous m'avez dit qu'il avait eu un AVC ! Ça n'a rien à voir. – Tintin ! Ça a tout à voir, je le sais. J'étais hostile, la jungle, le pôle Nord et Beyrouth réunis ! Une bête féroce, je te dis ! » Elle partit d'un grand éclat de rire, puis reprit son visage habituel, sa moue légèrement pincée et moqueuse et commanda deux cafés.

C'était le monde à l'envers. Mireille avait payé. Prise de scrupules, Sylvie s'était rendue aux toilettes (pour prévenir le boulot que son terrible lumbago était revenu), et sa voisine en avait profité pour tout régler. Mireille, avec sa petite retraite de professeur, avait dépensé 200 euros pour un déjeuner. Pour elle qui faisait attention à tout, ne mangeait rien, profitait des promotions, c'était une somme indécente. Sylvie regrettait amèrement ce coup de folie. Elle aurait dû aller bouffer toute seule, devant des magazines people. Mireille s'énerva : « Sylvie, calme-toi, du fric, j'en ai, je te dis ! Je dépense pas parce que j'ai pas l'occasion, c'est tout. C'est pas un problème. » Avait-elle des comptes cachés, un héritage ? « Mireille, la prochaine fois, c'est pour moi et on ira dans un endroit où vous êtes jamais allée ou non, encore mieux, on partira en croisière ! – Ben, celui qui m'emmènera en croisière, il est pas encore né. »

Après le déjeuner, Sylvie raccompagna Mireille et fila au centre commercial. En ce jour exceptionnel et pour la première fois de sa vie, tout était à portée de main : lingerie, montres, bijoux, meubles, gros électroménager, petit électroménager, porcelaine, caviar, smartphones, tablettes, tout. Son esprit ne pouvait se décider. Pourquoi pas cette nuisette en soie ? Oui, mais ce robot multiusage programmable, c'était pas mal non plus. Et pourquoi pas cette magnifique lampe en verre et pied argenté ? Et cet ensemble de vaisselle japonaise ? Et cette montre connectée qui pouvait donner la fréquence cardiaque ? Et cette parure de lit avec des flamants roses ? Elle n'avait pas l'habitude d'être riche, de dire : « Je veux, je prends, j'achète et on en parle plus. » Nino, lui, détestait dépenser à tort et à travers. Tout devait servir, tout pourrait toujours servir encore un de ces jours. Un vase fêlé traînait au garage depuis des années, en attente d'un miracle. Idem pour une ancienne platine vinyle irréparable parce que la pièce de rechange n'existait plus ou pour les ordinateurs qui n'étaient jamais totalement morts et qu'on pourrait toujours désosser un jour pour récupérer tel ou tel composant (chose qu'on ne faisait bien sûr jamais). Les gros achats devaient être clairement indispensables, et plus encore depuis son licenciement.

Sylvie se résigna à faire dans l'utile. Elle parcourut de long en large le rayon aspirateurs et en repéra un sans fil, sans sac, programmable, rechargeable. Il était superbe, rouge et bleu, avec un manche télescopique qui permettait d'atteindre le plafond. Nino n'y verrait rien à redire (le leur était mort). « Bonjour, chère madame, quel modèle désirez-vous ? » Le vendeur lui souriait. Il n'avait pas l'air méchant, plutôt avenant et sympathique. Mais elle fut incapable de répondre. Elle ne savait plus. Voulait-elle vraiment un aspirateur ? Et qui le voulait : Alicia, Sylvie ou encore sa bonne conscience qui pérorait sans arrêt dans sa tête ? Elle planta le jeune homme, courut dans les allées, avant de s'affaler sur un banc en tek du centre commercial. Et là, devant Le Manège à bijoux, elle eut envie de Charlotte, une envie irrésistible. Elle n'avait pas pris son ordinateur, alors elle fit une chose toute simple. Elle fila vers l'espace informatique, acheta un portable dernier cri, puissance et mémoire maximales, aussi léger qu'un cahier à spirale (alors que l'autre pesait son poids et ronflait quand elle écrivait), elle prit la garantie sur dix ans et l'assistance dépannage vingt-quatre heures sur vingt-quatre et demanda au type qu'il configure le machin tout de suite, devant elle. Voilà, Charlotte allait changer de maison.

*

Sylvie y était allée au culot et ça avait marché. Elle avait dit à l'assistante de la DRH : « Je pense que ma charge de travail est tout à fait compatible avec un quatre cinquièmes. » La fille l'avait observée longuement, sans un mot, avait pianoté sur son ordinateur et lui avait tendu un formulaire. Cela avait pris vingt minutes et désormais Sylvie avait tous ses mercredis. Bien sûr, son salaire allait baisser, mais il y avait les 30 000 euros de Charlotte. C'était le meilleur moyen de les utiliser : acheter du temps. Le mercredi, donc, elle se rendait chez Delpareil, car Armand la prenait pour une vraie auteure et affirmait qu'à eux deux, ils feraient des étincelles. Il disait qu'elle était drôle, qu'elle avait une imagination insensée, le bon, le vrai tempo (celui des jazzmen, qui sont des as de l'improvisation). Il disait que ses mots transpiraient le sexe, la bestialité, qu'elle n'avait pas peur de laisser courir les scènes et hop ! de tout liquider, qu'elle avait sa petite musique, unique et personnelle, que nul ne pourrait imiter.

Jamais on n'avait vu ces choses en elle, jamais ou n'avait mis autant de mots sur elle. Depuis la naissance de Charlotte, c'était comme si sa peau avait craqué. Elle était obèse, d'accord, elle était secrétaire, d'accord, elle était invisible, d'accord, mais ses contours avaient bougé, elle s'était échappée dans un monde où elle pouvait crier, hurler, jouir à volonté. Où ce monde s'était-il caché pendant trente-huit ans ? Dans quel coin de sa tête ? Avait-elle changé de peau ? La vraie Sylvie avait-elle enfin éclos un beau matin ? À présent, cette personne qui avait envoyé le texte à Delpareil, elle n'en avait plus peur. Si elle l'avait rencontrée, elle l'aurait simplement remerciée, qui qu'elle soit. Parce que sans cet envoi, sa vie n'aurait jamais changé de cap, elle serait restée petite, banale, dans un pavillon médiocre, avec des projets sans intérêt. Alors oui, elle pouvait dire merci, mais merci à qui ?

Elle avait bientôt achevé la moitié du tome III. Armand était ravi de la tournure que prenait l'intrigue : pour la première fois, Charlotte allait tomber sur une proie qui résistait, une proie parfaitement indifférente à ses charmes. Charlotte devait en passer par là, elle devait souffrir à son tour, énormément. Allait-elle supporter l'échec ? Sa soif de vengeance pouvait-elle se tarir ? Sa vie aurait-elle encore un sens ? Sylvie n'en savait rien, c'était le principe. Elle découvrait au fur et à mesure. Il suffisait de lancer son héroïne, et de la suivre.

Tous les mercredis matin, Sylvie lisait les dernières pages à Armand. Il basculait alors son siège légèrement en arrière, posait ses pieds sur une pile de livres, fermait les yeux et murmurait : « Allez-y, allez-y, je vous écoute. » Au début elle avait protesté : non, elle ne pouvait pas, c'était trop tôt, pas assez avancé. Mais peu à peu elle y avait pris goût. Au premier paragraphe, elle butait toujours sur les mots, se reprenait, s'excusait, et puis l'histoire la rattrapait et elle oubliait Armand, elle oubliait son regard, son bureau d'éditeur, les centaines de livres tellement mieux écrits que le sien, et elle rejoignait Charlotte, son monde, sa musique, son odeur, ses objets, sa chambre, ses bracelets, ses draps, et elle y était bien, et la lecture s'arrêtait toujours trop tôt, faute de suite. Armand mettait un temps fou à rouvrir les yeux. Une fois ou deux, elle s'était même inquiétée. Avait-il eu un malaise, une attaque ? Mais non, quand elle avait touché sa main, il avait souri et lui avait soufflé : « Quand la musique s'arrête, je l'entends encore dans ma tête. J'entends les dernières notes et je ne veux pas les perdre. » Maintenant, elle comprenait : Armand n'était pas dingue. Il était différent. Il était réceptif et pouvait plonger dans une histoire entièrement, totalement. Une fois dedans, il planait, en extase. À MaBelleNuit, elle parlait dans le vide, alors qu'ici, dans le bureau d'Armand, sa parole était sous verre, précieuse, encadrée comme un tableau de maître. Comment deux réalités si différentes pouvaient-elles cohabiter ?

Armand ne la croyait pas : « Ne me dites pas que vous n'avez jamais rien écrit avant ! » Elle protestait : « Mais rien, Armand, des bêtises, comme toutes les jeunes filles… » Il insistait : « Ah bon, quoi ? – Euh… ben, c'est des choses de gamine, des lettres interminables à des copines, et même à un ou deux amoureux, mais au dernier moment, j'envoyais pas. – Et c'est tout, rien que des lettres, même pas un petit début d'histoire de quelque chose ? – Armand, qu'est-ce que vous avez derrière la tête ? Je vous dis que c'est pas une vocation. Ça m'est venu comme ça, d'un coup, à cause de tout ce vide au boulot… »

Armand était très fort pour la faire parler. C'était trop tard maintenant pour se méfier de lui, alors tout y passait : ses échecs, ses espoirs, ses rêves de gosse, et même les derniers mots de son père. Armand disait : « On forme une super-équipe. » Il n'avait pas tort. Sylvie était bien, là, dans ce bureau surchauffé, avec ces relents de whisky, ce renard empaillé, ces feuilles étalées partout et cette petite plante verte qui se tordait le cou vers la fenêtre. Elle le quittait toujours à regret. Elle aurait voulu revenir tous les jours de la semaine, même pour ne rien faire, juste servir le thé, plutôt que de retourner dans l'enfer de MaBelleNuit. Mais elle n'avait pas le choix, même si ce n'était pas l'avis d'Armand. Il disait qu'elle pouvait vivre de l'écriture et arrêter ce job insensé dans les matelas. « Insensé », c'était le mot d'Armand. Il le disait pour des choses graves, choquantes, et son travail à MaBelleNuit était une chose très choquante pour lui. Pourtant, Sylvie n'y faisait rien de mal, au contraire même, elle n'y faisait rien du tout. Mais Armand considérait son emploi comme une grave atteinte à la dignité humaine, et Sylvie en arrivait à défendre sa société bec et ongles : « Vous savez, Armand, MaBelleNuit est une très belle entreprise, toujours familiale, toujours à taille humaine, et puis ils lancent un nouveau matelas, un truc très technologique, hyper en avance sur son temps. Ce sont des pionniers dans le domaine de l'endormissement » (elle citait les formules des plaquettes de présentation). Un jour elle eut le malheur de conclure : « Je ne peux pas partir comme ça. Ce job, c'est ma sécurité. » Qu'est-ce qu'elle n'avait pas dit là ! Ce mot rendit Armand fou. Il se leva et lança, les bras en l'air comme s'il se trouvait au beau milieu d'un cortège de manifestants : « À mort, la sécurité ! La sécurité n'existe pas. Elle est dans la tombe, vous m'entendez, Sylvie, elle est dans la tombe ! » Il criait tellement fort que son fils accourut aussitôt : « Qu'est-ce qui se passe ? », interrogeant Sylvie du regard. Elle bafouilla : « C'est votre père qui s'emporte, je ne sais pas moi... » Armand l'interrompit : « Simon, laisse-nous, je dois parler à Sylvie en tête à tête, cela ne te concerne pas. » Simon resta quelques instants dans la pièce, l'air suspicieux, cherchant un indice sur les visages, puis il se résigna à refermer la porte derrière lui, très lentement. Cet incident avait permis à Sylvie de le détailler un peu plus. Il avait coupé ses cheveux très court. C'était moins bien, mais ça n'enlevait rien à sa beauté. Une croûte s'était formée au coin de sa lèvre (sûrement une coupure au rasage) et deux légères rides marquaient son front. Vieillir lui irait très bien, c'était évident. Cet homme-là traverserait tous les âges impeccablement, admirablement.

Une fois la porte refermée, Armand se mit à la recherche d'un livre et cela lui prit comme toujours un certain temps. Il parlait tout bas, marmonnait des grossièretés, s'agitait, et finit par renverser une pile qui se trouvait juste à côté du bureau. Le bouquin était tout en bas. Il s'intitulait *L'heure n'est plus aux tendres*. Armand lui mit le livre sous les yeux. « Voici la première publication des Éditions Delpareil. C'est la cinquième réédition, et ce livre se vend toujours, il est étudié dans les écoles, et c'est moi qui l'ai déniché. C'est moi qui ai mis toutes mes économies dedans pour qu'il soit dans les librairies. J'avais une vingtaine d'années. Ce n'était pas raisonnable, c'était un coup de poker, Sylvie, et j'ai gagné ! » Sylvie ne voyait toujours pas le rapport avec son boulot. Tant mieux s'il aimait jouer, ce n'était pas son cas. Elle n'allait pas quitter MaBelleNuit comme ça, sur un coup de tête, à cause du succès de Charlotte. Que dirait-elle à Nino ? « J'ai quitté mon travail et je vais écrire » ? Il lui rirait au nez. Mais il ne fallait pas contrarier Armand (ce qui risquait de le foutre en rogne et d'alerter une nouvelle fois Simon). Sylvie choisit le mensonge, bien plus pratique, comme toujours : « Écoutez, Armand, c'est très courageux ce que vous avez fait, c'est vrai… Mais moi, je peux avoir peur de l'avenir parfois. » Elle évita de mentionner les licenciements prévus à MaBelleNuit, Armand aurait été capable d'appeler la direction pour qu'ils la virent au plus vite.

Comme tous les mercredis, ils commandèrent des sushis. Armand en raffolait. Il les savourait l'un après l'autre, goulûment, avec des baguettes, puis réclamait un café serré. Il ne prenait jamais de dessert, il détestait les sucreries. Sylvie s'y était faite. Elle gardait toujours une plaquette de chocolat dans sa voiture pour le retour. C'était son minimum vital. Pendant la pause déjeuner, ils naviguaient un peu au hasard sur les dizaines de sites qui mentionnaient *La Rose bleue*. Ils lisaient à haute voix les critiques des fans et leurs spéculations sur le tome II. Un certain Octopus leur plaisait beaucoup. Chaque jour, sur son blog consacré aux livres, il choisissait un chapitre du roman qu'il analysait ligne par ligne. C'était une sorte de malade des mots, il les tournait dans tous les sens et cherchait des indices cachés en recourant à la psychanalyse ou à d'autres disciplines obscures. Et puis, il y avait aussi cette fille qui dessinait très bien et avait posté plusieurs dessins de Charlotte sur son compte Twitter. Elle l'imaginait immense, perchée sur ses grandes bottes, avec une crinière lui descendant jusqu'au bas du dos et des cils recourbés lui donnant des airs de biche. Ce n'était pas Charlotte, évidemment, l'héroïne de Sylvie était moins spectaculaire, moins stylisée. Ce n'était pas seulement son corps qui attirait les hommes, c'était sa façon si particulière de se rendre énigmatique. Les hommes voulaient son âme. Très peu de lecteurs l'avaient compris. Comment leur en vouloir ? Ils n'étaient pas dans la peau de Charlotte. Sylvie l'était, elle, entièrement.

*

Il y avait des mercredis sans Simon et des mercredis avec Simon. Sylvie les préférait avec. Elle aimait savoir qu'il était là et pouvait surgir à tout moment. Cela arrivait rarement, il gardait ses distances. Il ne voulait pas se mêler de leurs affaires. Sylvie aimait imaginer qu'il les épiait, qu'il se collait littéralement à la porte du bureau pour entendre la suite des aventures de Charlotte et qu'il bandait. Elle adorait la scène : Simon contre la porte, le sexe tendu sous son pantalon, des gouttes de sueur dans le dos. C'était affolant, tellement affolant que Sylvie finissait par craindre qu'il ne lise dans ses yeux tout ce que son esprit échafaudait.

Un mercredi, deux mois jour pour jour avant la sortie du tome II, Simon frappa, entra carrément dans la pièce (d'habitude il entrebâillait à peine la porte) et s'adressa directement à son père : « Tu te rappelles que nous avons un déjeuner ? Que nous partons dans quinze minutes ? » Et voilà comment Sylvie se retrouva à une table de restaurant à vingt minutes de Bordeaux, dans un petit village

nommé Carillac, devant le grand auteur Jean-François Kermanec (que tout le monde appelait simplement Kermanec ou JFK, comme s'il était un homme politique), entourée d'Armand et de Simon. Elle avait pourtant refusé de toutes ses forces, mais Armand s'était montré intraitable. Son fils lui imposait un déjeuner avec ce con de Kermanec, elle devait venir aussi, ils formaient une équipe, oui ou non ? Elle ne pouvait pas le laisser tomber. Kermanec était un raseur au plus haut degré, il parlerait de son dernier livre à tout bout de champ, il faudrait écouter et poser des questions pour ne pas vexer sa très grande susceptibilité pendant que Simon passerait la brosse à reluire sur l'œuvre immense, selon lui, de JFK, ce qui pousserait Armand à boire plus que de raison, et ça il ne le fallait pas. Sylvie fut présentée à l'auteur sous le nom d'Alicia Clarks. Armand lui avait conseillé de ne donner aucune information personnelle sur son compte. Elle était Alicia, et tout le reste ne concernait qu'elle et Armand. Elle avait longuement hésité : « Vous êtes sûr, Armand ? Dois-je vraiment dire que je suis Alicia ?
– Chère Sylvie, il faut vous glisser un peu dans votre peau d'écrivain de temps à autre. Que voulez-vous que fasse ce Kermanec ? Rien du tout, il n'a aucun moyen de connaître votre véritable identité, voyons ! Et aujourd'hui, j'ai très envie de sortir en public avec Alicia Clarks, faites-moi ce petit plaisir ! » Simon sortait avec son auteur fétiche, et son père voulait être accompagné du sien, c'était ça. Elle était flattée, plus que flattée. Elle aurait tellement aimé incarner cette Alicia anglo-saxonne avec brio. Mais comment transformer une citrouille en carrosse en si peu de temps ?

Kermanec eut pour consigne de ne prendre aucune photo et de ne parler de ce déjeuner à personne. Armand expliqua : « Alicia veut rester anonyme, tu comprends, on te fait confiance. » Kermanec hocha la tête distraitement, l'air de dire : « Mais enfin, pourquoi prendrais-je en photo une femme tout à fait repoussante ? Je ne suis pas encore complètement cinglé. » Simon se plongea dans la lecture du menu. Armand observait le ballet des serveuses comme si ce qu'il allait manger était le cadet de ses soucis. Kermanec, lui, planta son regard dans celui de Sylvie et la dévisagea sans aucune gêne. Sylvie baissa les yeux. Qu'est-ce qu'il voulait, qu'elle se sente mal à l'aise ? C'était déjà amplement fait. Les mains de Simon étaient à quelques centimètres des siennes, mais en vérité un océan les séparait. Ils prirent chacun le menu du jour avec des variantes : pour Simon et Armand le poisson, pour Sylvie et Kermanec l'onglet saignant. Après les commandes, Kermanec et Simon se lancèrent dans une discussion-fleuve sur différents prix littéraires, citant tout un tas de types que Sylvie ne connaissait pas, des émissions télé et radio dont elle n'avait jamais entendu parler. Elle ne savait quoi dire. Armand lui jetait des regards amusés. Qu'est-ce qui pouvait être drôle là-dedans ? Il y avait juste une pauvre obèse (qui écrivait et se goinfrait en cachette) au milieu d'hommes lettrés qui ne lui prêtaient aucune attention. Elle n'avait même plus faim et quand elle vit arriver son onglet, elle peina à le couper tant ses mains tremblaient. Elle avait peur : de Simon, de ses fantasmes sur Simon, de cet affreux Kermanec et son regard froid, impassible. Elle n'avait rien à faire là.

Pour atténuer sa frousse, elle employa toute son énergie à fixer ce Kermanec, comme si elle devait se souvenir de chaque détail de sa physionomie pour le peindre. Il portait des petites lunettes rondes sur un visage imberbe. Ses cheveux commençaient à se clairsemer sur le haut du crâne. Il les avait laissés pousser pour cacher sa calvitie, mais bientôt ça ne servirait plus à rien. Il n'était pas laid, pas beau non plus (son nez était fin, et ses yeux verts avec des sourcils fournis). Il était légèrement enrobé, mais on ne pouvait pas dire qu'il était gros. Il avait quelques rides, sans être encore vieux. Son look était à la limite du ringard, avec son pull à col en V vert et sa petite chemise assortie. Ce n'était pas une couleur pour lui, mais il semblait n'avoir aucune idée de ce qui était fait pour lui.

Sylvie fut tirée de ses pensées par une question et, contre toute attente, cette question venait de Kermanec : « Aviez-vous toute la trame avant de commencer ? » Il était très sérieux. Il parlait comme dans un entretien d'embauche. Sylvie sentit ses joues s'enflammer. Elle croisa les beaux yeux gris de Simon et sentit un furieux manque d'oxygène. Elle visualisa les pompiers, et elle sur un brancard. C'était ridicule, le genre de ridicule fait pour elle. Elle appela du regard Armand à la rescousse, mais sa bouche était pleine de poisson, il ne pouvait répondre à sa place. Elle se racla la gorge pour se laisser du temps, but une gorgée de vin. Et tomba dans le néant. C'était quoi une trame exactement ? Y avait-il un piège ? Un sous-entendu ? Maintenant, Kermanec souriait et Simon tapait des doigts sur la table, exactement comme faisait son père. C'était pire que la dernière journée de formation « Prendre la parole en public ». Elle aurait voulu se dissoudre là, devant eux, se transformer en fumée et disparaître par la fenêtre. Mais la magie n'existait pas. Elle rassembla toutes ses forces pour faire une phrase correcte : « Je n'avais pas de trame, non. Je n'avais que Charlotte. » Ce n'était pas clair du tout, mais c'était tout ce qu'elle avait trouvé. Kermanec hocha la tête gravement, prenant note de l'information, puis il dit : « C'est rare de ne rien prévoir. Moi j'aime prévoir, chacun de mes livres est un champ de bataille. J'accumule, j'ai besoin de matière, d'archives, d'écrits, et alors seulement la trame vient et je ne la lâche plus. Je la travaille au corps, et quand je la tiens vraiment bien, je laisse reposer. Et un jour je me lève et je me lance dans la rédaction du premier chapitre. C'est une longue maturation. » De quoi parlait-il, d'une recette de cuisine, d'une partie de chasse ? Simon se tourna vers elle. « Vous avez lu son dernier roman ? » Sylvie bafouilla, s'embrouilla entre oui et non. C'est alors qu'enfin Armand lui vint en aide : « Mais voyons, Simon, Alicia n'a pas eu une minute à elle depuis la sortie du tome I. Ça marche du feu de Dieu, tu le sais bien, elle est très occupée. Mais elle se fera un plaisir de le lire. Hein, Alicia ? »

Simon partit alors dans un laïus sur le style Kermanec, sur sa capacité à faire revivre les siècles passés à travers des objets du quotidien : montres, tissus, instruments, fioles, parfums. Mais ce n'était qu'une infime partie de son talent, Kermanec était d'abord un enchanteur. Entre ses mots, le lecteur pouvait sentir la glace, le froid, le soleil dur et brûlant la peau, les moustaches gelées, le cri des phoques, l'iceberg qui se brise… Le lecteur était là-bas sur le bateau, mouillé par les embruns, naviguant bien au chaud dans son fauteuil club. Sylvie finit par cerner le thème du dernier roman historique de Kermanec : la vie d'une espèce d'explorateur du XIXe siècle qui avait découvert un bout de continent où il faisait horriblement froid, et que ce type avait baptisé Terre Adélie. Kermanec en avait rempli des pages et des pages (apparemment, c'était un pavé) et était même parti là-bas pour parfaire la vraisemblance de son récit.

La conversation roula sans elle jusqu'à l'addition, que Simon se fit un devoir de régler. Elle le remercia en s'efforçant de le regarder droit dans les yeux pour effacer l'impression désastreuse de son unique intervention pendant le déjeuner. Simon lui sourit légèrement, peut-être par gêne, sinon par pitié. Elle aurait dû s'arrêter là, d'ailleurs Kermanec et Armand s'étaient déjà levés, mais quelque chose en elle refusait de conclure, s'accrochait, et cette chose en elle s'adressa directement à Simon : « Vous avez lu *La Rose bleue* ? Vous ne m'en avez pas parlé. » Elle se sentit obligée de préciser : « Je crois que ce n'est pas votre littérature, mais j'aurais aimé avoir votre opinion. Vous parlez si bien des livres, je veux dire… » La chose en elle avait beaucoup trop parlé. Simon attrapa son écharpe. « Vous savez, je ne peux pas vous mentir, ce n'est pas ma tasse de thé. Mais je dois reconnaître qu'il y a un certain rythme, une mélodie, c'est vrai. Enfin, c'est mon père qui vous édite, croit en vous, alors ne tenez pas compte de mon jugement. » Elle se leva aussi, son ventre heurta la table. « Votre avis compte aussi, Simon, peut-être que vos remarques pourraient me faire… je ne sais pas… grandir. – On verra pour le tome II alors. » Simon n'en dit pas plus. Mais ce n'était pas si mal, ils avaient partagé quelques instants comme deux personnes civilisées, et Simon lui avait parlé comme à une vraie auteure. C'était une toute petite victoire, mais une victoire tout de même. Kermanec lui serra la main et fila avec Simon à un rendez-vous très important avec un journaliste influent.

Sur le chemin du retour, Armand apprit à Sylvie une chose dont personne bien sûr n'avait parlé : les ventes de Kermanec étaient décevantes (même si la sortie du livre était récente). Bien sûr, Simon refusait de reconnaître l'échec. Il disait que tout était encore possible. Pourtant, le fait était là, déjà sûr et certain : le bouquin de Kermanec ne connaîtrait jamais le succès de *La Rose bleue*. Sylvie n'avait pas consulté d'archives, pas lu, pas étudié, pas fait de trame, pas fait de plan préparatoire, ni pris du recul dans l'attente d'une maturation. Charlotte l'avait attirée, elle l'avait suivie, ce n'était même pas du travail.

*

« Mireille, j'ai acheté la dinde pour les chats. Je peux entrer ? – Oui, viens ! » La vieille femme fila dans la cuisine, remplit la bouilloire, Sylvie attrapa les sachets de thé et les tasses (elles n'avaient plus besoin de se parler à présent, à chacune sa tâche du goûter). « Comment va Fred ? » Frédéric était le boucher-charcutier de Joué-la-Tour et Mireille demandait toujours de ses nouvelles. Ses sorties se faisaient rares. Peut-être était-ce une façon de se sentir encore reliée au monde ? Sylvie ne disait pas toujours la vérité. Frédéric servait rarement l'après-midi depuis qu'il avait embauché un petit jeune, alors elle inventait : « Toujours pareil, Mireille, il fait des blagues, certaines sont bonnes, d'autres vraiment lourdes, et les gens sont gênés, mais vous savez comme il est ! Il paraît qu'il va acheter un autre commerce. » Mireille voulut des précisions, mais Sylvie n'en avait pas, alors elle changea de sujet. Elle aurait dû partir (la piqûre aux deux chats diabétiques avait été vite expédiée), mais comme tous les soirs elle traînait. Elle trouvait toujours des choses à faire, à réparer, à éplucher, à laver. Mireille lui disait d'arrêter, de rentrer, mais Sylvie voulait à tout prix l'aider. Car elle ne savait jamais ce qui l'attendait chez elle (surtout dans quel état d'esprit elle trouverait Nino), tandis que chez Mireille tout était clair, limpide, sans surprise. Ici elle ne craignait rien, plus rien ne pouvait lui tomber dessus (d'autant que son portable captait mal). Alors, elle grappillait quelques instants de tranquillité. Mireille se foutait de tout, même de son poids. Plusieurs fois, Sylvie avait dévoré sans même se cacher une quantité astronomique de pain (préalablement beurré). Sa voisine n'avait rien dit. Elle ne s'était montrée ni choquée ni même écœurée. Elle continuait son petit train-train quotidien, lisait le journal, parcourait les résultats des courses (même si elle ne pariait plus), classait les factures et rouspétait contre l'augmentation des charges. Et puis, elle s'en prenait à Stan qui ne faisait pas comme il fallait dans le jardin, plantait au mauvais endroit, désherbait mal, oubliait de ranger le matériel, en somme ne savait rien faire. Mais lorsque Sylvie lui proposait de trouver quelqu'un d'autre, Mireille esquivait. Il fallait qu'elle se plaigne, c'était comme ça.

Certains jours, l'envie de rejoindre Charlotte était trop forte. Alors, quand il lui restait encore quelques minutes avant l'arrivée des garçons (elle partait de plus en plus tôt de MaBelleNuit et il n'était pas rare qu'elle débarque à 16h30 chez Mireille), Sylvie sortait son petit ordinateur et s'installait sur le gros canapé du salon. « Ça vous dérange pas, Mireille ? Je reste pas longtemps. Je dois finir un dossier, j'en ai pour dix minutes, ici je suis au calme. Vous savez, avec les garçons, je peux pas me concentrer. » Mireille arrivait à petits pas, observait son portable mince et silencieux sur ses genoux. « Mais qu'est-ce que tu fous ? Tu vas pas bosser ! Ils vont te virer, tu m'as dit ! » Sylvie inventait : « Oui, mais bon, je ne peux quand même pas me mettre en faute. Je dois rendre les choses, vous comprenez… Je ne peux pas y aller les mains dans les poches… – Ah bon, mais je croyais que t'avais plus rien à foutre là-bas. Je croyais qu'ils te laissaient crever… – Non, Mireille, ça c'était avant la sortie du matelas Sweet Air. En ce moment tous les étages sont sens dessus dessous, il faut trouver les bons communicants pour vendre ce truc… C'est très novateur… C'est un matelas hors norme… » Sylvie tartinait tout ça de formules marketing et Mireille finissait par laisser tomber.

Venait alors le meilleur moment de la journée : Sylvie seule face à Charlotte. En un quart d'heure, elle pouvait remplir trois pages et n'avait même plus la sensation d'avoir pensé, ni réfléchi, ni d'être assise là, chez sa voisine. Armand lui avait donné une espèce de foi, de croyance indestructible dans son personnage. Il n'y avait plus à avoir peur, plus à se poser de questions, à regretter ou se traiter de dingue. Sylvie n'était plus vraiment là. Une fois, Nino s'était pointé chez Mireille alors que Sylvie avait encore le portable sur les genoux. « Ben, chou, qu'est-ce que tu fais là ? – Euh… je… je trouve plus les mots… Je suis fatiguée, excuse-moi. » Elle avait alors dû abandonner Charlotte, quitter cette deuxième peau, et ça lui avait fait mal.

*

Les 30 000 euros, Sylvie ne put les laisser dormir sur son compte (même si la somme fondait un peu chaque mois pour compléter son salaire, elle restait tout de même importante). Au début, elle n'avait pas d'intention précise, elle voulait une babiole, rien de cher, un petit objet sympa qui aurait permis de bien finir la journée et aurait égayé un peu la déco du salon : un vase, une lampe ou de nouveaux rideaux. Mais bien vite, elle oublia sa prudence et se retrouva dans une boutique de lingerie, un superbe ensemble soutien-gorge-culotte parsemé de dentelle noir et or à la main, un truc tout à fait hors de prix. Elle l'essaya, l'embarqua illico. Son corps était gros peut-être, mais il était moulé dans un tissu sensationnel. Elle n'était plus vraiment Sylvie, elle n'était pas non plus Charlotte, elle était une espèce de mutante qui flottait entre ces deux corps. Sa démarche, le balancement de ses hanches, tout semblait différent. Impossible de rapporter ce trésor chez elle. Certes, elle aurait très bien pu inventer n'importe quoi, qu'il y avait eu des soldes, ou une occasion sur Internet, ou encore plaider le coup de folie. Mais elle en était persuadée : ces dessous noir et or étaient l'indice qui mènerait Nino à Charlotte et à sa double vie. Elle décida de les mettre uniquement au boulot, elle se changerait dans les toilettes du quatrième en arrivant et en repartant planquerait la lingerie chez elle, roulée en boule tout au fond de son placard.

Il fallait en convenir, avoir 300 euros de dentelle sur la peau au travail n'était pas désagréable. Sylvie aimait se répéter la somme dans l'ascenseur : « Trois cents euros ! » Évidemment, personne ne s'apercevait de rien. Tout le monde voyait Sylvie Verbaldi avec son ventre et ses hanches énormes, ou plutôt tout le monde ignorait Sylvie Verbaldi avec son ventre et ses hanches énormes, mais le fait était là : Sylvie Verbaldi portait de la lingerie de luxe sous ses vêtements XXL. Sylvie Verbaldi avait aujourd'hui les moyens de s'offrir des dentelles hors de prix. Elle supportait beaucoup mieux son boulot (ou plutôt son absence de boulot), et même les petits regards gênés de Ledu, qui maintenant disparaissait dès qu'elle arrivait.

Peut-être que Thaïs le sentit aussi. Depuis l'appel d'offres pour trouver qui ferait la meilleure pub du Sweet Air, elle ne dormait pas beaucoup. Ledu était sur les nerfs et leur petit binôme n'était plus si confortable. Sylvie passait sa matinée à rassurer la jeune femme. Mais oui, ils allaient trouver la meilleure agence de pub, mais oui, Ledu l'aimait bien, Ledu avait ses mauvais jours, mais non, elle n'avait pas l'air fatiguée ou si peu, bien sûr Ledu pouvait être cassant, Sylvie en savait quelque chose, mais ce n'était pas un homme méchant (ça, Sylvie en était moins sûre).

Quand Thaïs avait bien vidé son sac, elle se remettait au boulot et Sylvie allumait la cafetière. Généralement, Ledu arrivait dans la foulée et elle lui apportait son café. Il ne la regardait plus dans les yeux et se contentait de dire : « Posez-le là. » Une fois seulement, il demanda : « Comment trouvez-vous la jeune Thaïs ? » Sylvie prit l'option la moins risquée, celle d'un éloge pas trop poussé : « Je la trouve dynamique et très impliquée, tout ce qu'il faut pour MaBelleNuit. » Le temps resta suspendu un moment. Sylvie devait-elle partir ou ajouter quelque chose ? Ledu retourna à son écran. Bon, il fallait en convenir, il faisait rarement participer Sylvie, mais il la gardait et ne lui faisait aucun reproche. Peut-être appréciait-il sa discrétion ?

Quand, après avoir rangé quelques classeurs et archivé au cinquième, elle s'ennuyait ferme, Sylvie partait pour une longue déambulation dans les couloirs. Elle passait par tous les étages, prenant un air pressé, et quelquefois même vaguement préoccupé. Et puis, quand elle avait bien trottiné (la marche était très bonne pour la circulation du sang et le tonus), elle prenait les ascenseurs. Se retrouver coincée dans un mètre carré avec un cadre du sixième et 300 euros de lingerie sur soi n'était pas inintéressant et stimulait l'imagination. Non que le cadre en question soit incroyablement sexy et affriolant, loin de là, mais certains n'étaient pas mal du tout, et auraient très bien pu plaire à Charlotte. Sylvie les frôlait imperceptiblement, juste pour avoir un petit frisson. Après les ascenseurs, elle s'offrait une séance dans les toilettes du quatrième, les plus calmes, et dégrafait très légèrement son soutien-gorge pour admirer la dentelle dans la grande glace au-dessus des lavabos. Elle n'était jamais déçue. Et si un peu de Charlotte était passé en elle ? Et si une goutte de son héroïne se cachait là sous les kilos et la graisse ? Charlotte avait bien envahi son esprit, pourquoi ne pourrait-elle pas contaminer aussi son corps ?

Depuis quelques jours, elle relativisait : un licenciement, ce n'était pas la fin du monde. Les 25 000 euros qui restaient permettraient de patienter. Il lui suffirait de mettre la plus belle des lingeries sous ses pulls, jupes et manteaux pour affronter fièrement les entretiens d'embauche. Elle n'était plus la Sylvie Verbaldi pétrifiée qui s'était présentée à MaBelleNuit sept ans plus tôt. Elle avait grandi, et surtout elle avait Charlotte. Elle finirait bien par dégoter un modeste emploi qui apporterait un salaire et rassurerait tout le monde. Si vraiment les entretiens ne donnaient rien, elle se ferait aide pour personnes âgées. C'était une super-planque. Il faudrait juste se trouver un petit vieux gentil et bien abîmé, un de ces petits vieux qui font des siestes à n'en plus finir, et le tour serait joué. Elle écrirait de longues heures confortablement installée (les petits vieux avaient toujours un énorme canapé moelleux) sans se soucier de rien, et en plus elle serait payée pour ça. Et si par hasard le petit vieux était sympa, ils pourraient avoir de jolis échanges sur le sens de la vie et se casser la tête ensemble sur des mots croisés niveau 4.

*

C'était fou, mais Armand avait raison, les fans d'Alicia Clarks étaient là. Ce lundi 4 mars, ils attendaient la sortie du tome II devant la grande librairie du centre commercial de Pont-Tourelle, à quelques kilomètres de Joué-la-Tour. Il n'était même pas 9 heures et il y avait déjà tout un attroupement. Ces gens avaient pris la peine de venir ici avant le travail, quitte à faire un détour, de dépenser des frais d'essence et puis d'attendre de longues minutes devant une grille fermée. Sylvie avança vers eux, repéra une majorité de femmes, des trentenaires, certaines un peu fortes (habillées de hauts moulants aux couleurs vives). Quelques-unes avaient dépassé la cinquantaine et s'efforçaient de le cacher sous une bonne couche de maquillage. La grille se leva. Sylvie entendit quelques cris comme si une star arrivait sur scène et se retrouva nez à nez avec un énorme panneau de deux mètres de haut qui disait : « *La Rose bleue. Tome II. Le Chemin de la soif* ». La silhouette de Charlotte la dépassait de deux têtes, sa moto se découpait dans le paysage ainsi qu'une vague esquisse de montagne dans le lointain. Armand ne lui avait jamais parlé d'une telle affiche !

Elle pensa l'appeler, mais une main agrippa son épaule. « Solène, du troisième ?... Ou Solange ?... Non, Sylvie, voilà c'est ça, Sylvie. Tu bosses à MaBelleNuit au troisième, non ? » Elle reconnut Malika, de la compta, celle qui lui avait donné les chiffres pendant deux ans, celle qui l'avait débinée quelques mois auparavant (alors qu'elle était enfermée dans les toilettes). Et cette femme, en ce 4 mars, lui souriait comme si elles étaient de vraies collègues. « Tu viens pour le tome II ? » À quoi bon nier, inventer une excuse ? « Alors on y va ensemble, moi non plus, je pouvais pas attendre. Mon mari voulait me l'offrir ce week-end, mais j'ai dit : “Niet, tenir cinq jours de plus, je pourrai pas.” » Malika prit le premier exemplaire sur la pile, le retourna dans tous les sens. Sylvie en prit un aussi. Ce n’était plus son livre, c’était un objet. Un inconnu l’avait fabriqué, une certaine Alicia l’avait signé, Sylvie n’y était pour rien. Le papier de la couverture était incroyablement doux, chaud, dans les tons beiges et bleus, la silhouette de Charlotte avait pris du relief. Armand le lui avait dit, il n’avait pas lésiné.

Après le passage en caisse, Malika lui proposa un café et elles atterrirent à La Mie sucrée. C’était étrange, cette volonté d’échanger tout d’un coup à 9 heures dans le centre commercial. Sylvie fut prise d’un malaise. Et si cette comptable, la cinquantaine passée, toujours enveloppée dans des tuniques improbables, cachait un esprit dérangé et machiavélique ? Allait-elle lui balancer sa lettre de licenciement au visage ou des vacheries sur son comportement à MaBelleNuit ?

« Alors, t’es accro à *La Rose bleue* ? » Sylvie choisit une réponse courte : « Oui, je me suis laissé embarquer. Et toi ? – Ah, mais moi, ça a changé mon couple, ma chère ! C’est mon mari qui me l’a ramené, et ben je peux te dire que tout ce qu’il y a dans le livre on l’a fait, et plus d’une fois ! » C’était tellement inattendu que Sylvie éclata de rire. Malika ne s’offusqua pas, au contraire. Elle se livra encore plus : les tenues qu’elle avait achetées, les rendez-vous dans des lieux secrets, les chambres d’hôtel et les SMS codés, les photos qu’ils s’envoyaient à 16h32 tous les jours, et puis sa nouvelle passion pour la lingerie. Oui, elle en avait dépensé dans des conneries en tout genre depuis le livre, mais elle allait beaucoup mieux. C’était bien simple : avec son mari, elle n’avait jamais rien fait d’excitant depuis des années, parce qu’ils n’avaient plus d’idées, pas le temps, les mômes sur le dos, et maintenant que les enfants avaient foutu le camp, elle pouvait le dire, elle jouissait. Visiblement, Malika n’avait aucune envie de retourner bosser. Elle bavarda de son couple encore un bon moment, puis de sa passion pour Charlotte, et enfin d’Alicia Clarks, l’auteure du livre.

Elle avait d'ailleurs sa petite idée sur sa réelle identité. Malika penchait pour la journaliste culturelle qui concluait le journal tard sur la 3. Cette fille avait une fois parlé de son poids et évoqué une obésité très jeune, ça collait tout à fait. Son mari, lui, optait pour une femme politique.

Puis soudain, elle changea de sujet : « Et avec ton boss, Ledu… c'est bien Ledu, c'est ça ? » Sylvie hocha la tête. « Alors, ça se passe comment ? Il paraît qu'il n'est pas commode. » Sylvie ne cacha rien. « Ça se passe moyen. Tu sais, je crois que je suis sur la liste pour les départs. C'est comme ça, on n'y peut rien. » Malika poussa un long soupir. « Ce Ledu, il se prend pour je sais pas qui. S'il pouvait, il privatiserait la tour Eiffel pour lancer le matelas Sweet Air. Conflans, mon boss, il le hait. C'est simple, s'il voit Ledu dans l'ascenseur, il prend l'escalier ! Ledu a des idées, d'accord, mais si on l'écoutait, on tapisserait tous les murs de la boîte avec des toiles de son peintre, Lessing, on ouvrirait des boutiques de Paris à Bombay, on prendrait Shakira et Penelope Cruz pour toutes les pubs… Ok, mais la boîte, elle tiendrait combien de temps comme ça ? – C'est vrai qu'il a pas pu avoir Jessica Faure… » Malika l'interrompit : « Non mais franchement, qu'est-ce que viendrait faire Jessica Faure sur un matelas MaBelleNuit ? » Elle consulta sa montre. « Ben merde, j'ai pas vu le temps passer. C'était très sympa. Hésite pas à monter de temps en temps nous voir. Tchao. »

Sylvie se retrouva seule à La Mie sucrée, le tome II de *La Rose bleue* sur son plateau à côté de son café encore tiède. Il était 10 heures, on était mercredi, elle avait sa journée, mais ne pouvait quitter les lieux. Elle retourna donc dans la grande librairie. Des dizaines de gens tournaient toujours autour de Charlotte, s'emparaient du livre, lisaient le résumé au dos, prenaient la couverture en photo, et finalement apportaient le bouquin à la caisse. Si elle avait pu, elle aurait parlé personnellement à chacun d'entre eux, l'aurait longuement remercié. Mais remercié au nom de qui ? Qui aurait pu faire le lien entre cette femme obèse qui errait dans les allées et Alicia Clarks ?

Quand elle rentra chez elle, la nuit venait de tomber. Le salon était plongé dans la pénombre. Sylvie n'alluma pas et se dirigea à grands pas vers le placard. Elle s'apprêtait à croquer dans une bouchée à la praline quand elle sentit une main sur son épaule. « Chou, je sais tout. Pourquoi tu me l'as caché ? » Elle s'était préparée à cette scène des dizaines de fois, elle l'avait tournée en tous sens et avait même concocté un discours qui disait à peu près ceci : « Chéri, j'ai voulu te parler, mais tu étais pas prêt. Il y avait le procès aux prud'hommes et pour tout te dire, je n'y crois pas moi-même... Tu sais quoi, j'attendais ton anniversaire, tout ça nous a rapporté une jolie somme, c'était ma surprise... Chéri, tu me donnes un lieu, celui qui te fait le plus rêver, et on y va... » Mais là, dans le noir, avec la bouchée pralinée dans la main, tous ces mots lui paraissaient irrémédiablement vains. Elle laissa fondre la praline sur sa langue, se concentra sur le goût des éclats de noisette. Nino effleura ses hanches. Elle imagina Simon, ses mains qui enlevaient le pull, la lingerie entre ses mains, ses seins entre ses mains, ses mains contre son sexe, sa bouche contre son sexe. Elle ferma les yeux, tout le chocolat avait fondu, elle croqua une autre bouchée. Elle n'avait aucune excuse.

« Nino, qui te l'a dit ? – Un ami de Nounours. Il connaît le mari de Nadine. » Si Nadine savait, alors c'était elle la taupe, celle qui avait envoyé le texte. Mais pourquoi avait-elle fait ça ? Tout cela avait-il un rapport avec MaBelleNuit ? Sa boîte était peut-être au courant, et l'histoire du licenciement, une énorme falsification pour lui faire peur, la faire plier. Plier sur quoi ? « Chérie, ça va ? Tu es très pâle. C'est ton lumbago ? – Je dois m'asseoir. Ça tourne. » Nino la conduisit sur le canapé. Elle s'y laissa tomber et évita de croiser son regard. « Nadine... elle sait tout ? – Ben évidemment qu'elle sait tout. Elle est pas déléguée syndicale pour rien. – Mais, Nino, comment elle l'a su... je veux dire... qu'est-ce qu'elle t'a dit au juste ? – Ben, c'est son mari qui en a parlé à Nounours ou un copain à lui. Pourquoi tu m'as pas dit qu'il allait y avoir des départs chez MaBelleNuit ? Chérie, je suis pas en sucre ! C'est pas parce que j'ai fait une petite déprime que je peux plus t'aider ! » La porte s'ouvrit, les garçons arrivèrent en même temps. Alexis monta directement dans sa chambre, et Max s'installa près d'elle sur le canapé. Nino gueula : « Votre mère est très fatiguée, les garçons, alors vous lui foutez la paix, d'accord ? Ce soir, c'est moi qui fais la bouffe, et que je vous entende pas râler. Max, va dans ta chambre, s'il te plaît. Laisse-nous. » Nino prit la main de sa femme. « Chérie, on s'en sortira si t'es virée. Ces connards de MaBelleNuit, c'est pas eux qui vont nous mettre à terre ! »

Ainsi, ce n'était que cette menace de licenciement. Elle se sentit légèrement déçue. Elle aurait pu être débarrassée de son lourd secret en quelques minutes. Était-ce l'occasion pour tout révéler, se libérer enfin de cette histoire ? Elle n'en eut pas le courage. À la place, elle zappa d'une chaîne à l'autre, n'emmerda pas ses fils à propos de leurs devoirs, ni de leurs smartphones qui faisaient des dizaines de bips par minute, et proposa même à Max de finir ensemble la tablette de chocolat. C'était bien de lâcher parfois. Max l'embrassa sur la joue, ce qui n'arrivait pratiquement plus, et lui montra sur son téléphone la photo d'une fille qu'on distinguait à peine au milieu d'une cour pleine d'élèves. C'était une nouvelle, elle s'appelait Iris. Il n'en dit pas plus.

Nino fit des pâtes à la crème. Alexis arriva quand elles étaient froides, soi-disant à cause d'un nouveau logiciel de musique qui avait buggé. Il se lança dans des explications techniques, Nino en eut marre et lui ordonna d'aller réchauffer son plat en silence. Quand ils eurent fini, il frappa dans ses mains comme un maître d'école. « Les enfants, je voudrais vous dire… je m'excuse pour ces derniers mois. J'étais pas assez là, j'ai même été un peu absent… on va dire préoccupé… » Il voulait sûrement rassurer Sylvie et reprendre ce bon vieux rôle de chef de famille. « J'ai eu de durs moments. » Quelques sanglots montèrent dans sa gorge, qu'il ravala, au grand soulagement de Sylvie. « Les enfants, vous devez savoir que je suis passé aux prud'hommes et que j'ai de bonnes chances de gagner… un bon pactole. C'est mon avocate qui le dit… J'ai été accusé à tort et tout homme accusé à tort ne peut pas aller bien. Pas vrai ? » Alexis cita l'exemple d'un héros qui se suicide après de fausses accusations pour meurtre dans un opéra allemand en trois actes. Nino reprit : « Donc, pour tout vous dire, j'ai passé le cap. Ces années sont derrière nous maintenant et je vous remercie pour ce que vous avez fait… et ce que vous êtes… »

Comme le nouveau Nino n'était pas complètement remis, il se leva pour pleurer en paix. Alexis demanda à sa mère quel nom portait cette nouvelle dépression qu'il avait chopée et si elle était pire ou pas que la première. Sylvie lui expliqua que ce n'était pas de la dépression mais bien du soulagement et que le corps humain fonctionnait comme ça : il pleurait pour évacuer.

5

En ce beau matin d'avril, Sylvie s'était installée confortablement dans les toilettes du quatrième, bien décidée à ne plus bouger. Armand devait être interviewé en tant qu'éditeur de *La Rose bleue*, oui, son Armand à qui elle lisait Charlotte, qui mangeait des sushis, se servait des doses de whisky, fermait les yeux pour mieux s'immerger dans son monde, son Armand serait bientôt écouté par des millions de personnes sur France News, la plus grande radio d'information du matin. Armand l'avait avertie, il allait être mauvais comme un cochon. Il n'avait pas donné d'interviews depuis le succès de *Poings liés*. Il n'aimait pas devoir répondre du tac au tac à un journaliste, il n'avait pas le talent de la petite phrase ou du bon mot qui met du peps dans une interview matinale. Bref, il allait être lamentable. Simon lui avait même fortement déconseillé de s'y rendre. Mais Armand avait rétorqué : « Une demande pareille, ça ne se refuse pas. Il faut agrandir le cercle des lecteurs de Charlotte à l'infini ! » Le journaliste voulait interviewer l'éditeur de *La Rose bleue*, il l'aurait. Simon avait quand même tenté : « Sylvie, ce serait bien d'y aller vous-même… » Armand avait coupé court : « Simon, elle ne veut pas. Tu es désobligeant à la fin, je ne t'ai pas élevé comme ça ! » Quand Sylvie avait enfin trouvé un début de solution : « Annulons l'interview, on n'a pas besoin de plus… », Simon était parti.

Le jingle retentit, voilà, on y était. La gorge de Sylvie était sèche, ses mains moites. Le journaliste félicita Armand pour sa longue carrière dans l'édition et enchaîna : « Cher Armand, dites-moi : qu'est-ce qui vous a plu dans *La Rose bleue*, pourquoi ce texte plutôt qu'un autre ? » Armand laissa passer un grand silence, un horrible silence. Avait-il fait un malaise, perdu ses moyens ? Mais non, sa voix finit par retentir : « Parce qu'il m'a fait bander. » Comment avait-il osé une réponse pareille en plein cœur de la matinale radio, quand les gens étaient encore devant leur petit déjeuner ou dans les embouteillages ? Un rire énorme éclata, un rire qui entraîna d'autres rires (sûrement l'équipe de l'émission). Armand n'attendit pas le retour au calme : « Mon cher jeune homme, vous ne le savez peut-être pas, justement parce que vous êtes jeune, mais les vieux de mon âge ont encore une libido. Ils sont plus que jamais en vie, et le désir est toujours là, présent, peut-être même plus qu'avant. » Le journaliste reprit ses esprits : « Évidemment, loin de moi cet a priori… » Armand ajouta (visiblement il se foutait d'attendre les questions) : « Les livres érotiques s'adressent aux vieux autant qu'aux jeunes. Tous les âges ont envie d'être émoustillés, je dirais même que les vieux en ont encore plus besoin : c'est un carburant ! Cher jeune homme, j'ai publié un premier grand roman érotique à trente ans. Et voici qu'à soixante-dix-neuf ans j'en dégote un deuxième. Et à chaque fois j'ai ressenti ce même plaisir dans la chair, un plaisir incomparable, au point qu'à une époque je n'ai plus voulu publier que ça, des textes érotiques, les autres littératures ne m'intéressaient pas. » Le journaliste prit la balle au bond : « Armand, je vais vous poser la question que tout le monde se pose depuis tant d'années et à laquelle vous n'avez jamais vraiment répondu. Dans toutes les interviews que j'ai lues pour préparer cette émission, je n'ai trouvé aucune réponse claire. Avez-vous écrit *Poings liés* ? Est-ce vous ce jeune héros à peine pubère qui tombe amoureux d'une femme qui a plus du double de son âge ? » Encore un silence. Décidément, pour un type mal à l'aise en interview, Armand se débrouillait plutôt bien pour ménager le suspense. « Je vais vous dire une chose. J'aurais adoré être le personnage de *Poings liés* et vivre cette passion mais ce n'était pas moi. Je vais vous donner un scoop : je n'ai jamais rencontré l'auteure de *Poings liés*. Cette femme m'a fait jurer de ne jamais divulguer son nom. C'était sa condition, et je respecte toujours les conditions des auteurs. Cher monsieur, les écrivains ne sont pas des gens comme vous et moi, ils inventent des vies, vivent avec leurs personnages, les ont dans le sang. Les écrivains sont nos animaux sacrés. » L'intermède musical débuta. Quelques accords de guitare, une voix traînante, un refrain triste. Sylvie avait hâte d'entendre la suite. Elle imagina Armand dans la pénombre du studio, ses cheveux blancs lissés en arrière, une chemise chic bien repassée et, pourquoi pas, un verre de whisky à la main. Avait-on le droit de boire à la radio ?

Le jingle de l'émission retentit de nouveau, le journaliste reprit : « Ce matin, nous avons la grande joie de recevoir Armand Delpareil, éditeur du succès inattendu de la saison, *La Rose bleue*, roman érotique d'Alicia Clarks. D'ailleurs, Armand Delpareil, pouvez-vous nous en dire plus sur cette auteure dont tout le monde aimerait connaître l'identité ? » Sylvie n'avait pas peur, elle ne craignait rien. Et pour tout dire, elle ne se sentait même pas concernée. « Alicia Clarks est une jeune femme charmante, absolument délicieuse, son grain de voix est irrésistible, mais que voulez-vous… elle tient à garder son identité secrète. Voilà tout. – Monsieur Delpareil, vous n'allez pas vous en sortir comme ça ! Vous ne croyez tout de même pas que vos lecteurs vont se contenter de cette réponse ! On parle d'une femme politique, une femme qui se serait exilée quelques années aux États-Unis, qui occuperait un poste haut placé au gouvernement ou dans la fonction publique… – Mon cher, je ne peux rien dire de plus que ce qu'il y a écrit sur la quatrième de couverture. Elle a travaillé aux États-Unis, et peut-être dans le monde des médias. J'aimerais assouvir la curiosité des lecteurs, mais je n'en dirai pas plus, même sous la torture. » Le journaliste ne se démonta pas et lança de nouvelles hypothèses : « D'autres parlent d'une femme qui serait en poste dans la grande industrie française, qui dirigerait un grand groupe, ou encore de la femme d'un homme politique qui ne voudrait pas compromettre son mari… – Je ne ferai aucune révélation, je vous le répète. Si vous voulez connaître vraiment Alicia Clarks, lisez ses livres, et notamment le tome II, qui vient juste de sortir. Les auteurs sont dans leurs livres. Quoi de mieux que leurs œuvres pour les approcher ? » Le journaliste s'entêta : « Bien sûr, mais je crois que connaître la vie d'un auteur peut éclairer son texte, son univers, ses personnages… – Mon cher Harold, personne ne connaît l'auteur de *Poings liés* et cela n'a pas empêché son succès. Je ne crois pas au système dit "people" qui pousse à la transparence. Tout savoir ne rend pas plus heureux, parfois le mystère porte une vie… L'héroïne de *La Rose bleue*, Charlotte, a ce don pour le mystère. Elle est celle que vous espérez, celle que vous attendez, et paf, elle vous plante un couteau dans le cœur… »

Sylvie souriait toute seule, épatée par l'aplomb d'Armand. Le journaliste se mit à disserter sur Charlotte. Était-elle cruelle ? Représentait-elle la vengeance des femmes humiliées ? Pourquoi cette vengeance passait-elle par le sexe ? Était-elle la preuve de la faillite du système, de la justice ? Sylvie avait le ventre noué. C'était dur, hyperdur, de répondre sur autant de sujets. Pourtant Armand le faisait tranquillement, parfois même se permettait des digressions : « Moi, je crois que cette héroïne veut vivre, jouir, et qu'elle a trouvé une solution pour tout supporter. Et cette solution, c'est de foncer dans le tas ! » Armand parlait tellement bien. Elle en avait les larmes aux yeux. Le journaliste le remercia chaleureusement et l'invita pour la sortie du tome III, sûrement l'année prochaine.

Quand elle coupa son portable, elle réalisa qu'elle était encore dans les chiottes du quatrième, baissa sa culotte et pissa bruyamment. Dans la glace son rimmel avait coulé. Elle passa son visage sous l'eau et ce fut encore pire.

Lorsqu'elle revint à son poste, Thaïs la regarda bizarrement. Sylvie se mit à ranger les stylos sur son minuscule bureau, les bics de couleur dans le pot vert et les bleus dans une petite trousse qu'elle avait achetée chez Auchan. Sa matinée de travail touchait à sa fin, il restait une demi-heure à attendre avant la pause déjeuner. « Ça va ? T'as pas l'air dans ton assiette. » Thaïs avait perçu quelque chose. Sylvie improvisa : « Non, non, c'est juste que je vais sûrement être virée. » Cette interview, ça l'avait chamboulée. Thaïs s'approcha d'elle, se pencha si bien que son chemisier frôla sa joue. Voulait-elle l'enlacer comme dans les films ? « Sylvie, ne crois pas à toutes ces salades, moi je te dis que personne ne va partir. On a trouvé l'agence et la pub pour le Sweet Air sera démente, on va déchirer et même, je vais te dire, on va sûrement devoir embaucher. – Ah tu crois ?... Moi, je n'ai pas les mêmes infos... » Thaïs lui jura qu'elle se trompait et que Ledu pourrait le lui dire les yeux dans les yeux. D'ailleurs, il n'allait pas tarder à revenir de sa réunion. Sylvie prétexta un déjeuner important et s'enfuit.

Elle retrouva Charlotte sur le parking d'Auchan. Son ordinateur mit quelques secondes à s'allumer et lui demanda un mot de passe. Elle écrivit : « Charlotte ». Une page vierge apparut. Le vigile lui fit un signe de la main. Depuis le fameux jour du vol, il la saluait, et une fois l'avait même aidée à redémarrer sa voiture. Tout comme Sylvie à MaBelleNuit, il ne servait à rien. Planté devant la porte vitrée, il était un élément du décor au même titre qu'un panneau de signalisation. Combien étaient-ils, ceux qui, comme elle, attendaient que les heures passent en se tournant les pouces ? Comment était-ce possible avec tous ces gens qui cherchaient du travail ? Depuis trois ans, Sylvie était payée à ne rien faire ou presque. Si Charlotte n'était pas arrivée, elle serait sûrement chez le psy, comme Nino, ou pire, elle aurait fait une crise de nerfs, donné une baffe à Ledu et fini à l'hôpital psychiatrique. Pourtant, elle n'était pas folle, enfin pas spécialement. C'était le système qui vous raturait, vous affamait. C'était ce système qui rendait fou. Sûrement qu'il finirait sous médocs, le vigile. Après quoi il serait remplacé par des dizaines de caméras vidéo et on n'en parlerait plus.

De retour au bureau, pas de Thaïs ni de Ledu. Mais un Post-it : « Commander un petit déjeuner pour le 18 avec l'agence Actions à 9 heures au sixième. Merci. » Elle envoya un mail au service. Ça lui prit deux minutes, parce qu'elle hésita un peu sur la formulation. Puis elle resta seule, désœuvrée. Le temps s'étira indéfiniment. Elle finit par entrer dans le bureau vide de Ledu, juste par curiosité, s'assit sur le tout nouveau canapé crème (qu'il s'était fait livrer la semaine passée) en face du tableau de Lessing, le fameux *Vie antérieure*. L'œuvre lui parut bienveillante, les fantômes ne faisaient plus peur. Ils étaient là, disséminés sur la toile, légèrement tremblants sous les rayons du soleil. Pourquoi certains comprenaient-ils l'art, quand d'autres ne voyaient rien ? Pourquoi des personnes avaient-elles cette chose en plus, cette facilité à déchiffrer ? Sylvie fixa les touches de couleur et une nouvelle forme apparut, une femme cachée sous un aplat jaune, étendue de tout son long, comme sur une serviette de plage. La lumière l'avait dessinée. Ledu avait raison : ce n'était pas beau, c'était autre chose. C'était le mouvement du soleil sur la toile, le jeu de cache-cache avec les personnages. Si elle avait dû l'exprimer, elle aurait juste dit : « J'ai vu une forme de femme. » Elle s'allongea sur le canapé, enleva ses chaussures. C'était un canapé étroit et inconfortable, un canapé qui haïssait les obèses. Elle pouvait à peine bouger. Ledu avait-il tenté des choses dessus avec Thaïs ? Ce n'était pas le genre de Ledu. Elle n'avait jamais entendu parler d'une quelconque tentative de séduction le concernant depuis son arrivée à MaBelleNuit.

Le portable de Sylvie vibra et l'informa que Jessica Faure avait atterri à New York et engueulé un paparazzi. Elle n'avait pas pu laisser tomber Jessica. Elle s'était habituée à suivre cette fille jour et nuit et ne pouvait plus s'en défaire. Son écran lui montra Jessica enveloppée dans un imperméable gris clair, avec de grosses lunettes de soleil. Elle traînait une énorme valise. Le paparazzi s'était placé juste sous son nez et avait failli la faire trébucher. Jessica avait alors gueulé : « Fuck you ! » Voilà, c'était l'info du jour. C'était aussi ça la notoriété : faire naître des articles sur presque rien, pour des gens comme elle qui se contentaient de miettes.

« Madame Verbaldi, madame Verbaldi, réveillez-vous. » Elle ouvrit un œil et ne comprit pas tout de suite ce qu'elle fichait là. Elle avait chaud, la bouche sèche, Ledu était devant elle. « Madame Verbaldi, vous allez m'expliquer ce que vous faites dans mon bureau ? » Oui, c'était bien son bureau. Elle avait dû s'assoupir juste deux, trois minutes. Elle peina à se mettre assise, la tête lui tournait. Il recula de deux ou trois pas, juste pour lui laisser la place de lever son gros corps. Il la détestait. Elle le dégoûtait, ça se voyait dans ses yeux et c'était horrible. Personne n'aurait voulu être Mme Verbaldi à ce moment-là. Elle pria pour que son lumbago revienne et qu'elle se torde de douleur. Ledu attendait. Elle se redressa, replaça sa jupe. « Monsieur Ledu, je voulais vous parler... » Elle avait trouvé ça, faute de mieux.. « Ah bon, et de quoi exactement, madame Verbaldi ? J'ai peu de temps, comme vous le savez, je suis en charge de la campagne promotionnelle du Sweet Air, vous êtes au courant, je crois ! » Il fallait se jeter à l'eau, c'était ce qu'elle avait retenu du stage : rester calme, ne jamais perdre ses moyens et en cas d'attaque riposter. Elle inspira, remplit son ventre d'air (technique de respiration apprise au stage) et tenta d'atténuer au maximum les tremblements de sa voix. « Monsieur Ledu, je voudrais savoir pourquoi je suis mise en veille depuis des mois. » Il retira sa veste, qu'il accrocha sur le porte-manteau, et s'installa à son bureau. Lui aussi cherchait à gagner du temps. « Écoutez, madame Verbaldi, ce n'est pas une mise en veille, c'est... comment dire... un repos... une pause dans votre emploi du temps... en attendant que les nouvelles tâches soient distribuées... Il ne faut pas le prendre mal. » Il pianota sur son ordinateur. L'entretien était-il déjà fini ? Pensait-il qu'elle pouvait se contenter de ça ? Ou alors comptait-il rédiger un rapport sur son compte qui conduirait à son licenciement pour faute grave sans indemnités ? Il pouvait le faire, elle s'était endormie dans son bureau, elle se foutait du monde, il pouvait même faire un scandale et la renvoyer dans la journée. Sylvie se rapprocha de la porte.

« Madame Verbaldi, restez là, venez vous asseoir. » On y était, elle était cuite. « Madame Verbaldi, est-ce qu'on peut se parler sans tabou tous les deux ? – Euh… oui. – Alors, je vais vous dire, madame Verbaldi : il faut apprendre à regarder les gens dans les yeux et à articuler distinctement, il ne faut plus se cacher. Je suis désolé, madame Verbaldi, mais j'ai besoin d'énergie, de dynamisme, de gens qui prennent des risques, se mettent en avant, foncent, débattent, combattent, qui y vont, quoi ! Et je ne crois pas que vous en ayez envie. Vous savez quoi, madame Verbaldi, si j'étais vous, je ferais la formation “Prendre la parole en public”. Il paraît que c'est très bien et que les résultats sont étonnants, j'ai rencontré un des formateurs. Plusieurs de vos collègues y sont allés. Demandez-leur, ça vous fera le plus grand bien. Je dis ça pour vous, madame Verbaldi, parce que le monde bouge à toute vitesse, et malheureusement il faut le suivre. À votre place, je compléterais par une formation intensive en anglais de quelques semaines. Nos collaborateurs sont tous bilingues et le créatif en charge de la publicité ne parle même pas français. Eh oui, le monde tourne. Ah, et pour parfaire le tout, lancez-vous dans un entraînement sportif, vous n'allez pas vous reconnaître ! Allez, c'est le moment, foncez et vous me remercierez. Les petits cours d'eau font les grandes rivières, vous verrez. » Son portable sonna. « Oui, attends deux secondes, je finis un rendez-vous… » Il reprit : « Il faut de la mobilité de nos jours, c'est ça la clé. À demain, madame Verbaldi. – Merci, monsieur Ledu, merci de votre soutien, j'appliquerai vos conseils. »

*

Au fil des semaines, Armand avait acquis une petite notoriété (il avait donné plusieurs interviews et même participé à une émission de télé sur la chaîne du savoir). Il en plaisantait avec Sylvie : « Il m'a fallu attendre près de quatre-vingts balais pour que l'on me colle devant une caméra. Peut-être qu'à cent trois ans je jouerai dans un film, tout est possible maintenant, chère Sylvie ! » Contrairement à ce qu'il prétendait, Armand était très à l'aise avec la notoriété. Il adorait ça. Peut-être avait-il attendu ce succès toute sa vie. C'était une aubaine pour Charlotte et *La Rose bleue*. Sylvie, elle, n'aurait jamais pu supporter tout ce tralala. Elle sur un plateau télé ? Elle aurait rougi, bafouillé, cherché ses mots, se serait embrouillée, ou pire, serait restée muette au point d'inciter les gens à zapper sur une autre chaîne. Le présentateur lui aurait alors lancé un regard noir et à tous les coups elle aurait fait un malaise vu sa grande émotivité. Comment penser correctement quand une énorme caméra s'approche de vous et vous projette dans le salon de millions de téléspectateurs qui détaillent chaque centimètre de votre peau tout en mangeant des tomates cerises à l'heure de l'apéro ? Comment répondre à des questions tordues sur la création littéraire, les avancées du féminisme et les dernières lois sur le harcèlement ?

Seulement, Armand ne voulait pas vivre son succès dans son coin. Il tenait à ce qu'elle en profite et que, d'une certaine façon, elle y participe aussi. « Chère Sylvie, je veux juste que vous soyez dans le public, avec les autres. Vous serez une anonyme dans la foule, mais vous serez avec moi ! – Mais je ferai quoi ? – Rien ! Vous regarderez. Vous savez quoi, je suis invité à parler du roman et de mon parcours d'éditeur à la grande librairie Turgot un mercredi. Alors, vous venez assister à l'entretien, et surtout vous me direz comment vous m'avez trouvé. Ne vous gênez pas, surtout si j'ai été très emmerdant ! » Sylvie s'y rendit. Armand n'eut aucun mal à capter l'auditoire. Il digressait entre des anecdotes sur sa vie d'éditeur, la grande histoire de la littérature érotique, la naissance de Charlotte et se permettait même de lire des extraits, piochés au hasard. À chaque fois, il parvenait à placer ses citations favorites : « L'érotisme, c'est de donner au corps les prestiges de l'esprit », « Le grand art, c'est toujours de l'érotisme camouflé », « Si vous tuez l'érotisme, vous tuez la liberté », « L'art érotique convie l'homme tout entier à la fête de la vie ». Visiblement les gens aimaient. Ils s'attardaient. Ils avaient toujours une nouvelle question, encore une question. Et toujours revenaient sur le grand mystère Alicia Clarks : qui se cachait derrière ce nom ? Ce jour-là, un type demanda à Armand si Alicia n'était pas sa fille cachée, comme il l'avait lu sur un site Internet. « Cher monsieur, dit Armand, je serais ravi d'apprendre que j'ai une fille écrivain. Hélas, Alicia et moi n'avons pas de lien de parenté, si ce n'est que Charlotte est notre fille de fiction. Car, oui, nous aimons Charlotte comme notre fille. »

Après cette première participation en librairie, Sylvie était mordue. Elle voulait être de chaque rencontre-débat, écouter les commentaires sur Charlotte et Alicia, entendre la voix d'Armand et son rire. C'était sa place, sa place exacte. Armand avait tout compris. Elle le suivit également dans des musées (le musée du Romantisme voulait évoquer les grandes figures de l'érotisme en art et en littérature), des bibliothèques (qui organisaient des lectures), ainsi que dans divers instituts qui tenaient eux aussi à inviter ce monsieur si original. Chaque fois, elle en sortait réjouie et félicitait Armand (souvent par SMS) de son intervention. Une seule fois elle se mit en colère. Armand n'avait pas suivi la procédure habituelle. Alors qu'une jeune femme très maquillée avait évoqué la dernière rumeur sur Alicia (qui serait la maîtresse d'un grand P-DG du CAC 40 et aurait révélé, par l'intermédiaire de Charlotte, leurs pratiques sexuelles), Armand était devenu blême. Pourquoi tout le monde voulait-il qu'Alicia ait de grandes révélations à faire ? Pourquoi toujours l'imaginer dans les hautes sphères ? Ne pourrait-elle pas être une personne simple, normale, quoi ? Les questions avaient fusé : « Mais normale comment ? » Sylvie n'avait pas du tout apprécié. Pourquoi avait-il parlé d'Alicia comme d'une femme « normale » ? Pourquoi détromper les lecteurs s'ils voyaient en elle une femme du monde ou une femme de pouvoir ? Elle l'engueula par téléphone. Il ne se chercha pas d'excuse. Toutes ces rumeurs, plus imbéciles les unes que les autres, commençaient à l'exaspérer, il n'était pas là pour parler d'Alicia mais du travail d'Alicia, et tous ces imbéciles lui faisaient perdre son temps. C'étaient des fouineurs qui n'aspiraient qu'à une chose, lui arracher un scoop.

Armand promit de ne plus rien dévoiler. Sylvie le crut.

*

Un soir, la chose qui n'aurait jamais dû arriver arriva. Nino entra dans la chambre alors que Sylvie portait son superbe ensemble culotte et soutien-gorge en dentelle beige avec de larges fleurs rouges brodées en fil de soie qui lui avait coûté 400 euros. Elle avait complètement oublié de l'enlever. Elle prépara quelques arguments : une vente éclair de dessous dégriffés sur Internet ou bien un paiement en plusieurs fois parce qu'elle avait cédé à une envie subite de lui plaire. À sa grande surprise, Nino ne fit aucune remarque et ne fut nullement intrigué par ces sous-vêtements si différents de ses culottes en coton habituelles. L'avait-il seulement regardée ? Il se glissa dans le lit avec son ordinateur. « Poussin, viens voir, cinq cents cas de morsures recensés. Cinq cents cas ! Et regarde, j'ai l'heure, la date, et même la preuve que les chiens avaient bouffé de l'Ortex. C'est les propriétaires qui se plaignent, regarde, on a même le nom des chiens et tout ce monde peut participer. Hop, tu vois, tu te fais mordre par ton chien, tu comprends pas, tu vas sur Internet et tu écris dans la barre de recherche : “morsure bizarre cause” ou : “mon chien m'a mordu” et tu tombes sur le site de Jim et moi, tu peux intervenir en anglais ou en français, le site est bilingue. À la fin, tu dois remplir un questionnaire : qu'est-ce que mange le chien ? Quel traitement reçoit-il ? A-t-il des problèmes médicaux ? Enfin, tu fais un bilan de son état, ce qui te permet de recevoir des conseils de Jim le véto. Après quoi, Jim et moi on récolte des données. Tu vois, c'est une sorte d'enquête, un recensement. Eh ben, figure-toi que deux fois sur trois le chien signalé a pris de l'Ortex. »

C'était donc ça qu'il fomentait avec Jim depuis des semaines, toutes ces heures au téléphone. Ils collectaient des preuves contre le géant pharmaceutique. Sylvie enfila sa chemise de nuit pour cacher les dentelles et fit mine de s'enthousiasmer : « C'est une très bonne idée, chéri, vous allez pouvoir faire une étude à grande échelle. » Il s'exalta à son tour : « Et quand on aura des milliers de preuves, Jim et moi, on lancera une pétition, on prendra contact avec un grand labo neutre, impartial, pas un corrompu par les lobbys, et on organisera un test tout ce qu'il y a de plus officiel ! Simex devra cracher ses tripes ! – Ok, chéri, mais tu devrais attendre le résultat des prud'hommes. On ne sait jamais, si Simex apprend que tu tentes une étude sur leur produit phare… – Je suis hyperprudent, t'inquiète… J'avance masqué. »

Elle était quand même vexée qu'il n'ait rien vu. C'était un comble qu'il préfère les morsures de chien à la lingerie de sa femme. Elle n'était pas une beauté, d'accord, mais ce soutien-gorge lui donnait une poitrine, disons, appétissante, et puis la culotte faisait un joli découpage sur le haut de la cuisse. Qu'est-ce qui s'était passé entre eux ? Avant, il aurait voulu toucher, caresser, enlever délicatement la dentelle. Était-elle si repoussante ? Elle chercha sa bouche, caressa légèrement son entrejambe. Il ne bougea pas. Il dormait.

Elle pensa à Simon, à son sexe. Faisait-il l'amour en ce moment même ? Pourquoi, tout contre son mari, pensait-elle à lui ?

*

Quand Nino souffla ses bougies, elle sut : elle avait trouvé l'équilibre exact. Il fallait ne jamais rien dire et vivre deux vies en même temps. Parallèles. C'était une chance. Elle n'aurait jamais à s'expliquer, à rendre de comptes. Secrétaire le jour, écrivaine la nuit, sa vie serait plus grande, bien plus vaste que celle des autres, et personne n'en saurait jamais rien. Nino ouvrit ses cadeaux. Il découvrit la platine 33 tours, hors de prix, qu'elle lui avait achetée et ne put retenir un cri de surprise. Quand tout le monde serait parti, il lui dirait : « C'est une folie, chérie ! » Elle répliquerait : « Il faut être fou de temps en temps. » Qu'est-ce qu'il pourrait répondre à ça ?

Nino se fendit d'un petit discours au dessert, remercia toute l'assemblée, une douzaine de personnes (ses parents, son copain

Nounours, deux, trois copains de BTS, un ancien collègue de Simex, Mireille, Delphine et son prof de français…), vanta les qualités de sa femme, qui l'avait toujours aidé (et Dieu sait qu'il n'avait pas été facile ces trois dernières années !), remercia ses fils d'être ses fils et annonça une grande nouvelle : la crise de la quarantaine, il l'avait déjà affrontée, une nouvelle vie s'offrait à lui, pleine de sagesse et d'amour. Il leva son verre et trinqua à ses quarante ans. Le tableau était parfait : la grande table dans le jardin ; ses enfants qui se balançaient sur les chaises ; sa mère en grande discussion avec Delphine et le copain de Delphine, qui ne l'avait toujours pas quittée ; Mireille, quelques verres dans le nez, qui allait bientôt apporter sa liqueur de poire ; et son Nino, les larmes aux yeux, qui découpait le gâteau. Le jardin était petit mais il faisait l'affaire. Bientôt, elle embaucherait le jeune Stan pour lui redonner un coup de propre. Une fois la salle de bain refaite, elle changerait toutes les fenêtres du premier, et s'attaquerait à la cuisine. Nino n'était pas obligé de voir tous les prix, elle pouvait très bien payer au black. Et si par chance Nino gagnait aux prud'hommes, alors là ce serait la consécration. Ils partiraient en vacances en Italie, chez le cousin de Nino, feraient un tour sur la côte napolitaine et s'envoleraient encore une fois pour la Grèce.

La chance tournait. Sylvie en avait manqué pendant des années, mais maintenant, elle était là et il fallait la saisir et ne pas la lâcher. Elle reçut un SMS d'Armand. Il souhaitait un bon anniversaire à Nino. Ce type était incroyable. Il n'avait aucune idée de qui était son mari, savait pertinemment que Sylvie ne pourrait jamais lui transmettre le message, mais malgré tout il voulait montrer qu'il était là, lui aussi, dans son autre vie, qu'il n'aimait pas uniquement cette Alicia qui faisait vendre, mais aussi Sylvie dans sa petite vie d'employée avec ses soucis, ses peines et ses fêtes d'anniversaire. Elle lui en était reconnaissante. Elle répondit : « Je lui ai offert une platine 33 tours Technica à 600 euros. » Il répliqua : « C'est un bon choix. » Il n'était pas obligé de s'intéresser. La seule chose qui la peinait un peu, c'était cette barrière qu'il y aurait toujours entre sa famille et Armand. Il ne pourrait jamais être ici avec elle, plaisanter avec Mireille et la taquiner sur ses robes à fleurs, discuter d'opéras et de grandes chanteuses lyriques avec Alexis, proposer de chouettes lectures à Max pour lui ouvrir l'esprit et le bouleverser, ni entendre Nino dans son grand combat contre le génie du mal qu'était Simex. Dommage. En même temps, Armand n'était pas trop du genre repas de famille. Il n'avait jamais été marié et elle avait cru comprendre qu'il s'était séparé assez tôt de la mère de Simon (cette dame était morte il y avait une dizaine d'années, elle avait trouvé sa photo sur Internet, une très belle femme qui avait publié deux ou trois livres difficiles à se procurer en librairie). Armand ne parlait jamais d'elle, préférant faire allusion à des conquêtes en entretenant le plus grand flou.

Quand Nino lui fit l'amour cette nuit-là, elle ne pensa pas à Simon. Elle pensa à son mari, au sexe de son mari qui était en elle, à sa transpiration et à sa culotte hors de prix qui gisait sur le parquet. Si une créature magique avait ouvert la fenêtre et lui avait demandé de faire un vœu, elle aurait dit : « Laissez-moi dans ce temps, à cet âge, indéfiniment. Ne changez rien à ma vie. »

*

Ce vendredi 25 mai avait commencé comme tous les autres. Après avoir déposé ses fils au lycée puis au collège, elle s'était garée sur le grand parking de MaBelleNuit, était passée devant le vigile, avait franchi la grande porte en verre, croisé quelques personnes qui n'avaient pas dit bonjour. En somme, tout était normal, pareil aux autres jours, excepté la lettre qu'elle avait dans la poche. Cette lettre, expédiée par MaBelleNuit, lui proposait un rendez-vous pour un « entretien préalable au licenciement » fixé au vendredi suivant, 11h30. C'était joliment tourné, ça ne prêtait pas à l'apitoiement ni au désespoir. Ça disait très exactement : « Nous allons gentiment parler de vous dégager, mais cela se fera avec beaucoup de tact et vous ne sentirez rien. » Sylvie n'avait montré la lettre à personne. Quand elle l'avait ouverte, ses fils se disputaient pour une stupide émission télé et elle en avait profité pour gueuler un bon coup. C'était sa petite lâcheté. Puis, elle avait inspiré très lentement et s'était rendu compte que c'était une bonne nouvelle, même très bonne : elle n'aurait plus à craindre que ce soit Nino qui trouve la lettre un matin, a fortiori le jour même du résultat des prud'hommes.

Le processus était en marche. Il n'y avait qu'à laisser faire. Elle pouvait tout à fait imaginer la suite maintenant. Une jeune femme bien mise, taille de guêpe, la recevrait dans son bureau, lui proposerait un café et lui jetterait des regards calmes et bienveillants de mère qui doit abandonner son enfant. Sylvie en viendrait presque à s'excuser d'être encore là et elle rejoindrait sans faire de bruit la grande file d'attente des bénéficiaires de Pôle emploi. Elle tapa : « Recrutement assistante personne dépendante » sur son moteur de recherche et fit défiler des dizaines d'offres. Il y avait de la demande. Le pays vieillissait, les traitements pour le cœur, la circulation, l'hypertension, le diabète prolongeaient la vie et c'était tant mieux. Il n'y avait pas à s'inquiéter.

Elle passa la matinée seule. Ledu et Thaïs étaient en rendez-vous avec l'agence de communication. Ledu était très mécontent de leur première proposition pour le Sweet Air. Et quand Ledu était déçu, il était d'une humeur de chien. Sylvie était bien contente de ne pas le croiser. Elle voulait affronter son licenciement le plus discrètement possible. Après avoir épluché une vingtaine d'annonces, elle décida de se dégourdir les jambes, parcourut les couloirs du deuxième et du troisième, sans se presser. Elle avait juste envie de marcher, de sentir ses nouveaux collants ultra-doux, fins et résistants, qui lui moulaient les hanches. Elle n'avait plus besoin de prendre une démarche ferme et résolue, c'était sa tournée d'adieu en quelque sorte. Un visage surgit de derrière une porte, et disparut. Sa présence attirait-elle l'attention ? Des chuchotements se firent entendre, suivis d'un rire étouffé. Elle se retourna. Le couloir du troisième était désert, les portes fermées. Une silhouette se profila quelques secondes, s'engouffra dans un ascenseur. Peut-être que son imagination lui jouait des tours ? Ou alors c'était cette lettre dans sa poche qui chamboulait tout ?...

Soudain, elle comprit : ses collègues étaient au courant de son départ et ils étaient tous en train de guetter sa réaction. Elle était sans doute la seule de tout le service à être remerciée. Elle pensa appeler Nadine pour l'interroger, mais y renonça aussitôt. Non, c'était une très mauvaise idée. Nadine allait alerter les six étages, elle voudrait en découdre, tout balancer au syndicat, monter au créneau, et franchement, Sylvie n'aurait pas le courage d'être au centre d'une insurrection. Elle n'avait pas le sang-froid d'une justicière. D'ailleurs, pourquoi s'accrocher alors que plus personne ne voulait d'elle ? Elle avait fait son temps.

Elle s'enferma dans les toilettes du quatrième pour avoir la paix. Son portable vibra. C'était une alerte, un nouvel article sur son centre d'intérêt prioritaire, Alicia Clarks. Elle cliqua sur le lien et reçut un puissant coup dans le bas-ventre. Sa photo était là, sur le site Internet, et cette photo, elle la reconnaissait, elle l'avait mise sur un site de CV en ligne des années auparavant. L'article était titré : « La véritable identité d'Alicia Clarks enfin dévoilée. » Dessous, il y avait ses nom et prénom : Verbaldi Sylvie. Était-elle bien là dans cette vie, sur cette terre, dans les toilettes de MaBelleNuit ou avait-elle atterri dans un cauchemar, glissé dans un autre espace-temps ? Elle vida sa vessie, ses sphincters, plusieurs fois. Pleura. Regarda de nouveau le portable, dans l'ultime espoir d'avoir rêvé, que tout soit effacé. Mais son nom était toujours là, sous ses yeux, en grosses lettres. Son portable se mit de nouveau à vibrer, d'abord timidement, puis de plus en plus fort. C'était Armand. Il avait écrit dix textos d'affilée. Ensuite, elle en reçut un de Delphine, un autre d'une vieille copine perdue de vue depuis dix ans, encore un autre de Nadine, puis de numéros qu'elle ne connaissait pas. Elle remonta son collant, et décida qu'il fallait fuir, sortir d'ici le plus vite possible, quitte à courir et faire un arrêt cardiaque sur le parking.

La suite fut une succession de crises. Quand elle débarqua chez Delpareil (avec un infime espoir que tout pourrait encore s'arranger), Armand était aussi dans tous ses états. Il n'y comprenait rien. Il avait toujours été prudent, c'était insensé ! Il lui promit de trouver la taupe, il l'aurait ! Il s'étrangla à moitié en appelant son fils, qui rappliqua, jura qu'il n'aurait jamais fait une chose pareille. Armand balança le nom de Kermanec, le seul à savoir qui se cachait derrière Alicia Clarks, puisqu'il avait déjeuné avec Sylvie juste avant la sortie du tome II. Kermanec fut difficile à joindre, il était parti dans son repaire, en Bretagne, et captait mal. Quand on le tint enfin au bout du fil, il nia avec véhémence toute implication. Cette histoire le dépassait complètement. Il terminait l'écriture du tome II de son roman historique et avait besoin de calme, alors si on pouvait le laisser en dehors de tout ça, ce serait gentil, merci. Soit il disait vrai, soit il jouait parfaitement bien l'innocent. Armand n'en crut pas un mot. À son avis, Kermanec était dans le coup. Il se servit un whisky, et cette fois Sylvie ne refusa pas un petit remontant, qu'elle but d'une traite.

Simon paraissait contrarié, visiblement fatigué de toute cette agitation, même s'il s'impliquait dans la conversation en tentant de remonter le fil des événements. Une dépêche avait été envoyée à l'Agence France-Presse le matin même à 9 heures, qui disait à peu près ceci : « Devant le succès de *La Rose bleue*, j'ai décidé de sortir de l'anonymat. Je préfère défendre mon livre en pleine lumière, afin de faire cesser les débats et les recherches stériles sur ma vraie identité. Quitte à vous décevoir, je ne suis ni une princesse, ni une femme de ministre, ni une grande dirigeante du CAC 40, je suis une femme comme il y en a des millions en France : une employée de la classe moyenne, comme quoi l'imagination n'est pas réservée qu'aux élites ! » Une chose était sûre : Sylvie n'aurait jamais eu l'idée d'écrire elle-même une telle déclaration provocatrice. En résumé, quelqu'un s'était fait passer pour elle et voulait la voir à terre, elle qui n'avait jamais emmerdé le monde. Armand n'en démordait pas : cette ordure de Kermanec était affreusement jaloux du succès de *La Rose bleue* et c'était lui qui avait monté ce grotesque guet-apens. Simon défendit son poulain, ce qui fit enrager son père un peu plus. Après un autre verre, Sylvie s'écria : « Et si c'était la même personne que celle qui a envoyé le manuscrit ici ? » Ce devait être un maniaque, elle était la cible d'un détraqué qui la manipulait et voulait la rendre folle ! De gros sanglots secouèrent sa poitrine. Armand lui prit la main. « Sylvie, voyons, ce n'est pas la fin du monde, mon enfant. » Mais si, ça l'était. Surtout quand Nino essaya de la joindre et qu'elle fut incapable de décrocher.

« Qu'est-ce que je vais dire à mon mari, moi, maintenant ? » Armand proposa de lui parler. Ce n'était pas une bonne idée. Après le quatrième verre, elle fut mise au repos sur le canapé gris, dans le bureau de Simon. Son esprit entendait des voix : « Il faut la laisser là ! – Mais non, il faut la ramener chez elle ! Son mari va être fou d'inquiétude ! – Papa, donne-moi son adresse, j'y vais… – Reste ! J'appelle un taxi. – Pas un taxi, voyons ! Mais pourquoi tu l'as fait boire ? Ce n'était pas le moment ! – C'était justement la seule bonne chose à faire et tu vois, elle va beaucoup mieux… – Ben, c'est sûr, elle s'endort. »

Après un temps indéterminé, quelques secondes ou quelques heures, elle se réveilla dans une voiture, avec Simon à la place du conducteur. Partaient-ils en week-end tous les deux ? Son corps avait-il fondu ? Elle toucha son ventre pour vérifier et fut extrêmement déçue. Le col de la chemise de Simon était trempé, il avait dû marcher sous la pluie. L'avait-il portée ? « On va où ? – Je vous ramène chez vous, madame Verbaldi. – Mais pourquoi ? – Vous ne vous souvenez de rien ? Votre identité a fuité dans la presse et vous… enfin… mon père a pensé que cela vous détendrait de boire quelques verres. Bon bref, vous n'étiez pas en état de conduire… » Elle se souvenait maintenant. Le GPS les informa qu'ils étaient à trois cents mètres de la destination. « Ralentissez, pitié, je ne suis pas prête. Qu'est-ce que je vais dire à Nino ? Il va rien comprendre… demander le divorce… je vais perdre la garde des gosses et me retrouver seule dans la file de

Pôle emploi… Je serai tellement déprimée que j'aurai plus la force de faire ce boulot avec les vieux… Je vous en supplie… » Elle se rendit soudain compte que sa main gauche avait empoigné le bras droit de Simon. Une petite voix lui soufflait qu'elle n'avait plus rien à perdre, jamais ils ne se reverraient, c'était une occasion en or de faire sauter les barrières. Elle reconnut la petite ruelle derrière sa maison. Simon se gara. Il n'y avait plus de temps à perdre : « Tout est foutu, mais je voulais vous dire, vous me faites du bien… J'aime vos conseils, votre voix, vos mots si justes, si vrais, ils me tournent la tête… Oh, vous avez pris la pluie, vous êtes trempé, et tout ça c'est… » Sa bouche effleura la joue de Simon, puis progressa lentement jusqu'à frôler ses lèvres. Elle sentit le grain de sa peau, son parfum. Ça ne dura que quelques secondes, mais ce furent les secondes les plus sublimes de ces derniers mois. Il ne fallait surtout pas réfléchir, s'attarder. Il fallait juste se tirer le plus vite possible. Elle sortit de la voiture et avança tant bien que mal, pas tout à fait en ligne droite.

Arrivée à la porte, elle sonna. Nino lui ouvrit. Ses yeux étaient rouges et gonflés. Elle aperçut sa mère, assise bien droite sur le canapé. Nounours et Delphine devaient être là aussi, elle entendait des éclats de voix. Elle se précipita aux toilettes et vomit.

*

Quand elle ouvrit les yeux, elle n'était pas seule dans la chambre. Une voix cria : « Elle est réveillée ! » C'était sa mère. Puis le visage de Nino se pencha au-dessus d'elle. « Ma chérie, ça va ? Alors, dis-nous tout, qui t'a payée pour utiliser ton nom ? » Il s'assit sur le bord du lit. « Chou, je sais que c'est pas toi. Je voudrais juste comprendre toutes ces conneries qui nous tombent dessus. Mon amour, dis-moi la vérité. » Sylvie n'avait pas du tout les idées claires. Elle se lança dans une explication assez confuse : « MaBelleNuit, ça a été dur ces derniers mois… tu vois… je travaillais très, très peu… enfin je travaillais, bien sûr, mais pas assez… alors je me suis mise à écrire quelques lignes… au début, c'était pour rédiger un mail… » Sa mère tenta de l'aider : « C'est ton chef qui t'a demandé d'écrire ça ?

Ah, je comprends, c'est MaBelleNuit qui te paie pour faire un genre de publicité ? » Nino questionna à son tour : « Si c'est un malentendu, chou, il faut vite prévenir la presse… » Il lui broya la main. « Chérie, regarde-moi dans les yeux. Je suis ton mari, je veux savoir ce qui se passe. » Il avait le même regard, exactement le même regard que le soir du licenciement, un mélange de détresse et de panique, avec une pointe de colère. Il fallait à tout prix mentir, mais comment ?

« Je voudrais prendre un café, je ne suis vraiment pas en forme, là. – Bien sûr, chérie, on t'attend en bas, excuse-nous, on te bouscule, c'est l'émotion. » Nino l'embrassa sur la bouche, lui laissant une vague odeur de bière sur les lèvres. Nounours était là, ils avaient bu ensemble en échafaudant des tas d'hypothèses. Nino était fort pour ça. Sylvie alluma son téléphone. L'information y était toujours : son nom en grosses lettres, repris par des sites d'info. MaBelleNuit était citée. Certains disaient qu'elle en était la dirigeante… d'autres qu'elle avait de hautes fonctions dans la communication… d'autres encore affirmaient qu'elle y allait juste pour nettoyer les bureaux… bref, chacun avançait des pistes, histoire de faire cliquer le plus de monde possible.

Sylvie était à découvert, complètement à poil. Où se cacher ? Comment démentir ? Devait-elle rassembler toutes ses affaires et filer ? Ça voulait dire abandonner ses gosses. Ils n'avaient pas mérité ça. Ils n'avaient rien demandé. Elle pouvait prendre une chambre d'hôtel quelque temps pour réfléchir, peut-être que Simon la rejoindrait et qu'ils feraient l'amour une seule et unique fois. Elle se rappela le baiser furtif, ce frôlement de leurs lèvres, la suite s'était effacée. Avait-il reculé ? Étaient-ils allés plus loin ? S'était-elle déshabillée dans son Audi ? C'était une torture de ne pas savoir. Elle brossa ses cheveux pendant de longues minutes. Son dos recommençait à la faire souffrir. C'était peut-être ça la solution : le malaise du lumbago pour gagner du temps. Son esprit n'attrapait rien, pas le moindre début d'idée. Elle descendit les marches une à une, priant pour dégringoler jusqu'au sol et s'évanouir. Malheureusement, ses jambes tenaient bon et la rapprochaient à grands pas de l'explication.

Nounours fumait une cigarette dans le jardin. Sa mère était assise sur le canapé devant un programme de jardinage. Où étaient ses fils ? Nino les avait-il bouclés dans leurs chambres ? « Ah, chérie, viens prendre ton café… Tiens, y a des croissants si tu veux… » Nounours ouvrit la baie vitrée et gueula en direction du salon : « Y a des gars qui traînent autour du jardin, Nino, ces connards vont venir faire chier… Tu veux que j'aille voir ? » Nino cria : « Ouais, vas-y ! Je veux pas de ça chez moi… » Sylvie avait fini un croissant et attaquait le deuxième. Le stress lui ouvrait grandement l'appétit. « C'est quoi cette histoire de types qui rôdent ? – Chérie, tu comprends pas bien les choses. Depuis que l'info est sortie, ça attire les curieux. Pourquoi des voitures viendraient se garer à 10 heures du matin dans la zone pavillonnaire de Joué-la-Tour ? Alors, maintenant, tu vas tout expliquer ! » Sa mère éteignit la télé et se rapprocha du bar qui séparait la cuisine du salon. Il fallait se jeter à l'eau, les idées viendraient en cours de route.

« Nino, je vais te dire tout ce que je sais. Cette histoire n'a rien à voir avec moi, c'est un énorme malentendu. MaBelleNuit va tout dissiper… » Le début sonnait bien et pourrait les faire patienter. « Alors, c'est un gars de chez MaBelleNuit qui a tout écrit ? » Sa mère ajouta : « C'est ce Ledu, ton patron ? » Nino s'énerva : « Mais putain, ils se prennent pour qui chez MaBelleNuit ? Je vais aller les voir ces connards, jeter une pauvre secrétaire dans l'arène avec les loups ! Je savais bien que tu pouvais pas avoir écrit ce truc de merde ! C'était pas possible, et puis tu l'aurais écrit quand, hein ? » Sa mère trouva l'idée fort juste : « Bien sûr, comment Sylvie aurait-elle pu écrire toutes ces pages avec deux gosses, un métier prenant et toi, Nino, en pleine dépression ? Parce que je peux te le dire maintenant, Nino, tu lui en as demandé du boulot à ta femme, et tu peux la remercier ! » Nino ne releva pas l'affront. Son esprit était uniquement concentré sur cette histoire de *Rose bleue* qui lui tombait dessus : « Alors ton boss a écrit tout ça, ce salaud, et quand il s'est senti coincé, il a donné ton nom pour brouiller les pistes, c'est ça ? » Sylvie hocha timidement la tête. Elle avait l'affreuse sensation de s'engager sur un chemin extrêmement périlleux, mais la machine était lancée. « Alors moi, chérie, je vais aller voir tout de suite ces journaleux et je vais tout leur raconter, et je vais leur donner le portable de ce gros con de Ledu et ils vont se débrouiller avec… » Sa mère était aux anges : « Je connais ma fille, ce n'est pas une menteuse. Elle n'aurait jamais fait tout ça dans notre dos ! Comment ma fille aurait-elle pu écrire ce malheureux roman de gare, amasser des sous sans en toucher un mot à son propre mari ? »

Sylvie préféra se taire. Jouer la victime était la meilleure option. Pourtant, elle sentait confusément que cette décision si douce à l'esprit, si apaisante, ne serait pas si simple à exécuter.

Un silence de mort régna durant tout le déjeuner. Nino avait décongelé tout ce qui restait dans le congélo. Ça donnait un mélange très étonnant de ratatouille, pizza au chèvre, risotto aux asperges, suivis d'une glace au nougat dont personne ne voulut. Sa mère vérifiait son portable sans arrêt, poussant de longs soupirs (peut-être recevait-elle des SMS d'anciennes connaissances qui voulaient en savoir plus…). Les garçons étaient mutiques, Nino avait dû leur donner des consignes : « Surtout n'embêtez pas votre mère, ces histoires vont se régler entre adultes. » Avant de débarrasser, il se sentit obligé de faire un discours, sûrement pour évacuer la tension : « Bon, les enfants, je tenais à vous dire que votre mère n'est pour rien dans cette histoire de fous, une personne malintentionnée à son travail l'a fait passer pour l'auteure de ce torchon… pour se couvrir, je pense… Mais tout va rentrer dans l'ordre cette semaine. » La mère de Sylvie voulut intervenir, mettre en avant sa sagesse face aux dures épreuves de la vie. « Les chéris, je connais votre maman et je sais qu'elle n'aurait jamais écrit ça. Une maman sait, elle le sent dans son cœur, dans son ventre. Et comme disait un philosophe dont j'ai oublié le nom : "Tout ce qui ne nous tue pas nous rend plus forts"… Vous verrez, les chéris, si la vie vous joue des tours, vous serez prêts… »

Un sourire bizarre se dessina sur le visage d'Alexis. Il regarda sa mère. « Ben, maman, pourquoi tu mens ? C'est toi qui as tout écrit, et même toute la nuit des fois, et même que tu restais dans les toilettes ou sur le canapé, et je voyais tes mains sur le clavier, on aurait dit un fantôme ou Dracula dans le noir… toujours l'ordi sur tes genoux… Et même qu'une fois j'ai lu sur l'écran, tu m'as pas vu tellement tu dormais… Pourquoi maman elle pourrait pas avoir écrit un best-seller ? »

*

C'était un raz de marée. Elle n'avait rien pu faire, maintenant tout le monde savait. Nino, sa mère, Delphine, Nounours, Nadine, et tout le village de Joué-la-Tour. Nino avait exigé de voir son ordinateur portable. Il avait fait défiler les centaines de pages du roman. Personne d'autre n'aurait pu l'écrire. Elle avait dû abdiquer. Oui, c'était elle. Mais elle n'avait pas voulu les embêter avec ça, elle avait été dépassée par les événements. Quelqu'un, sûrement au bureau, avait balancé son nom, par vengeance ou jalousie, enfin, maintenant le mal était fait, il fallait assumer, protéger au maximum sa famille. Nino était passé par tous les états (pleurs, cris, excuses, supplications, rage), alternant apitoiement (« Comment n'ai-je rien pu voir ? »), colère (« Comment as-tu pu nous cacher ça ? ») et doute (« Est-ce toujours ma femme ? »). Sylvie l'avait surpris lisant en cachette *La Rose bleue* (il avait même souligné des passages et griffonné dans les marges du livre). Que lui préparait-il encore ?

Après la révélation, elle s'était mise en arrêt maladie une semaine, prétextant le retour de son lumbago. Elle retournerait à MaBelleNuit une dernière fois, pour acter en toute discrétion son licenciement.

« Madame Verbaldi, vous me suivez, s'il vous plaît ? » Une jeune femme qu'elle avait déjà aperçue à la cantine vint la chercher. Elle était svelte et élégante dans son tailleur-pantalon beige. Elle ouvrit la porte d'une salle de réunion. « Vous voulez un café ? » Sylvie dit oui pour lui faire plaisir. Ils allaient se montrer très gentils avant de la liquider. Elle ne craignait qu'une chose : que l'écriture de *La Rose bleue* lui porte préjudice. MaBelleNuit pourrait l'accuser d'avoir écrit le livre sur son lieu de travail et la virer pour faute grave, ce qui lui enlèverait tout espoir d'indemnités chômage. Elle n'avait pas préparé d'arguments. Allaient-ils lui sortir les vidéos des caméras de surveillance la montrant en pleine séance d'écriture, penchée sur son petit ordinateur personnel ? Auraient-ils le décompte de toutes ses heures de bureau passées sur le texte ? Mais bon, il suffirait de dire la vérité : elle n'avait pas suffisamment de travail. Elle raconterait ce que lui avait fait Ledu, qui avait eu le culot de la remplacer par Thaïs. Elle devait se défendre, tout de même !

L'attente lui parut interminable. Sur les murs de la salle, des dizaines d'affiches d'anciennes publicités MaBelleNuit vantaient la marque dans toutes les langues et des filles, toutes plus belles les unes que les autres, vous regardaient avec des yeux doux alanguies sur des matelas… Son café avait refroidi et personne n'était encore là. Ça devait être une tactique pour l'endormir, lui enlever toutes ses défenses. Elle avait vu ça dans les films policiers : on laisse mariner les suspects face à leurs crimes et quand ils sont à point, les flics débarquent pour les cuisiner. Soudain la porte trembla légèrement. Sylvie rassembla ses deux mains et s'aperçut qu'elles n'étaient pas moites mais trempées. Une canne apparut, puis un bras, et puis toute une personne. Il lui sembla reconnaître le maître des lieux, enfin, de toute l'entreprise depuis plus de quarante ans, Henri Lecœur-Paturel. Soit ses yeux lui jouaient des tours, soit HLP s'était trompé de salle de réunion. C'était évidemment la deuxième solution qui était la bonne. Sylvie réunit ses dernières forces et le peu de voix qui lui restait : « Monsieur, excusez-moi, mais j'attends pour un rendez-vous avec les ressources humaines, je pense que vous… » HLP lui demanda si elle était bien Sylvie Verbaldi. « Euh… oui, c'est moi. Mais je crois qu'il y a erreur… » Le vieil homme prit une chaise et s'installa juste en dessous de l'affiche publicitaire japonaise pour la campagne du matelas Dream Tech en 2002. Jamais Sylvie n'avait vu HLP d'aussi près. Pourquoi fallait-il que ça lui tombe dessus ? Avait-il organisé une réunion pour le plan social ? Des dizaines de salariés allaient-ils débarquer pour se faire virer à leur tour ?

Le silence était total et HLP la dévisageait franchement. « Tout d'abord, je voulais vous dire bravo ! » Elle se retourna, persuadée un instant qu'il s'adressait à quelqu'un d'autre. « Madame Verbaldi, j'ai lu *La Rose bleue* à l'hôpital lors de ma sixième séance de chimiothérapie. Je ne vais pas vous mentir, je ne l'ai pas acheté. Il traînait là. Et je peux vous dire que la chimiothérapie est une chose fort désagréable, surtout quand vous savez qu'elle va vous mettre à plat des semaines durant. Mais en lisant *La Rose bleue*, je n'ai plus pensé à ces désagréments. J'ai oublié les infirmières, la perfusion dans le bras, oublié que je ne mangerais ni le soir ni les jours suivants et n'aurais qu'une envie, rester au lit et qu'on me laisse tranquille. J'ai oublié aussi ceux qui autour de moi devaient supporter le même traitement, et le supportaient peut-être encore plus mal que moi. J'étais absorbé par ma lecture, madame Verbaldi, et je dois bien vous avouer quelque chose, je lisais mon premier livre érotique à soixante-douze ans ! Oh, ce n'est pas le genre d'œuvre que mon père aurait fait figurer dans sa bibliothèque, mais mon père était vieux jeu. Il n'aimait pas le divertissement, c'était un bâtisseur, et l'œuvre de sa vie, c'était MaBelleNuit. Bien sûr, j'ai pris sa suite. Et je crois que je n'ai pas trop mal dirigé l'entreprise, si bien que je laisserai peut-être une toute petite trace. J'aurai sûrement droit ici même, dans cette salle, à mon portrait en grand. Pendant quelque temps, on parlera encore de moi, on dira : "HLP a fait ceci ou cela", ou : "HLP a raté ceci ou cela." Puis un jour on voudra faire table rase : "Ne faisons pas comme HLP, recommençons tout de zéro !" Et HLP ne sera plus rien du tout, HLP ne voudra plus rien dire, les gens auront oublié qu'un homme qui se nommait HLP avait existé. MaBelleNuit sera désossée par une grosse multinationale qui l'aura rachetée. Et les temps viendront où tout le monde dormira sur le même matelas conçu par une grande entreprise qui aura avalé toutes les autres, puis un jour les gens se diront : "Pourquoi utiliser des matelas ?" et ils dormiront assis, ou ne dormiront plus, aidés par des capteurs sensoriels placés directement dans leur cerveau... Mais les gens, madame Verbaldi, les gens auront toujours besoin d'histoires, de bons personnages, les gens auront toujours une envie folle de rêver, parce que l'humain est fait pour ça, il s'accomplit dans le rêve, son rêve et celui des autres, et vous, madame Verbaldi, vous serez toujours là, parce que cette femme, Charlotte, que vous avez inventée en fera vibrer d'autres, femmes ou hommes, et peu importe sur quoi ils dormiront ou s'ils ne dormiront plus, leurs cerveaux auront toujours besoin de ça ! »

La vision de Sylvie devint trouble. De l'eau coulait le long de ses joues. Pouvait-on pleurer sans même s'en rendre compte ? Elle bredouilla : « Je suis très touchée mais, vous savez, vous n'avez pas besoin de me consoler, ni de me dire tout ça, monsieur... vraiment ce n'est pas la peine... » Il la coupa : « Madame Verbaldi, je dis toujours ce que je pense, et ça m'a valu bien des ennemis. Alors, si je vous parle ainsi, c'est uniquement pour vous dire le fond de ma pensée, vous savez. » Non, Sylvie ne savait pas, ne savait plus. Tout ça dépassait de loin tout ce qu'elle aurait jamais pu imaginer. « Madame Verbaldi, je ne sais pas si je vous reverrai, mais souvenez-vous de votre place dans le monde et ne la quittez pas. »

La porte s'ouvrit. Un jeune homme entra. Sûrement un stagiaire. Il aida HLP à se lever. Quand ce fut fait, HLP tendit sa main à Sylvie, elle la prit. Il la serra fort, lui sourit et la fixa de ses grands yeux sombres qui avaient dû en voir tellement. Que dire ? Que faire devant cet homme que tout le monde craignait ? « Monsieur, merci... vraiment merci. » Elle ne savait pas vraiment de quoi elle le remerciait mais cela lui sembla, à cet instant-là, la réponse la plus appropriée.

La jeune femme au tailleur-pantalon revint la chercher, l'emmena dans un autre bureau, où l'attendait une dame beaucoup plus âgée, la directrice des ressources humaines, que Sylvie avait déjà croisée lors des grands événements MaBelleNuit (elle riait beaucoup et forçait souvent un peu trop sur le champagne). Elle lui serra la main et la fit asseoir. « Madame Verbaldi. Tout d'abord, je ne vous cache pas que nous avons été très surpris de cette révélation sur votre livre. Moi moins que d'autres, parce que je sais que nous, les femmes, nous pouvons avoir plusieurs vies en même temps. Nous sommes multiples : mères, amantes, épouses, psychologues, médiatrices, infirmières, animatrices, et tout ça en plus du boulot. Donc, madame Verbaldi, vous avez écrit ce best-seller et décidé de l'assumer, et moi je dis bravo ! – Ah ben merci, mais vous savez, je l'ai écrit en plus de mes heures de travail ici, bien sûr… » Pourquoi le préciser ? Il ne fallait surtout pas aborder le sujet. La DRH n'en tint pas compte et reprit : « Comme vous le savez, nous ne vendons pas des livres, madame Verbaldi, nous vendons des matelas. Mais savez-vous qui a été notre plus grande ambassadrice, notre plus grande source de publicité cette semaine ? » La dame s'était approchée d'elle de quelques centimètres. Elle avait une vilaine peau, certainement due à une acné très sévère à l'adolescence. « Mais c'est vous, chère Sylvie ! » Maintenant, la DRH riait franchement et Sylvie avait une vue plongeante sur sa dentition jaunie par la cigarette. « Depuis une semaine, les gens cliquent, commandent, parce que les gens vous ont associée à nos matelas ! – Mais qu'est-ce que je dois faire ? – Madame Verbaldi, c'est très simple, travailler au service communication, où nous exploiterons au mieux vos talents. – Mais, madame, je ne connais pas ce service, je veux dire, je n'ai pas l'expérience… – On s'en fiche, le talent n'en a rien à faire de l'expérience ! – Ah bon, mais j'assisterai qui ? – Qui vous a parlé d'assister, c'est vous qui aurez des assistants ! » C'était une histoire de fous, mais apparemment tout le monde trouvait ça normal. Et tout ça grâce à Charlotte, une fois de plus…

Elle suivit de nouveau la femme en tailleur beige, qui lui présenta un vaste bureau avec un canapé dans les tons gris taupe. Il était au quatrième étage, son préféré, là où les toilettes étaient les plus spacieuses. La femme lui assura qu'elle pourrait continuer à écrire à ses heures de bureau, et même faire uniquement cela. Si par exemple elle avait envie d'aller au grand salon du bien dormir à Paris, ou participer au grand week-end annuel des dirigeants de MaBelleNuit, un séjour chaleureux et hyperdécontracté au Pays basque, elle y serait la bienvenue. Bien sûr, elle conservait son quatre cinquièmes et ses mercredis. La jeune femme lui alluma l'ordinateur et lui donna les codes pour accéder au réseau. Une bonne cinquantaine de mails l'attendaient déjà : des gens qu'elle ne connaissait pas la congratulaient pour son nouveau poste. La jeune femme se mit à chuchoter, comme si les murs étaient truffés de micros : « Madame Verbaldi, depuis une semaine, les gens ne parlent que de vous, je vous jure, ça n'arrête pas. » Sylvie partit d'un fou rire nerveux, puis se reprit : « Mais moi, comment dire, je cours pas après cette publicité, je vous le dis franchement…, c'est trop pour moi ! » La jeune femme ignora sa remarque et continua : « Bon, je vous laisse prendre vos marques, à tout à l'heure. Ah, au fait, votre secrétaire, je crois que vous la connaissez déjà, c'est Thaïs, elle est très sympa. » Sylvie s'attendait à tout désormais, que le bureau explose, que Ledu débarque pour l'engueuler ou que le mur s'écroule et dévoile une caméra cachée.

Elle s'affala sur le canapé, un modèle gris taupe, moelleux à souhait, qui faisait face à son bureau, et finit par enlever ses chaussures. Le canapé épousait parfaitement ses formes. Avait-il été spécialement prévu pour son poids ? Avait-elle signé un pacte avec le diable ? Pourquoi lui déroulait-on le tapis rouge ? On frappa à la porte. La fille en beige réapparut, tenant une liasse de papiers. Elle les étala sur son bureau. « Voilà, madame Verbaldi, c'est votre contrat. Vous pourrez le lire tranquillement chez vous. Si vous avez des choses à ajouter ou des remarques sur la rémunération, vous nous en parlerez tranquillement dans la semaine. Une grande réunion aura lieu jeudi matin et tout le service communication sera présent. – Alors, je peux partir tout de suite ? – Oui. Reprenez des forces, nous aurons besoin de vous. » Son regard se porta sur le chiffre au milieu de la deuxième page, ça disait 82 000 euros par an. C'était une somme gigantesque, au moins trois ou quatre fois plus qu'avant. Il fallait qu'elle sorte. De l'air, voilà ce qu'il lui fallait, une bonne bouffée d'air frais.

6

Six mois plus tard

Deux ans et demi depuis le premier cri de Charlotte sur une page blanche, et toute sa vie avait flambé. Mais là, c'était trop. Sylvie était tétanisée. Comment avait-elle pu accepter, imaginer une seule seconde qu'elle y arriverait ? Tout était la faute de Simon. Il lui avait dit : « Sylvie, vous devriez vous lancer pour de bon. Il faut assumer, faire preuve de courage. » Le mot « courage » l'avait renversée. Paraître lâche aux yeux de Simon n'était pas supportable. Elle avait dit : « Ok, je le ferai, j'irai à la télévision une seule et unique fois pour la sortie du tome III, je répondrai aux questions de ce présentateur si poli, si sérieux, avec ses petites lunettes et ses fiches. Je sourirai aux téléspectateurs et m'efforcerai de rester calme, inspirée, maîtresse de la situation. » Bien sûr, elle n'avait pas pensé aux conséquences. Pas pensé au jour J, où un homme se présenterait chez elle pour l'emmener aux studios de la télévision régionale, la féliciterait pendant le trajet pour ses livres, lui parlerait de sa cousine qui était dingue de Charlotte, et puis que Nino l'appellerait pour la rassurer, ce qui ne la rassurerait pas du tout, que ses fils lui enverraient plusieurs SMS et qu'Armand l'accueillerait à bras ouverts et qu'elle éclaterait en sanglots, oui, en sanglots, par peur et suffocation ! Et maintenant, elle se trouvait là, dans la loge, avec du rimmel sur les joues, et une jeune fille en jean moulant qui tentait de réparer les dégâts à grand renfort de poudre et de fard à paupières.

Elle avait pourtant répété des semaines entières avec Armand. Elle avait fait des fiches, qu'elle avait relues tous les après-midi à MaBelleNuit, puis elle avait appris par cœur des citations de grands écrivains, choisi avec soin ses livres de chevet, ses sources d'inspiration, des grandes œuvres qu'elle avait parcourues le mieux possible, vu le temps imparti. Armand était persuadé qu'elle avait toutes les cartes en main, que les gens aimaient tellement Charlotte que, quoi qu'il se passe, ils suivraient, que même si elle était paralysée et perdait ses moyens, ils seraient attendris.

Seulement voilà, tout ça ne serait jamais arrivé sans cette personne qui l'avait balancée aux médias, et cette personne, elle la haïssait plus que tout au monde. Elle l'aurait volontiers dégommée. Armand était toujours persuadé de la culpabilité de Kermanec. Sylvie, elle, penchait pour un employé de MaBelleNuit qui l'aurait surprise en train d'écrire autre chose que des mails, qui aurait voulu tirer parti du succès de *La Rose bleue* pour que la boîte ramasse la mise. Où était cet être immonde à cet instant ? Sirotait-il tranquillement un alcool fort devant son écran, curieux de voir comment elle allait bien pouvoir se dépêtrer de la situation ?

« Vous allez bien ? » C'était le présentateur, Henri Berniaux. Il était beaucoup plus grand qu'à la télé, légèrement plus vieux et plus marqué. Elle lui tendit sa main tremblante et tenta de serrer la sienne. « Je vous remercie de nous donner l'exclusivité de la sortie du tome III, c'est vraiment un honneur, madame Verbaldi. » En s'efforçant de rire, elle émit une espèce de râle qui provoqua une toux. « Madame Verbaldi, n'ayez absolument aucune inquiétude, nous montrerons dans un reportage vos lecteurs, qui ont hâte de se procurer le tome III, puis quelques libraires, des gens très bien qui donneront leur avis sur votre livre. Après quoi ce sera à nous, je vous poserai une dizaine de questions tout au plus. Tout se passera bien, vous verrez. Vous êtes très attendue et votre troisième tome encore plus ! – Merci, c'est gentil, mais je m'excuse d'avance, je n'ai pas l'habitude ! – On ne s'habitue jamais, madame Verbaldi, et c'est ça qui est bien ! » Il disparut aussi vite qu'il était venu. Sylvie se retrouva seule avec la maquilleuse. Armand apparut avec un verre d'eau. Sylvie aurait préféré une vodka. « Pitié, Armand, remplacez-moi ! Regardez de quoi j'ai l'air ! Je suis horrible, monstrueuse, vous ne voyez pas ces cheveux immondes ! C'est abominable, les gens seront tellement déçus… Pitié, Armand, je préviens le présentateur… » Elle se leva, courut dans les couloirs, Armand s'égosilla : « Sylvie, restez là, voyons ! » Mais elle ne pouvait pas, c'était impossible. Elle n'entendait plus, elle devait trouver ce présentateur, il comprendrait.

« Où est M. Berniaux, je dois lui parler ? » Une jeune femme charmante la prit par le bras. « Oui, je vais vous conduire sur le plateau. » Il y avait des fils partout, des grosses caméras et des hommes avec des casques, personne ne faisait attention à elle. Elle se cogna contre les projecteurs. « Installez-vous, madame Verbaldi, ça va commencer. – Je peux pas… » La fille n'entendit pas ou ne voulut pas entendre. Berniaux s'installa sur un gros cube vert pomme face à elle. Quand elle regarda entre ses jambes, elle vit que son cube était orange et que plusieurs cubes vides avaient été disséminés un peu partout dans l'espace. Avaient-ils voulu reconstituer une aire de jeux pour les gamins ? « Monsieur Berniaux, je vais devoir partir, Armand Delpareil va me remplacer… » Il n'entendait pas, lui non plus. Elle cria : « Je ne vais pas pouvoir le faire ! » Berniaux appela une fille avec un casque. La fille se précipita sur elle. Elle lui donna un verre qui sentait l'alcool à plein nez. « Buvez, c'est un petit remontant. – Ah oui, d'accord, mais je vais partir, Armand va me… » Sylvie se leva, la jeune fille lui tint fermement les mains et la força à se rasseoir. « Madame Verbaldi, nous allons faire un décompte et les caméras vont tourner. Dites-vous que c'est un rêve et que plus rien n'a d'importance. » Qui était cette fille pour lui parler comme ça ? Sylvie entendit un décompte comme pour le départ d'une fusée spatiale : « Cinq, quatre, trois, deux, un. C'est parti. »

Berniaux se tourna vers elle. Elle eut envie de crier : « Non, ayez pitié ! » Mais elle sentit confusément que le présentateur le prendrait très, très mal, et que Simon la traiterait de grosse lâche. La fille avait raison, tout ça n'était pas réel, tout ça n'existait pas. « Tout d'abord, madame Verbaldi, félicitations pour le succès si soudain et si unanime de *La Rose bleue*. Votre héroïne a séduit un nombre de lecteurs qui n'a cessé de croître au fil des mois. On ne compte plus les articles, les blogs, les magazines qui se sont emparés de vos livres. Et voilà que ce soir, vous nous faites l'honneur d'être là avec nous, en chair et en os, pour la sortie du tome III. J'apprécie d'autant plus votre venue qu'elle sera votre seule et unique apparition télévisée pour la promotion de ce roman. Alors, madame Verbaldi, dites-nous tout : d'où venez-vous ? » C'était un supplice. Son cerveau lui intimait de fuir à toutes jambes pour échapper à son bourreau et au ridicule. Un grand silence s'ensuivit. Elle poussa sur ses talons pour se lever et aperçut une mèche de cheveux qui dépassait d'une grosse caméra : Armand était derrière, il était là. Il se décala un peu, elle aperçut son visage, ou plutôt le devina à travers la lumière des projecteurs. Dire quelque chose. Elle devait le faire pour lui. « Euh… vous savez, je viens d'une petite ville qui a une grande tour au milieu, je la vois de chez moi. Je n'ai pas beaucoup voyagé. Quand je m'ennuie, je monte en haut de cette tour… C'est bête ce que je vous dis, excusez-moi… » C'était la dernière chose à faire, Armand le lui avait bien dit : ne jamais s'excuser. Elle corrigea : « Oui, tout ça est très banal. Voyez-vous, j'ai une vie très ordinaire… – Peut-être, madame Verbaldi, mais votre imagination ne l'est pas, ordinaire. Avez-vous des auteurs qui vous ont nourrie, parce qu'un bon écrivain est avant tout un grand lecteur, n'est-ce pas ? » Oui, elle avait lu des trucs, plein de trucs, tout ce qui lui tombait sous la main petite, de La Bibliothèque verte aux Harlequin, ou des livres policiers qu'elle piquait sur la table de chevet de son père. Mais ce n'était pas de la grande littérature, ça ! Pourquoi ne se rappelait-elle pas les fiches d'Armand, tous ces grands auteurs à citer ? « Euh… pour être parfaitement honnête, j'avais écrit des noms d'auteurs, et même fait des listes pour me rassurer, mais là, j'ai tout oublié... C'est bête évidemment... mais je ne crois pas être un écrivain... » Le présentateur éclata de rire comme à une bonne blague. « Pourtant, madame Verbaldi, vous êtes invitée à une émission qui ne s'occupe que de livres, alors ce serait vraiment étrange que vous ne soyez pas écrivain. – Je veux dire, je ne suis pas un vrai écrivain... Écrire ces pages sur Charlotte ne m'a pas demandé d'efforts... – Madame Verbaldi, franchement, pensez-vous que vous auriez des lecteurs si vous n'écriviez pas ? Si vous n'aviez pas touché quelque chose en eux ? – Oui, bien sûr, mais tout ça vient de Charlotte, que j'avais en moi, que j'ai suivie... Et je n'ai plus pu m'arrêter... C'était plus fort que moi... – Alors, votre héroïne vous est apparue un beau matin, rien n'était prémédité, vous n'aviez jamais écrit auparavant ? – Non, vraiment pas. J'étais dans un moment délicat de ma vie, j'avais peut-être besoin d'une amie, alors je me la suis créée, oui, c'est ça, je suis peut-être restée une enfant... »

Sylvie sentait que son discours dérapait, mais elle n'avait absolument aucune prise et les projecteurs la faisaient horriblement transpirer. Elle n'espérait qu'une chose, qu'Armand ait prévu une ambulance à la sortie. « À partir de quel moment vous êtes-vous rendu compte que votre récit pourrait émoustiller des milliers de lecteurs ? – Ah ce n'est pas moi, c'est Charlotte qui est comme ça. Elle aime le sexe, je n'y peux rien... Elle n'a peut-être que cette arme-là... Bien après, j'ai réalisé que j'aimais écrire des scènes de sexe parce que ça dit plein de choses sur les gens... Décrire quelqu'un qui fait l'amour, ses attitudes, comment il embrasse, comment il déshabille, vous apprend tout sur lui, absolument tout. C'est une façon de montrer les gens, vous les mettez directement en action dans leur intimité la plus crue et vous attendez de voir. Charlotte et moi, on est pareilles pour ça..., je veux dire, moi quand j'écris bien sûr... » Elle devait être écarlate. Ce n'étaient vraiment pas des choses à dire, pas de cette façon-là en tout cas, mais l'autre façon, celle répétée avec Armand, lui était complètement sortie de la tête. « Madame Verbaldi, je ne révélerai pas le contenu du tome III, mais on peut quand même dévoiler aux lecteurs une information. Charlotte va être confrontée à un énorme dilemme : se venger ou aimer. Peut-on résumer les choses ainsi ? – Euh… oui, on peut dire ça, oui. Charlotte a fait de la vengeance le moteur de sa vie. Mais je crois que, comme tout le monde, elle ne peut pas échapper à l'amour. La vengeance lui a permis d'éviter les sentiments. Mais que faire quand la rancœur et la colère s'effondrent face au trouble ? Quand le seul sentiment qui nous tient debout part en fumée ? Charlotte croit qu'on peut vraiment changer d'identité. Mais je ne suis pas sûre qu'elle ait raison, je ne sais pas encore… Moi, par exemple, si je perdais du poids, je crois que je resterais obèse dans ma tête toute ma vie, enfin, cette partie de moi le resterait… On ne peut jamais se défaire de ça… »

Qu'est-ce qui lui prenait ? C'était l'effet de l'alcool. Elle oubliait peu à peu la situation, ce cube immonde et ces grosses bêtes sur pattes qui la filmaient. Elle oubliait les gens devant leur poste et se concentrait uniquement sur le destin de son héroïne, pas besoin de chercher ses mots, pas besoin de fiches, de citations, elle avait tout en tête, tout était déjà là, bien sûr, puisque Charlotte était sa créature. Elle eut un moment de flottement, presque un sentiment d'euphorie, qui dura quelques secondes, et la tête lui tourna. Est-ce que les projecteurs la rendaient belle ? Devenait-elle un peu Charlotte, là, avec le maquillage ? Alors arriva ce moment encore plus bizarre où tout disparut et où elle se crut seule, totalement seule, avec ce gentil monsieur qui aimait Charlotte. Elle commença à se confier, ça lui faisait du bien après tout. Elle pouvait lui dire maintenant, son héroïne était née dans le plus grand secret, durant des séances d'écriture nocturnes, à l'abri des regards, même ceux de sa propre famille. Cette confidence amusa beaucoup Berniaux : « Ainsi vous avez accouché toute seule, sans témoin, et vous avez caché le bébé ! » Elle rit, elle réussit même à rire ! Tout ça venait naturellement, elle riait et elle n'avait pas honte de montrer ses dents, là, devant des milliers de personnes, et même pour tout dire elle n'y pensait plus du tout. « Je l'ai cachée, c'est ça, vous avez raison. Peut-être ai-je eu l'impression de faire un enfant illégitime, qui sait ? » Ils parlèrent ensuite des personnages masculins, tous des antihéros, tous des lâches, dans *La Rose bleue*. Pourquoi ? demanda Berniaux. « Parce que les hommes, enfin certains hommes, sont comme ça. Vous voyez, je décris ce que j'ai vu, et j'en ai vu. Vous savez, quand vous êtes obèse, vous ne voyez pas toujours le meilleur de l'humanité, mais plutôt le pire. Alors, c'est peut-être ma petite vengeance personnelle. »

Ils s'entendaient à merveille, Berniaux et elle. Il ne s'était pas foutu d'elle, il connaissait les trois tomes sur le bout des doigts. Quand il montra son dernier livre à la caméra et lança : « Merci, madame Verbaldi, merci pour votre approche si touchante de la littérature », Sylvie n'en revenait pas. Tout était passé en un éclair, une fraction de seconde. Elle aurait voulu rester un peu plus. Elle avait encore des choses à dire, plein de choses, notamment sur ses lectures de jeunesse. Oui, des titres lui revenaient. Elle avait adoré *La Part des fantômes*, d'Albert Busky, un auteur qui passait ses journées au lit, à boire et faire l'amour. Elle s'en souvenait à présent, elle l'avait lue en cachette à seize ans. Pouvait-on parler de ce livre-là ? Trop tard. Quelqu'un se présenta et lui fit comprendre qu'elle devait partir.

Armand l'attendait dans la loge. Jamais de sa vie elle n'avait été si heureuse de le revoir. « Armand, je suis tellement soulagée, j'ai été une catastrophe, mais au moins je ne me suis pas ennuyée. C'était amusant, oui, on peut dire ça, surtout vers la fin, mais c'est fait, et vous savez quoi, c'est le plus important ! » Les yeux d'Armand brillaient. Il prit les mains de Sylvie. « Vous avez été très bien. Vous avez été vous-même, on n'en demande pas plus !
– J'ai dit tout ce qui me passait par la tête, mon Dieu ! » Son téléphone vibra plusieurs fois, Sylvie n'avait aucune envie de répondre. Armand lui tendit une coupe. « Chère Sylvie, buvons à votre première interview ! » Elle trempa ses lèvres. C'était du champagne. C'était frais, enivrant, elle le but d'une traite. « Armand, merci, vraiment ! Vous savez, au début, j'avais peur de vous. Je pensais que vous aviez perdu la tête. En fait, vous êtes un

ange ! – Ah, c'est mon grand âge qui vous fait voir un ange en moi ! – Armand, ne m'abandonnez pas, jamais ! – Bien sûr que non. Pourquoi le ferais-je ? – Je sais pas. J'ai peur, tout ça est bien trop beau pour moi ! »

*

Tout le monde la félicita, tout le monde sans exception. Les médias parlèrent d'une fille simple, pas formatée, vraie, authentique. Sylvie avait affronté sa peur, c'était très beau, ça changeait de tous ceux qui sur les plateaux se marchaient dessus pour capter le maximum d'attention. Sylvie les avait attendris. Nino aussi la félicita. Bien sûr, il était content, bien sûr. Mais depuis quelque temps Sylvie sentait une petite distance, voire une légère méfiance chez lui, surtout depuis le verdict des prud'hommes. Le licenciement abusif n'avait pas été reconnu. La multinationale avait gagné. Nino avait fait appel. Il refusait d'en rester là. De plus, Sylvie sentait confusément que Nino faisait un lien entre son échec et la révélation de la véritable identité d'Alicia Clarks. Il n'en parlait pas directement, mais laissait entendre que ça aurait pu mettre des idées dans la tête des juges pour statuer sur son sort. Et puis, Sylvie avait fait une grosse bêtise. Un soir, pour lui prouver à quel point toute cette histoire l'avait dépassée, elle lui avait avoué qu'elle n'avait jamais envoyé le texte à Delpareil. Quelqu'un l'avait fait pour elle. Elle n'aurait jamais dû. Cette révélation avait mis Nino dans tous ses états, et bien sûr, Simex était revenue en première ligne. Et si cette boîte l'espionnait ? Si tout ça avait été orchestré par son ex-employeur ? Mais pourquoi auraient-ils fait ça ? demanda Sylvie. Nino n'avait pas d'argument précis, mais il y croyait. Au fil des jours, elle remarqua qu'il ne lui parlait plus du tout de Simex, ni de son procès en appel. C'était là entre eux, pesant, invisible. Parfois, elle l'entendait chuchoter en anglais avec Jim, ce type des États-Unis qui voulait couler Simex. Quand elle demandait de ses nouvelles, Nino esquivait.

Vu son état, Sylvie avait décidé de lui foutre une paix royale avec le boulot. Aucune importance s'il ne cherchait plus un job. Pour la première fois de leur vie, ils avaient beaucoup d'argent (Armand lui avait remis un autre chèque de 30 000 euros quand elle avait rendu le tome III aux Éditions Delpareil). Assez pour faire de grands projets : choisir une nouvelle cuisine, voyager loin, envoyer les gosses apprendre des langues étrangères, se payer de belles soirées en allant voir des comédies musicales, ou des opéras pour Alexis, et surtout ne plus avoir à demander à sa mère de compléter chaque mois ! Mais Nino ne voulait pas le voir. Il disait : « C'est provisoire, chérie, il faut mettre de côté. Il ne faut pas s'habituer au fric, tu sais. Quand on n'en aura plus, on fera comment ? » Sylvie avait beau lui dire que l'argent était là, que sa situation à MaBelleNuit avait complètement changé, il restait sceptique. « Doit-on vraiment refaire la cuisine, en plus de la salle de bain ? » Elle s'exclamait : « Mais, chéri, on a les sous pour la refaire, se débarrasser de ces vieux placards, de cette crédence affreuse, mettre un nouveau carrelage, un îlot central avec des tonnes de tiroirs sur les côtés, avoir tout à portée de main pour cuisiner, faisons-le ! » Nino ne voulait pas changer d'environnement. C'était peut-être aussi bête que ça. Il s'était habitué aux taches, aux couleurs jaunies, aux carrelages fissurés, cet univers délabré devait le rassurer. Pourquoi n'arrivait-il pas à profiter tranquillement du fric qui leur tombait du ciel ?

C'est pour ça qu'elle le traîna à la soirée de lancement du tome III : il devait comprendre que les gens se bougeaient pour son livre, que le succès était là, bien réel, complètement dingue et inattendu, d'accord, mais qu'ils devaient en profiter. Le cocktail avait lieu aux Éditions Delpareil. Un tas de monde avait été invité : des journalistes, des écrivains maison (seul Kermanec n'était pas venu), quelques notables de Bordeaux (des adjoints au maire et consorts) et puis des amis de longue date des éditeurs père et fils. Armand les prit par le bras, Nino et elle, et les présenta. C'était très agréable. Sylvie n'avait même pas à ouvrir la bouche. Les gens parlaient pour elle. Ils débitaient des compliments, riaient, blaguaient, s'enthousiasmaient, en faisaient même un peu trop (une femme d'un certain âge pleura à chaudes larmes dans les bras de Sylvie, la remerciant d'avoir créé Charlotte). Nino n'était pas très à l'aise. Plusieurs fois, il lui fit des remarques sur la décoration (pourquoi les poutres avaient-elles été peintes en blanc, ou pourquoi ce canapé d'un style ultra-contemporain qui n'allait pas avec les chaises ?), ou bien sur les tenues des invités (pourquoi portaient-ils des couleurs tristes entre gris et noir et pourquoi les filles avaient-elles ce look de garçons ?). Peut-être avait-il besoin d'affirmer qu'il n'était pas du sérail. « Chéri, on s'en fout, profite ! Goûte les petits-fours et le champagne. On est venus pour ça ! »

En rentrant, ils firent l'amour. Depuis la révélation, Sylvie exhibait sa lingerie dans la pénombre de la chambre, attendant que Nino y pose sa main et s'acharne sur la dizaine d'agrafes qui fermaient le soutien-gorge. Elle aimait ce moment, son excitation, son impatience devant ce truc si compliqué. Elle ne l'aidait pas, c'était meilleur comme ça. Elle sentait son souffle dans son dos et quand le soutien-gorge tombait enfin, Nino s'attaquait à la culotte. Il la faisait rouler tout doucement sur ses cuisses. Peut-être à cause du tissu, Sylvie se sentait plus légère, plus sexy que jamais. Tout allait à merveille, quand Nino s'arrêta. Son sexe ne voulait plus. « Je comprends pas, j'ai dû prendre une mauvaise position. Ça fait comme une crampe… – Chou, c'est pas grave, ça doit être l'alcool, et la fatigue aussi. » Elle était très forte pour trouver des excuses, mais ne pouvait nier l'évidence : depuis qu'il la savait auteure de romans érotiques, les pannes étaient fréquentes. Était-ce à cause des scènes de sexe qu'il avait lues ? Avait-il des complexes ? Ou bien s'imaginait-il qu'elle voulait d'autres choses qu'il ne lui donnait pas ? Sylvie avait bien essayé de lui en parler, mais là encore, il esquivait. Non, du tout, sa femme avait du succès, le succès en question était un livre érotique, et alors ? Rien ne changeait entre eux. Tout ça, c'était le stress du procès, ces mois d'antidépresseurs, rien de plus. Il ne fallait pas tout mélanger.

Contrairement à leur père, ses fils avaient bien mieux digéré la célébrité éclair de leur mère. Ils la pensaient désormais dotée de super-pouvoirs, capable d'exaucer tous leurs vœux. Alexis voulait qu'elle l'aide à se faire publier chez Delpareil, car il avait deux ou trois nouvelles de science-fiction qui traînaient dans ses tiroirs et qui valaient vraiment le coup. Max réclamait des places pour assister à une émission de musique avec des groupes qui jouaient en live (ça se passait sur la même chaîne que celle où elle avait été interviewée pour le tome III), il voulait aussi passer son permis moto pour partir seul faire le tour de la Corse. Alexis n'était pas en reste, il comptait créer son propre blog pour y exposer ses créations sonores et développer sa chaîne YouTube. Sa mère devait en faire la pub, maintenant qu'elle avait un nom. Quand ils estimaient qu'un professeur avait été injuste envers eux, Max et Alexis voulaient qu'elle intervienne, parce que ça blufferait le prof de voir en personne l'auteure de *La Rose bleue*. D'ailleurs, si elle pouvait leur trouver une excuse pour ne pas aller en gym ou à la natation, ou charmer le prof de sport, l'acheter avec un autographe, et si elle pouvait aussi changer tous leurs tee-shirts pour de grandes marques et leur donner à l'avance quelques extraits du tome IV, ce serait pas plus mal, parce que ça pourrait se monnayer auprès des parents des copains… Il était hors de question de céder à ces caprices, hors de question de changer leurs habitudes. Le succès de leur mère ne leur donnait pas tous les droits, ah, ça non ! S'ils la détestaient, tant pis. Elle était peut-être encore plus stricte depuis sa soudaine notoriété. Tous les soirs, elle les voulait dans leur chambre, à leur bureau, cahiers ouverts et devoirs faits. Elle refusait qu'ils sortent en semaine ou partent chez les copains et refusait les tournées shopping pour acheter tout et n'importe quoi sous prétexte qu'on avait les moyens. Nino la trouvait trop dure. Mais il cédait bien trop souvent pour avoir la paix. Pas question que ses fils deviennent des têtes à claques, arrogants et lâches, elle voulait qu'ils deviennent des hommes qui connaissent la valeur du travail et le prix des choses.

Pendant des années, Sylvie avait compté. Maintenant, elle pouvait savourer ce léger frisson de faire son code sans avoir peur. C'est tout ce qui avait changé. Il fallait que ses fils comprennent ça.

Elle leur avait interdit de lire son livre, mais ils l'avaient lu. Alexis ne s'en était pas caché. Il disait qu'il n'était pas choqué et qu'il connaissait très bien les choses sexuelles, vu qu'il avait déjà eu un cours d'initiation. Il proposait même à sa mère de lui venir en aide et lui soumit le plus sérieusement du monde des idées quant au destin de Charlotte. D'après lui, cette fille devait repasser par la case obèse, et pourquoi ne pas mettre un peu de surnaturel en lui donnant un pouvoir maléfique ? Elle pourrait très bien tuer ses proies, carrément, et s'associer à d'autres créatures qui clameraient vengeance, des zombies, ce serait parfait, des zombies haineux qui se seraient fait assassiner par une secte anti-obèses... Sylvie lui promit d'y réfléchir. Max, quant à lui, nia avoir lu *La Rose bleue*. Il mentait. Sylvie en retrouva un exemplaire chiffonné derrière ses vieux rollers. Devait-elle demander à un psy si ce n'était pas trop perturbant pour ses enfants de découvrir des scènes érotiques écrites par leur mère ? Ils ne semblaient pas en souffrir. Mais sa notoriété n'avait pas que des avantages. Un jour que Max avait invité sa copine Iris à goûter, elle insista pour prendre un selfie avec Sylvie, qui s'aperçut deux jours plus tard qu'Iris avait posté la photo sur tous ses réseaux sociaux, se vantant de connaître l'auteure de *La Rose bleue*, jusqu'à ce qu'un pseudo-journaliste la récupère et titre : « L'auteure de *La Rose bleue* nous présente sa fille. » Nino engueula Sylvie, qui engueula Max, qui n'osa pas engueuler Iris. Cette fille n'était pas venue pour lui. Sylvie voyait bien qu'il était déçu, mais il devait le digérer.

En revanche, s'il y avait bien une personne qui ne changeait pas depuis le succès, c'était Mireille. Elle se fichait éperdument de *La Rose bleue* et de l'effervescence autour du livre, des journalistes ou des fans qui traînaient à Joué-la-Tour, et même des équipes télé qui s'étaient déplacées plusieurs fois. Elle désirait une seule chose, que Sylvie soit à l'heure, 18h15 exactement, chez elle pour faire la piqûre à ses chats et apporter leur repas, acheté chez le boucher.

Sylvie serait devenue ministre des Affaires étrangères, directrice du renseignement intérieur ou même première femme sélectionnée pour partir sur Mars, elle s'en serait foutue pareil. Sylvie devait être ponctuelle et serviable, tout comme avant. Mireille refusait de comprendre que son emploi du temps était entièrement chamboulé, que désormais elle n'était plus une plante verte au boulot mais attendue lors des réunions (souvent hyperchiantes et dans lesquelles elle tentait de ne pas s'endormir), et que donc elle pouvait rentrer plus tard. Sylvie avait proposé plusieurs fois que Max vienne à sa place, mais Mireille ne voulait qu'elle. Selon elle, Max n'avait pas la main avec les chats. Il n'avait pas sa poigne, et tout prenait des heures, bref, les chats ne l'aimaient pas.

Sylvie faisait de son mieux, mais elle ne pouvait pas toujours être ponctuelle. Surtout le mercredi quand elle partait à Bordeaux et qu'Armand lui racontait sa semaine par le menu, voulait répondre à toutes les interviews avec elle, sélectionner les meilleures librairies qui souhaitaient sa venue, se pencher sur les premières lignes du tome IV (il avait déjà arrêté la date de sortie, l'encourageait à s'y remettre le plus vite possible). Ça faisait beaucoup en une journée. Souvent, elle ne rentrait pas avant 19 heures. Merde, pourquoi 18h15 ? Pourquoi cet horaire à la con ? Mireille n'en démordait pas ! Ses chats mangeaient à 18h15, et un quart d'heure après ils devaient avoir leur injection. Tout retard les mettait en danger. Alors, tous les soirs, Sylvie se précipitait chez Mireille, s'excusait devant cette petite bonne femme mal lunée, courait derrière les chats. Seulement, sept semaines exactement après la sortie du tome III, ça se passa mal, très mal. Il était 18h33, Sylvie avait été retenue au boulot par une bonne femme qui l'avait coincée dans l'ascenseur pour lui raconter toutes sortes de ragots sur la boîte. Le but exact de cette manœuvre n'était pas clair. Voulait-elle lui donner des idées pour les épisodes suivants de Charlotte, se venger de certains cadres en espérant que Sylvie révélerait leurs petits délires sexuels dans ses prochains livres ? Cette fille l'avait mise en retard. Sylvie arriva donc chez Mireille passablement énervée. Mireille lui déclara que Sabbat allait crever par sa faute, et même qu'il était déjà à moitié mort sur le canapé. Sylvie ne se démonta pas, elle avait l'habitude de ses pleurnicheries, depuis le temps, et de sa légère tendance à dramatiser. Elle caressa le chat, assez ramolli, lui fit gentiment sa piqûre. Il lui lécha la main et ronronna. Il n'était pas fringant, certes, mais pas encore mort !

Quand Mireille l'accusa de nouveau de vouloir les tuer par ses retards répétés, elle perdit patience. Elle en avait assez, elle faisait de son mieux, mais Mireille ne voyait rien. Ce n'était jamais assez bien pour Madame, alors maintenant elle allait se débrouiller toute seule avec ses deux chats, Sylvie avait suffisamment donné, et puis, au cas où Mireille ne serait pas au courant, il y avait eu quelques changements dans sa vie, alors elle était un peu débordée et n'allait pas se faire des cheveux blancs pour ces deux misérables bêtes ! Évidemment, Mireille le prit très mal et lui balança des saloperies. Son truc de rose bleue lui montait à la tête. Elle pouvait bien lui dire, maintenant, elle en avait lu quelques lignes pour se faire une idée. Eh bien, c'était vraiment pas excitant, cette histoire d'ancienne obèse qui se farcissait un tas de mecs. Franchement, comme best-seller érotique, on avait vu bien mieux. Et puis, peut-être qu'aujourd'hui tout le monde la complimentait et tout ça, mais dans quelque temps tous les médias trouveraient un autre chouchou et la jetteraient, alors elle ferait mieux de garder les pieds sur terre, sinon gare à la chute ! Sylvie courut chercher le deuxième chat, le piqua en une fraction de seconde, puis le laissa retomber sur ses pattes sans plus de précaution. « Ok, vous le prenez comme ça. Ok, je suis une petite égoïste qui profite de son succès et ne pense qu'à sa gueule, oui, ça doit être ça, vous avez raison. Alors dorénavant, tous les jours à 18h15, j'irai me délasser dans mon spa et ça me fera le plus grand bien ! » Et elle ficha le camp en claquant la porte.

Ouf, c'était fait. Elle était débarrassée. Pour la première fois de sa vie, elle avait tenu tête à cette petite bonne femme tyrannique. Le grand âge n'était pas une excuse pour tout, et encore moins pour exploiter son voisinage. Nino félicita sa femme. Il n'avait jamais compris qu'elle puisse se laisser marcher dessus par cette vieille conne. Il était temps de couper les ponts. Et puis, que se passerait-il le jour où elle perdrait vraiment la boule ? Sylvie n'allait pas en plus devoir s'occuper de cette voisine qui n'était même pas de la famille. Elle lui donna raison et se sentit beaucoup mieux. Seulement, au beau milieu de la nuit, quand elle se leva pour prendre un verre d'eau, elle ne put s'empêcher de scruter les fenêtres de Mireille. Qu'allait-elle devenir ? Qui la prendrait en charge ? Et si les deux chats crevaient dans la semaine, pourrait-elle le supporter ? Cette vieille bique ne pouvait-elle pas demander les choses gentiment, comme tout le monde ?

*

« Hello Sylvie », « Bonjour, madame Verbaldi », « Comment allez-vous, Sylvie ? », « Allez-y, montez, je vous laisse l'ascenseur. Je prendrai les escaliers, c'est bon pour la ligne ! »... Sylvie n'arrivait toujours pas à réaliser que toutes ces phrases si douces et si prévenantes lui étaient adressées, que les centaines d'employés qui lui souriaient connaissaient désormais son nom et son visage, alors qu'il y avait peu, ils ne l'auraient tout simplement pas calculée. Le pire, c'était les personnes impressionnées par l'auteure à succès, elles balbutiaient devant elle, incapables de finir une phrase (tout comme elle quelques mois auparavant). Elle avait mal pour elles et faisait tout pour les sortir de là. Évidemment, les gens n'aimaient pas Sylvie Verbaldi, mais la fille qui était passée une fois à la télévision, ils voulaient avoir leur bureau à côté du sien, la voir manger, tousser, marcher comme tout le monde. Le phénomène était à portée de main, à quelques mètres, et leur permettait de se vanter en public. Oui, ils lui avaient parlé, l'avaient complimentée, avaient déjeuné ou bu un café avec elle, ils lui avaient tenu la porte... Tout le monde tombait dans le panneau, les cadres dirigeants comme les stagiaires. Ils n'avaient pas les mêmes méthodes, c'est tout. Les cadres l'invitaient à des séminaires ou à des réunions hyper-rasantes, histoire de l'avoir auprès d'eux pour impressionner leurs interlocuteurs, alors que les stagiaires la collaient à la machine à café, prenant parfois des photos en douce, ou demandaient timidement une dédicace sur un tome de *La Rose bleue* bien esquinté qui avait dû traîner des mois dans leur sac. À MaBelleNuit, tout le monde avait lu *La Rose bleue*, et certains n'avaient pu s'empêcher d'établir des parallèles. Régulièrement, elle avait droit à des réflexions. Ledu ne serait-il pas caché derrière la première proie de Charlotte ? Le directeur général ne serait-il pas la copie conforme de cet homme exécrable que Charlotte remettait à sa place au début du tome II, et cet homme infidèle, n'avait-il pas tous les traits de Conflans, le directeur financier ? Sylvie rejetait tout en bloc. Son histoire n'avait aucun lien avec les employés de MaBelleNuit, inutile de chercher des indices. Il ne fallait surtout pas que les gens se mettent à mélanger fiction et réalité.

Au bout de quelques semaines, elle dut reconnaître une chose : si s'habituer à l'invisibilité avait été difficile, s'habituer au succès était un jeu d'enfant. Il suffisait de sourire, de répondre gentiment, d'accepter un café, une réunion, un conseil, un autographe, un déjeuner, et tout le monde était content, encore plus attentionné et prévenant. Le seul petit hic, c'était le manque de temps, elle n'en avait plus, enfin plus beaucoup, enfin beaucoup moins qu'avant. Fini les pauses déjeuner de deux heures sur le parking d'Auchan, fini les départs à 15 heures sans prévenir personne, fini les déambulations sans fin dans les couloirs pour se dégourdir les jambes et penser aux aventures de Charlotte, les sauts aux toilettes qui s'éternisaient et lui permettaient d'écrire quelques chapitres ou de lire de nouveaux articles sur *La Rose bleue*. Maintenant, Sylvie avait un vrai travail, enfin, disons une forme de responsabilité, parce qu'on voulait son avis sur tout : la nouvelle publicité sur le matelas Sweet Air qui sortirait au printemps, le nouveau slogan, le nouveau visage qui ferait vendre le modèle, les dépliants de présentation distribués dans tous les magasins, la soirée de lancement avec la dernière Miss France en vedette, les accords avec les chaînes d'hôtels et les prix à pratiquer pour qu'elles en équipent leurs chambres... Il était aussi question de toucher le marché américain, très fermé pour l'instant, mais avec cette publicité involontaire de *La Rose bleue*, MaBelleNuit pouvait désormais voir encore plus grand (le livre serait bientôt traduit en anglais et distribué dans tout le monde anglo-saxon).

Au début, Sylvie avait été très gênée de croiser Ledu dans les groupes de travail. Elle n'avait pas le quart de son expérience, ni sa formation, pourtant elle avait été promue au même niveau que lui. Ledu faisait comme si elle n'avait jamais été sous ses ordres, ne l'avait jamais déçu ou énervé. On aurait dit qu'il avait tourné la page et se trouvait devant une femme totalement neuve qu'il ne connaissait pas. Il ne disait pas « Sylvie », mais « chère Sylvie ». Il lui donnait même la parole. D'ailleurs, elle aurait préféré qu'il s'abstienne. Son succès ne l'empêchait pas de rougir ni de bafouiller en public. Même si les choses s'étaient légèrement arrangées : elle parvenait mieux à terminer ses phrases et à retrouver son souffle. Au début, elle répétait les arguments qu'elle avait entendus devant la machine à café. Elle ne voulait pas dénoter, juste montrer sa bonne volonté. Elle avait déjà un salaire mirobolant, qu'elle ne méritait pas, elle n'allait pas en rajouter ! Seulement, quand on lui présenta la toute dernière proposition d'affiche de l'agence de communication, qui avait placé une fille filiforme en apesanteur sur le matelas Sweet Air avec cette inscription : « Le septième ciel existe... », elle s'y opposa, elle ne pouvait pas cautionner ça ! C'était ridicule, parfaitement misogyne. Et puis, pourquoi les obèses n'auraient-ils pas droit eux aussi au septième ciel ? Fallait-il être anorexique et prépubère pour l'atteindre ? Elle en avait marre de voir des créatures longilignes ayant le poids d'une enfant de dix ans sur tous les panneaux publicitaires. Elle n'avait pourtant pas une âme de militante, mais ce fut plus fort qu'elle, elle ne pouvait pas laisser passer. Il fallait virer cette agence de com. Elle s'en expliqua par mail. Évidemment, par mail, tout était facile.

Mais lors de la grande réunion présidée par le directeur général, ce fut une autre paire de manches. Il s'agissait de déclarer sa désapprobation haut et fort devant tout le monde. Thaïs, sa nouvelle secrétaire, la soutenait à fond. (Elle adorait toutes ses idées et bénissait le ciel d'avoir été choisie pour l'épauler.) Elle lui avait écrit sur de grandes fiches tous ses arguments et lui avait préparé des PowerPoint. Mais les projeter et parler en même temps, c'était trop pour Sylvie. Le jour J, elle essaya tout d'abord de se remémorer les longues phrases apprises par cœur (elle n'osait pas lire ses fiches en public), qui devaient se conclure par : « Cette publicité est donc totalement excluante. » (C'était un mot d'initié, qu'elle avait piqué dans un article.) Mais rien ne vint. Tout avait foutu le camp. Elle ne céda pas à la panique. Elle s'en était sortie devant des caméras de télévision, elle n'allait pas s'évanouir devant deux, trois cadres haut placés. Après une longue inspiration, elle retrouva un peu de calme et se lança : « Alors oui, j'ai pas mal de choses à dire… Tout d'abord, je pèse 96,5 kilos. » Cette première phrase n'était pas prévue. Un silence de mort s'abattit sur la salle de réunion du sixième étage. Il fallait aller au bout : « Donc, je suis grosse, voire très grosse. Des filles comme moi, il y en a énormément, et ces filles-là ne vont pas acheter un matelas parce qu'un poids plume vante ses mérites. Bien au contraire, elles le détesteront, justement à cause de cette gamine filiforme qui s'exhibe dessus. Et puis, les filles comme moi ne veulent pas accéder au septième ciel, mais juste dormir tranquillement sans courbatures ni mal au dos. Elles veulent rire aussi, donc ce serait sympa d'amuser les mères de famille, parce que les beautés ultra-minces qui les complexent, c'est gonflant et déprimant ! »

Ledu prit la parole juste après pour défendre cette odieuse affiche. Pour lui, il ne s'agissait pas de donner des complexes aux femmes mais de créer le désir, oui, de leur donner envie d'être enveloppées dans une bulle de plaisir. Le mannequin, certes mince, n'était pas là pour provoquer jalousie ou ressentiment. Il était là pour dire : « Quel que soit votre poids, sur ce matelas, vous vous sentirez d'une incroyable légèreté. Qu'importe que vous soyez en surpoids, courbatue, abîmée, fatiguée par la vie, posez-vous sur ce matelas et tout ça ne sera plus un problème. » Évidemment, Ledu parlait beaucoup mieux qu'elle, il était intarissable et très convaincant, s'appuyant sur des termes techniques, des études marketing et d'anciennes publicités similaires qui avaient déjà fait leurs preuves des années auparavant. C'était bien mené, même si ça traînait un peu en longueur. Le directeur général promit de trancher et de les tenir au courant. Ledu gagnerait, l'expérience allait payer, mais Sylvie était fière d'avoir tenu le coup face à ces hommes, d'avoir parlé sans trop bafouiller, et surtout d'avoir osé affronter Ledu. On pouvait dire qu'elle progressait, c'était une certitude maintenant, elle avait fait d'énormes progrès.

Dieu sait combien de temps cette parenthèse allait durer. Déjà, quelques nuages s'amoncelaient. Depuis que Sylvie avait pris ses nouvelles fonctions, Nadine ne lui avait pas adressé la parole. Elle l'évitait. Si bien que, quand un matin elle s'annonça devant sa porte, Sylvie en fut ravie : « Ah, bonjour Nadine, ça fait longtemps, c'est sympa de te voir, prenons un café ! » Aucune réponse, Nadine entra, refusa la chaise que Sylvie lui tendait et vitupéra : « Tu t'es fait acheter par le patronat, et t'es contente de toi ? Tu as un beau bureau, un bon salaire. Tu trouves pas ça bizarre ? Y a pas comme un malaise dans ta tête ? Y a quelques mois, tu devais te faire virer, tu avais reçu une lettre de licenciement, et puis tu écris un livre, un roman de gare, parce que, excuse-moi, mais t'es pas Alexandre Dumas, et là, on te déroule le tapis rouge, et toi, tu te pavanes dessus comme une reine et tu oublies que ces salauds voulaient te cracher à la gueule ! Tu sais quoi, tu es une vendue. Tu aurais pu te servir de cette notoriété pour défendre ceux qui en ont besoin, les petits employés comme toi, ceux qu'on jette comme des kleenex, qu'on laisse pourrir dans les placards jusqu'à ce qu'ils tombent en dépression. Ces gens-là, maintenant tu n'en as plus rien à faire, tu te goinfres à la table du patronat, trop contente d'être passée de l'autre côté, pas vrai ? Eh bien, tu sais quoi, moi je te le dis, et je vais pas me gêner parce que Madame est passée une fois à la télé, tu devrais avoir honte, voilà, et je suis pas la seule à le penser, loin de là ! » Sylvie n'était pas préparée à cette tornade. Elle balbutia lamentablement : « Oui, mais Nadine… je pouvais pas refuser leur proposition, tu sais très bien que Nino ne bosse plus… Ça se refuse pas, un poste comme ça… » Mais Nadine n'était pas venue ici pour discuter. Elle voulait lui régler son compte, et quand ce fut fait, elle tourna les talons.

Nadine avait-elle vu juste ? Était-elle une vendue ? Bien sûr, elle aurait pu partir, se faire embaucher ailleurs, dénoncer les méthodes de Ledu, mais cela ne l'avait même pas effleurée. Elle avait saisi sa chance, voilà tout. Elle n'était pas faite pour la lutte, le scandale et la révolution. Nadine aurait dû le comprendre ! Elle ne serait jamais un symbole. Elle n'était pas taillée pour ça. Après cet affrontement, son poste à MaBelleNuit devint moins confortable. Sylvie le savait maintenant. Elle avait des ennemis tapis dans l'ombre qui attendaient sa chute. C'était peut-être pire que l'indifférence, oui, bien pire, il y avait des gens prêts à rire de ses échecs, et peut-être même à les provoquer. Qui étaient ces gens ? Sûrement les copains de Nadine, les affiliés au syndicat. Y en avait-il d'autres ? Était-elle en danger ? Devait-elle quitter le navire ? À qui en parler ? Nino ne comprendrait pas, ou tout de travers. Ce n'était vraiment pas la bonne personne. Mireille, oui, elle l'aurait écoutée et en aurait ri, et ça l'aurait détendue. Mais Mireille et elle étaient fâchées.

Sylvie préféra la jouer profil bas, surtout quand Nadine était dans les parages. Une quinzaine de licenciements furent annoncés : des assistantes, qui n'étaient pas arrivées depuis longtemps, et deux filles de la compta. Ce n'était pas la grande vague prévue. Mais les syndicats se montrèrent très actifs. Nadine tractait dans le parking matin et soir, toujours entourée de son petit groupe d'irréductibles. Sylvie les évitait au maximum, mais un soir, en regagnant sa voiture, elle entendit : « Vendue, vous êtes une sale vendue. » Elle n'osa pas se retourner.

*

« C'est tout ce que vous avez écrit ? Uniquement ça ? Je n'imagine pas que vous ayez mieux à faire que d'écrire, non, vraiment, je ne comprends pas. » Sylvie ressortit le couplet habituel : « Mais, Armand, j'ai un boulot, un vrai boulot, j'ai été promue, une très belle promotion, complètement inattendue, et la boîte a besoin de moi ! » Armand partit d'un éclat de rire, avala de travers, toussa, se resservit un whisky, puis éclata de rire à nouveau. « Non mais, Sylvie, vous vous moquez, là ? Vous préférez lancer un matelas que d'écrire votre grande œuvre romanesque ? – Armand, je vous l'ai déjà dit, je ne suis pas écrivain, j'ai écrit *La Rose bleue*, d'accord, mais qui vous dit que je pourrai continuer ? et que je pourrai vivre de ça ? Non, je ne ferai pas l'erreur de tout plaquer. Mon mari ne travaille toujours pas, il n'est pas prêt… Il faut me comprendre, je mettrai plus de temps cette fois, c'est tout. » Armand se leva péniblement, avança jusqu'à la petite fenêtre de son bureau qui donnait sur la rue des Dames et se tint immobile, les mains dans le dos, légèrement penché. Qu'est-ce qui lui prenait ? Il était tellement bavard d'habitude. Pourquoi n'entendait-il pas qu'elle ne pouvait pas tout miser sur Charlotte ? « Combien vous donnent les autres, Sylvie ? reprit-il. – Euh…, mais quels autres ? – Les autres éditeurs. C'est eux, n'est-ce pas ? Ils vous donnent plus ? – Enfin, Armand, qu'est-ce que vous allez imaginer ? – Je ne sais pas, Sylvie. Vous écriviez tellement facilement. Et tout d'un coup, plus rien. Je me dis que vous avez peut-être été sollicitée, j'en connais, des rapaces, dans l'édition. Les grosses maisons ont beaucoup de moyens, moi pas… Alors si vous voulez partir, dites-le-moi maintenant, pour que j'aie le temps de m'y faire. Je pourrai digérer tranquillement, je pourrai même me dire que j'ai eu de la chance, vu mon grand âge… Un dernier feu de joie avant le grand départ. » Qui lui avait raconté pareilles sornettes ? Était-il malade ? « Mais non enfin, Armand… C'est juste que ma vie a changé… Je n'étais pas préparée à tout ça, il me faut un peu de temps… »

Elle avait faim, vraiment faim. C'était l'heure du déjeuner, mais Armand semblait l'avoir complètement oublié. Elle aurait bien mangé des sushis ou des brochettes. Un vrai menu complet lui aurait fait le plus grand bien. « Armand, il serait peut-être l'heure de... » L'éditeur se rassit à son bureau, avala la dernière goutte de whisky qui restait dans son verre, puis la fixa un bon moment dans le plus grand silence. Que mijotait-il ? « Combien gagnez-vous en six mois dans votre empire du matelas ? – C'est vraiment indiscret... Je ne pourrais pas vous dire comme ça... – Eh bien, je vous propose vingt pour cent de plus et vous vous arrêtez pendant six mois, congé sans solde ! Vous vous consacrez au quatrième tome et à la promotion du tome III : des salons du livre par-ci, par-là, une petite tournée dans nos beaux villages de France, et bien sûr à l'écriture, des journées entières avec Charlotte, ça ne se refuse pas ! »

Il décrocha le téléphone : « Maud, nous allons préparer un contrat pour le tome IV de Mme Verbaldi et nous lui ferons une avance sur droits d'auteur. Je vous indiquerai la somme... » Il ne lui avait même pas demandé son avis. « Armand, voyons, je ne vais pas quitter le travail comme ça du jour au lendemain ! Nino ne serait pas d'accord... – Madame Verbaldi, c'est vous qui décidez ou votre mari ? – Ça, il va pas le digérer... » Armand tapa sur une pile de dossiers, le renard empaillé faillit partir à la renverse. « Mais qu'est-ce qu'ils ont ces matelas ? Vous croyez vraiment qu'ils ne se vendront plus sans vous ? Les lecteurs se foutent royalement de savoir que vous travaillez sur un matelas avec option ceci ou cela ! Ils attendent Charlotte, et vous, vous la sacrifiez sur l'autel de la literie ! C'est un scandale, madame Verbaldi, je vous le dis ! » Il avait crié. Sylvie hésita à partir. Elle n'avait plus d'arguments, il n'écoutait rien. « Je ne sais pas, Armand, calmez-vous... Je vais voir. Euh... Je vais réfléchir, je dois y aller, là... ... »

On frappa à la porte. La secrétaire entra avec le contrat. « Tout est prêt, monsieur Delpareil. – Restez là, nous allons décider de la somme. Combien gagnez-vous par mois, madame Verbaldi ? – Euh... Je ne sais pas... Peut-être, enfin sûrement, 5 500 euros net. – Alors on multiplie par six et on ajoute vingt pour cent. » La secrétaire sortit son téléphone. « Ce qui fait 39 600 euros, monsieur Delpareil. – Alors, nous allons arrondir à 40 000 euros. » Sylvie se leva. La tête lui tournait. « Armand, je n'ai pas dit oui. Je n'en ai même pas parlé à mon employeur… J'ai faim, Armand… Je vais y aller… – Sylvie, pensez à Charlotte, à vos lecteurs. Pensez à votre vieil éditeur qui voudrait connaître la suite, à ce vieux bonhomme qui n'en a plus pour longtemps… » Comment se dépêtrer de ce vieux fou qui ne connaissait rien au monde du travail ? « Oui Armand, j'y penserai. Mais il faut que j'y aille. »

Elle déguerpit, rentra dans la première pizzeria venue, engloutit des bolognaises et un café liégeois.

*

Sa mère venait de lui servir un café, elle paraissait de bonne humeur, détendue. C'était un bon moment. Sylvie la questionna, l'air de rien : « Maman, si j'arrêtais quelque temps pour écrire, tu en penserais quoi ? – Pour écrire quoi ? – Ben, je ne sais pas… la suite du livre. – Y a déjà trois tomes, Sylvie ! Pour quoi faire ? – Ben, pour voir ce qui va arriver… pour le plaisir… » Sylvie le savait pourtant : sa mère n'était pas emballée. Elle n'aimait pas Charlotte, elle n'avait pas digéré le mensonge, pas supporté que sa fille lui ait caché qu'elle écrivait. Quelle mouche l'avait piquée ? Chaque fois, les mêmes questions revenaient : « Comment tout ça a-t-il pu germer dans ta tête, cette histoire de fille harcelée, obèse, qui se venge ? – Je sais pas, maman, c'est venu, c'est tout. » Elle la couvait de son regard de mère aimante qui aurait tellement voulu comprendre. « Dis-moi, Sylvie, tu as souffert comme cette fille ? Tu me caches quelque chose ? Tu as voulu appeler à l'aide, c'est ça ? – Mais non, pas du tout. J'ai tiré un fil et c'est venu, mais ce n'est pas ma vie, maman. – Ne me dis pas que tout est inventé, ces types qui s'en prennent à cette pauvre adolescente obèse, et elle qui garde toute sa souffrance enfouie durant des années ? Hein, comment croire que tout ça n'a aucun rapport avec toi ? – Maman, je sais pas… Peut-être que j'ai exagéré des choses que j'ai ressenties, mais je n'y ai pas pensé comme ça. » Sa mère se leva et tourna autour de la table sans un regard pour Sylvie. (Ça n'annonçait rien de bon car elle dispensait rarement ses remarques acides les yeux dans les yeux.) « Eh bien moi, j'y ai pensé, figure-toi. Et je me suis même dit : "Pourquoi Sylvie n'a-t-elle rien raconté à sa mère ?" – Mais, maman, on a pas besoin d'avoir souffert pour écrire ce genre d'histoire, enfin, je te dis pas que j'ai pas été blessée quelquefois, mais je ne suis pas Charlotte, évidemment. – Et toutes ces scènes sexuelles, c'est quand même drôle d'avoir soudain autant d'imagination sur la question, alors que tu es mariée depuis tant d'années. Enfin, Nino l'a pas trop mal vécu, tant mieux ! » Qu'est-ce que ses relations avec Nino venaient faire là-dedans ? Sylvie se récria : « J'ai jamais trompé Nino ! – Je n'ai pas dit ça ! J'ai juste dit qu'il aurait pu mal réagir… Bon, n'en parlons plus, ça ne sert à rien. » Sa mère se resservit une tasse de thé et grignota rageusement un des petits sablés qu'elle avait disposés sur une belle assiette en porcelaine. Sylvie l'imita, en avalant quatre à la suite (son appétit vorace exaspérait sa mère). Elle reprit la bouche pleine : « Oui, tu as raison, changeons de sujet, parlons plutôt de ton nouveau canapé… »

Elle était passée chez sa mère pour tenter d'y voir un peu plus clair, mais c'était encore pire. Sa mère ne lui était d'aucun secours. Quand elle rentra à la maison, Nino était devant l'ordinateur. Il parlait anglais (il avait fait pas mal de progrès), mais stoppa net dès qu'il la vit. « Tu étais avec Jim ? – Non, non, je suivais un cours, mes cours à distance, tu sais bien. » Il la prenait vraiment pour une idiote. Elle avait très bien compris que Jim et lui n'étaient pas près de laisser tomber et préparaient une contre-attaque à leur manière contre le géant pharmaceutique. Nino était clairement devenu fuyant, et c'était elle maintenant qui devait poser des questions : « Au fait, chéri, tu as vu que Simex a perdu des points à la Bourse ? Son dernier médicament contre l'asthme a fait un flop, tu étais au courant ? – Ah bon, non, je savais pas. » Comme s'il avait tourné la page…

Mais Sylvie avait autre chose en tête, inutile de tourner autour du pot : « Dis donc, chou, et si je me consacrais quelque temps à

La Rose bleue, ce serait pas mal, hein, juste quelque temps ? – Comment ça, quelque temps ? – Juste quelques mois, pour prendre du recul ! … Je demande un congé sans solde et je fais que ça. Il faut que j'avance. – Un congé sans solde ? Et ton salaire ? – Delpareil propose de me payer, figure-toi, il me donnerait 40 000 euros. – 40 000 euros, c'est une blague ? » Nino ne sauta pas de joie, bien au contraire. « D'où vient cet argent, à la fin ? Je comprends pas qu'autant d'argent nous tombe dessus comme ça, tout d'un coup ! Ça me semble vraiment pas sain. Je perds contre Simex et hop, comme par magie, tu as plein d'argent qui te tombe du ciel ! » Non, elle ne pouvait pas le croire, il avait remis Simex dans la boucle. Il osait encore établir un lien entre cette putain de multinationale qui vendait des cachetons pour chiens et le succès de *La Rose bleue*. Il était intoxiqué, complètement drogué à cette boîte et à son délire de scénario hollywoodien. Elle expliqua pour la centième fois : « Tu comprends rien. Cet argent, je l'ai gagné, parce que je vends beaucoup de livres. Il est à moi ! Simex n'a rien à voir là-dedans… » Nino émit un long soupir. « Peut-être… Mais je trouve qu'il y a plein de coïncidences bizarres. »

Elle ne devait pas craquer. Rester calme, penser à tous ces mois où Nino ne se levait plus, où consulter le psychiatre était sa seule activité. Il fallait calmer le jeu : « Si tu veux, je te donne de l'argent pour vos expérimentations, je sais que vous mettez au point de nouveaux essais sur l'Ortex. Ça coûte cher, j'imagine… – Qui te dit que je fais des essais ? Qui te dit ça ? » Elle reprit, un ton plus haut : « Ok, puisque personne n'en a besoin ici, je refuse l'argent des éditions Delpareil, très bien. Très bien, c'est décidé. Je vais me crever à vendre ces foutus matelas, voilà ce que je vais faire ! » Elle avait perdu son sang-froid. Merde, pourquoi devait-elle tout porter ? Pour une fois, elle devait lui dire le fond de sa pensée, au diable les conséquences ! « Et toi, ça t'est venu à l'esprit que tu pouvais travailler aussi de ton côté ? Pourquoi tu ne cherches pas du boulot, je dois comprendre quoi, moi, dans cette histoire, que tout repose sur moi, et que je n'ai aucun choix ? » Les garçons, attirés par les éclats de voix, les écoutaient, bras croisés, assis sur les marches de l'escalier, semblant compter les points. « Dans votre chambre, tous les deux, ça ne regarde que moi et votre mère ! » Sylvie était lancée à présent et les mots galopaient plus vite qu'elle. « Tu as raison, Nino. Cet argent est suspect. Passe-moi le chéquier, je vais vider les comptes et tout rendre à Simex, parce que c'est Simex qui me l'a donné, on est bien d'accord ? Ils m'ont achetée pour te faire perdre le procès. Je suis une vendue, ils ont payé ta propre femme, une espionne sous ton propre toit ! Apporte le chéquier... »

Elle s'était retenue de toutes ses forces, mais là c'en était trop. Si cet argent ne profitait à personne, si tout le monde s'en méfiait, alors elle devait tout arrêter, le donner à des plus pauvres qu'eux, des malheureux qui vivaient dans la rue ! « Mais, chérie, qu'est-ce qui te prend ? Calme-toi, les gosses entendent ! – Eh bien, qu'ils viennent ! Je vais leur faire un chèque, voilà, je vais donner des chèques à tout le monde, on va se débarrasser de ce maudit fric ! Et puis j'irai me rendre à la police pour complot avec les multinationales... » Elle se leva, ne sachant plus trop si elle devait partir, faire un chèque, se coucher, mettre une claque à Nino, appeler Delphine, se jeter aux pieds de Simon, ou boire un verre de n'importe quoi, mais cul sec.

Elle n'eut pas le temps de choisir. On sonna. C'était Mireille. Sabbat était dans ses bras. « Je crois qu'il est foutu, cette fois. » Avec son léger filet de voix et son chat dans les bras, on aurait dit une petite fille. Sylvie souleva la tête de l'animal. Il respirait encore. « Il n'est pas mort, je vous emmène aux urgences véto à Bordeaux, ils pourront peut-être faire quelque chose. » Nino lui adressa quelques gestes qui signifiaient : « N'y va pas ! Laisse tomber ! Cette vieille folle va encore te mener en bateau. » Mais elle s'en fichait. Elle était ravie de foutre le camp, de quitter ces histoires de complot sans queue ni tête.

Elles roulèrent en silence, Mireille sur le siège avant, le chat sur ses genoux (Sylvie choisit Radio Classique pour créer un cocon zen et apaisant). Quand elles débarquèrent aux urgences à 22 heures, une jeune fille les installa sur des sièges en plastique qui traînaient dans un couloir et leur demanda d'être patientes. Le service était débordé. Mireille ne parlait pas, Sylvie non plus. Leur dispute, toutes ces choses qu'elles s'étaient dites, n'avait plus d'importance.

Au bout d'une heure, le véto les appela. Sylvie présenta le chat qui respirait de plus en plus mal. Il n'avait plus de forces, ça se voyait. Le véto l'allongea, passa sa main sous ses côtes, lui ouvrit la bouche, prit un stéthoscope, ferma les yeux quelques secondes. « C'est sûrement une hémorragie interne… » Mireille avait posé ses deux mains sur le ventre du chat. « Docteur, s'il y a quelque chose à tenter, allez-y. – Je suis désolé, mais vous venez trop tard. Même si j'opérais, ça ne servirait à rien. Il perd peu à peu la vie et ça risque de prendre un jour ou deux. – Ah ça non, je ne veux pas ! » Mireille avait hurlé. C'était un cri du cœur, un cri affreux. Le vétérinaire recula de quelques pas, regarda Sylvie. Il devait penser qu'elle était sa fille et saurait lui parler. « Mireille, je suis désolée, mais il vaut mieux le faire piquer pour qu'il ne souffre pas. » Mireille massait le ventre de la bête qui ronronnait faiblement. Comment un chat mourant pouvait-il encore ronronner ? Le véto avait-il fait le bon diagnostic ? Sylvie insista : « Vous êtes sûr, docteur ? Il n'y a plus rien à faire ? » Il braqua une petite lumière dans les yeux du chat. « Il a quel âge ? » Mireille resta muette (soit elle n'avait pas entendu, soit elle ne voulait plus rien savoir). Sylvie répondit à sa place : « Je crois qu'il a quinze ans. » Mireille rugit : « Il a quatorze ans et deux mois. C'est pas vieux pour un chat ! Vous vous rendez compte que j'ai quatre-vingts ans, c'est moi qui aurais dû crever ! » Le vétérinaire fit un signe discret à Sylvie, qui le suivit dans le couloir. « Je crois que votre mère n'accepte pas bien la situation, alors ce que je vous propose, c'est qu'il aille tranquillement s'éteindre chez elle. Elle ne le laissera jamais là tant qu'il respire encore… – Mais il va souffrir… – Je peux lui administrer une piqûre calmante, si vous voulez ? » Ils choisirent cette option.

Sylvie raccompagna la vieille dame et installa l'animal sur son coussin, bien au chaud, dans la cuisine. « Mireille, je voulais vous dire, je suis désolée pour la dernière fois. J'ai eu tort de m'énerver mais je ne pouvais plus tenir les horaires, vous comprenez ? – C'est pas ta faute, Sylvie. Tout le monde crève, c'est ainsi. J'avais pas le courage de le faire piquer, je veux le garder encore un peu… » Mireille s'assit par terre à côté du chat. « Je vais rester avec lui… Je veux pas qu'il soit seul… » Sylvie se pencha vers elle et lui tendit les mains pour l'inciter à se relever. « Mais Mireille, vous ne pouvez pas passer toute la nuit par terre… – Bien sûr que je peux, j'ai pas sommeil, et puis je mettrai la radio… Vas-y… Va te coucher… – Bon, d'accord, mais vous m'appelez s'il y a le moindre souci… » Sylvie s'apprêtait à refermer la porte d'entrée, quand elle entendit : « Ton livre… je voulais te dire… il est pas si nul… »

On sonna à 7 heures du matin. C'était Mireille. « Le chat est mort, il faut l'enterrer tout de suite. » Sylvie enfila son manteau, des bottes en caoutchouc, et partit creuser un trou tout au fond du jardin de Mireille. Quand la bête fut sous terre, la vieille femme prit Sylvie dans ses bras. Ce n'était jamais arrivé auparavant. Elles restèrent là, face à face, les yeux pleins de larmes et le chat au fond du trou.

*

La scène se déroula un vendredi matin, exactement neuf mois après sa nouvelle prise de fonction au sein de MaBelleNuit (elle s'était rendue au boulot de bonne humeur avec la perspective d'un long week-end : le lundi était férié). Ce matin-là, Sylvie trouva son livre grand ouvert sur son bureau. La page de gauche était maculée d'un liquide rouge gluant qui puait, et sur la page de droite (la page 43 pour être exact, le début du chapitre 3, celui où Charlotte prépare son sac en vitesse pour quitter la ville), une personne avait écrit à l'encre bleue : « Sale pute, sale vendue ! » Elle inspecta rapidement la pièce, puis revint à la chose immonde qui était sur son bureau et qui la regardait. Quelqu'un était-il derrière la porte, un couteau dans la main, prêt à lui sauter dessus ? Allait-elle mourir dans son grand bureau, frappée par la fureur des syndicats ? Ou par une personne sur la liste des licenciements qui lui en voulait ? Devait-elle apporter son livre couvert de sang ou autre matière putride chez les flics ? Fallait-il faire une photo ? appeler Thaïs ? Sylvie réfléchit de longues minutes, l'œil rivé sur la page dégoulinante. Et tout à coup, elle sut exactement ce qu'elle devait faire. Elle marcha d'un pas serein vers les toilettes, tira fort sur le grand rouleau plus communément appelé sèche-mains et revint avec une large bande de papier qui lui permit de saisir la chose infâme et de l'enfermer dans un sac. Elle descendit discrètement et se dirigea vers les grandes bennes derrière le parking. Voilà, tout ça n'avait jamais existé.

Dans l'ascenseur, elle appuya sur le bouton 5, ce n'était pas son étage, mais elle avait une requête urgente. L'assistante de la DRH, qui prenait un café tout en envoyant des SMS, lui sourit. « Vous cherchez quelque chose, Sylvie ? » Pourquoi tout le monde prenait-il une voix douce pour lui parler comme si la moindre contrariété pouvait la mettre en rage ? La fille reprit d'un ton plus suave encore qui aurait pu annoncer les retards des trains pendant les grandes vacances : « Sylvie, vous aviez peut-être rendez-vous avec Mme Fasse ? Ça ne me dit rien, laissez-moi regarder… – Non, ne vous fatiguez pas, c'était pas prévu, mais je dois parler à la DRH, si c'est possible maintenant… » Depuis quelque temps, on accédait à toutes ses demandes, alors elle choisit le gros fauteuil, et s'y installa. Son temps d'attente ne dépassa pas la minute. « Ah, Sylvie, c'est gentil de passer à l'improviste, entrez. » Mme Fasse n'avait pas pris une voix débile d'hôtesse de l'air, c'était déjà ça. Enfin quelqu'un qui ne se laissait pas berner par toutes ces conneries de best-sellers ! Merde, elle restait Sylvie, un être humain, avec sa peur et sa transpiration. « Madame Fasse, je dois vous expliquer une chose toute simple. Je manque de temps. Je n'ai plus le temps de rien. » Elle aurait pu pleurer, et même évoquer le burn-out qui n'était pas loin, mais ce n'était pas le genre de Fasse de s'émouvoir, alors elle opta pour la franchise : « Je dois finir le tome IV de *La Rose bleue*, mon éditeur me presse et je n'ai pas le temps de tout mener de front. Je dois faire un choix. J'ai décidé de prendre un congé sans solde de six mois. » La DRH partit d'un énorme éclat de rire. « Merci, madame Verbaldi, merci, au nom de toutes les femmes ! » Elle leva son verre de café telle une coupe de champagne et le finit d'une traite. « Oui, les femmes ne sont pas des robots multitâches. Je leur avais bien dit à eux tous : "Ne chargez pas trop Verbaldi, elle doit écrire son prochain tome !" Mais ils vous ont chargée à mort, comme d'habitude : des mails, des rapports, des réunions inutiles à répétition, des décisions reportées, annulées, pour rediscuter encore et encore, et ensuite tout changer au dernier moment… Je vais vous dire une chose, Sylvie : les hommes sont cons, ne vous gênez pas pour le dire dans vos romans. » Était-elle soûle ? Elle aurait pu être légèrement soûle dès 9 heures du matin, mais non, elle était du genre sans filtre. Elle frappa la table avec ses deux mains bien à plat. « Eh bien moi, je vous donne ma bénédiction ! Partez tranquille. Écrivez tout ce que vous pouvez, lâchez-vous ! Ne revenez que quand tout sera sorti. Je prends votre défense, n'ayez pas d'inquiétude. Et, puisqu'on est entre nous, vous faites peut-être plus pour MaBelleNuit avec votre *Rose bleue* qu'en restant à votre poste… Vous voyez… »

*

Ça la prit d'un coup, une semaine jour pour jour après son congé sans solde. Une énorme vague retenue des mois et des mois qui balaya tout. Sylvie ne laissa le choix à personne. Elle avait l'argent (Armand lui avait versé la somme promise et il restait une partie des droits d'auteur du tome III), alors elle pouvait se lancer, enfin. Elle fit venir un type réputé dans la région qui redessina tout l'intérieur de la maison. Il présenta trois propositions. Nino hésita, histoire de la décourager au maximum. C'était trop de bouleversements. De plus, les travaux feraient un boucan d'enfer, ce qui gênerait le voisinage. Ça allait encore jaser sur son argent, son livre. C'était déjà assez pénible comme ça, tous ces regards curieux depuis des mois, il fallait la jouer profil bas, surtout ne pas en rajouter. Mais Sylvie n'en tint pas compte. Elle choisit l'option un, la plus chère : celle qui donnerait une porte-fenêtre à la cuisine, du carrelage en pierre de Bourgogne au salon, un parquet massif au premier étage, et qui créerait un espace supplémentaire dans les combles où pourraient se nicher un bureau et une salle télé, sans oublier la véranda qui serait détruite et remontée pour aménager un vrai jardin d'hiver, et enfin la salle de bain refaite de fond en comble avec une baignoire-spa. L'architecte promit quatre mois de travaux (Sylvie devrait trouver une location pendant toute la durée du chantier). Nino râla tant qu'il put. Il avait ses habitudes, son espace de travail, ses repères, mais ses arguments ne tenaient pas et Sylvie se montra extrêmement déterminée. Il finit par abdiquer et appela lui-même l'architecte. Il le mit en garde une bonne demi-heure sur toutes les malfaçons possibles et imaginables qu'il avait vues sur le Net, mais le type tint bon et Nino dut se résoudre à quitter les lieux.

Sylvie trouva une location dans une résidence de vacances avec sauna et piscine à bulles, à quelques kilomètres de Joué-la-Tour, au milieu des vignes. Les garçons étaient ravis. C'étaient les grandes vacances au milieu de l'hiver. Nino changea trois fois la place de son bureau à cause de la mauvaise réception wifi, il tourna en rond une bonne semaine et finit par déguerpir pour prendre l'air. À sa grande surprise, il revint avec un agriculteur tombé en panne. Nino l'invita sur la terrasse le temps qu'arrive le dépanneur. (Ils avaient apparemment une connaissance commune.) C'était la première fois depuis des mois que Nino se liait avec quelqu'un. Peut-être que tous ces changements lui faisaient du bien et qu'il fallait en passer par là.

Sylvie mit plusieurs semaines à s'habituer à l'idée qu'elle ne travaillait plus, qu'elle avait tout son temps, n'était obligée à rien et que, pour une fois, elle ne devait pas courir partout. D'abord, cet état de chose l'affola. N'avait-elle pas commis la plus grande erreur de sa vie ? Et si tout s'arrêtait avec Charlotte, si les ventes chutaient, est-ce que MaBelleNuit la reprendrait ? Et si elle ne parvenait pas à écrire le tome IV, supporterait-elle de rester dans la résidence toute la journée avec Nino sur le dos ? Et si les travaux pharaoniques les menaient à la banqueroute ? Il ne fallait surtout pas céder à l'angoisse. Sylvie se rendait à son domicile, souvent très tôt le matin, pour vérifier que les ouvriers arrivaient à l'heure. Elle restait dans sa voiture, les espionnant de loin. Souvent, ils faisaient une pause à 10h30 au petit troquet du coin. Ce n'était pas bon pour l'avancée des travaux, mais elle n'y pouvait rien.

Certains matins, quand l'anxiété était trop forte, elle débarquait carrément au milieu de son salon. Les ouvriers la saluaient vaguement en la regardant courir entre les sacs de plâtre, les fils électriques, les échelles, les nouvelles fenêtres pas encore déballées. Sa maison était méconnaissable, ensevelie sous un fatras d'outils, de seaux et de bâches. Sylvie appelait alors l'architecte qui, pour la centième fois, lui disait que ça paraissait peut-être difficile à croire, quand tout était sens dessus dessous, mais que oui, ça suivait son cours, il n'y aurait aucun problème. Elle raccrochait à peine rassurée.

Un matin, après la visite du chantier (la porte-fenêtre de la cuisine venait d'être installée), Sylvie eut envie de prendre l'air et traîna Mireille à la SPA. Comme d'habitude, Mireille râla. Que ferait-elle d'un nouveau chat ? Elles longèrent des dizaines de cages renfermant des bêtes apeurées. Mireille y jeta à peine un œil. Pourtant, juste avant de partir, elle s'arrêta devant une grille. Derrière se trouvait un chat borgne gris et blanc, une grosse boule qui tremblait sur ses pattes avant. Ce n'était vraiment pas le plus mignon, loin de là. Qu'est-ce qu'elle pouvait bien lui trouver ? Un garçon de l'association accourut. « Vous pouvez le caresser si vous voulez, il ne demande que ça. » Il lui mit le chat dans les bras. La bête frotta sa tête sur l'avant-bras de la vieille dame, qui déclara : « Je l'emmène. » Sylvie n'en revenait pas. Elle n'en voulait pas cinq minutes plus tôt, prétextant son grand âge, et maintenant, elle en choisissait un borgne. « Mireille, vous êtes sûre ? Il y en a des plus jeunes, plus mignons… – Je veux celui-là et il me veut aussi. »

Elle embarqua la bête dans la voiture, l'installa chez Mireille sur le coussin que Sabbat occupait quelques semaines plus tôt.

« Pourquoi ce vieux chat, Mireille, franchement ? – Tu comprends, Sylvie, je suis sa maison de retraite, et quand il verra plus rien, eh bien, on sera peut-être tous les deux aveugles mais on sera ensemble… » La vieille femme posa une coupelle d'eau à côté du coussin. « Je vais te dire un truc, Sylvie, si mon fils me met en maison de retraite, je te jure, je fais tout sauter ! – Mais pourquoi votre fils ferait une chose pareille ? – Il y a plein de raisons pour mettre un vieux en maison de retraite. M. Pinault au bout de la rue, il y est parti la semaine dernière, oui d'accord, c'était un vieux con et sa main tremblait beaucoup, mais c'était pas une raison. Ses gosses vont vendre, tu vas voir le panneau dans quelques jours… – Ah bon ? M. Pinault ? Il était pas vieux pourtant… – Voilà, il était pas vieux, et moi je suis plus vieille que lui… Et ce sera de pire en pire. Si je me pisse dessus un jour… Je préfère crever, oui, crever… » Qu'est-ce qui lui prenait tout à coup ? « Mireille, qu'est-ce que vous racontez ? Il n'est pas question de ça, voyons. Comment vous allez l'appeler, ce chat ? – Je vais l'appeler Cyclope… – Ah oui, c'est une idée ! »

Sylvie reprit ses visites le soir pour apporter les escalopes et faire la piqûre au survivant diabétique. Ça ne la dérangeait plus, elle avait le temps.

Quand le chantier fut bien lancé, Sylvie se détendit. Elle pouvait passer des après-midi entiers à faire défiler sur son écran d'ordinateur des housses de couette, des coussins en lin, des petits miroirs soleil, ou encore des maisons à vendre à quelques kilomètres de chez elle. Elle pouvait se perdre dans des visites virtuelles ou des centaines de nuances pour la couleur d'un canapé. Elle n'achetait pas, elle se vidait la tête, tout simplement, et profitait du temps, tout ce temps qu'elle n'avait jamais eu. « Chérie, tu fais quoi là ? – Ben je réfléchis à ma suite et j'ai besoin de calme. » Alors Nino retournait à son poste de travail sur la grande table du salon pour la laisser tranquille. Pourtant, elle n'écrivait pas. Ce n'était jamais le bon moment. Depuis combien de temps n'avait-elle pas fait une vraie pause ? Même pendant les vacances, elle bossait. Il fallait préparer les sandwichs, les valises, les itinéraires, masser les uns et les autres, faire la liste de courses, surveiller son petit monde au parc, sur les aires de jeux et à la piscine, cuisiner les repas, laver les assiettes et ranger le linge. Tout ça, c'étaient des heures et des heures qui dévoraient tout son temps libre. Alors oui, elle pouvait bien se dire que ces vacances inopinées, elle les méritait amplement.

7

Ses premières vraies vacances, Sylvie les trouva beaucoup trop courtes. À peine le temps de savourer, elles étaient déjà finies, et tout ça à cause d'Armand. Sylvie avait promis : elle acceptait la tournée (librairies et salons du livre) trois semaines durant. Armand avait payé pour son congé sans solde, elle devait se consacrer à la promotion, elle n'avait pas le choix. Elle remplit le frigo à ras bord, prépara des tartes qu'elle congela, pria sa mère de passer régulièrement voir si tout allait bien et supplia Mireille de venir au moins une fois par semaine pour faire bosser les garçons, le petit Stan la déposerait en voiture et Nino la raccompagnerait chez elle. Elle organisa aussi une réunion entre Nino et l'architecte pour qu'ils se rendent ensemble sur le chantier. Elle embrassa ses garçons jusqu'à ce qu'ils lui crient de leur foutre la paix, leur répéta de ne pas se coucher tard et de bien surveiller leur père.

À peine deux heures après son départ, elle se retrouva assise sur une petite chaise en bois dans la grande librairie du centre-ville de Bordeaux, Le Scarabée d'or, une énorme pile de *La Rose bleue* devant elle et la peur au ventre.

« Armand, il y a beaucoup de monde ? » Elle n'osait pas se lever pour regarder la rue. Les portes allaient ouvrir dans dix minutes. « Oui, chère amie, il y a du monde. Ce sera votre baptême du feu. La rencontre avec vos lecteurs, les yeux dans les yeux. Profitez-en bien, Sylvie. Et s'il y a des emmerdeurs, pensez aux sous qu'ils ont mis dans le livre. Vous écoutez, vous souriez et ça passera tout seul. – Oui, mais bon, si je n'ai rien à leur dire... Si je n'ai pas la tête qu'ils imaginaient. Dans la vraie vie, j'ai pas perdu un gramme... Ils vont voir une obèse, ça peut perturber... – Mais Sylvie, vous perdez la tête... Les lecteurs vont voir l'auteure qu'ils ont adoré lire, ils se fichent du reste, ils vous admirent, ils vont vous remercier ! – Je ne serai jamais à la hauteur de... » Elle désigna les rayonnages remplis de chefs-d'œuvre, mais Armand n'écoutait plus. « Ah, ils vont arriver, ça ouvre... »

Sylvie n'aurait jamais pu le croire, la première personne qui se présenta devant elle avec le tome III de *La Rose bleue* avait exactement son poids, à peu près son âge, et portait le genre de vêtements informes et amples qu'elle affectionnait. C'était son double côté lecteurs. La femme pleura, l'embrassa et bafouilla : « J'aime Charlotte et je vous aime aussi. Vous m'avez comprise. Vous nous avez comprises, Sylvie, je veux dire madame Verbaldi, alors merci. Je m'appelle Corinne... » Sylvie écrivit sur la page de garde : « Pour Corinne, affectueusement » et signa. Le mot « affectueusement » lui parut adéquat parce que, devant cette fille si émue, c'était bien cela qu'elle éprouvait, de l'affection.

Ouf, c'était fait. Sylvie aurait bien pris un café avec une boule de glace pour se remettre, mais une autre personne se présenta, puis une autre, et encore une autre, enfin des centaines qui disaient merci, racontaient leur vie, un peu, beaucoup, lui touchaient la main, voulaient connaître la suite des aventures de Charlotte, confiaient leurs déboires, évoquaient des agressions anciennes, de vieilles blessures et humiliations, ce qui mettait Sylvie mal à l'aise derrière sa pile de livres et devant une queue de lectrices qui n'en finissait pas. D'autres restaient muettes, interdites. Celles-là, Sylvie les redoutait plus que tout, elle ne savait absolument pas quoi leur dire, à part demander leur prénom, qu'elles avaient du mal à articuler et Sylvie à bien comprendre. Une fois, elle avait signé « Pour Jade », alors que la jeune fille s'appelait Jeanne. Elle avait dû raturer, ce qui avait fait un gros pâté. Certaines lectrices, plus rarement, prenaient tout leur temps, persuadées d'avoir trouvé une nouvelle copine en la personne de Sylvie Verbaldi, convaincues qu'une grande et belle amitié allait naître là, en pleine séance de dédicaces. « Sylvie, ce serait tellement bien si on pouvait se faire un selfie toutes les deux... » « Ah Sylvie, depuis le temps que je voulais vous voir. Je vous invite dans mon restaurant, on vient d'ouvrir place Gambetta. Je peux vous montrer les photos. Vous venez avec votre mari, vos enfants, et je vous privatise la salle du fond, comme ça, vous êtes tranquilles. Ils ont quel âge, vos enfants ? »...

Quand ce fut fini, Sylvie s'aperçut qu'elle avait le poignet en compote, les jambes ankylosées, la gorge sèche et la nuque complètement raide. « Ça vous a plu ? » Armand était resté avec les vendeurs et la directrice du magasin. « Je ne sais pas trop... C'est marrant, je n'ai vu quasiment que des femmes, j'ai compté, seulement trois hommes, et encore, c'était pour demander une dédicace pour leur épouse. » Un sourire malicieux se dessina sur le visage de l'éditeur. « Les hommes adorent Charlotte, seulement, ces cons n'assument pas. Mais ça peut changer. » Sa main caressa la silhouette de Charlotte en relief sur la couverture, puis se posa sur l'épaule de Sylvie. « Allez, ma chère Sylvie, accrochez bien votre ceinture, parce que cette journée n'était qu'une toute petite mise en jambes ! »

La directrice du Scarabée d'or apporta un verre de whisky à Armand, qui le but tranquillement pendant que les vendeurs remettaient les tables en place et rangeaient les piles de *La Rose bleue* sur les étagères. Sylvie avait une envie folle de rentrer, de raconter cette journée de dingue à Nino, à ses fils, et même à Mireille (elle avait sûrement croisé plus de monde en une journée qu'en dix ans à MaBelleNuit !), mais impossible, une autre séance de dédicaces devait avoir lieu le lendemain à trois cents kilomètres de là, à Nantes, une ville où elle n'avait jamais mis les pieds. Armand lui fournit le planning détaillé, tapé par sa secrétaire. Chaque jour ou presque se passait un événement (signature, rencontre, foire, festival) dans une ville différente, pour finir en apothéose dans la capitale, au Salon du Livre.

Sylvie prit le pli rapidement. Il faut dire que ce qu'on lui demandait n'était pas sorcier : mettre un petit mot (impersonnel et succinct), signer, sourire, écouter plus ou moins longtemps. N'importe qui pouvait le faire, même ceux qui n'avaient rien écrit. C'était fatigant, mais plaisant, même si certains disaient n'importe quoi et la comparaient avec des grands auteurs de textes érotiques comme *La Bicyclette bleue*, qu'elle n'avait jamais lue. (On lui avait demandé d'ailleurs si l'adjectif bleu dans le titre de ses romans était un hommage à Régine Deforges.) Bien sûr, Nino et les enfants lui manquaient terriblement, mais certains soirs, elle n'était pas mécontente de se retrouver seule, allongée sur un grand lit king size dans un bel hôtel de province. Pas de lessives à faire, pas de courses, de repas, d'assistance psychologique, de disputes à démêler, pas de chat à piquer, bref, elle pouvait traîner toute la soirée. Sauf quand les directeurs des librairies ou le comité culturel du coin, ou les responsables de la vie associative (Armand la rejoignant de Bordeaux quand il le pouvait) l'invitaient à dîner et lui déroulaient des menus à 30 euros : plat, entrée, dessert. Comment perdre du poids dans ces conditions ? Comment ne pas craquer pour le café gourmand, la fraise Melba ou le croquant au caramel beurre salé ? Elle ne pouvait pas résister. C'était d'ailleurs la première chose qu'elle regardait sur la carte, le choix des desserts. Que devaient penser ces gens charmants en la regardant s'empiffrer de glace et de chocolat une fois le plat englouti ?

C'est bien pour ça qu'elle eut un mal fou à comprendre ce qui se passait quand, la deuxième semaine de son périple, dans la petite ville provençale de Manosque, après une séance de dédicaces et de questions-réponses éreintante avec les lecteurs (certains voulaient même savoir quelle marque de cigarettes Charlotte fumait...), le libraire de L'Arbalète l'invita à se rafraîchir dans l'arrière-cour du magasin et lui parla en détail de son récent divorce. C'était étrange, cette soudaine familiarité, ces confidences et ce petit sourire sur ses lèvres. Elle ne chercha pas plus loin. Seulement, le soir, une fois dans son lit, les fenêtres grandes ouvertes malgré le froid, Sylvie réalisa que le libraire avait peut-être, elle se dit bien peut-être, essayé de la draguer. Ça paraissait complètement dingue puisqu'une telle chose ne lui était pas arrivée depuis au moins quinze ans, mais les indices s'accumulaient. C'est vrai, maintenant qu'elle y repensait, cet homme l'avait beaucoup regardée (elle avait même cru un moment qu'il lui enviait sa glace au nougat). Il avait aussi été très prévenant. Voulait-elle de l'eau pétillante, fraîche ou pas ? Encore un peu de vin ? Que dirait-elle d'une visite de la région le lendemain ? Connaissait-elle la charmante ville de Forcalquier et les balades jusqu'à la source ? Comment son corps pouvait-il attirer un homme comme lui ? Évidemment, elle attirait Nino, mais Nino, c'était autre chose, Nino l'avait connue mince (enfin plutôt ronde), puis enceinte, puis vraiment très ronde, puis obèse. Il avait eu le temps de s'habituer, mais le type de la librairie, qu'est-ce qui lui prenait ?

Quand elle reçut un SMS à minuit et une minute, elle sut. Elle ne rêvait pas, elle ne pouvait pas rêver, la chose arrivait, vraiment. « Je pense à vous, Sylvie. Samuel. » Ce message lui était destiné, indéniablement. Devait-elle s'offusquer et le remettre à sa place, ou s'amuser un peu pour voir ? Ce Samuel n'était pas si mal, le style quinquagénaire bien conservé, les yeux clairs, la peau bronzée, une belle voix avec l'accent chantant du Sud. Elle choisit de ne rien faire. Elle n'allait pas tomber dans le panneau. Et si ce type était un pervers, ou si c'était un pari entre collègues, le gagnant étant celui qui réussirait à se taper l'auteure de *La Rose bleue* ?

Le lendemain matin, il était dans le hall de l'hôtel, il passait soi-disant par là et venait aux nouvelles. Elle accepta un café. Il parla de tout et de rien et lui posa mille questions sur l'avancement du tome IV. Il sentait fort, un parfum d'après-rasage que Sylvie n'aimait pas. La serveuse posa deux tasses sur leur table. Samuel dirigea sa main vers le sucrier, mais ne prit pas de sucre. À la place, il caressa la main de Sylvie et la tint dans la sienne. Elle ne retira pas sa main. Elle voulait voir, sentir un léger frisson. C'était agréable. Elle attendit quelques secondes, se leva. « Merci de votre

accueil, mais j'ai un train à prendre. Le taxi doit passer, je me suis arrangée avec l'hôtel. Alors je vous souhaite tout le meilleur. »
Pourquoi l'avait-elle laissé faire ?

*

C'était disproportionné, monumental, inimaginable : un immense hangar rempli de piles de livres, des tonnes et des tonnes de pages, des milliers d'auteurs du monde entier, des centaines d'éditeurs, de lecteurs qui parcouraient les allées, s'attroupaient, discutaient, achetaient, débattaient et chassaient la dédicace. Sylvie était là, au beau milieu de cette déferlante, au Salon du Livre de Paris, sur le petit stand des Éditions Delpareil, derrière sa pile de *La Rose bleue*, tomes I, II et III. Une grande photo d'elle avait été installée à l'entrée du stand. On ne pouvait pas la louper. À deux mètres de sa table, Kermanec attendait derrière sa pile lui aussi, pour dédicacer le tome I de *Ma terre Adélie*. Armand lui avait bien expliqué la stratégie. Simon avait souhaité placer Kermanec à ses côtés pour qu'il profite un maximum du passage de tous les lecteurs de *La Rose bleue*. Malheureusement, même si Kermanec avait eu quelques articles élogieux, le succès public était encore bien timide.

Sylvie n'aimait pas voir Kermanec si proche d'elle. Ce type devait faire des dédicaces intelligentes, bien tournées, avec des citations à gogo de grands auteurs, des milliers de phrases à disposition dans un coin de sa tête, qu'il pouvait sortir au gré des lecteurs. Quand elle vint s'installer, il leva à peine le menton, esquissant un semblant de sourire. Il était encore plus mal habillé que la première fois, avec un pantalon en velours vert foncé, un pull bleu marine qui peluchait et une chemise dans les tons jaunes qui rendait son teint cireux. Il avait posé une bouteille d'eau sur la table et un thermos à ses pieds. Un stylo-plume, sûrement de grande marque, brillait dans sa main. Sylvie mit trois grosses piles de livres tomes I, II et III sur sa table, ce qui la sépara un peu plus du bonhomme et lui rendit un semblant d'intimité. Armand arriva juste avant le top départ. Il salua Kermanec et vint embrasser

Sylvie. « Regardez-moi ça comme il nous ignore ! » Armand commençait à élever la voix, ça devenait gênant. Sylvie ne voulait pas d'esclandre, ça lui convenait tout à fait que ce type reste à sa place. Qu'est-ce qu'ils auraient bien pu se dire ? Kermanec écrivait des romans historiques compliqués, quand Sylvie avait juste composé une petite bluette érotique à ses heures perdues. Et hop ! Voilà qu'elle en vendait par milliers. Il ne pouvait que la haïr, elle en aurait fait tout autant ! Alors qu'elle avait signé plus de cinquante livres, il en avait péniblement dédicacé cinq. (Une petite mamie qui s'était trompée de stand l'avait occupé pendant un bon quart d'heure.) Son stylo en or tournait à vide et il remplissait sans arrêt sa tasse, buvant de toutes petites gorgées pour se donner une contenance. Elle était gênée pour lui. Dans quel état ce type allait-il rentrer chez lui après un tel affront ? Continuerait-il à écrire ? Allait-il tomber en dépression ? Elle lui aurait bien passé un peu de lecteurs, ça ne l'aurait pas dérangée. Malheureusement, les siens ne jetaient pas un seul regard à *Ma terre Adélie*. À l'évidence, ils n'avaient pas le même public. Celui de Kermanec se composait d'hommes âgés, plutôt bien mis, du genre professeurs à la retraite avec duffle-coat et sacoche en cuir, alors que le sien, c'était en majorité des femmes, plutôt classe moyenne, voire d'origine modeste, qui arboraient souvent un look excentrique. Sylvie avait vu défiler une vague de jeunes filles aux cheveux décolorés et aux tatouages complexes sur tout le décolleté, un groupe de quinquagénaires au visage buriné, cheveux ultra-courts, grosses boucles d'oreilles exotiques, beaucoup de femmes bien rondes aussi, serrées dans des robes moulantes mettant en valeur leurs bourrelets, et aussi quelques hommes en perfecto en cuir (un seul vint en cravate et demanda timidement une dédicace pour son épouse, dont c'était l'anniversaire le lendemain).

Sylvie avait bien travaillé. Elle avait trouvé le rythme : écouter sans se perdre, surtout ne pas expédier. C'était un savant dosage. Elle n'était pas loin d'avoir fini (Armand l'avait informée qu'elle serait délivrée dans un petit quart d'heure), quand une femme qui n'avait pas trop le look de ses lectrices habituelles (pantalon noir à pinces et chemise blanche boutonnée jusqu'au cou) se posta bien droite devant sa table, sans livre à dédicacer dans les mains. Sylvie lui sourit : « Vous désirez quelque chose ? » La femme la fixait d'un drôle de regard, impossible à déchiffrer. Ça pouvait tout aussi bien être de la colère, du dépit, une grande timidité ou peut-être même une légère dose de haine. Puis tout à coup, comme si quelqu'un avait appuyé sur un bouton « Marche », elle se mit à crier : « Vous êtes une honte, madame Verbaldi, une honte pour la cause des femmes ! Les féministes ne sont pas vos amies et les féministes vous disent merde. C'est ça que vous vendez, une grosse pouffe, une énorme pouffiasse sur sa moto ! C'est ça le rêve des femmes, enjamber une grosse cylindrée ? Vous crachez sur nous, madame, vous nous crachez dessus et vous prenez l'oseille. Baiser pour se venger, mais je rêve, dites-moi que je rêve ! Notre corps n'est pas une arme, madame, notre corps est inaltérable !... »

Devant l'esclandre, Armand s'était approché. Et Simon avait fermement agrippé la femme par le bras, lui demandant de quitter les lieux (Kermanec s'était levé lui aussi. Il avait fait un pas, puis s'était ravisé). Mais la fille s'en fichait. Elle continuait à vociférer : « Tu vas crever, Verbaldi, oui, crever dans tes bottes en cuir, sur ta grosse moto avec tes gros connards de cadres sup, étouffée par ta trouille d'être une femme, une vraie, qui lutte la tête haute et enfonce pas des salades érotico-porcines dans la tête des autres ! Tu m'entends, ta saleté de Charlotte, cette saleté de saloperie sexiste, elle crèvera avec toi !... » Deux types en parka bleue débarquèrent et l'excitée disparut en quelques secondes. Sylvie avait-elle rêvé la scène, tout imaginé ? Apparemment non, Simon avait une grande trace de griffure sur la joue et plusieurs piles de livres étaient tombées dans la bagarre. Armand s'assit à côté d'elle. « Il y a toujours des fous, mais celle-ci était coriace, et puis quelle voix ! Une vraie Castafiore ! Quel coffre, dix micros n'auraient pas rivalisé. Extraordinaire ! »

Cinq minutes plus tard, alors que Sylvie tremblait encore de tout son être, l'incident était oublié et le stand des Éditions Delpareil préparait l'apéritif. Une petite fête était prévue et plusieurs écrivains maison avaient été invités. Ils étaient déjà une quinzaine. Sylvie reconnut Babette, l'auteure de romans policiers, une grande amie d'Armand, déjà aperçue lors du lancement du tome III de *La Rose bleue*. Tout ce petit monde commençait à tremper les lèvres dans les coupes qui circulaient. C'était peut-être ça la capitale, une énergie qui emportait tout et transformait la violence en une charmante distraction. Un homme habillé entièrement en noir passa avec un énorme plateau de petits-fours. Sylvie se jeta dessus et en mangea trois, puis se mit à suivre le serveur pour en attraper plus encore. Pourquoi se contenir quand une folle venait de l'injurier tout son soûl ? Pourquoi faire semblant de ne pas crever de peur et de faim ? Et puis, elle ne connaissait personne, à part Armand, Kermanec et cette Babette qu'elle n'avait croisée qu'une fois. Bien sûr, il y avait Simon. Mais ce dernier se baladait avec à son bras une superbe créature qui avait la moitié de son âge et de son poids. La fille ne prenait pas de petits-fours, elle était bien trop belle pour avoir faim. Et dire qu'elle avait fantasmé sur cet homme ! qu'elle avait imaginé une seconde, rien qu'une petite seconde, un rapprochement possible ! Comment avait-elle pu ?

Armand lisait peut-être dans ses pensées, il fit signe à Sylvie de le rejoindre : « Vous avez vu Simon et cette fille ? Il me l'a présentée ce matin. Et je peux vous dire que quand il présente, c'est du sérieux. Cela lui arrive généralement tous les deux ans. À mon avis, elle a réussi tous les tests… La plupart du temps, six mois après on ne les voit plus… Mais celle-là m'a l'air très résistante. Elle m'a carrément pris dans les bras, vous imaginez ? Je ne vais pas crever tout de suite, quand même ! Il paraît qu'elle a des vignobles, une fille à papa… Ce sont les plus acharnées, elles savent ce qu'elles veulent et n'ont peur de rien, ces gamines, vous savez… – Armand, vous n'aimeriez pas avoir des petits-enfants ? C'est une bonne nouvelle, non ? » Sa main s'éleva dans les airs et esquiva de justesse un plateau couvert de petits-fours « J'en ai, figurez-vous, seulement ils sont aux États-Unis et ne viennent qu'une fois par an. D'ailleurs, ils parlent à peine français ! » Incroyable, elle n'avait jamais pensé qu'Armand puisse avoir d'autres enfants. L'alcool aidant, l'éditeur se livra : le départ de sa femme en 78 pour les États-Unis, sa fille qui travaillait à Manhattan, ses petits-enfants qui, à son grand regret, n'étaient pas capables de lire *Tintin* dans la langue originale. Quand Armand allait les voir, il s'ennuyait à mort et il parlait si mal l'anglais que sa fille devait tout traduire, c'était extrêmement pénible. « Sans indiscrétion, vous n'avez pas refait votre vie ? – Oh, j'aurais pu, j'ai eu des occasions, mais je n'étais pas un cadeau, vous savez ! » Il reprit une coupe de champagne, salua deux, trois auteurs de la main et se rassit à côté d'elle. C'était sa plus grande fierté, que ce type si intéressant, si drôle, si érudit, ne se lasse pas de sa présence, qu'il décide de discuter avec elle, petite auteure de livres érotiques, plutôt qu'avec les autres. « Sylvie, je vais vous confier une chose que je dis seulement en toute intimité quand je suis très soûl. Mon plus gros coup de cœur a été pour une femme qui n'a jamais voulu de moi. Et cette femme, comment dire, c'était… oui, voyez-vous, la femme qui a écrit *Poings liés*. Les gens croient que je ne l'ai jamais rencontrée. Je leur dis cela pour qu'ils me fichent la paix. Mais je l'ai connue, cette femme. Nous avons même vu un western ensemble, un soir au cinéma, après une séance de travail sur son texte. Je l'adorais. Elle était tellement troublante, mordante… J'aurais pu… je ne sais pas moi, gravir l'Himalaya sans oxygène rien que pour lui faire un signe de là-haut, oui, j'aurais pu faire ça. Elle était mariée, mais ce n'était pas ça le problème, c'était la fausseté du milieu littéraire, tout ce cirque… Quand son livre a fait scandale, je ne l'ai plus revue. Je lui versais des droits d'auteur sur un compte, mais d'elle plus aucune nouvelle… Dieu sait que je lui en ai écrit, des lettres… Des chefs-d'œuvre de poésie larmoyante… Je vais vous dire une chose, cette femme m'a embrassé une fois… Et ça a été le plus grand moment érotique de toute ma vie ! Je crois que jamais je n'ai plus goûté à une telle intensité. Aujourd'hui, à l'âge que j'ai, je peux l'affirmer… » C'était tellement prenant, ces soudaines confidences, que Sylvie en avait oublié de manger. « Quel dommage, Armand, pourquoi vous n'avez pas insisté ? Je ne sais pas moi, vous auriez pu remuer ciel et terre, vous rendre chez elle… – Mais, ma chère, parce qu'elle a disparu… Elle n'a jamais rien écrit d'autre, elle ne m'a jamais rappelé, et puis on ne peut pas forcer les gens… On ne peut pas… J'ai fait une petite dépression à cette époque et je vais vous dire le plus drôle : quand j'étais au sommet avec les ventes record de *Poings liés*, ma vie personnelle était au plus bas, j'étais en maison de repos, comme on disait dans le temps, sous traitement du soir au matin… Et puis je me suis relevé, comme tout le monde. »

Dans le taxi qui la ramenait à son hôtel, Kermanec était encore là, assis à côté d'elle. Il habitait lui aussi dans les environs de Bordeaux et les Éditions Delpareil les avaient logés au même endroit pour plus de commodité. Il lisait un gros bouquin à l'aide d'une minuscule lampe de poche. C'était dingue ce sérieux, cette concentration. Elle en était incapable. Elle avait bien trop bu, et puis les confidences d'Armand l'avaient troublée. Qui était cette femme pour disparaître comme ça ? Avait-elle aimé Armand en secret ? Était-elle toujours vivante ? Et si Sylvie décidait de la retrouver, d'offrir ce bonheur à Armand ? Mais comment obtenir son nom, Armand avait juré de ne jamais le dévoiler. Simon le connaissait-il ? Kermanec leva la tête de son fichu pavé et, en parfait rabat-joie, s'adressa au chauffeur : « S'il vous plaît, pourriez-vous baisser le son ?… C'est un peu dur, cette musique à cette heure-ci… » Le type s'exécuta. Et un silence de mort s'installa dans l'habitacle.

Le taxi les déposa à leur hôtel et elle dut supporter les trois minutes d'ascenseur en sa présence. C'était long, elle chercha quelques phrases pour rompre ce silence pesant, mais la seule idée qui lui vint fut une question sur la marque de son stylo-plume. Elle laissa tomber. Ils durent encore longer ensemble le couloir sur quelques mètres. « Bonne nuit. » Chacun ouvrit la porte de sa chambre et la referma le plus vite possible. Quand Sylvie s'effondra sur le lit, son portable vibra. « Chère Sylvie, comment se revoir ? » C'était encore ce Samuel. Il devait être complètement cinglé. Elle répondit : « Je ne suis pas disponible. Merci de ne pas insister » et sombra dans le sommeil.

*

Il y a des moments où l'esprit n'arrive plus à suivre, où le cerveau enregistre, mais ne comprend pas. « Madame Verbaldi, Jessica Faure est en signature et aimerait passer vous voir après, vers midi. » Sylvie avait pourtant une bonne audition, mais elle n'arrivait pas à le croire. « Jessica... Vous voulez dire qui ? Jessica qui ?
– Mais enfin, l'actrice, je suis son assistante en France, vous voyez bien qui c'est ? Je peux vous montrer sa photo sur Internet, cela vous dira sûrement quelque chose. Regardez ! » La fille lui tendit son téléphone portable. Sur l'écran, le portrait de Jessica Faure qu'elle avait vu des milliers de fois, sa Jessica qu'elle avait traquée des années durant et qui avait refusé d'être le visage du matelas Sweet Air au grand dam de Ledu, et cette Jessica voulait la rencontrer, ici, pour son dernier jour au Salon du Livre de Paris. Y avait-il un rapport avec MaBelleNuit ? Avait-elle changé d'avis ? Ledu avait-il utilisé Sylvie pour l'appâter, avec l'équipe de MaBelleNuit en embuscade ? La jeune femme s'impatienta : « Dites-moi juste si c'est possible. Sinon, trouvons un autre moment. Jessica est là tout le week-end pour la promotion de sa méthode Pilates, nous pouvons aussi organiser un déjeuner samedi vers 13h15 au Café de la Paix, vous connaissez, dans le VIIIe arrondissement ? » Est-ce que cette femme se foutait d'elle ? Si quelqu'un lui faisait une blague, ce n'était pas drôle. Mais l'assistante insistait : « Vous êtes bien Sylvie Verbaldi, l'auteure de *La Rose bleue* ? » Au prix d'un immense effort, elle murmura : « Oui, je crois... »

Sylvie eut le plus grand mal à se servir de son téléphone, tellement sa main tremblait. « Armand, je ne sais pas ce qui se passe, Jessica Faure veut venir au stand, on me dit qu'elle a envie de discuter… J'ai pas tout saisi… Est-ce que vous pouvez venir ? – C'est qui, ça ? – Mais Jessica Faure, l'actrice, celle qui a joué dans la série, la grande série… là… » Elle ne trouvait plus le titre. « Armand, je vous dis qu'elle joue dans… Enfin, Jessica Faure quoi ! » Armand ne voyait pas du tout, ce nom ne lui faisait ni chaud ni froid. « Eh bien, parlez-lui, Sylvie ! Je ne peux pas venir ce matin, j'ai des rendez-vous avec Simon. Voyez-vous, depuis le succès de votre livre, un tas d'auteurs veulent publier chez Delpareil, les entrevues se succèdent… C'est votre faute, tout ça ! – Oui, Armand, mais là, je ne sais pas quoi faire, parce que si elle vient et que je n'ai pas les bonnes… formules… Tout ça… Et d'ailleurs, qu'est-ce qu'elle me veut… ? J'aurais préféré que vous soyez là… – Mais non, Sylvie, si cette fille veut vous voir, vous la laissez parler et ça ira tout seul. Surtout si c'est une actrice, vous n'aurez rien à faire, croyez-moi… Vous n'aurez qu'à applaudir et elle sera ravie. »

Un peu avant midi, l'assistante de Jessica revint. Elle fit gentiment sortir Kermanec, et les lecteurs de Sylvie disparurent soudainement. Puis il y eut un grand silence. Sylvie transpirait. Ses joues brûlaient. Qu'allait-il lui tomber dessus ? Tout cela était trop précipité, elle avait besoin d'un minimum de préparation. Mais elle n'en eut pas le temps. Une femme en tout point identique à celle qu'elle avait suivie sur les réseaux sociaux était devant elle, plus petite que prévu, mais peut-être plus belle, plus éclatante encore que sur ses pages Instagram. Elle portait une robe cintrée noire et blanche à gros motifs géométriques que personne d'autre n'aurait pu enfiler sans être ridicule. Sylvie lui tendit la main, sa voix n'était pas assurée et sa gorge était très sèche. Mais Jessica se jeta carrément dans ses bras. « Merci Sylvie, merci pour votre talent. J'ai lu Charlotte dans l'avion et j'ai senti une connexion, je ne peux pas vous dire… J'ai senti un fil, un long fil qui nous reliait, vous et moi, c'était puissant… Il fallait que je vous voie… Vous comprenez ce que je veux dire ? » Sylvie ne comprenait rien, mais elle hocha la tête. Le parfum de Jessica était très doux, avec de vagues effluves de glace à la mangue. « Charlotte a besoin d'un écran, Sylvie, je le sais, je sens ces choses-là. Charlotte a besoin d'un corps, d'une incarnation. Elle le réclame, c'est peut-être ça que j'ai senti si fort. Hein, Agathe ? » La jeune assistante acquiesça et se posta de nouveau à l'entrée du stand.

Sylvie n'arrivait pas à se concentrer. Elle fixait Jessica jusque dans les moindres détails : ses mains fines, son vernis nacré, ses mèches miel fondues dans ses cheveux bruns, le grain de beauté sur le haut de sa joue, ses chaussures tellement originales à motifs verts et noirs et talons compensés. Même sa langue qui s'agitait à l'intérieur de sa bouche la fascinait. C'était comme si le spécimen qu'elle avait étudié pendant des années était sorti de son milieu originel, de sa jungle tropicale, et qu'elle pouvait désormais l'observer à loisir en se passant de jumelles. « Vous savez, Sylvie, Charlotte n'est pas une méchante, ce n'est pas une meurtrière, c'est une fille qui veut aimer, je pense même que c'est ce qu'elle veut plus que tout au monde. La vengeance est une protection contre la peur. Est-ce que vous êtes d'accord ? » Sylvie ne suivait absolument pas, mais elle pouvait toujours faire semblant. Elle acquiesça énergiquement de la tête. Jessica ne lui en demandait pas plus, elle ajouta : « Cette fille n'a pas pu guérir sa blessure, alors elle tourne autour de son obsession sans jamais l'attraper et ça la rend dingue. J'ai déjà joué une fille comme ça, une écorchée. Vous avez vu *La Vie sans moi* de Leonard Stratch ? – Euh… oui, je crois, ça me dit quelque chose… – Eh bien, c'est une véritable plongée en apnée, oui, c'est ça, une apnée au cœur de l'enfer… Là-dedans, vous sentez, la boule qui noue et bloque tout… » Elle saisit la main de Sylvie et la plaça sur sa poitrine. Sylvie était incapable de raisonner. « Oui, oui, la boule… Je vois… Enfin, le… »

Jessica se foutait totalement qu'elle ne trouve pas les mots. « Vous avez bouclé le dernier tome ? – Je suis en train… – Tout va basculer dans le dernier tome, enfin c'est mon avis, je ne suis pas auteur à succès… » Agathe vint les interrompre : « Jessica, le taxi est là dans cinq minutes. On va devoir y aller. Quel est votre numéro, madame Verbaldi ? Je vais l'enregistrer. » Jessica attendit sagement que Sylvie donne son numéro de portable et même son mail. « J'ai tellement hâte de lire le IV. Si je suis en tournage, je demanderai qu'on me l'apporte sur-le-champ ! Vous savez, nous ne sommes rien sans vous, les auteurs, nous ne sommes que des marionnettes. C'est vous qui nous actionnez : sans auteurs, pas d'acteurs. Vous avez vu *Girls on Fire* ? Je joue un petit rôle dedans, un tout petit rôle, c'est vieux ce film, mais à voir absolument ! Il parle de ça : des acteurs qui attendent un texte pour exploser. – Ah bon, alors je vais prendre le DVD. » Jessica la serra à nouveau dans ses bras et disparut.

Sylvie se rassit à sa table. Le parfum de l'actrice flottait toujours dans l'air et sa silhouette continuait de hanter les lieux. Cette fille avait la grâce. Sa voix résonnait encore, une voix grave avec une légère fêlure, oui, une brisure, qui la rendait unique et attachante. Qui pourrait croire que Jessica Faure était passée ici ? Sylvie n'avait même pas pensé à faire un selfie. C'était tellement dommage. Elle n'avait aucune preuve, aucune trace, rien.

Kermanec revint à son poste comme si de rien n'était. Sylvie se tourna carrément vers lui et s'exclama : « Jessica Faure voulait me voir. Je crois qu'elle a aimé mon livre. C'est dingue le genre de rencontres qu'on peut faire ici ! » Kermanec leva à peine la tête. « Oui, oui, il y a du monde, c'est sûr. » Puis, il se servit une tasse de son thermos et sortit un autre livre de sa sacoche. Était-il indifférent à tout ?

Peu importe, le lendemain, elle n'aurait plus à supporter ce sale type. Elle serait dans le train direction Bordeaux et pourrait se remémorer chaque seconde passée en compagnie de Jessica.

8

« Bonjour Sylvie, je venais prendre des nouvelles du tome IV. Vous êtes libre demain matin pour une lecture ? » Comment expliquer à Armand qu'elle n'avait pas arrêté depuis un mois, que les travaux avaient pris du retard (et coûté beaucoup plus que prévu, ce qu'elle avait soigneusement caché à Nino), que Nino avait demandé qu'on refasse les enduits (qui selon lui étaient bâclés), que son fils Max avait été renvoyé trois jours à la suite d'une bagarre pour une sombre histoire de cœur, et qu'elle avait dû calmer le jeu avec les parents des élèves impliqués (le directeur en avait profité pour la convoquer uniquement pour avoir une dédicace, s'excusant platement du renvoi et appelant sa femme pour lui passer l'auteure de *La Rose bleue* au téléphone), que sa mère avait fait un malaise sans gravité, mais qu'il avait fallu la conduire dans tous les centres d'examen possibles (elle était persuadée d'avoir fait un AVC), qu'Alexis lui avait demandé d'écrire une présentation de son spectacle de fin d'année et qu'elle s'était cassé la tête dessus deux jours durant, qu'il avait fallu emménager de nouveau dans la maison et que la chasse d'eau s'était cassée le soir même, ce qui avait rendu Nino complètement fou. Bref, elle ne s'était pas ennuyée une minute depuis son retour. Alors Charlotte, elle l'avait mise de côté.

Elle laissa passer les fêtes, le Nouvel An (elle avait invité toute la famille italienne de Nino et avait dépensé beaucoup d'argent pour nourrir et loger tout ce petit monde), et se retrouva seule, en ce matin du 6 janvier, dans le plus grand silence, confortablement installée à son tout nouveau bureau en bois brut de noyer dans les combles flambant neufs, sous la toute nouvelle fenêtre qui découpait un large bout de ciel au-dessus de sa tête. Nino était parti faire des courses et consulter des annonces directement à Pôle emploi (il s'était remis à chercher du travail), les garçons étaient au collège et au lycée et son portable éteint. Elle était fière, vraiment, elle y était parvenue. Enfin seule, au calme, dans un lieu qui n'aurait pas fait rougir un magazine de déco. Elle pouvait bien se le dire maintenant, c'était très réussi. Le plancher en chêne était superbe, les murs couleur crème étaient juste parfaits, quant aux poutres poncées et vernies, elles donnaient à l'ensemble un charme fou, sans oublier le petit canapé couleur mandarine qui se mariait à merveille avec le bois. Le choix du moindre objet de déco lui avait pris des heures. Tout devait s'accorder. La bibliothèque conçue sur mesure dans le fond à droite près de l'escalier était faite dans le même bois que son bureau, tout comme la table basse devant le canapé ou le cache-pot accroché au centre de la pièce, avec une très jolie orchidée sauvage. Elle avait aussi particulièrement soigné les luminaires. Il ne fallait pas un éclairage direct trop fort, plutôt une lumière diffuse, douce et discrète, pour transformer les combles en un vrai petit cocon. Elle avait donc fait installer des spots au-dessus de la bibliothèque, cachés dans le faux plafond, et acheté un très beau lampadaire sur pied noir et or, qui faisait du canapé un espace lecture très cosy. À Paris, elle avait aussi déniché une lampe ancienne (à quelques mètres de son hôtel) qui lui avait coûté une fortune, mais c'était une pièce exceptionnelle selon la vendeuse. Son pied était une statue en bronze, une danseuse classique fine et élancée, dos droit, port altier, un large tutu lui enserrant la taille. Quant à l'abat-jour en pâte de verre signé par un grand maître verrier, ses tons orangés rappelaient la couleur du canapé. Impossible de ne pas l'acheter, impossible. Même Nino, qui n'était pas très sensible aux objets anciens, l'avait trouvée exquise !

Elle allait écrire le tome IV devant cette danseuse si racée. Elle ouvrit son ordinateur portable, chercha le dernier document, s'embrouilla dans les versions, relut plusieurs textes, qui étaient en fait des notes rédigées à la va-vite et dont elle n'avait aucun souvenir. Elle trouva enfin les premières lignes du premier chapitre, mais elle était distraite. Quelque chose la tourmentait. Qu'est-ce que ça pouvait être ? Avait-elle oublié une urgence, un rendez-vous, une course, une réservation à confirmer, une inscription pour les gamins ? Elle consulta son téléphone, dans lequel elle avait pris l'habitude de tout noter, mais ne vit rien d'urgent. Son regard embrassa la pièce, les lignes du parquet, le velours du canapé, les coussins en grosse laine bleue, le plaid à motifs losanges… et soudain, elle sut : il manquait un tapis au milieu de la pièce, un tapis épais, moelleux, douillet, dans des tons clairs. C'était l'accessoire ultime, indispensable à son petit cocon. Comment avait-elle pu l'oublier ? Elle se précipita sur les sites de déco en ligne. (L'architecte lui en avait recommandé quelques-uns pas mal du tout.) Des tapis, il y en avait des milliers, des dizaines de milliers. Comment choisir ? Elle n'allait tout de même pas déranger l'architecte pour ça. Sylvie ne s'affola pas. Surtout ne pas perdre son sang-froid, elle avait eu le même vertige pour le choix du canapé et elle était parvenue à se décider. Elle élimina direct les tapis bas de gamme aux couleurs criardes et ceux striés de lignes ou parsemés de ronds et resserra sa recherche sur ceux en laine naturelle. Parmi eux, elle opta pour les kilims, voilà, c'était exactement ce qu'elle cherchait, pas donné, mais incontournable ! Seulement, le choix était encore vaste : il y avait les unis, les multicolores, avec ou sans franges, à poils longs ou ras, immenses ou petits, brodés de fil d'or, ou encore à motifs naïfs ou fleuris. Mais comment choisir sur un écran ? Un tapis se touche, se caresse, il faut le voir en vrai !

Trois heures plus tard, un immense kilim (de fabrication artisanale et en provenance directe d'Asie centrale) dans les tons beiges trônait au milieu des combles. Elle lui avait trouvé sa place, exactement sous l'orchidée. C'était parfait. Le must serait une fleur dans les tons bleus (l'orchidée était jaune) qui rappellerait les motifs du kilim, mais elle n'allait pas ressortir pour ça, quoique l'idée lui traversât l'esprit quelques instants. Non, c'était stupide. Il fallait au plus vite revenir à Charlotte, se concentrer. Où en était-elle ? Elle relut attentivement ses notes. Le choix était clair : soit Charlotte tombait amoureuse et la vengeance prenait fin, soit elle refusait l'amour et dégommait le type, soit elle se vengeait quand même mais le regrettait ou s'arrêtait juste avant l'irréparable, soit le type était moins bête que les autres et il avait percé à jour ses intentions. Mais s'il la démasquait, tomberait-il lui aussi amoureux ? Et s'il prenait Charlotte à son propre piège et la rendait folle de désir à son tour ? Oui, pourquoi pas ? Tout s'inverserait, mais alors, comment réagirait Charlotte, pouvait-elle être victime comme par le passé ? Allait-elle le supporter ? D'habitude, enfin, avant tout cet engouement médiatique des derniers mois, quand elle écrivait seule, la nuit, elle ne se posait pas de questions. Charlotte avançait, dégommait une proie après l'autre, mais là, c'était un moment charnière, le moment de bascule, comme l'avait si bien dit Jessica Faure. Bref, Sylvie ne devait pas se louper, mais ouvrir les bonnes portes.

« Chéri, c'est toi ? – Oui, je suis rentré. » Elle écrivit quelques lignes, s'arrêta, aucun bruit. Bizarre. Le frigo ne s'était pas ouvert, l'ordinateur n'avait pas été allumé. « Chéri, ça va ? – Oui, oui. » La voix de Nino était étrange, plus grave. Elle descendit, histoire de jeter un œil. Il était allongé sur le canapé. « Nino, ça va ? » Elle le secoua légèrement. Il ouvrit les yeux. « Oui, ça va, mais faudrait parler… » Elle haïssait cette phrase. « Vas-y ! Dis-moi, tu me fais peur ! » Voilà, il en avait marre de dissimuler, de faire semblant, il s'était imposé ça pour ne plus l'importuner avec Simex, mais à quoi bon ? Il ne pouvait pas lâcher le combat, impossible. Il était allé bien trop loin. Il n'était pas retourné à Pôle emploi. Il n'avait pas fait la queue comme un con, parce qu'il avait autre chose à penser, et tant qu'il ne serait pas allé jusqu'au bout, rien ne pourrait l'intéresser. Ok, Sylvie n'avait pas un mari en costume-cravate avec un bon salaire, mais son mari à elle exigeait du respect, oui, respect et dignité, et si c'était à une multinationale qu'il fallait demander réparation, il le ferait. Tout être humain y avait droit. D'ailleurs, plus il enquêtait, plus les pratiques de Simex se révélaient louches. Les tests de Jim confortaient son hypothèse : l'Ortex était bien une saloperie qui rendait accros les bêtes et agressives certaines races. Il avançait à pas de géant et aurait bientôt un bon gros dossier contre son ex-employeur. Mais Simex n'était pas tout. Le livre, son livre aussi, avait compté. Il y avait eu la découverte, l'énorme surprise de la découvrir auteure, et le tsunami médiatique. Ça faisait beaucoup, beaucoup trop pour un seul homme qui comme lui n'était pas au mieux de sa forme pour affronter tout ça. Son bouquin, c'était quand même un truc érotique, alors, même si tout le monde était très ouvert aujourd'hui, ça lui avait fait tout bizarre venant d'elle de lire toutes ces scènes sexuelles si réelles, si bien décrites qu'il s'était demandé si elle n'avait pas un amant pour inventer autant de trucs. Donc voilà, c'était vrai. Il avait été jaloux, très jaloux, oui, peut-être même du livre, de tous ces regards sur elle, mais il n'avait rien dit bien sûr, parce que c'était quand même ridicule et puéril de la part d'un type qui venait de fêter ses quarante ans. Sylvie en fut soulagée, Nino avait avoué et joué cartes sur table, et c'était courageux de sa part. Peut-être que son combat contre Simex lui faisait vraiment du bien. Qu'importe la victoire, il devait le mener.

Ils firent l'amour sur le kilim. C'était merveilleusement doux et confortable. Ils étaient encore nus quand Max revint du lycée et ils durent se rhabiller à vitesse grand V. La première journée d'écriture touchait à sa fin, elle ferait mieux le lendemain.

*

Elle avait pourtant tout ce qu'il lui fallait : un bureau magnifique, une maison parfaitement rénovée dans un quartier calme, sans vis-à-vis, du temps pour elle, mais ça ne marchait pas. C'était bien simple, elle était incapable de prendre une décision sur Charlotte ou, si elle y parvenait, elle changeait d'avis le lendemain. Elle avait écrit plusieurs pages, ensuite effacé, puis réécrit, puis tenté de retrouver les documents effacés, elle s'était même rendue chez un spécialiste en informatique pour remettre la main sur des fichiers détruits, les avait retrouvés, relus et jetés à la poubelle… Elle avait aussi reparcouru le tome III et lui avait trouvé de gros défauts, beaucoup de répétitions, des scènes inutiles, elle devait s'améliorer. Que lui avait conseillé Jessica Faure ? Que lui avait-elle dit au juste ? Elle aurait dû tout noter. Mais au fond, devait-elle se forcer comme ça, tous les jours, rivée à sa table de travail ? C'était peut-être ça qui la bloquait. Comment faisaient les autres, les vrais, les grands écrivains qui gagnaient leur vie et alignaient les livres ? Elle lança quelques recherches sur Internet et constata très vite que de recettes, il n'y en avait pas. Certains écrivaient deux heures par jour, d'autres toute la nuit, d'autres marchaient tous les matins, après quoi les idées venaient, certains commençaient par la fin du récit et déroulaient l'intrigue à l'envers, quand d'autres encore rédigeaient une histoire sublime en seulement quelques nuits, portés par le feu de l'inspiration… Que faire avec tout ça ? Était-elle seulement un écrivain ? Le succès de Charlotte n'était-il pas un accident ? N'y avait-il pas méprise sur ses capacités ? Ces questions lui donnaient toujours faim, et bien sûr, elle n'avait jamais envie de ce qu'il y avait dans le frigo. Alors, elle sortait de plus en plus loin pour revenir de plus en plus tard. Elle alla même une fois à Bordeaux manger une glace, une des meilleures de la région, dans la rue piétonne, à quelques mètres du bureau d'Armand. Elle s'en voulut, bien sûr, et le lendemain, elle était à 9 heures pétantes devant sa table de travail, mais elle n'avança pas plus.

Elle redoutait le coup de fil d'Armand. Qu'allait-elle lui dire ? Fallait-il lui avouer ses hésitations, ses revirements ? Allait-il lui demander de rendre les 40 000 euros ? Elle ne les avait plus, mais pourrait les emprunter à la banque, et si le tome III se vendait toujours bien, elle toucherait les droits d'auteur à l'été comme l'année précédente et pourrait rembourser son prêt. Mais gagnerait-elle autant avec le tome III ? Et si elle ne sortait pas de livre, MaBelleNuit accepterait-elle de la reprendre ? Aurait-elle de nouveau un salaire ? Elle ne devait pas penser à tout ça, parce que alors elle se mettait à compter, à tout compter, et évidemment, Charlotte passait à la trappe. Armand appela plusieurs fois. Elle ne répondit pas. Chaque jour, elle espérait trouver le fil, la voie, comme un alpiniste pour atteindre le sommet. Et chaque jour elle espérait lui dire : « J'y suis. Je tiens le bon bout, le tome IV est sur les rails ! » Mais ce n'était pas le cas.

Elle finit tout de même par décrocher, de peur qu'il ne débarque en personne (il en était capable). « Allô, Sylvie, vous allez bien ? Aucune nouvelle de vous, je m'inquiétais. – Ah, Armand… J'ai été un peu… souffrante… – Est-ce que vous connaissez une certaine Jessica Faure ? – Ben oui, pourquoi ? – Parce que cette fille, une actrice apparemment, a fait appeler son agent, qui attend le tome IV avec impatience. Et vous savez pourquoi ? Elle veut acheter les droits pour en faire un film ou une série, enfin une adaptation à l'écran. Il voulait tout savoir, le bonhomme, où vous en étiez, si vous aviez déjà une idée du dénouement du tome IV. *La Rose bleue* à l'écran, il faut y réfléchir, c'est pas évident… Faut-il vraiment l'adapter au cinéma ? hein ? – Il donnerait combien d'argent, juste pour voir ? – Eh bien, énormément, j'imagine, si la fille a les moyens, et encore plus si ça intéresse d'autres producteurs… On peut faire monter les enchères, et alors là, oui, ça peut faire une belle somme ! – Oui, mais combien ? – N'y pensez pas pour le moment, c'est prématuré, les gens veulent tout, tout de suite, bientôt ils voudront sortir le jeu vidéo et la poupée qui parle… C'est aberrant… Je vous conseille une chose, Sylvie, finissez le tome IV et on verra après, il y aura peut-être d'autres propositions… ou pas… Travaillez, concentrez-vous, il faut accompagner Charlotte, aller au bout de l'histoire, c'est la seule chose qui compte. Votre héroïne, ne la lâchez pas, Sylvie, nous verrons ensuite. Je peux lire quand ? – Très vite, ok, je vous rappelle dès que j'ai bien avancé. »

Elle était à deux doigts de toucher le jackpot avec la vente de ses droits (elle ne savait pas trop de quels droits il s'agissait, mais là n'était pas la question). Elle calait juste avant le but. Elle tenta de se remotiver, de reprendre espoir. Elle avait bien terminé les trois premiers, pourquoi ne pourrait-elle pas écrire le quatrième ? Si Jessica Faure s'intéressait au livre, à Charlotte, c'était bien la preuve que tout était possible désormais : même de faire le IV. Elle décida d'avancer coûte que coûte. Charlotte allait se frotter à l'amour, se brûler les ailes, elle n'y arriverait pas, elle détruirait tout et peut-être elle avec, il ne fallait pas avoir peur du noir. Elle n'était pas là pour écrire une bluette érotico-mièvre, tant pis si elle décevait ses lecteurs, désormais elle était là pour affronter le mal, les tourments et la fièvre, la honte qui ne guérit pas... Le destin tragique de son héroïne se dessinait. Elle devait l'accepter, c'était peut-être ça, le blocage : la peur de voir Charlotte tomber.

« Allô, Sylvie... Vous m'entendez ? Parce que je suis à Montréal, là... » Sylvie ne reconnut pas instantanément la voix. « Euh... Oui, ça va... J'entends. – C'est Jessica... – Comment ? – Jessica Faure. – Ah... » Elle se leva d'un bond, se cogna, voulut descendre, aperçut Nino de dos dans le salon, remonta aussitôt. Comment lui expliquer qu'une chose surnaturelle arrivait sous leur propre toit ? « Sylvie, je vais être directe, je sais que ça ne se fait pas, que je n'aurais même jamais dû vous appeler, mon agent n'est pas au courant, et s'il l'était, il m'engueulerait, mais j'ai Charlotte dans la peau, Sylvie. Je suis désolée, ça ne m'est jamais arrivé une chose pareille, c'est la première fois que je me permets... Parce que je veux vraiment la jouer, Sylvie, vous m'entendez ? J'y pense, j'y pense, je crois que je pourrais l'incarner, lui donner mon souffle, ma voix, mon corps... – Ah bon, vous seriez Charlotte, mais où ? – Je peux produire le film, je peux m'associer, j'aurai l'argent pour ça... Ce que je voulais vous dire, Sylvie, cette démarche, ma démarche, est vraie, ce n'est pas du marketing ou un plan com, non Sylvie, croyez-moi. Peut-être que vous ne me croirez pas, mais j'ai connu l'humiliation, je sais ce que c'est, au plus profond... Sauvez Charlotte, le tome IV peut être une superbe histoire d'amour et de rédemption, j'ai l'acteur qu'il faut, je pourrai convaincre Douglas Bridge... – Ah, Douglas Bridge... Je l'ai vu avec mes enfants dans *Space Horizon*... – Oui, c'est bien lui... Sylvie, ne dites à personne que je vous ai appelée, ça reste entre nous... Je sais que le tome IV sera au-dessus de tout, que vous allez tout donner. Et quand il sera prêt, on pourra tout lancer, vous pourrez venir en Californie, participer au scénario et bien sûr assister au tournage. Ce sera formidable, non ? – Euh... Oui, mais je viens de refaire ma maison... – Vous serez très bien là-bas aussi... »

Le coup de fil fut soudain interrompu et Sylvie se retrouva sonnée devant sa lampe danseuse qui étirait la jambe. Avait-elle rêvé ou venait-elle de dire à Jessica Faure en personne qu'elle avait refait sa maison ?

Elle tourna comme un zombie autour du kilim et Nino la retrouva allongée, les bras en croix, sur le tapis. « Chérie, qu'est-ce qui se passe ? – Et si on allait vivre en Californie ? – Tu as eu Jim au téléphone ? – Mais non, pas Jim... Jessica... » Elle n'arrivait pas à dire le nom de famille. « Celle qui joue dans *Believe*. – Jessica Faure ? Celle que tu regardais tout le temps ? » Nino crut à un accès de délire. Il l'assaillit de questions simples pour voir si sa tête fonctionnait encore. « Quel jour sommes-nous ? », « Quel est ton nom de jeune fille ? », « Où avons-nous passé nos dernières vacances ? – Mais Nino, arrête ! Cette fille m'a appelée, je te jure ! » Elle déballa tout : l'histoire des droits, sa passion pour Charlotte, peut-être bientôt sur grand écran. Évidemment, tout ça vu d'ici, de Joué-la-Tour, paraissait inconcevable, pourtant c'était vrai. Nino voulut connaître le montant de son truc de droits. Sûrement beaucoup. Peut-être un million. Il s'assit à son tour sur le tapis, assommé par la nouvelle. Pourrait-elle les aider, lui et Jim, sur leurs essais cliniques ? Bien sûr qu'elle pourrait. Pourraient-ils aller voir Jim en famille, tous ensemble ? Bien sûr, tout était possible. Alors, pour la première fois, Nino l'encouragea. Elle devait s'y mettre le plus vite possible, boucler le dernier tome. C'était vraiment extraordinaire ce qui leur tombait dessus, et sans doute la voie royale pour mettre Simex au pied du mur, les faire payer, et tourner la page.

*

Comment les enfants l'avaient-ils su ? Avaient-ils surpris une conversation ? Max la prit à part après le dîner. Pas question de partir en Californie, il était très bien ici. Il lui annonça qu'il était très amoureux et que sa copine l'aimait aussi. Elle avait deux ans de plus que lui, mais peu importe, ils s'aimaient. Sylvie en fut ravie. Elle le fut moins d'apprendre qu'il ne finirait peut-être pas le lycée parce que ça ne servait pas à grand-chose. Sa copine avait déjà du boulot, et même sa propre mère avait eu du succès sans faire de grandes études, et puis, à quoi bon passer le bac quand toute la planète était foutue ! Sylvie le renvoya à ses devoirs et lui rappela qu'il était encore mineur pour le moment et que s'il décidait de foutre sa vie en l'air, ce serait sa responsabilité quand il aurait dix-huit ans. Alexis, lui, serait ravi de partir. Tellement de musiciens qui végétaient en France avaient explosé d'un coup aux États-Unis. Ses parents devaient vendre leur pavillon et acheter sur la côte Ouest une maison avec piscine et terrasse en tek. (Bien qu'il ne soit pas à fond branché piscine, mais bon, là-bas tout le monde en avait une. Il s'agissait de bien s'intégrer.) « Alexis, on n'ira pas là-bas. Je ne sais pas qui t'a mis ça dans la tête, mais c'est n'importe quoi. – Au fait, maman, est-ce que t'aurais le mail de Jessica Faure, je voudrais lui proposer un projet, je pense que ça peut l'intéresser, même si elle n'a jamais chanté. » Mais pour qui se prenait-il ? Devenait-il complètement mégalo, le succès de sa mère lui montait-il à la tête ? « Mais chéri, je ne connais pas cette fille. Je l'ai eue une fois au téléphone, ce n'est pas une amie. Je ne peux rien faire pour toi ! – La vérité, c'est que tu ne veux rien faire pour moi, depuis que tu es dans les journaux, tu t'en fous de moi ! Tu veux même pas écouter mes compos. Quand t'es là, t'es pas là, t'es ailleurs, sinon t'es chez Mireille ! » Sylvie le prit dans ses bras. « Mon bonhomme, je suis là, je suis avec toi, alors si tu veux discuter, on discute ! » Alexis se dégagea brusquement et la toisa de toute sa hauteur (il atteignait presque sa taille, à présent). « D'accord, alors donne-moi le numéro de Jessica Faure ! » Elle criait à présent : « Tu ne me parles pas sur ce ton… – Je te demande juste un truc, et toi tu le prends mal. »

Pendant l'altercation, Nino était resté tranquillement assis sur le canapé, les yeux rivés sur la télé. Il n'aimait pas les conflits et attendait toujours que ça se calme pour intervenir, ce qui ne faisait qu'accroître la colère de Sylvie.

Elle monta s'allonger sur le kilim. Alexis avait-il raison ? Avait-elle fini par délaisser ses gosses à la suite de son succès ? par devenir distante, indifférente ? Elle frappa doucement à la porte de son fils et le trouva plongé dans un livre sur l'âge d'or des comédies musicales américaines, un cadeau de Noël de Mireille. « Tu as raison, chou, j'ai peut-être un peu changé, mais je ne veux pas que tout ce foin autour du livre change quoi que ce soit pour vous. – C'est raté, maman, complètement raté… parce que ton livre, on m'en parle tout le temps, même le prof de français, il m'a demandé si tu pouvais venir pour expliquer ton métier d'écriture, mais pas question que tu viennes devant toute la classe… Alors ton histoire de nous protéger de tout ce bazar, c'est mort… Parce que s'il y a du monde au spectacle, ce sera pour te voir… Même ce con de Benjamin m'a posé plein de questions sur toi, par exemple, si papa et toi vous alliez divorcer, des trucs comme ça… Et Max aussi, il est en train de se faire bien avoir par cette fille, la nouvelle, la vieille de dix-neuf ans, elle aurait jamais été avec lui sans ton best-seller, en plus, il lui fait croire qu'il sait plein de choses sur le sexe et c'est pour ça que la fille l'aime bien… » Pourquoi la prévenait-il seulement maintenant ? « Écoute, Alexis, reste avec tes copains, les vrais, et pour ton spectacle, tu t'en fiches, tu le fais. Le bon côté, c'est que tu auras du monde… C'est comme ça, il va falloir s'y habituer et se protéger des cons. »

Le lendemain, elle alla chercher Max à la sortie du lycée. Il ne la vit pas. Il était avec sa copine, qu'il tenait par la main. C'était vraiment bizarre de voir son fils, son petit Max, avec cette jeune femme. Profitait-elle de lui ? Devait-elle intervenir ? La fille portait une longue jupe sombre qui traînait presque par terre. Elle alluma une cigarette et Max glissa son bras sur son épaule. Peut-être devait-il en passer par là, se faire avoir pour grandir ?

*

Et si Jessica avait raison ? Si elle détenait la vérité ? Charlotte devait vivre sa grande histoire d'amour à fond, jusqu'au bout. N'importe qui aurait suivi ses conseils. D'ailleurs, cette Jessica était une actrice extraordinaire, nommée deux fois aux Césars. Elle imagina son héroïne sous les traits de Jessica. Oui, ça pouvait coller. Ce n'était plus vraiment sa Charlotte, Jessica était plus âgée, moins pulpeuse, elle n'avait pas cette petite fossette si caractéristique et cet air de gamine indissociable de son héroïne. Mais Jessica pourrait se transformer, avec elle tout était possible… Il fallait donc écrire la grande histoire d'amour, celle que Charlotte avait attendue toute sa vie sans jamais se l'avouer. Une superbe histoire de cœur et de rédemption, comme disait Jessica. C'était la ligne à suivre. Il ne fallait plus tergiverser. Il lui restait deux mois pleins pour finir le texte. Jusqu'à présent, Charlotte n'avait jamais aimé de tout son être, à part son petit frère. Pourrait-elle baisser la garde ? Sylvie mit quelques idées au propre, puis se lança dans le premier chapitre, entama le deuxième, relut le premier. Quelque chose clochait, pourquoi Charlotte tombait-elle en pâmoison devant sa dernière proie ? Pouvait-elle renoncer si facilement à ce qui guidait sa vie : la vengeance ? Était-elle prête à tomber le masque ? Elle relut encore, mais ce n'était toujours pas ça. Après des dizaines d'heures à pianoter, elle ne comprenait même plus comment Charlotte pouvait désirer ce type.

Elle décida de se changer les idées et de se remonter un peu le moral en regardant des sites de fans. (C'était toujours agréable de tomber sur des commentaires élogieux.) Mais les fans, eux, bossaient, échangeaient, anticipaient, échafaudaient des hypothèses sur la suite, le tome IV. Certains étaient persuadés que l'histoire finirait par un meurtre de sang-froid (Charlotte serait inculpée pour homicide, et elle paierait pour tous ses forfaits), d'autres imaginaient Charlotte sombrant dans la folie et finissant dans un hôpital psy, quand de plus romantiques lui mettaient une robe blanche et la bague au doigt pour un grand mariage hollywoodien. Qui étaient tous ces gens pour avoir autant d'idées ? Pourquoi en avaient-ils et pas elle ? Comment elle, la seule et unique à connaître par cœur son héroïne, pouvait-elle être aussi perdue ?

*

Que s'était-il passé ? Ce n'était plus une question d'intrigue, de choix à faire quant au destin de son héroïne, d'hésitations sur la tournure que prendrait l'histoire, non, ce n'était plus tout ça, ni même de trouver celui qui avait tout balancé à Armand. C'était pire, le blocage était total parce qu'elle n'arrivait plus du tout à se concentrer. Toutes ses tentatives pour suivre Charlotte, percer son secret, allaient dans le mur. Elle écrivait quelques lignes, s'appliquait à rejoindre Charlotte, et voilà que, sans même s'en rendre compte, son esprit surfait sur des sites de déco, elle cliquait sur des dizaines de housses de couette ou de lampadaires en verre soufflé bouche, errait sur des dizaines de profils d'ex-collègues de MaBelleNuit, parcourait des articles sur le tome III, puis tout à coup se mettait en tête de trouver la recette du gâteau pistache-framboise, quand ce n'était pas celle du poulet au curry-lait de coco pour l'anniversaire de sa mère. Où était partie son héroïne ? L'avait-elle abandonnée ? Avait-elle déserté son esprit ? Lui en voulait-elle d'avoir gagné du fric sur son dos ? Jusqu'à présent, elle la retrouvait sans problème et il n'y avait qu'à la suivre. Mais depuis qu'elle s'était mise à réfléchir sur la destinée de Charlotte, à se poser des questions sur les chemins qui s'offraient à elle, maintenant qu'elle s'efforçait d'appliquer les précieux conseils de Jessica, c'était comme si Charlotte avait trop attendu et avait foutu le camp. Elle s'était fait la malle, en quête d'un autre auteur, un vrai auteur, qui lui rendrait justice. Bien sûr, Sylvie ne pouvait pas formuler une chose pareille face à son entourage, mais elle aurait tellement aimé se confier à quelqu'un, parce qu'il y avait peut-être du vrai dans tout ça. Pourquoi Charlotte n'aurait-elle pas une vie propre, une vie parallèle ?

Elle coupa Internet. C'était la seule solution. Enfin, elle le croyait. Mais ça ne changea pas grand-chose. D'accord, l'écran n'était plus là pour l'hypnotiser, mais son esprit s'évadait toujours, trouvant n'importe quel prétexte pour se tailler. N'aurait-elle pas dû faire un velux plus grand ? Et cette danseuse devant elle, cette femme avec son pied en l'air, si belle, avait-elle existé ? Avait-elle eu du succès ? Le type qui l'avait sculptée était-il son amant ? Et si cette lampe était d'une valeur inestimable ? Si elle devenait millionnaire, continuerait-elle d'écrire ? Au fond, avait-elle vraiment besoin d'écrire ? Tiens, Mireille, qu'est-ce qu'elle faisait à cette heure-ci, et si elle passait la voir ? Pourquoi ne pas aller l'aider quelques minutes à finir ses mots croisés ? Elle n'avait pas encore regardé pour le ski en février, fallait-il réserver tout de suite ? Mais avait-elle encore les moyens d'aller au ski ? Prenait-elle un risque en dépensant autant pour une semaine ? Hop, sur l'écran de son téléphone défilaient déjà les plus belles stations alpines… Elle descendit et mit son téléphone dans un placard pour ne plus être tentée. En passant, elle croisa du chocolat qu'elle remonta en douce dans les combles. Après avoir mangé, elle n'espéra qu'une chose, que les garçons rentrent de cours, qu'il y ait enfin du bruit, pour avoir toutes les raisons du monde d'être parfaitement déconcentrée et en finir avec cette journée, cette stupide journée de boulot qui ne rimait plus à rien. Fallait-il le dire franchement à Armand ? Oui, tout avouer et même laisser tomber. Elle gagnerait encore quelques milliers d'euros avec les trois tomes et se trouverait une petite planque chez MaBelleNuit ou ailleurs. Accepter la défaite, c'était la seule chose à faire. Il lui restait un mois et demi, or le tome IV était à peine entamé. C'était foutu. Elle ne parvenait plus à se relire, parce que alors toutes les questions revenaient, et les conseils de Jessica, et la voix de Jessica, et la peur de ne pas comprendre ses conseils, et la terreur de retrouver Charlotte et qu'elle ne soit plus telle qu'elle était, mais telle que les autres la voyaient, tous les autres, Jessica, les fans, les lecteurs, tous ceux qui l'adulaient. Ah, elle devenait folle, oui, vraiment folle, et tout ça à cause de ce mail, ce fichu mail qu'une main anonyme avait envoyé à Armand, mais à qui était cette main ? Il fallait rallumer la box Internet, chercher, tout reprendre depuis le début !

« Sylvie, vous m'entendez ? Tout va bien ? – Oui, Armand, tout va bien… – Mais vous pleurez ? Vous pleurez, Sylvie ! Qu'est-ce qui vous arrive ? – Il m'arrive que tout va bien… – Mais où êtes-vous là ? – Ben, dans les combles, devant la danseuse… – Quelle danseuse ? – Mais celle que j'ai achetée à Paris, que j'ai mise sur mon bureau… – Vous travaillez, Sylvie ? que se passe-t-il ? – J'essaie de travailler, Armand, j'essaie, mais ma tête ne fonctionne plus… » De gros sanglots l'empêchèrent de poursuivre. Le téléphone lui glissa des mains. « Sylvie, je viens vous voir, tout de suite. »

Armand la serra dans ses bras et elle pleura encore plus. Elle ne voulait pas que les garçons la voient dans cet état, ni Nino (ils étaient sortis tous les trois acheter des pizzas et devaient rentrer d'une minute à l'autre). Elle avait filé en douce et donné rendez-vous à Armand devant la tour, la grande tour médiévale. (Armand avait pris un taxi depuis Bordeaux, signe qu'il devait être inquiet.) « Sylvie, qu'est-ce qui se passe, voyons ? – Tout est fichu, Charlotte est partie, je ne la retrouve pas… Pourtant, Dieu sait que je l'aime, Armand, j'aime cette fille, j'aime son sale caractère et son entêtement, ses belles jambes, son sexe… Tout, quoi ! Mais je l'ai perdue… » Le vieil homme partit d'un éclat de rire. Comment osait-il se moquer de sa détresse ? « Mais, chère enfant, ce n'est rien du tout. C'est le trac du succès. Vous avez le trac, Sylvie, et votre esprit s'est pris les pieds dedans... Ah, vous me rassurez, parce que vous m'avez fait drôlement peur. Je pensais à une maladie ou à un grave problème de famille, à vos deux gamins... Ah, mais ça, ce n'est rien, chère Sylvie, vous paniquez, ça déborde, mais tout peut s'arranger... – Vous croyez ? »

Il lui proposa de monter dans la tour. Sylvie n'en revenait pas de cet immense effort qu'il allait faire pour elle. Son père l'aurait-il fait, lui aussi ? Quel âge aurait-il aujourd'hui ? Soixante-quatorze ans, à peine plus jeune qu'Armand. Les voyait-il tous les deux, grimpant et s'arrêtant toutes les cinq minutes dans cet escalier en colimaçon qui n'en finissait pas ? « Prenez mon bras, Armand, je vais vous aider. » Il s'appuya sur elle pour gravir les dernières marches. Arrivé tout en haut, il s'avança vers la balustrade, se pencha et inspira très fort. « C'est revigorant à mon âge de grimper si haut. – Oui, on peut voir ma maison d'ici, regardez là-bas, les maisons à tuiles rouges, la mienne est la deuxième en partant de la droite. – Ah oui... » La distinguait-il ou faisait-il semblant pour la soutenir coûte que coûte dans la peine ?

La main d'Armand frôla la sienne puis l'enveloppa. « Sylvie, vous avez peur, voilà ce qui vous arrive. N'importe qui aurait peur à votre place, n'importe qui. Vous avez basculé dans un autre monde... Vous n'étiez pas préparée... Le succès fout la trouille, parce que, après, le public guette la suite... Et vous, vous avez le vertige, la crainte d'avoir tout donné, grillé toutes vos cartouches. » Elle serra la main d'Armand. « Je crois que je n'y arriverai plus... Je n'ai plus ma tête. C'est plus comme avant... » Il se tourna vers elle. Ses quelques cheveux s'étaient redressés haut sur son crâne sous l'effet du vent. On aurait dit un oiseau. « Mais bien sûr, chère enfant, que ce n'est plus comme avant ! Ce ne sera jamais plus comme avant ! Évidemment, vous êtes devenue Sylvie Verbaldi, auteure d'un best-seller érotique, et tout a changé. Le passé est révolu, balayé, les séances d'écriture en douce à l'abri des regards entre vous et vous-même, c'est terminé ! Il faut l'accepter. Une page est tournée, vous écrivez dans la lumière, maintenant, sous les regards, tous les regards, et il va falloir apprendre à vous en moquer, à les oublier complètement. Pour cela, il faut revenir à la source, aux origines, à tous ces moments qui vous remuaient les tripes… Retrouver cette faim, cette boulimie de mots et de cul… » Armand parlait fort. Un type grogna qu'on ne venait pas ici pour gueuler des insanités, mais Armand n'y prêta aucune attention. « Sylvie, le succès contient du poison. Et justement, nous avons l'antidote, vous me faites confiance ? – Oui… Mais je n'arrive pas à prendre de décisions, je ne vois plus rien, tout est devenu flou. Par exemple, Charlotte, je ne sais plus si son histoire doit finir en drame ou en happy end. Jessica a de bonnes intuitions là-dessus, je devrais la suivre… Vous savez, cette Jessica Faure a quand même été nommée deux fois aux Césars… »

Les larmes revenaient. C'étaient toutes ces heures de solitude passées devant la danseuse à se maudire, toute cette tension qui explosait. Armand la prit par le bras. « Vous savez ce qui se passe, Sylvie ? Écoutez-moi bien ! » Comme il avait hurlé, le touriste à côté protesta de nouveau : « Est-il possible d'admirer la vue en silence, merci. » Armand l'ignora et poursuivit : « Sylvie, vous souffrez parce que vous ne voulez pas écrire la suite de *La Rose bleue*, mais un best-seller. Charlotte n'est pas née pour faire un best-seller, elle est née parce qu'elle était en vous et demandait à venir au monde, c'est tout. Le best-seller est une péripétie, une simple péripétie, mais ce n'est pas le but. Vous comprenez ? – Oui… C'est vrai. Je veux bien faire, je ne veux pas décevoir. Vous auriez vu tous ces gens qui faisaient la queue pour me voir. Et cette fille qui a pleuré dans mes bras… Et cette vieille dame qui m'a raconté qu'elle avait été abusée à vingt et un ans et qu'elle aurait voulu tuer son violeur, mais comme il employait son mari, elle n'avait rien dit… Qu'est-ce que je dois faire de tout ça maintenant ? Les gens pensent que je vais venger le monde entier ou quoi ? Je n'ai pas les épaules, Armand… J'ai juste gribouillé un petit truc, un tout petit truc… » C'était elle qui criait à présent. Les touristes avaient quitté la tour. Armand et elle étaient désormais seuls devant les vignes, les collines et le cours d'eau.

Le vent avait redoublé. Armand se tourna vers Sylvie, les cheveux droits sur le crâne. « Vous n'êtes pas Charlotte, vous n'avez à venger personne. Si les gens viennent vous raconter tout ça, c'est que vous inspirez confiance, que vous leur faites du bien. Ils vident leur sac le temps d'une signature, mais vous ne pouvez rien pour eux… Si le monde tourne mal, ce n'est pas votre faute. Vous n'allez pas coffrer les salauds, devenir avocate, juge ou enquêtrice. Vous êtes Sylvie, toujours Sylvie, et Charlotte est en vous, vous n'y pouvez rien… Il faut lui laisser la place, c'est tout. Vous verrez… » Sylvie baissa la tête, les larmes montaient. « Mais, Armand, je ne vois rien du tout, je crois que je vais laisser tomber… Il faut être réaliste… je ne suis pas faite pour tout ça, c'est trop pour ma condition ! »

Quelques gouttes de pluie commençaient à tomber, toutes petites. Armand s'était posté face à elle, il ne parlait plus. Ce n'était pas bon signe. Allait-il se lasser d'être compréhensif, s'emporter, parler du contrat et exiger le tome IV ? « Sylvie, il n'y a pas de condition pour être écrivain. Tout le monde peut l'être, c'est une chose que tous les humains ont en eux sans forcément l'exploiter, et chez vous, cette chose… elle est énorme… N'allez pas vous sentir illégitime… Votre condition, on s'en fout… – Armand, j'ai pas le savoir-faire, la méthode, la vraie… celle qui guide et qui range tout ce fouillis dans la tête… – Sylvie, les écrivains sont des humains comme vous et moi. Eux aussi ont le trac, connaissent le néant et restent des mois sans écrire… Mais moi je suis là, Sylvie, et je vais vous sortir de cette trappe… – Armand, j'ai pris trop de retard… » Il balaya l'objection d'un ample mouvement du bras, qui le fit chanceler. « Mais si vous pouvez ! Le tome IV est attendu pour la fin novembre. Qu'il sorte en mars de l'année prochaine ne changera rien… Je vous donne un mois de plus, même un mois et demi… Tenez, même deux mois et demi, je m'arrangerai avec l'imprimeur et les libraires… Mais annuler est impossible, annuler serait la pire des conneries ! Pourquoi seriez-vous arrivée à écrire trois tomes et pas le dernier ? Pourquoi ne pourriez-vous pas décider du destin de votre héroïne ? Qui d'autre pourrait le faire ? » C'était vrai, ça. Charlotte n'était rien sans elle.

Un pâle arc-en-ciel se dessina derrière eux. Et si c'était son père ? Elle n'était pas croyante, pas du tout. Mais un arc-en-ciel juste à ce moment précis, ça ne pouvait pas être une coïncidence, ça ne devait pas en être une. « Sylvie, vous allez m'écouter, d'accord ? » Un type cria derrière eux que la tour allait fermer. Mais Armand s'en fichait. « Sylvie, voilà ce que vous allez faire. Vous allez ne rien faire, voilà, c'est tout… Et surtout, vous ne lirez plus rien sur *La Rose bleue*, aucun mail, aucun article, et vous oubliez cette Jessica… Vous retournez sur les lieux où vous avez écrit, aux tout premiers endroits, vous repartez de la source, des premières fois, sans rien faire, surtout sans rien faire, et l'envie reviendra doucement, ou peut-être du jour au lendemain… Il faut s'ennuyer pour écrire, il faut faire venir le manque… Oubliez votre héroïne, oubliez ces dernières semaines, tout ce que vous avez fait… Sortez, bougez… Surtout ne cherchez pas Charlotte… N'y pensez même pas… » Le jeune homme du guichet se tenait devant eux. « Messieurs dames, il va falloir descendre… – Alors jeune homme nous vous suivons, mais nous irons à notre rythme. J'ai assisté à la construction de cette tour, vous le saviez ? »

*

Elle parla à Nino et aux enfants. Voilà, elle avait quelques problèmes pour se concentrer à la maison, alors elle allait sortir pour se changer les idées, ou plutôt pour trouver des idées, avec son petit ordinateur elle pouvait écrire n'importe où, dans sa voiture ou au café, enfin quand l'envie lui en prendrait. Alexis demanda pourquoi elle avait aménagé les combles en bureau. Elle rétorqua que ce bureau, tout le monde pouvait en profiter, que Max pourrait l'utiliser pour préparer son bac. Max, ravi, proposa qu'on en fasse carrément sa chambre, puisque sa mère n'y allait plus. « Écoute, Max, ce bureau, je n'y serai plus toute la journée, mais je m'en servirai encore pour mettre des notes au propre et me relire. » Alexis demanda si le premier chapitre du tome IV était écrit, parce que ses copains le bombardaient de questions. « Mais, Alex, tu as perdu la tête ou quoi ? Les gens le liront quand il sortira. Rien ne doit fuiter, pas une seule ligne, sinon les conséquences seraient très graves. – M'enfin, maman, qu'est-ce qui serait grave ? interrogea Alexis, qui y mettait vraiment de la mauvaise volonté. – Réfléchis, Alexis ! Si les gens connaissent l'histoire avant que sorte le livre, ils ne l'achèteront plus et je devrai rembourser l'éditeur et nous devrons déménager dans un tout petit appartement et vous changer de lycée, et ce sera un énorme fiasco… Tu comprends ça ? – Ok, relax, maman, je demandais seulement un petit extrait du début. Si tu veux, je peux t'aider pour les idées, j'en ai plein, tu sais ! – Oui, Alexis, je sais, mais ce n'est pas un livre pour les enfants… – Je ne suis plus un enfant ! » Nino vint enfin la secourir : « Et pas encore un adulte. D'ailleurs, tout le monde au lit ! »

Nino débarrassa la table et remplit consciencieusement le lave-vaisselle. Enfin, Sylvie pouvait souffler et grignoter le reste de chocolat aux noisettes. Seule et peinarde, voilà ce qu'elle voulait. Mais Nino en décida autrement et vint la rejoindre sur le canapé. « Chérie, je suis avec toi, tu sais. Je vois bien maintenant que c'est une chance ce livre, ce succès. Qu'est-ce qu'on aurait fait si tu avais perdu ton boulot, avec ma fin de droits aux Assedic ? Oh là là, on aurait pu perdre la maison, et je ne veux même pas penser à la suite ! Alors chérie, merci, merci, chou. » Il la serra dans ses bras. Elle ne l'attendait plus, mais Nino l'avait fait, enfin. Il l'avait félicitée. « Chérie, dis, je suis pas trop branché littérature, mais je peux lire, si tu veux l'avis d'un petit lecteur qui aime les romans policiers dans les coins sombres de Los Angeles, je suis ton homme, chou… Fais-moi lire ! Ah oui, je serais fier, chérie, n'hésite pas… » Qu'est-ce qui lui prenait ? Qu'il l'encourage, d'accord, mais de là à s'impliquer ! « C'est gentil, mais je sais pas encore trop où je vais, peut-être quand j'aurai avancé, on verra… »

Sylvie avait suivi scrupuleusement les conseils d'Armand. Elle avait fait le vide, s'était inscrite à un cours de yoga (pour de vrai, cette fois), à un atelier de sophrologie qui parlait d'être en paix avec soi-même, ce qui lui semblait tout à fait adapté à la situation, et pratiquait assidûment la méditation, qu'elle avait découverte sur son compte Instagram – un de ses fans la conseillait vivement. Ses journées étaient remplies : sport le matin, courses après le déjeuner, café avec Mireille, retour des garçons et quelquefois une sortie avec Nino en soirée. Elle avait aussi changé ses habitudes. Elle ne voulait plus croiser le voisinage et les commerçants qui ne pouvaient s'empêcher de la traiter comme une gagnante de l'EuroMillions, évoquant à tout bout de champ le succès du livre et leur impatience de découvrir le suivant. Tout ça fonctionnait très bien. Mais son envie de Charlotte, celle qui s'emparait d'elle quelques mois auparavant et qui lui aurait fait quitter le travail sur un coup de tête, cette envie-là qui lui donnait des insomnies, eh bien, elle ne revenait pas, elle s'était volatilisée. Charlotte était-elle endormie, morte ? Comment savoir ? Il ne fallait pas s'affoler. Il fallait méditer, oui, méditer à fond et faire le vide. Le grenier était parfait pour ça. Elle croisait les jambes sur le kilim, écoutait son souffle jusqu'à perdre la notion du temps. C'était peut-être le meilleur moyen de laisser une place à Charlotte, de la laisser revenir, tranquillement, auprès d'elle. Elle appréciait qu'Armand ne lui donne pas signe de vie. C'était sa façon de dire qu'il avait confiance, qu'il n'avait aucun doute sur la suite, et qu'en attendant il lui foutait la paix. Un coup de fil, pourtant, ne l'aurait pas dérangée, histoire d'obtenir quelques conseils de plus et s'assurer qu'elle était sur la bonne voie. Mais bon, qu'aurait-elle pu lui annoncer ? « Armand, je médite tous les jours entre 11 heures et midi avec le youtubeur Ashram Garnis, puis je fais mes courses à Saint-Jean, quant à Charlotte, je n'ai pas encore de nouvelles, mais je vous ferai signe. Tchao. »

Il n'y avait que Mireille qui lui foutait la paix. C'était bien simple, elle ne lui parlait jamais de *La Rose bleue*. Pour elle, ça n'existait pas. Enfin quelqu'un qui ne pensait pas à Charlotte dès que Sylvie apparaissait ! C'était grandement appréciable ! Sylvie trouvait n'importe quel prétexte pour débarquer chez elle. Elle apportait les courses, le journal, ou lui proposait de goûter un café acheté à la toute nouvelle épicerie bio de Saint-Jean, et elle n'hésitait plus à l'emmener chez le coiffeur, elle avait tout son temps. Mireille s'en étonnait à peine. Elle s'embrouillait dans les jours : « On n'est pas samedi aujourd'hui ? Pourquoi on n'a pas le jeu sur la 2 ? – Mireille, on est lundi. – Ah bon, et t'es pas au boulot, toi ? – Mais non, je suis en arrêt pour écrire… – Ah oui, ton truc, là… Bon, tu viendras à 18h15 pour la piqûre du chat, alors ? – Ben oui… Bien sûr, Mireille, je serai là. »

9

Un soir, Alexis coinça sa mère dans la cuisine, son carnet de correspondance à la main. « Maman, tu peux me signer le mot pour la journée en mer avec la classe ? – Ok, fais-moi voir, je signe où ? – Là, ce sera le 4 mai. T'oublie pas parce que je rentrerai pas avant 18 heures. – Hein, le 4 mai ! Mais on est le combien là ? – Ben, le 20 avril. – Non, le 20 avril déjà, ça passe, dis donc ! » Comment le temps avait-il pu filer si vite ? Elle compta les jours qui lui restaient sur l'agenda de son fils. Soixante-dix-sept jours pour écrire le tome IV. Ça faisait quatre pages par jour, sans ratures. Elle devait s'y remettre le lendemain coûte que coûte, après l'atelier de sophrologie. Prendre des décisions, n'importe lesquelles, même des mauvaises, mais avancer. L'angoisse la reprit au milieu du salon. Son ventre enfla en quelques minutes. Une affreuse nausée s'empara d'elle. Non, non, il ne fallait pas sombrer et rester seule comme la première fois. Armand pouvait l'aider, elle allait tout lui avouer car ce fameux trac ne la lâchait pas.

Elle l'appela sur-le-champ : « Armand, bonjour, vous allez bien ? – Oui, et vous ? Je suis heureux de vous entendre, ma chère, je parlais de vous tout à l'heure avec un libraire… Justement, ils aimeraient organiser des rencontres pour le tome IV… – Ah oui, Armand, vous savez, ce n'est pas facile… Le trac n'a pas l'air de vouloir partir… – Bien sûr, je vous l'avais dit, mais ça stimule, aussi, vous avez combien de chapitres pour l'instant ? » Il n'y avait pas de chapitre, pas le moindre petit début. Que dire ? Armand reprit : « Je ne vous embête pas... C'est juste pour me faire une idée... – Euh... – Non, mais très approximativement, Sylvie, juste pour savoir... – Euh... je ne sais pas... Peut-être... dix... – En effet, ce n'est pas énorme, mais c'est déjà ça... Il faudrait accélérer un peu, chère Sylvie. Ce n'est pas pour vous mettre une quelconque pression, mais comprenez, il nous faudra le temps de relire, peut-être redécouper les chapitres, les corrections, les épreuves, l'habillage, avant de remettre le tout à l'imprimeur, ce qui nous amènera au mois de décembre, la dernière limite... Mais je les ferai attendre. Inutile de vous dire, tout le monde est sur les dents, les journalistes m'appellent pour des extraits, ils veulent tous l'exclusivité. Et même, vous savez quoi ? L'agent de Jessica Faure, il n'arrête pas ! Je ne sais pas ce que vous avez fait à cette fille, mais elle est coriace, c'est bien simple, son agent, je ne le prends même plus au téléphone. J'en ai marre ! Ils feront la queue, comme tout le monde, et merde... Des séries de tout et n'importe quoi, un succès, hop, une série ! Mais c'est du recyclage tout ça, du grand recyclage. Charlotte n'est pas une poupée Barbie ! Vous êtes d'accord ? » Tout de même, Jessica Faure s'intéressait à Charlotte, comment osait-il prendre ça à la légère ? « Armand, c'est Jessica Faure quand même ! Il faudrait pas qu'elle le prenne mal... Elle a été très attentive, je veux dire, très impliquée... Elle a même de bonnes idées pour Charlotte... – Sylvie, ce n'est pas à elle d'avoir des idées. – Ben, elle s'y connaît, Jessica, elle a joué dans la série *Believe*... Elle a joué des tas d'héroïnes. » Armand perdit patience : « Mais on s'en fout de ça ! Sylvie, vous êtes une auteure des Éditions Delpareil, et les Éditions Delpareil vendent du souffle, des mots, des destins qui changent le monde... Enfin, peut-être pas le monde, je m'emporte... Alors, je vous laisse travailler, je ne voudrais pas vous retarder, ce n'est pas le moment. Bon courage, Sylvie, je suis avec vous. »

C'était la fin, la fin de tout : elle allait dans le mur. Elle avait menti, Armand attendait. La déception serait énorme. « Je sors,

Nino, j'ai une course urgente. » Elle prit son ordinateur portable, le balança sur le siège avant de la voiture et roula. Devait-elle foutre le camp, s'enfuir, disparaître ? C'était stupide. Non, elle devait y arriver, elle devait retrouver cette putain d'héroïne. Elle l'avait créée, elle l'avait fait naître. Comment pouvait-elle l'avoir perdue ? Tous les conseils d'Armand, elle les avait suivis à la lettre, sauf un : retourner sur les lieux où elle avait écrit Charlotte, s'en imprégner, renouer avec les premiers temps. Peut-être aurait-elle un déclic ? Elle pensa immédiatement au parking d'Auchan, là où elle avait effectué le plus gros du boulot pendant ses interminables pauses déjeuner.

Elle gara sa voiture en face de l'entrée, à côté de la réserve de caddies, sortit son portable et sentit Charlotte, là, tout près ! La tragédie était dans l'air. C'était ça qui l'effrayait. Mais c'était le destin de Charlotte. Maintenant, elle le savait. C'était noir, atroce, mais c'était le chemin. Les lecteurs seraient déçus, dégoûtés, écœurés, Jessica n'en voudrait plus, mais il fallait le faire. Elle ouvrit l'ordinateur, cliqua sur le document « Charlotte, suite IV », tapa la première phrase. Le parfum de Charlotte revint, le cliquetis de ses bracelets, ses talons qui résonnaient sur le bitume, ses cheveux frôlant le blouson en cuir. Elle était là, devant elle, aussi belle qu'avant. C'était inespéré. Armand avait tout compris, Armand l'avait sauvée.

« Putain, mais merde, dégage ! » Un cri, à quelques mètres, la réveilla. Combien de temps avait-elle écrit ? Quelle heure était-il ? Sylvie n'en avait aucune idée. « Putain, lâche-moi ! » Une silhouette se faufilait entre les voitures : des longs cheveux et une grande veste noire. Ça lui rappela la folle qui lui avait crié dessus au Salon du Livre de Paris. Et si c'était elle ? Il ne fallait pas y penser, surtout pas. D'ailleurs, pourquoi cette folle serait-elle venue la chercher jusqu'ici ? Elle lui ressemblait pourtant, même démarche, même coiffure. Et si cette fille l'espionnait ? Mais non, elle perdait la boule. Comment aurait-elle pu savoir qu'elle écrivait là ? Sylvie devait en avoir le cœur net. Elle sortit de sa voiture et courut rejoindre la femme. La fille marchait vite. Prenait-elle la fuite ? C'était tellement drôle de faire courir une obèse. À coup sûr, quelqu'un se tordait de rire à voir haleter Sylvie, pliée en deux, au bord du malaise après quelques foulées. Toutes les insultes entendues au Salon du Livre lui revenaient à présent : « Vous êtes une honte pour les femmes, une honte pour toutes les femmes ! Les féministes vous disent merde ! » Et si cette folle disait vrai ? Si Charlotte menait les femmes au désespoir ? Si les féministes avaient raison de la haïr ?

Sylvie suivit la femme dans l'enseigne Cuisine et cetera, parcourut le rayonnage des poêles en inox, croisa des tonnes de cuillères et de fouets, toutes sortes de rouleaux à pâtisserie, et ralentit le pas en l'apercevant au bout d'une allée, un égouttoir à la main. Elle était en tout point semblable à celle qui l'avait insultée. Cette femme était venue la narguer pile là où elle écrivait, sur le parking d'Auchan, dans sa ville. Sylvie balança froidement : « On se connaît, non ? On s'est vues à Paris, hein ? » La femme tourna la tête, reposa l'égouttoir. Elle était maigre, encore plus maigre que le jour des dédicaces. Elle prit une toute petite voix, sûrement pour brouiller les pistes : « À Paris ? Je vois pas. » Quel aplomb ! Sylvie ne put se contenir : « Vous vous foutez de moi ou quoi ? Vous croyez qu'on peut insulter les gens comme ça et faire comme si de rien n'était ? – Mais vous êtes qui ? Puisque je vous dis que je vous connais pas ! » Elle attrapa la passoire, tapa avec sur l'étagère. « Qu'est-ce qu'elle me veut, la grosse, là ? Ouais, toi. Tu dégages ou j'appelle les flics. » Elle la toisa de toute sa hauteur. La folle du Salon du Livre était-elle aussi grande ? Elle tourna soudain les talons et se dirigea vers les caisses. Pourquoi Sylvie n'avait-elle pas répondu : « Je ne suis pas grosse, je suis obèse et je t'emmerde » ? Son ventre gargouilla. Elle devait avaler quelque chose de chaud. Ça la calmerait. Elle alla s'acheter deux gaufres au sucre, qu'elle mangea l'une derrière l'autre, debout, sur la table haute de La Mie sucrée. Après tout, elle avait dépensé beaucoup d'énergie à suivre cette cinglée, elle pouvait se le permettre.

Quand elle revint à sa voiture, la fenêtre était grande ouverte. Mais le portable était toujours là. Comment avait-elle pu prendre un risque pareil ? Elle ralluma l'ordinateur, relut les dernières lignes. C'était pas mal, peut-être un peu long. Elle effaça l'ultime paragraphe. Il répétait trop l'avant-dernier, puis effaça l'avant-dernier, mal écrit, mal foutu. Elle devait se concentrer, retrouver le fil, et tout irait bien. Des éclats de voix la firent sursauter. « Tu vas crever dans tes bottes en cuir ! Tu vas crever de trouille ! » Ce n'était plus la folle cette fois, c'était sa tête. Mais pourquoi l'entendait-elle toujours ? Elle n'allait pas se bloquer encore une fois, non, ce n'était pas possible ! Elle n'allait pas échouer parce qu'une grande gigue avait déboulé dans le parking ? Elle relut le dernier paragraphe, mais ça ne voulait rien dire. Non, ce n'était pas en train d'arriver, ce n'était pas possible. Son esprit devenait confus, brumeux, incapable, tétanisé. Avait-elle mis au monde une pouffe à moto ? Une honte pour les femmes ? « Ta saleté de Charlotte, cette saleté de saloperie sexiste, elle crèvera avec toi ! » À quoi rimait cette voix qui hurlait ? La folle l'avait-elle envoûtée ? Elle devait se calmer, absolument, Charlotte reviendrait, elle voulait revenir. Sylvie se colla bien droite contre l'appuie-tête, inspira, expira. Faire le vide, c'était l'objectif. « Tu vas crever dans ta peur, Sylvie… » Un énorme fracas se fit entendre. Elle n'avait pas fait ça ? Elle n'avait pas balancé son portable sur le goudron, fichu en l'air Charlotte ? Elle n'avait pas pu faire une chose pareille ! Sylvie se cogna la tête contre le volant. « Ça va pas, madame ? » C'était le vigile. Elle crut reconnaître un bout de son clavier entre ses doigts. « On vous a cassé ça ? – Je crois, oui. Enfin non, pas vraiment… Une femme m'a insultée, puis elle est partie. Elle était là il y a deux minutes… » De grosses larmes coulaient sur ses joues. « Ah, madame… qu'est-ce je peux faire à vous ? – Ben, rien. C'était une folle, elle m'a traitée de grosse, mais je m'en fous, je m'en fous… » Le vigile lui tendit un mouchoir. « Vous allez à police pour la femme ? Vous voulez que je cherche elle ? – Mais non, pas du tout… » Ses pleurs redoublèrent. « Je dois finir un texte, et j'ai tout cassé ! » Les sanglots lui donnaient le hoquet. Le vigile ramassa le reste du portable. Qu'est-ce qu'il lui voulait à la fin ? « Vous pouvez l'emmener ce truc cassé, je m'en fous, prenez-le et mettez-le où vous voulez… – Mais madame, non, ça peut réparer… – Emmenez-le, je vous dis, ou brûlez-le, pitié ! » Il n'était pas habillé comme d'habitude. Peut-être avait-il fini son service ou allait-il le prendre ? « Vous savez, madame, beaucoup pensé à vous… J'ai pris cours de français, je parle ok, non ? – Ah oui, oui… très bien… » Elle chercha les clés de sa voiture. Elles n'étaient pas dans ses poches. « J'ai plus mes clés, putain ! Qu'est-ce que j'ai foutu de mes clés ! – Faut pas partir… madame. » Elle donna un grand coup sur le volant et s'apprêtait à taper encore plus fort, quand une main la stoppa. « Arrêtez, madame, vous arrêtez… »

Le contact de cette main lui fit du bien. C'était drôle à dire mais elle aurait voulu qu'il serre plus encore. « Madame, j'ai peine pour vous… – Ah oui ? » Son nez coulait, elle n'avait plus de mouchoir. Le vigile s'agenouilla près de la portière, leurs visages se faisaient face. Elle ne l'avait jamais vraiment regardé. Il n'était pas vilain. Il avait un visage rond de petit garçon. Ses cheveux étaient coupés ras, sa barbe rasée de près. Sa lèvre inférieure présentait une cicatrice qui se poursuivait sur le menton, une fine cicatrice. Elle sentit une chaleur sur sa main. Elle ne bougea pas. Il approcha son visage, pressa ses lèvres sur les siennes. Son parfum avait des notes de savon de Marseille et lui rappelait un type qui l'avait bécotée en colonie, alors qu'elle avait treize ans. Elle ne pensait plus à Charlotte, ni à la femme en noir, ni à son portable. Le vigile retrouva les clés de la voiture, prit le volant, conduisit quelques minutes et s'arrêta un peu plus loin sur une aire de pique-nique. « Viens. » Elle le suivit. L'avait-il hypnotisée ? Derrière les tables, il y avait une rangée d'arbres, de grands peupliers, et un champ de tournesols. Il marcha une centaine de mètres, retira sa veste en cuir, la jeta au bord du chemin et, quand elle le rejoignit, il la fit asseoir dessus pour l'embrasser à nouveau. Ses mains remontèrent sur ses cuisses, firent glisser sa culotte, cherchèrent ses seins. Il enleva ensuite son pantalon, sortit son sexe et lui montra qu'il était dur.

Sylvie n'avait plus peur. Elle se sentait légère pour la première fois depuis des siècles.

*

Il se passait quelque chose. Elle ne pouvait pas dire le contraire. Certains auraient dit « adultère », d'autres « tromperie », « trahison », « infidélité ». Mais Sylvie était loin de tout ça. Elle cherchait Charlotte et, en la cherchant, elle était tombée sur ce type, et ce type avait aimé son corps. Elle n'avait rien décidé, rien prémédité. Elle avait eu très mal et très peur et ce type l'avait calmée. Il était arrivé au bon moment, pile au bon moment. Il l'avait peut-être sauvée de quelque chose de grave, d'un terrible accident de voiture, ou pire encore d'un malaise cardiaque. Elle ne lui avait pas donné son numéro. Bien sûr que non. Mais il l'avait retrouvée au même endroit, dans le même parking, quand elle s'y était rendue le lendemain, avec l'ordinateur portable de son fils (qu'il avait bien voulu lui prêter pour la journée), espérant un signe de Charlotte, retrouver le fil, tout reprendre comme avant l'arrivée de la dame en noir. Bien sûr qu'elle ne voulait pas déraper comme la veille, bien sûr que non, mais le type était là, au même endroit. Alors il avait repris les commandes, l'avait conduite sur l'aire de pique-nique et elle avait joui. Charlotte, le tome IV, Armand, les lecteurs, elle avait tout oublié.

Elle ne voulait pas revenir, parce que tout ça ne rimait à rien, n'avançait à rien. Mais elle revenait et le type était là. C'était dingue. On aurait dit qu'il dormait dans le parking, passait sa vie à l'attendre. À présent, c'était même elle qui les conduisait, elle qui marchait en tête sur le chemin, se laissait tomber sur l'herbe exactement au même endroit que la première fois. Les mains du type malaxaient ses cuisses, ses seins, ses bras, ses mollets, elle devenait une énorme boule. Il lui semblait même qu'il aurait pu la façonner autrement, créer une autre femme ou même plusieurs à partir de sa chair. Il n'était pas gêné par son poids. Bien au contraire, sa masse l'excitait, comme si cet excès était une chance, des kilos en plus à pétrir et à travailler. Il prenait tout son temps. Une fois ou deux, des passants les dérangèrent et ils durent se rhabiller en vitesse. Mais le type ne voulait pas en rester là. Il continua à l'embrasser dans la voiture, puis l'emmena ailleurs, au bord de la rivière de Joué-la-Tour. Comment connaissait-il tous ces endroits ? Était-ce son métier, faire l'amour à des femmes sur des sentiers ? Allait-il lui demander de l'argent ? Il parlait peu, c'était une aubaine. De lui, elle ne voulait rien savoir, même pas son prénom.

Finalement, il l'avait dit, son prénom. C'était Dimitri. Après s'être présenté, il commença à lui raconter sa vie. Elle ne voulait pas de ça, de son intimité, mais elle ne pouvait tout de même pas lui hurler : « Je m'en fous. J'ai joui, barre-toi ! » Alors, elle fut bien obligée d'écouter. La fois où ils s'étaient revus sur le parking, où elle était en pleurs, son portable à terre, ce jour-là, c'était son dernier jour comme vigile au centre commercial. Depuis, il avait trouvé mieux, un boulot de veilleur de nuit dans la zone industrielle de Joué-la-Tour. Il prenait son service à 20 heures et le quittait à 6 heures. C'était bien mieux payé et bien plus tranquille. Il n'avait qu'à marcher avec son chien, un berger allemand très bien dressé. Il ne se passait jamais rien. Il regardait des séries sur son téléphone, fumait quelques cigarettes et la nuit passait très vite. Bientôt, il aurait assez d'argent pour partir de chez sa sœur. Elle venait d'avoir un bébé. Il sentait bien qu'il gênait. Encore quelques semaines, il aurait son contrat et se prendrait un studio à Saint-Jean. Il aimait la ville. Et puis, il demanderait la nationalité française. Et il l'aurait, parce qu'il se donnait du mal et ils le verraient bien à la préfecture, toujours il avait trouvé du travail, toujours il avait été déclaré, toujours il avait renouvelé le statut et jamais il n'avait touché à l'alcool… La Pologne, c'était fini, à cause de son père. Il aurait sûrement aimé que Sylvie lui pose des questions, cherche à savoir ce qu'il fuyait, ce qu'il souhaitait, ce qu'il aimait… Mais elle ne lui demanda rien. Tout cela ne la regardait pas. Ils n'avaient rien à faire ensemble, rien du tout, à part ces quelques heures qui n'avaient d'ailleurs aucun sens, aucun but, sinon celui de calmer ses peurs, et surtout, surtout de ne plus penser à rien.

*

« Tiens, t'aurais pas maigri, toi ? » Cette phrase venait de sa mère, et si cette phrase venait de sa mère, elle était forcément vraie. Car elle avait une balance à la place des yeux et depuis son plus jeune âge pouvait deviner son poids à quelques grammes près. « Ben, je ne sais pas… Tu crois ? – Je crois pas, Sylvie. J'en suis sûre, une mère sait cela ! » Sylvie vérifia sur sa balance. Pour la première fois depuis des mois, voire des années, voire des décennies, elle avait perdu beaucoup de poids : 10 kilos. Elle eut envie de fêter ça en se jetant sur une grosse tablette de chocolat. C'était stupide. Il fallait continuer, elle était sur la bonne voie. Mais sur quelle voie était-elle vraiment ? Elle n'avait fait aucun effort pour maigrir, aucun régime. Comment une telle chose avait-elle pu se produire ? La réponse lui sauta aux yeux, un matin, alors qu'elle enfilait sa toute nouvelle culotte en soie mauve. En fait, c'était tout simple. Elle ne mangeait plus rien l'après-midi, et tout ça à cause du type. Ses envies subites de gaufres, de glaces, de tartes au citron avaient disparu. La prédiction de toutes les diététiciennes se réalisait enfin : moins vous mangerez, moins vous aurez faim. Pour la première fois de sa vie, elle en avait la preuve. Quand elle rentrait chez elle, elle ne se jetait plus comme avant sur la tablette de chocolat cachée derrière la marmite, dans le placard du haut. Elle buvait deux grands verres d'eau et ça la calait. C'était insensé ! Elle avait tenté pendant des décennies de perdre quelques grammes, et voilà que cela arrivait sans effort, sans le moindre de ces régimes drastiques qui l'avaient tellement torturée par le passé. Ce type n'était pas un adultère, ce type était sa diététicienne. Il avait ce don : faire fondre son corps. C'était peut-être pour ça qu'elle l'avait rencontré, uniquement pour ça ! Il était son programme minceur. Et s'il fallait continuer encore un peu avec lui, vraiment un tout petit peu, pour perdre davantage, eh bien elle le ferait, sans hésiter. Pourquoi se sentir coupable ? Coupable de quoi ? De donner son corps pour l'alléger, pour réaliser enfin ce qu'elle avait tenté en vain d'atteindre toute sa vie : perdre ses kilos ? Il n'y avait aucun mal à ça ! Certes, ce n'était pas une méthode agréée, c'est sûr, mais c'était sa méthode à elle, et personne n'en saurait jamais rien.

« Tiens, t'as perdu du poids ? » Nino aussi finit par s'en apercevoir. Il lui avait fallu un peu de temps. « Ah, tu crois ? » Il n'osait pas en demander plus. Elle avait tenté tellement de programmes minceur qui n'avaient jamais marché qu'il restait prudent. Il interrogea timidement : « Tu suis un nouveau cours de sport ? – Non, Nino, c'est une question de mental et de moment, et là, le moment est favorable… C'est tout… Je ne fais rien de spécial. Si je dois maigrir, je maigrirai. Mais je ne veux pas y penser, je ne veux même pas en parler… – Très bien, chérie… Tu as bien avancé aujourd'hui ? » Certaines personnes ont les mains moites, des tics nerveux quand elles mentent, Sylvie, non. Elle avait ce don incroyable de savoir dissimuler, et même cette faculté de se faire croire et de faire croire qu'elle ne dissimulait rien, mais parlait d'une vérité vraisemblable, et donc en partie la vérité. « Oui, j'avance, mais c'est pénible, ce n'est pas comme avant… – L'important, c'est que tu avances, non ? Parce que tu vas retourner à MaBelleNuit bientôt ? – Oui, oui, j'avance. »

Nino s'intéressait de plus en plus à Charlotte. Pourquoi fallait-il qu'il s'en préoccupe maintenant, au pire moment ?

*

Il fallait regarder les choses en face : depuis quelques semaines, elle avait clairement baissé les bras et ne prenait même plus la peine d'embarquer l'ordinateur d'Alex dans l'espoir d'écrire quelques lignes. Elle avait renoncé. Une force inconnue l'attirait chaque jour sur ce foutu parking, et chaque jour, il était là, rasé de près, des effluves de chèvrefeuille sur la peau (il avait changé d'après-rasage), et il l'emmenait sous les peupliers. Plusieurs fois, la pluie les avait interrompus. Il l'avait alors conduite dans ces hôtels anonymes où tout fonctionne par carte bleue. Elle aurait dû crier : « Ça suffit ces conneries ! J'ai autre chose à faire que de suivre un inconnu dans une chambre qui donne sur la nationale ! » Mais non, elle attendait sagement derrière lui, avec sa jupe froissée, ses cheveux défaits, des brindilles collées à son pull, elle attendait la suite, la jouissance, et quand elle avait joui, elle fermait les yeux quelques secondes, puis elle ramassait ses affaires et partait. Était-elle en train de muer ? Comment une telle chose avait-elle pu arriver à Sylvie Verbaldi ?

Sylvie ne voulait pas y penser, parce que cette histoire ne devait tout simplement pas exister, même pas dans sa tête. Cette histoire devait rester dans un temps parallèle, qui jamais ne rejoindrait le réel et qu'elle pourrait effacer d'un coup de gomme. Pourtant, un après-midi, alors qu'elle s'apprêtait à démarrer sa voiture, une pensée la foudroya : et si Charlotte était tout simplement là, en elle, dans son propre corps ? Si Charlotte n'était jamais partie ? Elle chassa cette idée idiote, mais d'autres se présentèrent, encore plus folles : et si Sylvie était tout simplement en train de vivre la suite du tome III dans ces hôtels borgnes qui bordaient la nationale ? Et si Dimitri était une fiction, un personnage venu à la rencontre de son héroïne ? C'était une idée de dingue, digne d'un scénario de film fantastique, mais toute cette histoire depuis le début était tout aussi dingue. Sylvie avait écrit une petite chose pour s'occuper, qui avait été envoyée par un inconnu à un éditeur et qui avait attiré des milliers de lecteurs. Un autre inconnu, ou le même, avait divulgué son nom, et maintenant que tout le monde attendait la suite, plus rien ne venait. Y avait-il un tant soit peu de cohérence dans tout ça ? Était-elle tombée dans une faille du réel, aspirée dans un monde parallèle ? Et si toute sa vie présente n'était qu'une illusion ? Peut-être que la vraie Sylvie Verbaldi vivait toujours là, derrière le miroir, qu'elle venait d'être licenciée, comme prévu. Peut-être même que dans ce monde réel, Nino avait retrouvé un travail et vendait des crèmes de jour hypoallergéniques aux extraits de plantes bio, sans conservateurs. Peut-être que Max était toujours en train de courir après les filles, sans succès, et qu'Alexis avait été viré de l'école à cause de son comportement inadapté. Peut-être même que dans ce monde réel, leur maison était à vendre et les crédits épuisés… Qui pourrait comprendre cela sans exploser de rire ou l'emmener tout droit à l'HP ? Elle avait beau lutter, la sensation que Charlotte était là, en elle, ne partait pas.

Le miroir lui donnait raison. Ses joues, qui d'habitude formaient deux gros ballons autour de sa bouche, avaient fondu. De même que sa peau, qui l'avait toujours désespérée par son aspect rugueux, rêche, avec ces petits boutons qui parsemaient ses tempes et le bout du menton, sa peau s'était veloutée, adoucie, avait pris une teinte légèrement hâlée (grâce à ses séances au grand air sous les peupliers aux heures où les rayons du soleil sont les plus doux). Ses cheveux aussi avaient gagné en volume, ce n'était pas spectaculaire, c'était même très faiblement perceptible, mais Sylvie le sentait. Quand elle les séchait, les prenait dans sa main, il y avait une épaisseur très agréable qui lui donnait envie de les laisser enfin libres sur ses épaules, sans barrette ni élastique pour les dompter. De plus, ils ne partaient plus par paquets de dix dans la brosse à cheveux, ce qui était un énorme soulagement, après des années à avaler des vitamines censées faciliter la repousse. Plusieurs fois, devant la glace, elle eut cette étrange sensation de revoir, ou plutôt de retrouver l'enfant qu'elle avait été, celle qui n'avait pas encore grossi, pas encore perdu son père, celle qui avait confiance et que personne n'avait encore traitée de grosse, de baleine, de sumo, de phoque ou de vache… Cette fillette était intacte et lui souriait. Peut-être qu'elle n'était pas si laide, après tout ? Peut-être qu'il y avait quelque chose, un petit quelque chose dans ses yeux et son sourire ? Charlotte aurait-elle provoqué cette légère métamorphose ? Était-ce elle qui lui donnait un tout petit peu de sa beauté, une part infime, pour l'encourager à se lancer et prolonger ses aventures ?

« T'as perdu ton travail ? » Ce type devenait vraiment trop curieux. Il lui posait des questions, lui mettait sa vie sous le nez, évoquant son collègue qui fumait trop, sa mère qui avait un cancer, sa sœur qui lui demandait du fric, son pays pluvieux et triste, et même son plat préféré : le petit-salé aux lentilles. Mais elle ne pouvait tout de même pas lui dire : « Baise et tais-toi. » Ce n'était pas poli, et ça l'aurait contrarié. Faire l'amour avec lui, son corps en avait besoin. Son corps le réclamait. Dès qu'il la touchait, elle n'était plus vraiment là, dans cet hôtel sordide de la zone industrielle de Joué-la-Tour, elle n'avait plus d'impératifs, de suite à écrire, d'ailleurs, elle n'était même plus écrivaine, ni mère de famille, ni épouse de Nino Verbaldi, elle était un cœur, du sang, et de la peau qui s'étirait à l'infini. Elle devenait puissante, oui, d'une puissance folle, et elle n'aurait pas été étonnée que ses bras s'envolent au-dessus des arbres et traversent le cours d'eau. C'était une sensation de bonheur et de légèreté qui durait quelques minutes, parfois plus, et qu'elle voulait retrouver, absolument. « Non, enfin si, j'ai perdu mon travail et j'en cherche un autre… » Elle n'avait jamais mentionné Charlotte, *La Rose bleue*, le succès, tout ça, et priait pour qu'il n'en entende jamais parler. « Ton mari, il bosse ? – Ah oui, il bosse bien sûr, énormément… Et moi je vais sûrement reprendre le travail très vite… J'ai un entretien demain… Et je ne serai sûrement pas là… Tu vois… – Mais moi je serai là… – Remarque, je viendrai peut-être, enfin ça dépend… Mais bientôt, je travaillerai, tu comprends, je ne pourrai plus. – Mais moi, je t'attendrai après travail, pas un problème pour moi… Je bosse la nuit, tu sais… Et j'ai trouvé studio par le patron… Ça coûte 350 euros, c'est petit… mais c'est bien… Y a balcon… On voit les champs, très tranquille… » Elle avait rassemblé sa culotte, ses collants, sa jupe et avait tout remis en vitesse. Que voulait-il ? L'emmener dans son studio et pourquoi pas l'inviter au restaurant à Joué-la-Tour et partir en week-end, tant qu'il y était ?

Armand appela alors qu'elle sortait du bâtiment sinistre qui se faisait passer pour un hôtel. Il laissa un message qu'elle fut incapable d'écouter. Elle envisagea de jeter son portable. Déménager ou changer de nom dans les deux jours, oui, pourquoi pas ? Mais comment expliquer ce soudain désir d'anonymat à Nino, aux enfants ? Le plus simple était encore de dire à tout le monde la vérité, toute la vérité. Armand serait déçu, extrêmement, pire, très en colère. Il voudrait qu'elle rembourse l'avance, peut-être lui ferait-il un procès. Non, le plus simple était de choper une maladie, une bonne maladie qui bloque le dos, et de se déclarer invalide. Cela suffirait-il ? Et pourquoi pas dire qu'on lui avait volé l'ordinateur avec le texte, laissé sans surveillance dans un café ? Armand lui conseillerait sans doute de réécrire aussitôt, de tout refaire au plus vite… Oui, mais si l'homme qui lui avait volé l'ordinateur l'avait estropiée ou jetée à terre et si elle avait perdu la mémoire ? Voilà. Il fallait absolument organiser une fausse agression. Mais comment faisait-on une chose pareille ? Elle n'allait tout de même pas finir à l'hosto à cause de Charlotte ? Non, surtout ne plus appeler Armand, plus jamais, juste prévenir sa secrétaire qu'elle rembourserait les 40 000 euros d'avance pour le tome IV. Puis disparaître, ne plus donner signe de vie. Seul hic, elle ne disposait plus que de 15 000 euros sur son compte, or elle avait besoin de cette somme pour les dépenses courantes. MaBelleNuit la reprendrait-elle si le tome IV ne sortait pas ? Retrouverait-elle un travail ?

Elle rentra avec l'impression d'être au bord d'un précipice, qu'elle pouvait encore enjamber, mais jusqu'à quand ? Sa perte de poids cachait peut-être une maladie très grave. C'était peut-être ça, son héroïne était bel et bien en train de la tuer à petit feu, de lui faire payer sa panne. Peut-être incubait-elle une saleté depuis des semaines, un genre de bactérie tueuse qui grignotait sa graisse et bientôt la défigurerait. Elle eut envie de hurler, mais à table, devant les garçons, ce n'était vraiment pas le lieu. « Qu'est-ce qui se passe, chérie, tu manges pas ? » Nino lui caressa la main. Depuis quelque temps, il avait des gestes très affectueux. Il insista : « Mais tu adores ces lasagnes d'habitude… – Oui, mais d'habitude j'ai faim, et là, j'ai pas faim… »

Le médecin la fit attendre une bonne heure, ce qui lui laissa largement le temps de penser à toutes les maladies qui pouvaient lui tomber dessus. Quand il ouvrit la porte, elle en était sûre, elle était très mal en point. D'un côté, c'était un soulagement, elle aurait une excuse béton vis-à-vis d'Armand, mais évidemment, d'un autre, ce serait une très mauvaise nouvelle à annoncer aux enfants. « Madame Verbaldi, vos analyses sont bonnes, tout est parfait. » Quoi, pas de maladie ? Sylvie était presque déçue. « Vous êtes sûr ? – On a tout vérifié : thyroïde, glycémie, hormones, globules, blancs, rouges, plaquettes, plasma, ferritine, acide folique, non, je ne vois rien de particulier. – Alors comment, docteur, vous expliquez tous ces kilos partis comme ça, pschitt, en quelques semaines, même pas deux mois, c'est tout de même bizarre ? – Avez-vous changé vos habitudes alimentaires ces derniers temps ? Avez-vous eu une période de stress ? – C'est-à-dire que… oui, j'ai perdu un peu l'appétit, j'avais trop de travail et vous voyez… J'y pensais plus… – Vous n'avez même pas de carences, en vitamines, en fer. Écoutez-moi, madame Verbaldi, continuez comme ça. Mangez moins, mais équilibré, et tout se passera au mieux. – Mais j'ai rien fait docteur, c'est ça le problème ! C'est ça qui me ronge, j'ai rien décidé ! – Il n'empêche, madame Verbaldi, c'est la meilleure chose qui pouvait vous arriver. Combien de régimes finissent dans le mur ! Tous, ils finissent tous dans le mur. Il ne faut pas se restreindre, il faut juste réorienter son alimentation vers des produits plus sains et souvent cela suffit. – Oui, mais docteur, vingt-deux kilos en moins, c'est énorme ! – Vous en aviez pris beaucoup trop, aussi, madame Verbaldi, et peut-être que votre corps vous a dit stop. – À moins que quelqu'un ait décidé pour moi… – C'est-à-dire ? Je ne vous suis plus. – Une partie de moi, vous voyez, que je contrôle pas… – Euh… non, vraiment je ne vois pas. Ah ! Vous voulez dire qu'une partie de vous veut maigrir et une autre pas ? – Oui, on peut dire ça, comme si j'étais coupée en deux, vous voyez ? » Le médecin ôta ses lunettes (avec ses beaux yeux verts, il avait un certain charme), avança légèrement vers elle. Sa voix se fit plus douce, presque amicale : « Maigrir, madame Verbaldi, c'est changer de corps, alors oui, une partie de vous peut le vouloir, alors qu'une autre s'accroche au surpoids par habitude, par peur du changement, c'est tout à fait possible. Mais apparemment, cette partie n'a pas le dessus. En tout cas, je vous félicite ! »

Sylvie sortit de la consultation très contrariée. C'était un comble d'être déçue par une bonne nouvelle, un comble ! Mais, tout de même, elle n'aurait pas dit non à une petite maladie, un peu grave, mais guérissable, pour se cacher derrière et expliquer la panne sèche sur le tome IV, mais rien. Enfin si, elle avait Charlotte sous sa peau, qui aspirait sa graisse, mais de cette explication, personne, absolument personne, n'en voudrait jamais.

« Chérie, descends, c'est pour toi ! » Elle dévala les escaliers en pensant à Dimitri, non, ce salaud n'avait pas fait ça : venir chez elle, le soir, trouver son mari et tout balancer. Avait-il pris des vidéos à son insu ? « Qu'est-ce qu'il y a, chéri ? » Sa voix tremblait, elle pouvait à peine tenir debout. « J'ai Armand, là, sur mon portable, tu sais, Armand Delpareil, il veut savoir si tout va bien. » Elle saisit le téléphone et remonta au premier étage aussi vite qu'elle était descendue. « Sylvie, c'est bien vous ? C'est vous, Sylvie Verbaldi ? » La voix d'Armand avait changé, comme s'il avait les poumons pris. Sa respiration semblait douloureuse. « Armand, ça va ? » Elle entendit une toux forte, suivie d'un sifflement. « Mon fils m'a foutu à l'hôpital, mais je vais sortir… » Il toussa encore et répéta : « Je vais sortir… Simon trouve… Mais… On s'en fout, et vous Sylvie ? Je veux savoir pour vous ? – Moi, mais moi, Armand, moi… ça va… » Elle n'avait aucune envie de parler d'elle. « Vous êtes partie, Sylvie, je le sais, je le sens. Simon veut vous coller un procès, il est très remonté, mais moi je ne veux pas, Sylvie, je ne veux pas… Tout est ma faute, je ne vous ai pas préparée à tout ça, aux loups, aux bonimenteurs qui veulent vous faire croire que la littérature est une question de sous, de chiffres et de parts de marché, et non de mots et de sentiments… Ils vont vous posséder, vous vider, transformer votre héroïne en savons et plaquettes de beurre… Le monde est foutu, Sylvie, je le sais, je le sens depuis très longtemps, depuis que l'auteure de *Poings liés* m'a lâché. Nous n'aurons pas le dessus, et quand l'humanité aura usé ses yeux sur les écrans, qui continuera à lire ? Qui lira encore ces foutus livres ? Les escargots ? Hein, Sylvie, dites-le-moi. Dites-moi où ira se réfugier Charlotte sur cette terre ? » Il délirait. Armand s'était mis à délirer. Non, ça ne pouvait pas arriver, pas lui ! « Armand, je vous en supplie, calmez-vous, je vais vous ramener Charlotte. Je vais tout faire, je ferai tout. Croyez-moi… » Elle entendit parler à côté, c'était une voix de femme : « Monsieur, je peux prendre le plateau ? » La voix d'Armand faiblit, se fit lointaine : « Où est mon téléphone, rendez-moi ce téléphone… » Sylvie cria : « Passez-moi M. Delpareil ! Passez-le-moi ! » La ligne coupa, elle rappela, tomba sur la messagerie. Mon Dieu, tout cela était sa faute. C'est elle qui l'avait rendu malade.

Elle appela Simon le lendemain. Son père ne devait pas s'inquiéter, elle ne changeait pas d'éditeur, elle travaillait dur mais n'était pas contente du texte pour l'instant. Il fallait qu'il rassure son père, qu'il lui dise qu'elle ne le lâcherait jamais. D'ailleurs, où était-il hospitalisé ? Était-ce grave ? Simon resta évasif. Son père avait besoin de calme. Cet engouement autour de *La Rose bleue* l'avait beaucoup secoué. Il avait dépensé une énergie folle pour les tournées, la promo, les médias, et depuis un mois, sans nouvelles du tome IV, il dormait mal, mangeait moins et dépérissait. Alors il fallait lui foutre une paix royale, qu'il se rétablisse sans télé, sans journaux, sans téléphone, du sommeil, du repos, des protéines et basta ! Elle n'avait qu'à revenir dans quatre semaines avec le tome IV sous le bras. Merci, et bonne journée.

*

Elle en était certaine, maintenant. Nadine avait entièrement raison. Elle était une grosse lâche. Il y a deux ans, elle ne l'aurait pas cru, s'imaginait adulte, mère de famille protectrice, responsable de ses actes et de leur portée. Mais elle ne l'était pas, vraiment pas. Bien sûr, dans la vraie vie, on n'a pas souvent l'occasion de montrer son courage. On bosse, on élève ses gosses et on souffle le dimanche. Et dans cette vie-là, on peut toujours se faire croire qu'on a des tripes et qu'en cas de coup dur, on sera à la hauteur. Mais Sylvie n'avait pas cette force, cette poigne, mentir, oui, elle était douée pour ça, mais pour le reste, c'était le mur.

À quarante ans (elle les avait eus le mois précédent et avait refusé avec force la grande fête avec location de salle que lui proposait Nino), elle connaissait désormais son principal défaut : la lâcheté. À qui avait-elle dit ce qu'elle pensait vraiment depuis dix ans ? À pas grand monde, à personne même. Elle n'avait jamais tenu tête à Ledu, ne s'était jamais révoltée contre son sort et les tâches qu'il lui avait retirées au fil du temps, n'avait pas défendu les futurs licenciés, n'avait jamais dit à Nino que son combat était foutu d'avance et qu'il ferait mieux de bosser, n'avait jamais affronté sa mère et ses remarques déplaisantes, n'avait jamais dit à Delphine que ses histoires de mecs tournaient en rond, ni à Armand qu'elle ne pourrait pas finir le tome IV, que l'écriture c'était foutu, bel et bien foutu, et que toutes ses tentatives n'y changeraient rien, qu'il fallait l'accepter. Non, elle préférait faire semblant, sourire, raconter aux gens tout ce qu'ils avaient envie d'entendre, ce qui leur faisait du bien. Et tout ça pour avoir la paix. Dernièrement, elle avait honteusement menti à Alexis, lui jurant que sa composition au piano était grandiose, très originale, alors qu'elle avait détesté. Pourquoi ne pas dire, un tant soit peu, la vérité, au moins un tout petit peu ? Elle aurait dû nuancer : « Mon chéri, ce n'est pas mon truc, je n'y connais rien. Mais, si je peux me permettre, j'ai l'impression que tu pourrais encore t'améliorer. » Mais non, il avait fallu qu'elle cherche les plus beaux compliments pour le rassurer. Au fond, elle se trompait, elle ne leur rendait pas service en entretenant chez eux une illusion, une grande illusion qui éclaterait un jour ou l'autre.

Une seule personne connaissait sa nature tordue et veule, et cette personne habitait juste à côté et se prénommait Mireille. Sylvie avait tout balancé le soir même où elle avait eu Armand délirant au téléphone. Ne pas parler la rendait folle. Il fallait au moins que quelqu'un sache sur cette terre qui était vraiment Sylvie Verbaldi, l'auteure de *La Rose bleue* aux milliers de lecteurs, qui était cette imposture. Mireille avait continué à caresser son chat tranquillement et déclaré : « Alors comme ça, tu baises et t'écris pas. Ah, mais ça s'arrose, ça, sortons une bonne bouteille ! – Mais, Mireille, vous êtes folle ! Je vais pas fêter ça, quand même ! Vous vous rendez pas compte... Je débloque, je vous dis. D'ailleurs vous savez quoi, Mireille, Charlotte est en moi, je la sens, là dans mon corps, j'ai déjà perdu vingt-deux kilos... – Qu'est-ce que c'est que ce charabia ? T'as envie de baiser, tu le fais, pas la peine de faire tout ce baratin... Attrape la bouteille tout au fond du placard, derrière le robot mixeur, je vais la mettre au frais. » Sylvie dut déplacer une chaise, monter dessus, fouiller dans le foutu placard pour enfin en extraire une bouteille de Veuve-Clicquot, que Mireille enfourna tout de suite dans le congélo pour la rafraîchir. N'était-elle pas en train de perdre la tête, elle aussi ? Avait-elle bien compris la situation ? « Mireille, je suis mal, j'y arrive plus, mais alors, plus du tout. J'ai tout essayé, rien ne vient, j'ai plus de concentration, je me mets à penser, et paf, les mots se défilent... Je me retrouve seule devant ce bureau de merde qui m'a coûté bonbon, devant l'orchidée qui crève à petit feu... et j'étouffe... J'ai bien tenté de sortir, de me vider la tête, j'ai médité, transpiré... encore pire... et ce type est arrivé, un pauvre type... Ce n'était pas prévu... Pas du tout, c'est complètement stupide, mais j'arrive pas à arrêter... Mireille, je déconne pas, là, Charlotte est en moi... dans mon cerveau... mon corps... » Mireille avait maintenant Suki sur les genoux et le borgne collé à sa cuisse, qui tentait désespérément de prendre la place de l'autre. « Oh, oh, mais c'est pas vrai ! Qui t'a mis toutes ces conneries dans la tête ? Une coucherie, qui n'en a pas eu, hein ? Comment peut-on vivre sans écarts ? C'est impossible, voyons, et ceux qui disent le contraire sont des cons ! Tu sais quoi, je suis bien contente pour toi, parce que Nino faut le supporter, faut même se le farcir les mauvais jours. Je n'ai rien dit mais t'as été bien courageuse ! – Mais, Mireille, c'est tout le contraire, je suis une grosse lâche. L'éditeur croit toujours en moi, il attend le livre, j'ai pas eu la force de lui dire… En plus, il est malade, le pauvre, malade et vieux… Je vais devoir rembourser, c'est beaucoup d'argent… Quand il découvrira la vérité, ça va l'achever, lui foutre une crise cardiaque, qui sait ? »

Mireille posa Suki sur le carrelage, se releva péniblement (depuis quelques jours, ses jambes la faisaient souffrir) et disparut dans le salon. Elle revint avec une photo en noir et blanc dans un joli cadre. « Tiens, jette un œil là-dessus ! » C'était un cliché de vacances, qui commençait à dater. Mireille posait aux côtés de son mari, tenant son fils, un joli bébé joufflu, dans les bras. Derrière eux, se profilaient des bateaux de pêche. « Vous étiez vraiment superbe, Mireille ! – On s'en fout de ça ! Je te parle pas de ça ! Regarde bien celui qui sourit, là, tout content, avec sa femme et son fils ! Tu le vois bien ce bonhomme, là, sur la photo ? Eh bien, il était déjà cocu, voilà, et il ne s'est jamais douté de rien ! Voilà la réalité de M. et Mme Chantrel, et j'en fais pas toute une histoire… La vie a continué et ça n'a rien empêché, rien du tout, j'ai élevé mon fils comme il faut, j'ai travaillé et tout… » Elle s'interrompit tout à coup, comme si elle en avait trop dit. « Ça alors… Mireille, je savais pas… – Ben, qu'est-ce que tu crois ? C'est pas parce que je suis vieille aujourd'hui que j'ai été un ange hier. J'ai eu ma part, et je vais te dire, je regrette pas. Oh ça, non ! Si je devais avoir des regrets, figure-toi que ce serait plutôt de pas en avoir profité plus encore, parce que ce qu'on sait pas, c'est qu'on n'a pas toute la vie, ah ça non ! – Mais euh… vous l'avez trompé souvent ? Je veux dire, y a eu beaucoup d'écarts ? – Y en a eu, y en a eu… Bon, sors-moi ce champagne, j'apporte les coupes ! »

Voilà comment Sylvie se retrouva à trinquer à sa petite entorse au contrat de mariage avec une veuve de quatre-vingt-un printemps qui lui offrait un champagne exquis, digne des grandes occasions. Après deux coupes, elle éclata en sanglots et cela lui fit le plus grand bien. Mireille approcha sa chaise et lui caressa doucement l'épaule. « Hé, Sylvie, ça va ? Tu me fais pas un malaise, là ? – Non, non, c'est le trop-plein, le trop… Mais ça va aller… Je vais pas rester comme ça… Je vais me battre… » Mireille siffla ce qui restait au fond de sa coupe. « Alors je vais te dire un truc, écoute-moi bien. Baise tant que tu voudras, et pour le reste, tu verras. Personne ne va mourir parce que le tome IV ne sort pas à temps. Peut-être que tu y retourneras, à ton machin bleu, ou peut-être pas, et ce sera pas un problème. Parce que la maladie, oui, c'est un problème, mais pas ça, non, oh que non ! »

*

C'était un long compte à rebours vers la catastrophe. Sylvie y allait tout droit. Elle n'aurait jamais le tome IV, c'était une certitude. Tout ce qu'elle devait avoir, c'était une explication, une bonne explication franche et sincère, les yeux dans les yeux, avec Armand, et son chéquier prêt pour rembourser la somme, et même plus que la somme, parce que Armand avait sans doute engagé des frais qu'elle n'imaginait même pas. Elle devait assumer, encaisser et faire profil bas. Après Armand, il faudrait mettre tout le monde au courant et dire à tous qu'elle avait séché, raté la marche, tout tenté, luttant jour et nuit devant l'ordinateur, mais que la flamme était partie, bel et bien partie, et que toute cette histoire de best-sellers, au fond, n'était qu'un triste malentendu. La vie reprendrait son cours, comme avant. Sylvie chercherait un boulot normal de secrétaire ou autre (sa renommée l'aiderait sûrement un peu) et Charlotte sortirait de la tête des gens pour n'être plus qu'une figure lointaine, fade et démodée, remplacée par des héroïnes plus flamboyantes, et au fond, tant mieux.

À cause de ce compte à rebours, de cette date qui approchait, Sylvie avait baissé la garde. Tout était prétexte pour sortir, s'éloigner, quitter la maison une heure ou deux, voire trente minutes, et débarquer dans le minuscule studio de Dimitri. Parce qu'elle avait fini par l'y rejoindre, par s'y déshabiller et s'ébattre nue sur le matelas au sol qui lui servait de lit. Dimitri lui avait même donné un double de ses clés et proposé de vivre avec lui. Elle avait éclaté de rire. Soit il comprenait mal le français, soit il jouait à l'imbécile, mais ça n'avait aucune importance, cette histoire vivait ses derniers instants. Sylvie devait y mettre fin. Elle l'avait dit à Dimitri. Leur aventure était une parenthèse. Dimitri ne voulait pas l'entendre. Il jouait à l'amoureux, voulait tout savoir de sa vie, ses gosses, ses activités le dimanche, ce qu'elle mangeait le soir, comment elle avait dormi (un tas de choses débiles qui semblaient le passionner au plus haut point), et n'hésitait pas de son côté à raconter sa vie par le menu, lui livrant de petites anecdotes sans intérêt sur son chef, les états d'âme de sa sœur (qui faisait un baby-blues) et son grand projet de passer un CAP électronique en cours du soir. Ces épanchements ne la gênaient plus tant qu'il n'outrepassait pas la distance fixée entre eux (aucune communication par portable, aucun rendez-vous dans un lieu public).

En attendant, Sylvie retrouvait des forces et son corps fondait. Il courait plus vite, ne soufflait plus dans les montées, était moins douloureux le matin, soulevait mieux les courses, marchait enfin au même rythme que les garçons. Elle aimait ce corps, bien sûr, mais elle l'avait tellement désiré qu'à présent elle en avait peur. Serait-elle à la hauteur de cette nouvelle minceur ? Pourrait-elle la conserver ? Elle avait été tellement habituée aux regards de mépris, de dégoût, aux sourires moqueurs, que ce changement de case si soudain l'effrayait. Ceux qui font des régimes ou consultent des nutritionnistes, ceux-là franchissent les étapes en douceur, se pèsent tous les jours, voient l'indicateur de poids sur la balance descendre petit à petit, sans paniquer, et se réjouissent de chaque kilo perdu, mais Sylvie, elle, avait été mise devant le fait accompli. Elle n'avait pas eu le temps d'apprivoiser son nouveau corps, au point que parfois elle oubliait sa minceur toute neuve et enfilait ses vieux pantalons qui flottaient autour de sa taille. Où était partie la faim ? Cette sensation qui l'avait torturée pendant des dizaines d'années et qui avait pu la faire rouler des kilomètres pour aller chercher une glace ou du chocolat, ou encore se lever la nuit pour avaler n'importe quoi, cette sensation avait disparu. C'était étrange. Sylvie n'arrivait pas à s'y faire. Devenait-elle une autre ? Pouvait-on renaître après quarante ans ?

*

Il y avait l'excuse du sport : « Anémone, ma prof de yoga, tu sais quoi ? Elle me propose en plus un cours particulier sur mesure, qui va faire disparaître tous mes problèmes de dos. Et elle me le fait moitié prix ! » L'excuse de la ménagère : « Je file voir les promos sur les nouveaux sèche-linge parce que le nôtre n'est plus tout jeune, tu sais. » L'excuse littéraire : « Armand veut qu'on fasse un point sur le tome IV. » Mais Nino n'en demandait pas tant ! Il ne demandait même rien du tout, car depuis quelque temps il se croyait dans un grand film américain d'espionnage et ne prêtait plus trop attention à ses allées et venues. Il l'avait accueillie un soir totalement en transe, les tempes humides, les mains tremblantes, l'avait fait monter dans la salle de bain, avait fermé la porte, ouvert les robinets (à cause des micros possibles) et lui avait annoncé qu'il détenait une bombe à fragmentation susceptible de détruire Simex et que cette bombe tenait dans la paume de sa main. Quand il finit par l'ouvrir, sa main, elle aperçut une clé USB tout à fait ordinaire, noir et rouge, avec un capuchon transparent. « Cette clé, chérie, peut foutre Simex en l'air… – Mais Nino, qu'est-ce que tu racontes ? » Il parlait tellement bas qu'elle dut lire en partie sur ses lèvres : « J'ai une taupe au sein de Simex qui balance les dossiers. J'ai une putain de taupe à l'intérieur du système, merde, chérie, tu te rends compte, je vais le dynamiter de l'intérieur… des tonnes de messages à décortiquer, des mails dans toutes les langues, des messages codés aussi, c'est un boulot de titan, deux années d'échanges entre tous les services, un truc de dingue… La taupe est un génie… – Mais c'est qui cette taupe ? » Il lui agrippa le bras et chuchota dans le creux de son oreille : « Chérie, la taupe restera la taupe, elle n'aura jamais de nom, de visage, de fonction, elle restera à jamais la taupe, pour notre propre sécurité et celle des gosses. Vous saurez jamais rien et c'est mieux comme ça. Regarde ça… tu seras la seule à savoir, alors fais bien attention… » Il tira le dernier tiroir du meuble de rangement sous le lavabo, vida son contenu : sèche-cheveux, crèmes, épilateur électrique et cotons démaquillants. « Mais qu'est-ce que tu fais ? – Chut… » Il retourna fébrilement le tiroir et colla sur le fond la clé USB avec du scotch. « Voilà, je la mets là, en attendant. Toi seule es au courant. – Qu'est-ce que tu vas faire avec ça ? – Ben, chérie, je vais lire tout ça et ça va me prendre du temps, beaucoup de temps, alors t'étonne pas si je suis un peu distrait en ce moment, parce que j'ai la tête farcie, tu comprends, cette fois, c'est sûr… Je les tiens par les couilles, chérie… » Dérapait-il à nouveau ? Sylvie le fixa les yeux dans les yeux. « Enfin, Nino, pourquoi cette taupe t'a donné ça à toi ? – La taupe sait tout le travail que j'ai fait, la taupe connaît mon combat. » Il pointa le tiroir du doigt, comme la preuve ultime de ce qu'il avançait. « Et quand tu auras tout lu, tu feras quoi ? » Il marqua un temps d'arrêt, prit une profonde inspiration. « Je percerai le cœur de la bête… »

Devenait-il complètement fou ? Qui était cette taupe ? Et pourquoi un inconnu lui donnait-il ces documents à lui, un ex-employé en fin de droits, et pas à un journaliste ? Cette clé contenait-elle vraiment des infos compromettantes ? Oh, et puis zut, qu'importe après tout. Au fond, c'était une très bonne nouvelle. Nino était si occupé qu'il en oubliait complètement Charlotte, le tome IV qu'elle devait rendre, et ne posait plus de questions sur son avancement. Dans quelques jours, elle lui annoncerait que tout avait foiré, et il le prendrait bien, puis il se remettrait à la tâche gargantuesque de faire plier Simex.

Le moins fou, dans toute cette famille, était peut-être Max. Il avait pris une certaine assurance ces derniers mois et même rompu du jour au lendemain avec sa copine plus âgée. Aucune déprime n'avait suivi, ce qui était encore plus surprenant de sa part. Quand Sylvie voulut s'en assurer, il haussa les épaules. « Ben ouais ça va. Cette fille aimait le nom Verbaldi parce qu'elle pouvait dire à ses copines : "Je me suis tapé le fils Verbaldi." Tu vois le genre ? » Sylvie en fut impressionnée. Max n'était pas comme elle. Il avait pris du poids peut-être, il avait traversé une zone de turbulences, avait nourri des complexes, ok, mais c'était l'adolescence, juste une période, et il était en train d'en sortir. Depuis quelque temps, il parlait d'être médecin ou psychologue, ou encore coach de vie. C'était lui qui demandait à son père de décrocher un peu des écrans, d'oublier Simex de temps en temps, lui qui proposait qu'ils aillent au ciné tous ensemble, lui qui s'inquiétait de la subite perte de poids de sa mère, prenait certains soirs la préparation du dîner en main et invitait Mireille qu'il aimait bien. C'était lui qui pensait au sac de piscine d'Alexis le jeudi, et encore lui qui voulait passer son permis le plus vite possible pour être autonome. Devenait-il si raisonnable parce que ses parents ne l'étaient plus ? Avait-il compris que Sylvie perdait les pédales et qu'elle avait des rendez-vous bizarres avec un vigile ? Pourvu que non, mais il allait avoir dix-huit ans et pouvait comprendre beaucoup de choses. « Max, chéri, tu sais, c'est un moment pas facile, tout est un peu décousu. En plus, ton père avec ses tonnes de documents à lire et son procès en appel… Enfin, c'est agité, mais ça va rentrer dans l'ordre… – Ouais, ce serait bien, parce que toi et papa, vous êtes dans vos trucs tout le temps et tu vois, moi, j'ai le bac et j'ai pas envie de me louper, alors j'ai besoin d'un climat zen, d'une famille normale, avec des week-ends, comme avant, des week-ends chiants où tu rentres avec les courses et où papa tond la pelouse, des trucs simples, je te le dis parce que c'est hors de question que je me retape le lycée l'année prochaine. Je m'inscris en psycho à la fac, ouais, c'est décidé… – Ah bon, t'es sûr ? C'est vraiment particulier, faut aimer… – J'aime, maman, t'inquiète… Tu veux pas du chocolat ? J'ai dû en acheter, y en a même plus dans cette maison… »

10

On était le 6 juillet. C'était la date butoir, celle où elle avait promis de rendre le tome IV, arrivant triomphante dans le bureau d'Armand : « Tenez ! Lisez, vous m'en direz des nouvelles ! » Mais elle n'avait rien, même pas une malheureuse phrase à donner. Elle aurait préféré en finir par téléphone, vite fait, bien fait, mais Armand méritait mieux, il méritait une explication. Bien sûr, elle n'avait aucune excuse valable, malgré ses deux nuits d'insomnie à tourner en rond, à rédiger un mail, l'effacer, faire des étirements pour se calmer, boire des infusions à la bergamote et chercher désespérément les meilleures lettres d'excuse sur Internet. Tout ça, c'était du vent, un peu d'agitation avant le grand saut. C'était un sale moment, peut-être un des pires de sa vie, mais il fallait y passer, et quand elle l'aurait fait, ce poids énorme qui lui comprimait la poitrine depuis des mois s'allégerait. Lorsqu'elle sonna rue des Dames, ses forces avaient fondu à tel point que la secrétaire dut l'aider à franchir les quelques mètres qui la séparaient de la salle d'attente. Voilà, elle y était : dans l'antichambre, avant la grande opération à cœur ouvert, celle qu'on appréhende depuis tellement longtemps qu'on a hâte que la porte s'ouvre, qu'une main gantée nous allonge et nous ouvre le corps. Armand allait surgir. Il restait à peine quelques minutes, quelques secondes. Il s'agissait de trouver la toute première phrase, les premiers mots : « Armand, c'est foutu… », « Armand, je n'ai pas pu… », « Armand, il faut oublier le tome IV à tout jamais. Faites le deuil»... Oui, un truc dans ce goût-là, oui, retirer le pansement d'un coup sec, ne laisser aucun espoir.

La porte s'ouvrit, Armand avança vers elle à l'aide d'une grosse canne en bois. Les mots devaient sortir tout de suite, le plus vite possible, mais sa bouche, sa langue, sa mâchoire étaient entièrement paralysées. Elle ne put que se lever et recevoir Armand dans ses bras. Avait-il chopé une maladie mortelle ? Allait-il lui annoncer sa mort prochaine ? Dans ce cas, le tome IV serait bien le dernier de ses soucis. Elle le souhaita ardemment et n'eut même pas le temps d'en avoir honte. « Merci, Sylvie, merci, c'est un coup de poing, un bon coup de poing. Charlotte ne pouvait pas survivre, je le comprends maintenant. Je viens de finir le texte, je vous remercie. Les Éditions Delpareil vous remercient, Sylvie, grâce à vous, je mourrai heureux. – Quel texte ? Je ne comprends pas. – Celui que j'ai reçu hier, voyons, sur clé USB. » Il l'entraîna dans son bureau et elle bascula dans le vide. Avait-elle glissé dans un de ses rêves ? Armand lui parlait du tome IV, qu'elle n'avait jamais écrit. Armand lui parlait de deux cent cinquante-huit pages qu'il avait lues et qui contenaient Charlotte. Soit elle devenait folle, soit Armand se foutait d'elle. Mais il n'en avait pas l'air, il avait même l'air très ému. Fallait-il lui dire la vérité ou laisser son rêve se dérouler ? « Mais Armand, je... ce texte... – Oui, je sais, Sylvie, votre écriture a mué, sensiblement mué, elle est plus dure, plus tranchante, moins aimable, mais c'est tout à fait normal. Charlotte souffre et pour la première fois perd le sens de sa destinée... Sa ligne est brisée, elle erre... Les mots tapent, sifflent... C'est la peur... Sa chute, c'est la bonne décision... Vous perdrez quelques lecteurs, on est d'accord, quelques mémères qui espéraient *Amour, gloire et beauté*, ce genre de guimauve, mais vous avez échappé à la sentimentalité... Et la dernière scène de sexe... un sommet, Sylvie, vraiment... Je... » Il se prit la tête entre les mains. Sylvie présuma qu'il pleurait. Comment rétablir la vérité ? Bien sûr, tout cela était une énorme farce pour se venger et la déstabiliser. Armand allait bientôt partir d'un énorme éclat de rire et lui régler son compte, en quelques phrases assassines dont il avait le secret. Il retira ses mains, ses yeux étaient légèrement rouges, il ne souriait pas. Son visage était imperturbable, affreusement sérieux. Voulait-il la torturer ou quoi ? « Sylvie, je comprends maintenant pourquoi vous ne répondiez plus. Je comprends mieux. C'était une épreuve, un chemin à accomplir seule, dans l'isolement total. Personne ne devait s'immiscer dans cette bulle. Vous deviez préserver cette alchimie entre vous et Charlotte. Vous avez bataillé, mis à mort votre héroïne, il fallait le faire, avoir ce courage, et vous l'avez fait ! Maintenant je comprends. » Une larme coula sur sa joue. Sylvie n'y comprenait rien. Pourquoi faire durer cette comédie aussi longtemps ? Pourquoi lui infliger ce supplice ? Tant de cruauté, ce n'était pas le genre d'Armand. Alors, si ce n'était pas une comédie, si ce texte existait, dans cette clé USB, qui l'avait écrit ?

Armand lui servit un whisky. Simon entra, lui serra la main et la remercia d'avoir remis le texte dans les temps. C'était bien la première fois qu'il prenait une voix si douce et s'asseyait sur le petit siège en bois qui traînait dans le bureau de son père. Il avala un jus d'orange, histoire de trinquer. Sylvie se sentait horriblement mal à l'aise. Allait-il enfin enlever le masque bienveillant et admiratif que tous portaient depuis son arrivée, ce mardi matin ? Pas du tout, il parla d'un plan média, d'une nouvelle tournée, des salons du livre, des libraires, de divers festivals (celui des mots à La Charité-sur-Loire, des romans à Manosque, du livre érotique à Hendaye). Sylvie prononçait parfois quelques onomatopées qui pouvaient signifier à peu près n'importe quoi et qui n'engageaient à rien de précis. Simon était toujours aussi beau. Il aurait pu lui dire : « Sylvie, nous allons coucher ensemble ce soir. Garderez-vous vos collants ? », elle aurait trouvé ça étrange, certes, mais pas plus que ce qui lui tombait dessus. Il fallait réagir, lever cet énorme malentendu, faire cesser cette mascarade, hurler qu'elle n'avait rien fait, que ce texte était une imposture, qu'ils s'étaient tous fait avoir, mais son esprit s'enlisait et restait hypnotisé par cette folie douce qui l'entourait. Voulait-elle vraiment casser cette joie, cet élan ? En avait-elle seulement la force ? Armand avait un tel enthousiasme, jamais elle ne l'avait vu si habité, si fier. Et s'il avait écrit le texte lui-même ? C'était peut-être ça… Il n'avait pas pu endurer le vide, alors il avait tout pris en main, bouclé en douce le dernier tome, un vrai tour de force !

« Je ne crois pas que ce texte soit… Enfin, qu'il soit de moi, en fait… » Armand attrapa sa main. « Mais bien sûr, il n'est pas de vous. Il est de Charlotte, et c'est ça qui est beau. Vous vous êtes retirée, vous lui avez laissé toute la place. Elle a pris votre souffle, vos mots, votre peau, elle vous a entraînée dans les profondeurs… Sylvie, je vous en ai voulu, c'est vrai, vous l'avez tuée, je vous ai haïe sur le moment, mais j'ai compris très vite que c'était la seule chose à faire. Charlotte n'a jamais eu le dessus, elle a cru tenir la mort à distance, puis les douleurs anciennes l'ont rattrapée, elle n'a pas pu faire face… » Sylvie aurait tellement voulu que tout cela soit vrai, qu'elle ait réellement suivi Charlotte et clos la saga de son héroïne de cette façon si magistrale. « Sylvie, je dois vous demander un petit service… » C'était fou. Pour la première fois, elle pouvait lire une légère appréhension sur le visage de Simon. Il continua : « Chère Sylvie… vous vous souvenez sûrement de Jean-François Kermanec… – Bien sûr, oui… – Très bien. Voilà, nous allons sortir le tome II de *Ma terre Adélie* et nous aimerions… » Armand tapa sur la table. « Simon, tu connais mes réticences… » Son fils ne prit pas la peine d'argumenter : « Chère Sylvie, je voudrais que Kermanec profite un peu de votre notoriété, qu'il soit bien visible, vous voyez. Son tome II est éblouissant, même si le tome I n'a pas eu la reconnaissance méritée. Kermanec fera sûrement beaucoup de signatures à vos côtés, si vous n'y voyez pas d'inconvénient ? – Euh… non, mais je signerai quoi ? » Armand partit d'un éclat de rire. « Le tome IV, voyons ! Sylvie, vous avez l'air épuisée, nous reparlerons de cela plus tard. Simon, tu vas beaucoup trop vite, le livre n'est même pas sorti… Et vous, Sylvie, prenez du repos. Je vais lancer les corrections, réfléchir à la couverture… Les Éditions Delpareil s'occupent de tout. Soyez tranquille, Charlotte est entre de bonnes mains ! »

Les deux cent cinquante-huit pages du tome IV étaient bel et bien là, sur la clé USB récupérée chez Armand. Il y était question de Charlotte, de sa Charlotte qui était née dans sa tête à elle (bien que Sylvie commençât à en douter). Le document reprenait l'histoire exactement là où Sylvie l'avait laissée, à ce moment délicat où Charlotte était séduite par sa dernière proie. Sylvie s'enferma dans les combles et lut. Elle en aurait pleuré de rage, vraiment. Si c'était une plaisanterie, c'était inadmissible ! Dans ces pages, il y avait exactement tout ce qu'elle aurait voulu écrire, aurait dû écrire, tout ce qui avait valsé dans sa tête ces derniers mois et qu'elle avait été incapable d'écrire. Cette suite mettait à mort Charlotte, une option certes radicale, fortement déconseillée par Jessica Faure, mais qui lui offrait aussi sa vraie, son unique histoire d'amour, une histoire sublime mais perdue d'avance, suivie d'une longue descente aux enfers, avec quelques marches pour souffler un peu. C'était tragique, bien sûr, mais profondément émouvant. Elle pleura longtemps devant la lampe danseuse, allongée sur le kilim. Que lui arrivait-il ? Avait-elle écrit ça dans un autre couloir du temps ou pendant son sommeil ? Quelqu'un avait-il déréglé les horloges ? Charlotte était-elle sortie du livre pour prendre la plume ? C'était ça, son héroïne s'était échappée pour braver son destin, peut-être, sûrement… Sylvie entendit une voix, cette voix venait d'elle, de ses entrailles à elle, mais ce n'était pas elle… Charlotte était là, au creux de son ventre, tout contre son sein… Quand elle se réveilla, elle trouva un petit mot de Nino : « Chérie, tu dormais si bien, j'ai emmené les garçons en cours… Bisous. »

*

À quarante ans, Sylvie se découvrait un nouveau talent, celui du dédoublement. De l'extérieur, elle fonctionnait tout à fait normalement. Elle conduisait, parlait aux enfants, faisait les courses, écoutait Nino lui raconter son boulot d'agent secret, discutait avec quelques mamans à la sortie du collège et passait faire la piqûre de

Suki. De l'extérieur, elle ne présentait aucun signe de duplicité. C'était un don, un véritable don, parce qu'à l'intérieur la guerre faisait rage. Si elle avait pu, elle aurait hurlé, appelé au secours, filé chez les flics… Son esprit échafaudait des quantités d'hypothèses qui s'effondraient les unes après les autres. Puis les mêmes idées revenaient en sens inverse sans jamais donner le moindre petit début d'explication. Et si Armand l'avait écrit tout seul, ce tome IV ? Si, comme par magie, Charlotte l'avait fait ? Ou l'un de ses fils, ou le type qui avait volé l'ordinateur ? Ou un employé de MaBelleNuit qui avait des talents d'espion et d'écrivain en même temps, oui, un gars du syndicat ? Et si Nino avait raison et que Simex était dans le coup ? Si elle était guidée par un subconscient incroyablement puissant qui écrivait tout seul pendant la nuit, lors de graves crises de somnambulisme ? À moins que ce ne soit Dimitri, qui avait tout compris et l'avait lui-même écrit en polonais puis donné à un traducteur ? Et si Dimitri n'était pas celui qu'il disait être ? Une seule chose était sûre : elle devait se méfier de tout.

Une semaine exactement après la lecture du tome IV, alors qu'elle sortait une tasse à café du placard, une pensée supplanta les autres : et si quelqu'un avait rédigé ce texte dans le but de la faire chanter ? Cette personne revendiquerait la paternité de *La Rose bleue* en son entier, les quatre tomes (elle aurait falsifié des preuves), et menacerait de la désigner aux yeux du monde comme la plus grande menteuse et usurpatrice de tous les temps. Elle n'avait reçu ni menaces ni messages, n'avait pas été suivie, mais ça ne voulait rien dire, c'était peut-être un temps mort avant l'attaque.

La première chose à faire était de couper les ponts avec Dimitri, un type dont elle ne connaissait rien, au fond, qui avait très bien pu lui raconter n'importe quoi, et même s'inventer un accent pour l'endormir. D'ailleurs, qu'avait-il bien pu lui trouver, ce type ? Il était jeune, elle ne l'était plus. Il était pas mal, elle ne valait rien, enfin, plastiquement du moins, ils n'avaient aucun avenir ensemble, et pourtant il s'accrochait, désirait tout savoir, lui soutirant sans arrêt des bribes de sa vie privée. Elle s'en voulait à mort de cette histoire sordide, de ces rencontres minables dans des hôtels de troisième zone. Comment avait-elle pu se compromettre de la sorte ? Elle se rendit sur le parking d'Auchan, gara sa voiture le plus loin possible du lieu de rendez-vous habituel avec Dimitri, s'approcha discrètement. Tous les jours à 15 heures il était là, il attendait, même sous la pluie. Vers 16 heures, il finissait par partir. Sylvie l'avait suivi plusieurs fois, espérant le confondre. Il s'était baladé dans un parc avec une fille visiblement fatiguée et bouffie qui avançait péniblement derrière une poussette, il avait rencontré un type dans un café, un homme au visage rouge et patibulaire, qui avait payé les consommations. Il avait acheté un grille-pain et fumé un bon paquet de cigarettes sur son balcon. Nino, lui aussi, eut droit à sa filature. Il la balada dans tous les sens, à la poste, dans un restaurant (où il mangea seul et téléphona une bonne demi-heure), sous un arrêt de bus où il attendit un type qui s'assit cinq minutes pour repartir aussi sec, puis passa quelques heures dans un café, à trente kilomètres de la maison. Que trafiquait-il encore ? Était-ce des rendez-vous avec cette fameuse taupe ? Jusqu'où irait-il comme ça ? Sylvie guetta aussi ses anciens collègues sur le parking de MaBelleNuit. C'était toujours les mêmes groupes, aux mêmes heures, ils discutaient cinq minutes, quelquefois plus, puis cherchaient leurs clés de voiture et filaient. Une seule fois, un baiser fut échangé entre un stagiaire et une femme mariée, derrière le bâtiment B qui abritait le service marketing. Mais quel rapport avec *La Rose bleue* ? Sylvie n'avait plus aucune idée sur cette situation rocambolesque, qui n'aurait pas été crédible dans le pire téléfilm. Elle pensa à Mireille, la seule qui garderait la tête froide et considérerait calmement cette histoire de fous. Oui, pourquoi pas se confier, tout déballer ?

« Mireille n'est pas là ? – Ben si… Mais elle est couchée, parce qu'elle a fait… un genre de malaise… » Stan, son jardinier, dont Mireille se plaignait sans cesse et qu'elle gardait pourtant, lui avait ouvert la porte. Sylvie se précipita dans le salon. Mireille était emmitouflée dans un grand édredon rose, les yeux mi-clos, dans son fauteuil fétiche, qui avait été pour l'occasion déplié en position allongée. « Mireille, ça va ? – Ah c'est toi ! Surtout n'appelle pas mon fils, sinon je vais l'avoir dans les pattes et il va encore vouloir me déménager… J'ai fait une petite chute de tension… Stan va me décongeler une quiche. Il veut aider, alors… Et puis, ça lui fera des sous… Il prépare un voyage pour je sais plus où… la Thaïlande ou je ne sais quoi… des trucs de jeune… – Mireille, vous auriez dû m'appeler ! Je serais venue et je vous aurais fait à manger, vous savez très bien que ça ne me dérange pas… – Mais si, ça te dérange, voyons, tu as tes gosses, tes affaires, tes rendez-vous. Hier tu as raté la piqûre de Suki et mardi aussi. Stan sait la faire maintenant, il a regardé sur Internet, et Suki n'a même pas miaulé, alors tu n'auras plus à venir, ce sera mieux… » Pourquoi l'avait-elle remplacée, comme ça, du jour au lendemain ? « Mireille, je suis désolée, j'ai eu des problèmes, mais c'est réglé, vous n'allez pas déranger Stan tous les jours, et puis, ça vous coûtera de l'argent, c'est bête puisque je peux le faire et que je suis à côté, et même si je ne peux pas, Max viendra. » Mireille ne répondit pas, elle dormait. Comment Sylvie avait-elle pu penser une seconde se confier à une vieille dame de quatre-vingt-un ans à la santé précaire ?

Dans la cuisine, Stan ne prêta aucune attention à sa présence. Il se mit à faire couler l'eau abondamment dans l'évier, puis sortit un à un les produits nettoyants qui se trouvaient en dessous pour les disposer sur la grande table. Avait-il repéré une fuite ? Faisait-il du zèle pour lui prouver ses compétences ? Elle regarda la quiche décongelée et brûlante déposée sur une petite assiette. « Le médecin est passé ? » Stan lui montra l'ordonnance et les médicaments. « Stan, dis-moi, le médecin paraissait inquiet ? – Mais non, il a dit du repos… et tout rentrera dans l'ordre… Elle est solide, Mireille, enfin, assez solide pour me gueuler dessus… Parce que le jardin, c'est jamais assez bien, mais je dis plus rien, sinon ça part… » Sylvie lui donna son numéro de portable.

S'il arrivait la moindre chose à la vieille dame, il devait l'appeler immédiatement.

L'été passa, étouffant, caniculaire. Sylvie repartit en vacances en Grèce, tentant d'oublier Charlotte et cet(te) inconnu(e) qui avait écrit pour elle. Elle multiplia les verres de rouge et les soirées festives. Mais ces distractions ne duraient qu'un temps et chaque soir les questions revenaient et la rongeaient.

À la rentrée, Armand lui présenta fièrement la maquette de la couverture du tome IV, rouge et beige avec une larme posée en relief sur le visage de son héroïne, une larme rouge prête à couler sur sa joue. Il insista pour avoir son avis sur les couleurs, le dessin, le visage de Charlotte si joliment stylisé. Sylvie ne savait plus. Devait-elle briser ce rêve ? N'était-ce pas plus simple de simuler encore un peu, juste un tout petit peu, jusqu'à ce que la vérité éclate ? « Armand, c'est très bien les couleurs, tout ça, mais il y a une chose à laquelle je tiens, c'est le pseudo. Je ne veux pas mon nom sur le livre. Je préférerais rester Alicia Clarks. Elle est sur les trois premiers tomes, je veux qu'elle soit sur le IV. C'est mon porte-bonheur, je ne peux pas m'en séparer. » Armand ne fit aucune difficulté. Il comprenait. Avait-il deviné, perçu son malaise ? Qu'importe, ce fut un énorme soulagement. Il lui remit la maquette entre les mains. Il voulait qu'elle prenne son temps, qu'elle s'imprègne de chaque détail et n'hésite pas à formuler des critiques. C'était le moment. Mais Sylvie n'avait pas de mots, pas d'avis. Elle ne pouvait que contempler encore et encore le visage de sa créature, son héroïne qui l'avait quittée pour se jeter dans les bras d'une ou d'un inconnu(e). « Vous êtes émue, Sylvie, je le vois bien, c'est normal. La donner aux lecteurs, c'est la perdre. Elle ne vous appartient plus, n'est-ce pas, c'est ce que vous ressentez ? – Oui, peut-être que je n'ai pas mérité tout ça, peut-être que c'est… – Mais non, ce n'est pas trop, Sylvie. Ne recommencez pas… Charlotte meurt, mais une nouvelle vie commence pour vous. Oubliez votre histoire de matelas, tous ces imbéciles qui font des réunions sur des ressorts ou de la triple mousse. Votre destin est plus grand, ne soyez pas stupide, à la fin ! Sûrement que je ne serai plus là pour le voir, mais vous trouverez un autre éditeur, et surtout, ne prenez pas ce salaud d'Alain Prestal ! Jurez-moi, Sylvie, que vous ne signerez jamais avec lui ! Jurez ! – Mais oui, Armand, je vous le jure, bien sûr. Je ne sais même pas qui c'est, ce type… – C'est le dernier des escrocs et il vous voudra parce qu'il me déteste et que je le lui ai bien rendu autrefois. Il y a des jeunes, il faut aller vers eux, vous comprenez ? – Mais pourquoi voulez-vous que je parte, Armand ? – Je ne veux rien, moi, mais la vie est plus forte, vous verrez ! » Ses yeux s'emplirent de larmes. Armand était un grand sentimental. Cet honorable octogénaire cachait un cœur de midinette. Avant de partir, il lui remit le chèque des droits d'auteur de l'année écoulée. Elle lut 60 000 euros et ne put prononcer un mot. Armand ne tiqua pas, ne partit pas d'un rire sardonique, non, il trouvait la somme tout à fait normale, et la félicita.

Comment se dénoncer après ça ? Le soir même, l'angoisse l'assaillit. Tout se passait beaucoup trop simplement. Il y avait forcément un piège quelque part, prêt à se refermer et à la couler. Elle se préparait au coup de fil, ce fameux coup de fil où l'on exigerait d'elle une rançon, la menaçant de livrer toute l'histoire – ce tome IV qu'elle avait eu le culot de s'approprier. Elle s'attendait à tout, même à finir avec un flingue sur la tempe, enlevée dans une camionnette. Mais les jours filaient (Max venait d'entrer à la fac de psychologie, Alexis en seconde) et le coup de fil ne venait pas. Pourquoi personne ne lui était-il encore tombé dessus ? Pour quelle raison un individu aurait-il fait un effort aussi colossal, écrire le tome IV, sans l'intention d'en profiter ? Alors elle revenait à sa première hypothèse, la plus crédible : Armand, le seul qui, comme elle, avait tout à gagner à la parution du tome IV. C'était peut-être pour ça qu'il avait fait un bref séjour à l'hôpital, l'écrire l'avait épuisé. Armand n'était pas son éditeur, pas un ami, c'était un frère de plume capable de poursuivre la vie de son héroïne là où elle l'avait laissée.

Quand il lui parla de reprendre les dédicaces et les rencontres avec les lecteurs, elle accepta, parce que la perspective de tout dire, de tirer un trait sur *La Rose bleue* et de revenir tranquillement à MaBelleNuit retrouver son poste et son grand bureau avec balcon et vue sur le parking, cette issue-là, elle n'en voulait pas. Bien sûr, elle n'avait pas encore mis Nino au courant, mais elle avait tout de même informé MaBelleNuit qu'elle prolongeait son congé sans solde pour assurer la promotion de ses livres. Ils n'avaient émis aucune objection. La DRH lui avait même envoyé un mail très élogieux sur le tome II qu'elle venait de finir en s'excusant d'être si lente. Elle lui avait proposé de fêter la sortie de son dernier tome dans les locaux de la boîte ou de réserver une salle à l'extérieur. C'était bien trop d'honneur pour Sylvie, qui avait prétexté un emploi du temps surchargé et remis cet événement à une date indéterminée.

*

Bien sûr, au tout début, signer des dédicaces sur un livre qu'elle n'avait pas écrit l'avait un peu perturbée. Elle avait eu des scrupules et s'était persuadée qu'elle était là pour une seule et unique raison : affronter le véritable auteur du tome IV qui pouvait faire irruption à tout moment pendant les signatures et qui demanderait des comptes. Mais à présent, elle voulait que ce livre soit à elle, comme tous les autres. Elle aimait à penser, à espérer qu'un quelconque admirateur avait écrit ce tome en secret, avait œuvré par amour pour son héroïne, sans rien attendre en retour. Oui, elle le souhaitait ardemment, car Sylvie n'était pas seulement lâche, elle était aussi opportuniste. Comme lors de sa première tournée, les libraires lui offraient le restaurant et la baladaient dans les coins les plus sympathiques de leurs petites villes. Quelquefois même le maire venait faire un tour avec eux et leur donnait accès à des jardins privés ou à de petits musées souvent fermés en semaine. Sylvie était une reine et profitait à fond de ses derniers mois dans le monde de la littérature.

Et ce monde était vaste, immense même, et la fit voyager au-delà des frontières. Armand l'envoya en Allemagne, plus exactement à Munich, dans l'un des plus grands salons du livre de la planète. Le tome I venait d'être traduit. Armand avait insisté pour qu'elle s'y rende et il avait eu raison. C'était vraiment une chose à voir : des milliers d'écrivains, de lecteurs, d'éditeurs qui circulaient dans un espace aussi grand que cinq terrains de foot, une vraie fête foraine. Jessica Faure aussi était attendue au salon, mais elle ne se montra pas aux Éditions Delpareil. Avait-elle oublié Charlotte ? Comment celle qui l'avait appelée du bout du monde parce qu'elle avait son « héroïne dans la peau » pouvait-elle maintenant l'ignorer ? Pourtant, c'est ce qu'elle fit (le tome IV l'avait déçue, sûrement). Quand Sylvie se présenta, très intimidée, devant son assistante qui attendait près du hall d'entrée, une oreillette fichée dans l'oreille, celle-ci la dévisagea comme pour se souvenir d'une vague connaissance dont elle avait oublié le prénom. Sylvie osa : « Bonjour, vous vous rappelez ? – Oui oui, Jessica repart demain. Mais elle pense à vous, madame Verbaldi. Elle me l'a dit. – Ah, très bien. Passez-lui le bonjour alors. » Comment avait-elle pu dire une phrase pareille, aussi ringarde, aussi idiote ? « Passer le bonjour » à Jessica Faure, une actrice césarisée. Décidément, Sylvie n'était pas faite pour approcher les stars internationales, non, elle était faite pour les petites gens comme elle, avec des crédits, des maisons mal isolées et des problèmes de surpoids, ça lui convenait beaucoup mieux. Comment avait-elle pu croire une seconde que Charlotte finirait sur un écran ? Son héroïne avait des fans prêtes à tatouer son visage sur leur avant-bras, c'était amplement suffisant.

Malgré cette mésaventure, tout se passait à merveille. Évidemment, il fallait superviser la maison de loin et calmer l'anxiété de Nino : il attendait un article dans un grand journal, qui devait résumer ses cinq ans de combat contre Simex et prévenir des dangers de l'Ortex, tout ça parce qu'il avait croisé un petit pigiste qui avait pris la peine de l'écouter. Évidemment, le journaliste ne rappelait plus, et Sylvie dut faire un aller-retour à Joué-la-Tour pour le raisonner. Ce petit incident fut pourtant très vite balayé. C'était incroyable à dire, mais elle profitait de la vie, peut-être même pour la toute première fois, et qu'importe si le tome IV était tombé du ciel ! Elle disait oui à tout, même aux petites librairies perdues au fond d'un paisible village qui ne pouvaient accueillir qu'une poignée de lecteurs, assis sur des chaises usées, dans un local mal chauffé. Armand affirmait qu'elle perdait son temps : « Voyons, Sylvie, ce n'est pas la peine. C'est un tout petit truc, ça ne servira à rien, n'allez pas vous enquiquiner à faire des heures de route pour ça ! Franchement, reposez-vous un peu, pensez à votre prochain livre... » Mais Sylvie y allait quand même, qu'importe la ligne ferroviaire régionale et le taxi. Elle se rendit également dans une maison de retraite où un petit vieux tenta de l'embrasser sur la bouche, ce qui mit la directrice dans tous ses états. Sylvie ne s'en offusqua pas. Les résidents s'étaient mis sur leur trente et un et les enfants et petits-enfants étaient venus au grand complet. C'était touchant. Tous ces gens avaient bousculé leur petite vie, leur journée, leurs habitudes pour la recevoir, elle, qui au fond était comme eux.

Cette façon d'être ne devait pas être si courante pour un auteur de best-sellers, parce qu'elle intéressa un journaliste de *La Charente libre*, qui titra son article « Sylvie Verbaldi, la promotion à mains nues ». Il fut extrêmement élogieux sur la manière particulièrement généreuse qu'elle avait de rencontrer les lecteurs, de se mettre à leur portée, de ne pas faire de chichis et de traiter de la même manière le plus grand salon du livre et la petite foire rurale de Barjac-sous-Ansy. Il la fit poser devant une librairie de campagne où venait de se dérouler une rencontre. La discussion avait abordé pas mal de sujets : la discrimination liée au surpoids, la recette locale de la tarte Tatin, le personnage secondaire, et pourtant crucial dans le tome III, du petit frère de Charlotte, l'arrivée-surprise de l'écriture dans la vie de Sylvie, son expérience désastreuse des régimes minceur et les limites de la justice dans les cas de harcèlement. Le journaliste trouvait Sylvie très à l'aise devant ses lecteurs et insistait sur le caractère très égalitaire des échanges. Elle laissait les gens s'exprimer jusqu'au bout et il arrivait fréquemment que ce soit elle qui leur pose des questions quand elle n'avait pas bien compris. Sylvie n'était pas là pour faire des conférences sur la littérature érotique ou expliquer comment elle avait ficelé les trames narratives des quatre tomes, non, elle était là comme une amie, une confidente, pour converser sur les petits et grands malheurs de la vie, convaincue qu'on devait s'épauler les uns les autres dans cette société qui traitait si mal les femmes, leur demandant d'être à la fois sexy, minces, mères parfaites et amantes hors pair et pardonnait beaucoup mieux aux hommes leurs vices et lâchetés. C'était le plus bel article qu'elle ait jamais lu. Il fut relayé à vitesse grand V sur les réseaux sociaux, et les demandes de rencontres, de lectures, d'échanges se multiplièrent en très peu de temps. Sylvie tenta de les honorer toutes, ce qui ne fut pas facile, mais elle trouva le rythme, trois jours sur les routes, quelquefois quatre, suivis d'un long week-end chez elle pour se reposer, remettre la maison en marche, surveiller les activités des garçons, dorloter Nino et repartir de plus belle. Qui aurait pu prévoir une telle activité ? Peut-être avait-elle trouvé sa voie, peut-être même que Charlotte avait été créée uniquement pour ça : rencontrer encore et encore toutes sortes de gens et leur parler les yeux dans les yeux, partager avec toutes ces femmes la peur, l'angoisse qu'elles avaient ressentie un jour ou l'autre devant leur balance, un patron indigne ou le regard indifférent d'un ancien agresseur.

Sylvie était souvent seule sur une petite estrade devant un parterre de lecteurs (parfois quelques dizaines tout au plus, d'autres fois jusqu'à une bonne centaine), pourtant, elle parlait, quelquefois même devant un micro, quand les salles étaient grandes, et elle riait, faisait des blagues comme si elle connaissait ces gens et qu'ils étaient tous rassemblés pour une grande réunion familiale. Si on lui avait dit, seulement trois ans auparavant, qu'elle se retrouverait un jour devant un public, face à des dizaines de regards braqués sur elle, elle aurait été épouvantée. Pourtant, elle le faisait, même bien, et cela sans avoir les joues en feu ni de plaques rouges sur le décolleté et sans le moindre bégaiement. Cela s'était mis en place progressivement. D'abord avec des tête-à-tête pendant les dédicaces, puis au cours de petites discussions informelles à la sortie des librairies, puis lors d'un vrai débat avec micro et animateur, souvent le libraire ou une bibliothécaire. Tous ces gens ne cherchaient pas à la piéger, ils voulaient la mettre à l'aise, lui demandant sans cesse si tout allait bien, si elle avait faim ou soif, si elle désirait faire une pause, voulait rentrer ou rester une nuit dans le meilleur hôtel de la ville, ou bien faire un tour en leur compagnie. Comment avoir peur dans ces conditions ? Sylvie ne s'était pas muée soudainement en une bête de scène extravertie, non, c'était tout son entourage qui avait changé et qui lui voulait du bien.

Ah, si ces tournées pouvaient devenir un métier : rencontrer, signer, échanger, consoler. Ce serait juste parfait.

Dans cette nouvelle aventure, la chose la plus désagréable avait un visage et un nom : Jean-François Kermanec. Dès que la rencontre avait la moindre importance par la taille de la ville, le nombre de lecteurs, ou tout simplement quand les Éditions Delpareil avaient un stand, il était là, avec son pull en cachemire, toujours dans les tons verts, assis juste à côté d'elle, le stylo doré tournant entre ses mains et le thermos de café à ses pieds. Il attendait ses lecteurs après lui avoir adressé à peine un bonjour de politesse. Cet imbécile, parce qu'il fallait dire les choses, la prenait de haut, c'était clair. Au salon de Munich, il était passé de l'anglais à l'allemand, parlant bien fort pour montrer sa dextérité. Et puis, il s'était esclaffé en italien avec une lectrice d'un certain âge qui n'avait pas eu l'air de lui déplaire et lui avait griffonné son numéro sur un coin de table. Il ne vendait pas beaucoup et se fichait d'attendre des heures un éventuel lecteur ou d'indiquer à des passants égarés le stand qu'il cherchait. Il voulait croire à sa bonne étoile, à la chance qui bientôt lui sourirait. Chaque jour, il parcourait les titres du *Monde diplomatique* ou tournait nonchalamment les pages d'une revue historique, il disait ainsi à qui voulait l'entendre : « Je me cultive, je ne perds jamais mon temps, moi ! » Que cherchait-il ? Pourquoi s'accrochait-il alors que le tome II de *Ma terre Adélie* ne se vendait pas plus que le premier ?

Sylvie avait bien tenté de la lire, cette histoire. Il est vrai qu'elle était très bien écrite, un peu trop, d'ailleurs. Chaque page contenait plusieurs mots qu'elle ne connaissait pas, des termes de marine, des mots savants dont on n'avait pas besoin pour se faire comprendre dans la vie courante. L'histoire n'était pas inintéressante : une jeune fille s'évadait d'un cachot et, se faisant passer pour un homme, s'embarquait sur un navire en partance pour une expédition en Antarctique et commandé par le grand capitaine Urville Doutremont, qui finalement, et après bien des péripéties (tempêtes, pirates, maladies, icebergs, mutineries), découvrait une nouvelle terre au pôle Sud. C'était épique, ça aurait pu être captivant, mais c'était trop : trop d'aventures, trop de personnages, trop de descriptions, trop d'informations… On s'y perdait, en tout cas Sylvie n'avait pas les capacités intellectuelles pour se rappeler tous les noms, les alliances, les coups tordus… Ce n'était pas un livre pour elle. Kermanec était sans doute trop érudit, victime de son talent, de sa capacité infinie à faire revivre toutes sortes de créatures sorties des temps anciens. À la page 143, elle avait laissé tomber. On ne pourrait pas dire qu'elle n'avait pas fait d'efforts. Et si jamais Kermanec lui demandait son avis, elle ne serait pas prise au dépourvu. Elle dirait : « Je ne vous cache pas que je ne lis jamais de romans historiques, mais le vôtre est plaisant. » Ce n'était ni vraiment un compliment, ni vraiment une critique. C'était neutre. De toute façon, Kermanec ne lui demandait jamais rien. Il l'ignorait cordialement. Même quand une pile de *La Rose bleue* s'était écroulée juste avant le début d'une signature, renversant son verre d'eau, il avait à peine tourné la tête, la laissant se débrouiller toute seule. Soit il la haïssait, soit elle lui était totalement indifférente, parce que *La Rose bleue* n'avait rien à voir avec son monde. Sylvie penchait pour la deuxième hypothèse.

Elle devait en prendre son parti, rester correcte, faire le minimum. Bonjour, bon appétit, bonne soirée, et basta ! Le plus difficile, c'était les retours à l'hôtel en taxi (les Éditions Delpareil les logeaient ensemble, souvent dans le même couloir, dans des chambres voisines). Les trajets s'étiraient en longueur. Kermanec se plaignait toujours de la radio, de la clim, du chemin emprunté par le chauffeur, et puis, une fois arrivé à l'hôtel, il n'était jamais content. « Non, madame, je préférerais une chambre sur rue, voyez-vous, sur cour, les gens discutent, ils sont soûls, parlent fort, se croient chez eux, et c'est insupportable. Les bruits de la rue, comment vous dire, ce sont ceux de la circulation, c'est répétitif, votre cerveau ne cherche pas à savoir. En revanche, lorsque deux personnes conversent sous la fenêtre, on se met à imaginer ce qui se passe, on se lève, on veut voir à quoi ressemblent les énergumènes, et on se rend compte trop tard qu'on est tout à fait réveillé, vous comprenez… » Kermanec pouvait disserter des heures sur les nuisances sonores. À la fin, la fille de l'accueil cédait et Sylvie en profitait pour regagner sa chambre. Cela lui épargnait la montée en ascenseur à ses côtés.

Pourquoi Simon Delpareil ne venait-il pas un soir rendre visite à son poulain ? Bien sûr, elle n'éprouvait plus pour lui cette attirance insensée des premiers temps, mais décidément elle aimait toujours la présence de cet homme. Au fil du temps, elle et lui s'étaient sensiblement rapprochés, peut-être à cause du succès, ou de la complicité de Sylvie avec son père. Simon ne manquait jamais de venir lui serrer la main dans les salons, les librairies ou quand elle rendait visite à Armand aux Éditions Delpareil. Il la questionnait sur sa journée, quelquefois même lui offrait un livre qui venait de sortir et qu'il disait apprécier. (Généralement, Sylvie n'aimait pas, mais se forçait à le lire jusqu'au bout.) Elle ne se faisait aucune illusion, Simon lui était plutôt reconnaissant du succès de ses livres, de ses quatre tomes qui avaient si bien rempli les caisses de Delpareil et lui permettaient de lancer sans risque des auteurs plus compliqués ou élitistes comme Kermanec. Oui, c'était un fait, Kermanec lui devait peut-être bien la commande de son tome III.

L'avait-il déjà écrit ? À plusieurs reprises, alors qu'ils occupaient des chambres contiguës et partageaient le même balcon, elle avait aperçu de la lumière sous sa porte et entendu un air de musique classique ou folklorique (avec de la cornemuse). Il était 4 ou 5 heures du matin. Ce type devait bcsser. C'était tout à fait le genre à se plonger dans le tome suivant quand le précédent venait de paraître. Ou alors il s'était lancé dans une autre fresque, peut-être un truc au temps des pharaons ou des grandes croisades sous Saint Louis. De toute façon, elle ne voulait pas le savoir.

Le matin, elle prenait son petit déjeuner très tard, juste avant que la salle ne ferme, et lui toujours très tôt. Une seule fois, ils s'étaient croisés. Ça devait être à Munich. Elle venait de s'asseoir et il était arrivé quelques secondes après. Il avait choisi la table en face d'elle, avait sorti son journal et n'avait pas une seule fois levé les yeux sur elle. Alors, avant de partir, elle s'était plantée devant lui. « Bonjour, monsieur Kermanec et bonne journée. – Euh… Oui… Bien sûr… Bonne journée. » Qu'est-ce qu'elle en avait à faire après tout de l'hostilité de ce type ? Les lecteurs étaient là, ils venaient la voir parce qu'ils l'aimaient, ils aimaient Charlotte, ils lisaient et relisaient les tomes, en parlaient autour d'eux. C'était inespéré, elle devait en profiter jusqu'au bout, jusqu'à ce que les gens se rendent compte qu'elle n'était pas un écrivain, mais une personne qui avait un jour eu la chance de croiser Charlotte.

*

Quand elle rentrait chez elle, elle avait une patience d'ange, pouvait écouter Nino des heures désespérer de la trahison du journaliste et de l'article qui aurait dû sortir, écouter Alexis jouer, se tromper, recommencer, s'énerver sur son tout nouveau piano qu'il venait d'avoir pour son anniversaire, lire avec Max des essais de développement personnel et même écouter sa mère se plaindre d'une douleur persistante au ventre dont aucun spécialiste n'avait pu déceler l'origine et qui devait forcément cacher une maladie grave. Sylvie prenait tout cela très bien. Elle n'essayait plus d'arranger les choses ou de donner des conseils que personne ne suivait. Non, elle avait accepté son rôle : se taire, écouter et compatir.

C'était exactement la même chose aux signatures, la plupart des lectrices venaient lui confier de grands malheurs trop longtemps tus et verser une larme. Sylvie ramassait tout : les agressions, les peurs, les complexes, le rejet. Elle faisait de son mieux pour ne pas pleurer elle aussi, s'efforçait de rester attentive, de serrer fort les mains, comme pour dire, je sais, je sais tout ça, je l'ai éprouvé moi aussi, mais on peut le surmonter, vous savez. S'en était-elle vraiment sortie ? Peut-être bien que oui. Elle y croyait maintenant. Ne fallait-il pas tout simplement profiter, jouir de tout ce qui arrivait ? Peut-être que ce nouveau chemin, elle ne le devait pas seulement à l'écriture mais aussi à ces rencontres ? Peut-être qu'une main amie l'avait guidée pour qu'elle en arrive là. À qui était cette main ? Charlotte ? Armand ? Une inconnue ? Peu importe… Sylvie devait être à la hauteur. Elle se devait de porter le tome IV, c'était bien la moindre des choses puisqu'elle n'en avait pas écrit une ligne.

Entre les rencontres et les signatures, elle aimait être seule. Elle avait vu tellement de monde, répondu à tellement de questions, serré tellement de mains que la solitude lui faisait du bien. Elle prenait la voiture, parcourait les routes autour de Joué-la-Tour, toutes ces routes qu'elle connaissait par cœur. Depuis ses fréquents départs, elle les aimait plus encore. Elle contemplait les arbres qui pliaient sous le vent, les cours d'eau qui scintillaient au soleil, les pierres blanches qui dessinaient les façades, les petits commerces qui résistaient aux grandes surfaces et disposaient avec soin leurs vitrines, et bien sûr, il y avait cette tour dont elle ne se lassait pas. Elle y montait chaque week-end, quelquefois avec Max, quand il se réveillait tôt le dimanche matin. Une fois en haut, elle fermait les yeux, s'agrippait à la rambarde. C'était une certitude, elle ne pourrait jamais déménager. Sinon, comment atteindre son père ? Comment retrouver son souffle si elle partait d'ici ? Elle le savait, il était là, disséminé dans le paysage, peut-être dans l'œil de l'hirondelle, dans le petit nuage qui glissait, la brise qui caressait sa peau ou le rayon de soleil qui revenait par intermittence. Aurait-il aimé son livre, sa transformation ? Était-ce lui son ange gardien ? lui qui avait tout manigancé ? lui qui était revenu sur terre pour lui offrir cette nouvelle vie ? Sylvie aimait y croire, exactement comme les enfants. À quoi bon jouer les grands, les adultes, les sages, les êtres rationnels ? Peut-être que la vie était partout, s'infiltrait dans les pierres, dans les fontaines, les ruisseaux, les pages des livres et venait souffler dans les veines des héroïnes, peut-être même que les âmes des défunts portaient les vivants, oui, peut-être… Enfin, elle le croyait, elle voulait le croire.

Mireille avait beaucoup vieilli. Stan devait passer tous les jours après son boulot. Il était là pour tout maintenant : les courses, le ménage, les médicaments, les problèmes de plomberie qui étaient survenus sans crier gare dans la cuisine et les toilettes du rez-de-chaussée, le courrier qu'il récupérait et triait, les allers-retours chez le médecin à cause de la tension à contrôler et du cœur qui se montrait capricieux, la piqûre de Suki, qui avait beaucoup maigri et se rapprochait ostensiblement de son dernier jour. Sylvie n'aimait pas la présence de Stan. Il ne disait rien, frôlait les murs comme un fantôme. Éprouvait-il un tant soit peu d'affection pour Mireille ou dissimulait-il une franche hostilité ? Il accomplissait ses tâches parfaitement. Mais jamais il n'ajoutait un petit mot gentil, une réflexion sur le temps ou le jardin si mal entretenu du voisin. Pourquoi s'occuper d'une vieille femme s'il fuyait les contacts humains ? « Mireille, vous êtes sûre que Stan vous convient ? Je pourrais chercher quelqu'un d'autre ? – Oh, là, là ! sûrement pas. Il est parfait pour moi. Il reste à sa place et il vient pas m'emmerder… – Quand même, il est pas très causant… Ça ne vous déprime pas ? – Mais enfin, que veux-tu qu'il me dise ? Il fait ce qu'il a à faire et il s'en va, il va pas me lire une histoire, non plus ? – Non, mais quand même, il est froid, ce garçon… – Ma petite, qu'est-ce que tu voudrais ? Qu'il vienne me masser les pieds ? Je le paie, il effectue ce que je lui demande et il s'en va… C'est ça, le travail, ni plus ni moins ! Raconte-moi plutôt tes signatures, y avait du monde ? »

Depuis quelque temps, Mireille s'intéressait un peu plus à *La Rose bleue*. Elle n'en revenait pas de ce curieux tour de passe-

passe qui avait permis à sa voisine de boucler le tome IV en une quinzaine de jours (Sylvie avait inventé un déblocage miraculeux après une séance de sophrologie). Le sauvetage in extremis du tome IV la réjouissait et elle était bien la seule à réclamer des anecdotes, quand tous les autres, famille et amis, se contentaient d'un : « Ça s'est bien passé ? » La plupart du temps, une réponse courte du genre « Oui, très bien. Les lecteurs étaient très accueillants » suffisait. Mais Mireille en voulait plus, peut-être parce que son monde s'était encore restreint et que ses sorties se faisaient encore plus rares, c'était l'occasion de rêver un peu et de participer aux aventures extraordinaires de sa voisine.

La vieille dame avait beaucoup aimé le dernier tome, peut-être plus que les autres. Il correspondait sûrement mieux à son tempérament profondément pessimiste. Cette fin dramatique l'avait enchantée. « Tu repars bientôt ? – Oui, oui, figurez-vous, Mireille, que je pars trois jours à Londres... Il y a un grand salon là-bas, l'invitée principale cette année, c'est la France. En plus une grande librairie francophone m'invite... Le livre a été traduit il y a quelques mois... Mais je leur ai dit que je ne parlais pas anglais. Vous vous rendez compte, un type va sûrement venir spécialement pour traduire mes phrases, c'est dingue, non ? » Mireille balaya d'un revers de main. « Si tu parles pas anglais, c'est normal qu'on t'aide... Et les ventes ? – Le tome IV a bien démarré d'après Armand. Même si les critiques sont plus dures, à cause de la fin un peu radicale, il y a des pour et des contre. Mais j'ai décidé de ne pas les lire. – En tout cas, tu as une très bonne critique dans *Sud-Ouest*. Je te l'ai gardée, si tu veux. Stan l'a découpée. – Merci, je regarderai. Mireille, vous voulez que je fasse la piqûre de Suki ? – Mais non, Stan la fera. Il se débrouille, le petit. » Sylvie se servit une autre tasse de thé, histoire de prolonger un peu sa visite. « J'aime bien être chez vous. J'étais malheureuse quand on s'est disputées. Je sais pas pourquoi je vous dis ça, mais en ce moment, je suis très sentimentale. Je vois des signes, je vais souvent là-haut sur la tour. J'ai l'impression que mon père me parle quand j'y suis, j'ai des idées vraiment étranges, je les chasse pas, parce qu'elles me font beaucoup de bien… – Et ton type que tu voyais, il te fait toujours du bien ? » Après son aveu, elles n'en avaient jamais reparlé. « Non, c'était vraiment n'importe quoi, je ne sais pas ce qui m'a pris… j'ai perdu pied. Vous ne direz rien, Mireille ? » La vieille femme tapa avec sa cuillère sur un coin de la table. « Mais voyons, pour qui tu me prends ? Et puis à qui tu veux que je le dise, à Stan ou à mon fils ? Qu'est-ce qu'ils en ont à fiche de tes histoires de fesses ? »

À peine s'étaient-elles levées pour débarrasser que Stan débarqua, des sacs de courses dans les mains. Avait-il entendu ? Il ne marqua aucune surprise, dit à peine bonjour. Mireille en fit autant : « Y a le chat, Stan, il attend. » Question politesse, ils s'étaient bien trouvés tous les deux. Stan posa les sacs à terre, fila dans le salon. Sylvie referma délicatement la porte de la cuisine derrière elles. « Mireille, vous croyez qu'il a entendu ? Vous parliez fort, quand même… – Stan, mais tu rigoles ! Ce petit se fiche de tout, à part de son voyage en Asie à organiser, son truc en camping-car pendant des mois… Il va revenir bourré de virus, alors je le reprendrai pas avant une bonne quarantaine… – Ah oui, il va partir ? Mais quand ? – Il ne donne pas de date. Tu parles ! C'est encore une idée à la con… Il aura pas le fric… Et puis, s'il l'avait, il manquerait de courage, moi je te le dis… » On entendit son pas dans l'escalier, il devait courir derrière Suki. Mireille replaça les quelques boucles grises qui tombaient sur ses yeux. « Tu verras quand tu auras mon âge, tu en auras entendu tellement de ces conneries, de ces faux espoirs, de ces projets qui vont droit dans le mur, tu en auras soupé, je te le dis. Parce qu'il faut que tu saches un truc : quatre-vingt-dix pour cent de nos grandes espérances finissent aux oubliettes, ça, il faut le garder en tête. Alors en attendant, te gêne pas. Si tu es allée baiser ailleurs, t'avais bien raison. Personne ne relève les points au bout du compte. Saint Pierre t'attendra pas pour te donner des images, ah ça, non alors ! »

Plus les mois passaient, plus elle devenait désabusée et amère. « Mireille, pour reparler de ça… Ce type n'était pas du tout mon genre. J'étais pas dans un état normal… » La vieille dame haussa les épaules, alla ranger le sucrier dans le buffet. « Pff, pff ! Ouais on dit ça… Cherche pas d'excuses, c'est peut-être ça, l'état normal… C'est peut-être même le meilleur état qui soit…T'as joui ? » Jamais la vieille dame n'avait prononcé un mot aussi cru. Sylvie bafouilla. « Je… je… enfin… – Excuse, ça me regarde pas, après tout… C'est tes affaires… Mais sache qu'on n'en profite jamais assez. Pense à tes vieux jours, quand y aura plus rien… et que ton seul petit plaisir sera un carré de chocolat pour le dessert, penses-y ! » Stan réapparut, il tenait Suki dans les bras. « C'est fait. Je vais leur donner les croquettes et je vous ferai réchauffer le gratin. – Fais, Stan. Les chats ont faim, moi pas du tout. »

Sylvie partit à regret. Il était un peu tard. Nino avait tenté de la joindre deux fois déjà. Elle devait rentrer, mais elle fit tout autre chose. Elle monta dans sa voiture, roula à 70 kilomètres à l'heure, soit 20 de plus que la vitesse autorisée, se gara devant l'immeuble de Dimitri, profita d'une personne qui entrait pour se faufiler derrière elle, se retrouva dans le hall, puis soudain se demanda ce qu'elle fichait là. Elle fit alors demi-tour et fonça en sens inverse.

Quand elle arriva chez elle, Nino était à table avec les enfants, devant un plat de pâtes. « Ben qu'est-ce que tu fous ? Je m'inquiétais, là, Mireille, m'a dit que tu étais partie à 19 heures… Il est 20 heures… T'étais où ? – Sur la tombe de mon père. » Tout le monde se tut. Elle ne parlait jamais de son père sans pleurer, et les larmes revinrent une fois encore. Son père l'avait sauvée.

11

À Londres, l'affiche de *La Rose bleue* était exposée en grand dès l'entrée. La table de Sylvie était spacieuse, sa chaise hyper-ergonomique moulait son dos et soulageait ses lombaires, deux grosses piles du dernier tome étaient déjà posées devant elle et son stylo tout neuf, offert par son éditeur anglais, n'attendait plus que les dédicaces. Elle était parée, prête à affronter des hordes de lectrices du Royaume-Uni, des milliers de sourires, de larmes et de selfies. La maison d'édition d'outre-Manche avait même mis à sa disposition une stagiaire bilingue, Emily, qui avait un père anglais et finissait ses études littéraires à Londres. Elle voulait bien faire et suivait Sylvie dans le moindre de ses déplacements, posant sans cesse des questions sur tout et sur rien, même sur le voyage en Eurostar. Sylvie aurait préféré être seule. Qu'importe les problèmes de langue, elle se serait débrouillée. Kermanec arriva à son tour, s'installa juste à côté, son thermos à la main. Il se servit une tasse et leurs regards se croisèrent. « Bonjour, ou plutôt hello, monsieur Kermanec. Bonne signature. » Son tome I venait d'être traduit dans la langue de Shakespeare et, à ce qu'on disait, ne marchait pas trop mal. Les Anglais raffolaient des explorateurs. « Bonjour, madame Verbaldi. » Son pull en cachemire était cette fois dans les tons gris. C'était déjà un peu mieux que le vert. Il avait laissé pousser sa barbe de quelques millimètres, ou alors il n'avait pas eu le temps de se raser, mais Sylvie penchait pour la première solution. Kermanec n'était pas du genre à se laisser dépasser par les événements. Il avait sûrement voulu se donner des airs de vieux loup de mer. Elle éprouva un vague sentiment de pitié et l'oublia très vite quand la première lectrice, qui parlait parfaitement français, arriva.

Le tourbillon dura un temps infiniment long. Les gens venaient en bande. Des copines, des cousines, des collègues voulaient qu'elle signe pour d'autres, chacune avait apporté un ou plusieurs exemplaires et en achetait encore. Emily s'efforçait de traduire chaque mot. « Elle vous dit qu'elle ne veut pas que Charlotte meure. Est-elle vraiment morte ? Ou est-ce une espèce de, comment dire..., de tour de passe-passe ? » Sylvie l'aurait bien laissée répondre à sa place, mais elle s'y colla et choisit ses mots avec soin. Il ne fallait pas décevoir : « Oui, chère madame, Charlotte n'est plus. Mais son frère, son petit frère, portera son combat, c'est à lui maintenant de parler, de demander justice, vous comprenez ? » Une autre s'avança, entièrement vêtue de cuir, juchée sur des hauts talons, et présenta son exemplaire. « Vous allez commencer un autre livre ? J'espère que votre nouveau personnage sera encore une femme. » Elle s'exprimait en français avec un fort accent, mais se débrouillait fort bien. « Je n'aime pas trop en parler tant que ce n'est pas certain, mais je travaille en ce moment sur un projet assez compliqué, avec une héroïne du siècle dernier qui a fait la révolution, Mai 68, vous voyez ? » Sylvie s'étonnait elle-même de ces soudaines bouffées d'inspiration. Elle pouvait raconter à peu près n'importe quoi, en fonction de son interlocutrice. Si elle la sentait triste, elle se penchait vers elle et lui chuchotait à l'oreille qu'elle travaillait sur l'adolescence de Charlotte, un livre qui éclairerait les quatre tomes d'un coup. La fille repartait ravie, avec cette sensation d'avoir été l'élue, celle qui savait avant tout le monde. Si elle la sentait gaie, elle allait dans son sens et confirmait toutes ses prédictions. Sa lectrice était alors au comble du bonheur. Elle avait lu dans les pensées de son auteure fétiche.

La dernière visiteuse venait de partir avec les quatre tomes dans son sac, quand elle sentit une présence, un souffle, tout près d'elle. Elle ressortit le stylo qu'elle venait de ranger. « Oui ? Je... » Kermanec. Il se tenait devant elle, le dernier tome de *La Rose bleue* entre les mains. « Vous me faites une dédicace ? » Elle chercha une phrase, un truc bien tourné, malin même, ironique, à double sens... Vite, une formule... Et puis zut !!! « Toutes mes amitiés. » Ça suffirait amplement. Son stylo traçait la première lettre quand Kermanec se pencha vers elle. « C'est bien fait, votre bouquin, pas toujours écrit dans les règles de l'art et quelquefois un peu, disons, un peu facile, mais bon... Soyons juste, le public, la grammaire il s'en fout, hein ? » Elle se tut, évita son regard, pour ne pas l'encourager. Il reprit : « Enfin, une chose est sûre, le dernier tome, ce n'est pas vous qui l'avez écrit, ou on vous a largement aidée. Je ne vous jette pas la pierre, madame Verbaldi, tout le monde se fait assister de nos jours. Quand le succès vient, la donne change et on délègue, mais faites attention. » La main de Sylvie se mit à trembler. Elle serra le stylo de toutes ses forces. « Monsieur Kermanec, pourquoi vous inventez tout ça ? Vous voulez m'humilier, c'est ça ? – Non, madame Verbaldi, détrompez-vous. Je vous mets en garde, parce que vous risquez de vous y perdre. Je vous préviens, c'est tout. » Sylvie ferma le livre d'un coup sec et le lui tendit. « Ben, vous pouvez garder vos conseils et vos théories... Et votre méchanceté... parce que méchant vous l'êtes, oui... Alors on va en rester là. Bonsoir. » Avait-elle bien entendu ? Avait-elle bien compris le message ? Kermanec l'avait-il démasquée ? Venait-il la menacer directement, là, au milieu du salon du livre de Londres ? Allait-il lui demander du fric ? Depuis combien de temps préparait-il son coup ? Comment avait-elle pu être si naïve et s'imaginer qu'il n'y aurait rien à payer, qu'elle pourrait mentir et profiter tranquillement des droits d'auteur ? Et si Kermanec n'était venu que pour ça, la faire chanter ? Ou la torturer à petit feu ? Voilà, elle savait maintenant qui était ce type, pas un original, ni un snob, ni un écrivain raté, non, c'était un pervers, et les pervers n'ont aucune limite dans la cruauté. (Était-ce une coïncidence ? Elle venait de finir un article sur les pervers narcissiques.)

La soirée fut un cauchemar. L'éditeur anglais les avait invités tous les deux (ainsi que d'autres auteurs de la maison d'édition, deux Russes qui venaient d'être traduits et une Japonaise qui parlait parfaitement anglais) dans une espèce de cabaret transformiste. Des hommes grimés en femmes fatales se succédaient pour chanter les plus grands succès des années 80, de Madonna à Kim Wilde en passant par Cyndi Lauper. Kermanec transpirait à grosses gouttes. Il avait même dû retirer son pull. La Japonaise lui tournait carrément le dos, quant aux deux Russes, ils s'entendaient à merveille avec l'éditrice anglaise, qui ne semblait pas contre une soirée à partenaires multiples. C'était difficile à croire, mais Sylvie Verbaldi était là, avec tout ce monde chic et détendu, incapable d'avaler une bouchée, de sourire, ou même de rendre un sourire, elle attendait, pétrifiée. Quelle serait la suite de sa vie : un procès, une longue descente aux enfers, une mise à mort médiatique ? Devrait-elle rendre jusqu'au moindre centime, perdre la garde des gamins, retourner bosser dans la zone industrielle de Joué-la-Tour pour servir les plats du jour ? Elle n'aurait jamais dû laisser croire qu'elle était l'auteure du tome IV, jamais. Maintenant, cette espèce de fou avait compris, avait fouiné, et il allait la faire chanter, la torturer ou Dieu sait quoi ! Elle jeta un regard vers lui. Il s'essuyait le front avec sa serviette de table. Il avait des auréoles sous les aisselles et ses lunettes avaient glissé sur son nez. Jusqu'où irait ce clown ? À qui demander de l'aide ? Fallait-il appeler Armand ? Fallait-il tout déballer avant qu'il ne le fasse ? Sylvie était coincée, réduite à assister au spectacle des autres qui dansaient, insouciants, heureux de finir la semaine dans ce club bondé.

Un des deux Russes s'avança pour lui parler, mais elle ne comprit pas le moindre mot. Il dut prendre ses balbutiements pour un oui, parce que la seconde d'après, elle était dans ses bras, sur la piste. Elle dansait, oui, elle dansait vraiment, alors que cela ne lui était pas arrivé depuis des lustres. Voilà que son nouveau corps mince, léger, bougeait, tournait, se déhanchait, suivant les pas du Russe. Elle aurait dû savourer sa victoire, jouir de ce corps délesté, si facile à manier, de ce ventre qui ne se cognait plus contre celui de son partenaire, de ces jambes qui n'étaient plus deux gros blocs de pierre. Mais la peur était là, qui la raidissait et l'engourdissait. Bien sûr, le Russe n'y voyait que du feu. Il avait beaucoup trop bu. À présent, Kermanec discutait avec une femme coiffée d'un gros chignon style années 60. L'avait-il abordée pour se donner une contenance ? Sylvie voulut se rasseoir, mais le Russe l'entraîna dans un rock, la faisant valser comme une toupie. Kermanec devait bien rigoler. Peut-être qu'il était de mèche avec le Russe et que tout ça n'était qu'un vaste complot. Sylvie n'était pas loin d'avoir la nausée. Il était déjà 2 heures du matin. Elle cria au Russe : « I must go ! – What ? – I must go cause tomorrow, I work… » Elle s'extirpa des bras du type, chercha la stagiaire bilingue, qu'elle finit par dénicher dans le couloir qui menait aux toilettes. « Emily, je voudrais un taxi pour rentrer à l'hôtel, tu peux t'en occuper ? – Oui, justement, votre collègue désire rentrer lui aussi… Comme ça, vous pouvez partir ensemble. »

C'était son chemin de croix. Kermanec était assis à ses côtés et discutait tranquillement avec le chauffeur. Elle ne comprenait rien, mais c'était sûrement fait pour ça : l'exclure, lui montrer le peu de valeur qu'elle avait, et surtout lui faire comprendre qu'il imposerait son rythme, sa manière de faire et ne s'interdirait rien, même pas de la torturer à feu doux. Dire qu'elle était à la merci de cet homme sans charme ni envergure, ni même de grand talent. Elle aurait préféré Simon, oui, largement, elle aurait préféré que ce soit Simon qui la fasse chanter, lui demande de rendre l'argent. Il aurait été en droit de le faire. Il aurait pu se mettre en colère, ça aurait eu de la gueule, elle n'aurait pas répliqué, elle aurait même accepté son sort, sa défaite. Mais avec ce Kermanec, qu'allait-il en sortir ?

Elle tourna en rond dans sa chambre d'hôtel, du bureau au lit, du lit à la salle de bain, de la salle de bain à la fenêtre qui donnait sur un parking glauque, à peine éclairé par un réverbère. L'Anglaise qui souriait en présentant la météo l'énervait encore plus, elle éteignit. Impossible de fermer l'œil ! Comment pouvait-elle dormir alors qu'un individu, dans la chambre contiguë, savait qu'elle n'avait pas écrit le tome IV et qu'il lui en avait parlé comme d'un fait qui ne présentait aucun doute. Connaissait-il la personne qui avait écrit le texte ? Était-il de mèche avec elle ? Ou l'avait-il écrit lui-même ? Ah, voilà, Simon le lui avait demandé. Sa saga historique était une couverture… C'était lui, ce Kermanec, le cœur du complot, la tête pensante. Il se vengeait de ses maigres ventes, de son insuccès, en lui montrant qu'il pouvait s'emparer de son héroïne et faire mille fois mieux qu'elle. Rien n'apaisa Sylvie, ni le bain chaud, ni les dernières photos de Jessica Faure sur Instagram, ni une stupide série sur la BBC, ni même la fiole de vodka qui traînait dans le minibar. Elle devait agir, mais comment ? Comment rentrer dans sa tête et le neutraliser ? Fallait-il engager des détectives pour trouver sa faille, un secret honteux, un enfant caché, enfin n'importe quoi pour lui foutre la trouille et qu'il laisse tomber ? Oui, c'était peut-être l'unique solution : attaquer !

Elle tapa « Jean-François Kermanec » sur Google. Des dizaines de photos défilèrent et elle put l'observer aux différents âges de sa vie (jusqu'à la cinquantaine qu'il venait tout juste d'aborder). Jeune, il n'était pas si mal. Il avait un air un peu poupin qui pouvait le rendre sympathique, avec cette touffe de cheveux qui barrait son front et lui descendait sur les yeux, mais très rapidement, sûrement vers la trentaine, son crâne s'était dégarni, ses joues alourdies, ce qui lui donnait des airs de prof revêche et autoritaire. Il avait écrit des tonnes de livres, d'essais, d'articles, il avait même traduit des auteurs anglais. Et puis des diplômes, il en était pourvu pour trois vies entières, doctorat en linguistique, agrégation de lettres classiques, thèses, et même un diplôme de Stanford, une université américaine très cotée, bref, une flopée de médailles, l'excellence à lui tout seul ! Comment avait-il pu se pencher une seule seconde sur le tome IV de Charlotte ? Un homme aussi érudit n'avait-il pas mieux à faire ?

Sylvie se posta devant la fenêtre, elle dessina un joli profil dans la buée qui s'était déposée sur la vitre. C'était celui d'une femme, peut-être de son héroïne, enfin c'était juste un truc pour se calmer les nerfs. Elle griffonna sur le petit carnet mis à sa disposition sur le bureau et à 8h17, alors que le jour se levait, que son dos était endolori et qu'elle tombait de sommeil, elle eut une idée si simple, si lumineuse, qu'elle en aurait pleuré de joie. Pourquoi ne pas demander directement à l'intéressé ses intentions, puisqu'il était là, à quelques mètres d'elle ? Pourquoi ne pas régler ça tout de suite, affronter la peur et le dégoût, mais enfin savoir, tout savoir ? À 8h18, elle frappa à sa porte.

« Monsieur Kermanec ? » Il portait le même pull que la veille, la même chemise, et avait les cheveux légèrement humides. « Vous désirez ? – Je désirerais vous parler maintenant, c'est urgent. – Mais, madame Verbaldi, nous prenons le train dans deux heures et j'ai des affaires à régler. Ce n'est pas le moment le plus approprié, vous ne croyez pas ? – Si, si, monsieur Kermanec, je dois vous parler de notre conversation d'hier au salon, de ce que vous m'avez dit sur le tome IV. – Ah, mais n'en tenez pas compte ! Vous faites ce que vous voulez, madame Verbaldi. J'ai voulu vous prévenir parce que certains finissent par ne plus écrire du tout et tout ça se termine souvent mal. On prend "une plume", comme on dit, pour faire à sa place, et puis on finit par perdre sa place… Enfin, tout ça ne me regarde pas… N'en parlons plus… » Sylvie était toujours postée devant sa porte. Elle eut un léger vertige à cause de la nuit blanche et une douleur dans les lombaires qui rendait très désagréable la station verticale. « Si, parlons-en justement ! Vous ne pouvez pas professer de telles accusations sans vous justifier… Alors maintenant, j'aimerais vraiment savoir ce qui vous fait affirmer ça. Sur quoi vous vous basez ? Avez-vous des preuves ? C'est trop facile de venir accuser les gens puis de leur claquer la porte au nez, vraiment trop facile… » Kermanec agrippait fermement la poignée de la porte, la laissant à peine entrebâillée. Avait-il peur qu'elle tente d'entrer en force ? « Mais calmez-vous, madame Verbaldi. Nous parlerons de cela à un autre moment. Ce n'est pas le lieu. Et puis, c'est une espèce d'intuition, je n'ai aucune preuve de rien. Oubliez mes remarques, votre livre est très bien. Bon retour. »

Elle haïssait cet individu, beaucoup plus que Ledu, beaucoup plus que les syndicats, beaucoup plus que tous ses anciens collègues qui l'avaient ignorée des années, parce que ce type s'intéressait assez à elle pour l'accuser, mais pas assez pour s'expliquer. C'était l'essence même du mépris, de la condescendance, de la cruauté. Si elle avait eu un flingue, elle le lui aurait sûrement mis contre la tempe, le forçant à tout avouer. Elle n'aurait eu aucun scrupule. Elle avala son café, grignota un muffin à la framboise, fit rouler sa petite valise dans le hall de l'hôtel et attendit le taxi. Elle ne voulait plus jamais croiser ce taré. S'il la dénonçait, tant pis, elle abandonnerait son rôle d'écrivain, reprendrait sa petite vie, un petit job quelconque et inviterait fermement Nino à se ressaisir au plus vite.

Deux semaines avant le salon de Londres, elle avait appelé la secrétaire d'Armand pour la supplier de ne plus la placer à côté de Kermanec dans le train. Quelle idée géniale elle avait eue ! Elle n'avait donné aucune raison précise. La secrétaire ne s'était même pas étonnée d'une telle réclamation. Peut-être n'était-elle pas la première à faire cette demande ? Peut-être que Kermanec avait déjà posé des tas de problèmes aux Éditions Delpareil ? Enfin, peu importe, elle pouvait savourer son retour en Eurostar en première classe, toute seule. La fatigue l'engourdissait. Sa tête était lourde, tellement lourde. Elle avait tourné et retourné tant d'hypothèses, de futurs possibles, de catastrophes à venir, qu'elle n'avait soudain plus peur de rien. Peut-être aurait-elle la force d'attaquer, enfin, de contre-attaquer et de l'humilier à son tour ? Oui, peut-être en aurait-elle le courage, et peut-être même que tous les lecteurs de Charlotte se ligueraient contre ce type si détestable.

« Madame Verbaldi, je peux m'asseoir... J'ai échangé ma place avec la personne qui vous faisait face. Vous vouliez parler, eh bien, nous avons un peu plus de deux heures... » En relevant péniblement la tête, Sylvie se rendit compte qu'elle avait une grosse trace de salive sur sa veste noire. Kermanec était là, devant elle. Il avait placé les quatre tomes de *La Rose bleue* sur la tablette et ses deux mains tenaient la pile. « Euh... j'ai besoin de repos, monsieur Kermanec, j'ai très mal dormi... – Oui, je comprends, très bruyant cet hôtel. Ça crie toute la nuit, mais j'ai quand même pu travailler trois heures... Enfin, grâce aux boules Quies, vous devriez en avoir, c'est bien pratique. – Oui, justement, je vais somnoler un peu... Merci. » Mais ce salaud s'en fichait éperdument : « Oui, oui, alors voilà. Je n'aurais pas dû en parler, mais je l'ai fait et visiblement je vous ai angoissée, enfin, bon, maintenant que c'est fait, je voudrais vous expliquer mon raisonnement et que vous sachiez que je ne suis pas hostile à votre égard. Moi aussi d'ailleurs, j'aimerais savoir si mon intuition est juste. » La machine était lancée et Sylvie n'avait aucun pouvoir sur ce moulin à paroles. C'était peut-être une de ses tactiques de torture : empêcher l'autre de dormir, de se reposer, de reprendre des forces. Qu'importe, elle s'endormirait quand même. Elle pencha la tête côté fenêtre et la posa sur sa veste.

Seulement, Kermanec se moquait totalement de sa fatigue. « En effet, madame Verbaldi, cela m'a tout de suite sauté aux yeux parce que je connaissais les premiers tomes. Voyez-vous, votre succès si soudain m'a interloqué, et même, disons-le franchement, perturbé, alors j'ai voulu comprendre et je vous ai lue, madame Verbaldi, je vous ai lue très attentivement. Bon, je dois vous l'avouer pour être tout à fait honnête, ce n'est pas vraiment ma tasse de thé. Mais je vous reconnais un certain sens du récit. Enfin, revenons à ce qui nous intéresse vous et moi. Voilà, dès les premières pages du tome IV, j'ai eu une vague sensation de décalage, comme si une autre voix écrivait en même temps que la vôtre, et puis cette voix a pris le dessus et ce n'était plus vraiment votre voix. Comment dire ? C'était une imitation. Vous voyez, madame Verbaldi, presque tous vos chapitres finissent par des questions. Ce sont les questions que l'héroïne se pose à elle-même, ce sont ses doutes, ses craintes, ses réflexions sur les hommes, des bribes de souvenirs. On est à l'intérieur, dans le bouillonnement de son esprit. Eh bien, dans le tome IV, on a aussi ces questionnements à la fin de chaque chapitre, mais ils tournent à vide et n'apprennent pas grand-chose au lecteur. Et puis, les verbes au conditionnel, non, ce n'est pas votre mode. Votre héroïne vit au présent, et là soudain, dans le tome IV, deux scènes racontées au passé. Mais ce n'est pas votre style ça, voyons… Et puis, les énumérations ont disparu d'un tome à l'autre. Je prends un passage au hasard dans le tome I, tiens, quand Charlotte retrouve son frère. Je vous cite : "Le marché aux poissons vient de fermer. C'est triste, si triste, toutes ces gueules ouvertes étalées sur la glace. Ça la dégoûte, Charlotte. Tom doit être par là, sale, aigri, furieux, accablé, blessé, les mains dans les écailles." C'est clair, vous aimez accumuler les adjectifs, les propositions les unes derrière les autres. C'est votre truc à vous pour parvenir à définir au mieux, pour décrire l'atmosphère autour du personnage. Eh bien dans le tome IV, plus rien, l'auteur devient avare, il se contente d'un mot, d'un seul petit mot. "Tom est un gamin sans joie", point final. Voilà, c'est dit, à l'économie. »

Sylvie était bien incapable de se rendormir à présent. Jamais personne ne lui avait parlé de son texte avec autant de précision. Qui était cet énergumène ? Comment avait-il accumulé autant d'informations ? Il continua : « C'est tout de suite plus efficace, ça traîne moins. D'ailleurs, le nombre de pages est nettement inférieur à celui des autres tomes. Vingt pour cent de texte en moins, je dirais. Et les rêves, si présents dans les précédents tomes ? Charlotte se réveille, elle dort, rarement seule d'ailleurs, mais elle ne rêve plus. Comment est-ce possible ? Sans parler de vos débuts de chapitres. D'habitude, vous plongez le lecteur dans une scène qu'il ne comprend pas. Une main émerge, un corps, un hématome… une chevelure… Vous semez des indices et petit à petit, comme un détective, le lecteur reconstitue la scène. Ah oui, Charlotte a ramené dans son lit un homme dangereux, mais elle n'a pas peur parce qu'elle est encore plus violente que lui. Et tout à coup dans le tome IV, on sait tout de suite où, comment, avec qui. Enfin, et je m'arrêterai là, madame Verbaldi, l'humour, ou disons la légèreté, disparaît dans le tome IV, il se dissout au fur et à mesure des pages, et ça, ce n'est pas votre marqueur. Parce que je vous ai bien regardée aux dédicaces, vous êtes une femme profondément gaie, solaire, contrairement à moi qui suis beaucoup trop, comment dire, renfermé. Vous n'auriez d'ailleurs jamais fait mourir Charlotte de cette façon-là. L'auriez-vous même fait mourir ? Vous auriez plutôt laissé planer le doute, choisi la disparition, le changement de vie, la nouvelle identité, la mort symbolique de Charlotte… enfin c'est mon avis… »

À cet instant, il se passa un chose incroyable, que Sylvie n'avait pas prévue, qu'elle n'aurait jamais pu prévoir. Elle se redressa, bien droite, et avoua : « Vous avez raison, je n'ai pas écrit ce tome IV, et je ne sais pas qui l'a écrit. Je n'y arrivais pas, j'ai pourtant tout essayé, je me suis rendue malade avec ça… J'allais dire que j'abandonnais, et ce manuscrit est tombé du ciel, comme ça, pouf, un matin, sur le bureau d'Armand. Il m'a serrée dans ses bras, il a pleuré… Je ne savais pas quoi faire, alors j'ai attendu, mais personne n'a rien réclamé et j'ai joué le jeu… » Ça lui faisait un bien fou. Pour la première fois, elle pouvait discuter de cette chose dingue qui lui était arrivée, posément, avec un être humain. Jamais elle n'aurait pensé que cet être humain serait Kermanec, jamais. Mais ce type l'avait soufflée, véritablement soufflée, avec toutes ces précisions et sa minutieuse enquête. Il se servit une tasse de son thermos et but une grosse gorgée. « Ah, bien, je me disais aussi. Il y avait beaucoup d'indices… Alors, je vous en ai parlé et puis j'ai regretté… Mais vous comprenez mon raisonnement ? – Oui, bien sûr, monsieur Kermanec, je vais vous poser une question franche et directe. Que comptez-vous faire de cette information ? Avez-vous l'intention de me nuire ? Je veux une réponse honnête de votre part. » Il avait raccourci sa barbe avant de prendre le train, juste de quelques millimètres. Il cherchait la bonne taille, la taille exacte, et tâtonnait encore. Cette idée la rassura. « Voyons, madame Verbaldi, que voulez-vous que je fasse ? Mais rien, bien sûr, rien du tout. S'il fallait dénoncer tous ceux qui n'écrivent pas leurs livres, on ne serait pas sorti d'affaire ! »

Une autre remarque lui brûlait les lèvres : « Monsieur Kermanec, je vais vous dire franchement les choses, je pensais que vous détestiez mes livres et que vous cherchiez à vous venger. Voilà, c'est dit. – Ah bon, me venger de quoi ? Oui, enfin au début, c'est vrai, votre littérature ne m'a pas vraiment emballé. La forme laisse à désirer, c'est fragile, c'est brouillon, mais c'est peut-être aussi une force, vous ne suivez pas les règles, et vous savez ce que je me suis dit, madame Verbaldi ? "Les règles, moi, sûrement que je les suis trop !" – Mais non, vous êtes un auteur, vous ! tandis que ce que je fais moi, ce n'est pas du travail, mon succès n'est pas mérité... Je n'ai pas pu écrire le dernier tome, c'est bien la preuve... » Kermanec dévissa le bouchon de son thermos, remplit sa tasse et but d'une traite. (Son long monologue lui avait donné soif.) « C'est seulement la preuve d'un petit blocage, moi-même j'y ai eu droit en 1997, une année maudite, une année blanche. J'ai pensé tout arrêter, voyez-vous, et puis les mots sont revenus du jour au lendemain, et ça a donné une saga en cinq tomes sur la Révolution. – Ah oui, peut-être, mais pour moi, c'est fichu ! Charlotte m'a soufflé l'histoire et puis elle est partie... » Il l'interrompit : « Et cette mystérieuse personne qui aurait écrit pour vous, vous devez bien avoir des pistes ? – J'ai d'abord pensé à Armand. Il adore le personnage, il a toujours eu des idées. J'étais bloquée sur le IV, il le savait. Il a sans doute voulu prendre les devants... » Kermanec caressa sa barbe quelques instants. « Vous voulez mon avis, madame Verbaldi, cette personne est un auteur Delpareil, payé discrètement par Armand ou son fils pour vous venir en aide, je vous conseille de lire les auteurs maison, tous ceux dont l'univers se rapproche du vôtre, et vous trouverez... Ou alors celui qui a produit ce texte est un proche, qui vous a vue souffrir et a joué les bons samaritains, mais un proche finit toujours par se trahir, un proche aurait craqué, s'en serait vanté, non ? Et surtout, qui peut accomplir une tâche si fastidieuse sans aucune rétribution, de l'argent ou un compliment ? C'est pourquoi je penche pour un auteur Delpareil, grassement rétribué… » Sylvie s'était enfoncée dans le siège au fur et à mesure des révélations et dut agripper la tablette pour se relever. « Et Armand, vous ne croyez pas ? – Hum… Armand n'a jamais rien publié… Mais pourquoi pas, ce n'est pas exclu. Si j'avais un texte de lui sous les yeux, on pourrait comparer les styles… J'ai une formation de linguiste, vous savez ? »

Le train passa dans un tunnel. Sylvie croisa son reflet dans la vitre. C'était affreux. Sa nuit blanche lui avait laissé des cernes et une mèche récalcitrante s'était échappée de sa queue-de-cheval pour rebiquer sur le haut du crâne. Mais sa mine défaite ne semblait pas le moins du monde perturber Kermanec. « Il faudrait relire, c'est un travail minutieux qui pourrait prendre beaucoup de temps…Mais c'est une piste. Si d'autres idées me viennent, je vous tiendrai au courant. – Merci, vraiment, merci. » Kermanec se leva, sortit de la poche droite de sa veste un petit sac roulé en boule, qu'il déplia et dans lequel il glissa son thermos, sa tasse et les quatre tomes de *La Rose bleue*. « Mais c'est bien normal, bon, je vous laisse vous reposer. Je n'ai pas été un compagnon très drôle ces derniers temps. Je déteste les signatures, elles me rendent extrêmement nerveux et me font boire des litres de café, mais le fils Delpareil y tenait… Je crois qu'il me faut passer à autre chose, ce bout de caillou dans l'Antarctique, la glace, le froid, les boussoles, ça emmerde tout le monde, je vais chercher un autre univers… Il faut tourner la page… – Monsieur Kermanec, personnellement, j'ai beaucoup aimé votre *Terre Adélie*, le tome II encore plus que le I. – Oh, ne vous donnez pas cette peine… » C'est vrai qu'elle n'était pas obligée, puisqu'elle n'avait pas lu le tome II, mais elle n'avait pas pu s'en empêcher.

*

Quand Armand appelait, elle s'attendait à tout. Allait-il enfin se jeter à l'eau, avouer, ou au moins donner quelques indices ? Mais non, il appelait comme ça, pour prendre des nouvelles ou lui transmettre les dernières demandes des journalistes ou attachés de presse dont elle ne voulait plus entendre parler, répondant systématiquement non à tout. Elle ne donnait plus d'interviews (qui désormais tournaient autour de sa perte de poids), non, elle ne serait pas la marraine du programme minceur « Nouvelle vie », non, elle n'irait pas à l'inauguration des salles de fitness à Saint-Jean, non, elle ne prêterait pas Charlotte pour vendre de la lingerie, non, elle ne participerait pas à cette émission de jeu ridicule qui faisait danser des semi-vedettes. C'était fou, ça. Elle avait l'impression d'être devenue un énorme gâteau dont chacun voulait sa part. Bien sûr, elle aurait pu dire oui à quelques trucs, histoire de gonfler son compte en banque. Mais comment se serait-elle regardée dans une glace ? « Armand, je vous l'ai déjà dit. Je ne réponds plus aux interviews, aux sollicitations commerciales, aux attachés de presse, je ne vends rien, je ne représente rien. – Oui, chère Sylvie, mais cette fois, c'est un journaliste américain, votre livre vient d'être traduit. Ce serait bien de répondre. Les lecteurs américains doivent vous connaître eux aussi. – Ok, Armand, mais doivent-ils aussi connaître mon tour de taille ? Parce que franchement, ça les avance à quoi ? – À rien, je vous l'accorde. Mais c'est un journal sérieux, je leur interdirai ce genre de questions. Le journaliste viendra exprès à Bordeaux, et puis je serai là. Il demande une photo, mais on peut tout à fait faire un portrait, uniquement votre visage. – Armand, je réfléchirai, mais je dois faire mes valises, j'ai une rencontre à Perpignan demain. – Dites-moi vite, Sylvie, le type me court après depuis deux semaines, ce serait gentil. – Bien sûr, Armand, je vous dis ça demain. » Ses kilos, depuis qu'elle les avait perdus, tout le monde lui en parlait. Parce que si personne n'ose parler à un obèse de son poids, en revanche, une fois retrouvée une taille convenable, tout le monde veut connaître les dessous de l'exploit. Grâce à toutes ces gentilles personnes qui s'extasiaient, elle ne voyait que la somme des kilos perdus, et combien elle avait été colossale.

L'appétit était parti avec Charlotte. Quelle conclusion en tirer ? Charlotte se cachait-elle dans les kilos et avait-elle disparu en même temps qu'eux ? Était-ce l'obésité qui lui avait donné cette énergie, cette force d'écrire ? Son corps avait-il crié vengeance une dernière fois avant de fondre ? Quelquefois, elle en venait à les regretter, ses kilos. Certes, elle était obèse, mais Charlotte était là, avec elle, dans l'ordinateur, elle n'était jamais seule. Pourquoi cet inconnu qui avait écrit le dernier tome avait-il tué son héroïne ? Kermanec avait sans doute raison, Sylvie n'aurait jamais osé. Elle aurait préféré la disparition, l'évaporation et la possibilité d'un autre tome. Mais cet être de l'ombre avait choisi la fin, le point final. Pour qui se prenait-il ?

« Maman, tu seras là mardi ? » Sylvie arrivait avec une montagne de courses, des provisions pour les semaines à venir. « Je crois pas, pourquoi ? – Mais tu vas les voir longtemps encore, tes lecteurs ? » Alexis se plaignait de plus en plus de ses départs fréquents. Il n'aimait pas être seul avec son père, car celui-ci oubliait tout : le dîner, les courses, les lessives, les activités. Nino était préoccupé et, comme Sylvie ne voulait plus entendre les mots procès, avocat, essai clinique, Jim, Ortex, Simex, prud'hommes, etc., tout le monde à la maison faisait comme si de rien n'était. Pour éviter les pourparlers, elle prenait une grande feuille blanche, notait toutes les choses à faire jour par jour, heure par heure, puis mettait des rappels sur son téléphone portable pour envoyer des SMS à Nino au cas où cette feuille n'aurait pas été lue, ou mal lue, ou lue puis oubliée. Elle rassura Alexis : « Chéri, je pars seulement deux jours, tu sais. – Très bien, mais après, quand ce sera fini, tu retourneras à ton travail ? – Ben oui. Ils m'attendent là-bas. » Elle n'avait pas pu s'en empêcher, elle avait menti. Car la vérité était tout autre : MaBelleNuit et elle, c'était fini, jamais plus elle n'y mettrait les pieds. Ce n'était pas de la colère, ni même du ressentiment, c'était un trop-plein. C'étaient ces millions de pas dans les couloirs, c'étaient cette cantine et ces tables couleur crème, c'étaient ces plantes grasses qui cherchaient le soleil dans le grand hall, c'étaient cette machine à café et son grognement avant que le liquide ne coule, c'était cette odeur écœurante, indéfinissable, de liquide vaisselle mélangé à des effluves de vernis à ongles. Et à tout ça se mêlait la peur qui l'avait habitée tant d'années, la peur de mal parler, de mal faire, mal écrire, mal noter, mal interpréter, qui la prenait dès l'entrée dans le parking et ne la quittait plus. Si jamais elle y retournait, la peur reviendrait, par habitude, par automatisme. Il lui suffirait de voir les ascenseurs et l'angoisse se faufilerait entre ses jambes, puis frôlerait ses omoplates pour aller se loger derrière sa nuque. Les insomnies aussi seraient de retour, et Charlotte ne serait plus là pour la consoler.

C'était impossible. Elle ne voulait plus de ça. Elle voulait exercer ce nouveau métier : auteure à succès. Elle n'écrivait plus, d'accord, mais elle participait à des rencontres autour de Charlotte (c'était la base pour un auteur de best-sellers : échanger avec ses lecteurs), à des tables rondes sur tous les sujets de société abordés dans le livre (harcèlement, grossophobie, justice des mineurs, alcoolisme des ados, etc.), à des ateliers autour du livre (une association lui avait demandé d'animer un atelier d'écriture avec un public précaire), et puis il y avait aussi les collaborations. Un jeune très doué, tout juste sorti d'une école de graphisme, voulait adapter *La Rose bleue* en BD, alors qu'une jeune fille s'était mis en tête d'en faire un long monologue pour le théâtre, bref, Charlotte suscitait des créations et Sylvie étudiait les projets avec soin. Ce n'était pas une vie de paillettes, ni d'hôtels trois étoiles et de dîners arrosés au champagne avec les notables du coin (même si ça l'était quelquefois), non, c'était du boulot, du vrai. Elle s'achetait plein de bouquins sur l'histoire des femmes (les grandes luttes féministes depuis le XVIIe siècle), des traités de psychologie, des livres de droit, plus spécifiquement, le droit pénal et les atteintes à la personne, et même des romans érotiques, dix fois mieux écrits que le sien, par des auteures américaines. Elle avait aussi lu les prix Femina des cinq dernières années et le prix Goncourt qui venait d'être attribué. Elle lisait dans le train, à l'hôtel, au restaurant quand elle déjeunait seule, sur un banc quand elle arrivait en avance ou bien dans son bain, elle retrouvait le goût de lire, comme quand elle était petite. Ça ne la gênait pas de commencer un livre, puis un autre, de laisser le premier et de lire la fin du deuxième, puis de commencer un essai de développement personnel et de revenir au livre d'histoire. Elle picorait de-ci, de-là et son esprit ne s'ennuyait jamais. L'excitation avait remplacé la peur et maintenant elle voulait rencontrer ses lecteurs, prendre le micro, leur parler, leur dire que tout était possible, même sortir de sa condition, de son propre corps, et que chacun d'eux avait peut-être, tout au fond de lui, une histoire à lui, un personnage. Il arrivait que des lectrices lui confient leurs tout premiers écrits, très émues, à la fin d'une rencontre. Sylvie savait que ces pages étaient précieuses, que c'était peut-être toute leur vie et qu'elle devait les lire très attentivement. Peut-être que dans ces lignes vivait une autre Charlotte qui pourrait passionner d'autres lecteurs. Évidemment, c'était rarement le cas, mais Sylvie n'était jamais déçue. Même si c'était maladroit, ou truffé de fautes, c'était sincère, c'était un premier envol et peut-être le déclic. Oui, c'était un beau métier, celui d'auteure à succès, même si ces activités annexes ne rapportaient rien et si Charlotte ne pourrait pas la faire vivre éternellement ni lui donner des points de retraite. L'intérêt pour son héroïne s'émousserait inéluctablement. (Déjà les ventes des premier et deuxième tomes chutaient, d'après Armand.) Alors, il n'y avait pas trente-six solutions : soit elle écrivait un nouveau livre, soit elle était bonne pour trouver un autre boulot dans quelques mois (peut-être pourrait-elle encore attendre une année ou deux).

*

Ça la prit un matin, après avoir déposé les garçons, elle ne savait pas exactement ce qu'elle allait dire, elle aviserait. Elle gara sa voiture dans le parking, traversa le grand hall. La peinture de

Lessing avait été remplacée par la publicité du matelas Sweet Air où une jeune fille flottait au-dessus d'un lit, un sourire énigmatique sur le visage, avec cette inscription : « Et si chaque nuit menait au septième ciel ? » Tout ce qu'elle détestait, tout ce qu'elle exécrait. Aucun humour, aucune dérision, et ce corps qui vous narguait, ce corps de jeune fille anorexique retouché à grand renfort de Photoshop la révoltait. Combien de réunions, de mails, de discussions, d'empoignades, de SMS, de conférences pour aboutir à ça ? Elle préférait ne pas y penser. Elle était définitivement sortie de ce cercle infernal, et cette fille, sa maigreur, son regard hautain, tout ça le confirmait.

Jusqu'où l'homme irait-il pour vendre un peu de mousse ? Pourquoi ne pouvait-il pas se contenter d'un bon matelas, point barre, mais non, bientôt il lui en faudrait un qui lui fasse aussi la conversation, prenne sa tension et finisse la vaisselle ! Jamais elle n'avait eu ce genre de réflexions avant. Avant, elle ne se posait pas de questions. Elle prenait l'ascenseur, se mettait à son bureau et commençait à bosser. Un boulot était un boulot et elle était déjà bien contente d'en avoir un, alors s'il fallait vendre des matelas, elle vendrait des matelas. Elle avait déjà bien de la chance que ce ne soient pas des armes, ou des insecticides, ou pire, des produits amaigrissants. Le succès de Charlotte lui avait ouvert les yeux, sûrement. Il l'avait amenée dans des mondes où l'on parlait des héroïnes comme de vraies gens, un monde où imaginer était la clé, où la rêverie était encouragée, où trouver le bon mot pouvait prendre une journée, une semaine, où un supérieur n'était pas là pour vous refiler des corvées, mais vous écouter parler de vos personnages. C'était une autre planète, et maintenant qu'elle revenait à MaBelleNuit, elle débarquait en terre étrangère. Comment avait-elle pu y passer autant de temps, accepter autant d'indifférence, de silence, de rires étouffés, de chuchotements malveillants, de regards fuyants ? Elle eut envie de convoquer tout le monde dans le grand hall sous l'affiche, de prendre un haut-parleur et de crier : « Vous n'êtes qu'une bande de tortionnaires ! Vous écrasez les faibles selon votre sacro-sainte culture d'entreprise, la belle culture de MaBelleNuit, honte à vous tous ! »

Elle prit l'ascenseur, appuya sur le 5. Ouf, il n'y avait personne, pas de conversation à avoir, pas de nouvelles à donner, pas de sourires à faire ! La porte s'ouvrit, elle fit quelques pas et croisa la dernière personne à qui elle aurait voulu parler. Un dieu tout là-haut, l'esprit des matelas haut de gamme, l'avait punie de ses mauvaises pensées. Nadine se tenait devant elle, flanquée d'un petit jeune en polo vert qu'elle n'avait jamais vu. Des rides ornaient désormais ses yeux cernés et le coin de ses lèvres, tandis qu'à ses cheveux noirs se mêlaient de longues mèches blanches prises dans une queue-de-cheval informe. Pourquoi restait-elle plantée là, lui barrant le passage ? Sylvie s'efforça de soutenir son regard. « Euh… Nadine, voilà, je ne reviens… » Mais Nadine se foutait de ce qu'elle aurait pu dire. « Bonjour, madame Verbaldi, ravie de vous revoir parmi nous. J'espère que votre salaire sera à la hauteur de vos attentes et que la direction vous donnera entière satisfaction. Merci de votre soutien aux derniers licenciés et merci d'avoir mis votre notoriété au service des plus faibles. Vous êtes une belle personne, madame Verbaldi, et je le dirai à tous, comptez sur moi ! – Mais enfin, Nadine, ne le prends pas comme ça, enfin, je… je… j'écris des bouquins… Je ne peux pas… ! » Nadine s'engouffra dans l'ascenseur, sans un regard pour son ex-collègue. Pourquoi Sylvie n'avait-elle jamais les mots ? Pourquoi s'était-elle laissé traîner dans la boue une fois de plus ? Elle aurait très bien pu contourner le problème, l'ignorer carrément, quitte à pousser légèrement la déléguée syndicale pour qu'elle la laisse passer. Pourquoi s'était-elle sentie obligée d'écouter ce poison ? C'était MaBelleNuit, oui, l'effet MaBelleNuit, ce serpent qui la mordait et la paralysait dès qu'elle franchissait ses portes vitrées, ce lieu infernal qui lui enlevait toutes ses défenses. Elle n'y mettrait plus jamais les pieds. Cette pensée la réconforta un peu et lui donna la force de frapper à la porte de la DRH.

L'assistante la reconnut tout de suite, fut aux petits soins, à grand renfort de café Volupto avec nuage de lait et de madeleines à l'écorce d'orange. Elle n'avait pas très faim mais se força, pour faire plaisir. « Vous aviez rendez-vous avec Mme Fasse ? – Oui, enfin non, mais j'ai une petite urgence dont je dois… euh… lui parler… – Ah, d'accord, elle est au téléphone, elle vous reçoit dès qu'elle raccroche. » Une minute plus tard, la DRH de MaBelleNuit la faisait asseoir dans un large fauteuil en cuir. Sylvie aurait dû préparer la première phrase, mais rien n'était venu quand elle y avait réfléchi, ni devant le premier café du matin, ni dans la voiture, ni dans les locaux, et maintenant, elle devait se lancer, se jeter dans le vide : « Je ne sais pas bien comment le formuler clairement… Je… enfin, j'ai eu beaucoup de sollicitations ces derniers temps… » La DRH l'encourageait, hochant la tête, lui souriant, Sylvie s'embrouillait : « Le tome IV est sorti, bien sûr, mais vous savez, ça m'oblige à beaucoup bouger… » Mme Fasse finit par l'interrompre : « Bon, Sylvie, on ne va pas tourner autour du pot. Vous ne voulez pas revenir et vous ne savez pas comment le dire ? C'est ça ? – Euh… Oui… » Comme la dernière fois, elle s'esclaffa sans aucune retenue. « Excusez-moi, mais bon, je le savais, je l'avais dit. Et comme d'habitude, on ne m'a pas écoutée. Ces foutus mecs du sixième veulent toujours avoir le dernier mot, alors je le leur laisse, si ça leur fait plaisir. Qu'est-ce qu'on s'en fout, hein ? Parce que moi, eh bien, je vous comprends, madame Verbaldi. Votre livre se vend, pourquoi venir faire la promo de matelas ? » Elle se mit à chuchoter : « Bon, tout cela reste entre nous. Alors je vous fais vite fait le couplet obligatoire. » Elle éleva la voix de nouveau : « Êtes-vous bien sûre, madame Verbaldi ? Nous pouvons vous proposer un temps partiel, ce qui vous permettrait de mener de front les deux activités, ou bien prolonger encore un peu votre congé sans solde, est-ce que ça vous intéresse ? » Sylvie l'envisagea quelques secondes et aussitôt, un énorme poids vint comprimer sa poitrine. C'était au-dessus de ses forces. « Désolée, mais ça ne m'intéresse pas… Vraiment, je m'excuse… – Madame Verbaldi, nous allons donc trouver un moyen de nous quitter dans les meilleures conditions. » Elle chuchota de nouveau : « Ne donnez pas votre lettre de démission, faites une transaction à l'amiable, vous avez un nom maintenant, MaBelleNuit aura peur des répercussions, pourquoi vous en priver ? » C'était tellement bon de ne pas avoir à se battre, jamais elle n'aurait imaginé que la chose puisse être si simple. « Vous croyez ? chuchota-t-elle à son tour. – Mais oui, ils céderont, pour leur image, pour ne pas se salir... Maintenant que vous partez, je peux bien vous le dire, j'ai acheté une maison dans le Sud... Dans un an, je mets les voiles ! Tchao tout le monde ! » Elle fouilla sur son bureau, lui remit des papiers, une belle liasse colorée. « Madame Verbaldi, cette conversation n'a jamais eu lieu. Cette idée de transaction vient uniquement de vous et ces documents que je vous remets, vous les avez trouvés toute seule. On est d'accord ? – Bien sûr, madame Fasse, je ne sais comment vous remercier ! » Sylvie fourra les imprimés dans son sac, Mme Fasse se leva et l'accompagna jusqu'à la porte. « Ah oui, je sais. Une chose me ferait très plaisir, madame Verbaldi, une dédicace sur votre prochain livre, une petite phrase bien tournée dans le genre : “À ma DRH adorée qui m'a permis une belle transaction à l'amiable !” » Elle repartit d'un éclat de rire. C'était tellement communicatif que Sylvie l'imita. Quitter MaBelleNuit dans la joie et la bonne humeur, c'était inespéré.

Une fois sur le parking, elle se retourna vers le grand immeuble de verre : six étages, trois cent vingt-huit employés, cent points de vente dans le monde, 120 millions de chiffre d'affaires, une belle boîte, aimée dans la région et même convoitée, mais leurs chemins se séparaient là, ce jeudi, précisément à 10 h 16. Avec qui fêter ça ? Avec qui partager la grande nouvelle ? Certainement pas avec Nino, qui allait s'angoisser, encore moins avec sa mère, qui s'indignerait qu'elle ait pu tuer la poule aux œufs d'or. Delphine, elle, en profiterait pour la bassiner avec ses dernières histoires de couple, Sylvie n'était pas d'humeur. Il restait Mireille, oui, bien sûr, Mireille, fatiguée, amoindrie, mais la nouvelle lui plairait, c'était sûr.

Sylvie l'entendait rouspéter. Mireille était dans le jardin, mais où ? Elle s'approcha, aperçut d'abord quelques boucles derrière les feuilles du grand saule, puis un bout de robe et enfin une paire de chaussons en tout point semblables à ceux de la vieille femme. « Ben, Mireille, qu'est-ce que vous faites par terre ? – Tu vois pas… J'essaie de déterrer ce machin, Stan a fait n'importe quoi, il fallait pas le mettre là ! » Elle désigna une minuscule branche d'où sortaient deux petites feuilles. La vieille dame tanguait, les mains pleines de terre. « Mireille, venez vous asseoir sur le perron. Je vais le faire. » Sylvie déposa son sac à main sur les marches, soutint sa voisine qui se releva péniblement et la fit asseoir au soleil. Elle n'avait même pas enfilé une veste, alors que le thermomètre ne dépassait pas les 15 degrés. « Je vais vous chercher un gilet. Vous allez prendre froid ! – Mais non, penses-tu ! Avec le soleil qui tape, je crève de chaud. Ah ce Stan, il écoute pas, il écoute plus rien, il en fait qu'à sa tête. Enlève-moi ce truc de là et creuse un trou à un mètre exactement du saule crevette, là, dans le fond. Ils seront bien tous les deux côte à côte, ce sera joli. » Sylvie s'appliqua de son mieux. Avec la pelle, elle déterra les racines, fit un trou à un mètre du saule et repiqua la petite plante, à peine plus haute que son avant-bras. Mireille reprit sur un ton presque joyeux : « Ce magnolia, il fleurira quand je serai crevée, mais les nouveaux propriétaires seront contents de voir ça. D'ailleurs, je vais te demander un truc, si tu vois que les nouveaux n'aiment pas mes plantes, tu leur vends pas la baraque, ok ? – Évidemment, Mireille. Mais vous allez en profiter, de votre magnolia, vous le verrez fleurir ! – Arrête tes conneries, je vois bien que c'est fini. Regarde mon état, faut un monte-charge pour me lever ! Et puis, je fais que pioncer, je mange et je pionce, comme les chats ! »

Elle refusa de rentrer, elle était bien, là, au soleil, sur les marches. Les chats vinrent se frotter à ses jambes et Sylvie s'assit à côté d'elle. Elles restèrent un long moment sans parler. Mireille fredonnait un air, ce qui lui arrivait rarement, et Sylvie le prit comme un très bon signe, rien n'était foutu. « Mireille, j'ai claqué la porte de MaBelleNuit, ça y est, je suis partie. Je vais pas le dire tout de suite à Nino, ni à ma mère. Ils seraient trop inquiets, mais je voulais vous mettre au courant… » La vieille dame fredonnait toujours. Avait-elle entendu ? « Mireille, j'ai plus de boulot. J'ai tout plaqué ! » Sa voisine plissa les yeux, leva son visage vers le ciel. « Tu sais, des fois, je pense à mon pauvre père. Il voulait une fille sage, obéissante, et il a eu une chipie. Je lui en ai fait voir, je sais pas pourquoi j'étais comme ça. J'avais ça dans le sang, sûrement. Ma grand-mère aussi était comme ça, une bonne femme du genre à pas se laisser faire. J'aurais pu le tuer, mon père, il voulait pas que je sorte, j'avais même pas seize ans… J'étais roublarde et je filais dès la nuit tombée. Le vieux se couchait tôt, il ronflait comme un bœuf. Seulement, à dix-sept ans, j'ai eu la poisse : "un polichinelle dans le tiroir", comme on disait dans le temps. Celui qui m'avait fait ça, c'était un gars du coin, un môme aux yeux bleus qui se prenait pour Fred Astaire parce qu'il connaissait deux, trois pas de danse, pauvre gosse ! J'en ai pleuré, j'ai pensé à me pendre, ben oui, comme ça, au bout d'une branche, au milieu de la forêt. Tu imagines le tableau… Qu'est-ce que j'avais fait de mal au fond ? Rien de plus que le môme, on avait couché… Mais lui, il s'en foutait, il pouvait s'amuser tant qu'il voulait, alors que moi, j'allais ruiner ma vie, enfin, cette chose en moi allait tout ficher en l'air… J'ai réfléchi aux moyens de me tuer, mais j'avais la trouille… Alors j'ai pensé partir, en douce, dans la nuit. Mais pour aller où ? Je connaissais rien. J'avais bien pris le train deux ou trois fois. J'avais jamais vu la mer, jamais mis les pieds dans une grande ville, j'étais ignare, complètement, et puis j'avais pas un rond. J'ai pensé voler mon père, il avait pas grand-chose, vu qu'il se faisait exploiter… Mais fallait bien trouver un moyen, alors quand j'ai découvert qu'il cachait des sous derrière l'armoire… Il y avait glissé une petite boîte en fer, c'est là qu'il dissimulait ses économies… J'avais prévu de prendre la boîte et de foutre le camp, j'avais choisi la date, c'était le 15 juillet, après son anniversaire, au vieux. J'avais le cœur serré. Chaque fois, à table, je cachais mes larmes, j'avais décidé de prendre le ferry à

Bordeaux pour les Amériques. Tu parles ! Qu'est-ce que j'aurais fait avec un môme sous le bras, toute seule dans ce pays, sans connaître un mot d'anglais ? Enfin, j'y croyais, je m'imaginais toute belle, toute pomponnée, avec un Américain à mon bras devant un beau pavillon, et le gosse qu'il aurait reconnu, et en plus je me voyais devenir riche… Et puis deux jours avant le départ, du sang a coulé tout à coup entre mes jambes, beaucoup, je me suis tordue de douleur, c'était fini. J'ai pleuré, oui… Peut-être que je voulais cette nouvelle vie au fond, ce grand mirage… et que je serais jamais revenue, qui sait ? »

Le soleil disparut d'un coup. « Mireille, les nuages arrivent. Il faudrait rentrer. » Mais Mireille se fichait du temps. « Alors je me suis mise à bosser et j'ai décroché le bachot, la première du village, tu te rends compte ! Peut-être que je voulais me racheter ? – C'est possible, Mireille, et vous avez réussi, institutrice… – Ouais, c'est vrai… C'est gratifiant au début, tous ces mômes qui vous regardent comme la plus belle merveille du monde, et puis avec le temps, on s'use… On aime plus répéter… On aime plus les cris… On aime plus les feignants, ni les fayots… On se durcit et les mômes vous aiment moins et on s'en veut… Des fois, j'y repensais, à l'Amérique, mais je m'étais mariée, j'avais le petit et le bonhomme… Et puis j'avais la frousse, faut le dire… Je fais ma brave comme ça… Là, tu vois, par exemple, avec mes airs bravaches, ben… la Faucheuse, elle me fout les jetons… Ah ça, oui, parce qu'on sait jamais comment elle va t'emmener, si elle va te faire rôtir à petit feu ou t'assommer, clac, comme ça, par-derrière… »

Sylvie l'installa dans son grand fauteuil et lui prépara une infusion, la tasse tremblait entre ses mains aux poignets fins. « Sylvie, la prochaine fois, j'aimerais qu'on sorte toutes les deux. Je veux faire mes adieux à tout le monde : boucher, boulanger, tous ces gens qui ont supporté ma vieille carcasse. – Mireille, vous dramatisez pas un peu, là ? Faut pas tout voir en noir, vous êtes pas à l'article de la mort ! – Non, peut-être pas, mais au bord, j'y suis ! » Une clé se fit entendre dans la serrure. Stan débarqua avec les courses. Mireille hurla depuis son fauteuil : « Hé, gamin, qu'est-ce t'as fait de mon magnolia ? J'ai dû le déterrer à genoux. T'as vu où tu l'as mis ? Dans les thuyas ! Il aurait manqué d'eau. » Le môme gueula aussi : « Mais je l'ai pas mis dans les thuyas… Il était à deux mètres, vous avez mal vu, il était tout près du petit érable, comme vous aviez dit. – Stan, j'ai jamais dit ça ! Je suis vieille mais pas gâteuse ! » Stan laissa en plan son rangement, se pointa dans le salon. « La dernière fois déjà, vous avez dit deux choses différentes… Une fois fallait tailler, une autre fallait pas… – J'ai un seul avis, mais t'écoutes rien ! » Mireille alluma la télé et mit le son au maximum pour bien signifier que la discussion était close, mais la colère, non. Stan repartit râler devant les courses à ranger et Sylvie se réjouit : tant que Mireille grognait, c'est qu'elle était en pleine forme.

*

Le grand hall des expositions était bondé : éditeurs, auteurs, musiciens, troupes de théâtre, tout le monde se croisait, se perdait, discutait et comptait bien donner naissance à la première édition du Festival d'automne des imaginaires à Orléans. Sylvie devait signer son livre le matin, puis rencontrer la nouvelle génération d'éditeurs, parler de l'adaptation des œuvres littéraires (son expérience avec le jeune dessinateur qui s'était inspiré de son roman pour en faire une BD plaisait) et faire une brève lecture de son livre préféré, qu'elle avait mis des jours à choisir et qu'elle avait lu et relu plusieurs fois, pour finalement en changer à la dernière minute et prendre les quelques pages qu'une dame lui avait glissées dans son sac lors d'une rencontre. Ce n'était pas l'exercice demandé, puisque cette dame n'était pas écrivaine, mais responsable du rayon peinture d'une grande marque de bricolage, mais quelle importance ? Pourquoi ne pas bousculer un peu l'exercice en lisant ces lignes si émouvantes sur l'amour muet et obsessionnel d'une vendeuse du rayon outillage pour un pauvre étudiant qui tentait tant bien que mal de retaper son huit mètres carrés délabré ? C'était tellement poignant, et puis la dame était si fière que Sylvie l'ait remarquée. Pourquoi ne pas sortir de l'ombre ces petites pépites qui dormaient dans les tiroirs entre les plaquettes de médicaments, les peignes et les listes de courses ?

En attendant, ses lecteurs commençaient déjà à former une longue file. C'était incroyable, mais elle guettait fébrilement l'arrivée de Kermanec. Il devait signer son livre à ses côtés et avait déjà plus de dix minutes de retard. La première lectrice se présenta, Sylvie lui sourit, lui demanda son nom, prit son stylo, le manège habituel, bien rodé à présent. Mais pas de Kermanec. Il arriva plus d'une heure après. Les quelques lecteurs qui l'avaient attendu étaient partis depuis longtemps. Il ne déballa pas ses affaires sur la table, ne sortit même pas son thermos, il resta planté à quelques mètres derrière elle, sa sacoche dans la main.

Quand la dernière lectrice fut partie, Sylvie se précipita à sa rencontre. « Qu'est-ce qui vous est arrivé ? Vous, toujours si ponctuel… Les organisateurs étaient inquiets, moi aussi d'ailleurs ! » Kermanec était en sueur, de grosses gouttes perlaient sur ses tempes. Il avait complètement rasé sa barbe et sa peau, irritée, était couverte de rougeurs. « Figurez-vous que j'ai été victime d'un petit incident. Un étourdissement dans le taxi. J'ai préféré retourner me reposer à l'hôtel. Je suis venu uniquement pour la rencontre sur "Les contraintes du roman historique". Je ne voulais pas la manquer. » Il essuya son front rapidement avec la paume de sa main, une étrangeté de la part d'un homme qui avait toujours un mouchoir propre sur lui soigneusement rangé dans sa poche. « Vous ne voudriez pas que nous dînions ensemble après cette longue journée ? » Sylvie avait lancé l'invitation sans réfléchir, sans rien préméditer. Enfin presque.

Les tables rondes et les diverses rencontres se succédèrent à toute vitesse. Sylvie était distraite et répondait souvent à côté, parce que depuis qu'elle avait quitté MaBelleNuit, une idée folle germait dans sa tête : si elle parvenait à retrouver l'auteur du tome IV, pourquoi ne pas lui proposer une association ? Pourquoi ne pas écrire avec lui ? Peut-être qu'ainsi tout reviendrait : l'imagination, les mots, tout. Peut-être lui manquait-il un partenaire, un complice pour la sortir de l'impasse, et si cela se réalisait, sa vie d'écrivaine serait assurée. Bien sûr, l'idée était farfelue, mais après tout, la situation ne l'était-elle pas tout autant ? Seulement, la seule personne de son entourage capable de lui fournir des pistes et peut-être même de démasquer l'auteur du IV, c'était Kermanec.

L'heure du dîner arriva et, pour la première fois, Kermanec se montra fragile et déprimé. Il avait relu le premier chapitre du tome I de sa *Terre Adélie* le matin même et il avait eu un choc. Il s'était fourvoyé. Il aurait dû commencer son récit bien avant que tout le monde embarque sur le navire. Tout allait beaucoup trop vite. Le lecteur n'avait même pas le temps de comprendre les enjeux, que le bateau filait sur la mer et que les avaries survenaient les unes après les autres. C'était cette foutue peur de lasser le lecteur, ce désir de le surprendre et de lui en mettre plein la vue dès les premières pages. Alors il avait surchargé le récit, l'avait plombé d'une tonne d'intrigues secondaires, truffé de rebondissements à tout bout de champ, et l'avait rendu indigeste. D'ailleurs, c'était décidé, les signatures, c'était fini. Il devait se faire une raison. Ce livre, ces deux tomes, était à jeter.

« Mais vous, qu'est-ce que vous en pensez, madame Verbaldi ? Donnez-moi franchement votre sentiment ? » Sylvie n'était pas venue pour ça, mais alors pas du tout. Il insista, la poussa dans ses derniers retranchements, si bien qu'elle finit par avouer un certain ennui. Tant pis pour lui, il n'avait qu'à pas demander. Mais devant sa mine déconfite, elle recula : « Non, je me suis mal exprimée. Je voulais seulement dire qu'on s'attache à votre héroïne, la jeune fille qui se fait passer pour un garçon au milieu des matelots, on tremble pour elle et quand elle n'est pas là, on l'attend, elle nous manque, et du coup, les autres personnages sont fades, ou alors il y en a trop, peut-être… C'est parce que cette jeune fille est si bien campée, elle est tellement… » Kermanec avait à peine touché à son plat. Il était blême. Elle reprit, d'un ton qui se voulait catégorique : « Et cette quête, cette avancée dans la mer de glace, est vraiment belle, c'est la condition de tous les êtres humains, euh… le symbole de notre fragilité à tous sur cette terre… » Elle devait sûrement dire des absurdités, mais comment sortir de cette impasse ? Il l'interrompit enfin, à son grand soulagement : « Ça ne vaut rien, j'aurais dû m'attacher uniquement au destin de Camille, la femme matelot, ç'aurait été plus fort, et surtout ne pas donner autant d'importance à ce foutu bateau et à toute cette mécanique navale qui m'a pris des mois de lectures, des journées entières dans les archives à m'user les yeux sur des croquis. Quelle connerie ! Les gens veulent de la romance, qu'est-ce qu'ils en ont à faire du fonctionnement d'un vieux voilier ? Et d'ailleurs, qu'est-ce qu'ils en ont à faire du XIXe siècle, quand la plupart des jeunes ne savent même pas qui était Churchill ? »

Kermanec prétexta un retour de sa sciatique pour aller se coucher. Sylvie s'en voulut à mort. Il ne l'aiderait plus à présent.

Très bien, elle chercherait seule. Elle fit défiler tous les auteurs sur le site des Éditions Delpareil. Kermanec avait raison, c'était forcément l'un d'eux. Simon ou son père en avait choisi un particulièrement doué pour écrire le tome IV. Était-ce cet Alfred Grolle, auteur de romans du terroir, ou Babette, qui avait pondu quelques livres érotiques dans sa jeunesse, ou encore le tout jeune Romain Désert, qui venait de publier un livre très original sur des jumeaux abandonnés, puis adoptés séparément ? Comment des hommes auraient-ils pu se glisser dans la peau de Charlotte ? Non, c'était une femme. Sylvie commanda les premiers livres de Babette (encore disponibles d'occasion sur certains sites). Pourquoi cette auteure était-elle la seule à venir toujours la saluer, avait-elle toujours un mot gentil ? Son dernier livre racontait l'histoire d'une femme enfermée à tort dans une prison mexicaine. Ça n'avait rien d'érotique, et rien dans son style ne rappelait le tome IV de Charlotte. Mais comment en être sûre ? Un as de l'écriture pouvait très bien imiter, se glisser dans les phrases d'un autre. Qui lui disait que Babette n'avait pas ce pouvoir-là ?

Quand on frappa trois coups à sa porte, il faisait déjà jour, le réveil n'avait pas sonné et elle s'était endormie tout habillée. Avait-elle raté sa lecture ? Elle se précipita pour ouvrir. Kermanec était là, lui souriait. « Madame Verbaldi, si nous allions prendre le petit déjeuner ? – Euh, comment ? – Savez-vous que j'ai fait une rencontre cette nuit... – Ah ? C'est-à-dire ? – J'ai fait connaissance avec Furcy... C'était totalement inattendu, et je crois que c'est grâce à vous... – À moi ? Mais je ne comprends pas... » Ce type l'avait ignorée pendant des mois, et maintenant qu'il avait démasqué son imposture, il voulait son avis à elle, petite scribouillarde de rien du tout, alors qu'il publiait depuis des décennies. Elle prit une douche en quelques minutes, enfila un pull et un pantalon et descendit en courant. « Me voilà ! – Je vous ai servi un café serré. » Elle aurait préféré un café au lait, mais le but quand même. « Madame Verbaldi, je tenais à vous remercier. J'ai tourné en rond toute la nuit. À 3 heures du matin, j'ai décidé de tout arrêter, l'écriture, toutes ces recherches stériles dont tout le monde se fout. Cette décision, vous voyez, madame Verbaldi, c'était un grand soulagement. J'allais retourner à l'enseignement, que je n'aurais jamais dû quitter. Et puis, juste pour vérifier, j'ai voulu jeter un œil à cette vague idée que j'avais eue de faire revivre les temps atroces de l'esclavage dans les îles d'outre-mer... J'ai cherché, comme ça, un peu au hasard, et je suis tombé sur un article sur Furcy Madeleine, né esclave en 1786 à La Réunion. Cet homme a fait une chose extraordinaire : il a intenté un procès à son maître. Et il est parvenu à le gagner, après des décennies de combat. Il a été déclaré libre devant les tribunaux français juste avant l'abolition de l'esclavage, et il a lancé le grand débat sur cette ignominie ! Voilà, hier, vous me disiez "une seule trajectoire, un personnage fort", et là, cela ne fait aucun doute, je l'ai. Madame Verbaldi, je crois que je vais tenter un dernier livre. Je vais le faire. » Il en avait les larmes aux yeux. « Écoutez, monsieur Kermanec, ça me semble juste parfait ! Vous allez faire revivre cette période dont on parle trop peu, les lecteurs vont se jeter dessus, croyez-moi. Et peut-être même que ça donnera lieu à un très beau film… »

Elle croqua dans un croissant, finit son café. « À mon tour de vous demander un petit service. Pour le tome IV, vous m'avez percée à jour avec un grand talent. Pouvez-vous m'aider à retrouver son auteur ? Si je rencontrais cette personne, peut-être que je comprendrais, que je pourrais passer à autre chose… Je dois savoir… – Madame Verbaldi, depuis notre discussion, j'ai relu quelques écrivains de la maison Delpareil et je n'ai rien trouvé de concluant. – Moi, j'ai pensé à Babette Janson, vous la connaissez ? – Oui, elle est là depuis très longtemps. Ses livres marchent pas mal, cinq mille exemplaires vendus pour le dernier, ce n'est pas déshonorant. – Comment avez-vous le chiffre ? – Mais j'ai tous les chiffres, madame Verbaldi, et vous, vous êtes la poule aux œufs d'or. Pour les Éditions Delpareil, votre série est un record absolu. – Ah merci… » Elle marqua une petite pause et balança la question qui lui brûlait les lèvres : « Franchement, vous m'en avez voulu de ce succès, pas vrai ? Dites-moi la vérité ! » Kermanec ne s'offusqua pas. « Certainement, madame Verbaldi, un tout petit peu… Mais ce n'était pas personnel, je n'avais pas lu votre livre et cette reconnaissance me paraissait… exagérée. Un peu de sexe, une belle fille sur une moto, et les lecteurs accouraient, c'était… comment dire ? … déprimant. Mais bon, oublions tout ça, n'est-ce pas ? » Comment se sentir vexée ? Kermanec s'était montré honnête. Il avait tout à fait raison. Sylvie n'avait pas son mérite et ses heures de vol devant l'ordinateur. Elle avait juste croisé Charlotte et sorti un best-seller. Comment ne pas être amer devant ce succès bien trop facile ?

12

Collaboration. Oui, c'était le mot. Sylvie soumettait à Kermanec un auteur édité chez Delpareil et il émettait un avis. Pour l'instant, toujours négatif. Cela n'avait aucun rapport, selon lui, avec le style, la verve du tome IV. De son côté, il lui envoyait des pages et des pages sur son esclave, faisant revivre son enfance dans les champs de canne à sucre. Elle lisait, livrait ses impressions, restait toujours positive et l'encourageait à couper les passages trop techniques ou les descriptions sans fin sur la maison des maîtres. C'était du donnant, donnant.

Le livre de Kermanec prenait forme, tandis que les recherches de Sylvie stagnaient. Peut-être s'entêtait-elle pour rien. Peut-être même que celui qui avait commis le tome IV n'avait rien à voir avec la maison Delpareil. Quand elle broyait du noir, Kermanec lui remontait le moral, ils allaient finir par trouver, c'était une question de temps. Tiens, d'ailleurs, il avait mis la main sur un article écrit par Armand sur les grandes tendances de l'édition dans les années 60, c'était mal fichu, très répétitif, avec beaucoup de formules creuses, non, décidément, ça ne pouvait pas être lui. Peut-être Simon, il allait voir, c'est vrai qu'il avait une belle plume. Et Babette ? Alors là, non, il avait passé sa prose au peigne fin, non, cette femme n'en était pas capable, ses derniers romans étaient plus que médiocres. Elle n'avait pas le souffle pour le tome IV, il fallait rayer Babette de la liste. Aucun écrivain Delpareil ne trouvait grâce à ses yeux. Pouvait-il vraiment l'aider ? Son jugement était-il fiable ?

En attendant, il écrivait, lui, et il avançait. Comment arrivait-il à tenir un tel rythme ? C'était dément. Il pouvait lui transmettre trente pages tous les deux jours. Son idée était vraiment très bonne, et Sylvie s'attachait au héros, Furcy, ce jeune esclave qui venait de perdre sa mère et se retrouvait sous le joug d'un maître odieux. Il avait à peine quinze ans et préparait déjà sa fuite. Mais comment s'échapper quand on ne possède rien et qu'on vit sur une île ? Sylvie attendait impatiemment la suite. Kermanec avait abandonné sa manie de suivre des dizaines de personnages et de se perdre dans des détails. Il suivait les pas de Furcy, sa peur, la rage cachée derrière les quelques loques trouées, trempées de sueur, qui lui servaient de vêtements. Elle enviait Kermanec et, pour tout dire, elle le jalousait. Il avait réussi, lui, à continuer, malgré l'échec relatif de son dernier livre, il avait surmonté sa peur du vide et s'y était remis brillamment. Ça devait être ça, la différence entre un vrai écrivain et un imposteur.

S'asseoir à son bureau, allumer l'ordinateur, cette envie la titillait parfois et une vague de chaleur inondait aussitôt son ventre, aussi intense que brève. Mais jamais elle ne franchissait le pas. Elle montait dans les combles uniquement pour verser un peu d'eau dans l'orchidée et lui donner son bain hebdomadaire. Elle n'aimait pas s'attarder. Elle y avait trop souffert, trop attendu, et avait fini par prendre en grippe le beau bureau en noyer et la danseuse sculptée qui trônait dessus. Cette ballerine qui la narguait avec sa jeunesse, sa grâce, son aisance et semblait lui dire : « Approche, viens te mesurer à moi, on va bien rigoler ! », à présent, elle la détestait. Sylvie avait bien pensé la faire tomber, comme ça, dans un mouvement maladroit, mais une force obscure la retenait, la peur d'être damnée pour l'éternité. Alors elle avait laissé les combles à Nino, qui en avait fait son bureau, et à ses fils qui y venaient le soir pour réviser, regarder des séries, écouter ou faire de la musique. Alex y répétait sur son petit synthé ses compositions qu'il postait ensuite sur sa page Instagram, qui rassemblait pour l'instant une cinquantaine de personnes – elle surveillait de près. Bref, ce lieu qu'elle avait entièrement conçu pour y être bien, elle l'avait abandonné.

Et bien sûr, au fil des semaines, méthodiquement, inexorablement, cette pièce, Nino l'avait ravagée. Il avait fait disparaître le beau bureau sous des piles de revues, une grosse imprimante flambant neuve, des dossiers cartonnés qui s'écroulaient les uns sur les autres. Il avait même accroché un poster au mur, un planisphère gribouillé de chiffres et de codes, comme dans les séries policières. C'était hideux, mais Sylvie en avait été secrètement soulagée, parce que, dans ce lieu maudit où elle avait tellement attendu Charlotte, il n'y avait plus de place pour elle. L'après-midi, Nino s'enfermait là, se concentrant sur son nouveau grand projet : un livre d'enquête sur Simex, décrivant par le menu ses cinq ans de combat contre le géant pharmaceutique. Au grand dam de Sylvie, il se cramponnait à cette folie, persuadé que Delpareil pourrait tirer ce livre à des millions d'exemplaires et en faire un best-seller, car bien entendu, il suffisait de dire toute la vérité et d'écrire avec ses tripes pour que ça marche. Comment lui faire entendre raison ? Après tout, ce projet lui faisait du bien. Il s'intéressait de nouveau aux gamins, avait écouté plusieurs fois Alex et son copain jouer ensemble et avait parlé longuement avec Max de ses études de psycho, de son avenir en tant que thérapeute ou éducateur. Et puis surtout, il n'avait pas craqué quand son appel aux prud'hommes avait échoué et qu'il ne disposait plus d'aucun recours. Non, il était resté stoïque, murmurant entre ses dents : « Je le savais. » Puis il s'était enfermé dans les combles toute la journée pour écrire. Nino avait peut-être trouvé une forme d'équilibre, certes précaire, mais un équilibre tout de même. La rédaction de ce livre allait traîner sur plusieurs années, et quand il aurait fini, Sylvie pourrait le faire imprimer elle-même pour le distribuer à la famille, aux amis et à tout le voisinage, et peut-être que Nino s'en contenterait, et retrouverait sa dignité.

C'était rare, mais ça leur arrivait de nouveau : se retrouver comme avant, tous les deux côte à côte sur le canapé, ou devant un thé autour de l'îlot central, dans la cuisine. Ils ne parlaient pas spécialement, Nino prenait sa main, caressait le bout de ses ongles et lui souriait, ce léger sourire qu'il avait lors de leur première rencontre affleurait quelquefois sur ses lèvres, le sourire tendre des premiers matins. Nino avait parfaitement compris que MaBelleNuit et elle, c'était mort. Il avait eu la délicatesse de ne pas la torturer avec ça, et elle lui en était reconnaissante. Tous les dimanches, il notait le programme de Sylvie pour *La Rose bleue* sur un Post-it afin de ne pas oublier ses jours d'absence. Avait-il compris qu'un vrai travail de salariée n'était plus possible pour elle ? Sûrement, sûrement qu'il avait aussi la frousse d'en parler, parce que l'avenir était étrange, pieds et poings liés aux ventes de Charlotte. Lui-même se sentait incapable d'assurer un revenu, de repartir sur les routes, de vendre des pilules comme avant. Alors, tous les deux avaient choisi de se taire, même s'ils savaient qu'un jour il faudrait regarder les choses en face, calculer combien de temps encore les droits d'auteur de Charlotte pourraient les faire vivre. Et que Sylvie avoue enfin que Charlotte serait à jamais enfant unique. Cette discussion, elle n'était pas pressée de l'avoir, tout comme elle évitait d'évoquer avec Armand les prochains livres, la prochaine héroïne, maintenant que Charlotte gisait au fin fond du tome IV.

*

Pourquoi Sylvie était-elle devenue subitement vide de mots ? Était-ce dû à ce nouveau corps qui ne voulait rien produire ? Devait-elle revenir à son poids d'origine ? Fallait-il se ruer à nouveau sur le chocolat ? Parce que c'est un fait, l'appétit était parti en même temps que l'inspiration, oui, exactement au même moment. Qu'est-ce que pouvait signifier une telle coïncidence ? Devait-elle aller voir un psy ?

Était-elle faite pour habiter un corps mince ? telle était la vraie question. Ce corps ne la coupait-il pas de sa vraie personnalité, comme un habit trop serré, étouffant, mal coupé ? Le pire, c'est que son appétit diminuait de jour en jour. Le matin, elle se contentait d'un yaourt qu'elle peinait à finir et d'une biscotte. Ce n'était pas sa faute, ce n'était pas un régime. Son corps n'avait pas besoin de plus. À présent, le gras, les frites, les plats en sauce, tout ce qu'elle adorait auparavant la dégoûtait. Elle avait mis tout le monde aux légumes vapeur et aux viandes maigres. (Max avait perdu plus de cinq kilos, même en continuant le grignotage pendant les révisions.) Et puis, grâce aux vidéos YouTube et à ces milliers de filles qui adoraient se filmer dans leur cuisine, elle concoctait toutes sortes de salades, toujours plus surprenantes, avec des graines et des légumineuses achetées en vrac au magasin bio de Saint-Jean.

Elle allait très souvent à Saint-Jean. C'était la ville de Dimitri. Elle n'aurait peut-être pas dû, mais c'était plus fort qu'elle. Heureusement, elle ne le croisait jamais. Ses volets étaient presque toujours clos et il n'apparaissait ni dans les rues ni dans les bars. Avait-il repris son travail de nuit ? Avait-il déménagé ? Et au fond, devait-elle le savoir ? À quoi bon ? Elle venait à Saint-Jean pour lire le texte de Kermanec, en terrasse, les jambes étendues au soleil. C'était plus agréable que chez elle, le ballet des serveurs la distrayait, éloignait les mauvaises pensées et atténuait sa jalousie devant le roman de Kermanec qui prenait forme à vitesse grand V. Elle avait fait quelques suggestions, sans trop réfléchir : Furcy, l'esclave tout juste adulte, et la fille du maître pourraient ressentir une forme d'attirance. Elle avait dit ça innocemment, et Kermanec s'était aussitôt emparé de l'idée. Plus la jeune fille désirait Furcy, plus elle le maltraitait, car son attirance pour un esclave la dégoûtait. Pour finir, elle l'avait accusé de vol et le jeune homme avait été attaché au bout du champ de canne à sucre. Dans la nuit, elle l'avait rejoint, l'avait fait boire et l'avait embrassé. C'était tellement intense, tellement sensuel, les gouttes d'eau dans son décolleté et la main de Furcy qui frôlait sa cuisse. Sylvie n'aurait jamais su faire aussi bien. La fille l'avait libéré, et Furcy était parti se terrer dans la montagne. On pouvait entendre les chants des oiseaux, ses pas sur le chemin, sentir l'humidité qui s'échappait des arbres, les odeurs de la nuit et le goût sucré des bananes qui calmaient la faim. Plus Kermanec avançait dans son récit, moins Sylvie formulait de critiques, d'ailleurs, elle n'en faisait plus. Kermanec était à son meilleur. Il allait avoir un succès fou. Elle était ravie pour lui, bien sûr, mais être témoin de sa soudaine inspiration la mettait face à son propre vide.

Kermanec ne téléphonait jamais tôt, mais là, il était déjà plus de minuit. Que lui voulait-il à une heure pareille ? Avait-il un soudain accès d'anxiété ou un doute ? Elle descendit les marches deux à deux pour se glisser dans la véranda. « Oui, allô.. – Madame Verbaldi, je ne vous dérange pas ? – Euh..., non. Je ne dormais pas... Mais ça va, vous ? – Moi oui, je travaille, comme vous savez, et j'avance bien, je suis content, même s'il ne faut pas se réjouir trop vite, bien sûr. Mais c'est pour autre chose que je vous appelle. Tout à l'heure, je faisais une petite pause et je suis tombé sur *Poings liés*, de Claudine Alleray, il était dans ma bibliothèque depuis des décennies, sans que je l'aie jamais ouvert. Vous l'avez lu ? – Oui, il y a un moment maintenant. J'ai pas trop aimé, ça a vieilli... – Peut-être, mais je lui trouve quelques ressemblances avec le tome IV, dans les mots, la musique des phrases, cette façon brute... de dire, ces accélérations. Les scènes d'amour par exemple, un geste sur une page entière, une sensation sur trois paragraphes, un petit détail qui occupe soudain toute la place, comme cette cicatrice à la page 34, qui prend des proportions énormes, vous voyez ? Et puis soudain une situation résumée en quelques mots, quelques années qui passent en un claquement de doigts... cette détente et cette rapidité, un entraînement sportif, je dirais. – Euh... Franchement, je ne veux pas vous décevoir, mais c'est impossible, cette femme qui l'a écrit est sûrement morte aujourd'hui, et puis, Armand ne l'a jamais revue après le scandale autour du livre, il me l'a raconté… Non, c'est une simple coïncidence. »

Kermanec laissa passer un grand silence, elle entendait son souffle calme, serein, il reprit : « Ah bon… Mais au fond, que savons-nous de l'auteure ? Personne ne connaît son identité. Armand a peut-être inventé toute cette histoire ou, encore plus simple, il a rappelé cette dame et il lui a commandé le tome IV. Peut-être ont-ils maintenu un échange épistolaire pendant des décennies, qui sait si cette femme ne publie pas toujours sous d'autres pseudos. C'est un original, Armand, il se contrefiche des conventions, il ne faut pas le sous-estimer. Moi, je le sens capable de tout. »

*

Bien sûr, Sylvie ne croyait pas à cette hypothèse complètement farfelue selon laquelle le tome IV aurait été écrit par l'auteure de *Poings liés*. Mais la conclusion du long développement de Kermanec l'avait intriguée : « Armand, je le sens capable de tout. » Peut-être que oui, au fond, cet être si imprévisible avait peut-être des tas de secrets et même, pourquoi pas, une double vie. Depuis leur première rencontre, il l'avait toujours étonnée. Il n'était jamais là où on l'attendait. Peut-être fréquentait-il toujours l'auteure du tome IV et pourrait-il lui fournir son identité après trois ou quatre verres de vin. Elle devait le revoir, passer un long moment à ses côtés, rien que tous les deux.

Quand elle arriva au restaurant où elle avait réservé, Armand était déjà assis face à la mer. Il se leva pour l'embrasser et elle commanda aussitôt deux coupes de champagne. « Vous avez quelque chose à fêter, Sylvie ? – Oui, nos retrouvailles. – Ah, bon, et pas un prochain roman en vue ? » Elle attendait cette question. C'était un éditeur et tout son être ne pensait qu'à ça depuis soixante ans, dénicher une pépite, lancer un nouveau livre. Elle chercha un mot d'esprit, un truc drôle qui cacherait soigneusement la vérité, mais Armand avait le pouvoir de la désarmer. « Non, je suis à sec, Armand. Vous devez faire une croix sur mon avenir d'écrivain. – Mais votre personne est un écrivain, que vous écriviez ou non, chère amie, et votre charmante personne est là, devant moi, et je ne ferai jamais une croix sur vous. – Comme vous voulez, Armand, nous verrons bien. » Il leva haut son verre. « À votre prochain roman. – Bon, si vous y tenez ! »

Ils commandèrent un plateau de fruits de mer. Armand hésita longtemps sur le choix du vin et fit revenir deux fois le serveur. (Dans ces grands restaurants, le personnel ne montre jamais le moindre signe d'agacement, c'est le privilège du luxe.) « Nous prendrons finalement un Gosset grand blanc. Merci. » Le serveur, un type immense et maigre, toujours un sourire accroché aux lèvres, partit chercher la bouteille. « Alors, Sylvie ? Toute cette promotion, ça ne vous prend pas trop de temps ? Vous pouvez ralentir, vous savez. – Figurez-vous que j'y ai pris goût ! Quand je pense qu'il y a encore quelques années… Mais un phénomène surnaturel a eu lieu, et voilà maintenant que je plaisante devant un parterre de lecteurs en parlant dans un micro. Vous m'avez jeté un sort, Armand. – Et moi, j'allais tout droit vers une vieillesse à la con et vous êtes arrivée. – Eh oui, mais tout ça, ce n'est pas moi, Armand, c'est Charlotte ! » Ils trinquèrent à leur héroïne et Armand tourna ses yeux gris vers la baie vitrée qui dominait la mer. À cet instant, elle en aurait donné sa main à couper, Armand pensait à l'auteure de *Poings liés*. Peut-être se trompait-elle peut-être interprétait-elle à cause de Kermanec. Elle tenta : « Il vous arrive encore de penser à cette femme, l'auteure de *Poings liés* ? » Il ne s'offusqua pas de la question. « Oui, ça m'arrive… Je me demande ce qu'elle fait dans ce bas monde, où elle peut bien être, et puis, avec les années, si elle est morte, et de quoi, et si elle a un peu pensé à moi… » Il se reprit, s'éclaircit la voix, termina sa coupe de champagne. « Enfin, maintenant, tout ça n'a plus d'importance, au point où nous en sommes ! – Pourquoi vous ne la cherchez pas ? Vous connaissez son nom, vous avez des indices, vous pouvez mener une enquête ! – Mais, très chère, je ne vais pas courir après une femme à mon âge, avec la tête que j'ai, et mes poches sous les yeux ! D'autant plus que cette femme a coupé les ponts, voyons, il faut être raisonnable. – Mais peut-être qu'elle pense à vous et regrette elle aussi, tout est possible ! – Vous le savez bien, Sylvie, la vie offre rarement ce genre de romances, c'est pour ça qu'on en invente, pour rêver un peu. »

Le plateau était énorme. Ils n'en vinrent pas à bout. Armand avait un appétit de moineau, il passa un temps infini à décortiquer son crabe. Il faut dire qu'il buvait bien, ce qui ralentissait ses gestes et lui donnait l'air de plus en plus béat. S'il devait parler, c'était maintenant, encore fallait-il mettre le sujet sur la table. « Armand, vous savez, pour le tome IV… » Elle but une gorgée de vin, inspira de toutes ses forces. « Oui, je voulais vous dire, pour le tome IV, c'est pas un texte… comme les autres… » Armand attrapa sa main. Il le faisait quand le moment était grave, ou quand il la voyait en difficulté. Il savait quelque chose, c'était évident. Enfin, il allait parler, enfin ! « Sylvie, je voulais attendre le dessert mais j'ai sans doute trop bu. Je dois vous parler ouvertement, comme un frère, les yeux dans les yeux, et quand je ne serai plus là, il faudra que vous vous souveniez de chacun de mes mots, ne jamais les oublier. »

Elle sentit ses mains devenir moites et glisser sur son verre de vin blanc. « Sylvie, vous allez devenir riche, très riche. Les Éditions Delpareil vont vous remettre un chèque de 250 000 euros. C'est une somme énorme, une somme qui peut changer votre vie et que vous recevrez probablement encore l'année prochaine et celle d'après si les ventes se maintiennent sur les quatre tomes et sur les éditions en poche. Bref, vous n'aurez plus à vous inquiéter de rien. Sylvie, je vous en supplie, regardez-moi, cette somme ne doit rien changer, ce n'est qu'un feu de paille, une illusion, pire, elle peut devenir un fardeau, oui, j'insiste, un véritable poison. Sylvie, l'écriture coule en vous, ne la laissez pas s'échapper dans des futilités, ne l'enterrez pas sous des achats, des maisons, des investissements, des voyages dans les îles du Sud, toutes ces balivernes, ces saloperies qui vous parasiteront et vous tueront à petit feu. Il faut creuser,

Sylvie, le sol, la peau, chercher l'inspiration en vous, vos propres mots, et bâtir votre œuvre. Vous en êtes au tout début, et Charlotte n'a pas le droit de vous enterrer sous le fric, non, Charlotte doit servir à d'autres vies, des vies banales, blessées, révoltées… Enfin, tout ce qui vous viendra en tête. Parce que des naufrages dans ce milieu, j'en ai vu, et des grands ! J'en ai connu, des jeunes très prometteurs qu'on portait aux nues et qui ont dégringolé… Paf… Mordus par le fric, grisés par la valse des compliments et des invitations… Vous me comprenez ? » Ses lèvres tremblaient, Sylvie avait peur qu'il éclate en sanglots ou fasse un malaise cardiaque. Elle jeta un coup d'œil aux tables voisines : à côté, un couple se dévorait des yeux devant un magnum de champagne, un autre était plongé dans la carte des desserts. « Sylvie, je ne vais pas traîner bien longtemps dans cette vie, alors promettez-moi sur ce que vous avez de plus cher… – Oui, bien sûr, Armand. Je vous promets sur la tête de mes fils ! » Elle regretta aussitôt cette promesse, parce que même si elle désirait plus que tout au monde rendre Armand fier et heureux de son travail, c'était impossible.

« Armand, juste pour savoir si j'ai bien compris, vous avez dit quelle somme exactement ? Parce que ça me paraît énorme. C'est pas comme l'année dernière, j'avais eu beaucoup moins… Enfin, je ne me plains pas… Mais… » Armand cria : « 250 000, je vous dis, le comptable me l'a marqué, là ! » Le couple au magnum avait sursauté et les fixait d'un air mauvais. « Armand, ne parlez pas si fort, je vous en prie. » Il sortit un petit papier de sa poche, Sylvie le déplia. La somme y était soigneusement notée au crayon. « Armand, je ne peux pas accepter, voyons. – Mais Sylvie, ce n'est pas la question. C'est le fruit de votre travail, point. Les quatre tomes que vous avez écrits, vous et uniquement vous. C'est le fruit des ventes du dernier tome qui a bien marché, des ventes à l'international, puisque la saga a pris son envol l'année dernière et s'est vendue en Angleterre, en Espagne, au Portugal, en Italie, en Roumanie, assez peu aux États-Unis, mais un peu quand même, et puis, la version poche des deux premiers tomes s'est bien défendue aussi, alors tout ça fait des sous, s'additionne et ainsi de suite, c'est une spirale ascendante. » Sylvie attrapa la bouteille et se resservit. « Armand, que vais-je faire de tout ça ? – Chère Sylvie, il n'y a rien à faire. Il n'y a pas de diplôme pour être riche. Cet argent n'est pas le but, c'est le moyen, celui d'avoir la paix, d'écrire vos futurs livres en paix… » Le couple à côté s'embrassa. Sylvie les trouva magnifiques. Tout était beau, beaucoup trop beau.

Ils firent une promenade sur la plage. Armand s'agrippait à son bras et penchait un peu trop vers l'avant. Sans doute l'effet de l'alcool, conjugué au vent du large qui s'en donnait à cœur joie. Sylvie devait être là avec lui, mais elle n'en était plus sûre. Était-elle bien cette fille qui allait empocher 250 000 euros ? Était-elle bien cette auteure lue en Andalousie et dans le Mezzogiorno et qui avait une œuvre à bâtir, comme disait Armand ? Au fond, qui était-elle ? Elle n'avait jamais échafaudé le moindre stratagème pour sortir de sa condition, et voilà qu'elle devenait subitement riche. Alors, qui était-elle ? Et qui étaient les autres pour lui accorder ça ?

Armand repartit dans son taxi et la laissa seule devant la mer. Elle se sentait libre et oppressée, heureuse et craintive, invincible et fragile, tout ça se mélangeait allègrement dans sa tête. Elle continua à marcher sur le rivage, encore bien trop soûle pour reprendre sa voiture et rentrer. Elle finit par enlever ses chaussures pour enfoncer ses pieds dans le sable, laissant un peu d'eau glacée chatouiller ses orteils. Elle serait bien restée là, dans cette bulle, ballottée par les vents et les marées. Quand elle se réveilla, la plage était déserte, les enfants ne couraient plus derrière un ballon et le jour avait baissé. Dans sa main, elle retrouva un petit papier chiffonné. Et sur ce papier, un chiffre : 250 000.

*

Pourquoi ne l'annonçait-elle pas ? Pourtant, c'était simple de dire : « Nous avons 250 000 euros sur un compte. » Mais non, ça ne venait pas. Ce n'était pourtant pas une mauvaise nouvelle, ni une annonce désagréable à faire. Mais ça bloquait. Elle avait bien essayé un soir, pendant un dîner arrosé au restaurant, hélas, Nino était parti dans des souvenirs de son enfance en Italie, il en avait eu les larmes aux yeux et elle n'avait pas voulu l'interrompre. Elle aurait pu parler une fois à la maison, bien sûr, mais il s'était jeté sur elle dès qu'elle avait ouvert la porte. Elle aurait pu parler après l'amour, bien sûr, mais Nino était tombé de fatigue. Elle aurait aussi pu parler au petit déjeuner, mais il était déjà tard et elle allait rater son train pour Perpignan. Elle aurait pu à son retour, mais quand elle avait débarqué, les courses dans les bras, les garçons s'injuriaient à propos d'une photo prise à l'insu de l'un des deux et elle avait dû les séparer, elle aurait pu aussi l'annoncer pendant le dîner, mais Max était en pleines révisions de partiels, stressé, et ça l'aurait perturbé. Bien sûr, elle aurait aussi pu le dire le week-end, quand ses deux fils travaillaient en silence dans le jardin (Alexis révisait enfin son contrôle d'histoire et Max était plongé dans ses fiches), mais c'était si rare de les voir ensemble si concentrés, pourquoi les déranger ? À l'arrivée de sa mère aussi, elle aurait pu les mettre au courant, et même sortir le champagne, mais cette dernière l'avait mise en rogne avec ses remarques sur le jardin mal entretenu et sur Nino qui aurait dû tondre et désherber (sans oublier les rosiers qui n'étaient pas taillés). Bien sûr, elle aurait pu le dire l'après-midi, quand ils avaient goûté tous ensemble, avant que Max ne parte regarder une série dans les combles pour décompresser.

C'est exact, elle aurait pu. Des centaines d'occasions se présentaient chaque jour et elle ne les saisissait pas. Une chose en elle résistait, qui lui disait d'attendre encore, que le moment n'était pas venu. Était-ce la peur ? Peut-être la peur du coup de fil, l'appel de l'auteur du tome IV, qui voudrait sa part. Mais il y avait autre chose, quelque chose d'encore plus terrifiant : le vertige du changement. Cette somme offrait trop de possibilités : une nouvelle maison, une année à l'étranger, un collège en Angleterre pour Alexis, des fonds si Nino voulait créer une société, un petit appart en bord de mer, une voiture flambant neuve pour Max, un studio s'il voulait prendre son envol… Tous ces projets désormais envisageables, en voulait-elle vraiment ? Et quand les autres sauraient, n'auraient-ils pas la folie des grandeurs ? Nino ne voudrait-il pas repartir au combat avec le meilleur avocat de France ou tirer son livre à dix mille exemplaires ? Alex ne voudrait-il pas louer un théâtre en ville pour sa représentation, et Max inviter sa prochaine conquête dans un Relais & Châteaux ? Qui sait comment l'argent pouvait ensorceler les gens ? Sauraient-ils tous résister et ne pas perdre pied ? Et elle, n'allait-elle pas tomber dans le piège : s'enfermer dans une cage dorée, remplie d'achats et de décoration ? Elle préférait ne plus y penser, enfin, pas pour le moment. L'argent serait sur un compte jusqu'à nouvel ordre et elle verrait bien. Partir sur les routes, rencontrer des lecteurs, aider des jeunes écrivains à percer, mettre Charlotte à d'autres sauces : BD, théâtre, et pourquoi pas une série, pour le moment, rien de tout ça ne devait changer.

*

Quant à la probabilité de trouver l'identité de l'auteur du tome IV, elle s'éloignait à grands pas. Kermanec était parti sur une fausse piste, celle de l'auteure de *Poings liés*. Il ne voulait pas en démordre. Il n'était pas têtu, non, l'adjectif était faible, il était tout simplement acharné, obsédé, et trouvait chaque jour de nouveaux arguments. Il alla même jusqu'à affirmer que les deux héroïnes étaient jumelles (celle de *La Rose bleue* et celle de *Poings liés*), deux femmes qui se voulaient invulnérables tout en souffrant d'une extrême fragilité, d'une blessure encore à vif qui leur explosait à la figure dans le dénouement. Mais Sylvie n'en croyait rien, Armand n'était pas un menteur. Il n'avait jamais revu l'auteure de *Poings liés*, c'était son drame. Pourquoi un fantôme, qui n'était sûrement plus de ce monde, serait-il réapparu pour écrire le tome IV ? L'idée était délirante.

Pour couper court aux hypothèses de Kermanec, elle réclamait des nouvelles de Furcy et recevait en réponse des dizaines de pages. Son héros vivait, tout simplement. Le jeune esclave venait de découvrir que sa mère avait été affranchie juste avant sa mort, ce qui lui avait été soigneusement caché. Fort de cette injustice, il se lançait dans une aventure inédite pour l'époque, un procès pour rétablir ses droits et obtenir son affranchissement. C'était peut-être ça qui les reliait, lui et Kermanec, à deux siècles d'écart : la ténacité. Kermanec approchait de la fin du grand procès à Paris qui avait reconnu les droits de Furcy et l'avait rendu libre. Il avait bouclé l'histoire en quatre mois. C'était une claque pour Sylvie qu'une telle œuvre ait été exécutée avec autant d'aisance, aussi magistralement.

Quoi de mieux que le sommet de la tour pour féliciter l'auteur ? L'endroit l'apaisait et chassait ses mauvaises pensées, en particulier cette jalousie si puérile qui la dévorait. « Bonjour, monsieur Kermanec, c'est Sylvie, votre roman, c'est… Je n'ai pas les mots… Enfin, on le lâche plus, on ne veut plus le quitter, ce Furcy. Il est tellement attachant… vraiment, je suis conquise. – Ah bon, vous êtes sûre ? Parce que, aujourd'hui, en me levant, j'ai eu le sentiment d'avoir, je ne sais pas, d'être passé à côté du personnage. C'est survolé, tout ça, et je m'en veux. Je vais réécrire le début, mieux me documenter, parce que somme toute, je ne sais pas grand-chose de la culture de la canne à sucre, un séjour à La Réunion est indispensable, les spécialistes vont me tomber dessus. – Mais vous rigolez, monsieur Kermanec, vous rigolez ! On n'a pas besoin de plus ! Tout est là. Je vous en supplie, ne changez rien. Et même, je peux bien vous l'avouer maintenant, je suis un peu jalouse, c'est tellement… tellement abouti, en si peu de temps en plus… » Elle sentit du dépit dans sa voix et en eut aussitôt honte. « Madame Verbaldi… – Appelez-moi Sylvie, voyons… – Oui, Sylvie, vous avez peut-être raison, j'ai tellement travaillé, je ne vois plus rien. Je suis fatigué. Je vais partir en Bretagne… – Mais oui, vous relirez en rentrant. Prenez du recul ! – Est-ce que vous aimez le cidre brut ? J'ai un petit producteur très bien, ou alors peut-être un alcool typique, le chouchen ? – C'est très gentil à vous, ne vous embêtez pas avec ça et surtout, laissez Furcy tranquille, il est parfait comme ça. »

Elle tenta de repérer sa maison mais la brume était bien trop épaisse et recouvrait tout le paysage. C'était beau, peut-être encore plus beau qu'un jour de plein soleil. Sa vie à elle aussi était enveloppée de mystère. Pourquoi toujours en avoir peur, pourquoi ne pas l'apprivoiser ?

13

Sylvie n'avait jamais cru à toutes ces sornettes sur le mauvais karma, l'influence néfaste des astres ou des dieux cruels qui s'acharnent contre votre destinée, mais là, il y avait vraiment de quoi douter ! Comment était-ce possible, autant d'emmerdes en si peu de temps ? Il avait suffi de trois jours, lundi, mardi, mercredi, et tout avait chaviré, et maintenant, les faits étaient là, irrévocables. Nino avait ouvert le bal : il avait rechuté, syndrome dépressif massif. Il s'était écroulé un matin, incapable d'articuler un son ou d'effectuer le moindre mouvement. C'était Max qui l'avait trouvé, livide, devant son ordinateur. Son écran affichait l'info selon laquelle Simex venait d'être avalé par un groupe allemand superpuissant, Gersunder, lequel avait décidé d'arrêter la production de plusieurs compléments alimentaires, dont l'Ortex. Gersunder voulait restructurer, dégraisser fortement son pôle vétérinaire pour ne plus produire que les médicaments essentiels. Avaient-ils senti que l'Ortex allait poser problème ? Avaient-ils eu vent d'essais cliniques prouvant sa dangerosité ? Ou était-ce juste une aventure de plus dans le joyeux monde du CAC 40 ? Qu'importe ! Cette information avait envoyé Nino au tapis. Son ennemi avait changé de visage, il avait muté en une fraction de seconde, changé de stratégie. Qui attaquer désormais ? Simex avait disparu, avalé par plus fort que lui. Il s'était dissous, et Nino était dépossédé de sa lutte.

Nino dormit pratiquement quarante-huit heures d'affilée. Quand il se réveilla, il ne reconnut personne. Les médecins parlèrent d'asthénie, un état d'épuisement psychique intense ayant entraîné un déraillement de tout l'organisme. On conseilla à Sylvie d'être patiente, très patiente, et de considérer le moindre petit progrès comme une victoire. (Se lever seul et sortir son bol pour le petit déjeuner serait déjà un énorme pas en avant.) Elle demanda quand on pouvait espérer une totale guérison. La réponse lui parut floue. Peut-être que tout le corps médical le pensait foutu pour le restant de ses jours et préférait la bercer d'illusions. Mais Sylvie avait deux gamins à élever, il était hors de question que l'espoir foute le camp. Oui, leur avait-elle expliqué, papa avait pris des allures de zombie (Alex avait eu cette expression lors de sa première visite à l'hôpital), oui, c'est vrai, c'etait une méchante rechute, il mettrait du temps à remonter la pente, mais il était vital de ne jamais, au grand jamais, douter de ses capacités, il fallait au contraire l'encourager de toutes les façons possibles pour qu'il s'accroche et revienne très vite parmi eux. Il l'avait déjà fait une fois, alors il pourrait le faire une deuxième fois. Max, désormais étudiant en première année de psychologie, garda son calme, puis déclara, la mine sérieuse, que leur père était en phase de « décompensation ». Quand il ajouta que cette rechute était peut-être l'unique occasion pour lui de lâcher son idée fixe et de sortir de ce marasme, car sa dépression éclatait enfin au grand jour, Sylvie fut épatée. Comment avait-il pu acquérir une telle maturité ? Il était bien plus optimiste et plus sage qu'elle. Si jamais elle flanchait, il serait là, prendrait le relais et épaulerait son frère. Cette pensée la réconforta, surtout les premiers soirs.

Mais bien vite, quand elle réalisa que Nino ne rentrerait pas et qu'elle prendrait dorénavant son café seule, chaque matin, après le départ des garçons, la culpabilité revint en force. Qu'est-ce qu'elle avait foiré ? Pourquoi l'avait-elle laissé s'acharner sur ce projet de livre qui n'aboutirait à rien ? Pourquoi lui avait-elle fait croire que Delpareil pourrait l'aider ? Pourquoi ne l'avait-elle pas persuadé de consulter, de se projeter dans un autre avenir et d'arrêter d'urgence ces histoires de Simex qui le rendaient fou ? La réponse était toujours la même : elle était une lâche, une grosse lâche. Elle avait préféré ménager sa tranquillité. Nino était occupé à sa vengeance, et pendant ce temps elle avait la paix. Elle pouvait vaquer sereinement à ses occupations d'auteure de best-sellers.

Quand elle monta dans les combles, elle mesura l'ampleur des dégâts. L'orchidée était morte alors qu'il avait promis de l'arroser. Les murs étaient recouverts d'articles de journaux et de Post-it. Le parquet collait. (Il avait dû renverser un soda.) Sur le bureau, seul le pied droit de la danseuse émergeait encore au-dessus de la paperasse. C'était un miracle qu'elle soit toujours debout. L'esprit de Nino était là, devant elle : saturé, emmêlé, confus, au bord du gouffre. Sylvie n'eut pas la force de ranger. Elle parcourut quelques lignes au hasard d'un gros manuscrit aux pages écornées qui traînait sur le bureau, ça parlait de Simex, d'essais techniques, de sa rencontre avec Jim. Dans des dossiers cartonnés de différentes couleurs, elle trouva des centaines de noms : ceux des vétérinaires de la région (Nino en avait rayé certains, entouré d'autres en rouge) et des dirigeants du groupe Simex, avec leurs fonctions et leur adresse mail. Il avait aussi imprimé des échanges de mails avec une journaliste qui se prénommait Valérie (d'où sortait cette fille ?) et rédigé à la main quelques souvenirs de ses premières années en tant que commercial au sein de la multinationale. Ça débordait. Quand elle en aurait le courage, elle prendrait un grand sac poubelle et foutrait tout ce fatras à la benne. Simex devait dégager une bonne fois pour toutes de leur vie.

Seulement, Sylvie n'eut pas le temps de s'apitoyer sur elle-même. À peine avait-elle encaissé le choc de la rechute de Nino que Mireille s'écroula à son tour. Elle la retrouva inanimée, le surlendemain, dans son salon. Le verdict tomba : infarctus sévère. Le pronostic vital était réservé. Peut-être allait-elle vivre, peut-être allait-elle mourir dans la nuit. Son fils accourut de Bordeaux et passa la nuit au service des soins intensifs. Mireille et Nino se retrouvaient dans le même hôpital, l'un dans l'aile gauche, au service psychiatrie, avec son bout de jardin réservé, et l'autre dans le bâtiment central au quatrième étage. Chacun était là, en transit, suspendu, ni encore mort ni tout à fait vivant. Comment tout son environnement avait-il pu exploser si soudainement ? Une main malveillante avait-elle déréglé les horloges ? Un diable avait-il été missionné pour foutre sa vie en miettes ? Tous les matins, elle priait pour se réveiller dans le monde d'avant. Mais chaque matin son lit était vide, Nino à l'hôpital et les volets de Mireille fermés. Aurait-elle pu agir, prévoir et empêcher ces catastrophes ? Une pensée atroce la torturait : tout était sa faute, car sans *La Rose bleue*, rien de tout cela n'aurait eu lieu. Voilà, il fallait bien payer l'addition du succès, de ce tome IV qu'elle s'était approprié, qu'elle avait signé des milliers de fois, offrant son plus beau sourire aux lecteurs, de cette somme vertigineuse qui dormait sur son compte et qu'elle ne méritait pas.

Bien sûr, elle n'avait jamais voulu leur chute, ni à l'un ni à l'autre, et aurait tout donné, sa maison et ses 250 000 euros, pour les retrouver comme avant. Elle n'avait rien voulu, ni provoqué, consciemment du moins, mais les signes étaient là. Nino était tombé le jour où ses droits d'auteur avaient été versés sur son compte. Ça ne prouvait rien, ça ne démontrait rien. Mais c'était un fait. Quant à Mireille, c'était pire. Sylvie avait vérifié, elle avait eu exactement douze minutes de retard à son rendez-vous de 18 h 15 pour la piqûre du chat. Elle s'y astreignait le temps que Mireille trouve un remplaçant à Stan, car la vieille dame avait viré sans ménagement cette « tête de mule » et ne voulait plus en entendre parler.

Et ces douze minutes de retard étaient dues à *La Rose bleue*, à un rendez-vous avec un producteur qui voulait saucissonner Charlotte en six épisodes pour en faire un thriller érotique. Elle s'était bien emmerdée avec ce type à cause de tous les termes techniques et de toutes les références à des séries qu'elle ne connaissait pas, mais c'était quelqu'un d'important, et elle était flattée que ce monsieur (qui avait son nom sur grand écran dans les génériques de films) cherche son regard, son approbation. Et pendant ce temps, Mireille était tombée. Elle avait perdu connaissance, ce foutu caillot avait bouché son artère et le cœur avait pompé, pompé, mais le sang ne remontait plus, et Sylvie n'était pas là. Alors qu'elle aurait dû y être, appeler les secours et gagner ainsi un temps précieux. Mais elle était bien trop occupée à parader devant ce producteur. Ce retard, elle l'avait caché à tous, sauf à Max, parce qu'il l'avait trouvée en pleurs dans la cuisine. Son fils avait raison : ça ne servait à rien de réécrire l'histoire, ça ne ferait pas revenir Mireille. Elle devait garder ses forces pour la suite.

*

Comment avait-elle pu se lever pour prendre des trains, sourire à des lecteurs, recevoir des compliments, donner des conseils, parler devant une assemblée ? Tout cela ressemblait à présent à un mirage qui l'avait déportée dans une vie imaginaire, perdue dans les couloirs du temps. Désormais, elle était revenue dans la vraie vie. Et dans cette vie-là, elle courait d'un bout à l'autre d'un grand hôpital dont elle commençait à connaître par cœur les halls, les jardins et les ascenseurs. Tous les jours, elle y retrouvait Bruno, le fils de Mireille, et ensemble, ils comptabilisaient les progrès des deux malades. Souvent Sylvie commençait, en enjolivant un peu les choses. Nino l'avait reconnue et ils avaient parlé. Oh, ce n'étaient que quelques mots, mais il avait fait l'effort de tenter une phrase entière et, pour une fois, avait quitté son affreux pyjama et enfilé un jean. C'était le début d'un petit mieux. Pour Mireille en revanche, les choses évoluaient très, très lentement. Elle n'était plus sous oxygène et pas encore réveillée. Ses yeux semblaient bouger sous ses paupières. Quelquefois, son fils prenait sa main et sentait ses doigts serrer sa paume. Sylvie voulait y voir une promesse, l'espoir d'un retour à la vie. Le plus important était de lui parler et pour ça, elle était très forte. Elle se plantait sur une chaise, tout près du lit de Mireille, et lui décrivait les repas des chats, leurs bêtises et leurs jeux avec les coussins du canapé (Sylvie avait recueilli les deux félins chez elle le soir même où leur maîtresse était partie), elle imitait même leurs miaulements dans l'espoir que cela sorte la malade de cette affreuse léthargie. Elle avait aussi enregistré leurs ronronnements sur son portable, qu'elle diffusait en boucle à leur maîtresse. Malheureusement, Mireille réagissait peu. Enfin, une fois tout de même, sa bouche s'ouvrit et un petit râle en sortit. Rêvait-elle ou voulait-elle dire un mot aux chats, ou bien se plaindre, comme à son habitude, de la chambre, de cette perfusion, de ces infirmières qui entraient en coup de vent, riaient entre elles comme si elle n'existait déjà plus ? Qu'elle se plaigne, qu'elle gueule, Sylvie n'attendait que ça !

Hélas, elle ne pouvait pas s'éterniser auprès d'elle, vu que tout le monde l'attendait : Nino, qu'elle devait sortir un peu chaque jour pour qu'il entretienne ses muscles et sa motricité, ses fils, pour les accompagner à l'hôpital ou les conduire à leurs activités (elle était extrêmement tendue avec les garçons, et elle leur avait demandé de répondre à ses SMS dans la seconde, parce que deux personnes étaient déjà à l'hosto, alors pourquoi pas trois ?) et enfin les chats, pour la piqûre et le dîner. Elle n'avait même plus le temps de se plaindre, ni de regretter sa vie d'avant. Elle n'avait pas une minute.

Dans ce contexte légèrement apocalyptique, croiser Ledu dans un des nombreux couloirs de l'aile psychiatrique la surprit, certes, mais ne la bouleversa pas, enfin pas autant que si cette rencontre était advenue un mois plus tôt. Ledu était là, devant elle, dans un jogging informe, une dizaine de kilos en plus, le nez collé à la fenêtre donnant sur le jardin. Sylvie se planta devant lui quelques secondes pour être bien sûre que son esprit ne lui jouait pas des tours. Puis une voix cria : « Monsieur Ledu, vous êtes en retard. Je vous cherche partout depuis dix minutes ! Suivez-moi. » Il se détacha de la vitre et suivit une dame en blouse blanche. Qu'est-ce qu'il foutait là ? Sylvie eut la réponse quelques jours plus tard, quand elle croisa à Auchan, devant les caisses, son ex-assistante, Thaïs, toujours prompte à faire circuler les derniers potins. Ah, Sylvie n'était pas au courant ! Ledu s'était fait méchamment virer, il y avait déjà plusieurs mois. Après le décès de HLP, la société avait été rachetée par un conglomérat américain, et Conflans, le directeur financier, avait eu la peau de Ledu et l'avait même coincé pour faute grave. Thaïs ne connaissait pas les détails, mais Ledu avait été banni sans ménagement. Depuis, plus personne n'avait de ses nouvelles. Enfin, Thaïs ne le regrettait pas, son nouveau boss était cent fois mieux, beaucoup plus à l'écoute, même si des fois il pouvait être vache, mais tous les boss l'étaient, c'était leur privilège, n'est-ce pas ?

Il n'y avait plus aucun doute. Ledu était tombé : direction cachetons et hôpital. Elle concevait que Nino puisse sombrer, il était fragile, obsessionnel, et le moindre obstacle pouvait prendre des proportions effrayantes pour lui. Mais pas Ledu. Ledu avait résisté à tout, aux attaques de Conflans, à la sortie du Sweet Air, aux syndicats. Ledu avait traversé toutes les tempêtes avec constance, pugnacité et détermination, écrasant les emmerdes avec force et courage. Comment avait-il pu se faire virer comme un malpropre ? Il la décevait beaucoup. Si même Ledu échouait, où irait le monde du travail ? Si le plus vaillant, le plus combatif d'entre tous tombait au front, qu'allaient devenir tous les cadres de France ? Allaient-ils tous finir par débarquer dans le joyeux monde de la psychiatrie, abrutis par des dizaines de pilules, lestés de plusieurs kilos dans un jogging informe ?

Devant Ledu, Sylvie n'avait aucune idée du comportement à adopter. Elle ne pouvait tout de même pas faire comme si elle ne l'avait jamais vu, mais elle n'était pas non plus assez intime avec son ex-boss pour s'enquérir de son état de santé. Alors elle se contentait d'esquisser un petit sourire quand elle le croisait, comme pour dire : « On se connaît, je garderai le secret, vous pouvez compter sur moi. » Heureusement, Ledu lui facilita la tâche. Il ne s'approcha pas et lui rendit un sourire très étrange, qui pouvait signifier : « Va te faire foutre » ou : « Oui, je vous connais et je ne vous aime pas. » Ou encore : « Je ne me rappelle absolument pas qui vous êtes, mais, comme vous me souriez, je souris aussi. » Une seule fois, elle dérogea à la règle et lui dit bonjour. Elle était mal réveillée, et se crut une seconde quelques années en arrière, quand elle devait le saluer. Il lui sembla entendre en retour : « Bonjour à toi, Charlotte ! » Elle n'en était pas certaine, parce qu'elle était passée rapidement. La confondait-il avec son personnage ?

*

C'était une mauvaise passe, voilà ce qu'on lui disait. Elle devait garder courage, le temps que tout redevienne comme avant. Mais comment y croire lorsque chaque jour apportait son lot de mauvaises surprises ?

Un samedi matin, Sylvie, à peine réveillée, avait retrouvé Suki étendu de tout son long sur le carrelage de la cuisine. Le chat adoré de Mireille avait rendu l'âme. Elle avait bien tenté un massage cardiaque, histoire de faire quelque chose, ça n'avait rien donné. Cyclope était venu se frotter entre ses jambes et avait miaulé d'une drôle de façon. Elle lui avait servi ses croquettes (bio et allégées). Il n'en voulait pas et criait toujours. C'était simple, il lui en voulait. Avait-elle bien administré sa piqûre à Suki la veille au soir ? Elle n'en était plus vraiment sûre. Elle avait regardé un documentaire sur les hommes de Néandertal avec Alexis, puis elle était montée se coucher avant la fin sans même se démaquiller. Pourtant, c'était inscrit sur sa liste, là, collée sur le frigo. Comment avait-elle pu ? Pour la deuxième fois, Max la trouva en pleurs, adossée à l'îlot central. « J'ai tué le chat, chéri, j'ai oublié sa piqûre. – T'y es pour rien, maman. Il faisait que dormir depuis trois jours. Il se levait à peine, t'avais pas remarqué ? – Mais non, c'était un gros dormeur, il a toujours été comme ça. Que va dire Mireille ? Elle va m'en vouloir à mort ! » Max la prit maladroitement dans ses bras. « Mais, maman, Mireille est pas en état. T'es déjà bien sympa de prendre les chats. » Puis il se dégagea et lança d'un air outré : « Cyclope, il a bouffé mon livre de psycho clinique, je te rappelle ! »

Sylvie enterra Suki dans le jardin de Mireille, à côté de son frère, mort un an auparavant, s'agenouilla quelques instants, récita une sorte de prière censée apaiser la colère des dieux, au cas où ils auraient l'intention de continuer le carnage. Qu'allait-il encore lui tomber dessus ? Sa jupe était pleine de boue. Elle revint chez elle, se changea et vit de grandes plaques rouges sur le haut de ses cuisses, rien de surprenant, depuis le début de la semaine, ça la démangeait. Elle ne s'était pas affolée, parce qu'elle avait déjà eu quelques ennuis d'eczéma, et généralement ça se résolvait avec des crèmes hydratantes. Mais là, pour la première fois, les plaques étaient bien rondes, bien dessinées, par dizaines. Jamais elle n'avait eu un truc pareil. Que se passait-il ? Allait-elle tomber elle aussi, finir dans une chambre, branchée à des machines ? Ok, personne ne mourait d'un eczéma, mais n'était-ce pas le signe d'une maladie rampante qui la rongeait depuis des mois ? Qu'allaient devenir ses gamins, si leurs deux parents ne fonctionnaient plus ?

Ce matin-là, elle arriva à l'hôpital à bout de nerfs. Elle aurait tout donné pour s'échapper quelques jours à l'autre bout du monde, seule, les pieds dans l'eau. Ledu était encore dans le couloir, avec toujours le même jogging et le même sourire sournois sur la face. Brusquement, il effectua un petit pas de danse pour la laisser passer et quand leurs regards se croisèrent, Sylvie en eut la certitude : l'apparition de Ledu dans ce bâtiment, à quelques pas de la chambre de Nino, ne pouvait pas être une coïncidence. Il fallait ouvrir les yeux, arrêter de subir ! Alors, quand Nino lui raconta que Ledu et lui se parlaient, faisaient quelques mouvements de gym douce ensemble tous les matins, sa méfiance monta encore d'un cran. Et si Ledu avait joué un rôle majeur dans tout ce mystère autour de Charlotte ? S'il l'avait espionnée après son licenciement, s'il avait voulu se venger, la bousculer, éprouver ses capacités, et pour cela avait imaginé le tome IV et l'avait écrit ? Comme ça, clac ! S'il lui vouait une haine féroce depuis sa promotion au service communication de MaBelleNuit et avait la ferme intention de la rendre cinglée ? Elle remonta le fil : Ledu avait été licencié onze mois plus tôt. Donc, trois mois avant que la clé USB contenant le tome IV ne soit donnée à Armand. C'était jouable. Elle s'était moquée de lui dans le tome I, l'avait tourné en dérision sous les traits de la première proie de Charlotte. Et il ne l'avait pas digéré.

Sylvie voulut partager la nouvelle avec Kermanec. Enfin une piste sérieuse : les indices s'accumulaient autour de son ancien boss. Après tout, Sylvie avait bien caché son jeu, elle aussi, pourquoi n'en aurait-il pas fait autant ? Kermanec n'eut pas l'air emballé : « Sylvie, franchement. Il faut un certain savoir-faire pour reprendre la plume d'un autre. Je ne pense vraiment pas qu'un cadre, fût-il supérieur, fût-il chef du département marketing, en soit capable ! – Mais, Jean-François, qui aurait cru qu'une pauvre petite secrétaire comme moi puisse sortir un best-seller ? Il faut peut-être chercher là où nous n'aurions jamais imaginé ! – Bon, Sylvie. Je ne sais pas… Ça me paraît très alambiqué, tout ça ! Pourquoi ne relisez-vous pas *Poings liés* ? Je suis sûr qu'il y a une piste, là, les correspondances sont indiscutables… – Jean François, la personne qui a écrit ça n'est plus de ce monde. Mais Ledu est là et je le croise tous les jours à l'hôpital… » Kermanec refusa d'en entendre davantage. « Vous vous égarez. Ce type n'a pas le profil, croyez-moi. » Il fallait bien le reconnaître, l'hypothèse était fragile. Comment les héroïnes venaient-elles sur terre, comment entraient-elles dans la tête d'un homme, d'une femme ? Comment choisissaient-elles leur hôte ? Au fond, personne n'en savait rien, et cela valait aussi pour les humains. Leur mission sur terre n'était pas claire. Avions-nous un but, une destinée, une autre vie après la première ? Pourquoi certains n'effectuaient-ils que de brefs séjours ici-bas, quand d'autres remplissaient les EHPAD pour devenir centenaires ? Y avait-il une main, un esprit pour faire ces choix ? Qui pouvait comprendre ce flottement étrange à même de faire vivre et mourir les héroïnes ?

*

Sylvie pouvait enfin mettre un nom sur cette saloperie. Après la consultation d'un troisième spécialiste, le verdict était tombé : dermatite nummulaire. Aucune cause identifiée. Ça pouvait être le stress (et Dieu sait si elle en avait subi depuis la rechute de Nino) ou une réaction allergique (aux chats de Mireille, par exemple, ou à un aliment), une intolérance à certains tissus (sa nouvelle lingerie peut-être, elle venait de changer de marque). Elle était sortie du cabinet médical avec une liste sans fin de recommandations : tout d'abord, supprimer le gluten de son alimentation et voir, puis supprimer le lait de vache et voir, puis se séparer des chats et voir, puis porter uniquement du coton et voir, puis tenter une nouvelle crème et voir, puis prendre du temps pour elle, se couper de tout stress, diminuer les contraintes et voir. Par où commencer ? Elle décida de s'attaquer au gluten, c'était le plus simple. Elle ne pouvait pas subitement partir seule au soleil, oublier Nino et l'hôpital, Mireille et son accident cardiaque, tout envoyer balader pour aller se faire bercer par les vagues du Pacifique et espérer la disparition de ces maudites plaques. Le médecin les avait comparées à des pièces de monnaie. C'était à ça qu'on reconnaissait une dermatite nummulaire selon lui, à leur forme ronde et à leur bord régulier. Au départ, l'information ne l'avait pas spécialement intéressée, les plaques étaient rondes, ok, mais qu'elles soient en forme de bille, de bouton, de fleur, qu'importe, elles étaient là. Puis elle était rentrée chez elle et s'était rappelé l'expression du dermatologue : « comme des pièces de monnaie ». Pourquoi ce spécialiste avait-il parlé d'argent, pourquoi une telle comparaison ? Et si c'était cette somme qui avait tout déclenché, cette montagne de fric qu'elle avait tue et dissimulée ? Tous ces non-dits la rendaient-ils malade ? Son corps avait-il décidé de se venger, d'exprimer haut et fort ce qu'elle taisait ? Aurait-elle bientôt deux cent cinquante plaques en hommage à ces 250 000 euros qui dormaient à la banque ?

L'annonce fut faite au dîner : « Voilà, les chéris, les quatre tomes de Charlotte ont rapporté 250 000 euros. Je sais, c'est énorme. Votre père ne va pas travailler de sitôt, et moi non plus, enfin pas tout de suite… Cet argent va nous servir à traverser cette mauvaise passe. Si vous avez envie de quelque chose, vous me le dites, n'hésitez pas, tant que c'est raisonnable, bien sûr. » Elle ne vit aucun sourire sur les visages de ses fils, comme si se cachait encore une tuile derrière l'annonce. Alexis l'interrogea : « Mais, euh... C'est légal tout ça, c'est pas des sous volés ou je sais pas, parce que c'est beaucoup pour un livre ? – Chéri, voyons, les quatre tomes du livre se sont bien vendus, moi non plus je n'y croyais pas, mais l'éditeur m'a bien versé cette somme. » Max questionna à son tour : « Tu l'as dit à papa ? – Ben non, c'était pas le moment. Mais je lui annoncerai cette semaine. » Max insista : « Pourquoi tu lui as pas dit ? Il s'inquiète toujours pour tout ! Ça l'aurait tranquillisé... Il tourne en rond dans sa chambre, il stresse pour nous, pour nos études, et toi, tu le mets pas au courant ? – Voyons, Max, tu as vu dans quel état il est ? Il n'écoute pas, son esprit n'est plus avec nous ! » Max s'énerva : « Moi, dès demain, je lui dis ! » Merde, pourquoi se retrouvaient-ils à s'engueuler ? Elle avait passé sa maladie aux gosses, cette incapacité à se réjouir. Elle les avait contaminés.

Sylvie n'était pas loin de s'endormir, Cyclope ronronnant à ses pieds sur le couvre-lit (depuis la mort de son acolyte, le chat ne la lâchait plus), quand une main lui tapota la joue. C'était Alexis. « Oui, chéri ? – Si c'est vrai pour le cadeau, j'aimerais que tu m'achètes ce piano, là. » Il lui montra l'image sur son téléphone. C'était un beau piano à queue, blanc, de la marque Steinway & Sons. Il paraissait immense. Ça allait encombrer le salon, on ne pourrait plus circuler. Mais Sylvie ne pouvait pas refuser. « Promis, chéri, tu l'auras. » Il sourit, enfin, un beau sourire qu'elle ne lui avait pas vu depuis des lustres. Elle le prit dans ses bras, le serra fort. C'était bon. Elle avait bien fait, il fallait se débarrasser de tous les secrets.

*

Sylvie n'arrivait pas à le croire : Mireille s'était réveillée. Bruno l'attendait dans le grand hall avec des croissants chauds (elle oublia le régime sans gluten). Ils prirent place sur les petites banquettes face à la grande baie vitrée et au ballet des ambulances. « Alors, vous avez vu les médecins ? – Je pense qu'on a évité le pire. Ils lui ont quand même posé quatre stents dans les artères, l'ont perfusée avec des bêtabloquants. Elle a eu du mal à remonter la pente. Malgré tout, ils sont confiants. Elle n'a pas de grosses séquelles. Enfin, peut-être que pour la marche, ça prendra du temps. Ce matin, elle a déjà pesté parce que vous n'étiez pas là, elle veut vous voir, je sais pas, elle veut vous parler… Elle m'a rebattu les oreilles avec ça, enfin, vous la connaissez. »

Sylvie passa dans les toilettes, sortit son anticerne (elle avait pris l'habitude d'en mettre pendant les tournées), remit un peu de rose sur ses pommettes, du rimmel, et se sourit devant la glace. Ça ne cachait pas la fatigue ni l'angoisse des derniers temps et ne ferait sûrement pas illusion face à Mireille. Mais elle aurait tenté. Elle monta au quatrième et frappa à la porte 412. « Alors, t'arrives enfin ? » Mireille avait peigné ses cheveux (signe qu'elle avait un peu d'énergie). Deux gros coussins soutenaient son dos. « Ah, Mireille, vous m'avez foutu une sacrée trouille, c'est moi qui vous ai récupérée dans votre salon… » Mireille tenta de se relever, l'effort la fit grimacer. « Ouais, bon, je sais pas… Je suis pas passée loin, mais c'est une question de jours. La machine est usée, regarde-moi ça ! » Elle montra ses bras constellés d'hématomes. « Ils savent même plus où me piquer ! Ils trouvaient pas la veine, ils m'ont tout charcuté… Et ils refusent de m'enlever ce foutu goutte-à-goutte ! » Parfait, elle n'arrêtait pas de râler. « Mireille, c'est sérieux ce que vous avez eu ! Il va falloir garder cette perfusion, c'est sûr. » La vieille dame toussa, réclama un verre d'eau que Sylvie s'empressa de lui donner. « Votre fils s'est fait beaucoup de souci. Je tenais à vous le dire… – Oui, le gamin a été comme il faut, c'est vrai. Mais il veut me placer. Il croit que je le sais pas… J'irai pas de toute façon… Je veux être chez moi avec mes chats. Qu'est-ce qu'on va faire des chats si je m'en vais, hein ? Ben on va les piquer… Et mon fils aura des morts sur la conscience, parce que ces bêtes sont des êtres vivants et elles ont droit au respect ! – Je comprends, Mireille, je comprends, il faudra lui expliquer. » Comment lui avouer que Suki avait rendu l'âme quelques jours auparavant ? Sylvie sentait ses cuisses en feu. C'était son châtiment.

« Mireille, vous êtes encore faible, je vais vous laisser tranquille. Vous avez besoin de repos. – Ah non, non ! » Elle tenta encore de se soulever, sans succès. « Je ne suis pas tranquille, pas du tout. C'est la fin, Sylvie. Je te dis que c'est le bout du bout, question de semaines, quelques mois tout au plus, j'y suis. Regarde mes bras, regarde ma tête ! Qu'est-ce que tu veux faire avec ça ? Il faut laisser la place. » Elle lui fit signe d'avancer et parla tellement bas que Sylvie dut toucher son front pour l'entendre : « Je vais te demander une chose, et après je t'emmerde plus. Tu vas ouvrir le placard de ma chambre. Tu vas prendre une chaise. Tu vas monter dessus, et sur l'étagère du haut à droite tu vas pousser les gros albums photo. Derrière, tu vas trouver une grande boîte verte en carton, tu l'ouvres et tu me ramènes… » Elle s'étrangla en prononçant les derniers mots, toussa pour éclaircir sa voix. « Tu me ramènes les breloques, bagues, colliers, je les veux sur moi. » Jamais la vieille dame ne l'avait regardée avec ces yeux suppliants. « Je vous apporte ça demain, vous pouvez compter sur moi. – T'as les mains froides. – C'est rien, Mireille, juste un peu de fatigue et tous ces changements avec Nino. Il a rechuté : épuisement général. Il est dans votre hôpital, tout au bout, je dois passer le voir. – Ah bon ? Ben dis donc, t'as pas de bol. La vieille Mireille et ton mari ! C'est encore ses histoires de boulot à la con, son entreprise de croquettes pour chiens ? Mais comment il a pu s'épuiser, il en foutait pas une ? – Il préparait un bouquin, il voulait que l'affaire éclate… Il se reposait plus depuis longtemps et j'ai rien vu venir. – Oh, mais t'es pas sa mère ! Il est grand ce garçon ! Laisse-le un peu mariner… Faut qu'il comprenne qu'il va pas sauver le monde et ça ira beaucoup mieux. Je serais toi, j'en prendrais un autre, le temps qu'il se remette. »

Sylvie enfila sa veste : « Bon, je vais y aller. » La vieille dame força sur sa voix qui s'affaiblissait : « Tu me ramènes ce que je t'ai dit. » Le portable de Sylvie vibra dans sa poche. Elle revint près de Mireille pour l'embrasser. « Oui, je reviens très vite, ne vous inquiétez pas. »

Une fois seule dans sa voiture, elle ouvrit le message qui s'affichait sur son portable et lut : « J'ai fait parler Charlotte, elle m'a dit que t'as rien écrit du IV. Bientôt, tu recevras les instructions. Signé Dark Vador. »

14

Ce message, elle l'avait attendu des mois. Et voilà qu'il tombait là, au plus mauvais moment. Pourquoi ne l'avait-elle pas reçu à la sortie du tome IV ? Elle aurait assumé, prévenu tout le monde qu'elle n'avait rien écrit, elle aurait rencontré le vrai auteur, aurait parlementé et versé du fric pour être tranquille, elle aurait pris un autre boulot et se serait fait oublier. Mais voilà, elle se l'était approprié et avait empoché l'argent. Bien sûr, ça ne pouvait pas durer.

Ses gosses, oui, d'abord ses gosses, elle devait les mettre à l'abri. Elle passa les chercher en voiture et les conduisit directement chez sa mère. Elle eut le plus grand mal à leur cacher son trouble, inventa une intervention de dernière minute à Marseille pour *La Rose bleue* : elle devait partir deux jours, elle était stressée, parce qu'elle n'avait rien préparé et elle les mettait tous les deux chez leur grand-mère, parce que sinon, ils inviteraient des copains et ruineraient son salon. Sa mère la trouva bizarre. Ne pouvait-elle pas rester un peu pour bavarder ? Elle para au plus pressé et montra ses cuisses. Le dermato l'attendait. Elle avait chopé une maladie de peau, les traitements ne marchaient pas. Elle devait filer. « Justement, renchérit sa mère, parlons-en de ta santé ! Je t'en prie, fais une prise de sang au plus vite. Tu es carencée, ça saute aux yeux. » Elle courut dans la cuisine chercher le numéro d'un très bon diététicien recommandé par une voisine. Sylvie promit d'appeler, de manger plus, mieux, de se peser tous les jours, de consulter la terre entière et même d'aller chez son diététicien. « Ok, merci maman, tu me sauves la vie. » Peut-être la voyait-elle pour la dernière fois ? Peut-être ne verrait-elle plus jamais ses gamins ?

Quand elle ouvrit la porte de sa maison, elle s'attendait à tout : une personne la regardant droit dans les yeux, assise sur son canapé, ses armoires et buffets ouverts pillés, les tomes de *La Rose bleue* éventrés sur le carrelage, un mot d'insulte tagué sur ses murs, des vitres cassées... Mais il n'y avait rien de tout cela. La maison était intacte, telle qu'elle l'avait laissée. Elle se barricada à double tour et fit du café. Elle ne pourrait pas dormir, elle le savait. Si le type n'était pas bête, il la laisserait mariner des jours et des nuits. Et à la fin, c'est elle qui voudrait en finir et dirait oui à tout. Mais qui était cet homme ou cette femme ? Et si c'était Ledu ? Ne l'avait-il pas appelée Charlotte l'autre jour à l'hosto ? Sa tête allait exploser. Il lui fallait un allié.

« Jean-François ? Excusez-moi, je sais qu'il est tard, mais il se passe quelque chose de grave. » Elle lui raconta le SMS reçu, quelqu'un savait pour le tome IV et la menaçait. « J'attends le prochain message, je tourne en rond depuis ce matin. Mon mari est toujours à l'hôpital. C'est un hasard ou alors c'est lié, enfin... Je n'arrive plus à penser... Si jamais il m'arrivait quelque chose... Je voulais vous mettre au courant... – Sylvie, voyons, ça ne peut pas être si grave... Cet individu est manifestement un imbécile pour écrire des idioties pareilles... – Peut-être, mais les imbéciles peuvent être dangereux... Jean-François, je vous en supplie, est-ce que vous pourriez venir avec une arme, enfin, un truc qui fait peur ? Parce que là, je suis très angoissée. Si on sonne, je tombe dans les pommes... – Comment ça ? Maintenant ? – J'ai des chambres pour vous accueillir, j'ai un bureau dans les combles si vous voulez travailler, je peux vous déplier le canapé-lit, vous serez bien au chaud, tout en haut, c'est un beau bureau en bois de noyer, je n'ai jamais réussi à écrire une ligne dessus, mais pour vous, il sera parfait... – Bon, je ne sais pas, Sylvie... Donnez-moi votre adresse... Je vous rappelle. »

À minuit, Kermanec était là. Il avait toujours le même pull gris, avec une petite chemise verte qui dépassait du col et un pantalon assorti. Il avait pris un peu de poids, sûrement à cause de tout ce travail sur Furcy qui l'avait cloué à sa chaise pendant des semaines. Sylvie n'avait jamais été aussi contente de le voir. Ils pourraient affronter le prochain SMS tous les deux. Saurait-il s'interposer si un individu venait à la menacer ? Ce n'était pas du tout sûr, il n'avait pas l'air spécialement aguerri à ce genre de pratique, mais enfin, il pourrait appeler les secours. Elle lui fit faire une brève visite de la maison (elle avait rangé le bureau en un temps record et mis tous les documents et écrits de Nino dans des grands sacs poubelles au garage), lui offrit quelques chocolats qui lui restaient, puis un verre de n'importe quoi, enfin ce qu'il voulait, mais Kermanec était en pleine correction de son roman, il travaillait essentiellement la nuit et préféra filer directement dans les combles pour s'y remettre. Comment pouvait-il travailler encore, après tout ce qu'elle lui avait dit ? D'après lui, ce genre de SMS ne pouvait pas venir du véritable auteur du tome IV. Il s'agissait plutôt d'un opportuniste qui avait eu vent de l'histoire et qui tentait sa chance. Ok, avait rétorqué Sylvie, mais si c'était un déséquilibré, un pervers qui avait été mis au courant et avait jeté son dévolu sur sa personne ? Elle avait trop d'imagination, avait insisté Kermanec, et puis, si les choses prenaient vraiment mauvaise tournure, elle pourrait toujours se rendre à la police. Elle accuserait cet individu de harcèlement et le poursuivrait pour diffamation. Sûrement, le type se dégonflerait. Comment pouvait-il en être si sûr ? Elle avait avancé sa dernière hypothèse : Ledu. Eh oui, on ne pouvait pas l'écarter. Ce bonhomme voulait la faire chanter, se venger de son licenciement ou juste l'effrayer un peu pour s'amuser ! Il n'était plus tout à fait sain d'esprit. Kermanec, encore une fois, avait rejeté l'hypothèse. Ce type était hors circuit, beaucoup trop cabossé pour échafauder le moindre plan. Sylvie se fourvoyait.

Vers 2 heures du matin, Kermanec descendit dans la cuisine et demanda à Sylvie, qui ne dormait toujours pas, la permission de se faire une infusion. « Bien sûr, voyons, choisissez votre sachet, je mets de l'eau à chauffer. Je vais préparer du café pour vous accompagner. » Il lui tendit un sachet spécial « Nuit tranquille ». « Qu'est-ce qu'il a votre mari exactement ? » Sylvie posa sa tasse sur l'îlot central, qui se prolongeait en bar. « Ah, Nino, il a… En fait, il a perdu un procès contre son employeur, et puis son ancienne boîte a été rachetée. Elle a disparu et lui, il a disparu avec elle… » Kermanec souffla sur l'infusion. « Ah oui… C'est étrange de se lier au destin de ces grandes industries, ce n'est pas le meilleur choix. Vous lui expliquerez ma venue ici… Je ne veux aucun malentendu, voyez-vous… – Mais bien sûr, Jean-François. Ce soir, je ne pouvais pas faire autrement. Je crois que je serais devenue folle. Demain, ça ira sans doute mieux. Je ne pourrai jamais assez vous remercier, vous savez. »

Un nouveau SMS tomba le matin à 8h22. Sylvie avait dormi quelques heures et n'avait même pas senti le portable vibrer. Ça disait : « Rdv sous le grand noyer, parc des Tilleuls, 18 heures. Signé Dark Vador. » Kermanec n'était pas encore réveillé. Elle dut attendre une bonne heure avant qu'il émerge. Vers 10 heures, elle l'entendit pianoter sur son ordinateur. Il n'allait pas commencer un nouveau livre maintenant, non, il n'allait pas lui faire ça, même s'il était tout à fait capable de débuter une petite saga sur la ruée vers l'or en 1865 dans l'Idaho. Elle alluma la radio et monta le son pour bien lui faire comprendre qu'elle l'attendait et que le café était prêt. Il portait toujours son pull gris, mais le pantalon était maintenant dans les tons jaunes, ce qui n'allait plus du tout avec le haut, enfin, c'était un détail. Il lut le SMS à haute voix et afficha un grand sourire. « Non, mais ce n'est pas sérieux. “Rendez-vous sous le grand noyer.” Je ne crois pas que vous ayez affaire à du grand banditisme, Sylvie. C'est un pauvre type qui s'ennuie ! “Rdv sous le grand noyer” ! » Il répéta la phrase plusieurs fois, c'était du plus haut comique, selon lui. « Jean-François, s'il a des preuves concrètes contre moi et qu'il me discrédite et envoie tout à Armand ou à la presse… » Kermanec balaya l'hypothèse d'un revers de main. « Mais il n'a rien, c'est du bluff, Sylvie. C'est un enfant, c'est peut-être même le fils de celui qui a écrit le tome IV, et le petit s'ennuie un peu… Enfin, je ne sais pas, moi… Ou un fan qui vous met à l'épreuve… ou un petit stagiaire du monde de l'édition qui a surpris une conversation et qui veut rigoler… – Jean-François, est-ce que j'y vais, sous le grand noyer ? – Ma foi, si vous voulez… – Je ne sais pas, moi, si je me fais enlever ou prendre en otage… ou menacer par une arme ? – Eh bien, n'y allez pas et vous verrez qu'il ne se passera rien. » Ce fut plus fort qu'elle. Sa main agrippa l'avant-bras de Kermanec. « Jean-François, est-ce que vous pouvez rester encore une nuit, je vous en prie… C'est peut-être parce que tout va de travers en ce moment, mais j'ai tellement peur… » Une vague de démangeaisons la submergea. « Je m'absente une seconde, je reviens. »

Elle fila dans la salle de bains, enleva son jean, se gratta jusqu'au sang. Les plaques avaient doublé de volume. Elle s'assit sur les toilettes, versa quelques larmes, se moucha, passa de l'eau sur son visage, mit une tonne de crème sur ses cuisses, enfila un bas de jogging et une grosse chemise en coton. Sa tenue de combat. Quand elle revint dans le salon, Kermanec feuilletait tranquillement un magazine de déco, accoudé au bar. « Dites donc, vous auriez un petit quelque chose à manger avec le café, sinon je risque d'avoir des maux d'estomac à cause de l'acidité, et quand ça commence, je peux être gêné et cela finit par me déconcentrer, et en ce moment, je ne voudrais surtout pas, vu qu'il me reste très peu de corrections et que Simon attend le texte définitif, enfin, vous comprenez. » Une phrase aussi longue juste pour réclamer un petit déjeuner. Elle ne s'y ferait jamais. « Bien sûr, excusez-moi. C'est ce SMS qui m'a perturbée. Mes fils prennent des céréales, vous en voulez peut-être ? – Non, juste un petit bout de brioche, comme vous, exactement le même. Merci, vous disiez ? – Je sais plus… Enfin si, restez jusqu'à demain ! Vous pouvez travailler ici. Et même dans le petit jardin, la table est très confortable, je peux vous mettre des coussins sur les chaises, vous aurez la wifi, et même un thermos de café si vous sortez vous aérer, vous adorez ça les thermos. Je vous le rince… » Elle farfouilla dans le placard et trouva un vieux thermos avec la marque Simex collée au milieu, un souvenir du temps où Nino parcourait les routes pour cette belle multinationale américaine, où il chantait le matin, se rasait de près, habillait les garçons avant de les déposer à l'école. Elle faillit encore fondre en larmes, mais se retint juste à temps. Il ne fallait surtout pas effrayer son seul confident.

Kermanec lui conseilla de ne rien changer à son planning, d'aller comme prévu rendre visite à son mari et même de se promener, histoire de mettre tout ça à distance. Et si l'envie lui prenait de s'amuser un peu, elle pouvait toujours se rendre au rendez-vous, pour voir. De toute façon, il n'arriverait rien. « Vous êtes sûr ? – Évidemment. Une demande de rançon, ça ne se passe pas comme ça. Celui qui fait chanter l'autre apporte des preuves, menace avec des arguments solides et ne donne pas un rendez-vous sous un noyer en se faisant appeler Dark Vador ! – Pardon, Jean-François, mais ça veut quand même dire que l'information a circulé ! Et s'il menace de tout balancer sur Internet, hein ? – Tout ça, c'est parole contre parole… Qui va le croire ? C'est pas un stupide gamin – parce que ce n'est pas un professionnel, je peux vous l'affirmer – qui peut discréditer un auteur de best-sellers édités chez Delpareil… – Jean-François, je vous en supplie, ne lâchez pas votre téléphone. Si j'ai le moindre souci, vous appelez les flics. »

À 18 heures, sous le noyer (qui avait une plaque à la base de son tronc le signalant comme le plus vieil arbre du département), dans le parc des Tilleuls, à trois kilomètres de Joué-la-Tour, à quelques centaines de mètres de la nationale qui partait vers Bordeaux, elle y était. Elle n'avait pas pu s'empêcher d'appeler Kermanec : « Jean-François, j'y suis. Je sais ce que vous allez dire… Je veux juste vous demander de rester joignable et de m'attendre chez moi, s'il arrive quoi que ce soit. » Elle ne l'avait pas laissé en placer une. C'était sa décision. Elle devait affronter le péril, même minime, même ridicule.

Le bas de son mollet gauche la démangeait horriblement. Cette foutue dermatite prenait ses aises et s'étendait lentement sur tout le corps. Évidemment, c'était le stress. Mais comment faire baisser la pression alors qu'elle était victime d'un chantage, que Nino ne récupérait pas, que l'avenir était flou, l'écriture envolée, que ses mômes quitteraient bientôt le nid et la laisseraient seule face à leur père en plein naufrage ? Comment ne pas en être terrifiée ? Enfin, après vingt longues minutes d'attente, son portable vibra dans sa poche. Le SMS disait : « Va sous la poubelle jaune au bout de l'allée et prends le papier. » C'était donc ça, juste un mot, personne à qui parler, personne pour s'expliquer ! Sous la poubelle, il y avait une feuille scotchée, pliée en deux. Elle la détacha et lut : « 5 000 euros dans deux jours dans un sac, même endroit, même heure. Sinon, tout se saura et tu perdra tout. » C'était signé Dark Vador, le mot était écrit à l'ordinateur, avec une faute au verbe perdre. Elle eut envie de rire, oui, de rire aux éclats, parce que ça ressemblait à un film de série B. Elle tourna autour de la poubelle pendant quelques minutes, espérant apercevoir une silhouette, une ombre, enfin, le début d'une explication, mais seuls deux gamins vinrent lui crier dans les oreilles pour repartir aussitôt.

Elle dégaina son portable : « Jean-François, la personne veut du fric. Je vous expliquerai… – Ah, et combien veut-elle ? – 5 000 euros. – Vous plaisantez, j'espère ? Ce n'est pas une rançon, ça, c'est rien du tout ! Surtout, ne donnez rien et ne faites rien, Sylvie, vous êtes en train de tomber dans le piège… » Après tout, si payer pouvait chasser la menace, éloigner les emmerdes, elle paierait, sans en parler à Kermanec ni à personne d'autre. Cette pensée la réconforta. Toute la tension retomba. Elle était presque joyeuse, oui, vraiment. Si ce n'était que ça, un sac de billets, alors elle le remplirait, ce sac, et on n'en parlerait plus !

Elle monta les marches du perron de Mireille, le cœur léger. La vieille dame avait vraiment des idées étranges, réclamer ses bijoux alors qu'elle était clouée au lit. Elle chercha les clés de sa voisine qu'elle gardait tout le temps sur elle, ouvrit la porte du petit pavillon, appela son fils, qui depuis l'accident cardiaque de sa mère y vivait de temps à autre, puis se souvint qu'il était reparti à Bordeaux pour le boulot. Il avait laissé la cuisine impeccable. Tout était lavé, récuré de fond en comble, jamais l'évier et la crédence n'avaient brillé autant.

Cyclope vint lui caresser la jambe. Sylvie l'avait remis la veille chez Mireille, pour voir si cela avait une quelconque incidence sur la dermatite. Elle monta à l'étage, ouvrit le placard de la chambre. Une série de robes lavées et repassées étaient suspendues à des cintres. Sur l'étagère de gauche, il y avait les gilets assortis, et sur celle du haut, qui faisait toute la longueur, Mireille avait entreposé des albums photo par dizaines et aligné des dossiers cartonnés avec diverses mentions : « Impôts », « Banque », « Médical » ou encore « Retraite ». Mireille était une femme organisée. Sylvie alla chercher une chaise, monta dessus, déplaça les albums et ne trouva rien. Elle se hissa alors sur la pointe des pieds, se servit de son téléphone pour éclairer le fond et aperçut une forme qui pouvait s'apparenter à une grande boîte. Cette dernière n'était pas atteignable et elle dut prendre le manche d'un balai pour la faire glisser sur le bord de l'armoire. Enfin, elle la tenait. La boîte était très lourde. Mireille cachait-elle une petite fortune en or et diamants ? Elle l'ouvrit. En guise de bijoux, il n'y avait qu'une bague, le reste consistait en un énorme paquet de feuilles. Mireille voulait-elle qu'elle les lise ? Voulait-elle autre chose que les bijoux ? Sylvie hésita quelques secondes, mais l'envie fut la plus forte. Tout était écrit à la main (une écriture penchée au stylo-plume), certains mots étaient barrés, soulignés, d'autres ajoutés dans la marge. La plupart des feuilles étaient abîmées, certaines même tachées et illisibles. Sylvie parcourut ce qui était déchiffrable, encore et encore. Elle relut des paragraphes plusieurs fois. Rêvait-elle ? Son esprit fabriquait-il les phrases qu'elle était en train de lire ? Parce que tous ces mots formaient un texte qu'elle avait lu plusieurs mois auparavant, et ce texte se nommait *Poings liés*. Ce roman que

Sylvie avait pris de haut, comme une petite bluette érotique et datée, était là, sous ses yeux. Si Mireille possédait le manuscrit, c'est qu'elle connaissait l'auteur, ou mieux, qu'elle en était l'auteure, sinon pourquoi serait-il caché dans son placard ? Mais alors, si Mireille était l'auteure de *Poings liés*, l'histoire de cette prof qui s'était consumée pour son tout jeune élève, cette femme qui avait vécu dans la transgression et le secret ne lui était peut-être pas étrangère. C'était peut-être même son histoire à elle.

Mireille l'avait-elle conduite jusqu'à Armand ? Était-ce elle qui avait tout manigancé et envoyé son manuscrit à Delpareil, il y avait presque quatre ans ? Mais comment avait-elle agi ? Comment une dame âgée et si fragile avait-elle pu faire ça toute seule ?

Un grincement de porte la fit sursauter. Quelqu'un venait d'entrer, quelqu'un était là, dans la maison. Elle sécha ses larmes, se leva péniblement. Depuis combien de temps se trouvait-elle dans cette chambre ? Une heure, ou peut-être deux ? « Bruno, c'est vous ? Qui est là ? C'est vous, Bruno ? » Personne ne répondit. Des pas, quelqu'un marchait, ça venait de la cuisine. Elle entendit un *boum !* comme si une bouteille pleine venait d'exploser sur le carrelage. Elle se précipita pour fermer la porte. Il n'y avait pas de verrous dans la chambre. La personne pouvait monter à tout moment, venir la cueillir là. Avait-elle lu ce qu'elle ne devait pas ? Serait-elle punie ? Elle chercha son portable dans sa poche. « Jean-François, il y a quelqu'un dans la maison, là… – Mais où êtes-vous ? – Chez… chez Mireille, il va monter… c'est au 12… dans la rue, venez tout de suite, je vous en supplie. » C'était au-dessus de ses forces, elle avait bien trop peur de descendre et de se retrouver face au danger. Elle ouvrit le placard, se plia en deux pour se glisser derrière les robes et fit coulisser la porte le plus discrètement possible. Son portable vibra, elle lut : « Dark Vador est dans la place. » Le type des SMS l'avait suivie. Il était entré. Elle pouvait à peine respirer, il n'y avait plus d'air, mais sortir n'était pas possible. Soudain, elle entendit du vacarme dans le salon. Un bruit de verre cassé. Un cadre de tableau avait dû tomber. C'était la fin, elle allait mourir là, dans ce placard, tuée par un fou qui se faisait appeler Dark Vador. Pourquoi parlait-elle si peu à ses fils ? Pourquoi tous ces reproches, toutes ces critiques à longueur de temps, ces « Il faut... », « Range ! », « Lève-toi ! », « Travaille ! », « Arrête ce téléphone ! »... Elle avait été super-chiante avec ses gamins, et voilà qu'elle les laissait en plan en pleine adolescence, avec un père à la dérive...

« Sylvie, vous êtes là ? » C'était Kermanec. Il criait fort. Elle n'osait pas répondre. Le type n'était peut-être pas loin. Elle entendit une bousculade, et la voix de Kermanec qui hurlait : « Viens là, petit con ! Viens là, chenapan ! » Une sorte de meuglement aigu s'ensuivit, et puis plus rien. Kermanec était peut-être à terre, baignant dans son sang, il faudrait appeler une ambulance, et rebelote l'hôpital et les médecins. Elle perçut à nouveau sa voix, plus faible : « Sylvie, je l'ai, venez vite, je l'ai eu ! » Elle prit son courage à deux mains, ouvrit la porte de l'armoire, descendit sur la pointe des pieds. Et là, elle vit : Kermanec debout, à ses côtés un homme allongé de tout son long, la tête tournée vers le canapé. Son sauveur tenait dans ses mains un vase décoré de grandes fleurs jaunes et roses, celui que Mireille adorait, acheté à Nice il y avait des années. Seulement, l'objet n'était pas entier, manquaient l'anse et le fond. Les lunettes de Kermanec présentaient deux grandes fissures et sa pommette était largement éraflée. Quand il aperçut Sylvie, il tituba, peut-être le choc de réaliser qu'un coup était parti et que c'était lui qui l'avait donné. Il bredouilla : « Je ne sais pas... Enfin... je... cet homme m'a sauté dessus, alors j'ai pris ça, n'est-ce pas, là, sur le buffet, enfin je crois que je l'ai pris, et j'ai donné un coup... Vlan, j'y suis allé... » Il désigna le corps vêtu d'un sweat à capuche noir. Jamais elle n'aurait cru Kermanec capable d'une telle chose. « Vous avez tué Dark Vador. » Sylvie s'approcha. Elle voulait voir la tête, les yeux de cet individu qu'elle avait tellement imaginé. Elle s'accroupit, souleva délicatement la capuche. « Mais c'est Stan, le jardinier de Mireille. » Kermanec pianotait déjà sur son portable, Sylvie l'arrêta. « Non, pas la police, je le connais très bien, on va s'expliquer, il n'est pas violent ! – Vous plaisantez, Sylvie ? Il m'a fichu un bon coup de poing, l'animal. »

À eux deux, ils soulevèrent Stan et le déposèrent, ou plutôt le jetèrent, sur le canapé. Il faut croire que le coup reçu n'était pas si fort, car, à peine allongé, le jeune homme ouvrit les yeux, son regard allant de Kermanec à Sylvie, puis de Sylvie à Kermanec, sans avoir l'air de comprendre la situation. Il présentait un hématome assez important sur le front et avait sûrement une blessure à la tête cachée dans les cheveux, parce qu'un peu de sang avait coulé jusqu'à son oreille. Kermanec agrippa son bras et le fit asseoir. « Vous faites un geste et la police arrive, vous m'entendez ? » Sa voix se voulait ferme. « Jean-François, attendez, il va reprendre ses esprits et s'expliquer. Parce que moi je ne pars pas d'ici sans avoir compris ! » La frousse qui la rongeait jour et nuit s'était envolée. Enfin elle était fixée : c'était Stan, le jardinier de Mireille qu'elle avait croisé des années dans la rue ou chez sa voisine, qui était venu plusieurs fois chez elle tailler ses haies, le petit Stan toujours timide et renfrogné qui parlait dans sa barbe et qu'on ne comprenait jamais bien, mais qui était serviable et travailleur, que chacun payait au noir, parce qu'il ne cherchait pas plus ni mieux et ne réclamait pas. Il n'essaya pas de s'enfuir, non, il se redressa mollement sur le canapé, rajustant sa capuche sur sa tête.

« C'est bien toi les SMS ? cette demande de fric ? J'aimerais bien comprendre tout ce cirque ! » Il se balança de gauche à droite très doucement, comme un chat qui se prépare à sauter et prend discrètement son élan. Ses premières phrases furent incompréhensibles. Puis, articulant un peu plus intelligiblement, il éructa : « Je suis pas une bonne à tout faire, moi. Je suis pas un imbécile qui sait pas lire ! Et tout ce que j'ai copié, je l'ai lu, je l'ai bien lu, et même que des fois c'était dégueulasse et j'ai rien dit ! Même quand la vieille elle m'a demandé de recopier ses pattes de mouche, moi, je me suis usé les yeux dessus, et je devais aller plus vite et revenir le soir prendre les feuilles pour en copier d'autres… et fallait voir les trucs cochons, pas de son âge à la vieille, je sais pas d'où ça lui venait tout ça… Et moi je pouvais même plus aller faire mes jardins tellement y avait à copier, et après elle a voulu tout voir sur l'écran et tout relire trois nuits entières, et je devais rester pour corriger sur l'ordinateur ! Et tout ça pour votre truc de rose, de fille sur la moto, ok, elle m'a payé, la vieille, elle a fait le chèque, ben faut voir combien… Même pas d'augmentation, de petit supplément pour toute la fatigue… toujours plus tard, plus tard. Et moi, après, je vois le livre à Saint-Firmin, près de la gare, des gens en parlent… et achètent, ça fait des sous, alors je vois pas pourquoi j'en aurais pas un peu, parce que si j'avais pas été là, eh ben il se serait rien passé. Et c'est qui, qui est parti à 6 heures du matin à Bordeaux pour mettre ce truc dans une boîte aux lettres, et que la vieille elle avait même pas donné la bonne adresse et que j'ai dû tourner autour des quais, ça, c'est de l'essence aussi, et qui c'est qui paie, hein ? Et puis après, elle me fout à la porte, après elle meurt, alors moi, je dis merde ! Qui c'est qui va me payer ? Eh ben, celle qui a tout le fric, je me dis, parce que celle qui en profite, c'est quand même vous ! »

Sylvie dut s'asseoir, sa tête lui tournait. Elle devait prononcer l'évidence qu'elle n'avait pas voulu voir : « L'auteur du tome IV de *La Rose bleue*, c'est Mireille, n'est-ce pas ? » Stan secoua la tête, ça pouvait signifier : oui, bien sûr, mais aussi : pourquoi demander puisque je viens de le dire ? « Alors, Stan, le vol de mon ordinateur sur le parking et puis l'envoi du texte, c'est vous aussi ? » Il lança son bras en l'air et le laissa retomber comme un objet inerte. « C'est la vieille, ça, c'était son idée, parce que moi je voulais juste le prendre discrètement chez vous quand je taillais la haie, mais elle disait que vous alliez vous méfier, que vous alliez comprendre, parce que la vieille, elle pourrait braquer des banques avec tout ce qui tourne dans sa tête, et j'aurais pu aller chez les flics à cause de tout ça. Moi au début, je voulais pas, et puis il a fallu que je fasse réparer ma moto, alors je l'ai fait, le vol, j'ai fouillé dans l'ordinateur et j'ai envoyé le dernier document enregistré. La vieille, elle voulait pas expliquer, puis un soir elle a dit qu'elle avait lu votre texte et que ça pourrait faire un livre... Alors j'ai pris le chèque et puis j'y ai plus pensé. »

Kermanec avait ôté ses lunettes, et c'était la première fois que Sylvie le voyait ainsi, visage nu. Il touchait sans arrêt sa pommette droite qui grossissait à vue d'œil. Elle suggéra : « Vous devriez mettre tout de suite de la glace, Jean-François. – Mais... enfin, que se passe-t-il ? Est-ce que la personne qui vit ici a rédigé le tome IV ? Enfin, qu'est-ce que c'est que cette histoire ? – Jean-François, allez dans la cuisine, là, juste en face. Prenez des glaçons dans le congélo et mettez-les dans un torchon, je vous expliquerai tout. » Kermanec se tourna vers Stan et força la voix : « Toi, tu ne bouges pas de là ! Tu te tiens tranquille. » Mais Stan n'avait manifestement plus l'intention de nuire.

« Et quand un mail a été envoyé aux médias pour révéler mon nom, démasquer Alicia Clarks, c'était vous deux encore ? – Ben ça c'était facile, parce que y avait pas trop à recopier, vu que Mireille elle avait écrit seulement cinq lignes pour vous présenter et qu'en plus, elle avait écrit gros, comme je lui avais demandé pour que j'y passe pas des heures. Et comme y avait déjà une photo de vous sur Internet, y avait qu'à tout envoyer à l'adresse de l'AFP. Alors le soir, la vieille elle a voulu m'offrir un verre pour fêter ça. Elle a sorti son champagne, je peux pas dire qu'on a pas rigolé un peu... Là, je pense qu'elle a eu raison, parce que pourquoi écrire tout ça, si vous dites pas votre nom ? La vieille, elle disait que vous seriez contente un jour. Moi, je me foutais de vos histoires, de toute façon, je lis que des polars... »

Fallait-il en vouloir à ce pauvre gosse recroquevillé sur le canapé ? Fallait-il le punir, le dénoncer ? Quand Kermanec réapparut, un torchon collé contre la joue, elle s'approcha du gamin, qui s'écarta aussitôt comme pour esquiver un nouveau coup. C'est lui qui avait peur à présent. « Bon, Stan, on en reste là, d'accord ? Fais attention, parce que ce monsieur ici présent pourrait porter plainte, et ça pourrait te faire beaucoup d'ennuis, crois-moi ! » Il essuya son visage en sueur avec un coin de sa manche. « Vous allez le dire à la vieille ? – Je vais lui dire que je... Enfin on verra... La vieille, comme tu dis, elle est pas en état d'entendre. Et puis, qu'est-ce que ça peut te faire, l'état de Mireille ? Tu t'en fiches, non ? Alors casse-toi ! » Kermanec sembla réaliser la situation. « Vous le laissez partir comme ça ? » Stan se mit debout avec difficulté et dès qu'il retrouva un semblant d'équilibre, marcha droit devant lui, traversa le couloir, dévala le perron. Quelques secondes après, un bruit de moto se fit entendre. Dark Vador avait foutu le camp.

15

C'était à mourir de rire, vraiment ! Comment Sylvie avait-elle pu être aussi tarte ? fermer les yeux sur une évidence qui se passait sous ses yeux ? N'importe qui d'autre y aurait pensé, aurait soupçonné sa voisine. Mais Sylvie, non, pas une seule seconde l'implication de Mireille ne l'avait effleurée. Pourtant, elle aurait dû, parce que Charlotte, elle l'avait en partie écrit chez la vieille dame, tard, en cachette. Mireille dormait, Mireille était bien trop âgée, Mireille avait bien d'autres préoccupations que celle de zieuter discrètement sur son ordinateur. Et qu'est-ce qu'une vieille dame pouvait comprendre à tout ce charabia qui sortait d'elle en salves continues de mots et de paragraphes ?

Il aurait suffi de se poser cette simple question : qui était au courant du blocage sur le tome IV ? Qui savait que l'échéance auprès de l'éditeur ne serait jamais tenue ? Mireille. Il n'y avait pas deux, mais une possibilité. Bien sûr, Sylvie avait préféré compliquer les choses, inventer des complots, des auteurs de mèche avec Armand ou son fils, monter des enquêtes avec Kermanec. Pourquoi avait-elle refusé de voir ? C'était tordant d'être à ce point myope devant l'évidence. Mais voilà, le monde rangeait les gens dans les cases, et Sylvie avait suivi le mouvement. Elle avait enfermé Mireille dans la sienne : fonctionnaire, retraitée de l'Éducation nationale, une vie bien rangée, digne et droite, sans fausse note. Mais la vérité, c'est que Mireille l'avait menée par le bout du nez pendant presque quatre ans. Sûrement qu'une autre aurait été ulcérée, blessée à mort, vexée et furieuse de ce drôle de tour. Mais pas Sylvie. Au contraire, elle était plutôt soulagée, justement parce que c'était Mireille et personne d'autre.

*

Quand Sylvie débarqua à l'hôpital, Mireille l'attendait, bien droite dans son lit. « Alors, t'es venue... Approche, j'y vois pas bien, là. » C'était la voix de Mireille, mais pas tout à fait ses intonations, c'était plus doux, plus fragile aussi. Sylvie s'assit précautionneusement au bord du lit. « Mireille, j'ai la bague, mais ce n'est pas ça... Enfin, la bague... » Elle fouilla dans son sac, la posa sur la petite table de chevet à côté de la carafe d'eau. Mireille ne jeta même pas un œil dessus. Sylvie reprit : « Non, ce n'est pas ça... Évidemment... C'est tout ce qu'il y a derrière. Stan m'a tout raconté, ce que vous avez fait, le tome IV, l'envoi du texte à Delpareil, enfin tout, quoi ! Mais, Mireille, qu'est-ce qui vous a pris ? Vous alliez me rendre complètement dingue. Je devenais timbrée, moi, à me torturer les méninges... » La vieille dame ne la laissa pas finir. Elle s'écria : « Je voulais pas le faire, ton truc de rose bleue ! Ah ça, non, que je voulais pas ! À mon âge, gribouiller à nouveau, tricoter un machin littéraire, non, à mon âge, jamais ! C'était décidé, et puis un soir, je sais pas ce qui m'a pris, j'ai ouvert le tiroir, retrouvé le stylo-plume, celui qui servait au mari à faire ses chèques, j'ai mis une phrase derrière l'autre et ça roulait. Ça sentait Charlotte, parce que j'y pensais, à ta suite, depuis des semaines. Je pensais te donner des idées, ça me travaillait... même si j'avais pas écrit depuis Mathusalem, eh ben, c'est sorti quand même, avec tout le tralala, elle et lui nus, le sexe, tout ça. Tout était là et je remplissais, ça oui, je remplissais et je raturais aussi. Stan était pas content, il se plaignait que c'était cochonné et qu'il devait tout copier sur l'ordinateur, mais j'avais pas le temps de réécrire au propre, parce que t'étais tellement en retard. Je te dis pas comme j'en ai bavé, mais j'avais commencé, alors fallait finir. Et ta Charlotte je l'ai tuée, j'ai pas hésité, ça pouvait que mal se goupiller toute cette histoire, et puis, je sentais que t'osais pas mais que t'en avais bien envie… Quand je suis enfin arrivée au bout, le petit est parti en trombe chez Armand avec son deux-roues pour le mettre dans la boîte aux lettres, il l'a fait, le gamin… Après j'ai dormi longtemps, je crois bien, parce que les chats ont pas mangé, et c'est même eux qui m'ont réveillée… »

C'était sûrement ça qui l'avait tellement éreintée ces derniers mois. C'était ça les coups de faiblesse, les alertes à répétition et le médecin qui venait en catastrophe. « Mireille, ça vous a épuisée, c'est sûrement la cause de votre accident cardiaque, cet effort colossal que vous avez dû fournir… » La vieille dame remonta légèrement la couverture. « Ça ou autre chose, tu penses bien que la machine est pas toute neuve non plus ! Ça serait arrivé un jour ou l'autre… – Vous savez, Mireille, je l'aurais avoué à Armand, j'avais tout préparé… Mais votre manuscrit, il est tombé du ciel, j'ai rien compris. Armand était tellement heureux… Alors j'ai rien dit… – Ben, t'as bien fait, voyons, c'était le but. Il manquait un tome, c'était pas la mer à boire non plus. J'aurais aimé avoir plus de temps, mais bon… J'ai fêté ça avec le petit, on s'est pas gênés pour siffler une bouteille… Et puis, il a vu les articles, les ventes, il a changé de copine, pauvre gosse, la nouvelle était encore pire que l'autre, sûrement qu'elle lui a mis des idées en tête, parce qu'il a commencé à se plaindre, que je l'avais exploité, que c'était pas assez payé, et patati et patata, et puis que s'il avait su pour les ventes, il aurait demandé plus… Alors un jour, j'ai vu rouge, je lui ai fait un chèque et je lui ai dit de dégager, parce que recopier deux cent cinquante-huit pages sur un ordinateur, eh ben ça mérite pas un million non plus, faut pas exagérer, tout de même ! »

Sylvie se garda d'évoquer la minable tentative de chantage de son ex-jardinier, ça l'aurait mise en rage et ce n'était pas bon pour son cœur. « Mais Mireille, pourquoi vous avez donné mon nom à la presse ? Alicia Clarks me convenait très bien. J'étais comme vous, moi, bien au chaud derrière ce pseudo, c'était parfait. Là, vous m'avez fait un coup tordu, vraiment ! » Mireille tapa du plat des mains sur le lit. « T'es folle, ma fille ! T'allais pas faire comme moi : vivre dans l'ombre, planquée comme une moins que rien. Moi, si j'avais pu, j'aurais fait la belle dans les journaux, mais mon histoire, je pouvais pas la raconter en mon nom, mon vrai nom… J'aurais tout perdu. Et me dis pas que t'y as pas pris goût aux signatures, aux regards sur toi et à tous ces micros qu'on te tendait, parce que personne peut cracher sur ça, et si j'avais pu, j'aurais fait pareil, et le mari je l'aurais balancé, et toute ma vie je l'aurais balancée, mais j'ai pas eu le cran… Je t'ai donné ce que j'ai pas eu ! » Elle s'étrangla sur les derniers mots, Sylvie eut peur des sanglots, parce que voir Mireille pleurer, ça n'était jamais arrivé, et ça, vraiment, Sylvie le redoutait. Mais non. Mireille toussa plusieurs fois, tapa à nouveau avec ses mains sur le lit comme si elle en voulait à ce corps de ne pas tenir la route et lui intimait l'ordre de la porter encore un peu, convenablement, sans trahir.

« Mireille, je peux vous poser une question sur votre roman *Poings liés* ? – Ah ! t'es curieuse maintenant que tu sais que la vieille a écrit un livre à scandale, ça te met en appétit… » Elle avait repris du poil de la bête. Peut-être aurait-il mieux valu ne pas trop la bousculer, revenir le lendemain, lui laisser le temps, mais Sylvie était bien trop impatiente. « Pourquoi vous n'en avez jamais parlé, de tout ça ? – Ben, je vais te dire pourquoi, moi. Parce que l'héroïne de *Poings liés*, elle a couché avec un mineur, mais si elle avait pas écrit cette histoire, ben elle serait devenue folle… Alors elle a tout consigné et elle s'est pas jetée sous un train, ce qui est pas une mauvaise chose, elle a pas fini en charpie. Puis, un soir, elle a entendu Armand à la radio locale, il parlait bien, il disait qu'il cherchait des jeunes auteurs bien dégourdis, ancrés dans leur temps, des frondeurs, alors elle a envoyé son texte pour voir, parce que ça l'aurait bien amusée que son histoire finisse en librairie. Et non seulement il a été publié, mais en plus, ça a fait des ventes… Sauf que personne n'a jamais su d'où ça venait. Et puis, elle en a écrit un ou deux autres, mais ce n'était pas aussi bien, alors elle ne les a pas envoyés… » De sa main légèrement tremblotante, elle repoussa quelques boucles qui gênaient sa vue. Puis elle reprit :

« Avec les sous du livre, j'ai acheté le pavillon et j'ai fait croire à un héritage. Le mari, il a pas cherché plus loin, c'est les hommes, ça ! Les sous tombent du ciel et ils sont jamais étonnés… Et puis, j'ai tout oublié parce qu'il fallait plus y penser et le monde a continué de tourner… »

Sylvie ne put résister, c'était le moment. Elle voulait tout savoir : « Le jeune homme, celui du livre… Vous le voyez, je veux dire… Il est toujours… – Ben oui que je le vois, il tient la boucherie-charcuterie à Joué-la-Tour, rue des Saules, il a pris la suite de son père… – C'est Fred ? C'est Fréderic Baquet ? – Ben oui. » Le fantasme de Mireille, son grand amour, celui qui avait inspiré un roman érotique à succès, lui servait des escalopes de dinde depuis quinze ans… « Ben quoi, t'es déçue ? Tu t'attendais à un grand savant, à un homme politique ou une rock star ? Ben non, ma fille ! Quelquefois encore, je rentre dans la boutique, juste pour le voir. On se sourit et je suis contente… Et quand il me rend la monnaie, il prend tout son temps et me la dépose délicatement dans le creux de la main. Je sais très bien ce que ça veut dire, parce que dans une autre vie, on aurait pu filer au Mexique et monter un petit restaurant. Les Mexicains adorent manger français, alors on se serait installés dans une petite ville côtière, on aurait fait un ou deux gosses… Et puis la vie aurait filé comme ça… »

Mireille se tourna vers la table de chevet, glissa la bague à son annulaire droit et tendit son bras pour l'examiner. « C'était joli quand même, il avait du goût ! – C'est un cadeau de Fred ? – Ah non, ça c'est un cadeau d'Armand Delpareil, il a fait une fixation, y avait rien à faire, il pouvait pas se raisonner, mais j'étais pas libre, et puis, qu'est-ce que j'aurais fait avec lui ? Il me voulait écrivain, que je passe mes journées avec un stylo ! Est-ce que je pouvais faire ça, moi ? » Sylvie sauta sur l'occasion : « Mireille, Armand pense toujours à vous, ce n'était pas une petite amourette, je crois qu'il n'y a pas un jour où vous n'êtes pas dans sa tête… » Il y eut un silence, pour la première fois la vieille dame n'avait pas de mot. « Mireille, je vous en parle une dernière fois…

Peut-être ça ne me regarde pas, mais si je ne vous le dis pas, qui le fera ? Est-ce que je peux raconter à Armand toute cette histoire ? » Mireille ne releva pas la tête et murmura dans un souffle : « Oui… » C'était timide, très faible, mais c'était bien un consentement.

Mireille avait menti. Elle en avait écrit des trucs, des tonnes même. En fouillant dans ses placards et son grenier, Sylvie avait trouvé des classeurs remplis de centaines de feuilles, des cahiers. Il y avait de tout, un bout de journal intime, des poèmes, des histoires érotiques, notamment celle d'une fille obsédée par un médecin légiste, plusieurs enquêtes avec meurtres et cadavres dans le vignoble bordelais. Quand Sylvie ouvrit la petite commode blanche qui avait dû appartenir à une chambre d'enfant, elle y trouva douze tomes d'une série intitulée *Les Sentiers du crime.* C'étaient de vrais bouquins cette fois, aux pages jaunies, boursouflées, comme s'ils avaient pris la pluie il y avait fort longtemps. L'éditeur se nommait « Le Poisson-chat », et l'auteure « Margaret Albert ». Cette Margaret, c'était évidemment Mireille. Combien y en avait-il comme ça ? Pourquoi la vieille femme ne pouvait-elle pas dire la vérité une bonne fois pour toutes ! Sylvie rangea les cahiers et, quand elle eut tout remis à sa place, un grand calme l'envahit. Elle savait à présent, l'auteure, la vraie écrivaine, ce n'était pas elle, c'était Mireille. Charlotte appartenait à la vieille dame, elle avait juste fait un petit détour par Sylvie avant de retourner à sa propriétaire. Mireille lui avait prêté un peu de son talent pour mettre une histoire en route. Elle lui avait peut-être même soufflé les premières phrases, et son esprit avait pénétré le sien pour y déposer Charlotte. Il n'y avait pas à lui en vouloir. C'était ainsi. Sylvie avait cru écrire. Elle s'était même persuadée que Charlotte était sa créature, mais comment aurait-elle pu avoir autant de choses à dire tout à coup à trente-sept ans et, du jour au lendemain, se transformer en machine à best-sellers ? C'était une farce, et tout le monde avait marché. Sylvie avait su, depuis le premier jour où Armand l'avait félicitée, qu'elle ne le méritait pas. Une voix en elle claironnait : « Sylvie, tu n'y es pour rien, tu es une imposture. Tout le monde s'est fait berner. » Elle ne pouvait tout de même pas leur dire : « Ce livre est sorti de moi sans mon accord. Ce livre s'est écrit malgré moi, quelqu'un a écrit à l'intérieur de moi et je ne connais pas cette personne. » Maintenant, tout était clair, cette personne, c'était Mireille.

Voilà pourquoi Mireille voulait la voir tous les jours à 18 h 15, pourquoi Mireille tenait à ce que ce soit elle qui pique ses chats, alors que n'importe qui d'autre aurait pu s'en charger. Mireille voulait voir où en était Charlotte dans le ventre de Sylvie, sentir les petits coups de pied, les petites mains bouger sous la peau. Les sorcières existaient, et Mireille en était une ! Ce n'était pas une sorcière de conte de fées, c'était une sorcière de pavillon, la seule et unique sorcière de Joué-la-Tour ! Qui pourrait comprendre ça ? Personne. D'ailleurs, quelqu'un avait-il jamais compris Sylvie Verbaldi ? Non. Chaque personne de son entourage connaissait une petite partie d'elle, mais l'essentiel était caché. Alors quelle importance si Sylvie Verbaldi se mettait à croire aux sorcières à quarante et un ans ? Oui, quelle importance ! Elle pouvait bien garder le secret pour elle jusqu'à sa mort !

À peine sortie du pavillon, elle appela Armand et lui raconta tout. Elle ne parla pas de sorcière, mais du tour que sa voisine lui avait joué, sa voisine qui avait tout prémédité depuis le début, sa voisine qui était l'auteure de *Poings liés*, sa voisine qu'il avait follement aimée.

*

À l'instant où Sylvie vit sa silhouette se dessiner entre les grands cyprès, elle sut : c'était la seule chose à faire. Elle mit toute la confiance qu'elle put dans ses yeux, tout l'amour et toute l'admiration qu'elle avait pour lui, tandis qu'Armand avançait doucement, comme une petite poupée mécanique, et bientôt il fut là, tout contre le banc. Mireille dut sentir une présence ou simplement une ombre qui se profilait. Elle releva la tête, se tourna légèrement. La mauvaise humeur pointa sur son visage.

Encore un emmerdeur, voilà ce qu'elle devait penser, encore un curieux ou un malpoli, ou pire, un pleurnichard voulant à tout prix lui raconter sa dernière opération du dos ou de la hanche. Elle ouvrit la bouche, mais aucun mot n'en sortit. Avait-elle reconnu Armand ? Allait-elle le chasser ou s'éloigner ? Elle ne bougea pas d'un pouce.

Armand se lança le premier : « Mireille, je suis désolé de vous surprendre comme ça. Mais je devais vous voir, j'en avais besoin, je n'en dormais plus…Donc, j'ai pris un taxi et me voici. En arrivant, j'ai bu un petit whisky, derrière le cyprès là-bas… Enfin, une petite dose et… je suis là… » La vieille dame allait-elle exploser dans une colère noire ? Elle en était tout à fait capable. Mais non, elle réclama un peu de whisky, car elle avait soif elle aussi. Armand sortit une fiole de sa poche et elle but au goulot de longues gorgées. Ce n'était pas vraiment recommandé pour son cœur, mais cela avait-il une quelconque importance ? Sylvie s'éclipsa discrètement, priant pour que Mireille ne change pas d'avis. Elle retint son souffle, pressa le pas et, une fois arrivée devant les grilles d'entrée de l'hôpital, se retourna et n'eut plus aucun doute : tout se passait au mieux. Armand avait appuyé son bras sur le dossier du banc et sa main n'était pas loin de frôler l'épaule de la vieille dame. Leurs petites têtes dodelinaient régulièrement. Ils parlaient, ne se quittant pas des yeux. Le tableau était parfait. L'ombre des cyprès avait déjà atteint leurs pieds et remonterait bientôt sur leurs jambes pour recouvrir leurs visages. Combien de temps Armand l'avait-il cherchée ? Combien de mois, d'années, s'était-il couché en pensant à elle ? Et si Charlotte était venue au monde uniquement pour ça : les réunir ? Et si Charlotte était une messagère ? Sylvie n'était peut-être pas autre chose, elle aussi, qu'un simple fil tendu entre ces deux êtres.

*

En quelques semaines, l'amour s'était répandu comme une traînée de poudre. Armand et Mireille roucoulaient, même si Mireille s'obstinait à dire que non, pas du tout, juste qu'elle était bien contente d'avoir un peu de compagnie, qu'Armand était distrayant et pas trop désagréable. Sylvie le voyait bien. La vieille femme attendait avec impatience sa venue, tous les jours à 15 heures, et trépignait dès qu'il avait une minute de retard. Elle se plaignait auprès de l'équipe médicale, exigeait de sortir le plus vite possible de cet hôpital et ne parlait plus de sa mort prochaine. D'ailleurs, elle avait des projets en tête. Armand voulait l'emmener en voyage dans les îles bretonnes, puis dans un vignoble exquis, puis pourquoi pas faire un petit tour sur les volcans d'Auvergne, c'était revigorant et tout à fait ce qu'il fallait pour son cœur. En sa présence, Mireille ne disait ni oui ni non, elle se contentait de sourire et de fermer doucement les yeux. Dans son langage, ça voulait dire oui, et Armand le comprenait parfaitement. En quelques semaines, il avait rajeuni, et Mireille déambulait dans le jardin, à son bras, fraîche et belle dans les nouvelles robes que lui avait offertes Sylvie (et pour une fois, Mireille n'avait pas râlé devant un cadeau).

Mais d'autres aussi avaient succombé, tous plus mordus, épris et passionnés les uns que les autres. Kermanec entamait sa grande tournée de promotion, toujours accompagné d'une petite brune à la peau diaphane sortie tout droit du XVIIIe siècle avec ses airs de princesse et ses longues robes à dentelles. Et à chacune de ses interventions, télévision, librairies, conférences (et Dieu sait qu'il était invité partout depuis la sortie de *Furcy*), la jeune femme était dans le public à le dévorer des yeux.

Il y avait aussi Dimitri, croisé au marché de Saint-Jean devant le stand de fromages de chèvre, enlacé à une charmante trentenaire jolie comme un cœur, serrée dans un perfecto de cuir. Sylvie était extrêmement gênée, Dimitri beaucoup moins. Il s'était arrêté, l'avait saluée, comme si tous deux étaient de vieilles connaissances qui s'étaient perdues de vue. Il avait demandé des nouvelles de son travail, et même de sa famille. Sylvie avait bredouillé quelques mots, puis, avant de s'éloigner, elle l'avait embrassé sur la joue.

Et comme si tout cela ne suffisait pas, un soir, Max avait déclaré qu'il partait dormir chez sa copine. « Mais chéri, quelle copine ?

– Celle dont je t'ai parlé, Élise, tu sais, la fille avec qui j'ai bossé les exams de janvier. – Ah oui, je croyais qu'elle te tapait sur les nerfs, qu'elle voulait toujours avoir raison. – C'était le stress ça, maman. On a appris à se connaître, elle est pas du tout comme ça. En fait, elle est drôle, elle est même tordante. On se quitte plus depuis trois semaines… – Ah bon, trois semaines… Mais tu pars, là, maintenant ? – Ben maman, c'est vendredi, j'ai dix-huit ans. Je vais pas te demander un mot ou une autorisation. Tu veux quand même pas appeler ses parents ! » Il pouffait. Sylvie n'avait aucune envie de rire ni de le laisser partir avec cette fille. Comment l'en empêcher ? Max était majeur, il bossait bien à la fac, à la maison il aidait comme il pouvait, il allait régulièrement voir son père, elle n'avait rien à redire. « Ben vas-y chéri, et la prochaine fois, on l'invitera à dîner, ça me ferait plaisir de discuter un peu avec elle. – Ok, maman. On verra ça. Je serai de retour dimanche. » Alexis aussi avait une amoureuse, mais c'était secret défense. Sylvie avait juste réussi à savoir qu'il avait écrit une chanson pour elle. Elle ne connaissait même pas le prénom et l'âge de la gamine. Il y avait aussi Delphine, qui venait de rencontrer le grand amour (son professeur de français n'avait pas tenu la route). Le type rentrait d'Espagne, Delphine s'y rendait. Ils avaient échangé dans la queue de la cafétéria sur une aire d'autoroute, s'étaient écrit des textos pendant trois semaines, matin, midi et soir. Mais bon, Delphine, ça ne comptait pas encore, parce que des coups de foudre, elle en avait eu des tonnes, et plus le début était fort, plus vite l'histoire implosait.

N'empêche, ça faisait du monde, et tous ces cœurs battaient fort les uns contre les autres, les uns pour les autres. Et tout cet amour ne la réchauffait pas. Pire, il la laissait sur le bord de la route. Sa seule et unique compagnie était ces ronds dessinés sur ses jambes, qui la démangeaient plus ou moins selon les jours, et puis, il y avait Cyclope, toujours ravi de la voir arriver, jamais lassé, jamais assez caressé, cajolé. Ce chat l'aimait. Mais l'amour d'une bête, était-ce bien suffisant ? Sans compter que Mireille revenait chez elle la semaine suivante et Sylvie devrait le lui ramener et lui annoncer la disparition de Suki.

« T'as une petite mine, toi, tu caches quelque chose ? » Bien sûr, Mireille voyait tout. C'était bien la seule et unique à percevoir ce petit chagrin qui gonflait selon les jours. « Mais non, Mireille, tout va bien, c'est juste que des fois, je me sens… Enfin… – Seule, tu te sens seule… – Oui, peut-être un peu, mais c'est totalement ma faute. Je pourrais être beaucoup plus entourée, sortir, rencontrer encore des lecteurs, participer à des projets… Je ne sais pas moi, bouger, m'offrir des vacances, j'en ai les moyens, mais je n'en ai pas envie… – Oui, tu veux surtout dire que tu te fais chier et que Nino te fait chier et que tu serais pas contre un peu de nouveauté ! – Non, pas du tout, ça n'a rien à voir ! Nino peut m'énerver, mais je prends mon mal en patience, il va bientôt rentrer à la maison et tout ira mieux. » Mireille épousseta sa robe pourtant impeccable. « Moi, je serais toi, je partirais, et le bonhomme, ça lui ferait beaucoup de bien. Une fois seul, il pourrait se regarder dans la glace face à sa dépression, et peut-être qu'il finirait par lui tordre le cou et te supplier de le reprendre. – Enfin, je ne vais quand même pas le lâcher au moment le plus délicat… Et puis, je n'ai jamais parlé de partir… – Ah bon ? Comme tu voudras. » Elle se leva du banc en un quart de seconde, fit quelques pas sans vaciller. (Depuis quelques semaines, les autres malades, encore pourvus de cannes ou d'une chaise roulante, s'extasiaient devant ses progrès.)

Un après-midi, alors qu'elle venait de regagner son petit pavillon (elle avait pris beaucoup mieux que prévu la mort de Suki), la vieille dame aborda le sujet dont tout le monde parlait sauf elle, à savoir sa nouvelle vie sentimentale. « Je crois qu'Armand a appelé Bruno. Je crois pas, j'en suis sûre. Parce que depuis quelques jours, mon fils ne parle plus de maison de retraite. Il me fiche la paix, et même, il m'a dit qu'il était rassuré de me savoir entre de bonnes mains, et même, il s'est excusé… J'ai rien demandé, mais j'ai compris qu'Armand était dans le coup. »

Bien sûr qu'Armand avait appelé son fils, d'ailleurs c'était elle, Sylvie, qui lui avait donné le numéro. Que Mireille soit menacée de maison de retraite, d'un déracinement injuste et définitif l'avait rendu dingue. Alors il avait osé appeler Bruno et lui avait juré que si le moindre pépin de santé survenait à nouveau, une infirmière viendrait tous les jours, et plus s'il le fallait. Il se chargerait de tous les frais. Son ton avait dû impressionner le fils de Mireille, qui avait cédé. Bruno ne le savait pas encore, mais il aurait bientôt droit à un second coup de fil, tout aussi sérieux, parce que Armand comptait lui demander la main de sa mère.

*

Quand la mère de Sylvie débarqua à l'heure du déjeuner avec des lasagnes (qui venaient du meilleur traiteur de Joué-la-Tour), Sylvie sut qu'elle avait une idée derrière la tête. D'ailleurs, elle paraissait inquiète, elle n'arrêtait pas de parler, et quand elle parlait beaucoup, c'était souvent pour cacher la question qui lui brûlait les lèvres. « Chérie, tu voudrais pas reprendre une vie normale ? Désolée de te le dire, mais quel exemple tu donnes à tes gamins ? Tu passes ton temps entre chez toi et l'hôpital. Tu vois plus personne. T'as plus d'horaires, t'es maigrichonne, toute pâle, tu as de l'eczéma, tu me l'avais fait aussi à six ans, ça, l'eczéma, quand tu avais changé d'école… Chérie, il te faut un cadre, je te jure, écoute ta mère. » Sylvie sentit aussitôt ses plaques la chatouiller. « Maman, c'est pas de l'eczéma, c'est une dermatite nummulaire, et ça va beaucoup mieux, merci. Et puis, ma vie est très cadrée, contrairement à ce que tu crois. J'amène Alexis en cours, je fais des courses, je vais voir Nino, je m'occupe de Nino, et je reviens ici, j'attends les gamins. Pour l'instant, c'est comme ça. – Mais ça va durer jusqu'à quand, Sylvie ? – Ben, jusqu'à ce que Nino sorte… Enfin je sais pas, c'est pas la question… » Sa mère se leva comme un ressort. « Si, c'est la question. C'est toute la question ! – Maman, j'ai de l'argent pour tenir. J'ai vendu des livres et, crois-moi ou pas, ça rapporte. » Sa mère ouvrit les placards, prit deux assiettes et les fit tourner dans le micro-ondes. « Chérie, on s'en fout de l'argent. Je ne parle pas de ça, je parle de ta santé, je te parle d'avoir un but quand tu te lèves le matin, de penser à des projets, d'avoir des collègues de boulot, de remettre un pied dans la vie réelle, parce que toute cette histoire de Charlotte, c'était très bien, mais c'était pas la vie… Regarde où tu en es ! » Sylvie sentait la dermatite gambader sur ses jambes. « Je vais très bien. Max est amoureux, Alexis aussi, ils sont en pleine forme et Nino reprend du poil de la bête… et bientôt, il… »

Sa mère ne la laissa pas finir : « J'ai une excellente nouvelle, la fille de Mme Ombris travaille à Bordeaux-Agglo, le grand bâtiment, tu sais, pile quand on arrive sur la rocade… Figure-toi qu'ils cherchent quelqu'un au pôle culturel et qu'ils seraient ravis de t'avoir là-bas ! » Sa mère sortit de sa poche un petit papier où était griffonné le numéro de portable de la fille Ombris, qui se prénommait Mélanie et l'attendait de toute urgence. Sylvie pouvait l'appeler jour et nuit. « Maman, c'est quoi cette histoire ? – C'est tout ce qu'il y a de plus sérieux. Tu représenteras la région Bordeaux-Agglo, vingt-huit communes, 800 000 habitants, bientôt le million ! Un building de verre avec de beaux bureaux spacieux et lumineux qui donnent sur la Garonne, des dizaines de collègues, de belles responsabilités ! C'est ta chance, chérie, ne la laisse pas passer ! » Une vague de démangeaisons la submergea. Elle posa ses mains sur ses cuisses et frotta discrètement les zones en feu. « Bon, je ne sais pas, je verrai… – Comment ça tu verras ? – Écoute, maman, n'insiste pas ! » Elles mangèrent les lasagnes en silence. Sylvie n'avait pas faim mais se força, ne serait-ce que pour montrer que tout allait bien.

Dès que sa mère fut partie, elle fut prise d'une grande nausée et dut s'allonger. Le plafond tournait. Elle ferma les paupières, tâcha de ralentir le rythme de sa respiration et appela Nino pour lui dire qu'elle ne viendrait pas. Elle n'était pas mécontente d'avoir une bonne excuse et se sentit légèrement coupable parce que, au bout d'une demi-heure, ça allait beaucoup mieux. Elle se leva, traîna un peu dans le salon, se mit à rêvasser devant la baie vitrée, et sur les coups de 15 heures vit un taxi ralentir devant le perron de Mireille, un petit bonhomme en descendre, c'était Armand. Il monta les marches avec beaucoup d'aisance, sonna, et la porte s'ouvrit dans la seconde.

*

Quatre jours que le papier traînait dans sa poche, Sylvie l'avait même oublié, puis l'avait récupéré in extremis avant de fourrer son pantalon dans la machine à laver. Sa mère avait sans doute raison, elle tournait en rond. Elle ne pouvait pas se contenter d'être l'infirmière de Nino et le chauffeur de ses fils. Il fallait réagir. Elle allait se rendre à cet entretien, oui, se montrer courageuse, affronter. Qu'avait-elle à perdre ? Les lecteurs étaient partis, Charlotte était partie, bientôt ses fils vogueraient vers d'autres cieux et Mireille convolerait, elle n'allait pas végéter dans son salon jusqu'à la nuit des temps.

Quand elle se gara sur le parking, ses mains tremblaient. Elle s'attendait à croiser un vigile sévère, des standardistes exténuées, des cadres renfrognés, affairés, qui déambuleraient en tous sens. Mais ce n'était pas l'ambiance de MaBelleNuit. C'était mieux : plus lumineux, plus vaste, plus confortable, plus vert (il y avait des plantes partout) et très accueillant. Mélanie vint la chercher à l'accueil et la conduisit dans une vaste salle de réunion. Elle l'installa à une grande table ovale, ouvrit son ordinateur et lui fit visionner un charmant petit film qui vantait les atouts de Bordeaux-Agglo. Les images défilaient : soleil couchant, coteaux de vignes par milliers, verres ambrés, grands crus alignés dans de belles caves en pierre et promenades sur la Garonne. Il y avait aussi des groupes de rock en terrasse et un tas de jeunes filles aux cheveux longs qui souriaient. Alors, sympa, non ? Sylvie s'enthousiasma. Oui, extra. Elle tenta de ressortir les dernières actualités culturelles de la région glanées sur le Net et apprises par cœur la veille au soir, histoire de montrer un minimum de motivation. Mais on ne lui demandait rien.

Mélanie la balada dans tout le bâtiment, et lui fit même faire un tour sur le toit-terrasse, entre les rangées d'arbustes et le carré potager. Sylvie serra des dizaines de mains, elle n'avait pas le temps de retenir les noms. Puis Mélanie lui ouvrit une porte. « Voilà, ce sera chez toi ici. » C'était une pièce immense, beaucoup trop grande pour une seule personne. Qu'est-ce qu'elle allait faire de tout cet espace ? Comment pourrait-elle être à la hauteur d'une telle pièce ? Elle se retourna vers Mélanie, qui souriait toujours. « J'appelle Bastien, on va te présenter ton poste tous les deux et fixer le rendez-vous avec les ressources humaines. T'es libre la semaine prochaine ? »

Un jeune homme entra. Ils prirent place tous les trois sur le petit canapé et la chaise qui lui faisait face. Le type souriait et cherchait le regard de Sylvie à chaque fois qu'il finissait une phrase. Il lui présenta les projets à venir de Bordeaux-Agglo : un festival de hip-hop, du théâtre de rue, un concours de nouvelles (il comptait vraiment sur elle pour animer l'événement parce que l'écriture, elle en connaissait un rayon), une grande expo photo au jardin botanique… La liste était longue. Cet homme était charmant, vraiment, la petite quarantaine, une barbe naissante, yeux et cheveux très noirs, il avait de faux airs du partenaire de Jessica Faure dans *Believe* et, petit détail important, il ne portait pas d'alliance. Venait-il de divorcer ? En tout cas, la question méritait d'être creusée. « Un café ? – Oui, merci. » Mélanie tapota sur son téléphone et on frappa à la porte quelques secondes plus tard. Une jeune femme assez enrobée, pour ne pas dire très ronde, débarqua, un plateau dans les mains. « Ah, super. Merci, Luce, c'est hyper-sympa. Excuse-moi de te déranger pour ça. Mais on est crevés et on avait vraiment plus la force de bouger. »

La jeune fille regarda Sylvie, rougit, balbutia, voulut se reprendre, sûrement pour dire : « Bonjour, enchantée », mais à la place renversa une des tasses. Pendant qu'elle se démenait pour éponger, Mélanie fit un petit clin d'œil à Bastien, suivi d'une grimace. Ça semblait dire : « Ouais, cette fille, c'est la cata, comme d'habitude ! » En une fraction de seconde, Mélanie reprit son visage calme, lisse, affirmant que ce n'était rien, qu'un demi-café suffirait. Luce proposa d'en refaire un. Enfin, Sylvie le supposait parce que la jeune fille bafouillait, respirait mal, et son surpoids assez important ne l'aidait pas à récupérer son souffle. Ce gras, cette honte, cette timidité, ces mains moites, ces sourires gênés, ces phrases entrecoupées qu'on ne peut finir, Sylvie connaissait. Elle devait intervenir. « Mademoiselle Luce, c'est ça ? – Euh oui. – Moi, je veux bien un autre café si ça vous dérange pas. J'ai une migraine et les cafés, ça soulage un peu. » Les deux autres la regardèrent, étonnés. Pourquoi faire revenir cette catastrophe ? Mais, justement, il le fallait, pour lui donner une deuxième chance, pour qu'elle ne reste pas sur un échec. Quand Luce eut fermé la porte, Mélanie éclata de rire : « T'inquiète pas, Sylvie ! Tu l'auras pas comme secrétaire, parce qu'elle est gentille, c'est vrai, serviable et tout, mais pas futée, hein, Bastien ? »

Sylvie leur sourit, ou plutôt grimaça, parce qu'une vague de chaleur montait dans tout son corps. C'était comme si on l'avait plongée dans une atmosphère tropicale irrespirable, cent pour cent d'humidité, le thermomètre frôlant les 50 degrés. Soudain, en une fraction de seconde, toute la surface de sa peau s'enflamma et son corps tout entier devint une énorme plaque. Mais comment se déshabiller et plonger dans de l'eau glacée quand deux jeunes cadres braquent leurs regards sur vous ? « Sylvie, ça va ? Tu trembles… – Euh… oui, je sais pas… Je peux avoir un peu d'air ? » Bastien se précipita pour ouvrir la fenêtre. La jeune Luce avait-elle réveillé des peurs anciennes ? Était-ce l'obèse en elle qui se noyait dans les souvenirs ou une poussée de dermatite foudroyante, favorisée par son état de stress ? Elle n'aurait jamais dû venir !

Sylvie se mit péniblement debout. Sa respiration devenait douloureuse et entraînait une sorte de sifflement à chaque expiration. Elle devait sortir d'ici le plus vite possible. « Excusez-moi, j'ai une crise de… C'est une dermatite nummu… Enfin… je… » En voulant lui venir en aide, Mélanie effleura son bras, ce qui lui arracha un cri de douleur. « Mais qu'est-ce que tu as ? » Sylvie n'avait plus la force de prononcer le moindre mot, alors elle souleva sa longue jupe et exposa ses jambes à la vue de tous, c'est-à-dire aux deux personnes qui étaient devant elle et qui voulaient l'embaucher.

Bastien ferma les yeux et Mélanie se mit à tapoter sur son téléphone. « Sylvie, allonge-toi, j'appelle un médecin. T'es allergique à quelque chose ? » Hors de question de s'allonger, c'était la dernière chose à faire. Sylvie, titubante, parvint péniblement jusqu'à la porte. Mélanie était derrière elle. Elle sentait son souffle chaud, beaucoup trop chaud, sur son cou. « Mais enfin, Sylvie, reste un peu... C'est une crise. Il faut te faire aider. »

Sylvie ouvrit la porte, Luce était là, devant elle, une tasse de café à la main. Sous le coup de la surprise, elle la renversa et une partie du contenu atterrit sur l'avant-bras gauche de Sylvie, qui hurla. Mélanie perdit son calme : « Enfin, Luce, tu peux pas faire attention ? Merde, deux fois de suite, quand même ! Mme Verbaldi se sent mal, tu vois pas ? »

Mme Verbaldi fonça vers les ascenseurs, se précipita dans le premier qui ouvrit ses portes et, une fois dedans, aperçut son image dans le miroir. Plusieurs plaques rouge vif et bien rondes s'étalaient sur son décolleté (jamais la dermatite ne s'était avancée jusque-là, elle grimpait comme une bête furieuse). Sylvie appuya sur tous les boutons, courut vers le parking, démarra sa voiture, cala, redémarra, passa la première, arriva sur la rocade, ouvrit les vitres et hurla. Combien de temps avait duré le retour à Joué-la-Tour ? Elle n'en avait aucune idée. Quand elle coupa le contact, la douleur s'était calmée, les démangeaisons étaient redevenues supportables. Avait-elle bien montré ses jambes à deux cadres haut placés de Bordeaux-Agglo ? Avait-elle bien fait ça ? Avaient-ils vu sa culotte ? C'était irrécupérable, impardonnable. Elle rit toute seule, parce qu'elle savait que Mireille aurait adoré la scène, uniquement pour ça. Puis elle pleura.

Quand elle se déshabilla dans la salle de bain (elle avait repoussé ce moment le plus tard possible et traîné des heures devant les dernières photos Instagram de Jessica Faure en plein tournage de sa nouvelle série), les plaques sur le haut de son corps étaient toutes parties, seules restaient celles sur les cuisses, bien rouges et rondes.

Vers 21 heures, elle reçut un SMS de Mélanie : « Ça va mieux ? On confirme le rendez-vous avec les ressources humaines jeudi ? » Cette fille la voulait encore après sa crise et son exhibition. Qui était la plus dingue des deux ?

*

Armand était entré depuis plus d'une demi-heure dans la boutique et n'arrivait toujours pas à se décider. Cet homme qui l'avait rassurée, guidée, consolée, encouragée se mettait maintenant à bégayer comme un enfant : « Sylvie, franchement… Euh… Je ne sais… Ah… non… Oui. Le vert est joli, mais les brillants blancs aussi… Regardez, ces brillants ornant cette fleur, c'est très charmant, mais ça peut ne pas lui plaire… Je ferais peut-être mieux de prendre ces quatre petites émeraudes toutes simples, sans fioriture, mais c'est peut-être un peu triste… » Il s'était mis en tête d'offrir une bague à Mireille. Ils avaient déjà écumé une demi-douzaine de boutiques dans Bordeaux. Sylvie avait une légère crampe dans le mollet gauche et mourait d'envie de s'attabler à une terrasse de café, mais Armand, frais comme un gardon, se montrait incroyablement vaillant, refusant même de s'asseoir quand la vendeuse le lui avait proposé.

« Sylvie, venez voir, c'est pas mal du tout, ça ! – Enfin, Armand, ce n'est pas une bague, c'est un bracelet. – C'est peut-être une meilleure idée, après tout… Une bague, c'est vieux jeu, et puis nous n'avons plus l'âge… – Je ne suis pas d'accord, Armand, une bague, c'est une très bonne idée. Mireille en porte, alors que je ne lui ai jamais vu de bracelet. – Vous avez raison, je m'égare. Je crois que je perds un peu la tête… Mon fils est très mécontent, parce que j'ai oublié mon rendez-vous chez le médecin. Je devais faire un bilan. Il m'a demandé de me calmer. Mais peut-on retrouver son calme quand chaque jour compte ? Hein ? – Simon n'a pas tort. Il faut rester en bonne santé pour faire une demande en mariage… Et surtout pour partir en lune de miel ! » Armand sursauta en pointant du doigt une des vitrines. « Ah, Sylvie, je crois que j'ai trouvé : cette bague avec la pierre rouge. Ah, c'est charmant, regardez, un tout petit insecte. Comme c'est inventif, n'est-ce pas, avec les diamants sur les ailes ! Elle aimera. – Bien sûr, Armand, elle aimera, sauf que c'est hors de prix... Vous ne voulez pas réfléchir un peu ? Allons nous asseoir cinq minutes, parce que je suis crevée, là, Armand, j'ai les jambes en compote. » Armand tapa du pied comme font les enfants. « Pas la peine, Sylvie. Je me fiche de l'argent. Il n'y a pas meilleure dépense ! »

Sylvie aussi aurait bien aimé une bague, enfin, un petit cadeau, n'importe quoi. Depuis combien de temps n'en avait-elle pas reçu ? Ah si, une lectrice lui avait donné un porte-clés en forme de cœur à sa dernière signature. Elle le sortit de son sac. C'était comme un porte-bonheur. Elle le serra dans sa main et il s'illumina. Son portable vibra au même moment. C'était le fils de Mireille. Qu'est-ce qu'il lui voulait encore ? Depuis quelque temps, il menait son enquête sur Armand. Ne pouvait-il pas tout simplement se réjouir pour sa mère, au lieu de se méfier de tout ? « Bruno ? » Elle n'entendait rien, pas un son. L'avait-il appelée par erreur ? Puis elle distingua une espèce de râle et des sanglots. « Bruno, ça va ? – Elle... C'est fini... Sylvie... Elle est tombée... d'un coup... Ça a lâché... – Mais comment ça ? Qui ? – Ma mère, Sylvie, ma mère... » Son téléphone glissa à ses pieds et ses yeux se remplirent de larmes.

*

Sylvie n'avait jamais été une fille méchante. Elle n'avait jamais insulté ni maltraité qui que ce soit. Toute sa vie, elle avait fait preuve d'une grande capacité d'écoute, de soutien, d'assistance, de protection. Elle n'avait pas bronché quand son boss avait oublié son prénom, ne se fâchait pas quand Nino n'écoutait rien, ne fixait pas d'ultimatum quand personne ne suivait ses directives à la maison et qu'elle devait ranger matin, midi et soir, n'avait pas pipé mot quand Nadine lui avait craché dessus, la désignant comme une traîtresse et une vendue, et même quand une folle l'avait insultée au Salon du Livre, elle n'avait pas répondu, non, elle prenait toujours sur elle, parce qu'elle voulait rester gentille, correcte, et savait que ces petites choses, ces accidents ou déconvenues n'étaient pas si graves et ne méritaient pas qu'on perde ses nerfs. Pourtant, elle aurait peut-être dû, sûrement même. Parce qu'une vague de colère la submergea, une vague énorme qu'elle ne put endiguer. Seule Mireille aurait pu la contenir, mais Mireille l'avait lâchement abandonnée. Alors les digues lâchèrent et tout fut emporté.

Ce fut Nino qui déclencha le cataclysme. Quand elle lui dit : « Mireille est morte », il répondit : « Ben mince alors. » Et puis plus rien. Non, plus rien du tout, pire : dix secondes après, il cherchait ses pastilles pour la gorge parce qu'il avait pris froid le matin, lors de sa sortie au jardin avec Ledu. Depuis quand disait-on « mince » quand un être cher perdait la vie ? On disait : « Mon Dieu », « C'est terrible », « Ah non, non, c'est impossible ! Je ne peux pas le croire... » On s'exclamait, on serrait l'autre de toutes ses forces... « Mince », c'était pour les petites choses, les égratignures, les papiers égarés ou un rendez-vous reporté, enfin les broutilles du quotidien. Mais Nino avait dit « mince ». Alors Sylvie lui laissa une poignée de secondes pour se rattraper et, quand elle comprit qu'il n'avait que ça à dire, elle prit la parole et tout le service de psychiatrie put l'entendre : elle lui dit clairement d'aller se faire foutre, lui et sa dépression, lui et ses pilules jaunes, orange, vertes et ses plateaux-repas, lui et ses malaises, ses balades dans le jardin et son hôpital. Elle quitta la chambre et, une fois dans le couloir, elle eut l'honneur de tomber sur Jean-Denis Ledu. Avait-il accouru à cause des cris ? Ils ne s'étaient jamais vraiment adressé la parole depuis leur rencontre ici. Il était plus que temps de briser la glace. Sylvie ne s'en priva pas. Elle lui apprit qu'il avait été un boss odieux, un être abject, infect, qu'il l'avait terrorisée et torturée et qu'elle n'était pas étonnée qu'il ait atterri là, que c'était même une bonne chose, parce qu'au moins ça éviterait à d'autres secrétaires de pleurer en silence derrière leur bureau. Ledu, ou ce qu'il en restait, se récria, hurlant qu'elle était folle. Bien sûr qu'elle était folle, mais lequel des deux était interné en hôpital psychiatrique ? Alors le plus fou des deux, c'était bien lui, cette chose grosse et molle dans un jogging informe !

Elle atteignit le hall d'entrée, un médecin à ses trousses. Le pauvre voulait l'aider, lui parlait médiation, thérapie de couple, consultation avec le chef de service. Elle le calma illico. Pour qui se prenait-il ? Elle n'était pas sa patiente ! Il n'avait aucun droit. Elle avait crié, et alors ? Tout couple avait le droit de se foutre sur la gueule et elle aurait dû le faire depuis bien longtemps ! Qu'il aille plutôt shooter ses patients, les abrutir à coups d'art-thérapie ou d'atelier crêpes, elle les vomissait tous ! Qu'ils aillent au diable !

La Sylvie d'hier en aurait été pétrifiée, morte de honte, elle aurait rappelé pour s'excuser, aurait supplié d'oublier ce coup de folie, mais la nouvelle Sylvie n'en avait que faire. La nouvelle Sylvie avait la rage, et sa rage ne faiblissait pas.

Ses fils sentirent que ce n'était pas le moment de râler, ni de se plaindre du réseau wifi, ni de prolonger les soirées indéfiniment devant des séries en se faisant rappeler à l'ordre, ni de consulter une demi-seconde l'écran de leur portable quand elle s'adressait à eux. Ils obéirent au doigt et à l'œil et filèrent dans leur chambre après le dîner. Personne n'avait intérêt à se mettre en travers de son chemin, surtout pas en ce moment. Même la dermatite avait les jetons, les plaques s'étaient largement estompées sur ses jambes. Qu'elle ose, qu'elle ose seulement remonter un peu sur les hanches, elle serait bien reçue !

Sa mère débarqua dès le lendemain (Nino avait dû donner l'alerte) avec des croissants qui sortaient du four. Mais Sylvie ne la laissa pas entrer. C'était bien gentil de sa part, mais elle n'avait aucune envie de parler, ni de recevoir des conseils, et encore moins de subir un petit discours moralisateur de merde, parce qu'elle n'avait plus cinq ans et ce qu'elle avait à faire, elle en déciderait toute seule, et puis ses croissants, elle pouvait bien se les garder, et sa prise de sang aussi. Elle boufferait ce qui lui plairait, parce que si sa mère ne lui avait pas rebattu les oreilles avec les calories pendant des années, elle n'aurait pas eu tous ces problèmes de poids ! Qui avait sans cesse compté ce qu'elle ingurgitait ? Qui l'avait alarmée, gamine, alors qu'elle n'avait même pas pris un gramme ? Qui la voyait déjà énorme alors qu'elle ne l'était pas encore ? Au fond, celle qui avait un problème avec le poids n'était peut-être pas tant l'ancienne obèse que sa mère. Et celle qui avait besoin d'un bon psy, c'était peut-être encore elle, qui avait tant souffert des kilos de sa fille. Sa mère ne put en placer une et finit par s'en retourner avec ses croissants froids.

Ensuite vint le tour de Delphine. Et là, il n'y eut pas grand-chose à faire, si ce n'est lui ôter direct l'envie de parler, parce que oui, elle pouvait bien lui dire à présent, leur amitié n'était qu'une vaste blague. Delphine ne l'avait jamais vraiment soutenue, en revanche elle devait écouter ses malheurs et la consoler, alors non, Sylvie n'était pas d'humeur, plus d'humeur. Si tout le monde la détestait, tant mieux. Mireille, elle, l'avait vraiment aimée à sa façon, sa drôle de façon, tordue, secrète, et ça, ça comptait plus que tout. Ce petit bout de femme avait cru en elle, avant même qu'elle ne comprenne quoi que ce soit. Elle l'avait voulue écrivaine, mère de Charlotte, auteure à succès, lui avait offert une nouvelle vie. Alors maintenant, le ciel pouvait bien lui tomber sur la tête, ça n'avait plus d'importance. Elle n'avait plus peur, plus peur de rien.

Sylvie pouvait rester des heures allongée sur le canapé. Elle était bien, là, sans aucun bruit, se gardant d'allumer cette satanée télévision qui apporterait son lot de débats surjoués, de romances à la noix et de pubs sexistes à destination de la ménagère qui l'horripilaient.

« Maman, vous allez divorcer avec papa ? – Je ne sais pas, Max, c'est possible. Je crois bien… mais tu ne dois pas t'inquiéter, je prendrai soin de lui, je ne vais pas le laisser tomber. On trouvera une solution. – Tu vas partir ? – Max, mais j'en sais rien. Pourquoi faudrait-il tout savoir ? J'en ai pas la moindre idée. » Max s'assit en face d'elle, il semblait nerveux, ses genoux tremblaient et ses mains ne tenaient pas en place (même s'il essayait de les garder au chaud dans les poches de son jean). « Il paraît que tu as gueulé à l'hôpital, c'est ce qu'il a dit. – Oui, j'ai mes raisons, mais tout ça ne vous regarde pas. – Maman, tu es sûre que ça va ? – Mais oui, tout va bien. » Est-ce que tout allait bien ? Ou est-ce que tout allait de mal en pis ?

Dans le jardin de Mireille, les arbustes se portaient tous magnifiquement. Même le petit magnolia avait fleuri. Si frêle encore, il arborait fièrement une seule et unique fleur blanche. Mireille n'en serait pas revenue. Quand Sylvie pénétra dans son pavillon, le plus grand calme y régnait. Flottait encore son odeur dans la cuisine, le salon, et un livre, *Les Années*, était ouvert à la page 14. Sylvie aurait dû pleurer devant le canapé rose et vide, mais elle avait autre chose à faire. Elle monta l'escalier, ouvrit la penderie, prit une chaise et rapatria tous les manuscrits et les cartons chez elle. Son fils ne devait pas savoir. Si Mireille n'avait rien dit de son vivant, il ne devait pas l'apprendre après sa mort. Sa mère resterait à jamais une institutrice avec son jardin, ses sautes d'humeur, ses deux chats, et elle n'aurait jamais rien à voir avec la grande dame de la littérature érotique, l'auteure de *Poings liés*. C'était mieux, c'était ce qu'elle devait faire.

Le portable de Sylvie vibra pour la dixième fois, c'était Nino. Il laissa un message. Elle ne l'écouterait pas. Puis Bruno lui annonça le jour et le lieu des obsèques, et cette fois elle fondit en larmes.

*

Armand lui tenait le bras. Il avait les yeux rougis, la marche lente et il ne parlait pas. Sylvie l'aurait bien porté si elle avait pu, quitte à se briser le dos. Mais ça n'aurait rien changé au poids de sa peine. Elle lui souffla à l'oreille qu'elle serait toujours là. Mais il le savait déjà. Devant le cimetière, il y avait la camionnette noire des croque-morts, celle qui passait de temps en temps à Joué-la-Tour et qui faisait dire à Mireille : « Tiens, un de plus au paradis. » Devant la grille, plusieurs personnes attendaient. Sylvie reconnut des voisins, Bruno et son fils, quelques cousins, des élèves aussi, ceux qui la saluaient régulièrement au marché, et le charcutier, celui qui avait inspiré *Poings liés*. Sylvie scruta son visage attentivement. Ses lèvres tremblaient et il tentait maladroitement de masquer ses sanglots derrière une quinte de toux. Au loin, elle crut apercevoir Nino. Pourtant, il n'était pas autorisé à sortir de l'hôpital. Ses yeux devaient lui jouer des tours. Mais non, c'était bien lui. Elle reconnut les silhouettes d'Alex et de Max qui venaient à sa rencontre pour l'embrasser. Qu'est-ce que son mari fichait là ? Elle tourna la tête. Elle ne voulait pas lui parler, s'expliquer, surtout le jour de l'enterrement de Mireille.

La petite foule suivit les croque-morts qui portaient le cercueil. (Quatre personnes, c'était plus que suffisant pour soulever Mireille.) Les hommes en noir marchèrent une trentaine de mètres et déposèrent le corps au bout de l'allée, à droite. À cet emplacement, un trou attendait. À sa vue, Sylvie eut une horrible envie de vomir, là, sur le gravier, au milieu des tombes. La tête lui tourna et elle s'agrippa à Armand. « Sylvie, ça va ? – Oui, c'est le soleil, je sais pas… Mais ça va… » Avant que le cercueil ne glisse dans ce noir, une musique résonna. D'où sortait-elle ? Les violons tombaient du ciel, comme si Mireille les avait libérés depuis sa tombe. C'était peut-être Chopin ou Mozart, enfin, un artiste forcément célèbre, vu que Sylvie reconnaissait l'air. Son fils cadet lui souffla : « *Trio opus 10* de Schubert. » Elle en était sûre, Mireille était encore là avec eux. Elle sentit une chaleur dans ses jambes remonter vers sa poitrine et effleurer ses lèvres.

La musique s'arrêta. Bruno prononça quelques mots mais Sylvie ne reconnut pas Mireille dans ce portrait. Il parlait d'une petite vieille fragile, d'une petite dame bien courageuse devant les tragédies de la vie et la perte de son mari, vingt-quatre ans plus tôt. Pourquoi l'enfant qu'elle avait porté la connaissait-il si peu ? Mireille s'était-elle dérobée toute sa vie devant son propre fils ?

Pourquoi ne parlait-il pas de sa mère telle qu'elle était : lucide, acide, colérique, têtue, terriblement futée et follement drôle ?

Puis ce fut au tour d'Armand de s'avancer devant le cercueil. Sylvie avait peur pour lui, tellement peur qu'il ne tombe lui-même dans ce trou si noir. Mais Armand ne faiblit pas et refusa les mains tendues. Droit et digne devant la tombe, il déclara : « Mireille est la femme que j'ai le plus aimée sur cette terre et le nombre de jours où nous avons été réunis, si petit soit-il, n'y change rien. Le temps passé ensemble importe peu. Le 3 juin 1964, j'ai rencontré Mireille et je l'ai aimée, qu'importe si par la suite je ne l'ai pas vue durant des décennies, qu'importe. Un seul regard et j'étais pris… Peut-être que dans une autre vie nous aurons toute la vie. Sûrement. Alors, mesdames et messieurs, je vous souhaite de vivre l'immense bonheur que j'ai connu et de ne jamais le laisser filer. » Il pleura, et personne n'osa s'approcher. Puis il lança la bague achetée avec Sylvie au fond du trou, et Sylvie eut cette pensée atroce : 2 500 euros, deux smics balancés en quelques secondes. C'était tellement terre à terre, mais son esprit était comme ça. Armand laissa la place aux croque-morts, qui descendirent le cercueil. Sylvie se concentra sur les cordes qui coulissaient vite. Elle ne voulait pas avoir mal, elle ne voulait pas comprendre, ni réaliser. C'étaient juste des cordes et une boîte en bois qui descendait, disparaissait. Quand elle tourna la tête, Nino était là, à côté d'elle, tout contre elle. Il pleurait. Il ne disait rien ou peut-être que si, parce que ses lèvres bougeaient, et Sylvie finit par entendre : « Je t'aime, excuse-moi. » Elle lui fit signe de se taire. Ce n'était pas le moment. La petite foule passa devant la tombe, certains jetèrent une fleur ou une lettre, Sylvie lança une poignée de cailloux, parce que les cailloux resteraient au fond et ne faneraient jamais. Puis tout fut fini.

Il y eut un pot organisé dans l'arrière-salle du bistrot du coin par Bruno. Sylvie but plusieurs verres, circula parmi les groupes qui s'étaient formés. Les gens racontaient des anecdotes sans intérêt sur Mireille. C'était sûrement elle, mais pas celle que Sylvie avait connue. À croire que Mireille avait menti à une tonne de monde. Elle eut envie de crier : « Mireille était une écrivaine, bande d'abrutis, pas une petite mémé en robe à fleurs et mise en plis. » Mais elle n'osa pas. Pourtant elle avait beaucoup bu. Armand avait sifflé pas mal de verres lui aussi. Allait-il dire la vérité sur cette femme qui avait écrit *Poings liés* ? Cela avait-il encore de l'importance ?

Quand Simon apparut, Sylvie n'avait plus aucune idée de l'heure, ni du temps passé dans cette salle surchauffée. « Merci de votre soutien, mon père est très secoué. Je vais le reconduire chez lui. » Simon lui parlait à elle, depuis son mètre quatre-vingt-cinq, avec ses yeux gris et sa mèche bien rangée sur son front. « Je suis en retard, vraiment désolé, j'accompagnais Kermanec à une émission. Il vous embrasse et vous envoie ses plus sincères condoléances. » Elle lui mit d'office un verre dans les mains, du rouge, c'était parfait pour l'occasion, et attaqua bille en tête : « Simon, je voulais vous dire, vous m'avez beaucoup intimidée au début… J'ai dû vous paraître vraiment idiote, excusez-moi… Je ne sais pas pourquoi je vous parle de ça, mais ça me pèse, vous n'y voyez pas d'inconvénient ? » Simon fit tranquillement tourner le vin dans son verre, but une gorgée, sembla apprécier. « Comme vous voulez, vous n'avez pas à vous excuser. Aucun problème de mon côté. – Ah ben tant mieux. Simon, prenez soin de votre père, par pitié, je ne voudrais pas qu'il lui arrive quelque chose, parce que je n'aurais pas la force, vous comprenez. Surtout que je n'arrive plus du tout à écrire depuis des mois. Je pense que j'ai reçu ce don pour un temps, c'est tout. J'ai parlé à la place d'une autre, vous comprenez. Bien sûr, vous ne comprenez pas. Excusez-moi… Bref, tout est fini pour moi, et je n'aurai même plus d'excuse pour revoir votre père, entrer dans son bureau et discuter… » Les mots dans sa bouche s'entrechoquaient, elle sentait sa voix se charger de sanglots. Simon lui vint en aide : « Mais vous pourrez le voir, ça ne change rien ! – Mais si, Simon, ça change tout, parce que je n'ai plus aucune place dans ce monde. Je ne suis plus écrivain, si tant est que je l'aie jamais été. D'ailleurs, vous aviez raison… Mes fils vont bientôt foutre le camp pour leurs études. Je ne serai même plus mère au foyer. » Cette petite confession n'était pas du tout prévue au programme. Elle ravala ses sanglots. « Excusez-moi, je ne suis pas en forme… Toutes ces catastrophes… Désolée. »

On éteignit les lumières de la salle. Elle pensa appeler un taxi, chercha fébrilement sur son portable la bonne application, mais l'avait-elle installée ? C'est alors que Nino réapparut. Soit il était retourné à l'hôpital puis en était reparti, soit il avait toujours été là. « Nino, il faut que tu me ramènes. Je me sens hypermal. Je n'ai pas la force de conduire, là… Tu peux prendre le volant avec tes médicaments ? – J'en ai pas pris depuis hier, enfin, un cachet sur deux. J'ai raccompagné les garçons, ils sont couchés. – Ah oui, les garçons… Je te suis, Nino… La voiture, je sais plus du tout où elle est… »

Aussitôt rentrée, elle vomit dans les toilettes. Nino l'attendit sagement à la porte, puis la prit par le bras pour l'aider à monter les escaliers. Qu'est-ce qu'il fichait à la maison ? Avait-il eu une permission de sortie ? Elle n'avait pas envie de demander. Tant mieux s'il était là, ça tombait bien. Il lui enleva ses vêtements et la mit en chemise de nuit. Quand il fut allongé à ses côtés, elle ferma les yeux. Enfin, elle allait sombrer dans le sommeil, enfin, elle ne sentirait plus rien, ni angoisse, ni oppression, ni peur du lendemain.

Lorsqu'elle se réveilla, il faisait toujours nuit. La respiration de Nino était régulière. Son mal de crâne était parti. Elle descendit boire un verre d'eau, croisa son reflet dans la vitre, à peine éclairée par la lumière des réverbères. Il y avait quelque chose dans ce nez un peu trop allongé, dans ce grain de beauté posé là comme une signature, et puis ces cheveux qui tombaient sur ses épaules, ça lui allait bien, c'était elle. Elle souleva sa chemise de nuit et constata que toutes les plaques étaient parties. Elle avait tellement espéré leur disparition, et maintenant que c'était fait, elle s'en fichait.

Elle entendit du bruit dans les combles. Oui, c'était cela qu'elle sentait depuis son réveil : une présence. Il y avait une présence inconnue dans sa maison, un homme ou une femme, là, tout près d'elle. Ce n'était pas inquiétant. Sylvie n'avait pas peur, elle était même heureuse de ne pas être la seule à être éveillée au cœur de la nuit. Elle s'approcha de l'escalier. Le bruit se précisa. La personne riait, ou plutôt sanglotait, non, finalement, elle chuchotait. Ses fils regardaient-ils une série ? Max passait-il un coup de téléphone à sa copine au beau milieu de la nuit ? Mireille était-elle revenue, comme par magie, pour une dernière tasse de thé ? Elle monta les marches, éclaira la pièce. Personne. Elle s'assit sur le petit canapé orange, attendit qu'une forme se matérialise, qu'une main caresse ses doigts, que quelqu'un lui parle les yeux dans les yeux. Mais rien. Pourtant la présence n'était pas partie. La présence était là, à ses côtés, et elle lui parlait à présent, elle lui parlait avec sa propre voix, la voix de Sylvie. Elle avait pris son souffle, sa peau, s'était blottie dans son corps pour ne plus en bouger.

Sylvie avança vers le bureau en noyer, s'assit sur la chaise, ouvrit le premier tiroir et en sortit le petit ordinateur portable qui y dormait depuis de très longs mois. Son index appuya sur une touche, l'écran émit des signaux lumineux, puis apparut la page d'accueil. Les mains de Sylvie se posèrent sur le clavier, puis se mirent à pianoter, vite, de plus en plus vite. Elle ne pouvait pas les retenir. C'était irrépressible. La présence prenait chair et vie sur l'écran de l'ordinateur. La présence était comme elle, perdue au cœur de la nuit. La présence venait de tout plaquer et sanglotait dans sa voiture lancée à plus de 150 kilomètres-heure sur l'autoroute, son fils endormi sur le siège arrière. Mais où allait-elle ? Pourquoi partir si vite ? Que fuyait-elle ? Quel secret la rongeait et l'empêchait de trouver la paix ? Sylvie avait toute la nuit pour le savoir, car cette présence était à elle, rien qu'à elle. Sa nouvelle héroïne venait de naître, là, dans les combles, à 4 heures du matin. Sylvie ressentit un amour infini pour cette femme qui avait su attendre, qui ne l'avait pas quittée malgré ses doutes, ses heures à se morfondre, à trembler, à ne plus y croire du tout, jamais. L'héroïne était restée là, minuscule grain de sable invisible, muet. Elle s'était développée tout contre sa peau, avait grandi sans faire de bruit. Et attendu le bon moment pour éclore.

Sylvie n'était pas une écrivaine, non, bien sûr que non, mais peut-être que son héroïne, elle, le croyait, peut-être même qu'en l'écoutant, en la dorlotant, en la berçant nuit et jour, Sylvie finirait par en être une.

Composition : IGS-CP
Impression : Firmin Didot en février 2022
Éditions Albin Michel
22, rue Huyghens, 75014 Paris
www.albin-michel.fr

ISBN : 978-2-226-46867-3
N° d'édition : 24697/01 – N° d'impression : 168597
Dépôt légal : avril 2022
Imprimé en France